TUOMAS OSKARI

Tage voller Zorn

Weitere Titel des Autors:

Im Sturm der Macht

TUOMAS OSKARI

TAGE VOLLER ZORN

THRILLER

Übersetzung aus dem Finnischen von
Anke Michler-Janhunen

Lübbe

Diese Übersetzung wurde gefördert von

FINNISH
LITERATURE
EXCHANGE

MIX
Papier | Fördert
gute Waldnutzung
FSC® C014496
FSC
www.fsc.org

Vollständige Taschenbuchausgabe
der bei Bastei Lübbe erschienenen

Copyright © 2021 by Tuomas Niskakangas
Titel der finnischen Originalausgabe:
»Roihu«
Originalverlag: Otava Publishing, Helsinki
Published in German language by arrangement with Rights & Brands

Für die deutschsprachige Ausgabe:
Copyright © 2022 by
Bastei Lübbe AG, Schanzenstraße 6–20, 51063 Köln
Textredaktion: Frauke Meier, Hannover
Umschlaggestaltung: zero-media.net, München
Einband-/Umschlagmotiv: © FinePic®, München (2) |
© Moment/oxygen/getty-images
Satz: hanseatenSatz-bremen, Bremen
Gesetzt aus der DTL Dorian
Druck und Verarbeitung: GGP Media GmbH, Pößneck

Printed in Germany
ISBN 978-3-404-19231-1

2   4   5   3   1

Sie finden uns im Internet unter:
luebbe.de
Bitte beachten Sie auch: lesejury.de

FAKTEN

Seit der industriellen Revolution hat sich das Vermögen in den westlichen Ländern immer mehr auf einzelne reiche Privatpersonen und Familien sowie deren Unternehmen konzentriert. Eine Reihe anerkannter Wirtschaftswissenschaftler sagt voraus, dass sich durch Automatisierung und Entwicklung künstlicher Intelligenz die Konzentration des Reichtums auf diejenigen, die sowieso schon darüber verfügen, im dritten Jahrtausend weiter verstärken wird.

Alle Schilderungen von Gebäuden, Wissenschaftstheorien und historischen Ereignissen entsprechen der Wahrheit.

PROLOG

Am schwersten drückten die Benzinkanister in der Tasche. Es waren zwei, jeder fasste zehn Liter und war randvoll. Als sie die schwarze Sporttasche probehalber hochhob, musste die junge Frau sie mit beiden Händen förmlich vom Boden reißen.

Sie überlegte kurz, ob auch ein Kanister reichen würde, verwarf aber den Gedanken. Überflüssige Überlegungen zu diesem Zeitpunkt waren wie Unkraut, das sofort ausgemerzt werden musste. Änderungen in letzter Minute, Experimente oder gar Zaghaftigkeit gestattete der Plan nicht.

In dem Lichtstreifen, den die Straßenlaterne auf den Boden des dunklen Schlafzimmers zeichnete, stellte sie die Tasche ab und kniete sich daneben. Sie betastete den wasserfesten Stoff. Überprüfte die robusten Riemen. Zog den Reißverschluss ein weiteres Mal auf, um den Inhalt zu kontrollieren: Kraftstoffkanister, Hüftgurt, Seile und Wurfgewicht. Alles von bester Qualität. Geld hatte für sie keinen Wert mehr.

Sie streckte die Hand aus und griff nach drei hellblauen Briefumschlägen auf dem Schreibtisch. Der oberste hatte einen dunklen Fleck, der von einer Träne stammte, der einzigen des Abends. Sie war aus ihrem Auge getropft, als sie den letzten Brief in den Umschlag geschoben hatte.

Morgen würden weitere Tränen auf die Briefe fallen, aber das wären nicht mehr ihre.

Zwei der Briefe steckte sie in das Seitenfach der Sporttasche. Den dritten lehnte sie gegen das Zierkissen auf dem Bett. Dann stützte sie sich mit den Ellenbogen auf dem Bettrand ab. Beten konnte sie nicht, aber wenigstens einen Moment zur Ruhe kommen und Mut sammeln. Ihre ganzen 25 Lebensjahre war sie im Schatten gewandelt. Viele würden ihr Leben als normal beschreiben, sie empfand es eher als belanglos. Bis zu diesem Tag.

Steh auf, befahl sie sich. Sie wuchtete die Tasche auf den Rücken und trat in den Flur. An der Wohnungstür sah sie sich noch einmal um. Sie teilte sich die Wohnung mit einer anderen jungen Frau, die ihre Angststörung wieder einmal im Neonlicht ertränkte und erst in den frühen Morgenstunden heimkehren würde. Sie entriegelte die Wohnungstür und trat ins Treppenhaus.

Unten zwickte sie ein kalter Wind in die Wangen und wehte ihr die Haare ins Gesicht. Der Wind rüttelte an den Blechverkleidungen der Balkone. Voll mit angehäuftem Unrat, sahen sie aus wie Käfige, die an einer schmutzigen Hauswand hingen. Ihr Wohnhaus würde sie nicht vermissen.

Der Weg vor ihrem Haus mündete auf die Straße Esikkotie, die zum Gerichts- und Polizeigebäude der Stadt Vantaa führte. Die äußere Hülle des Flachbaus war zu Ehren der finnischen Fahne in Blau-Weiß gehalten, die Menschen in seinem Inneren aber waren eine Schande für das Land.

Ursprünglich hatte das Polizeigebäude ihr Ziel sein sollen. Dann hatte jedoch ihr Alternativplan aus einem einfachen Grund den Sieg davongetragen: Er war persönlicher. Eine Geschichte brauchte zwei Hauptpersonen, eine gute und eine böse. An diesem Abend würden sich Gut und Böse direkt gegenüberstehen.

Aus Richtung Tikkurila, dem zentralen Stadtteil von Vantaa, näherte sich ein Streifenwagen. Als er in die Parkgarage unter dem Gerichtsgebäude einbog, warf ihr der Polizeibeamte auf dem Vordersitz einen Blick zu und lächelte. Die Situation amüsierte sie und sie lächelte zurück. Der Polizist sah in ihr nur eine hübsche junge Frau mit dichten dunklen Locken, die unter einer Wollmütze hervorquollen.

Sie unterschätzen mich und meinesgleichen, dachte sie. Sie unterschätzen uns alle: die Polizisten, die Politiker und die Firmenchefs. So wie der Mann, zu dem sie unterwegs war. Ihm würde es zum Verhängnis werden. *So ergeht es Tyrannen immer.*

Nach einem letzten Blick auf das blau-weiße Gebäude ging

sie weiter in Richtung Zentrum. Hier betrat sie einen *R-Kiosk*, zog einen der beiden Briefe aus der Seitentasche und reichte ihn dem Verkäufer. Dieser warf einen prüfenden Blick auf die Briefmarke und schien sich zu fragen, warum sie die teure Expresszustellung für einen gewöhnlichen Brief gewählt hatte. Ohne etwas zu sagen, steckte er ihn dann in eine Kiste hinter sich.

Das Geräusch, als der Brief auf den nackten Boden klatschte, traf sie mit voller Wucht. Jetzt war der Plan unumkehrbar. Es gab kein Zurück mehr.

Sie rief sich ein Taxi. Die Fahrt bis zu der Siedlung mit kleinen, heruntergekommenen Einfamilienhäusern dauerte nur fünf Minuten. Sie bat den Fahrer zu warten und lief zu Fuß über die Straße zu ihrem Elternhaus. Die Dunkelheit schützte sie, auch wenn das nicht notwendig war. Sie wusste, dass ihre Mutter schon schlafen gegangen war.

Der linke in einer Reihe von vier Briefkästen gehörte ihrer Mutter. Sie zog den letzten der drei Briefe hervor, hob den schneebedeckten Deckel und ließ den Brief hineinfallen. Mit sanftem Pusten schickte sie einen Luftkuss Richtung Haus und ging zurück zum Auto.

Der Taxifahrer war einer von der schweigsamen Sorte, sodass sie auf der Fahrt nach Helsinki ihren eigenen Gedanken nachhängen konnte. Durch die Scheibe sah sie Gestalten, die resigniert durch die Straßen schlichen. Sie spielte mit dem Schmuck an ihrem Hals. Der Anhänger hieß *Kuutar*, Mondgöttin, und war von der Formensprache der Wikingerzeit inspiriert: die spiralförmigen Elemente im oberen Teil symbolisierten den Kreislauf des Lebens, und das fünfteilige, klingelnde Gehänge sollte böse Geister vertreiben. Die Kette war die letzte Erinnerung an bessere Zeiten, als die Geschenke ihrer Mutter für sie noch einen irdischen Wert besessen hatten. Vergangenheit und Zukunft schossen wie Atome durch ihren Kopf, doch indem sie mit den klöppelförmigen Metallplättchen an der Kette spielte, wehrte sie Gedanken, die ihre Aufgabe gefährdeten, ab.

Als das Taxi die Überführung an der Teollisuuskatu erreichte, sah sie die ersten Flammen. Im Dallapénpark links von ihnen hielt noch eine kleine Schar Demonstranten an Lagerfeuern die Stellung und trotzte dem eisigen Wind, der zu dieser späten Stunde die meisten schon in das Innere der Häuser getrieben hatte.

»Himmelarsch!«, fluchte der Fahrer und trat auf die Bremse. Die Spikes der Reifen fraßen sich im Schnee bis auf den Asphalt durch und brachten das Auto zum Stehen.

Sie drehte den Kopf und sah im Licht der Scheinwerfer einen Mann vor dem Auto torkeln. Er trug schmutzige, verschlissene Kleidung. Doch als er den Mund öffnete, um dem Fahrer eine Beleidigung zuzurufen, blitzten gesunde Zähne auf. Daran waren die schnell Abgestiegenen zu erkennen. Der Lebensstandard war in den Randbezirken von Helsinki plötzlich und heftig gesunken.

Der Mann schwankte unsicher ins Dunkel zurück, und das Taxi setzte seine Fahrt Richtung Töölö, dem attraktiven Stadtteil mit vielen Jugendstilbauten, fort.

»Wir müssen die Sporthalle umfahren. Die Kreuzung an der Oper ist durch die Barrikaden blockiert«, sagte der Fahrer und bog Richtung Olympiastadion ab. Als sie die breite Mannerheimintie überquerten, sah sie linker Hand gewaltige Barrikaden. Die Lagerfeuer der Demonstranten und ein gigantischer Flutlichtstrahler setzten die Straßensperren prächtig in Szene. Der Anblick verlieh ihr Kraft.

Sie bat den Taxifahrer, am nördlichen Rand des kleinen Platzes zu halten, auf dem vormittags der Wochenmarkt von Töölö stattfand, bezahlte mit einer Handy-App und wuchtete ihre schwere Tasche aus dem Auto.

Der Nordwind fuhr ihr unter die Kleidung. Sie lenkte ihre Schritte zum nahe gelegenen Topeliuspark. Ihre Beine fühlten sich ungewöhnlich schwer an, und das bereitete ihr Sorge. In Kürze würde sie all ihre Kraft brauchen.

Neben dem Park verlief eine Straße, an der sie das Haus fand, das sie suchte. Sie schaute auf die Uhr: 23.12 Uhr. Sie musste ihr Vorhaben unbedingt vor Mitternacht ausführen.

Im zweiten Stock brannte Licht. Er war wach. *Perfekt.*

Auf der anderen Straßenseite im Park stand die Linde, die sie sich vor ein paar Tagen ausgesucht hatte. Sie blickte die Straße links und rechts hinunter. Außer einem alten Mann, der vor der Stadtteilbibliothek mit seinem Hund die Straße überquerte, war niemand zu sehen.

Am Fuß der Linde stellte sie ihre Tasche ab und nahm die Kletterutensilien heraus.

Die Wurfleine flog gleich beim ersten Versuch über den Ast. Sie befestigte das Kletterseil an der Leine und zog es hoch. Dann legte sie den Hüftgurt an, nahm die Tasche auf den Rücken, zog das Seil straff und begann zu klettern. Die Schuhe rutschten erstaunlich wenig auf der glatten Rinde. Das Schlottern ihrer Knie hatte aufgehört. Auch der Sturm der Gedanken, der eben noch in ihr getobt hatte, war abgeebbt. Jetzt zählte nur noch der nächste Zug nach oben. Kurz darauf erklomm sie in vier Meter Höhe einen dicken Ast.

Von hier aus hatte sie eine ungehinderte Sicht in die Wohnung im zweiten Stock. Sie zuckte zusammen, als sie am unteren Fensterrand einen Hinterkopf ausmachte. Offensichtlich saß der Mann auf der Couch.

Die Straßenlaternen strahlten den Asphalt an. Im Lichtkegel nahm der turbulente Tanz der Schneekristalle an Fahrt auf. Sie hievte die Tasche vom Rücken und legte sie quer über den Ast. Dann holte sie einen der Kanister heraus und öffnete den Verschluss. Wie ein kleiner Bach rann das Benzin am Baum hinab, als sie es auskippte. Auf dem Boden am Fuß des Baums bildete sich eine kleine Pfütze.

Dann holte sie eine Rolle Draht hervor und band sich an dem Ast fest. Nach dreißig mühsamen Windungen versuchte sie, Beine und Hüfte zu bewegen. Sie rührten sich keinen Zentimeter. Der Draht musste sie ohnehin nur einen Augenblick halten. Dann wäre alles vorüber. Angst blubberte in ihr wie das Wasser einer defekten Fontäne, aber sie überließ sich ihr nicht. Sie zog den zweiten Kanister aus der Tasche und ließ den Verschluss zurückschnappen, stemmte ihn über den Kopf und goss.

Als ihr das Benzin über das Gesicht rann und ihre Kleidung benetzte, dachte sie an Mohamed Bouazizi – einen bescheidenen Mann, der mit seinem Mut die Welt verändert hatte. *Jetzt bin ich an der Reihe, das Gleiche zu tun. Die Zeit ist reif. Es bedarf nur eines Funkens.*

Es schepperte dumpf, als der Kanister auf den Boden traf. Sie zog ein Feuerzeug aus der Tasche und griff nach einer Papierfackel, die sie zuvor mit Benzin getränkt hatte. Der Zündknopf klackte, und sie erschrak, als die Flamme gierig nach der Papierfackel leckte. Sie ließ die Fackel fallen und beugte sich zur Seite, um zu sehen, wie das Feuer in die Pfütze am Fuß des Baumes übersprang. Hungrig kletterten die Flammen den Stamm hinauf. Sie spürte den Rauch in ihrer Lunge und wusste, ihr Plan war geglückt.

Zuerst erreichten die Flammen ihre Hose, danach ihre Jacke. Als das Feuer ihren Hals erreichte, begann sie zu schreien. Durch die flimmernde Luft konnte sie noch sehen, wie sich das ihr bekannte Gesicht Richtung Fenster drehte. Dann zwangen Hitze und Schmerz sie, ihre Augen für immer zu schließen.

TEIL I

ACHT STUNDEN SPÄTER

1

Finnlands Ministerpräsident Leo Koski schreckte aus dem Schlaf hoch. Er versuchte, sich an seinen Traum zu erinnern, aber er war ihm schon entglitten.

Seit einem halben Jahr schon konnte er sich an seine Träume nicht mehr erinnern. Sobald er aufwachte, nahm die Wirklichkeit von ihm Besitz, so auch jetzt.

Alles war real. Dieses Appartement im Obergeschoss des Amtssitzes des Ministerpräsidenten war jetzt tatsächlich sein Zuhause. Das Chaos, das ihn draußen erwartete und von Tag zu Tag schlimmer wurde, war ebenfalls real. Der Sturm aus Anschuldigungen würde auch an diesem Morgen genau in der Sekunde über ihn hereinbrechen, in der er aus der Tür seiner Amtsvilla Kesäranta trat.

Auch der gestrige Abend hatte wirklich so stattgefunden.

Er konnte den Atem der Frau im Bett neben sich hören.

Ich habe es wirklich getan.

Er versuchte, Feuchtigkeit aus den Speicheldrüsen herauszupressen, um den Nachgeschmack der Party vom Vorabend hinunterzuschlucken. Durch die Dunkelheit starrte er an die weiß gestrichene Zimmerdecke. Die Privatwohnung des Ministerpräsidenten befand sich im zweiten Stock der am Meer gelegenen Jugendstilvilla Kesäranta, »Sommerstrand«. Die Decke des Schlafzimmers zeichnete die Form des Satteldaches des Gebäudes nach. Die schrägen Wände verstärkten den ohnehin beengten Eindruck.

Leo Koski hatte im Laufe seiner kurzen Amtszeit schon eine Reihe von Staatsmännern in den Repräsentationsräumen seines Amtssitzes empfangen. Hätte er sie jedoch eine Etage höher in seine Privaträume gebeten, hätten sie über deren Schlichtheit nur gelacht.

Erleichtert stellte er fest, dass sich das Zimmer nicht um ihn drehte. Er hatte maßvoll getrunken. Dass er die neben ihm liegende Frau in seine Amtswohnung gebracht hatte, war sicherlich unklug gewesen, aber zumindest musste er sich dem Problem nicht verkatert stellen.

Ein Tag nach dem anderen. Möglicherweise überstand er auch diesen Tag, so wie er bereits die vergangenen 188 Tage seiner Amtszeit als Ministerpräsident überstanden hatte.

Während des letzten halben Jahres waren in seinem Leben eine Reihe klassischer Albträume wahr geworden: Er war öffentlich gedemütigt worden, aufgrund eines Missverständnisses an einen falschen Ort geraten, und man hatte sein Leben bedroht.

Als Junge hatte er nach dem Tod seines Vaters immer wieder Albträume gehabt. Noch heute konnte er sich an das Gefühl der Erleichterung danach erinnern. Nie ist ein Mensch so glücklich wie in dem Moment, in dem er aus einem Albtraum erwacht und erkennt, dass er sicher im eigenen Bett liegt.

Nach diesem Gefühl sehnte er sich.

Ruhig lauschte er den Atemzügen neben ihm, bis er sich sicher sein konnte, dass sie gleichmäßig waren. Dann erhob er sich behutsam und betrachtete die Frau in seinem Bett. Die Decke war verrutscht und gab ihre Brüste frei. Hunderttausende finnische Männer träumten davon, sie nackt zu sehen.

Keiner von ihnen wäre enttäuscht.

Diese Frau wusste um ihre Wirkung. Im Fernsehen trat sie in knallengen Shirts und körperbetonten Jackenkleidern auf. Die Üppigkeit ihrer Brüste wurde durch den flachen Bauch betont, über dem jetzt das weiße Laken lag.

Leo schlich sich um das Fußende des Bettes herum ins Badezimmer. Hier war die Decke noch niedriger als im Schlafzimmer, und die Dachschräge berührte fast seinen Rücken, als er sich unter den Wasserhahn beugte, um zu trinken. Der anstrengende Herbst hatte auch physisch seinen Tribut gefordert.

Zum Glück war der Anblick im Spiegel erträglich. Sein jungenhaftes Gesicht war kaum gerötet. Der zu seinem Markenzeichen avancierte saloppe Scheitel war heute noch ungezähmt, aber er würde ihn unter der Dusche bändigen. Die roten Äderchen würden spätestens bis zur Beerdigung verschwunden sein.

Er warf einen Blick ins Schlafzimmer. Sie schien noch immer fest zu schlafen. Vorsichtig schloss er die Tür wieder, griff nach der Zahnbürste und gab ordentlich Zahnpasta darauf. Mit gleichmäßigen, energischen Bewegungen putzte er sich die Zähne und dachte dabei an den gestrigen Abend zurück.

Der Ministerpräsident organisierte jedes Jahr eine Weihnachtsfeier für die Politikredaktionen. Traditionell fand diese im Amtssitz des MP statt, doch das war dieses Jahr nicht infrage gekommen. Die Feierstimmung wäre sofort hinüber gewesen, hätten die Journalistinnen und Journalisten auf dem Weg hinein erst die Menge der protestierenden Demonstranten passieren müssen. Also waren die Gäste in die Festräume der Regierung im sogenannten Smolna an der Süd-Esplanade geladen worden.

Wie üblich hatte Leo am Eingang jeden Gast per Handschlag begrüßt. Auch sein Grußwort verlief reibungslos. Natürlich konnte er nicht in gleichem Umfang Witze reißen wie sonst. Am Anfang seiner Rede streifte er kurz die Lage in Finnland und kam danach zu persönlichen Weihnachtserinnerungen. Die Botschaft seiner Rede war einfach: In schweren Zeiten kommt es darauf an, den Ärger zu vergessen und innezuhalten, um nachzudenken, was wirklich zählt.

Der anschließende Applaus war mittelkräftig – angesichts der Gesamtsituation eine Glanzleistung.

Nach seiner Rede begab sich Leo unter die Journalisten und unterhielt sich mit ihnen. Diese Phase bei öffentlichen Veranstaltungen war immer wieder aufs Neue verwirrend. Die gleichen Journalisten, die ihn in ihren Texten und Nachrichtensendungen verrissen, benahmen sich hier sanft und gesittet.

Leo stand mit einem Rauchlachs-Tartelette bei einer Gruppe aus drei aufgeblasenen Journalisten, als er quer durch den Raum einen intensiven Blick auf sich spürte. Die Fernsehjournalistin Vilma Varis starrte ihn auf eine Weise an, die fern jeder Professionalität war, und das nicht zum ersten Mal. Bereits bei einem Interview vor drei Monaten hatte sie offen ihr Interesse gezeigt und danach hin und wieder mit ihm geflirtet.

An den Köpfen seiner Gesprächspartner vorbei warf er einen verstohlenen Blick auf die Frau. Es war ein offenes Geheimnis, dass die Einschaltquoten ihrer Sendungen besonders beim männlichen Teil der Bevölkerung exorbitant hoch waren. Ihre kohlschwarzen Haare strotzten vor Kraft und Sexappeal. Dunkelblauer Lidschatten und eine leicht gekrümmte Nase betonten ihre aufreizende Erscheinung. *In gewisser Weise erinnert sie an eine Hexe*, befand Leo. *Varis, die Krähe. Ein passender Name für die schärfste Journalistin der Welt.*

Leo ließ die Männer stehen und ging auf sie zu.

»Dieser Ort hat etwas Trostloses«, sagte sie, als er vor ihr stand. »Kesäranta ist viel gemütlicher.«

»Da bin ich der gleichen Meinung«, sagte Leo und schaute sich um. Er hatte sich wie auch seine Vorgänger dagegen gewehrt, das Smolna-Gebäude anstelle der Strandvilla Kesäranta zur Amtswohnung des Ministerpräsidenten umzubauen.

»Sollten wir das dann nicht schleunigst korrigieren?«, fragte sie.

»Wie …?«, fragte er vorsichtig.

Vilma sah ihn an wie eine Lehrerin, die von ihrem Schüler eine klügere Antwort erwartet hätte. Vilma Varis war 45 Jahre alt, zehn Jahre älter als Leo. Vielleicht wagte sie es deshalb, ihn, den Ministerpräsidenten, so unverblümt herauszufordern.

»Wir könnten den Abend in der Villa Kesäranta fortsetzen, sobald du diese Langweiler hinauskomplimentiert hast«, sagte sie.

»Na klar«, sagte Leo mit einem kurzen Lachen. »Als ob ich dort einfach so einen geheimen Gast einschleusen könnte. Du weißt genau, was dort vor der Pforte los ist.«

Sie hatte ihren Kopf gehoben und ganz nah an seinem Ohr geflüstert: »Du bist der Ministerpräsident. Dir fällt bestimmt etwas ein.«

Ein Geräusch aus dem Schlafzimmer brachte ihn in die Gegenwart zurück. Vilma Varis war aufgewacht. *Mist.*

Er spuckte die Zahnpasta ins Waschbecken und schaute sein Spiegelbild an, als fragte er sich selbst um Rat. Leos Vorgängerin hatte ihr Amt nur sechs Monate zuvor niederlegen müssen. Es wäre fatal, wenn Leo sich jetzt in einen selbstverursachten Skandal verstrickte. Vilma Varis war die bekannteste Fernsehjournalistin des Landes und dazu verheiratet. Die Presse würden sich wochenlang das Maul zerreißen, käme sein nächtliches Abenteuer ans Licht.

Leos bisherige Amtszeit ließ sich mit einem Wort beschreiben: grauenhaft. Im schlimmsten Fall könnte ihn ein Skandal vom Kaliber Vilma Varis unwiederbringlich jegliches Vertrauen kosten.

Ihm war glasklar, dass er unmöglich einen Fahrer oder Sicherheitsbeamten der Regierung bitten konnte, Vilma Varis aus der Villa zu schleusen.

Es gab nur eine Möglichkeit.

Er musste den gleichen Menschen um Hilfe bitten, der Vilma Varis in der Nacht heimlich in die Amtswohnung kutschiert hatte. Jenen Menschen, zu dem er besser keinen Kontakt haben sollte.

2

Das Taxi fuhr vor dem Terminal 2 am Flughafen Helsinki-Vantaa in die Haltespur und bremste.

Lewis Higgins, Dozent an der Universität Edinburgh, hielt dem Fahrer von der Rückbank aus die Kreditkarte hin, noch ehe die Reifen stillstanden.

Come on, hurry up …

Der Fahrer schob den Schalthebel in Parkstellung und reichte Higgins das Kartenlesegerät. Das Gerät forderte die Eingabe des PIN-Codes, und er tippte ihn so schnell, wie seine zitternden Finger es zuließen.

Er war am Taxistand in den ersten freien Wagen gesprungen, obwohl er zu einem großen Taxiunternehmen gehörte, das seine Fahrer mit Dumpinglöhnen sklavisch ausbeutete. Higgins wollte einfach nur schnell weg. Weg aus Finnland.

Er schnappte sich seine Computertasche, stürzte aus dem Taxi und wäre fast über eine der Jungbärenskulpturen gestolpert, die vor dem Terminal wachten. Der Taxifahrer schaute ihm kurz nach und fuhr dann davon.

Außer dem Computer hatte Higgins kein Gepäck bei sich. Alles war im Hotel geblieben.

Vor dem Terminal schaute er sich kurz um. In der Nacht hatte sich endlich eine weiße Schneedecke gebildet, wie er sie bei jeder seiner Reisen in das herbstliche Finnland herbeigesehnt hatte. Doch jetzt hatte er keine Zeit, sich daran zu erfreuen. Er stürmte durch die Automatiktür.

Beim Gehen beäugte er die Passanten und Flughafenmitarbeiter im Eingangsbereich. *Hat dieser Mann mich angeschaut?* Ein einzeln stehender Mann auf dem Gehweg trug einen legeren Trainingsanzug, aber seine Haltung war unnatürlich gerade und sein Blick wachsam. Higgins hatte das Gefühl, als ob dieser Mann ihn beobachtete, aber sicher war er sich nicht.

Hinter der Automatiktür erstreckte sich die geräumige Abfertigungshalle vom Terminal 2, in der an diesem Samstagmorgen ungewöhnlich reger Betrieb herrschte. Viele Reisende starteten bereits diese Woche in ihre Weihnachtsferien.

Higgins suchte auf der riesigen Anzeigetafel nach der Maschine Richtung Edinburgh. Es sah so aus, als würde der Flug planmäßig starten. Sein Ticket hatte er sich gerade im Taxi gekauft. Zu einem unverschämt hohen Preis. Dennoch hatte er keine Sekunde gezögert, den Kauf mit seinem Fingerabdruck zu bestätigen.

Auf dem Weg zur Sicherheitskontrolle warf er einen Blick über die Schulter. Der Mann vom Eingang war nirgends zu sehen. Higgins eilte zum Ende der Schlange, überholte mit zwei schnellen Schritten eine Familie, die der Kleidung nach in den Süden unterwegs war.

Der Familienvater warf ihm einen missbilligenden Blick zu, machte aber kein Trara wegen des Vordrängelns. Higgins meinte mal gehört zu haben, die Finnen seien Weltmeister im Schlangestehen. Zumindest waren sie still und höflich.

Auch diese Leute werden sich die Augen reiben, wenn sie am Swimmingpool auf ihren Handys in den Nachrichten lesen, was in ihrem Heimatland vor sich geht.

Higgins lauerte wie ein Falke darauf, dass es vorwärtsging. Schaffte er es durch die Sicherheitskontrolle, wäre alles in Ordnung. Doch auch jetzt war er bereits von Menschen umgeben. Eigentlich konnte ihm doch nichts mehr passieren.

Er nahm den Computer aus der Tasche und legte ihn zusammen mit seiner runden, randlosen Brille zum Durchleuchten in einen der Körbe. Er selbst trat durch den Metalldetektor.

»Haben Sie weiteres Gepäck? *Any luggage?*«, fragte der Sicherheitsbeamte.

»Nur den Computer«, antwortete Higgins auf Englisch.

»Wie bitte?«, fragte der Beamte.

Higgins seufzte. Er hatte schnell begriffen, dass man in Finnland seinen schottischen Akzent nicht verstand, und sich darum angewöhnt, seine Worte zum besseren Verständnis in die Länge zu ziehen.

»Einen Computer. Nichts weiter«, formulierte er überdeutlich.

Der Beamte begutachtete ihn misstrauisch, und Higgins konnte es ihm nicht einmal übelnehmen. Ein nervös auftretender Nuschler ohne Gepäck hätte auch seinen Argwohn geweckt.

Ein zweiter Beamter trat hinzu und bat ihn mitzukommen:

»Zufallskontrolle.«

Nein! Higgins fühlte, wie sich seine Atemwege verengten. Am liebsten hätte er geschrien und wäre an den Sicherheitsbeamten vorbei zum Flugsteig gerannt.

Nur mit Mühe zwang er sich, dem Beamten in einen kleinen Raum zu folgen.

»Ich muss meinen Flug kriegen«, sagte er.

»Entschuldigung, was haben Sie gesagt?«

»Mein Flug! In dreißig Minuten! Wichtig!«, sagte Higgins silbenweise und klopfte sich zur Verdeutlichung seiner Eile auf das Handgelenk.

Der Beamte nickte, schloss die Tür und zog den Sprengstoffdetektor heran. Er wischte über Higgins' Hände und die Tasche. Dann setzte er sich.

»Kann ich jetzt gehen?«

Der Beamte schüttelte den Kopf. »Wir warten noch auf den Hund.«

Higgins sackte auf den Stuhl und übte sich in Geduld.

Kurz darauf wurde die Tür geöffnet, und herein kam ein hyperaktiv agierender Hund. Higgins erstarrte, als der Hund mit schnellen Bewegungen seinen Stuhl umkreiste, obwohl er wusste, dass es keinen Grund zur Sorge gab. Er war in seinem ganzen Leben noch nie mit Drogen in Berührung gekommen, geschweige denn mit Sprengstoff.

Nachdem ihn der Hund eine Weile beschnüffelt hatte, sagte der Hundeführer etwas mit monotoner Stimme auf Finnisch. Der

Sicherheitsbeamte schlurfte zur Tür und öffnete sie. Er bedeutete Higgins mit der Hand, dass er gehen konnte.

Higgins sprang auf und sah auf die Uhr: 7.46 Uhr. Er konnte seinen Flug noch schaffen.

Er schnappte sich seine Computertasche vom Tisch, trat durch die Tür und stand mitten in der Kosmetikabteilung des Duty-Free-Shops, die alle durchqueren mussten, wenn sie die Sicherheitskontrolle passiert hatten. Dahinter war der unregelmäßige Strom zu den Gates zu sehen, in den er sich stürzen wollte. Dann noch die Passkontrolle am Gate, und er hatte es geschafft.

Da vernahm er neben sich eine Stimme.

»Verzeihung, darf ich kurz stören?«

Higgins sah neben sich eine Frau und fühlte, wie die Welt um ihn herum zusammenstürzte. *Nicht jetzt noch.* Sie trug eine Uniform und sorgfältig geschnittene, hinter die Ohren gekämmte kurze Haare – offensichtlich jemand von der Sicherheitsabteilung.

Sie hob die Hand. Higgins sah, dass sie etwas in der Hand hielt. *Eine Mund-Nasen-Maske.*

»Benötigen Sie eventuell noch eine?«, fragte sie.

»Entschuldigung. Ich habe meine in der Eile im Hotel vergessen.«

»Kein Problem. Wir wissen, dass es sich im Moment vielleicht überflüssig anfühlt. Aber Vorschrift ist Vorschrift.«

Sie reichte ihm eine blau-weiße Gesichtsmaske, die nicht verpackt war. »Sie ist aus Stoff, aber frisch desinfiziert.«

Lewis Higgins griff nach der Maske, setzte sie auf und bedankte sich. Die Frau winkte zum Abschied und wandte sich um.

Higgins schlängelte sich an den Regalen der Kosmetikabteilung vorbei. Dank der Maske traf ihn der Parfümdunst nicht so stark. Das Einzige, was er roch, waren die Stofffasern, das Desinfektionsmittel und das Adrenalin in seinem Schweiß, der ihm vor lauter Stress unter der Maske über die Oberlippe lief. Durch die hohe Glasfront sah er die Flugzeuge, die vor den Gates auf Passagiere warteten. Er merkte, wie er sich unwillkürlich bekreuzigte, obwohl er die Geste, die ihn seine katholische Mutter gelehrt hatte, seit Jahren nicht ausgeführt hatte.

Sein Gang wurde mit jedem Schritt leichter, je näher er der Maschine nach Edinburgh kam. *Ich verlasse Schottland nie wieder.*

Er setzte seine Brille ab und zog die Maske unters Kinn, als er die Gesichtserkennung der elektronischen Passkontrolle erreichte. Die Pforte öffnete sich. Im Flugzeug versuchte er ruhig zu bleiben, als die Leute vor ihm den Gang versperrten, um irgendwelche Dinge hervorzukramen, die sie während des Fluges unbedingt brauchten, aber trotzdem im tiefsten Winkel ihrer Taschen verstaut hatten. Endlich konnte er sich auf seinen Fensterplatz zwängen.

Sein Frühstück war jäh unterbrochen worden. Er schob seine Computertasche unter den Sitz und entnahm ihr vorher noch einen alten Schokoriegel. Die Finnen waren auf diese Schokolade ungemein stolz, Higgins allerdings fand den Geschmack nicht bemerkenswert. Die Schokolade enthielt zu viel Zucker und schmeckte gleichzeitig nach Salz. Das hinterließ einen eigentümlichen Nachgeschmack auf der Zunge. Er steckte sich das erste Stück von insgesamt fünf in den Mund.

Als das Flugzeug über die Startbahn rollte, ging Higgins die Erlebnisse der letzten Zeit in Gedanken durch. Die vergangenen sechs Monate kamen ihm vor wie eine Ewigkeit. *So viel Elan. So viel Hoffnung. Und dann ist der Betrug aufgeflogen.*

Durch einen unglücklichen Zufall hatte er letzte Nacht eine neue Seite an seinen finnischen Gastgebern entdecken müssen. Die Enthüllung ließ seine ganze bisherige Arbeit in einem neuen Licht erscheinen. An diesem Wochenende würde Finnland zum Versuchslabor eines historischen Experiments werden. Nur mit einer Versuchsanordnung, die Higgins nie erwartet hätte.

Er wusste, dass er eine Teilschuld trug an dem, was kommen würde. Mit etwas Derartigem hatte er sein Gewissen nie belasten wollen. Hätte er erst einmal sich selbst in Sicherheit gebracht, würde er versuchen, die Katastrophe noch abzuwenden. Das würde nicht leicht werden, denn die Pläne waren weit vorangeschritten.

Das Flugfeld war komplett weiß mit Ausnahme der geräumten Startbahn. In vielen anderen Ländern hätte der Schneefall von letzter Nacht den Flugverkehr zum Erliegen gebracht, nicht so in Finnland. In diesem Land hatte es so viel Gutes gegeben vor dem Großen Knall.

Als das Flugzeug beschleunigte, lehnte sich Higgins zurück. Er steckte sich ein weiteres Stück Schokolade in den Mund und zog die Maske wieder vors Gesicht. Sein Atem ging immer noch heftig, sodass sich der Stoff vor seinen Lippen jedes Mal, wenn er Luft holte, zusammenzog.

Das Flugzeug hob ab. Starke Turbulenzen erfassten die Tragflächen, doch diesmal versetzte ihn das nicht wie sonst in Panik. Durch das kleine Fenster sah er auf das schneebedeckte Finnland hinab, das aus der Luft betrachtet ganz friedlich aussah. Der vor Kurzem aufgeflogene Betrug kam ihm vor wie ein ferner Traum.

Vielleicht war es übertrieben, auf so dramatische Art und Weise zu fliehen. Das Projekt zu stoppen war die einzig richtige Entscheidung gewesen, aber war er selbst wirklich in Lebensgefahr? Vielleicht hatte er die Situation falsch interpretiert. Aber das spielte jetzt keine Rolle mehr. Hier war er jedenfalls in Sicherheit.

Lewis Higgins lauschte dem Brummen der Motoren und gestattete sich ein breites, erleichtertes Lächeln unter der Maske.

3

Ich habe keine andere Wahl, als Kinga anzurufen. Schon wieder.

Leo Koski fiel keine andere Lösung ein. Vilma Varis musste unbemerkt aus der Villa Kesäranta geschleust werden, und der einzige Mensch, den er in dieser Angelegenheit um Hilfe bitten konnte, war Samuel Kinga. Er war es auch, der Vilma am Vorabend hierherbefördert hatte.

Im Spiegel sah er, wie sich ein Grinsen in seinem Gesicht breitmachte. Trotz der kniffligen Situation mochte er sich keinen Vorwurf machen. Seit mehr als neun Monaten hatte er sich von den Frauen ferngehalten. Anders als in den Jahren nach seiner Scheidung, als er die Enttäuschung in ständig neuen Beziehungen zu ertränken versucht hatte. Damals waren er und Samuel Kinga, Immobilienmakler und sein Freund, unzertrennlich gewesen und gemeinsam durch die Helsinkier Nächte gestreift. Fast so wie letzte Nacht.

Leo schämte sich dafür, dass er Kinga in den letzten Jahren absichtlich auf Abstand gehalten hatte. Genau zu dem Zeitpunkt, als Leos Karriere durchstartete, war Kinga wegen eines geringfügigen Wirtschaftsvergehens verurteilt worden. Vermischung von Privat- und Betriebsvermögen – die bekannte Geschichte.

Dabei hatte Leo nie mit klaren Worten um Abstand gebeten, doch Kinga hatte seine subtilen Hinweise verstanden.

Ich kenne mich selbst nicht mehr, dachte er. Welcher Mann hielt seinen besten Freund erst auf Distanz und weckte ihn dann mitten in der Nacht, um ihn um Hilfe zu bitten?

Glücklicherweise hatte Kinga auf seinen nächtlichen Anruf in der für ihn typischen Art reagiert. Sein wieherndes Lachen hallte lange aus dem Hörer, als Leo ihn vorsichtig fragte, ob er kurz aufstehen und jemanden am Smolna abholen könnte. Zwanzig Minuten später war Kinga mit seinem giftgrünen, mit dem Werbebanner seiner Immobilienfirma geschmückten Wagen am Hintereingang an der Fabianinkatu eingetroffen und hatte Vilma Varis eingeladen. Zu diesem Zeitpunkt saß Leo schon in seinem Dienstwagen und war ebenfalls unterwegs zur Villa Kesäranta.

An der Villa war Kinga in James-Bond-Manier mit abgeschaltetem Licht auf den Hof gefahren und hatte sich an einer der Lichtsäulen, die den Kiesweg flankierten, eine Schramme geholt. Leo ermahnte sich, daran zu denken, die Reparaturkosten zu begleichen.

Leo merkte, dass er sein Handy auf dem Nachttisch vergessen hatte. Glücklicherweise konnte man mit dem Haustelefon im Bad auch nach draußen telefonieren. Er griff nach dem Hörer, ließ den Wasserhahn rauschen und wählte Kingas Nummer aus dem Gedächtnis. Nach dem ersten Klingeln antwortete Kinga mit verschlafener Stimme: »Hallo …«

»Hier ist Leo.«

Als Kinga Leos Stimme hörte, war er schlagartig hellwach. Kingas schepperndes Lachen dröhnte in Leos Ohr: »Und, waren sie aus Silikon?«

Leo stöhnte. »Ja. Aber ich habe …« Bevor er zur Sache kommen konnte, unterbrach ihn Kinga.

»Irre. Hast dein Klosterleben also mit einem Paukenschlag verabschiedet. Vilma Varis! Sag nicht, dass sie immer noch da ist.«

»Deswegen rufe ich an«, erwiderte Leo. Er drehte den Wasserhahn stärker auf und senkte die Stimme.

»Könntest du Vilma eventuell von hier abholen und nach Hause fahren?«

Sein Schweigen verhieß nichts Gutes.

»Keine Chance. Ich habe eine Wohnungsbesichtigung um neun in Kivenlahti, weit hinter Espoo«, lautete die Antwort.

Leo sackte zusammen. Außer Kinga fiel ihm niemand ein, dem er in dieser Angelegenheit vertrauen konnte.

Eine erneute Lachsalve aus dem Telefon beendete Leos Pein.

»Na klar komme ich. Ist sicher dringend«, wieherte er.

Leo holte tief Luft. Er hatte immer noch nicht gelernt, dass Kinga jede Gelegenheit nutzte, um sich auf seine Kosten zu amüsieren.

»Fahr nicht wieder gegen die Lichtsäule. Am Tor das gleiche Codewort wie gestern Nacht«, sagte Leo.

»No worries! In zehn Minuten bin ich da.«

Leo legte auf, drehte den Wasserhahn zu und öffnete die Badezimmertür. Als er über die Schwelle trat, blickte er ungläubig in Richtung Bett: Vilma Varis saß splitternackt auf dem Bett und tippte auf ihrem Handy.

»Zeit für mich zu gehen«, sagte sie.

»Das ist sicher das Beste.«

Als er Vilma jetzt betrachtete, gratulierte er sich zur Wahl seines Gastes. Natürlich waren ihre Reize ein Plus, aber wichtiger war die Gewissheit, dass sie über ihren nächtlichen Besuch nicht plaudern würde. Würde ihr Techtelmechtel publik, steckte sie ebenso tief im Schlamassel wie er. Für eine Spitzenjournalistin schickte es sich nicht, mit Politikern ins Bett zu gehen. Käme die Sache ans Licht, müsste sie ihren lukrativen Sendeplatz zumindest für die Dauer seiner Amtsperiode räumen und einen deutlichen Knick in ihrer Karriere hinnehmen.

Vilma war fertig mit ihrer Nachricht, ließ das Handy in ihre Tasche gleiten und erhob sich, immer noch vollkommen nackt.

Mein Gott, was für ein Körper.

»Kann ich mir vielleicht doch erst noch einen Kaffee holen?«, fragte sie mit einem Grinsen und zeigte nach unten, wo Leos Haushälterin sicher schon emsig herumwirbelte.

»Sicher. Brat uns gleich auch noch ein Ei«, erwiderte Leo und grinste zurück. Er gab sich Mühe, ihren Körper nicht anzustarren, obwohl sie wahrscheinlich genau das wollte.

»Ich kann Marja auch bitten, uns das Frühstück ans Bett zu bringen«, fuhr er fort.

»Für mich bitte Erdbeeren und Champagner«, spöttelte sie und ließ sich zurück aufs Bett fallen. Keine Regung deutete darauf hin, dass sie vorhatte, sich etwas anzuziehen. *Sie hat doch nicht allen Ernstes vor zu bleiben?*

»Ehrlich gesagt, habe ich schon meinen Hofmeister gebeten, dich nach Hause zu fahren«, sagte Leo jetzt.

»Ah, meinst du diesen dunkelhäutigen Immobilienmakler, der gestern unter anzüglichen Bemerkungen in der Mechelininkatu beinahe ein Taxi gerammt und hier eine deiner Lichtsäulen mitgenommen hat?«

»Kinga ist durch und durch Gentleman und ein hervorragender Fahrer«, sagte Leo im vollsten Bewusstsein, dass keins von beidem zutraf. »Falls ihm ein Fahrfehler unterlaufen ist, dann sicher nur, weil er von der unbeschreiblichen Schönheit deines Gesichts bezaubert war.«

»Mein Gesicht hat er nicht angestarrt.«

Sie zog ihren Slip unter der Decke hervor und streifte ihn über.

Erst als Leos Handy auf dem Nachttisch piepte, schaffte er es, den Blick abzuwenden. Sein politischer Ziehvater Pontus Ebeling hatte zwei Nachrichten geschickt.

Die erste war seltsam. Es ging um irgendeinen Ärger, den Harri Holsti, der wichtigste Geldgeber der Konservativen, mit irgendeiner Irren hatte.

Leo vergaß die Nachricht schnell, denn die zweite Nachricht interessierte ihn viel mehr. Der Text auf dem Display war kurz und klar – was er bedeutete, eine Katastrophe:

Bin in fünf Minuten da.

»Vielleicht könntest du dich etwas schneller anziehen, sonst haben wir gleich ein Riesenproblem«, sagte er zu Vilma.

4

Das Schrillen der Nachbarklingel auf seiner Etage drang durch die Wohnungstür und erschreckte ihn bis ins Mark. Harri Holsti stand im Flur seiner Wohnung und versuchte, seine Atmung unter Kontrolle zu bringen.

Vorsichtig drückte er sein Ohr gegen die Tür. Er hörte, wie der Nachbar die Tür öffnete und zwei Polizisten sich vorstellten. Als Nächstes wäre seine Tür an der Reihe. Er hatte die Polizei schon die ganze Nacht erwartet und fühlte sich doch nicht bereit.

Verdammte Putznutte.

Auf Zehenspitzen schlich er zu dem Spiegel in seinem geräumigen Korridor. Der Spiegel war so schmal, dass er nur den mittleren Streifen seines gewaltigen Körpers wiedergab. Harri Holsti war etwa mittelgroß und wog über einhundertvierzig Kilo. Er sah beleibter aus, als er ohnehin schon war, weil Wangen und Hals besonders füllig waren. Sein Doppelkinn dominierte sein Gesicht so sehr, dass er durch einen sorgfältig gestutzten Bart versuchte, die Aufmerksamkeit auf die Umgebung seines kleinen Mundes zu lenken.

Letzte Nacht hatte er kein Auge zugetan. Er war die ganze Nacht im Wohnzimmer auf und ab marschiert und hatte die Arbeit der Feuerwehrleute und Polizisten unter seinem Fenster verstohlen durch die Vorhänge verfolgt.

Die Polizisten, die gleich an seiner Tür klingeln würden, durften nichts von seiner Übermüdung mitbekommen. Sie sollten glauben, sie stünden einem Mann gegenüber, der nach einem tiefen, langen Nachtschlaf gerade erst aufgestanden war.

Er zerstrubbelte das spärliche Haar, das infolge des Stresses schweißnass an der Kopfhaut klebte.

Es war fast halb zwölf, als Harri Holsti gestern in seinem

Wohnzimmer auf die tanzenden Lichter an seiner Wand aufmerksam geworden war. Er hatte aus dem Fenster geschaut und den in Flammen stehenden Baum gegenüber im Park gesehen. Genau in diesem Augenblick drang ein entsetzlicher Schrei durch die Fensterscheibe, und er entdeckte die Frau im Baum. Die Szenerie wurde hell erleuchtet vom Licht der Straßenlaternen und der Flammen. Er hatte die schreiende Person sofort erkannt.

So ein hübsches Gesicht. Kranke Irre!

Die Schreie erloschen schnell, die Flammen nicht. Etwa ein halbes Dutzend verschieden großer Feuerwehrautos fanden sich ein. Einige Feuerwehrmänner eilten los, um den brennenden Baum zu löschen, andere riegelten das Gelände weiträumig ab.

Zehn Minuten vergingen, bevor Holsti seine Gedanken ordnen konnte. Er fluchte, schwitzte und überlegte fieberhaft, was ihn retten könnte. Er musste Halt an der Küchentheke suchen, um nicht umzukippen. Dann begriff er – Gott sei Dank –, dass er Hilfe benötigte. Weitere zehn Minuten lang sammelte er Mut, dann griff er zum Telefon. Eine andere Möglichkeit sah er nicht, und so suchte er in seinen Kontakten nach der Nummer, die er unter dem Namen »Peregrino« abgespeichert hatte.

Sein geheimnisvoller Retter hatte ihm damals, vor einem Monat, nur diesen Namen genannt. Holsti hatte im Wörterbuch nachgeschaut und festgestellt, dass es ein spanisches Wort war und Wallfahrer bedeutete.

Peregrino drückte ihn weg, rief aber zwei lange Minuten später zurück. Er hörte sich Holstis Ausführungen über die nächtlichen Ereignisse schweigend an und gab ihm dann Verhaltensanweisungen wie einem Kleinkind: Bleib zu Hause. Sprich mit niemandem.

Peregrino versprach nichts. Das war nicht nötig. Er hatte früher schon bewiesen, dass er vertrackte Situationen klären konnte.

Nach dem Telefonat beobachtete Holsti weiter das Schauspiel im Park. Der Feuerwehrfotograf stand auf einer Drehleiter und machte mit Blitzlicht Bilder von der verkohlten Leiche. Danach ließen sich zwei Feuerwehrmänner und ein Polizist im Korb hochfahren, um die Tote zu begutachten. Es dauerte unerträglich lange, die Leiche vom Baum zu lösen. Einer der Feuerwehrmänner drehte sich plötzlich um und übergab sich. Der scharfe Wind verteilte das Erbrochene über eine weite Fläche.

An dieser Stelle beschloss Holsti, dass er genug gesehen hatte. Die Aufmerksamkeit der Rettungskräfte auf sich zu ziehen war das Letzte, was er jetzt brauchte. Es wäre ein Risiko, auf die Liste der Augenzeugen gesetzt zu werden.

Vielleicht würde ja alles wieder in Ordnung kommen und ihm auch diesmal aus der Klemme geholfen werden. Seine einzige Aufgabe war, die Fragen der Polizisten zu beantworten. Den Rest würde Peregrino erledigen.

Harri Holsti schüttelte die Gedanken ab und kehrte ins Jetzt zurück. Er stellte sich wieder hinter die Wohnungstür und belauschte das Gespräch der Polizisten mit seinen Nachbarn.

Haben Sie Fotos gemacht? … Sehr gut. Falls Sie mitbekommen, dass jemand aus dem Haus fotografiert hat, fordern Sie ihn bitte auf, die Bilder zu löschen … Selbstmorde sind heikel … Wir möchten Sie auch bitten, über die Ereignisse nicht mit der Presse zu sprechen.

Aus den Fragen der Polizei schlussfolgerte Holsti, dass der größte Teil der Nachbarschaft nichts gesehen hatte. Und er hörte auch, dass die Polizei um Diskretion bat.

Nervös schlich Holsti ins Wohnzimmer und sah hinter dem Vorhang hervor nach draußen. Es fing gerade erst an zu dämmern, aber die Arbeit von Polizei und Feuerwehr war so gut wie getan. Die verbliebenen Feuerwehrleute schienen zu überlegen, was mit dem verbrannten Baum geschehen sollte.

Das Klingeln an seiner Tür dröhnte schmerzhaft in seinen Ohren.

Er wartete zwei Sekunden und ging dann zur Tür. Auf dem Weg rief er sich noch einmal Pelegrinos Rat in den Sinn: Sag möglichst wenig. Tu nichts, was die Aufmerksamkeit der Polizisten erregen könnte.

Holsti öffnete das Sicherheitsschloss und drückte die Klinke nach unten. Zwei Polizisten, ein Mann und eine Frau, standen im

Hausflur. »Polizei, guten Morgen«, sagte die Polizistin. Ihr Kollege begnügte sich mit einem Nicken.

»Morgen«, antwortete Holsti. Schweißperlen bildeten sich auf seiner Stirn. Warum musste er auch immer so viel schwitzen!

»Haben Sie letzte Nacht zufällig aus dem Fenster geschaut und etwas bemerkt?«

Holsti schüttelte den Kopf und versuchte, verschlafen auszusehen, obwohl ihm fast das Herz in der Brust zersprang.

»Vor Ihrem Fenster gab es vergangene Nacht einen Brand.«

»Wie bitte? Besteht Gefahr für unser Haus? Warum hat mich keiner geweckt?«

»Der Brand ereignete sich auf der anderen Straßenseite, direkt gegenüber von ihrer Wohnung. Die meisten Hausbewohner haben die Flammen bemerkt oder sind spätestens von den Sirenen der Einsatzfahrzeuge geweckt worden.«

»Ich nicht.«

Die Polizisten starrten ihn an. »Sie haben wirklich nichts bemerkt?«

»Mein Schlafzimmer liegt zum Innenhof raus, und ich habe einen festen Schlaf«, erklärte Holsti.

Die beiden Polizisten wechselten einen Blick. Holsti merkte, dass sein Atem immer pfeifender wurde. Er ballte krampfhaft seine Hand zur Faust: *Wenn ich den Atem anhalte, hören sie meine Anspannung nicht.*

Der Polizist kratzte sich im Nacken. Sein Interesse, eine Schlafmütze weiter zu befragen, war auf null gefallen.

»Gut, dann können Sie sich jetzt wieder dem widmen, wobei wir Sie unterbrochen haben«, sagte seine Kollegin.

Am liebsten hätte er die Tür zugeknallt, bezwang sich aber; wie ein Mann, der nichts zu verbergen hatte, ließ er das Schloss stattdessen gemächlich zuschnappen.

Er holte tief Luft und gratulierte sich. Die erste Hürde war genommen, die Gefahr damit aber noch nicht vorüber.

Er ging ins Wohnzimmer und nahm sein Telefon von der Marmortheke. Keine neuen Nachrichten. Jeder Moment ohne weitere

Informationen war eine einzige Qual. Konnte Peregrino ihm nicht helfen, dann war er verloren.

Verfluchtes Weibsstück, was hast du getan?

5

Ministerpräsident Leo Koski schaute aus dem Fenster seines Schlafzimmers in den dunklen Garten hinunter. Bisher war noch niemand zu sehen, aber es konnte sich nur noch um Minuten handeln.

Im Geiste sah er die unangenehme Ereigniskette vor sich, falls sein Freund Samuel Kinga und sein Ziehvater Pontus Ebeling gleichzeitig eintreffen sollten.

Ein Paar Arme umschlang ihn von hinten. Vilma Varis drückte ihren Körper gegen seinen Rücken und reckte sich, um ihn im Nacken zu küssen. Sie war hochgewachsen und trug schon Stöckelschuhe, dennoch erreichten ihre Lippen seinen Nacken nur mit Mühe.

»Ich habe es nicht geschafft, all die Dinge mit dir zu machen, die ich mir vorgenommen hatte«, raunte sie ihm ins Ohr.

Leo rief sich die vergangene Nacht ins Gedächtnis, in der die Starreporterin mehr »Dinge« mit ihm angestellt hatte, als er sich hätte träumen lassen. Schlug sie ihm ein neues Treffen vor? Das wäre sehr unvernünftig, und Leo wollte es eigentlich auch nicht. In diesem Augenblick konnte er an nichts anderes denken als daran, sie wieder loszuwerden.

Über die Schulter bedachte er sie mit seinem berühmten Lächeln. Das hatte ihn schon aus vielen Situationen gerettet, in denen er keine Antwort parat hatte. Auch dieses Mal genügte es. Ihr Blick kehrte von den Erinnerungen an vergangene Nacht in die Gegenwart zurück.

»Und? Was tun wir jetzt?«, fragte sie. »Hast du vor, mich in der Besenkammer zu verstecken?«

Leo drehte sich wieder zum Fenster. Er fühlte sich wie ein Teenager, der im Begriff stand, von seinen Eltern mit einem Mädchen überrascht zu werden.

Und genau so war es ja auch. Pontus Ebeling war wie ein Vater für ihn.

Leo erinnerte sich noch genau an den Tag, an dem Pontus in sein Leben getreten war. Drei Tage zuvor war Leos Vater gestorben. Leo hatte in seinem Zimmer mit verweinten Augen Videos geschaut und Computerspiele gespielt. Er vermisste seinen Vater und sorgte sich um seine Mutter.

Als er zwischendrin in die Küche ging, um sich Kekse und Cornflakes zu holen, musste er den Scherben auf dem Boden ausweichen. Katarina Koski hatte während der vergangenen drei Tage alles in der Wohnung zerstört, was sie nur hatte zerschlagen können. IKEA-Bilder, Blumentöpfe und Geschirr waren Opfer ihrer Verzweiflung geworden. Nur ihr Hochzeitsbild und Leos Schülerporträt auf der Kommode blieben verschont.

Leos Onkel und Tanten kamen vorbei, aber Katarina komplimentierte sie nach weniger als einer Viertelstunde wieder hinaus. Dann weinte und schrie sie wieder. Am schlimmsten waren die stillen Momente, in denen seine Mutter mit offenen Augen dalag und an die Decke starrte.

Dann war Pontus Ebeling an ihrer Haustür erschienen. Leo hatte ihm die Tür geöffnet und in ihm einen von Vaters Freunden erkannt. Pontus trug ein zu weites Jackett und ein Poloshirt mit aufgestelltem Kragen, ein Kleidungsstil, dem er bis heute treu geblieben war.

Entweder war es pure Gastfreundschaft, oder Katarina traute sich nicht, den geschätzten Firmenchef abzuweisen. Oder in Pontus Ebelings Blick lag etwas, das sie beruhigte. Möglicherweise begriff sie auch trotz ihres Zorns und ihrer Wut, dass hier ein Mann stand, der die wirtschaftlichen Probleme lösen konnte, in die sie durch Mikaels Tod geraten waren.

Vom Treppenabsatz aus beobachtete Leo, wie Pontus seine Hand lange auf Katarinas Schulter legte und ihr etwas zuraunte, was er nicht hören konnte. Danach kam er ins Obergeschoss, nahm Leo bei der Hand und verließ mit ihm das Haus.

Sie fuhren zum *Hesburger*-Drive-In. Schon damals wunderte

sich Leo darüber, warum Pontus als steinreicher Mann so ein bescheidenes Auto wie den VW Golf fuhr. Heute wusste er, dass Pontus nie mit seinem Vermögen prahlte. Eigentlich mochte Leo lieber Pizza, aber er sagte nichts und aß brav seinen Hamburger.

Auf dem Parkplatz des Schnellrestaurants hatte Pontus ihn dann gefragt, wie es ihm gehe. Leo antwortete erst kurz und knapp und dann immer länger. Zum ersten Mal seit Vaters Tod konnte er wieder ruhig atmen. Das schnörkellose Wesen des Freundes seines Vaters gab ihm den Glauben daran wieder, dass das Leben weiterging.

In der nächsten Woche hatte Pontus ihn erneut abgeholt. Ebenso in der übernächsten und der darauffolgenden. Dienstags gingen sie von nun an immer zusammen in die Eishalle in Pasila und schauten sich die Eishockeyspiele des Erstligisten Jokerit an. Die Wochenenden verbrachte er gleich ganz bei den Ebelings. Pontus' Ehefrau Karen machte häufig dick mit Käse überbackene Hühnchenpfanne.

Die Ebelings hatten keine eigenen Kinder. Ab und zu nahmen sie Leo mit in den Urlaub nach Spanien oder in ihr Sommerhaus in Kuusamo, einer hügeligen Taiga-Landschaft im Nordosten Finnlands. Hierhin fuhren sie immer mit dem gleichen grauen Golf.

Auch heute noch vertraute Pontus auf Volkswagen, aber immerhin hatte er das Modell gewechselt und sich den um ein paar Stufen größeren Passat zugelegt.

Leo dachte daran, wie er Pontus als Teenager die Freisprechanlage für sein Handy installiert hatte, für die sich Pontus sofort begeisterte. Oft hatte er verfolgen können, wie Pontus kurze, aber unnachgiebige Telefonate führte, bei denen es meist um Zahlen ging, und zwar um große. Zu jener Zeit hatte Pontus viele der Unternehmensgeschäfte abgewickelt, die ihn zum heute reichsten Mann Finnlands gemacht hatten.

Bei Leos Abiturfeier hatte Pontus Ebeling neben seiner Mutter im Publikum gesessen. Und als Leo seine politische Karriere begann, hatte Pontus ihn unter seine Fittiche genommen. Als erst zwanzigjähriger Jurastudent war er in die Führungsriege der Jungen Sammlungspartei Kokoomus aufgestiegen, so wie seinerzeit sein Vater. Nachdem er sein Studium abgeschlossen und geheiratet hatte, gingen er und seine Frau gemeinsam nach London, um für eine Investmentbank zu arbeiten, in der er dank seiner sozialen Fähigkeiten schnell Karriere machte.

Wenige Jahre später jedoch trennte er sich sowohl von der Investitionsbank als auch von seiner Frau und kehrte nach Finnland und in die Politik zurück, weitestgehend auf Drängen von Pontus. Pontus sagte, dass die politische Karriere seines Vaters unvollendet geblieben sei und dieser gewollt hätte, dass er sie an seiner Stelle vollendete. Und so geschah es dann auch.

Pontus Ebeling war für Leos Karriere unersetzlich. Über Frauen allerdings sprachen Leo und Pontus nicht. Niemals.

Jetzt würde sich das wohl ändern.

Leo befreite sich aus Vilmas Umarmung und versuchte, ihr möglichst gelassen in die Augen zu schauen: »Vielleicht ist es besser, dich Pontus vorzustellen. Schließlich sind wir erwachsen, er wird es schon verstehen.«

Sie presste entschlossen die vollen Lippen zusammen.

»Ich habe nicht die Absicht, Pontus Ebeling auf diese Weise zu begegnen«, stieß sie heftig hervor. »Seit über einem Jahr versuche ich, ein Interview mit ihm zu kriegen. Ich will meine Chance nicht dadurch verspielen, dass er mich als Sexgespielin seines Wunderknaben sieht.«

Vergiss das Interview, dachte Leo. Pontus Ebeling hatte keinem finnischen Journalisten je ein Interview gegeben. Er fühlte sich wohler hinter den Kulissen und war im Lauf der Jahre zu einer Art mystischen Hintergrundfigur der konservativen Kreise Finnlands geworden. Vilma Varis' Chancen, ihn zu interviewen, waren gleich null. Falls Pontus' Referent ihr etwas anderes zu verstehen gegeben hatte, dann war das Taktik. Eine Interviewanfrage brüsk abzulehnen wurde leicht als Überheblichkeit verstanden. Es war klüger, die Journalisten in dem Glauben zu lassen, dass ein Interview mit Ebeling irgendwann möglich wäre.

Leo wunderte sich, dass Vilma Varis das nicht durchschaut hatte.

Ihre Antwort gab ihm allerdings Gelegenheit, die Begegnung mit Pontus noch einmal zu überdenken. Natürlich war er ein erwachsener Mann und in der Wahl seiner Freundinnen frei, aber die Vorstellung, Vilma Varis und Pontus Ebeling einander vorzustellen, war dennoch unangenehm.

Hallo, Pontus, ich habe meine Amtszeit als MP aufs Spiel gesetzt und beschlossen, mit Finnlands berühmtester Journalistin ins Bett zu gehen. Ich kann gut verstehen, wenn du enttäuscht bist. Und ich weiß, dass ich ohne dich nie zum Ministerpräsidenten aufgestiegen wäre und dass jetzt alles in Gefahr ist. Aber keine Sorge, ich habe meinen wegen Wirtschaftsdelikten verurteilten Ganovenfreund um Hilfe gebeten, obwohl ich dir versprochen hatte, ihn nie wieder zu treffen.

Leo hatte nicht vor, dieses Gespräch mit Ebeling zu führen. Kinga würde Vilma von hier wegbringen, ohne dass Ebeling etwas mitbekam, zumindest würde er es versuchen.

Leo griff nach dem Haustelefon und drückte die Taste mit dem Symbol einer Hütte. Die Antwort erfolgte innerhalb von zwei Sekunden, so wie immer.

»Herr Ministerpräsident?«

»Janos, kannst du bitte gleich Samuel Kinga reinlassen? Ein dunkelhäutiger Mann mit krausem Haar, er fährt ein grünes Auto mit weißen Werbeaufklebern. Es handelt sich um einen kurzen Privatbesuch, der nicht extra im Ein- und Ausgangsbuch vermerkt zu werden braucht.«

»Alles klar, Herr Ministerpräsident«, sagte der Mann an der Pforte. »Zu Ihrer Information. Herr Ebeling fährt vor, ich öffne ihm gerade das Tor.«

Pontus Ebeling war einer von drei Menschen, die außer dem Personal eine Zugangsberechtigung ohne gesonderte Anmeldung für Kesäranta hatten.

Natürlich, pünktlich wie immer. Er hängte das Haustelefon wieder ein und schaute zu einer Tür, auf der *Arbeitszimmer Gatte/Gattin* stand.

Vilma folgte seinem Blick und schüttelte den Kopf: »Das ist nicht dein Ernst.«

Auch Leo sah ein, dass es eine Sackgasse wäre, sie im Haus zu verstecken. So nahm er sie bei der Hand und zog sie durch das Wohnzimmer zu seiner kleinen Privatküche. Dahinter gab es eine schmale Hintertür, die Leo jetzt aufdrückte. Die Tür führte zu einer Treppe auf den zwanzig Meter hohen Aussichtsturm der Strandvilla.

»Das ist nicht dein Ernst!«, wiederholte Vilma, als Leo sie in das dunkle Treppenhaus schob. »Verbannst du mich in einen Turm wie irgendein gottverdammtes Dornröschen?«

6

Die Wohnung im Stadtteil Tikkurila befand sich in einem mehrgeschossigen Wohnhaus aus den Neunzigern an der Esikkotie. Metso, Chefermittler bei der finnischen Sicherheitspolizei, las das Namensschild auf dem Briefschlitz:

KAINULAINEN NEVASMAA

Er fühlte, wie ihm das Adrenalin in die Adern schoss. Ein letzter Blick ins Treppenhaus, dann zog er sich lautlos die Schuhe aus.

Viel Zeit hatte er nicht. Er musste verschwunden sein, bevor seine Amtsbrüder von der Kriminalpolizei Helsinki hier auftauchten.

Er zog den Dietrich aus der Tasche und führte ihn ins Schloss ein. Es galt, äußerste Vorsicht walten zu lassen. Unbemerkt in eine Wohnung einzubrechen, solange sich jemand darin aufhielt, war ungeheuer schwer. Sein einziger Trumpf bestand darin, dass die junge Frau jenseits der Tür an einem Wochenendmorgen hoffentlich lange schlief.

Das Schloss knackte leise und gab nach. Metso betrat die Wohnung. Im Flur lag achtlos zurückgelassen ein zierliches Paar schicker Abendschuhe. Entweder hatte ihre Trägerin sie einfach von den Füßen geschleudert, oder sie war ordentlich betrunken gewesen. Seine eigenen Schuhe stellte er leise daneben.

Dann schlich er in das recht kleine Wohnzimmer, dessen Wände in einem bejammernswerten Zustand waren – selbst in Anbetracht der schäbigen Fassade. Zwei Türen führten offensichtlich zu den Schlafzimmern. Beide waren geschlossen.

Seine nur vagen Kenntnisse des Grundrisses verunsicherten ihn. Er musste raten. Seine Wahl fiel auf die nächstliegende Tür. Er ging hin und drückte leise die Klinke hinunter.

Metso wusste, dass das kleinste Geräusch ihn verraten konnte. Sollte er die falsche Tür gewählt haben und die dahinter schlafende junge Frau aufwachen, würde er als Erstes seine Dienstmarke hervorziehen. Mit seiner dickrandigen Brille und dem altmodischen Bürstenhaarschnitt sah er aus wie der Inbegriff der Vertrauenswürdigkeit – zumindest für all jene, die den Film *Falling Down – Ein ganz normaler Tag* nicht gesehen hatten. Seine Ähnlichkeit mit der von Michael Douglas gespielten Hauptfigur war Metso schon in der Polizeischule klar geworden, als ihn seine Mitschüler aufgefordert hatten, mit einem Baseballschläger zu posieren. Später dämmerte ihm, dass die Übereinstimmung nicht nur auf Haaren und Brille beruhte. Ein Klassenkamerad hatte ihm in betrunkenem Zustand gesagt, dass seine Augen die gleiche Kälte ausstrahlten wie die des Mannes, der erst im Stau feststeckte, dann zu einem Fußmarsch aufbrach und die Nerven verlor.

Als Alternative zur Alternative hatte er eine Smith & Wesson mit Schalldämpfer dabei, die ihn im Holster unter der Achsel drückte. Sollte er sie einsetzen müssen, wäre der Teufel los.

Er drückte die Türklinke millimeterweise nach unten, bis es nicht weiterging, und öffnete die Tür. Als Erstes fiel sein Blick auf ein Puppenhaus vor dem Fenster. Eine rosa Tagesdecke lag in einem unordentlichen Haufen auf dem Boden, und an der Wand hingen Poster. Alles in allem wirkte das Zimmer wie das einer Teenagerin.

Im Bett lag eine junge Frau auf dem Bauch in tiefem Schlaf.

Falsches Zimmer. Metso hielt seine Hand ruhig und zog die Tür wieder zu.

In diesem Moment gab die junge Frau ein Geräusch von sich und drehte sich um.

Metso verharrte regungslos. Sie drehte ihr Gesicht in seine Richtung. Die Augen blieben geschlossen. Der Kopf fiel zurück aufs Kissen, und sie atmete ruhig weiter.

Geräuschlos schloss er die Tür und ging langsam quer durchs Wohnzimmer zur zweiten Tür. Dieses Mal brauchte er nicht zu fürchten, dass sich dahinter jemand aufhielt. Die zweite Bewohnerin der Wohnung hatte sich letzte Nacht auf bestialische Art selbst angezündet.

Ihr Name war Lumi Nevasmaa.

Metso betrat das Zimmer und entdeckte das Gesuchte sofort. *Volltreffer.* An einem Kissen auf dem Bett lehnte ein hellblauer Briefumschlag, der nicht zugeklebt war. Es gehörte nicht zu seinen Aufgaben, den Abschiedsbrief einer Selbstmörderin zu lesen, außerdem war die Zeit knapp. Dennoch zögerte er keinen Augenblick, nahm den Umschlag an sich und zog den Brief heraus. Er wollte wissen, wieso er heute Morgen direkt von einem Peregrino, einem ihm unbekannten Auftraggeber, dessen Einfluss offensichtlich bis in höchste Polizeikreise reichte, mit dieser Aufgabe betraut worden war.

Die schrille Ironie des Namens Peregrino hatte ihn sofort fasziniert. Noch auf der Polizeischule hatte er während einer Busfahrt Paolo Coelhos »El Peregrino« gelesen, das Tagebuch einer Pilgerreise auf dem Jakobsweg in Nordspanien auf der Suche nach Wahrheit, Güte und Liebe. Jener Peregrino, der ihm den Auftrag erteilt hatte, wollte die Wahrheit verbergen, die Güte unterdrücken und empfand mit Sicherheit keine Liebe.

Es war jetzt zwei Jahre her, dass Metso in diese geheimen Aufträge außerhalb seiner Dienstaufgaben verstrickt worden war. Alles hatte mit der Aufdeckung seines Geheimnisses begonnen. Wenn er an jenen Moment zurückdachte, spürte er tiefe Scham. Sein Geheimnis war zu grässlich, um es seinen Liebsten zu offenbaren. Er war bereit, alles zu tun, um zu verhindern, dass es ans Licht kam. Seitdem hatte er sich darauf eingelassen, Dinge zu tun, die er sich in der Polizeischule noch nicht einmal hätte vorstellen können. Er war vom Weg abgekommen und hatte seine eigenen Werte verraten, und das alles nur, um seiner Familie die Schande zu ersparen.

Metso wusste, dass er sich in den Fängen schlechter Menschen befand, nahm es aber hin. All das konnte er akzeptieren, solange er sein Leben leben konnte. Solange er sein Zuhause, seine Frau und seine Kinder behalten durfte. Bei jedem neuen Auftrag, den er annahm, setzte er all das aufs Spiel und riskierte haarscharf, alles zu verlieren.

Jetzt las er den Brief einer jungen Frau, die Selbstmord begangen hatte, und fühlte, wie sein Puls mit jeder Zeile schneller schlug. Obwohl er in höchster Eile war, konnte er nicht aufhören zu lesen.

Ihre Schrift war verschnörkelt und stilisiert, ihre Worte eindringlich und scharf. Als er zu Ende gelesen hatte, liefen ihm kalte Schauer den Rücken hinunter. Etwas Vernichtenderes hatte er noch nie gelesen. Die junge Frau hatte Talent zum Schreiben, doch vor allem ging es um den Inhalt des Briefes. Konnten die Behauptungen in dem Text stimmen? Metso hatte keine Veranlassung, daran zu zweifeln, zumindest nicht nach dem, was er im letzten Frühjahr erlebt und gesehen hatte.

Dieser Brief hätte weitreichende Folgen und würde ganz Finnland erschüttern.

Falls er öffentlich würde.

Metso schob den Brief in die Innentasche seiner Jacke.

Er richtete seine Aufmerksamkeit wieder auf seine Aufgabe und konzentrierte sich auf sein zweites Zielobjekt: einen abgenutzten Computer auf dem kleinen Schreibtisch. Er griff danach, und als er die Enter-Taste drückte, schaltete sich der Bildschirm an. Nicht passwortgeschützt. Unter den Dateisymbolen am Rande des Desktops befanden sich nur zwei Textdateien, die beide nichts mit dem Selbstmordbrief zu tun hatten. Dann öffnete Metso das Mailprogramm und sah unter den gesendeten Nachrichten nach. Es waren nicht viele, und nach zwei Minuten hatte er alle aus dem letzten Monat durchgesehen, ohne auf eine einzige zu stoßen, die sein Interesse geweckt hätte. Alle waren kurz und banal. Keine von ihnen deutete auf eine glückliche junge Frau hin, aber noch viel weniger auf eine Selbstmörderin. In den letzten Tagen hatte sie gar keine Nachrichten mehr verschickt.

Wie es aussah, hatte sie ihre Botschaft nur in Form eines handgeschriebenen Briefes auf dem Bett hinterlassen. Er stellte den Computer zurück auf den Schreibtisch.

Dann schlich er auf Zehenspitzen durch das Zimmer und betrachtete die gerahmten Fotos, die auf einem niedrigen Bücherregal standen. Lumi Nevasmaa war attraktiv, lächelte aber auf den Bildern weniger als die Menschen um sie herum.

Nichts im Regal gab Aufschluss über ihr Leben, da gab es kein Studienmaterial, keine Hobbygegenstände und auch sonst nichts. Der einzige persönliche Gegenstand, den er fand, war ein Schlüsselanhänger aus Kreta. Das Souvenir war schon Jahre alt, und seine billige Qualität zeugte von einem geringen Reisebudget. Vielleicht ihre einzige Auslandsreise.

Er hatte sich bereits wieder der Tür zugewandt, als sein Blick auf eine Ansammlung von Dingen am Rande des Schreibtischs fiel: Briefpapier, Münzen, zwei Haarspangen, Lippenstift, eine Quittung und ein selbstklebendes Markenset, auf dessen oberem Rand der Schriftzug Amazon zu lesen war.

Dieses weckte sein Interesse.

Eine unangenehme Ahnung befiel ihn.

Er nahm die Quittung in die Hand. Darauf stand, dass Lumi Nevasmaa am Vortag über den Internethandel Amazon eine selbstklebende Express-Briefmarke bestellt hatte. Das hatte Metso auch schon gemacht. Der 24-Stunden-Lieferservice von Amazon war in den letzten Jahren nicht nur bei Online-Bestellern, sondern auch bei jenen Briefversendern immer beliebter geworden, die sichergehen wollten, dass ihre Post auch ganz bestimmt und dazu schnell beim Empfänger ankam.

Metso nahm das Markenset in Augenschein. Übrig war nur die leere Verpackung und der Rand. Wo aber war die Briefmarke? Hastig durchwühlte er die Papiere und Umschläge auf dem Schreibtisch, zog Schubladen heraus und ging auch deren Inhalt durch.

Die fehlende Briefmarke war nirgends zu finden.

Metso schnappte sich die Quittung, das leere Markenset und die Briefutensilien und steckte sie in die Tasche. Seine Aufgabe hatte gerade erst begonnen.

7

Der Amtssitz des finnischen Ministerpräsidenten lag etwa drei Kilometer vom Stadtzentrum entfernt an einer Ostseebucht im Stadtteil Meilahti. Die Villa Kesäranta diente schon seit etwas mehr als einem Jahrhundert als Bühne der Politik, obwohl sie ursprünglich nicht für den Staat gebaut worden war.

Den ältesten Teil der Villa hatte im Jahr 1873 der finnische Architekt Frans Ludwig Calonius als Sommervilla für sich erbaut. Dreißig Jahre später erwarb sie der finnische Senat als Sommerwohnsitz für Nikolai Bobrikow, den russischen Generalgouverneur Finnlands, das damals als autonomes Großfürstentum zum Russischen Zarenreich gehörte. Während der als »Jahre der Unterdrückung« in die Geschichte eingegangenen und von Bobrikow geleiteten Russifizierungsbestrebungen erachtete man es als klüger, den Kauf dieser Luxus-Immobilie vor dem finnischen Volk geheim zu halten. Das misslang jedoch, und die Nachricht machte die Runde. Anfang Juni, genau an jenem Tag, an dem Bobrikow in die Villa Kesäranta einziehen sollte, wurde er von einem finnischen Nationalisten erschossen.

Kesäranta ist immer wieder umgebaut worden. Die gravierendste äußerliche Veränderung war der über dem Ostflügel im Rahmen der ersten Erweiterung Ende des 19. Jahrhunderts errichtete Aussichtsturm, der seither die Fassade des Gebäudes beherrscht. Die zur Turmspitze führende Wendeltreppe begann an einer Seitentür im Erdgeschoss und hatte auf halber Höhe einen Abzweig in die Küche der heutigen Privaträume des Ministerpräsidenten.

Vilma Varis stiefelte die Stufen der Treppe hinab, auf die Leo Koski sie verbannt hatte. Im Gehen kramte sie ihr Handy aus der Handtasche und stolperte. Es war ein Glück, dass sie dabei aus dem Schuh rutschte, sonst wäre ihr Knöchel sicher schlimm umgeknickt. Vilma fluchte und bückte sich nach ihrem glänzenden Schuh.

Die Vorliebe für Stöckelschuhe war das Einzige, was Vilma von ihrer Mutter übernommen hatte. Ihre Mutter hatte selbst zu Hause Absätze getragen, obwohl sie ihre Tage und ihr Talent dort sonst nur vergeudete – während ihr Mann, Vilmas Vater, mit wesentlich weniger Grips und mehr Fleiß für den Lebensunterhalt der Familie sorgte. Das Leben war an Vilmas Mutter vorbeigezogen, aber zumindest hatte sie ihr Leben nicht ungepflegt vergammelt. Die meisten von Vilmas TV-Kolleginnen hatten die Stöckelschuhe längst verworfen, doch Vilma würde nie darauf verzichten, nicht einmal im Winter.

Unten angekommen, entdeckte sie die kleine Tür, die hinaus in den Garten führte, genau wie Leo gesagt hatte. Sie lugte durch die Tür und sah direkt vor sich den Nadelstrauch, hinter dem sie sich verstecken sollte.

Vilma hockte sich hinter den Strauch, nahm ihr Handy aus der Tasche und sah sich an, was sie notiert hatte.

Was für ein unglaublicher Glücksfall. Als Leo am Morgen im Bad verschwunden war, hatte sie sich nur schlafend gestellt. Als kurz darauf Leos Handy piepte, hatte sie sich aus beruflicher Neugier das Telefon geschnappt und den Text auf dem Display gelesen:

Eine Irre hat heute Nacht mit einer kranken Aktion versucht, unseren Freund Holsti in Schwierigkeiten zu bringen. Ich kümmere mich darum.

Der Absender der Nachricht war »Pontus«, was mit hoher Wahrscheinlichkeit auf Leo Koskis Ziehvater, die graue Eminenz im Hintergrund, hinwies. Jenen Mann, der jeden Augenblick hier eintreffen sollte. Vilma hatte sich die Nachricht blitzschnell eingeprägt und sie als Notiz in ihr Handy geschrieben.

Was die Nachricht bedeutete, war zwar noch kryptisch, doch ihr Riecher sagte ihr, dass sich dahinter eine Story verbarg.

Jetzt las sie die Zeilen noch einmal durch, steckte das Handy dann zurück in die Tasche und schob die Hände zum Aufwärmen unter ihre Achseln.

Sie hörte das Geräusch eines näher kommenden Autos. Die mit Spikes ausgerüsteten Winterreifen klackerten auf dem Kies und hielten vor dem Eingang. Vilma spähte vorsichtig aus ihrem Versteck und sah, wie Pontus Ebeling aus dem Wagen stieg und in der Villa verschwand. Die Eingangstür fiel hinter ihm mit lautem Knall ins Schloss.

Vilma wagte wieder zu atmen und wartete weiter auf Kinga. Leo hatte versprochen, dafür zu sorgen, dass Ebeling nicht aus dem Fenster schaute, wenn Vilma zu Kinga ins Auto hüpfte.

Der böige kalte Seewind fuhr Vilma in den Kragen und bis auf die Haut. Sie zitterte vor Kälte, aber das machte nichts. Sie war einer Story auf der Spur. Das hieß Kribbeln, Eifer und unermüdliche Arbeit.

In ihren Augen teilten sich Nachrichtenjournalisten in zwei Gruppen: Die erste Gruppe bestand aus attraktiven jungen Männern und schönen jungen Frauen, die die Nachrichten fehlerfrei vor der Kamera verlasen. Die zweite Gruppe wurde von jenen Journalisten gebildet, die die Nachrichten mit ihrem Verstand und ihrer Zähigkeit beschafften. Diese Journalisten waren selten vor der Kamera zu sehen.

Und dann gab es noch Vilma Varis. In ihr vereinigten sich die besten Eigenschaften beider Gruppen. Vilma war schon immer stolz auf ihre Fähigkeit gewesen, Nachrichten auszugraben. Andererseits hatte sie auf ihr Aussehen gesetzt und es mit ein paar kleinen chirurgischen Eingriffen sogar noch verbessert. Vor der Kamera war ihr selbstsicheres Auftreten beispiellos.

Mit zwei ihrer Chefs war Vilma im Lauf ihrer Karriere ins Bett gestiegen, doch nicht das war der Grund für ihren schnellen Aufstieg.

Sie war einfach die Beste.

Der erste große Coup war Vilma mit einer Sensationsnachricht über Finnlands größten Schweinefleischproduzenten gelungen. Das Unternehmen hatte in seinen Schweineställen den Tierschutz systematisch aufs Gröbste missachtet. Vilma ging es nicht die Bohne um die geschundenen Schweine, sondern vielmehr um die Aufmerksamkeit, die ihr die Aufdeckung des Skandals eingebracht hatte.

Im darauffolgenden Winter wurde ihr der geheime Briefwechsel gleich mehrerer Spitzenpolitiker zugespielt, in dem es um die klammheimliche Vorbereitung von Finnlands Mitgliedschaft in der NATO ging. Mit dieser Enthüllungsnachricht war sie eine Woche lang auch in den internationalen Medien präsent. In der letzten Zeit hatte sie weniger sensationelle Enthüllungen auf ihrem Konto verbuchen können. Viel zu wenige. Immerhin kamen Politiker aus allen Parteien gern zu ihr in die Sendung, dem wichtigsten Politmagazin des Landes, das zur besten Sendezeit ausgestrahlt wurde.

Vilma war nicht nur die Moderatorin, sondern auch die verantwortliche Redakteurin und Produzentin ihrer Sendung. Ihre Arbeitstage waren lang, aber sie wollte gar nicht mehr zu Hause sein. Marcus war schon immer besser im Umgang mit Saami gewesen als sie. Ihre Ehe war im Laufe der Jahre zur Kulisse mutiert, was sie aber nicht weiter störte. Eine ganze Nacht wegzubleiben war natürlich heikel – und Marcus ahnte sicher den Grund –, aber Probleme würde es dadurch keine geben. Marcus würde sie nicht zur Rede stellen. Für seine Schlappschwänzigkeit verachtete Vilma ihn nur noch mehr, falls das überhaupt möglich war. Der einzige Grund, warum sie sich nicht scheiden ließ, war ihr gemeinsames Kind. Vilma wollte vermeiden, öffentlich zugeben zu müssen, dass sie sich nicht um ihr Kind kümmern wollte, nicht mal jede zweite Woche. Ihr Leben war zu stressig für die Rolle einer alleinerziehenden Mutter.

Sie zog den Kragen enger und dachte an die Nachricht, die Koski erhalten hatte. Versuchte, sie zu entschlüsseln. Der »Holsti« in der Nachricht war mit Sicherheit der Millionär Harri Holsti, Geldgeber der Mitte-rechts-Koalition. Aber wer war die »Irre«, die ihn in Schwierigkeiten bringen wollte? Das musste sie herausfinden.

8

Leo Koski hatte noch immer den Duft von Vilma Varis' Parfüm in der Nase, als Pontus Ebeling die Privaträume des Ministerpräsidenten in der oberen Etage der Amtsvilla betrat.

Leo bemühte sich, möglichst entspannt zu wirken. Was ihm allerdings schwerfiel, solange Vilma unten hinter einem Strauch hockte.

»Du kommst offensichtlich nicht mit zur Beerdigung«, bemerkte Leo verwundert und zeigte auf Pontus' Kleidung. Pontus hatte sich nicht in seinen einzigen schwarzen Anzug geworfen, sondern trug die übliche Kluft: ein schmuddeliges Poloshirt und ein zu weites Jackett. Immerhin hatte er heute den weißen Haarkranz rund um seine Glatze gekämmt.

Pontus zuckte mit den Schultern: »Dahlström war ein guter Mann, aber das heute wird ein geschäftiger Tag.«

Leo ging voraus in den kleinen Besprechungsraum, der zwischen Flur und Schlafzimmer lag, und wies auf die Stühle. Pontus wählte zum Glück einen Stuhl, auf dem er mit dem Rücken zum Fenster sitzen würde.

Kinga musste jeden Augenblick da sein. Leo wollte den Garten vor dem Haus im Blick behalten und entschied sich für eine unbequeme Halbsitzhaltung auf der Sessellehne.

»Du bist früh unterwegs«, sagte er.

Pontus hatte sich immer das Recht herausgenommen, ohne Vorankündigung bei Leo aufzutauchen, allerdings in der Regel nicht früh um acht. *Seltsam.* Pontus wirkte angespannt. Menschen mit angespannten Nerven hatte Leo freilich in letzter Zeit zur Genüge um sich.

»Gut, dass du wach bist«, antwortete Pontus. »Es gibt eine Planänderung. Die Gilde trifft sich vor der Beerdigung im Palast.«

Leo wunderte sich. Die Gilde trat sonst nie so kurzfristig zusammen, und die Vorstellung eines ad hoc einberufenen Meetings behagte ihm gar nicht.

In seinem tiefsten Inneren hasste er die Gilde, aber eine Einladung zu einem Treffen abzulehnen kam nicht in infrage. Seinen rasanten Aufstieg in der finnischen Politik hatte er letztendlich vor allem diesem konservativ-elitären Club sorgfältig ausgewählter Vertreter der Wirtschaft zu verdanken.

Die Gilde hatte in den Nachwehen der Wirtschaftskrise an Macht und Einfluss gewonnen, als die politischen Trennungslinien neu geordnet wurden. Die Politik Anfang des Jahrtausends war bestimmt vom Clinch zwischen städtisch-liberalen Kreisen und einwanderungsfeindlichen Konservativen. Als die Wirtschaft zur wichtigsten politischen Streitfrage wurde, ordneten sich die Parteien wieder entlang der Rechts-links-Achse ein. Im linken Spektrum angesiedelt waren die SDP, das Linksbündnis und die Grünen, die sich zur sogenannten Linken Bewegung zusammenschlossen. Auch der ursprüngliche Kern der Finnischen Zentrumspartei Keskusta stand eher links, während der Unternehmerflügel der Partei ins bürgerliche Lager wechselte. Die Christdemokraten waren aus der Parteienlandschaft verschwunden, nachdem sie keinen einzigen Sitz im Parlament hatten erringen können.

Das rechte Lager bildeten die Nationale Sammlungspartei Kokoomus, die Wahren Finnen und die SVP als Interessenvertreter der schwedischsprachigen Minderheit in Finnland, die zunächst als eigenständige Parteien bestehen blieben, ihre Reihen jedoch durch die Allianz der Linken enger schließen mussten. Zur bindenden Kraft wurde das im Hintergrund agierende Kartell einflussreicher Unternehmer, die Gilde.

Offiziell gab es in der Gilde keine formalen Strukturen, aber faktisch hielt der Mann, der jetzt vor Leo saß, die Fäden in der Hand. Formell besaß die Gilde keinerlei Macht, aber in der Praxis war ihr Einfluss nahezu unbegrenzt. Die Macht des Eliteklubs beruhte allein auf dem Geld, mit dem die Gilde großzügig bürgerlich-konservative Politiker unterstützte und das sie zugleich dazu einsetzte, sie zu erpressen. Diese mächtigen Männer hatten die führenden finnischen Großunternehmen in der Hand, Unternehmen, die Hunderttausende Bürger beschäftigten und deren Steuerzahlungen das Rückgrat der finnischen Wirtschaft bildeten. Im Zeitalter der Globalisierung brauchte Finnland die Unternehmen im Besitz der Gilde mehr als diese Finnland.

Vielleicht noch wichtiger war die erdrückende Geschlossenheit, zu der die Gilde die führenden konservativen Politiker verpflichtete. Die Gilde hinterging man einfach nicht.

Obwohl erst seit ein paar Jahren existent, erinnerte der Einfluss der Gilde an den eines uralten Geheimbundes. Die regierende bürgerlich-konservative Koalition traf nicht eine Richtungsentscheidung oder Ernennung ohne den Segen der Gilde. Keiner wusste das besser als Leo. Denn niemand anderes als die Gilde war es, die ihn nach dem Skandal im letzten Sommer zum Vorsitzenden der Sammlungspartei und damit zum Ministerpräsidenten der bürgerlichen Koalition erhoben hatte.

Seitdem schien eine Ewigkeit vergangen zu sein.

Leo sah scheinbar beiläufig aus dem Fenster. Kinga war nicht zu entdecken. *Wo bleibt der bloß?*

»Kommt die ganze Gilde zu dem Treffen, obwohl Wochenende ist?«, fragte er.

Pontus nickte. Kurz schien es, als wollte er etwas sagen, brachte es aber nicht über die Lippen.

»Warum wurde das Treffen einberufen?«, fragte Leo.

»Warte es ab«, wehrte Pontus knurrend ab.

»Ach, geht es wieder darum, dass ich zu verweichlicht bin?«, fragte Leo. »Das ist Bullshit! Ich habe fast alles getan, worum ihr mich gebeten habt.«

»Darüber kann man geteilter Meinung sein. Die harten Zeiten kommen erst noch«, schnaubte Pontus.

Leo bemühte sich, ruhig zu bleiben. Es fiel ihm schwer, die Unzufriedenheit der Gilde mit seiner Person einfach wegzustecken. Getreulich hatte er ein zum Jahreswechsel in Kraft tretendes hartes Kürzungsprogramm durchgesetzt, wie es die Gildenmitglieder von ihm gefordert hatten. Der einzige Punkt, in dem er sich ihrem Willen widersetzt hatte, war, die landesweiten Demonstrationen mit Gewalt aufzulösen.

Ohne das Vertrauen der Gilde hätte Leo keine Zukunft in der Politik. Mit ihrer Unterstützung war er zum Ministerpräsidenten ernannt wurden. Und wenn die Gilde eines Tages die Galionsfigur des bürgerlichen Lagers auswechseln wollte, dann würde er weichen müsse.

»Machen sich die Mitglieder der Gilde Sorgen wegen Emma Erola?«, fragte Leo weiter und versuchte zugleich unauffällig aus dem Fenster zu schielen.

Pontus schüttelte langsam den Kopf.

»Erola ist nur ein Kümmernis unter vielen. An ihr ist nichts Besonderes.«

Da irrst du dich, dachte Leo. Er hatte Emma Erola zwar bisher nur einmal getroffen, aber die Begegnung hatte sich in sein Gedächtnis eingebrannt. Seitdem bewunderte und fürchtete er sie gleichermaßen.

Später am Tage würde die Linke Bewegung auf ihrem Parteitag die junge und charismatische Emma Erola zur neuen Parteivorsitzenden küren. Das stülpte die politischen Machtverhältnisse um. Leo wusste nur zu gut, dass er lediglich Ministerpräsident geworden war, weil die Linke Bewegung eine unfähige Führung hatte. Eigentlich hätte die Linke Bewegung jetzt an der Macht sein müssen. Seit dem Zusammenschluss der Parteien des linken Spektrums war ihr Zuspruch in der Bevölkerung Jahr für Jahr gewachsen.

Erolas Aufstieg zur Vorsitzenden der Linken Bewegung beherrschte seit Wochen die Medien. Selbst in der Boulevardpresse prangte ihr Konterfei Tag für Tag auf den Titelseiten.

Die Medien hatten Leo Koski und Emma Erola längst zu den entscheidenden Gegnern auf der politischen Bühne erklärt. Selbst im Ausland konnte Leo dieser Erola und dem Aufstieg der Linken Bewegung nicht entkommen. Die ständig gleichen Fragen verfolgten ihn in jeder Pause beim Treffen der Staats- und Regierungschefs der Europäischen Union ebenso wie auf jeder Pressekonferenz. Die internationale Presse war ausschließlich an der Linken Bewegung interessiert, und Leo blieb nichts anderes übrig, als möglichst geduldig und zuversichtlich die Fragen der Journalisten zu beantworten.

Wie erklären Sie sich den massiven Verlust an Zustimmung für Ihre Regierung? Höhen und Tiefen gehören in der Politik zum Geschäft. Erst die nächsten Wahlen werden zeigen, wie das Volk die Situation einschätzt.

Wird es Zugeständnisse an die Linke Bewegung geben? Die Regierungsparteien verfügen über die Mehrheit im Parlament. Wir werden unser Programm zielstrebig umsetzen.

Fürchten Sie keine Eskalation angesichts der massiven Zunahme an Demonstrationen? Finnland ist eine stabile Gesellschaft, die auch Meinungsverschiedenheiten aushält. Die politischen Demonstrationen sind, abgesehen von einigen wenigen bedauerlichen Zwischenfällen, weitgehend ruhig und friedlich verlaufen.

Und so weiter.

In Wirklichkeit hatte Leo den kometenhaften Aufstieg der Linken Bewegung in der Wählergunst mit Schrecken verfolgt, aber das konnte er natürlich nicht öffentlich zugeben. Auch hatte er nicht vor, heute mit Pontus über die Einschätzung Erolas zu debattieren.

Pontus war schon zu anderen Themen übergegangen, als Leo aus dem Augenwinkel unten endlich etwas Weiß-Grünes blitzen sah. Kingas Auto.

Er bezwang den Impuls, zum Fenster zu gehen. Würde er hinausschauen, wäre es nur natürlich, dass Pontus seinem Blick folgte. Leo musste darauf vertrauen, dass Kinga so handelte, wie er es ihm am Telefon erklärt hatte.

Leo zog sein Handy hervor und schrieb eine SMS:

Geh!

Er war auch sonst häufig mit seinem Telefon beschäftigt, sodass Pontus dem keine Beachtung schenkte.

Pontus erklärte gerade irgendetwas von Einkommensunterschieden, die zwischenzeitlich unvermeidlich wachsen müssten, um Finnland aus seiner katastrophalen wirtschaftlichen Lage zu befreien und einen Aufschwung herbeizuführen. Die Worte gingen bei Leo zum einen Ohr hinein und aus dem anderen wieder hinaus. *Nun fahr schon.*

Mehr konnte er nicht tun. Jetzt blieb nur noch zu hoffen, dass Kinga und Vilma Varis unbemerkt verschwinden konnten.

»Hörst du zu, Leo?«

Leo löste den Blick vom Handy. Pontus' Stimme klang plötzlich schärfer.

»Diese Nachricht, die ich dir vorhin geschickt habe …«, begann Pontus.

Ach die, was ist damit? Vor der Nachricht, in der er sein Kommen ankündigte, hatte Pontus ihm noch eine weitere Nachricht geschickt, in der von einer »Irren« die Rede war. Und von Harri Holsti, dem Geldgeber der Sammlungspartei und Mitglied der Gilde. *Ein unangenehmer Mensch.*

»Ja?«, fragte Leo. »Was ist damit?«

Pontus räusperte sich.

»Eine geistesgestörte junge Frau hat sich letzte Nacht vor dem Haus von Holsti in Töölö das Leben genommen. Sie hat in Holstis Hotel gearbeitet und war offensichtlich komplett durchgedreht.«

»Hat sie sich auf offener Straße erschossen?«

»Nein …«

Die Worte kamen ungewöhnlich schwerfällig aus Pontus' Mund. Normalerweise machte ihn nichts so schnell sprachlos. Leo hob fragend die Brauen.

»Sie hat sich an einem Baum festgebunden und angezündet«, sagte er schließlich.

»Sich selbst angezündet?«

»Ja.«

»Und warum vor Holstis Haus?«, erkundigte sich Leo.

»Eine Irre halt. Wer weiß schon, was in ihrem Kopf vorgegangen ist.«

»Hat er ihr etwas getan? Es würde mich nicht wundern, wenn jemand von Holstis Angestellten seinetwegen Selbstmord verüben würde. Der Mann ist ein Scheißkerl.«

Pontus zeigte keine Regung. Leo begriff nicht, warum Pontus die Sache herunterspielte.

»Das ist verdammter Mist, und das weißt du auch«, schimpfte Leo. »Wenn Holsti an diesem Selbstmord irgendeine Schuld trifft, bin ich in ernsten Schwierigkeiten. Sein Name steht auf jeder meiner Spendenerklärungen, und auf jedem Foto mit meinen Unterstützern ist er dabei.«

Leo fielen die unzähligen Male ein, in denen er hatte schöntun müssen, oft auch in der Öffentlichkeit. Die Hintermänner der Konservativen waren durch die Bank von sich überzeugt, aber mit Ausnahme von Holsti verfügten sie zumindest über ein Mindestmaß an Benehmen und Anstand. Nüchtern war Harri Holsti ein Grobian, betrunken ein Ekel. »Verdammt noch mal, am Unabhängigkeitstag habe ich ihm auch noch das Ehrenkreuz verliehen. Das ist gerade mal knapp zwei Wochen her!«

»Ich verstehe die Situation«, grummelte Pontus. »Zu Selbstmorden gibt die Polizei keine Erklärungen ab, also dürfte da kaum etwas bekannt werden. Auch die Medien behandeln Selbstmorde eher vorsichtig, selbst wenn sie davon Wind bekommen. Die sozialen Medien versuchen wir zu kontrollieren, und die Polizei bittet alle Augenzeugen um Diskretion. Ich wollte nur, dass du vorbereitet bist und dich aller Kommentare enthältst, falls es doch irgendwie ans Licht kommt. Dafür verfügst du über einen Amtsapparat, dessen Aufgabe es ist, den Schlamassel zu beseitigen.«

»Und was heißt das nun schon wieder?«, fragte Leo.

»Erinnerst du dich noch, wie wir darüber gesprochen haben, dass du deinem Team vertrauen musst? Das ist so ein Fall. Lass es gut sein.«

9

Laura Nevasmaa nahm umständlich auf der Bank im Flur Platz und begutachtete den Inhalt ihrer Plastiktüte. Drei große Plastikflaschen, acht Dosen und vier Glasflaschen. Das ergab höchstens drei Euro.

Die Bank knarrte, als sie keuchend ihre Winterschuhe überstreifte. Sie kam neuerdings so schnell außer Atem. Schon das Aufstehen war anstrengend, selbst wenn sie sich dabei aufstützte.

Die Tür öffnete sich erst nach einem ordentlichen Schubs. Die frische Winterluft auf ihrem Gesicht war wohltuend. Die Morgenverrichtungen fielen ihr immer schwerer, aber sobald sie im Freien war, fühlte sich ihr Leben beinahe annehmbar an, fast so wie früher. Doch dieses Gefühl stellte sich nicht jeden Morgen ein. Sie wünschte, Lumi käme öfter vorbei.

Im Sommer hatte ihre Tochter Lumi gesagt, sie wolle eventuell zurück nach Hause ziehen. Ausschlaggebend waren natürlich wirtschaftliche Zwänge, aber Laura hatte der Gedanke Mut gemacht. Sie hatte schon angefangen zu planen, wie sie das Haus gemütlicher gestalten konnte, ohne viel Geld auszugeben. Ihr kleines Einfamilienhaus war mittlerweile in einem erbärmlichen Zustand.

Je weiter der Herbst voranschritt, umso mehr gerieten die Worte von Lumis Rückkehr in Vergessenheit, ebenso wie die Pläne für die Hausumgestaltung.

Der Schneefall am Abend und in der Nacht hatte die Erde mit einer weißen Schicht bedeckt. Der Boden unter dem Schnee war tückisch glatt. Sie wollte nicht schon wieder fallen.

Laura Nevasmaa betrachtete die kaputte Schaukel und dachte an bessere Wintertage zurück, an denen sie mit ihrer Tochter Zeit im Freien verbracht hatte. Lumi schien in ihren Schneeanzügen immer zu verschwinden, obwohl Laura schon jeweils kleinere Größen für jüngere Kinder kaufte.

Manchmal hatte Lumi sie gebeten wegzuschauen und sich, wenn sie ihr den Wunsch erfüllte, eine große Handvoll Schnee vom Boden gegriffen und in den Mund gestopft. Dann hatten sie zusammen gekichert, Mutter und Tochter. Leicht hatten sie es schon damals nicht; Lumis Vater hatte sie sitzen lassen. Dennoch hatte die Armut in jener Zeit nicht ihre Liebe und Freude erstickt. Sie war eine gute Mutter. Natürlich keine kluge, aber eine fröhliche, singende und redselige.

Die Straße lag verlassen da. Als sie schon fast an der Briefkästenreihe vorbei war, fiel ihr Blick auf ihren eigenen. Auf dem Deckel lag weniger Schnee als auf dem der Nachbarn. Hatte ihn jemand während des Schneefalls geöffnet? Der Briefträger kam doch am Wochenende nicht. Wer war dann am Briefkasten gewesen?

Laura schlurfte zu ihrem Briefkasten und hob den Deckel. Auf dem Boden lag ein einsamer hellblauer Brief. Sie nahm ihn heraus und sah auf die Adresse. Diese schwungvollen Buchstaben erkannte sie sofort. In einem früheren Leben hatte sie Lumi Schönschrift beigebracht – damals, als sie noch in der Bibliothek gearbeitet und halb so viel wie heute gewogen hatte. Lumi war gern bei ihr in der Bibliothek gewesen und hatte schnell gelernt. Und sie liebte Geschichten. Versank in den fremden Welten manchmal sogar zu sehr.

Laura warf sich immer noch vor, dass Lumi keine Möglichkeit gehabt hatte, zur Universität zu gehen. Das Zeug dazu hatte sie.

Was hatte sie auf dem Herzen? Und warum schickte sie einen Brief und rief nicht an?

Hatte sie doch vor, nach Hause zu kommen?

Laura legte ihre Fäustlinge auf den Briefkasten und stellte die Tüte mit den Pfandflaschen auf den Boden. Dann riss sie den Brief auf. Mit ihren ungelenken, kalten Fingern gelang ihr das nur mit Mühe.

Endlich hatte sie den Brief aus dem Umschlag gefingert und begann zu lesen.

Der in der Nacht frisch gefallene Puderschnee stob auf, als Laura Nevasmaas Beine versagten.

10

Autoreifen näherten sich knirschend über den Kies, und Vilma Varis machte sich in ihrem Versteck hinter dem Strauch noch etwas kleiner. Pontus Ebeling hatte soeben die Amtsvilla des Ministerpräsidenten betreten, also musste das jetzt Kingas Auto sein.

Vilma lugte zwischen den Ästen in Richtung Einfahrt und entdeckte dasselbe kleine Auto, das sie gestern Abend hierhergebracht hatte. Kinga hatte viel zu weit weg angehalten und auch noch so, dass sie nur die Fahrertür ungesehen erreichen konnte. *Elender Dilettant.*

Ausgerechnet jetzt bekam Vilma eine SMS:

MP Koski: Geh!

Kinga öffnete seine Tür, und Vilma schlich geduckt zum Auto. Widerstrebend kletterte sie über Kingas Oberschenkel auf den Beifahrersitz.

Vilma lag immer noch halb auf Kingas Schoß, als er die Tür zuzog und losfuhr. Wie schon am vergangenen Abend konnte Kinga sehr zu Vilmas Verdruss wieder nicht an sich halten und wieherte:

»Aus dieser Perspektive siehst du ganz anders aus als im Fernsehen.«

»Sehr witzig. Sag sofort, wann ich mich hinsetzen kann, sonst erzähle ich Leo, dass du mich begrabscht hast.«

»Nur keine Panik!«

In Höhe eines Nebengebäudes hielt Kinga so, dass man das Auto weder aus den Fenstern noch von der Pforte her sehen konnte.

»Setz dich nach hinten. Und bleib in Deckung bis wir an den Wachposten und Demonstranten vorbei sind«, sagte er.

Vilma ließ sich auf die Rückbank fallen und rollte sich auf dem klebrigen, dreckigen Boden zusammen. Überall lagen zerknitterte Wohnungsprospekte und Pappbecher, aus denen sonst was auf die Gummimatten getropft war. Angeekelt stopfte Vilma den Müll unter den Vordersitz und zog eine Decke, die auf der Sitzbank gelegen hatte, über sich.

Die Eingangspforte öffnete sich nach innen. Hinter den Absperrgittern brüllten die Demonstranten im Chor. Was sie riefen, konnte Vilma unter ihrer Decke nicht hören.

Kinga fuhr zum Tor hinaus, bog in die Kesärannantie und eine halbe Minute später in die nach dem Komponisten der finnischen Nationalhymne benannte Paciuksenkatu ein.

»Du kannst jetzt hochkommen«, sagte Kinga und beschleunigte.

Vilma stemmte sich hoch und setzte sich auf die Rückbank. Sie prüfte ihre Jacke auf Verschmutzungen, als Kinga sie über den Spiegel ansah und rief: »'tschuldigung, ist wohl ein bisschen müllig da unten.«

Kinga schien die Unordnung aufrichtig zu bedauern, aber ein Flegel war er trotzdem. Vilma schwieg und holte ihr Handy hervor.

Sie öffnete erneut ihre Notiz von der Nachricht, die sie am Morgen auf Koskis Telefon gelesen hatte:

Eine Irre hat heute Nacht mit einer kranken Aktion versucht, unseren Freund Holsti in Schwierigkeiten zu bringen. Ich kümmere mich darum.

Vilma starrte kurz auf den Text und wurde dann aktiv. Zuerst googelte sie den Namen Harri Holsti, fand aber nichts Neueres. Dann las sie die neuesten Meldungen des Yle-Pressedienstes und suchte nach irgendetwas, das mit der Nachricht in Verbindung stehen konnte.

Gleich oben stand eine Meldung zum Parteitag der Linken Bewegung, der heute in der Wahl der neuen Vorsitzenden gipfeln sollte. Morgen würde sich das Jubelwochenende der Linken mit einer Roten Parade fortsetzen, einem Massenprotest gegen die Regierung, der die größte Massenkundgebung aller Zeiten auf finnischem Boden zu werden versprach.

Ungeduldig scrollte Vilma durch die Schlagzeilen. In den Wirtschaftsnachrichten fand sie keinen Hinweis auf Harri Holsti. Die Auslandsmeldungen quollen über von Berichten über die britischen Demonstrationen. Es wurde allgemein befürchtet, dass diese noch schlimmer ausgehen könnten als jene in Frankreich Anfang Dezember.

Das Aufbegehren der Linksradikalen nahm in ganz Europa immer bedrohlichere Züge an.

Die aktuellste Lokalmeldung bezog sich auf einen Brand im Topeliuspark.

Nichts, was sie weiterbrachte. Aus Neugier klickte sie auf den Feuerwehreinsatz, weil sie davon zufällig schon am Vorabend etwas mitbekommen hatte. Als sie durch die Mechelinkatu gefahren waren, hatte sie hinter den Bäumen das Blinken der Blaulichter gesehen, sich aber nichts weiter dabei gedacht. Wen interessierte schon, ob es irgendwo brannte, wenn man auf dem Weg war, den Ministerpräsidenten zu vögeln.

Erst jetzt erfuhr sie Genaueres.

… Nach Yle-Informationen handelte es sich dabei um Brandstiftung. An den Löscharbeiten waren mehrere Einsatzfahrzeuge beteiligt.

Irgendetwas störte sie an dieser Meldung. Ein Brand im Park? Was sollte das?

Die Nachricht von Pontus Ebeling an Leo kam ihr erneut in den Sinn. *Eine Irre … kranke Aktion …* Hing das zusammen?

Ein schneller Klick, und die Adresse von Harri Holsti erschien auf dem Display: Topeliuskatu 13. *Jackpot.*

Vilma fühlte, wie ihr das Blut in die unterkühlten Glieder schoss, als sie die Nachricht noch einmal mit neuen Augen las. Mit jedem Wort schlug ihr Herz etwas schneller und intensiver.

Warum entzündete jemand einen Brand vor dem Haus, in dem Harri Holsti wohnte? Da musste irgendetwas dahinterstecken, und sie würde es herausfinden. Jagdgier erfasste sie. Dieses Gefühl liebte sie über alles. Ein breites Lächeln zog sich über ihr Gesicht. *Vielen Dank, Herr Ministerpräsident.*

»Wohin soll's gehen? Wohnst du nicht auf der Insel Kuusisaari?«, fragte Kinga von vorn.

Vilma würde gewiss nicht nach Hause gehen. Sie hatte zu tun.

Und Marcus konnte sie dann auch sagen, dass sie letzte Nacht in der Redaktion geblieben war und recherchiert hatte. Wahrscheinlich würde er ihr nicht glauben. Aber selbst eine fadenscheinige Erklärung half ihnen beiden, ihr Gesicht zu wahren und weiterzumachen wie bisher. Sie schrieb ihrem Mann eine kurze Nachricht.

»Nein, dreh wieder um und fahr mich zur Bibliothek in Töölö. Ich muss ein Buch abholen.«

11

Harri Holsti hasste es zu warten. Das machte ihn verrückt.

Die Polizeibefragung an der Wohnungstür war reibungslos verlaufen, dennoch fühlte er Panik in sich aufsteigen. Er zitterte vor Müdigkeit und Hass. Immer wenn er die Augen schloss, sah er die lodernde Frau mit dem schmerzverzerrten Gesicht vor sich und hörte ihren markerschütternden Schrei.

Noch schlimmer war, dass er wieder auf Peregrino angewiesen war. Es war ihm zuwider. Es war ihm zuwider, mit schwitzigen Fingern das Telefon zu halten und auf Peregrinos Anruf zu warten. Er verabscheute es, auf Hilfe von einem Menschen angewiesen zu sein, der nicht einmal bereit war, seine Identität zu verraten.

Bereits vor vier Wochen hatte Harri Holsti vor einem Problem gestanden, bei dem für ihn alles auf dem Spiel stand. Auch daran war diese Putznutte schuld gewesen, die sich letzte Nacht vor seinen Augen verbrannt hatte. Ihre unwiderstehlichen Reize hatten ihn in eine Situation gebracht, die ihn alles kosten konnte. Er hatte sich an seine einflussreichen Freunde gewandt, aber seine Hilferufe waren ins Leere gegangen. Er hatte mit dem Rücken zur Wand gestanden, ohne einen einzigen Menschen, der zu ihm hielt.

Da war ein seltsamer Anrufer wie aus dem Nichts erschienen und hatte ihm seine Hilfe angeboten. Eine künstlich verfremdete Stimme hatte sich als Peregrino vorgestellt und versprochen, Holstis Problem zu lösen. Er hatte erklärt, dass das Verfremden der Stimme eine reine Vorsichtsmaßnahme sei. Holsti verstehe doch sicher, dass er sich in eine Situation gebracht habe, in der jemand, der ihm beistand, selbst ein Risiko einging.

Holsti war schockiert. Und verletzt. Seine Gefährten wollten sich nicht die Hände schmutzig machen, indem sie ihm persönlich halfen. Sie hatten ihm nur eine Stimme per Telefon geschickt. Einen Typ, dessen dämlicher Tarnname klang wie ein italienisches Mineralwasser. Was bedeutete er gleich noch mal …?

Pilger. Wie pathetisch. Ein scheußlicher Name.

Aber dieser selbst ernannte Pilger hatte sein Versprechen gehalten. Er hatte die Dinge so arrangiert, dass die Ermittlungen, die ihm hätten gefährlich werden können, im Sande verliefen. Sein Problem hatte sich einfach verflüchtigt. Holsti schlussfolgerte daraus, das Peregrinos Einfluss grenzenlos war.

Peregrino hatte Holsti nicht eingeweiht, wie er das Problem aus der Welt geschafft hatte. Das Leben war einfach weitergegangen, als ob nichts geschehen wäre. Als ob dieses verdammte Zimmermädchen nie existiert hätte. Bis letzte Nacht, als ebendiese junge Frau wiederaufgetaucht war, um ihm abermals Scherereien zu machen. Diesmal als brennende Fackel.

Da war Holsti nichts anderes übriggeblieben, als Peregrino mitten in der Nacht erneut um Hilfe zu bitten. Während ihres kurzen nächtlichen Telefonats hatte Peregrino ihn aufgefordert, zu Hause zu bleiben. *Verhalte dich still und unternimm nichts.*

Holsti lief zum wer weiß wievielten Mal zwischen Wohn- und Schlafzimmer hin und her, als endlich der Anruf kam. Das vibrierende Telefon glitt ihm fast aus den verschwitzten Fingern, und als er den Namen auf dem Display sah, verspannte sich sein Körper.

Peregrino.

Mit steifem Daumen wischte Holsti das grüne Telefonsymbol zur Seite.

»Hallo.«

»Hör genau zu, Harri«, lautete die Antwort am anderen Ende der Leitung.

Die Stimme hatte einen metallischen, kalten Klang. Doch das erschreckte Holsti nicht, wusste er doch, dass der Anrufer eine App verwendete, die die Stimme unkenntlich machte.

»Du steckst wieder höllisch in der Scheiße«, fuhr die Stimme fort.

Auch wenn die App keine Gefühlsregungen übermittelte, so

wurde doch anhand der Wortwahl deutlich, dass der Sprecher von Holsti genervt war.

Holsti schluckte. »Hat sie einen Brief hinterlassen?«

»Ja. Und zwar nicht nur einen, sondern zwei.«

Ich bin verloren, dachte er. »Kommen sie an die Öffentlichkeit?«

»Einen haben wir schon, und an dem zweiten sind wir dran.«

Holsti umklammerte das Telefon wie ein Ertrinkender die Rettungsleine. Auch wenn er Peregrinos Fähigkeiten schon kannte, überraschte ihn doch, mit welcher Effizienz er diese einsetzte. Es waren erst wenige Stunden vergangen, seit sich diese gottverdammte Hure angezündet hatte, und schon hatte er das ganz große Besteck rausgeholt.

»Was behauptet die Schlampe denn in ihrem Brief?«, fragte Holsti. Gern hätte er großspurig geklungen, aber es misslang ihm gründlich.

»Dass du ein krankes Stück Scheiße bist«, sagte die Stimme am Telefon.

Holsti war, als hätte ihm jemand einen Schlag in die Magengrube versetzt. Doch er schluckte seinen Stolz hinunter und verkniff sich eine knurrige Erwiderung.

Die Stimme fuhr fort: »Der Inhalt des Briefes ist verheerend. Und zwar nicht nur für dich. Falls der zweite Brief an die Öffentlichkeit kommt, nehmen auch viele andere Menschen irreversiblen Schaden. Die komplette Regierung könnte kippen und das zum schlimmstmöglichen Zeitpunkt. Ich hätte dir im Herbst nicht helfen sollen, als du in Schwierigkeiten warst. Wir stehen kurz vor einer Totalkatastrophe.«

Kalter Schweiß bildete sich auf seinem Rücken. »Das ist nicht meine Schuld. Das Weib ist gerissen und verrückt!«

»Red dich nicht raus. Du tust erst mal nichts. Lass mich diesen Schlamassel wieder in Ordnung bringen. Du hältst die Beine still und wartest, bis ich mich wieder melde.«

Harri Holsti kochte vor Wut. *In diesem Ton spricht keiner mit mir.* Holsti war ein treuer Soldat der konservativ-bürgerlichen Koalition. Er hatte der Koalition Hunderttausende Euro aus seinem Privatvermögen vor die Füße geworfen und dann noch einmal mindestens das Doppelte von seinem Unternehmenskonto. Und jetzt, wo es eng wurde, behandelte man ihn wie einen Aussätzigen. Er hatte das Recht zu erfahren, wer sich hinter der Stimme verbarg.

»Hat Ebeling dich geschickt? Oder Jorsch?«

»Das spielt keine Rolle. Das Einzige, was eine Rolle spielt, ist, dass ich in der Lage bin, dein Problem aus der Welt zu schaffen. Wenn du Hilfe brauchst, rufst du diese Nummer an. Niemanden sonst!«

»Das ist eine Frechheit!«, ereiferte sich Holsti. Er fühlte sich wie ein stinknormaler Telefonkunde, der wegen eines Rechnungsfehlers in der endlosen Warteschleife der Servicehotline gelandet war.

»Hör auf zu jammern«, hörte er die Stimme sagen.

Aus dem anschließenden Knacken schlussfolgerte Holsti, dass Peregrino aufgelegt hatte. Wütend schleuderte er sein Telefon gegen die Marmorplatte, sodass es einen Sprung bekam. Die Wut klärte sein Denken, das nach der schlaflosen Nacht kurz vernebelt gewesen war. *Mich lässt niemand so mir nichts, dir nichts fallen.* Harri Holsti hatte sich aus eigener Kraft hochgearbeitet. Ohne die Hilfe von irgendeinem Peregrino.

Er war durchaus in der Lage, seine Probleme allein zu lösen.

12

Der Mann, der nur Marten genannt wurde, lief über die Brücke, die vom Festland auf die Insel Korkeasaari führte. Die Wolkendecke riss auf und gab direkt vor ihm den Mond frei.

Der Wind hatte den Schnee vor dem Brückengeländer angehäuft und eine asphaltschwarze Gasse freigeweht.

Marten war wie üblich um 4.15 Uhr aufgewacht, hatte sich einen schwarzen Kaffee gekocht und wettergerechte Kleidung angezogen: eine gefütterte Marmot-Überhose, ein Funktionsshirt aus Merinowolle und seine Salomon-Thermojacke. Er war ohnehin ein großer Mann und sah in der Daunenjacke noch eindrucksvoller aus.

Der Meerbusen unter ihm wogte stockschwarz im Wind, ausgenommen einige helle Streifen, in denen sich die Lichter der Stadt spiegelten. Bald würde der Samstagmorgen über Helsinki dämmern und ein Wochenende einläuten, an dem für Finnland eine neue Zeit anbräche.

Doch zuerst wollte er seine Vergangenheit bereinigen. Es war an der Zeit, Sünden aus dreißig Jahren wiedergutzumachen. Er musste sich dem stellen, was er geopfert hatte, um zu ermöglichen, was nun kommen sollte.

Imperare sibi maximum imperium est, dachte er. Sich selbst zu beherrschen ist die größte Macht.

Seine Schritte hämmerten in schnellem Takt über die Brücke. Er hatte seine heutige Position nicht erreicht, weil er zaghaft voranschritt.

Im Gegenlicht des Mondes wirkte die Insel Korkeasaari gespenstisch. Hinter der Brücke wurde der Ankömmling von einer verrottenden, sieben Meter hohen Holzskulptur begrüßt, die ein Riesenfaultier darstellte, das jedoch viele für einen Bären hielten.

Die ehemalige Zooinsel Korkeasaari verkam, seit die Stadt Helsinki vor zwei Jahren den Unterhalt des Tierparks eingestellt hatte. Der Entscheidung waren jahrelange Bemühungen der Tierbefreiungsbewegung vorausgegangen, die schon mehrere Zoos in Europa gekippt hatte. Die Besucherzahlen waren eingebrochen, als sich eine immer breitere Öffentlichkeit der problematischen Zurschaustellung von Wildtieren bewusst wurde. Zuerst beschloss man, auf jene Tiere zu verzichten, die zum Symbol der Tierrechtler avanciert waren: Löwen, Bären, Affen und einige weitere Tiere wurden ins Ausland in verschiedene Tieraufzuchtstationen gebracht, weil man sie ja schließlich auch nicht einfach freilassen konnte. Daraufhin hatten die Aktivisten etwas Ruhe gegeben, aber gleichzeitig war das Interesse weiter gesunken. Kaum eine Familie bemühte sich noch hierher, um lediglich Schlangen und Wildpferde zu sehen. In der Wirtschaftskrise wurde der kommunale Haushalt schließlich so strapaziert, dass die Unterhaltskosten des Zoos für die Stadt nicht mehr finanzierbar waren.

Daraufhin verkündete die Stadt, den Zoo im Frühjahr zu schließen. Nach dieser Entscheidung wurden die Tiere fortgeschafft und die Tore an der Brücke mit Ketten gesichert. Die Insel selbst harrte der Entscheidung des Stadtrates über ihr Schicksal. Doch in den folgenden zwei Jahren wurde nicht einmal ein Plan zur zukünftigen Nutzung des Geländes vorgelegt.

Dafür fanden Helsinkis Obdachlose bereits im darauffolgenden Winter Verwendung für die Anlagen. Die ersten illegalen Nutzer nisteten sich zunächst in den Verwaltungsgebäuden Konttori und Huvila, dem früheren Wärterwohnhäuschen und vier Zweizimmerreihenhäusern der ehemaligen Zoomitarbeiter ein. Dann quartierten sie sich unbefugt auch in dem als Büro- und Arbeitsraum genutzten Holzhaus Kylttipaja ein.

Schon bald wurde es in den ursprünglich für Menschen gedachten Gebäuden zu eng und die Belagerung auf Tierunterkünfte ausgeweitet: zuerst die Stallungen im Wisentgehege und dann die Bärenburg.

In den vergangenen zwei Jahren war Korkeasaari zur größten Obdachlosenkolonie Finnlands geworden. Viele der Gebäude verkamen zu Säufer- und Junkiehöhlen, aber in einem Teil wohnten auch Vertreter der sogenannten Generation Z, denen der Große Knall das Dach über dem Kopf genommen hatte. Letztere organisierten ihr Leben auf der Insel fast wie eine Dorfgemeinschaft. Sogar eine Hochzeit hatte es auf der Insel Korkeasaari schon gegeben.

Die Stadtverwaltung hatte zu keinem Zeitpunkt einen Versuch unternommen, die neuen Bewohner zu vertreiben, obwohl sie eindeutig gegen das für die Insel erlassene Betretungsverbot verstießen. In aller Stille einigte man sich auf eine Handlungsrichtlinie, nach der Menschen, die bereit waren, wie Tiere zu hausen, dieses auch tun durften. Außerdem wusste die Stadt keinen besseren Platz, wohin sie die Obdachlosen hätte kutschieren können, ohne dass ihr Anblick die Bessersituierten gestört hätte.

Marten trat durch das Tor am Eingang der Insel, das irgendein mitfühlender Stadtmitarbeiter oder Polizist geöffnet hatte. Früher mussten die Obdachlosen über den Zaun oder die Ufersteine klettern, um das Tor zu umgehen. Hier lag immer noch ein verwaister Getränkeautomat, über den man balancieren konnte, ohne sich beim Sprung von Stein zu Stein die Knochen zu brechen.

Er drehte sich um und blickte zurück auf die hoch aufragenden Wolkenkratzer von Kalasatama, einem Bezirk am Rande der Altstadt. Der Kontrast zwischen der verdreckten Insel und den noblen, direkt am Meer gelegenen Luxuswohntürmen könnte nicht größer sein.

Weiter voraus führte ein Weg leicht bergauf, und als Marten sich wieder umwandte, um ihm zu folgen, hörte er einen erschrockenen Ausruf vor sich. In der Dunkelheit nahm er eine Bewegung war: Zwei Männer beugten sich über den dritten, der ausgerutscht und hingefallen war. Der Mann am Boden fluchte heftig.

Marten ließ sich von den Betrunkenen nicht aufhalten und setzte seinen Weg ruhig und grußlos fort.

»Hey!«, hörte er eine belegte Stimme hinter sich.

Er blieb stehen, drehte sich aber nicht um.

»Wohin soll's denn gehen?« Die Stimme klang nach einem kaputten Leben und einer rauschmittelreichen Nacht.

Ein verzweifelter Mensch war unberechenbar, vor allem, wenn er Alkoholiker war, doch Marten konnte er keine Angst einjagen. Zwar hatte er gehofft, sein Besuch auf der Insel würde ohne Zwischenfälle ablaufen, dennoch war er darauf eingestellt, den Inselbewohnern und derartigen Situationen zu begegnen. Er fiel eben auf.

Offensichtlich vertrauten die drei auf ihre Übermacht und sahen in ihm eine potenzielle Beute.

Schwachköpfe.

»Das ist unsere Insel. Da muss einer wie du Steuern zahlen«, sagte einer der Betrunkenen. »Dreh dich um!«

Marten machte kehrt. Obwohl er nur etwa zwei Meter von dem Trio entfernt war, konnte er in der Dunkelheit ihre Gesichter nicht erkennen.

»Geld und Handy her!«, brüllte eine ziemlich bezechte Stimme.

Marten steckte eine Hand in die Tasche und nahm eine Zigarettenschachtel und ein Zippo heraus. Mit ruhigen Bewegungen entnahm er der Schachtel eine Zigarette und schob sie sich zwischen die Lippen.

Das Trio ahnte trotz der Finsternis, dass er nicht tat, was von ihm verlangt wurde.

»Was zum Teufel bildest du dir ein?!«

Marten legte Zeige- und Mittelfinger auf die hintere Ecke des Deckels und ließ das Feuerzeug mit einer knappen Abwärtsbewegung aufschnappen. Das Klicken durchbrach die Finsternis und ließ das Trinkertrio erstarren.

Er rieb das Zippo kurz an seiner Jacke und eine Flamme schoss hervor. Er zündete die Zigarette an. Zog daran. Hielt das Zippo so, dass die Flamme sein Gesicht von unten beleuchtete.

Dann nahm er die Zigarette zwischen die Finger und blies den Rauch in Richtung seiner Angreifer. Er ging einen Schritt auf sie zu und hielt ihnen das brennende Feuerzeug vors Gesicht.

Im Schein der Flamme sah er, wie einer der Männer sich zu seinem großtuerischen Kumpel beugte und ihm etwas ins Ohr flüsterte. Der dritte Mann starrte Marten an wie einen Geist.

Ein Teil der Finnen kannte ihn, ein Teil nicht, aber alle hatten Respekt vor seiner Erscheinung.

Marten ließ den Deckel des Zippos mit einer schnellen Bewegung aus dem Handgelenk zuklappen. Bei dem Klackgeräusch zuckten die drei zusammen und wichen einen Schritt zurück. Jetzt war zwischen ihm und den Säufern nur noch die glimmende Zigarette zu sehen.

»Eine Kippe könnt ihr kriegen«, sagte er und hielt den Männern seine Zigarette hin. Doch das war nicht mehr nötig. Das Trio hatte sich schon in die Dunkelheit zurückgezogen, und wenig später hörte er Schritte Richtung Brücke hasten.

Er schob sich die Zigarette wieder zwischen die Lippen und sog inbrünstig daran. Seine Suche würde er im Gebäude Huvila beginnen.

13

Der Morgen des 18. Dezember war schon weit fortgeschritten, trotzdem zeigten sich über dem Horizont gerade erst die Ausläufer der ersten Sonnenstrahlen. Leo sah durch die Gardine hinunter auf die schwarze Limousine, die vor dem Eingang seiner Amtsvilla Kesäranta wartete.

Pontus war schon zum Regierungspalais vorausgefahren. Jetzt wurde es Zeit für Leo, ihm zu folgen.

Etwas an Pontus' Tonfall hatte ihn beunruhigt. Wahrscheinlich hatte die Gilde genug von seinem Zaudern. Diese Teufel würden ihn noch zwingen, die Demonstrationen der Linken mit Gewalt niederzuschlagen.

Aber zuerst einmal musste er aus der Tür treten. Leos Nase berührte die kalte Fensterscheibe, als er versuchte, über den Zaun zu spähen, der das Gelände umgab.

Es waren nur wenige Schritte von der Haustür bis zum Wagen, aber jeden Morgen waren es für ihn die schwersten des Tages. Nicht einmal die morgendliche Dunkelheit konnte ihn retten, denn der Eingangsbereich wurde von Laternen hell erleuchtet.

Ein paar unverdrossene Demonstranten wachten jeden Morgen am Südtor, von dem aus man das Grundstück und den Hauseingang einsehen konnte. Sobald sich die Tür öffnete, schmetterten sie ihre Rufe, und der Rest der Demonstranten vor dem Haupttor stimmte in das Gebrüll ein. Wenn er gleich zur Tür hinaus und zu seinem Wagen ginge, würde ihn eine Geräuschkulisse empfangen wie im Estadio Santiago Bernabéu, der Heimspielstätte von Real Madrid.

»Die Leute kennen Sie nicht«, sagte jemand hinter ihm.

Leo drehte sich um und sah seine Haushälterin, die ihn betrübt ansah. Sie kümmerte sich seit Jahrzehnten um den Haushalt von

Kesäranta und hatte stets gut für Leo gesorgt. Jetzt sah er, wie ihre Augen feucht wurden.

»Sie sind ein guter Mensch«, sagte sie mit einer Stimme, als spräche sie über einen Verstorbenen. »Die Leute kennen Sie nur nicht.«

»Danke, Marja. Ich komme schon klar«, erwiderte Leo Koski. Die Haushälterin sah ihn noch einmal mitfühlend an und schlurfte dann zurück in die Küche.

Leo drehte sich wieder zum Fenster. Sein Fahrer stand neben dem Dienstwagen, bereit, Leo die hintere Tür zu öffnen. Der »Minister-Mercedes« war zum Symbol des Machtstrebens der Politiker geworden. Eine Fahrt damit wurde zu einem mythischen Erlebnis hochstilisiert, für das die Menschen bereit waren, ihre hehren Ideale zu opfern. Hatte sich ein Politiker erst mal an einen Dienstwagen mit Chauffeur gewöhnt, war er, so der Mythos, bereit, die Interessen des Volkes über Bord zu werfen, nur um an der Macht und den mit ihr verbundenen Privilegien festzuhalten.

Da war etwas Wahres dran, fand Leo. Er konnte sich inzwischen selbst nur noch schwerlich in einer Straßenbahn vorstellen. Die Stimmung in Finnland war so aufgeheizt, dass es ihm nie in den Sinn kommen würde, sich ohne Personenschützer in der Stadt zu bewegen.

Seit dem Platzen der Schuldenblase waren schon zweieinhalb Jahre vergangen, aber so kurz Leos Amtszeit auch war, die Situation hatte sich unter ihm extrem schnell zugespitzt. Die wachsende Gruppe der Armen war ihm sogar noch feindseliger gesinnt als seiner Vorgängerin. Dem jungen, unerfahrenen Ministerpräsidenten sah man absolut nichts nach.

Leo verstand die Not der Menschen durchaus, war aber verbittert, dass sich ihr Hass ausgerechnet gegen ihn richtete. Die Spirale der Demonstrationen und Unruhen hatte bereits vor seinem Amtsantritt begonnen. Es war nicht seine Schuld, dass die Schuldenblase geplatzt war, geschweige denn, dass überhaupt immer mehr Schulden angehäuft worden waren.

Die Saat für den wirtschaftlichen Kollaps war in den ersten

zwei Jahrzehnten des dritten Jahrtausends gelegt worden, als Finnland sich ebenso wie alle anderen westlichen Staaten immer weiter verschuldet hatte. Dann waren die 2020er-Jahre angebrochen. *Ein Jahrzehnt direkt aus der Hölle.*

Zuerst hatte eine Virusepidemie die Welt in die Knie gezwungen. Den Staaten war es zwar gelungen, die Wirtschaft am Laufen zu halten, doch sie hatten sich für ihre Konjunkturpakete unkontrolliert verschuldet. Unmittelbar vor dem Großen Knall glich die Weltwirtschaft einem mit Kaugummi notdürftig reparierten Schlauchboot, das ständig aufgepumpt werden musste, um es über Wasser zu halten. Als es dann trotzdem unterging, konnte man nichts mehr tun. Zentralbanken und Staaten hatten sich bei der vorherigen Krise bis zum Letzten verausgabt, als ob es nie eine nächste Krise geben könnte. Ihre Kassen waren leer.

Der jähe Zusammenbruch der finnischen Wirtschaft war noch heftiger als der anderer Staaten. Schon das Virus hatte zu einem massiven Einbruch bei den Bestellungen neuer Kreuzfahrtschiffe geführt und Finnlands so wichtigen maritimen Sektor zum Erliegen gebracht. Die Arbeitsplätze im Maschinenbau und der Forstindustrie waren ins Ausland verlagert worden. Die Investitionen in Biokraftstoffe verliefen infolge der Elektrifizierung des Verkehrs im Sande. Auf dem Gebiet der Spiele- und Softwareentwicklung blieben die finnischen Firmen weit hinter den Marktführern aus Amerika und China zurück.

Aufgrund der Überalterung der Bevölkerung und der hohen Arbeitslosigkeit musste ein finnischer Arbeitnehmer auf einen Schlag zwei Empfänger staatlicher Transferleistungen finanzieren. Als Folge der Wirtschaftskrise sanken die Steuereinnahmen um mehr als ein Viertel. Nach der Negativbewertung der Bonität Finnlands durch die Ratingagenturen wurde es für den finnischen Staat unmöglich, sich auf dem Kapitalmarkt neues Geld zum Stopfen der Haushaltslöcher zu besorgen.

Leos Vorgängerin blieb nichts anderes übrig, als brachial vorzugehen. Um eine Konkurswelle der Unternehmen abzuwenden, musste das Kabinett Kauranen den Kündigungsschutz der Arbeitnehmer auf null fahren. Im gleichen Zuge wurden die Sozialleistungen massiv gekürzt.

Und als Leo im letzten Sommer überraschend an die Macht gekommen war, hatte er geglaubt, aus der Talsohle gäbe es nur eine Richtung. Doch schon kurze Zeit später kam es zu einem weiteren Absturz der Wirtschaft, der sich immer mehr beschleunigte. Nicht das geringste Anzeichen wies auf eine mögliche Erholung hin.

In nur zwei Jahren war in Finnland eine neue Unterschicht entstanden, in die ein Großteil der ehemaligen Mittelklasse abrutschte. Die Arbeitslosigkeit wurde immer katastrophaler, und die Mehrzahl der Einkommen jener, die noch Arbeit hatten, war so schlecht, dass sie davon praktisch nicht leben konnten. Durch die massive Abdrängung in die Sozialsysteme geriet der Staat an seine Grenzen.

Die zum Jahreswechsel in Kraft tretende Kürzungsrunde war die härteste bisher. Bis dahin waren es noch weniger als zwei Wochen. Leo war klar, dass die Kürzungen erneut Zehntausende unter die Armutsgrenze stürzen würden. Und er wusste auch, dass man die Schuld hierfür allein ihm zuschieben würde, so wie schon bei dem Maßnahmenpaket Ende des Sommers. Aber schwere Zeiten erforderten harte Maßnahmen. Die Menschen mussten versuchen zu verstehen, dass sich das Land in einer Ausnahmesituation befand.

Die Hintergründe für Finnlands Absturz waren eindeutig, nicht klar war hingegen, warum die Rezession so lange anhielt. Normalerweise verliefen wirtschaftlicher Auf- und Abschwung in Wellen, und auf schlechte Zeiten folgten bald bessere. Ein Teil der Experten, auch ernst zu nehmende, boten hierfür die gleiche Erklärung wie Emma Erola, die heute zur Vorsitzenden der Linken Bewegung aufsteigen sollte.

Ihr Gedankenkonstrukt war verrückt und gefährlich. Es zu akzeptieren hieße, die gesamte westliche Welt in ein Vakuum zu stürzen. Trotzdem fanden ihre Theorien immer mehr Anhänger. Das Gedankengut der radikalen Linken bekam weit mehr Zuspruch beim Volk, als man es sich noch vor wenigen Jahren hätte ausmalen können. Was das mit sich brachte, erlebte Leo jedes Mal, wenn er vor die Tür trat.

Leo nahm sich zusammen. Aufschieben half nicht. Er drückte die Tür auf und trat hinaus. Der erste Ruf hallte herbei, noch bevor sich die Tür hinter ihm geschlossen hatte.

Wie können die nur so schnell sein? Er beschleunigte seine Schritte und ließ sich auf die Rückbank seines Dienstwagens fallen. Die Tür klappte zu und schloss den Proteststurm aus.

Leo drehte den Kopf und sah seine Staatssekretärin Sarianne Tavas an, die mit ernstem Gesicht auf der anderen Seite der Rückbank saß.

Tavas war der Inbegriff einer loyalen Beamtin. Das begann schon mit ihrem Äußeren: kurz geschnittene Haare und zwar reichlicher, aber unauffälliger Schmuck. Sie war von schlanker Gestalt, beinahe dürr, und laut seinen Beobachtungen ernährte sie sich ausschließlich von Salat.

Er konnte nicht mit Sicherheit sagen, ob er sie jemals hatte lächeln sehen. Das war nicht Teil des Stilrepertoires seiner Staatssekretärin. Oder es gab einfach keinen Grund zu lächeln. Auf ihrem gemeinsamen Weg hatten sie bisher vor allem Brände löschen müssen: Die Partei kämpfte immer noch mit den Folgen jenes Skandals, über den seine Vorgängerin gestolpert war, und die wirtschaftliche Lage des Landes war katastrophal.

Sarianne war auf Pontus' Empfehlung hin gleich bei Leos Aufstieg zum Ministerpräsidenten in sein Team gekommen. Ihre Arbeitsteilung war klar: Pontus bestimmte den Inhalt der Politik, und Sarianne kümmerte sich um die praktische Umsetzung. Leo fiel es zu, die gewählte Linie gegenüber dem Parlament, den Wählern und den Partnerstaaten zu verteidigen.

»Guten Morgen, Sarianne«, sagte Leo.

»Guten Morgen, Herr Ministerpräsident.«

Das war ihr tägliches Ritual. Begrüßung ohne Fragerei nach dem Befinden.

Während des vergangenen halben Jahres hatte Leo an jedem

Werktag viele Stunden in Gesellschaft von Sarianne Tavas verbracht. Trotzdem wusste er nichts von ihr. Das Bemühen, Sarianne Informationen über ihr Privatleben zu entlocken, war ebenso sinnlos wie der Versuch, mit einer Rohrzange Unkraut zu jäten. Leo hatte jegliche Bemühungen dieser Art schon vor geraumer Zeit eingestellt.

Abgesehen davon hatte er heute nicht das geringste Bedürfnis, über den Verlauf seines Morgens zu reden. Dann hätte er unweigerlich lügen müssen, und das versuchte er in seinem Leben tunlichst zu vermeiden. Hundertprozentig gelang ihm das in seinem Job allerdings nicht.

Der Wagen fuhr am Nebengebäude vorbei und näherte sich dem Tor. Die Rufe der Demonstranten wurden lauter. Es war unmöglich, sich daran zu gewöhnen, zumal sie von Woche zu Woche an Intensität zunahmen.

Die Torflügel öffneten sich nach innen. Direkt vor dem Tor stieg das Gelände leicht an und bot den Demonstranten eine perfekte Sicht. Jetzt sah er auch, dass es Hunderte waren, bedeutend mehr als am Vortag. Im Laufe des Tages würden sie noch zahlreicher werden, aber diejenigen, die früh auf den Beinen waren oder in Zelten übernachtet hatten, waren am lautesten.

Die Demonstrationen vor den Toren des Amtssitzes Kesäranta hatten im Laufe des Herbstes kontinuierlich zugenommen und waren mittlerweile eine Dauererscheinung. Der heutige Parteitag der Linken Bewegung und die für morgen im Stadtzentrum angekündigte Rote Parade hatten Zehntausende wütender Bürger zusätzlich nach Helsinki geführt. Ein Teil von ihnen hatte beschlossen, sein Wochenende im Kreise der Demonstranten vor Kesäranta zu beginnen.

Die Fensterscheiben seines Dienstwagens waren abgedunkelt, dennoch fühlte sich Leo, als müsse er sich nackt vor den Menschen präsentieren.

Die Sicherheitsbeamten hatten die Demonstranten hinter die Absperrungen längs der Fahrbahn zurückgedrängt, doch die wütenden Rufe konnten sie nicht zurückhalten. Die Demonstranten drängten sich gegen die Sperrgitter und konnten mit ihren vorgereckten Fäusten fast das Auto berühren.

Leo bemühte sich, ruhig zu atmen.

Er hatte sich dagegen ausgesprochen, die Demonstranten zu vertreiben. Sie zu verscheuchen würde den Linken, die ihn ohnehin der Verletzung der Grundrechte bezichtigten, nur weitere Munition liefern.

Flankiert von Sicherheitsleuten, glitt die Limousine an den Demonstranten vorbei. Plötzlich beugte sich eine einbeinige Frau über das Metallgitter und schlug mit ihrer Krücke nach dem Wagen. Die Krücke traf die gepanzerte Windschutzscheibe, ohne auch nur einen Kratzer zu verursachen. Aus dem Seitenfenster sah Leo, wie einer der Sicherheitsbeamten mit zwei schnellen Schritten bei der Frau war und ihr mit dem Ellbogen ins Gesicht schlug. Die Frau wurde von der Wucht des Schlages zurück- und gegen die anderen Demonstranten geschleudert.

»Hey!«, rief Leo, aber seine Stimme drang nicht nach draußen. Das sofort ausbrechende wütende Gebrüll der Menge erreichte ihn dagegen durchaus. Leo konnte nicht sehen, wie schwer die Frau durch den Schlag verletzt worden war. Sein Fahrer beschleunigte plötzlich. Als Leo sich umwandte, sah er, dass die Sicherheitsbeamten ihre Waffenholster öffneten und sich rückwärtsgehend Richtung Tor zurückzogen.

»Haben Sie das gesehen?«, fragte Leo aufgebracht seine Mitfahrerin Sarianne. »Was zum Teufel?! Das war komplett überflüssig. Der Kerl hat ihr voll ins Gesicht geschlagen.«

»Tja«, antwortete Sarianne gleichgültig. Das brutale Vorgehen schien sie nicht im Mindesten zu erschüttern.

Sarianne gehörte zu denen, die ungeachtet seiner Proteste die Sicherheitsvorkehrungen rund um den Ministerpräsidenten hochgefahren hatten. Die Einschätzung der Gefahrenlage durch den finnischen Inlandsgeheimdienst SUPO wurde von Tag zu Tag mahnender, doch Leo fiel es schwer, das ernst zu nehmen. Bisher hatte es keine Drohungen gegen seine Person gegeben. Demonstranten waren Demonstranten, und damit Schluss.

Die Verstärkung der Sicherheitsmaßnahmen stand in seinen Augen in keinerlei Verhältnis zur realen Bedrohungslage. Es sei denn, man hatte ihm nicht alles erzählt und ihm das Ausmaß der Gefahren verschwiegen.

* * *

Der Finnair-Flug AY 1371 nach Schottland hatte soeben die norwegische Küste passiert und überflog jetzt die Nordsee. Die Stewardess Airi Lehmus kippte gerade den Müll von einem Plastiktablett in einen großen Plastiksack, als sie aus dem hinteren Teil der Kabine panische Schreie hörte, die schnell lauter wurden. Die Stewardess trat auf die Feststellbremse am Servicewagen, ließ ihn stehen und eilte den Gang hinunter nach hinten.

Ein männlicher Passagier auf dem rechten Fensterplatz in Reihe 26 hatte einen heftigen Krampfanfall. Der gleiche Mann hatte sich zu Beginn des Fluges über Steifheit im Kiefer beklagt.

»Ist ein Arzt an Bord?«, rief die Stewardess. »Janne, ruf einen Arzt oder eine Krankenschwester aus!«

Die Passagiere auf Mittel- und Gangplatz hatten sich erhoben und standen jetzt im Gang. Airi Lehmus setzte sich auf den mittleren Platz und bemühte sich, den Fluggast mit den seltsamen Symptomen zu beruhigen.

Der Mann versuchte etwas zu sagen, aber seine Worte waren unverständlich. Schon vorher hatte sie Schwierigkeiten gehabt, sein Englisch zu verstehen, da er mit starkem Akzent sprach. Doch jetzt war sein Gestammel absolut unartikuliert.

Sie beugte sich über ihn, um ihm die Gesichtsmaske abzunehmen. Airi erschrak, als unter der Maske ein schrecklich verzerrtes Gesicht zum Vorschein kam. Der Unterkiefer war krampfhaft nach hinten gezogen, und die Schneidezähne ragten vor.

Airi fasste ihm an die Stirn, sie war kochend heiß. Der Mann zuckte unter der Berührung zusammen, und seine Symptome verstärkten sich. Die Zuckungen seines Körpers gipfelten in einer jähen Konvulsion, in der er seine Wirbelsäule stark überstreckte. Er sah aus, als wollte er seinen Sicherheitsgurt sprengen. Gleichzeitig setzte seine Atmung fast aus.

Aus dem vorderen Teil des Flugzeugs erschien eine Frau, die sich als pensionierte Krankenschwester vorstellte. Airi Lehmus wollte ihren Platz räumen, aber die Frau war angesichts des heftigen Krampfanfalls an Ort und Stelle erstarrt. In den hinteren Reihen machte sich Panik breit, vereinzelt konnte man jemanden weinen hören. Ein großgewachsener Mann mittleren Alters hatte sich im Gang aufgebaut und forderte von der Besatzung, dass sie etwas unternehmen solle. Was genau, erklärte er jedoch nicht.

In diesem Moment hörte das Krampfen auf. Die stark durchgebogene Wirbelsäule passte sich wieder der Form der Rückenlehne an. Auch die übrigen Muskeln des Mannes schienen sich zu lösen. Aber was hatte den Krampf ausgelöst? Welche seltsamen Dämonen hatten von ihm Besitz ergriffen?

»*Are you okay, Sir?*«, versuchte Airi Lehmus ihn zu fragen.

Der Mann antwortete nicht, reagierte aber auf die Frage indem er den Kopf in ihre Richtung drehte. In seinem desorientierten Blick konnte Lehmus lesen, dass keineswegs alles in Ordnung war. Weit davon entfernt.

14

Vilma Varis sah keine Veranlassung, sich zu bedanken, als sie aus dem Auto ihres rastalockigen Chauffeurs stieg. Der persönliche Freund des Ministerpräsidenten hatte seinen Job erledigt und sie vor der Bibliothek im Stadtteil Töölö abgesetzt.

Vilma warf die Autotür zu und wartete, bis Kinga außer Sichtweite war. Dann ging sie statt zur Bibliothek in die entgegengesetzte Richtung. Wenige hundert Meter weiter südlich entdeckte sie den verkohlten Baum schon von Weitem. Das Gelände ringsum war mit gelben Bändern abgesperrt.

Die Straße, die zwischen dem Park und den dahinterliegenden noblen Wohnhäusern verlief, war für den Autoverkehr gesperrt, nur vor den Häusern hatte man einen Streifen für Fußgänger frei gelassen. Das Kreischen einer Motorsäge hallte unangenehm in den Ohren der Schaulustigen, die sich zu Dutzenden hinter den Absperrbändern versammelt hatten und verfolgten, wie Feuerwehrmänner den verkohlten Baum stutzten. Ein Ast nach dem anderen rasselte polternd zu Boden.

Vilmas Blick scannte die Menschenmenge auf der Suche nach jemandem, der ihr möglichst viel über den Brand erzählen konnte. Ein älterer Mann mit offener Jacke und losen Schnürsenkeln in ausgelatschten Turnschuhen erregte ihre Aufmerksamkeit. *Vielleicht ein Bewohner aus einem der umstehenden Häuser.* Vilma lief auf den Mann zu und sah, dass er die Arbeiten mit aufgewühlter Miene verfolgte.

»Entschuldigung. Wissen Sie, wer ich bin?«

Sie begann ein Gespräch mit ihr Unbekannten immer auf die gleiche Art und Weise. Die meisten kannten sie und ihre Sendung natürlich. So gesehen war die Frage eigentlich überflüssig. Aber sie stellte die Fronten klar. Vilma Varis war die Starreporterin und stellte die Fragen, auf die ihr Gegenüber doch bitteschön antworten sollte.

»Oh, guten Tag«, antwortete der Mann. »Natürlich kenne ich Sie. Aber die Polizei hat uns gebeten, nicht mit Journalisten zu sprechen.«

Vilma war verblüfft. Was hatte die Polizei veranlasst, mögliche Augenzeugen so zu instruieren? Dafür konnte es nur eine Erklärung geben: Suizid. Immer wenn ein Mensch sich das Leben nahm, behandelten sowohl Polizei als auch die Medien den Fall äußerst behutsam. Grund war die Ansicht der Gesundheitsbehörde, dass die öffentliche Berichterstattung über Selbsttötungen – ihre Normalisierung – Nachahmer auf den Plan rufen könnte. Deswegen informierte die Polizei nicht über Selbsttötungen, und die Medien schrieben nicht darüber, nicht einmal, wenn die Geschehnisse zweifelsfrei aufgeklärt werden konnten.

Vilma verbarg ihre Begeisterung und die Tatsache, dass sie kaum etwas über den Fall wusste. »Kein Wunder, dass die Polizei Sie darum gebeten hat. Die Schundmedien haben keinen Takt im Umgang mit Selbsttötungen. Was für eine schreckliche Geschichte.«

Der Mann schüttelte den Kopf. »Oh ja. Was bringt einen Menschen dazu, so etwas zu tun?«

»Haben Sie etwas gesehen?«, fragte Vilma leichthin. »Sie müssen natürlich nichts sagen«, ergänzte sie verständnisvoll. Sie wollte nicht zu wissbegierig erscheinen.

Der Mann dachte einen Augenblick nach, als ginge er im Geiste die Aufforderung der Polizisten noch einmal durch. »Alles, was ich weiß, haben Sie auch schon gehört, wenn Sie über den Selbstmord Bescheid wissen. Ich kann nicht mehr so gut schlafen, jetzt wo ich älter bin, und heute Nacht bin ich von den Sirenen der Feuerwehr aufgewacht. Sie haben die Leiche sehr schnell und ohne Licht vom Baum genommen, aber ich habe sie trotzdem gesehen. Meine Wohnung liegt direkt gegenüber. Es war eine Frau. Nicht besonders groß ...«

Er musste kurz innehalten. Plötzlich heftete sich sein Blick auf einen Fleck am Fuß des Baumes.

»Schauen Sie«, stieß er hervor. Vilma folgte seinem Blick und entdeckte einen verrußten Anhänger. Aus der Form schloss Vilma, dass es sich um das Symbol der Mondgöttin der Schmuckmarke Kalevala Koru handeln musste.

Der Anblick der verrußten Kette war zu viel für den Mann. Er wandte sich um und ging in Richtung seines Wohnhauses davon. »Entschuldigung, aber ich muss gehen.«

»Ich verstehe«, sagte Vilma und folgte ihm in kurzem Abstand. Als er die Haustür mit seiner Schlüsselkarte öffnete und im Hausflur verschwand, schlüpfte sie hinterher. Der Türdämpfer hatte die Bewegung der Tür genau so weit abgebremst, dass sie die Klinke zu fassen bekam, bevor die Tür ins Schloss fiel.

Im Hausflur wartete sie, bis die Schritte des Mannes verklungen waren. Dann stieg sie die Treppe hinauf. An einer Tür im zweiten Stock stand der Name Holsti. Hier blieb sie stehen.

Vilma sah durch das Fenster im Treppenhaus, wie die Feuerwehrmänner jetzt den Stamm des Baumes vom Wipfel abwärts in kleine Stücke zersägten. Das Fenster bot einen Logenplatz mit 1A-Sicht, nur die benachbarte Wohnung von Harri Holsti lag noch näher. Das konnte kein Zufall sein. Die Frau, die sich da draußen selbst angezündet hatte, musste das Schauspiel gezielt für Harri Holsti inszeniert haben.

Vilma streckte den Rücken und klingelte.

Niemand öffnete, aber damit hatte Vilma auch gerechnet. Harri Holsti würde wohl kaum zu Hause sitzen.

Vilma zog ihr Telefon hervor und rief den Nachrichtenchef vom Wochenende an.

»Salonen«, klang es aus dem Telefon.

»Hier ist Vilma. Ich rufe aus der Topeliuksenkatu an, vom Ort des Brandes letzte Nacht.«

Der Chef vom Dienst wirkte nicht sonderlich enthusiastisch. »Ja, der Fotograf war heute Morgen schon da und hat den verbrannten Baum fotografiert. Geht gleich online.«

»Hat er das Foto gemacht bevor oder nachdem sie die Leiche vom Baum genommen haben?«, fragte Vilma.

Am anderen Ende der Leitung war es still. Diese Reaktion hatte Vilma erwartet.

»Sorry, was?«, fragte ihr Gesprächspartner.

»Der Brand im Park war eine Selbstverbrennung. Wenn ihr euren Job machen würdet, wüsstet ihr das«, entgegnete sie frostig.

»Bist du dir sicher?«

»Natürlich. Da ging es um viel mehr. Ich bin dran.«

Damit legte sie auf und ging die Treppe wieder nach unten. Sie wusste, wo sie als Nächstes Nachforschungen anstellen würde.

15

Ministerpräsident Leo Koski schaute aus dem Fenster, während sie durch eine dicht bebaute Gegend von Töölö fuhren. Der Schneefall der vergangenen Nacht hatte die Straßen mit einem malerischen Schleier bedeckt, der in Kürze zu dreckigem Matsch schmelzen würde. An diesem Samstagmorgen herrschte kaum Verkehr.

Die Rufe der Demonstranten vor seinem Amtssitz waren verstummt, doch der Schlag seines Sicherheitsbeamten in das Gesicht dieser Frau empörte ihn immer noch.

Was hatte sich der Mann dabei gedacht?

Erst vor einer Woche hatte ein Polizist in Uniform bei einer Demonstration auf dem zentralen Platz Keskustori in Tampere einem Schmähungen skandierenden Anhänger der Linken gegenüber die Nerven verloren. Der Polizist hatte mit seinen Tritten auch nicht aufgehört, als der Demonstrant schon am Boden lag. Vorfälle dieser Art hatte es in seiner Zeit als Ministerpräsident bereits vier oder fünf gegeben und von allen hatten sich natürlich in Windeseile Handyvideos im Netz verbreitet.

Die heftigsten Reaktionen hatte ein Video hervorgerufen, auf dem der Mitarbeiter einer privaten Sicherheitsfirma auf einen am Boden liegenden und mit Kabelbindern gefesselten Junkie urinierte. Im Video festgehalten war auch die Beute des Ladendiebs: eine Packung Schweinefleisch, die dem roten Aufkleber zufolge auch noch im Preis reduziert war.

Leo war sich natürlich bewusst, dass die Aufsässigkeit der Demonstranten die Nerven der Polizisten strapazierte. Aber jeder derartige Vorfall heizte die Stimmung noch mehr an. Selbst dem sporadischen Zeitungsleser war klar, was der Polizeipräsident Juhani Piispa auf der Kabinettssitzung letzte Woche nachdrücklich ausgeführt hatte: Die Stimmung bei den Demonstrationen hatte sich in entscheidender Weise zugespitzt. In der Regel blieben Zusammenstöße zwar auf der Ebene von Schubsern und Rempeleien. Aber die Gefahr, dass eine Konfrontation aus dem Ruder lief und Personen zu Schaden kamen, war nicht mehr von der Hand zu weisen.

Staatssekretärin Sarianne Tavas saß neben ihm auf der Rückbank und tippte etwas in ihr Handy. Leo zog seines auch hervor und starrte einen Moment lang nur das schwarze Display an. Es fiel ihm immer schwerer, sein E-Mail-Postfach aufzurufen. Als öffnete man eine Tür, von der man wusste, dass sich dahinter nichts Gutes verbarg. Die sozialen Medien mit ihrer Hetze und den unverblümten Drohungen tat er sich gar nicht erst an. Die Online-Plattformen waren für ihn tabu.

Er steckte das Handy wieder zurück und schaltete den Fernseher ein, der in die Lehne des Vordersitzes integriert war. Auf dem Bildschirm erschien das samstägliche Morgenmagazin des öffentlich-rechtlichen Fernsehsenders Yle. Heutiger Gast war Emma Erola. Er musste grinsen, als er sah, wer ihr gegenübersaß: Viktor Levoska, stellvertretender Vorsitzender der Sammlungspartei und Innenminister. Erola würde Levoska in der Luft zerreißen.

»Ich sollte dort sitzen«, sagte Leo.

»Pff«, antwortete Sarianne, ohne den Blick zu heben. »Es war richtig abzulehnen. Erola ist immer noch nur die stellvertretende Parteivorsitzende.«

Sie hatte natürlich recht. Bis zum heutigen Tag war Leos Gesprächspartner dem Protokoll nach der bisherige Vorsitzende der Linken Bewegung Jarno Manner, ein durch und durch uncharismatischer, rückwärtsgewandter Vertreter der alten Garde, der Leo im Fernsehen nicht ansatzweise das Wasser reichen konnte.

Leo betrachtete die vorbeihuschenden Wolkenkratzer von Pasila. In dem Messezentrum dahinter würde Manner heute seinen Stuhl räumen und in Rente gehen. Seine Stelle übernahm Emma Erola. Damit änderte sich alles.

Offiziell hatten Leo und sie sich nie getroffen, doch in Wahrheit war es anders. Sie *hatten* sich einmal getroffen, vor zwei Monaten und auf Leos Initiative. Von dem Treffen hatten nicht einmal Pontus und Sarianne etwas gewusst und auch niemand sonst, falls Emma Erola ihr Versprechen gehalten hatte.

Leo wollte das Treffen geheim halten, weil nach Meinung der Gildenmitglieder jeglicher Umgang mit Erola oder der von ihr repräsentierten radikalen Linken schädlich wäre. Leo müsse unnachgiebig bleiben und alle Vorteile aus seiner Position als Ministerpräsident ziehen, sagten sie. Es wäre Zeit zu zeigen, wer das Sagen hat, und sich nicht zu Zugeständnissen hinreißen zu lassen.

Leo dagegen glaubte, dass er die Krise nur überwinden konnte, wenn er seine Stärken einsetzte. Und eine davon war, mit Menschen zu reden. Und so hatte er an einem späten Oktoberabend zum Telefon gegriffen und Erola höflich um ein vertrauliches Treffen gebeten.

Als Treffpunkt hatte er sich für die Golfhalle Vuosaari entschieden, in der er manchmal an Wochenendvormittagen Golf spielte. Die einzige Tätigkeit außerhalb der Amtsvilla, zu der ihn keiner aus seinem Team begleitete.

Leo schlug gerade Bälle gegen die Leinwand in der menschenleeren Golfhalle, als er hinter sich eine Tür klappen hörte. Er unterbrach sein Training und drehte sich um. Eine junge Frau mit blonden Haaren war durch die Brandschutztür hereingekommen.

Emma Erola lief nicht gleich auf ihn zu, sondern sah sich erst in der Halle um. Auf der oberen Ebene fand sich nichts außer den Abschlagplätzen, ein paar Plastikstühlen und Dekopflanzen.

»Ich weiß. Ein etwas seltsamer Ort für ein Treffen«, sagte Leo.

»In der Tat«, antwortete Emma Erola und lächelte beinahe.

Leo deutete auf die Plastikstühle. Ihre ruhige Art beeindruckte ihn. Für eine 30-Jährige war sie ungewöhnlich charismatisch. Sie war mit einem schicken, farbigen Schal, einer sandfarbenen Daunenjacke und einer schwarzen, engen Hose bekleidet. Dazu trug sie keine spitz zulaufenden Stiefel wie die Frauen in seinem Umfeld, sondern beige Filzstiefel, die mit der Farbe ihrer Jacke harmonierten.

Emma Erolas Gesichtszüge machten es leicht, sie als braves

Mädchen aus der Nachbarschaft einzustufen, doch ihr Blick sprach eine andere Sprache: Klug und entschlossen sah sie ihn an. Diese Frau konnte er nicht mit Floskeln einwickeln.

Leo begrüßte sie mit einem Wangenkuss. Dies geschah auf Leos Initiative; der Wangenkuss hatte sich als Grußgebärde überwiegend in der Oberschicht durchgesetzt. Hätten sie sich öffentlich getroffen, hätten sie sich ausgehend von ihr per Handschlag begrüßt – so wie es in der Unterschicht üblich war.

Emma Erola zog ihre Winterjacke aus und hängte sie über die Stuhllehne. Unter der Jacke trug sie einen eng anliegenden Strickpulli.

»Möchten Sie ein paar Bälle schlagen, wo wir einmal hier sind?«, fragte Leo.

»Das ist, glaube ich, nicht meine Disziplin.«

»Ach was, los, kommen Sie.«

Leo wusste, dass fast jeder, der es bisher nicht probiert hatte, gern einmal einen Golfball schlagen würde. Er zog einen zweiten Schläger heraus, auf dessen Kopf die Buchstaben PW eingraviert waren. »Der ist gut für den Anfang.«

Emma Erola zögerte, doch Leo hielt ihr den Schläger unverwandt hin. Bis sie endlich zugriff. Leo rollte einen Ball mit dem Fuß an die richtige Stelle auf der Abschlagmatte.

Erola hielt den Schläger hinter den Ball und sah fragend auf. Leo quittierte ihre Ausgangsstellung mit einem Lächeln. Erola bewegte den Schläger zurück und mit Schwung nach vorn. Der Ball schlug in etwa zwanzig Metern Entfernung auf dem Boden auf.

Ohne zu fragen, platzierte Leo einen weiteren Ball vor ihr. Zwischen den Schlägen stellte er kurze Fragen:

Wohnung? Zweizimmerwohnung im Stadtteil Kalasatama.

Interesse für die Politik? Durch ehrenamtliche Tätigkeiten, ihr Studium und den Einfluss ihres Vaters.

Lebenspartner? Nein.

Emma Erola konzentrierte sich auf jeden Schlag, und als ihr Leo den fünften oder sechsten Ball hinlegte, flog er bereits in hübschem Bogen und traf die Leinwand in mehreren Metern Höhe.

Sie hielt ihm den Schläger hin zum Zeichen, dass jetzt Schluss war und sie zur Sache kommen sollten.

»Ich habe Sie um dieses Treffen gebeten, weil mir die sich zuspitzende Atmosphäre Sorgen bereitet«, sagte Leo und schob den Schläger zurück ins Golfbag.

»Sie leiten die Regierungsgeschäfte. Bisher hatte ich nicht den Eindruck, dass meine Meinung Sie besonders interessiert«, antwortete sie spitzzüngig.

Leo hatte das Gefühl, als hätte ihm jemand mit einem überraschenden Schlag die Luft genommen. Die joviale Stimmung von eben war wie weggeblasen.

»Warum sollte ich mich nicht für Ihre Meinung interessieren?«

»Weil Sie bis jetzt alle Gespräche abgelehnt haben.«

Leo hob ergeben die Hand. Erolas Einschätzung der Taktik der Konservativen war hart, aber zutreffend.

»Dann sagen Sie es mir jetzt. Erzählen Sie mir, was Ihrer Meinung nach in unserem Land schiefläuft.«

»Darüber könnte ich stundenlang reden. Aber so viel Zeit haben wir jetzt nicht. Kann ich Ihnen etwas zeigen, das alles auf den Punkt bringt?«

Ihr unerwarteter Vorschlag weckte Leos Interesse.

Emma tippte etwas auf ihrem Handy und hielt es Leo so nah vors Gesicht, dass er einen Schritt zurückweichen musste. Er betrachtete die Grafik auf dem Display. Zu sehen waren vier Kurven, die die Verteilung der Vermögen in den Vereinigten Staaten anzeigten. Der senkrechte Anstieg am rechten Rand des Diagramms veranschaulichte das immense Vermögen der reichsten US-Bürger im Vergleich zum Rest der Bevölkerung.

Leo wusste durchaus, dass sich das Vermögen in den USA stark auf die Reichen konzentrierte. Dennoch überraschte ihn, wie extrem sich diese Vermögensverteilung im Laufe der Zeit entwickelt hatte: Die Kurve stieg von Jahrzehnt zu Jahrzehnt immer steiler an.

Der Vermögensanteil des reichsten Prozents der Bevölkerung hatte sich wiederholt vervielfacht. Hingegen war am Anfang und im Mittelteil der Kurve, den Abschnitten, die das Vermögen der

Gering- und Mittelverdiener anzeigten, keinerlei Veränderung zum Besseren zu verzeichnen.

Leo war kein Statistikexperte – an der Uni hatte er lediglich jenen berüchtigten Pflichtkurs absolviert, an dem der Studienabschluss vieler Geisteswissenschaftler gescheitert war – doch jetzt war er sich sicher, dass Emma Erola ihn täuschen wollte. In der Politik war Leo schon so mancherlei Trickserei begegnet. Er wusste, dass sich allein durch die Darstellungsweise die Aussage eines Diagramms komplett auf den Kopf stellen ließ.

»Das Diagramm stellt die Veränderung in Dollar dar«, stellte er fest. »Dadurch wird der Vermögensanstieg bei den Reichen betont. Das Wachstum kleinerer Vermögen ist da nicht zu sehen, selbst wenn es prozentual mit dem der Reichen gleichauf liegt.«

»So ist es nicht«, erwiderte sie ruhig. Das Gegenargument hatte sie offenbar schon öfter gehört. »Würden sich die Veränderungen in den Vermögensverhältnissen der normalen Bevölkerung im Diagramm deutlicher abzeichnen, wäre der Unterschied noch ernüchternder. Seit den 1980er-Jahren hat sich das Wachstum des Nettovermögens der reichsten Amerikaner immer mehr beschleunigt, während es beim Rest in die andere Richtung ging. Der Vermögenszuwachs bei Durchschnittshaushalten ist komplett zum Stillstand gekommen, und das Vermögen des ärmsten Drittels sinkt seit Jahrzehnten.«

»Ja, aber das ist Amerika«, entgegnete Leo. »Vielleicht verhält es sich ja in vielen Ländern sogar ähnlich, aber sicher nicht in Finnland.«

Emma Erola strich über das Display. Eine neue Grafik erschien. An der Überschrift erkannte er, dass sie ihm die Vermögensverteilung in Finnland zeigte.

Leo erkannte, dass die Kurve weitgehend gleich verlief wie die der Vereinigten Staaten und lediglich am Ende nicht ganz so steil war. Er wollte gerade etwas sagen, als Emma Erola ihm zuvorkam.

»Die statistische Erhebung ist eine andere«, sagte sie. »In Finnland werden die Menschen nicht mit einer Genauigkeit von einem, sondern von zehn Prozent erfasst. Wäre das reichste Prozent in der Statistik dargestellt, sähe die Kurve fast exakt so aus wie die der USA.«

Leo fühlte sich entwaffnet. Er hatte Emma zu einem Treffen gebeten, um sie kennenzulernen und die Atmosphäre zu entschärfen. Jetzt konfrontierte sie ihn mit brutalen Daten. Gegen Fakten ließ sich schwer ankämpfen.

Er wollte das Thema wechseln, aber Emma Erola war noch nicht fertig.

»Das Schicksal der ärmeren Hälfte der Bevölkerung in Finnland ist exakt das Gleiche wie in den USA. Das Wachstum ihrer Vermögen ist zum Stillstand gekommen. Und ebenso wie in den USA ist das Vermögen des unteren Drittels seit den 1980er-Jahren stetig geschrumpft. Je länger die unsichtbare Hand des Marktes ihre Arbeit verrichtet, desto steiler schießt die Kurve beim reichsten Zehntel in die Höhe.«

Leo wusste keine Erwiderung, also schwieg er.

»Wissen Sie, dass ich Volkswirtschaftslehre und politische Geschichte studiert habe?«, fragte sie.

Sicher weiß ich das, dachte er. Er hatte alles über Emma Erola gelesen, was im Netz verfügbar war, und darüber hinaus den finnischen Inlandsgeheimdienst SUPO um ein Personenprofil gebeten.

Alles, was er in Erfahrung bringen konnte, deutete auf einen untadeligen, intelligenten Menschen hin, der sich der Sache der Armen verschrieben hatte. Erolas Vater war ein Bauarbeiter gewesen, der sich für die Ideologie der Linken interessiert hatte. Er war an Lungenkrebs gestorben, als Emma fünfzehn war. Die Mutter war Goldschmiedin und politisch nicht aktiv.

Wann und wie Emmas politisches Interesse erwacht war, wusste der SUPO-Bericht nicht zu sagen. Umso deutlicher waren dagegen ihre Netzwerke aufgeschlüsselt, die für so einen jungen Menschen erstaunlich weitreichend und international waren. Mit dem Netzwerkeknüpfen angefangen hatte sie während ausgedehnter Interrail-Reisen durch Europa. Das internationale Medieninteresse an ihr hatte ein Übriges dazu beigetragen, ihre Kontakte zu vervielfachen. Heute kümmerten sich allein zwei Personen im Büro der

Linken Bewegung ganztägig um die Pflege ihrer Kontakte und die Beantwortung von Anfragen, die auf Europas prominenteste Linkenpolitikerin einstürmten.

Als Anlage zum SUPO-Profil gab es eine bunte Foto-Sammlung, die Emma mit verschiedenen Menschen zeigte. Einige von ihnen waren so privat, dass sie jedem Paparazzo die Schamesröte ins Gesicht getrieben hätten.

Also ja, Leo wusste Bescheid über Emma Erolas Studium der Wirtschaftswissenschaften und noch einiges mehr. Er nickte, und Emma fuhr fort.

»Voraussetzung für den finnischen Wohlfahrtsstaat war die Bereitschaft jeder Regierung unabhängig von ihrer Zusammensetzung, die Rechte der Schwächsten in der Gesellschaft zu respektieren. Ohne diese Einstellung hätte es in Finnland nie jenen Wohlfahrtsstaat gegeben, den wir aus unserer Kindheit kennen.«

»Und weil dieser Wohlfahrtsstaat in Konkurs gegangen ist, stecken wir jetzt in der Misere«, warf Leo heftiger als beabsichtigt ein. Er beeilte sich hinzuzufügen:

»Die Geschichte hat gezeigt, dass wir uns einen Wohlfahrtsstaat wie in unserer Kindheit auf Dauer einfach nicht leisten können. Das Entscheidende ist jetzt, der Wirtschaft wieder auf die Füße zu helfen.«

»Und wie geht diese Wirtschaftsbelebung Ihrer Meinung nach vonstatten?«

»Ich gebe zu, wir haben Ihre Sorgen bisher nicht ernst genommen. Aber jetzt bin ich hier und höre Ihnen zu«, sagte Leo. »Ich ersuche Sie nur, erst über die Stimmung in der Gesellschaft mit mir zu sprechen. Wir brauchen Ruhe im Land, wenn wir etwas Neues aufbauen wollen.«

»Bitten Sie mich darum, meine Meinung über die herrschende Politik zurückzuhalten?«

»Natürlich nicht. Was ich meine, sind die Demonstrationen. Ich habe nur Angst, wenn der Aufruhr weiter geschürt wird, hat keiner etwas davon. Alles, worum ich bitte, ist, die Menschen nicht noch weiter aufzuhetzen«, versuchte Leo zu beschwichtigen.

»Wissen Sie was? Genau das habe ich vor«, erwiderte sie wütend.

Leo war so überrascht, dass er keine passende Antwort parat hatte.

»Warum?«, brachte er heraus.

Emma wandte den Blick ab und schaute ungläubig lächelnd auf den Boden.

»Ich habe das Gefühl, ich rede mit einem Tauben.«

Mit diesen Worten drehte sie sich um und ging. Das Treffen hatte weniger als eine halbe Stunde gedauert. Leo fühlte sich dennoch wie einmal durch die Mangel gedreht. Noch am gleichen Abend hatte er auf den Seiten des Statistischen Amtes nach einer Bestätigung für die von Emma vorgebrachten Diagramme gesucht und feststellen müssen, dass sie die Wahrheit gesagt hatte. Ihre Worte hallten noch Tage nach ihrem Treffen in seinem Kopf nach, und er musste sich mit Macht ins Gedächtnis rufen, was Pontus ihm immer über die Einkommensunterschiede predigte: Gerade jetzt in Zeiten der Rezession sei es überlebenswichtig, den Unternehmern und Kapitalgebern eine profitable Geschäftstätigkeit zu ermöglichen – auch um den Preis steigender Einkommens- und Vermögensunterschiede. Anderenfalls stehe die Wirtschaft vor einer Abwärtsspirale.

Was Pontus' Lehrsatz nicht erklärte, war, wieso sich das Vermögen mit jedem Jahrzehnt mehr auf einige wenige an der Spitze konzentrierte, egal ob die Wirtschaft wuchs oder schrumpfte. Aber man konnte Leo auch nicht für eine Entwicklung verantwortlich machen, die schon vor seiner Geburt begonnen hatte und ihrer Natur nach weltumspannend war.

Das einzig Gute an dem völlig in die Hose gegangenen Treffen war, dass Emma Erola seinen Wunsch nach absoluter Diskretion respektiert hatte. Zumindest war Leo fest davon überzeugt. Etwas an ihrer Art strahlte eine absolute Aufrichtigkeit aus, die Leo fast neidisch machte. Auch er schätzte Ehrlichkeit, aber in der Politik war die Wahrheit wie ein Strich im Sand, der im Laufe seiner Amtszeit immer undeutlicher geworden war.

Leo schrak aus seinen Gedanken auf, als sein Fahrer ihre tägliche Route verließ und in die Töölönkatu abbog.

»Warum fahren wir hier lang?«, erkundigte er sich.

Auch Sarianne blickte auf und sah aus dem Fenster.

»Wir fahren einen kleinen Umweg«, sagte sie nur.

16

Die Automatiktür am Amazonashaus sprang auf, als sich Marten ihr näherte. Dass es noch Strom gab, zeugte von der stillen Absicht der Stadtverwaltung, die Obdachlosen hierzubehalten. Aus den Augen, aus dem Sinn.

Er hatte drei bewohnte Gebäude im ehemaligen Zoo Korkeasaari durchstreift, ohne zu finden, wonach er suchte. Jetzt sagte ihm eine innere Stimme, dass er am richtigen Ort war. Er betrat die ehemalige Halle für tropische Kleintiere und wartete auf den Schwung feuchtwarmer, drückender Luft, der ihm von seinen Besuchen als Kind noch in Erinnerung war. Doch er blieb aus. Stattdessen war die Luft frisch und trocken. Statt nach tropischen Pflanzen und Tieren roch es nach ranzigen Lebensmitteln. Zumindest eine Grundheizung lief, also nahm er die Mütze ab.

In einer Ecke des Vorraums lagen mehrere Matratzen, auf denen eine vierköpfige Familie schlief.

Ein verschlungener, von verdorrten tropischen Pflanzen flankierter Steg führte leicht ansteigend durch die Halle. Marten ging an dem ehemaligen Terrarium für Kaiserschnurrbarttamarine vorbei. Das Glas zeigte Spuren von Schlägen, hatte aber standgehalten. Hinter einem vertrockneten Strauch schliefen zwei Frauen.

Im ehemaligen Treibhaus entdeckte er eine zerbrechliche Gestalt, die in den Anblick eines Brotkantens in ihrer Hand vertieft war. Dann kam etwas Bewegung in die alte Frau, und sie führte den Plastikbecher in ihrer anderen Hand zitternd an die Lippen.

Frühstück à la Korkeasaari.

Als ihre Lippen den Becherrand berührten, trafen sich ihre Blicke. Er zuckte innerlich zusammen, als er ihre tief in den Höhlen liegenden Augen sah, ging aber weiter zielstrebig auf sie zu. Die Frau schlug für einen Moment die Augen nieder und schaute hinab auf ihre Lagerstatt, doch dann erhob sie sich. Mit einem Sprung stand er auf dem Podest, auf dem sie ihr Lager zwischen vertrockneten Hölzern errichtet hatte.

Marten zog die Greisin in die Arme und drückte ihren Kopf gegen seine Brust. Mit der anderen Hand strich er ihr über den Rücken und fühlte die hervorstehenden Rippen unter ihrem löchrigen Wollpullover. Sie fühlte sich anders an als in seiner Kindheit. Damals waren ihr Körper weich und ihr Geist stark gewesen. Dann war sie arbeitslos geworden und ihr Leben den Bach heruntergegangen. Marten hatte ihren Abstieg in die Armut aus der Ferne verfolgt.

Er hatte eine Aufgabe, deren Gelingen davon abhing, dass er sich ein neues Leben erfand. Um Erfolg zu haben, hatte er alle Verbindungen zu seiner Mutter kappen müssen.

Jetzt war sie hier gelandet. Er hätte gern ihre Umarmung gespürt, aber ihre Arme hingen kraftlos herab.

»Lass uns reden«, sagte er.

Sie setzten sich nieder und sprachen zum ersten Mal seit dreißig Jahren miteinander.

Er erklärte nichts. Seine Augen wurden nicht feucht. Er bedauerte ihr Schicksal, bereute jedoch nichts. Sein Vorhaben war all die Opfer wert, die er gebracht hatte. An diesem Wochenende würde er den Lauf der Geschichte Finnlands ändern.

Der Wandel war unabwendbar, und er würde ihn dem Volk bringen.

Er war einer der ganz wenigen, die schon vor langer Zeit den Fehler im System erkannt und gesehen hatten, wie man es stürzen kann. Die Frage war nur noch, wann der Zusammenbruch stattfände.

Die Staatschefs der westlichen Länder hatten noch in tiefstem Dornröschenschlaf gelegen, als er schon mit den Vorbereitungen für den entscheidenden Kampf begann. Um sein Ziel zu erreichen, musste er härter, informierter, zäher und klüger als alle anderen sein. Er las David Galula, einen der großen Theoretiker der Aufstandsbekämpfung, bis tief in die Nacht und begann am nächsten

Morgen um 5.00 Uhr sein Fitnessprogramm mit Treppentraining am Trimm-dich-Parcours im Sportpark Paloheinä.

Er verzichtete darauf, eine Familie zu gründen, und verschrieb sich ganz und gar seiner Idee. Seit seiner Erleuchtung hatte er sich kein einziges Mal betrunken. Er fürchtete, einen Fehler zu machen. Ganz hatte er nicht auf Alkohol verzichtet, denn absoluten Abstinenzlern wurde in gewissen Kreisen mit Misstrauen begegnet. Und das Knüpfen sozialer Netzwerke war ein wichtiger Teil seines Plans.

Von alldem erzählte er jetzt seiner Mutter nur so viel, wie sie unbedingt wissen musste. Das war nicht viel. Am wichtigsten war, ihr zu versichern, dass sie nie wieder unter Armut würde leiden müssen.

Sie weinte in seinen Armen. Dann führte er sie aus dem Amazonashaus hinaus. Auf seinen starken Arm gestützt, gingen Mutter und Sohn vorsichtig den Hügel hinunter.

Sie überquerten die Brücke, gingen über die Westspitze der Nachbarinsel Mustikkamaa zur Isoisänsilta, der sogenannten Großvaterbrücke, und weiter in Richtung der Hochhäuser von Kalasatama. Unterwegs rauchte er anderthalb Zigaretten.

Auf dem Festland angekommen, bestiegen sie an der Kreuzung Capellan Puistotie, Ecke Parrulaituri das Auto, das er für sie bestellt hatte.

Das Wochenende würde ihm viel abfordern, aber nun, da er seine Mutter aus dem Elend geholt hatte, fühlte er sich leichter. Morgen war ein neuer Tag. Mutter würde nie mehr in ihr altes Leben zurückkehren müssen. Kein Finne und keine Finnin würde das.

Martens Blick ruhte auf der neben ihm sitzenden alten Frau. Dann sah er auf die Uhr. Noch 24 Stunden bis zum großen Moment.

17

Das Auto bog überraschend in eine kleine Seitenstraße ab, und Leo ertappte sich dabei, die Hand zur Faust zu ballen. Die kleinste Abweichung von der gewohnten Route, und seine Nerven lagen blank. *Warum bin ich so angespannt?*

Leo kam eine Studie in den Sinn, laut der in den Großstädten der Welt die Zahl falscher Notrufe anstieg, wenn aus dem einen oder anderen Grund ein paar U-Bahn-Züge ausfielen. Menschen, die direkt über der U-Bahn-Linie wohnten oder arbeiteten, erklärten, irgendetwas sei nicht in Ordnung, ohne es genauer benennen zu können. Das menschliche Unterbewusstsein war wie ein Supercomputer, der automatisch Beobachtungen aufzeichnete und Alarm auslöste, wenn das gesammelte Datenmaterial von dem gewohnten abwich. Das, worin viele Intuition oder eine übernatürliche Eingebung sahen, war in Wirklichkeit nichts anderes als die Summe der Beobachtungen des Unterbewusstseins, zu denen der Verstand keinen Zugang hatte.

Leo fühlte sich unbehaglich und gereizt, konnte aber keinen Grund dafür benennen.

Staatssekretärin Sarianne Tavas bemerkte Leos Reaktion und erklärte ihm den Grund für die Routenänderung:

»Wir müssen uns durch Töölö schlängeln. Die Topeliuskatu ist wegen eines Brandes in der vergangenen Nacht gesperrt. Und auf der Mannerheimintie ist immer noch die Barrikade.«

Leo lehnte sich frustriert zurück. Auf Schritt und Tritt wurde er an seine Probleme erinnert.

Der Brand vor Harri Holstis Haus war bisher in den Nachrichten noch nicht als Selbstverbrennung bekannt geworden. Wenn das geschah, war es nur noch eine Frage der Zeit, bis das Ganze mit Holsti und letztendlich mit ihm in Verbindung gebracht werden würde.

»Haben Sie etwas darüber gehört, was Holsti mit dem Brand zu tun hat?«, fragte Leo.

»Machen Sie sich keine unnötigen Gedanken. Wir kümmern uns darum«, antwortete Sarianne und schaute wieder auf ihr Handy.

Die gleiche Antwort wie von Pontus. Wie immer.

Leo seufzte und wandte den Blick ab. Aus dem Fenster sah er die Barrikade auf der Mannerheimintie und musste an die Rote Parade, die für morgen angekündigte Großdemo, denken.

Schaute er geradeaus, blickte er auf den TV-Bildschirm mit Emma Erola, deren Gespräch mit dem stellvertretenden Vorsitzenden der Sammlungspartei Viktor Levoska gerade losging.

Beim Anblick von Levoska war er genauso unangenehm berührt wie bei diesen Reality-Shows, die mit der Dummheit ihrer Protagonisten spielten. Leo hielt sich nicht für einen großen Denker, aber zumindest waren seine Äußerungen mit einem Gefühl für die Situation und Menschlichkeit gewürzt. Levoska dagegen war nichts weiter als ein konservativer Phrasendrescher.

Vielleicht war es gerade Levoskas Einfalt, die ihn in der Politik so weit gebracht hatte. Manchmal überlegte Leo, ob Levoska wirklich so dumm war, wie er wirkte. Oder ob er nur so tat, als würde er schwierige Fragen nicht verstehen, um sich auf diese Weise auf das Niveau Tausender seiner Wähler herabzulassen.

»Guten Morgen hier vom Morgenmagazin, bei dem wir heute über die desaströse Lage von Finnlands Wirtschaft und die Zunahme der Ungleichheit in der Gesellschaft sprechen wollen. Als Gäste begrüße ich sehr herzlich den stellvertretenden Vorsitzenden der regierenden Sammlungspartei und Innenminister, Herrn Viktor Levoska …«

»Guten Morgen, Janina.«

»Sowie die stellvertretende Vorsitzende der Linken Bewegung Frau Emma Erola, die später im Verlauf des Tages ohne Gegenkandidaten zur Parteivorsitzenden gewählt werden wird.«

Leo registrierte, dass die Moderatorin das Wort *Partei* benutzt hatte, obwohl die Bewegung durch ihren Namen selbst betonte, sich von den traditionellen Parteien unterscheiden zu wollen.

Emma Erola verkündete immer wieder öffentlich, dass Finnland eine Volksbewegung anstelle der Parteienpolitik brauchte – etwas, das statt politischer Ränkespiele wirklich die Interessen des Volkes gegen die Übermacht der Unternehmen vertrat.

Emma Erola nickte ruhig zu den Worten der Moderatorin. Für eine angehende Parteivorsitzende wäre es ein fataler Fehler gewesen, die Diskussion mit Spitzfindigkeiten über das Selbstverständnis der Bewegung zu beginnen.

»Frau Erola, ich würde gern mit einer Frage an Sie beginnen, die sich sicher viele in der letzten Zeit gestellt haben. Was will die Linke Bewegung eigentlich? Es ist mehr als offensichtlich, dass es innerparteiliche Spannungen über die zukünftige wirtschaftspolitische Ausrichtung der Partei gibt.«

»Bei einer so großen Volksbewegung, wie wir es sind, ist das nur natürlich. Die Linke Bewegung hat allerdings ein klares Ziel, und das heißt Veränderung. Die letzten Jahre haben gezeigt, dass Finnland eine komplett neue Richtung braucht.«

Leo sah, wie Levoska rot anlief, als er versuchte, Erola ins Wort zu fallen.

In dieser Sekunde strich Leo mit dem Finger über den Bildschirm und schaltete ihn ab. Mehr ertrug er nicht. Ihm war klar, wie die Diskussion weiterlaufen würde: Zuerst würde Levoska aufgebracht Erola beschuldigen, das Volk aufzuhetzen. Als Antwort würde Erola ihm eine Faktenflut zur extremen Konzentration des Vermögens auf wenige vor die Füße kippen.

Danach ginge Erola dazu über, die Marktwirtschaft zu kritisieren, also das System, auf das sich die gesamte westliche Welt seit mehr als zwei Jahrhunderten stützte. Als Munition würde sie eine ungeheure Menge an Statistiken und Anekdoten einbringen, denen Levoska rein gar nichts entgegenzusetzen hatte.

Am erschreckendsten war die Art und Weise, in der Emma Erola ihre Gegner bezwang: Sie sagte keine auswendig gelernten Zahlen daher, sondern wusste wirklich, wovon sie sprach, und glaubte daran. Das wurde aus jedem ihrer Worte deutlich.

Zum Ende der Diskussion würden wieder einige Tausend Finnen mehr überzeugt sein, dass der Kapitalismus ein listiger Trick des Teufels war, um den Arbeitnehmern und Geringverdienern das Geld aus der Tasche zu ziehen. Wieder würden mehr Menschen Emma Erolas Behauptungen Glauben schenken, die Lösung für die Notlage Finnlands sei am entgegengesetzten Ende zu finden, obwohl Erola unerträglich unbestimmt war hinsichtlich einer Konkretisierung dieser »neuen Richtung«, in die sie Finnland führen wollte.

All das trug Emma Erola kühl und beherrscht vor – und vermochte trotzdem bei ihren Zuhörern Wut auf die Gegenseite zu entfachen. Das führte dann bei den Demonstrationen zu einem Aufruhr, manchmal sogar zu roher Gewalt.

Wer hätte noch vor einem Jahr geglaubt, dass Demonstranten jemals eine Barrikade an Helsinkis wichtigster Einfallstraße errichten würden?

Leo sah aus dem Autofenster auf die kleinen, verwinkelten Straßen im Gründerzeitviertel Töölö. Hier waren die Gehwege weniger verschmutzt als in den Außenbezirken, aber Müll und Vögel, die darin wühlten, sah man auch hier.

»Die Stadt sollte etwas gegen diese Krähen unternehmen«, sagte Leo zu Sarianne, erwartete aber keine Antwort. Sarianne war nicht der Typ für beiläufige Konversation.

»Warum?«, fragte sie nun aber überraschend zurück. »Die sprunghafte Vermehrung der Krähen im Stadtzentrum ist Evolution von ihrer schönsten Seite. *Survival of the fittest.*«

Leo sah Sarianne verdutzt an und wusste nicht einmal zu sagen, was ihn mehr überraschte: der Umstand, dass Sarianne Interesse für einen Gegenstand aufbrachte, der nichts mit ihrer politischen Arbeit zu tun hatte, oder ihre Parteinahme für die von allen anderen als Plage betrachteten Krähen?

»Krähen sind kluge und soziale Vögel«, fuhr sie fort und löste sogar den Blick vom Telefon. »Sie verhalten sich bei Weitem nicht so schablonenhaft wie viele andere Vogelarten. In diesem Herbst hat wieder ein Teil der Krähen beschlossen, über die Ostsee Richtung Süden zu fliegen, während ein anderer Teil in Finnland überwintert. Gerade erst haben sie sich zu ihrer Morgenberatung versammelt, bei der sie Neuigkeiten austauschen, bevor sie zu ihrer täglichen Nahrungssuche aufbrechen. Das Schneetreiben vergangene Nacht ist für viele Hiergebliebene die erste große Herausforderung, aber die Krähen kommen schon klar. Sie sind einfallsreiche Tiere: Sie sind in der Lage, die Deckel von Mülleimern zu öffnen, Fischernetze aus dem Wasser zu ziehen und Nüsse zu knacken, indem sie sie auf die Fahrbahn legen.«

Leo starrte Sarianne ungläubig an. »Wieso wissen Sie so viel über Krähen?«

Plötzliches Unbehagen befiel sie, und sie wandte sich von Leo ab. Mit einem kühlen und vage abweisenden Räuspern sagte sie: »Ich interessiere mich für Vögel.«

»Wie muss ich mir das vorstellen? Lesen Sie Vogelbücher oder gehen Sie in die Natur und beobachten sie?«

Mit geschäftigem Blick widmete sie sich ihrem Telefon. »Beides.«

Leo unterdrückte ein Lächeln, was ihm nur teilweise gelang. Er konnte sich Sarianne nicht anders als in einem Jackenkleid vorstellen, drapiert mit seidenem Halstuch und Perlenohrringen. Ganz gewiss jedoch nicht in Fjällräven-Hose und Outdoorjacke im Tarnmuster mit einem Feldstecher um den Hals.

»Sie sind also eine von denen, die am Wochenende in aller Frühe aufstehen, um mit einem Fernglas ausgerüstet ins Gelände zu gehen und Vögel zu beobachten?«

Sie bestätigte seine Vermutung mit einem scharfen Nicken, das noch etwas anderes signalisierte: Das Gespräch zu diesem Thema war beendet.

»Wie herrlich«, sagte Leo aufrichtig. Er freute sich wirklich, dass Sarianne ihm zumindest etwas Privates von sich erzählt hatte. *Vogelbeobachterin Sarianne Tavas.*

Interessant war auch die Floskel, mit der Sarianne die rasante Ausbreitung der Krähen beschrieben hatte: *das Überleben der Tüchtigsten.* Das war der berühmteste und umstrittenste Ausdruck des weltberühmten Soziologen Herbert Spencer.

»Was halten Sie von Herbert Spencers Theorien?«, fragte er sie.

Als Antwort gab Sarianne einen Laut von sich, der als Zustimmung gewertet werden konnte. Kurz darauf war sie schon wieder in ihre E-Mails vertieft.

Leo überlegte, ob man aus dem Spencer-Zitat darauf schließen konnte, was sie persönlich politisch dachte. Während ihrer gesamten Laufbahn hatte Sarianne für konservative Politiker gearbeitet, den politischen Fahrplan aber den Ministern überlassen. Von ihren privaten politischen Ansichten wusste Leo nichts.

Herbert Spencer hatte als Erster Darwins Evolutionstheorie auf soziale Entwicklungen angewendet. Ihm zufolge unterliegen gesellschaftliche Entwicklungen dem Prinzip der natürlichen Auslese, ohne dass es größerer gezielter Eingriffe und Maßnahmen zur Steuerung bedarf. Spencers Theorie wurde seither als ethische Rechtfertigung für radikale rechte Anschauungen herangezogen. Sarianne wirkte allerdings in keiner Weise radikal.

Leo sah wieder aus dem Fenster. Sie fuhren durch enge Straßenschluchten. An einer Hauswand in der Nervanderinkatu gab es eine Gedenktafel, die er im Vorbeifahren natürlich nicht lesen konnte. Aber er erinnerte sich Wort für Wort an den Text darauf.

Pontus hatte ihm die Gedenktafel vor langer Zeit gezeigt. Geschichte war Pontus' einzige Leidenschaft, und selten ließ er eine Möglichkeit aus, etwas über die Geschichte von Gebäuden oder bedeutenden Familien zu erzählen. Manchmal hatte er Leo stundenlange und durchaus interessante Vorträge gehalten. Aber das war lange bevor die Politik ihr Leben in Beschlag genommen hatte.

Diese Gedenktafel erinnerte an den Ort, an dem der Innenminister Heikki Ritavuori im Jahr 1922 erschossen worden war. Den genauen Grund für das Attentat hatte Leo vergessen, nur, dass es etwas mit den Nachwehen des Bürgerkrieges zwischen den Roten und den Weißen in Finnland und Ritavuoris zu nachsichtigem Umgang mit der Arbeiterbewegung zu tun hatte. Ritavuori hatte versucht, die Spannungen zwischen den beiden Lagern zu glätten, woraufhin ihn bürgerliche Kreise als Gefahr für sein Land einstuften, was schließlich zum Mord direkt vor seiner Haustür geführt hatte.

Das war der letzte politische Mord Finnlands gewesen. In

Schweden hatte es mehrere gegeben und weltweit nahmen sie in den letzten Jahren deutlich zu.

Leo sah aus dem Heckfenster. Zwei Motorradpolizisten folgten seinem Dienstwagen. Anfänglich hatte er sich gegen eine Verstärkung der Sicherheitsmaßnahmen gewehrt, aber vielleicht hatte Sarianne doch recht. Finnland war nicht mehr jenes sichere Land, auf dessen Schutz er in jungen Jahren zu vertrauen gelernt hatte.

Manchmal fiel es ihm schwer, seine Stellung zu begreifen. Als Ministerpräsident leitete er die Regierungsgeschäfte und verfügte über die meiste Macht im Lande. Dennoch hatte er immer wieder das Gefühl, dass er nicht Herr über sein Leben war. Pontus Ebeling und Sarianne Tavas planten seinen Tag. Eine mehrköpfige Schar um ihn herum sorgte dafür, dass er immer die richtigen Papiere vor sich hatte und stets passende Kleidung trug. Für heute hieß das schwarzer Anzug für die Beerdigung, schwarze Krawatte und graues Einstecktuch im Jackett.

Und dann die Entscheidungen. Auch sie fällte er gemäß den Einschätzungen seiner Referenten – und natürlich von Pontus. Leo hielt sich als Ministerpräsident für zu unerfahren. Ein Gefühl, das er mit vielen in seinem Umfeld teilte.

Jetzt fuhren sie am Parlamentsgebäude vorbei und würden gleich das Regierungspalais am Senatsplatz erreichen. Das vage Gefühl des Unbehagens verstärkte sich. *Warum hatte sich Pontus zum Zweck ihrer Zusammenkunft so bedeckt gehalten?*

18

Oberinspektor Metso schaute durch die Windschutzscheibe. Der Straßenname stimmte, also drehte er das Lenkrad und bog ab.

Die Straße war schmal und der Belag an vielen Stellen gerissen. Die Hecken links und rechts der Buckelpiste waren entweder abgestorben oder ungeschnitten. Der Anstrich der Häuser bröckelte. Metso fuhr langsam und suchte nach Hausnummern. Laut Adressregister wohnte Laura Nevasmaa, die Mutter von Lumi Nevasmaa, in der Nummer 18.

Das gesuchte Haus befand sich etwa auf halber Höhe. Es war heruntergekommen und baufällig. Davor lagen Plastikmüll und eine Harke. Dieses Haus hatte mit Sicherheit keine Alarmanlage, und selbst wenn, wäre das für ihn kein Problem. Falls er Glück hatte, brauchte er nicht einmal einen Fuß in das Haus zu setzen. Alles, was ihn interessierte, war der Briefkasten von Laura Nevasmaa. Und der hing in einer Reihe mit vier weiteren an einem Gestell neben der Straße.

Metso fuhr zum Ende der Straße, wendete und ging noch einmal seinen Plan durch, mit dem er den Rückschlag vom Morgen wiedergutmachen wollte.

Ich habe Peregrino versprochen, dass ich die Sache in Ordnung bringe.

Seit zwei Jahren erledigte er jetzt schon für seinen Chef Taivalkoski und diesen Peregrino schmutzige Jobs. Die beiden kannten sein Geheimnis und hatten ihn in der Hand.

Vor Jahren hatte Metso eine Sünde begangen, die ihn in den Abgrund zu stürzen drohte. Schon seit Kindheitstagen war er dem Glücksspiel verfallen und zwar mit echten Einsätzen. Lange Zeit hatte er mit Bedacht gespielt. Doch als er wegen eines Rückenleidens längere Zeit krankgeschrieben war, veränderte sich sein

Spielverhalten. Und mit den wachsenden Einsätzen waren seine Ersparnisse im Nu zusammengeschrumpft.

Seine erste Spielschuld hatte er mit einem Handyklick auf der Zuschauertribüne bei einem Spiel zwischen HJK und KUPS gemacht. Die Helsinkier Mannschaft HJK hatte stark aufgespielt, aber die Mannschaft aus Kuopio KUPS konnte sich immer wieder aus der Flut der Angriffe freikämpfen. Als es immer länger 0:0 stand, schoss die Wettquote für HJK in die Höhe, aber Metso war sich sicher, es würde noch ein Tor fallen. Nach dem Kasinobesuch am Donnerstag war sein Konto leer, doch die Situation war so verlockend, dass er sich kurzfristig im Internet Geld besorgte.

Als Evans Mensah, der Fußballstar aus Ghana, den Helsinkier Club Anfang der zweiten Halbzeit in Führung schoss, setzte er noch mehr Geld. Ein Ausgleich durch die Elf aus Kuopio schien schlichtweg unmöglich. Dann, in der 82. Minute, passierte es doch.

Die Leichtigkeit, mit der man im Internet Schulden aufnehmen konnte, machte ihn blind und unvorsichtig. Zu Beginn. Nur drei Monate später wurde das erste Mal ein Kreditgesuch von ihm abgelehnt. Flüchtig glaubte er, am Tiefpunkt zu sein, und für einen Moment gelang es ihm, darin eine Rettung zu sehen – eine Chance, mit dem Zocken aufzuhören und alles seiner Frau zu gestehen. Doch es war ihm immer noch möglich weiterzumachen. Schließlich hatte er durch seine Tätigkeit als Polizist Kontakte zu Menschen aus dem Milieu, die nicht nur mit Drogen handelten, sondern sich nebenbei auch als Geldverleiher betätigten.

Im Hauptquartier einer Motorradgang erschloss er sich eine neue Finanzierungsquelle, die ihm die Rückkehr an die Spieltische ermöglichte. Sein Spielglück kehrte damit aber nicht zurück.

Metsos damaliges Leben endete an einem Spätsommerabend, als er aus dem Clubhaus der Motorradgang auf die Straße trat. Vor dem Gebäude wartete mit enttäuschter Miene sein Chef Teemu Taivalkoski, Leiter des Inlandsgeheimdienstes SUPO.

»Dein Verhalten ist nicht nur eine Schande für dich, Metso«, sagte Taivalkoski. »Du bist eine Schande für den gesamten Inlandsgeheimdienst.«

Spielschulden an sich waren schon ein Verstoß gegen die Regeln, aber Schulden bei einer kriminellen Organisation zu haben überschritt das Maß bei Weitem. Taivalkoski führte Metso ein paar Schritte hinter einen Berg aus Bauschutt.

»Es ist sicher zu spät, um meine Entlassung selbst einzureichen«, sagte Metso resigniert.

»Was würdest du tun, wenn du es könntest?«, fragte sein Chef zurück.

Metso sah sich in einem dunklen Tunnel, aus dem es keinen Ausweg gab. Allein seine Schulden bei diversen Banken und Kreditunternehmen waren so hoch, dass er seine Wohnung verlieren würde. Die Summen, die er Kriminellen schuldete, bedeuteten, dass er nicht einmal für die Sicherheit seiner Familie garantieren konnte.

Er sah vor sich, wie seine Familie zerbrach. Marjut würde die Kinder mit nach Mikkeli nehmen. Und er könnte dann aus der Ferne verfolgen, wie sie in Armut heranwuchsen.

»Ich helfe dir lieber wieder auf die Beine«, sagte da Taivalkoski überraschend. Und dann hatte er ihm einen Vorschlag unterbreitet, der Metso ein neues Leben ermöglichte.

Abteilungsleiter Taivalkoski führte aus, dass er gut einen loyalen Mitarbeiter für gelegentliche Aufgaben gebrauchen konnte, für deren Erledigung die vorherrschenden Dienstvorschriften zu starr und zu eng waren. Es handele sich um Aufgaben, die den Regeln der Polizei widersprächen, teilweise sogar illegal seien, aber stets einem guten Zweck und »dem grundlegenden Wohle des finnischen Volkes« dienen würden. Ein Infragestellen der Aufträge werde nicht toleriert. Die Vergütung in bar bezahlt. Da er keine andere Alternative hatte und dieses Angebot Metsos einziger rettender Strohhalm war, griff er zu.

Sein erster Auftrag bestand im Vertuschen eines Verkehrsunfalls mit Todesfolge im Stadtteil Myllypuro. Ein junger, betrunkener Draufgänger, ausgerechnet der Sohn des Geschäftsführers des Technologieunternehmens NewCheck, hatte mitten in der Nacht eine junge Frau überfahren, als diese gerade die Straße überqueren wollte. Statt den Notruf zu wählen, drückte das Bürschchen aufs Gaspedal und rief seinen Vater an. Dieser hatte seine Kontakte spielen lassen, und knapp dreißig Minuten später sammelte Metso die Scherben vom Scheinwerfer des BMW des Jungspunds von der Straße auf.

Metso war natürlich klar, dass eine derartige Aufgabe rein gar nichts mit »dem grundlegenden Wohle des finnischen Volkes« zu tun hatte, aber von dem Lohn konnte er ein Viertel seiner Schulden bei der Rockergang bezahlen.

Später hatte er Berichte gefälscht, Politiker abgehört und Behörden auf falsche Fährten gelockt. In den vergangenen zwei Jahren hatte er insgesamt sieben geheime Operationen im Auftrag seines Chefs durchgeführt.

Von dem Auftraggeber hinter Abteilungsleiter Taivalkoski kannte er nur den Decknamen: Peregrino. Taivalkoski hatte ihn »Freund des Vaterlandes« genannt.

Letzten Juni hatte Peregrino zum ersten Mal direkt Kontakt zu ihm aufgenommen. Damit änderte sich die Natur der Aufträge grundlegend. Metso hätte sich früher nicht ansatzweise vorstellen können, dass jemand einen Verrat dieser Größenordnung in höchsten Regierungskreisen überhaupt in Erwägung ziehen konnte. Nur zwei Tage später war er an der Umsetzung beteiligt. *Zum Wohle des finnischen Volkes.*

Seit diesem Auftrag war jetzt ein halbes Jahr vergangen, in dem er kein Sterbenswörtchen von Peregrino gehört hatte. Bis heute Morgen, als er von dem Anruf dieses mysteriösen Auftraggebers geweckt worden war. Beim Anblick des Namens auf dem Display war er schlagartig hellwach, als hätte er eine Adrenalinspritze direkt in die Vene bekommen.

Metso ahnte sofort, dass es sich um etwas von großer Wichtigkeit handeln musste. Als er dann Lumi Nevasmaas Brief in den Händen hielt und las, wurde ihm klar, wie recht er gehabt hatte.

Alle Anzeichen deuteten darauf hin, dass Lumi Nevasmaa vor ihrem Tod einen weiteren Brief in die Post gegeben hatte. Wahrscheinlich war sein Inhalt identisch mit dem, den Metso auf dem Bett gefunden hatte.

Metso kannte sich in der Politik nicht besonders gut aus, er wusste aber, wie hochexplosiv die Stimmung in Finnland war. Sollte der Brief in die falschen Hände geraten, konnte er die Situation zum Kippen bringen. Sein Inhalt war so brisant, dass er die Regierung stürzen und einen großen Teil der Elite des Landes vor Gericht bringen konnte. Die Ära der bürgerlich-konservativen Koalition wäre vorüber.

Kein Wunder, dass Peregrino wegen des fehlenden Briefes verärgert war.

Er hatte schnell die Lage analysiert: Die wahrscheinlichste Empfängerin von Lumi Nevasmaas Brief war ihre Mutter. Auch wenn Mutter und Tochter nur sporadischen Kontakt hatten, einen Menschen, der ihr näherstand als ihre Mutter, gab es nicht in Lumis Leben.

Das geringste Risiko beim Abfangen des Briefes ging er ein, wenn er den Moment abpasste, in dem der Briefbote ihn in den Briefkasten warf. Metso brauchte nur in sicherer Entfernung zu warten und könnte sich den Brief holen, sobald der Briefträger außer Sichtweite war.

Metso wog noch die Möglichkeiten ab, als ein schwarzer Mercedes an ihm vorbeirauschte. Die glänzende Karosserie erregte in so einem heruntergekommenen Wohngebiet Aufsehen. Außerdem fuhr sie für die Straßenverhältnisse viel zu schnell, und der Fahrstil verriet, dass der Fahrer in Rage war.

Der Wagen fuhr zunächst an Laura Nevasmaas Haus vorüber, bremste dann aber abrupt und stieß zurück. Direkt vor der Einfahrt zu Nevasmaas Haus stoppte er.

Sofort schrillten bei Metso die Alarmglocken.

Ein beleibter Mann stieg aus. Er sah sich nervös um, watschelte zum Kofferraum und nahm eine schwarze, lederne Sporttasche heraus. Beide Enden der Tasche wölbten sich, als hätte ein länglicher Gegenstand gerade so hineingepasst. Sein Instinkt als Polizist sagte Metso, dass in der Tasche keine Sportsachen waren, und falls doch, dann nicht zu Fitnesszwecken.

Der Mann verschwand hinter der Hecke vor dem Haus von Lumis Mutter.

Das konnte kein Zufall sein.

Metso umklammerte das Lenkrad mit beiden Händen so fest, dass seine Knöchel weiß hervortraten. War der Dicke auch ein Gesandter von Peregrino? Das ergab keinen Sinn.

Konnte es sich um einen Verwandten oder Bekannten handeln, der Laura Nevasmaa die Trauerbotschaft überbringen wollte? Doch irgendetwas sagte Metso, dass dem nicht so war. Das Gehabe des Mannes zeugte von innerem Aufruhr oder Wut, aber nicht von Trauer.

Hektisch analysierte er die Risiken, von denen beide Alternativen reichlich zu bieten hatten – ob er sich nun zu handeln oder zu warten entschloss.

Metso rollte langsam näher an Laura Nevasmaas Haus und den Mercedes davor heran. Er betrachtete die Reihe Briefkästen neben der Straße. Laura Nevasmaas Briefkasten war fast vollkommen schneefrei. Der Deckel war vor Kurzem geöffnet worden. Eine düstere Ahnung befiel Metso. Er konnte den beleibten Mann nirgends erblicken. Von seiner jetzigen Position aus konnte er den Eingang zum Haus der Nevasmaas nicht sehen.

Er musste eine Entscheidung treffen. Metso stellte den Motor ab, öffnete die Fahrertür und schlich sich geduckt an das schäbige Einfamilienhaus heran.

19

Das zu Ende gehende Jahr war für die finnische Gesellschaft das stürmischste seit dem Ende des Zweiten Weltkrieges. Auch die Natur hatte ihren Beitrag dazu geleistet.

In den finnischen Küstengebieten hatte es innerhalb eines Jahres bereits 34 Sturmtage gegeben – mehr als seit über dreißig Jahren. Es war gut möglich, dass an den verbleibenden Tagen der Rekord von 37 stürmischen Tagen aus dem Jahr 1995 noch gebrochen wurde.

Auch heute erreichte der Wind an der Wetteraufzeichnungsstation auf der Leuchtturminsel Harmaja vor Helsinki mit 19 Metern in der Sekunde Sturmgeschwindigkeiten. Der Wind wurde nur leicht von der Festungsinsel Suomenlinna abgebremst und traf Leo Koski beißend ins Gesicht, als dieser nur wenige hundert Meter von der Küste entfernt auf dem Senatsplatz aus seinem Dienstwagen stieg.

Der Senatsplatz bildete den Kern des alten Helsinki. Der deutschstämmige Architekt Carl Ludwig Engel hatte sich für seinen Entwurf von Michelangelos Kapitolsplatz in Rom inspirieren lassen: ein viereckiger Platz, begrenzt von drei markanten Gebäuden. In Helsinki stand an der Nordseite der Dom, an der Westseite das Hauptgebäude der Universität Helsinki und am östlichen Rand das ehemalige Senatsgebäude und heutige Regierungspalais.

Der Senatsplatz war an diesem Wochenende Schauplatz gleich mehrerer Veranstaltungen, die im Fokus der Öffentlichkeit standen. In weniger als zwei Stunden sollte im Dom der Trauergottesdienst für Minister Dahlström beginnen, und morgen würden die Teilnehmer der Roten Parade den Platz füllen.

Leo betrat das Regierungspalais durch den Haupteingang, marschierte durch die Metalldetektorschleuse und erklomm die breite Haupttreppe mit weit ausholenden Schritten.

Jedes Mal, wenn er das Regierungspalais betrat, überkam ihn ein Gefühl der Erhabenheit. Das Palais war vielleicht nicht der Palast eines der einflussreichsten Ministerpräsidenten Europas, aber es strahlte Stolz und Würde aus. Carl Ludwig Engel hatte dem Gebäude korinthische Säulen als Symbol staatlicher Macht verliehen. Die Säulen des gegenüber gelegenen Hauptgebäudes der Universität Helsinki waren ionisch und symbolisierten Weisheit.

Neben der stattlichen Säulenfront war es gerade dieser Teil des Gebäudes – das imposante Treppenhaus –, von dem sich Besucher besonders beeindruckt zeigten. Viele Architekten hielten die elegante dreiarmige Treppe für das bedeutendste Zeugnis finnischer Architektur. Vergleichbar höchstens mit dem Kuppelsaal der Nationalbibliothek, ebenfalls ein Meisterwerk von Engel.

Nach den ersten Stufen verlangsamte Leo seinen Schritt. Er wollte noch kurz in seinem Dienstzimmer verschnaufen, bevor die Zusammenkunft der Gilde begann, und nicht schon vorher völlig außer Atem kommen.

Er fühlte sich erschöpft. Vielleicht war es doch keine so gute Idee gewesen, die Nacht mit Vilma Varis zu verbringen. Ihrer Begegnung wohnte eine Spur Berechnung auf beiden Seiten inne. Varis war zweifellos sexy, aber sie hatte auch etwas Kaltes an sich.

Auch Pontus war ihm heute Morgen mit erschreckender Kühle begegnet. Auf den Sitzungen der Gilde war Leos Ansehen in letzter Zeit immer mehr ins Wanken geraten. Die Gildenmitglieder fielen ihm zunehmend ins Wort und stellten sich offen gegen seine Anschauungen. Früher hatten sie bei ihren Treffen zumindest den Anschein des Respekts gewahrt.

Was wird wohl diese Zusammenkunft ergeben?

Leos Atem stockte, und seine Oberschenkel füllten sich mit Milchsäure. Auf dem Podest zwischen erstem und zweitem Stock blieb er stehen. Das Gefühl der Schwäche erfasste nach den Beinen nun seinen ganzen Körper. Er musste sich vornüberbeugen und auf den Knien abstützen.

Sarianna Tavas und zwei seiner Personenschützer blieben hinter ihm stehen.

»Alles in Ordnung«, beeilte er sich zu sagen, bevor jemand fragen konnte. Er zwang sich, den Rücken aufzurichten und die Schultern demonstrativ nach hinten zu ziehen.

Sein Blick fiel auf eine viereckige Steinplatte in der Wand. *Schon wieder eine Gedenktafel.*

Auf der wuchtigen, nicht allzu großen Platte schwang das steinerne Relief des finnischen Löwen ein Schwert, umrahmt von der in goldenen Lettern eingravierten Inschrift:

Eugen Schauman
1904 16/6
Se Pro Patria Dedit

Für das Vaterland gestorben.

Leo hatte die Gedenktafel noch nie in Ruhe betrachtet, obwohl er natürlich die Geschichte dahinter kannte. Auf jenem Podest, auf dem er jetzt stand, hatte der finnische Aktivist Eugen Schauman den für seine gnadenlosen Russifizierungsbestrebungen verhassten zaristischen Generalgouverneur Nikolai Bobrikow erschossen.

Leo überlief es kalt. Wie konnte ein Attentäter zum Helden erkoren werden und eine eigene Gedenktafel am schönsten Platz im Regierungspalais erhalten?

Natürlich war auch Leo für Vaterlandsliebe, aber noch mehr war er ein friedliebender Mensch. War denn Schauman wirklich ein Held? Was machte einen Machtinhaber zu einem Unterdrücker, dessen Ermordung gutzuheißen war? Wo verlief die Grenze?

Auch die Demonstranten, die vor seiner Amtsvilla Kesäranta Drohungen skandierten, waren mit Sicherheit davon überzeugt, das Richtige zu tun.

»Alles klar bei dir?«

Die Stimme kam aus einer überraschenden Richtung, und Leo hob den Kopf zu dem Treppenpodest über ihm. Pontus schaute ihn abschätzend an.

»Ich habe dich nicht gesehen«, antwortete Leo und nahm die Stufen bis zu Pontus.

»Du hast lange gebraucht. Aber kein Wunder, wenn du hier auf der Treppe rumstehst.«

Leo straffte die Schultern.

»Ich habe nur einen Blick auf diese Gedenktafel geworfen. Sie ist mir bisher nicht aufgefallen.«

»Siehst du deshalb so verschreckt aus?«

»Ähm – um mich habe ich keine Angst. Für meine Sicherheit sorgen meine Bodyguards.« Er hatte laut genug gesprochen, so-dass die beiden Personenschützer hinter ihm ihn hören konnten. Dabei hatte er sich umgedreht und ihnen sein berühmtes Lächeln zugeworfen.

Mit einer Geste deutete Leo an, dass sie von ihm aus weitergehen konnten. Der kleine Trupp setzte sich in Bewegung und ging zu Leos Dienstzimmer.

»Auf der Fahrt hierher sind wir an einer anderen Gedenktafel vorbeigefahren, ebenfalls am Schauplatz eines politischen Mordes«, sagte Leo. »Ritavuori vor seinem Wohnhaus in der Nervanderinkatu. Mir fällt gerade nicht ein, warum er erschossen worden ist.«

Pontus stieß ein unwilliges Brummen aus. Ein Gespräch über geschichtliche Themen war wohl an diesem Morgen nicht angebracht, obwohl er sonst nur allzu gern dazu bereit war. Seine Gedanken bewegten sich in ganz anderen Welten.

»Weißt du es?«, hakte Leo nach.

»Ritavuori hat viele Menschen gegen sich aufgebracht«, sagte Pontus kurz angebunden. »Er hatte gute Absichten, war aber zu naiv.«

Aus seinem Tonfall schloss Leo, dass Gutgläubigkeit für Pontus eine der schlimmsten Sünden war.

»Haben die Kommunisten Ritavuori erschossen?«, fragte Leo weiter.

»Nein, so war es nicht. Ritavuori war insbesondere konservativen Kreisen der finnlandschwedischen Minderheit ein Dorn im

Auge, und der Zeitpunkt war günstig. Sie glaubten, der Mord werde den Roten angelastet. Mit Ernst Tandefelt fand sich jemand aus adeligen Kreisen, der bereit war, den Job zu übernehmen. Aber Tandefelt war ein Säufer und schlug sich mit Gelegenheitsjobs durch. Bei dem Attentat brachte er es fertig, sich selbst ins Bein zu schießen, und dann hat er den Komplott auch noch der Polizei verraten.«

Leo lächelte gequält. Pontus' Einstellung zu Mord war skrupellos und abgebrüht: Einen anderen Menschen zu töten war keine Sünde an sich. Scheitern dagegen schon.

Jetzt standen sie vor der Tür, die zu den Büroräumen des Ministerpräsidenten führte. Der Personenschützer hielt die Schlüsselkarte vor das Lesegerät und zog die Tür auf.

Leo wollte eigentlich nach rechts in sein Büro gehen, aber Pontus wandte sich nach links und deutete auf einen Raum, den Pontus zu seinem gemacht hatte, obwohl er keinerlei offizielle Position in Leos Kabinett innehatte.

»Karsten erwartet uns in meinem Zimmer.«

Als er den Namen hörte, fiel Leos nur mit Mühe aufrechterhaltene Fassade in sich zusammen.

Karsten. Karsten Jorsch.

Jorsch war von den konservativen Hintermännern der Gilde derjenige, den Leo am meisten verabscheute. Im Laufe des vergangenen Herbstes hatte Jorsch Leos Haltung im Umgang mit der erstarkenden Linken offen angefochten. Dadurch wurden auch die übrigen Mitglieder der Gilde angestachelt, Leo zu einem härteren Vorgehen zu drängen.

Der gebürtige Deutsche war vor fünfzehn Jahren zur Legende geworden. Als leitender Manager dreier erfolgreicher Börsenunternehmen war er zum schillerndsten Stern der finnischen Wirtschaftselite avanciert.

Mit pathetischem Gehabe erklärte er gern den Finnen, dass ihr Staat es fertiggebracht hatte, die Grundlagen der finnischen Wirtschaft zu zerstören. Seine Äußerungen garnierte er bevorzugt mit knackigen Losungen, und sein Lieblingssatz lautete: »Die Unternehmen halten dieses Land am Laufen, nicht der Staat!«

Als die Mitte-rechts-Koalition bei den letzten Wahlen den Sieg davontrug, war Jorsch einer der wichtigen Strippenzieher im Hintergrund. Mitten in der wirtschaftlichen Katastrophe war es geradezu ein Wunder, dass die Konservativen weiter an der Macht bleiben durften. Der Sieg verlieh Jorsch quasi einen Glorienschein.

In der Gesellschaft von Pontus Ebeling und Karsten Jorsch hatte Leo nicht das Gefühl, Ministerpräsident eines Landes zu sein, sondern eher ein bestellter Geschäftsführer, der den Willen des Vorstands umzusetzen hatte.

In Pontus' kleinem Raum wurde Leo von Jorschs bekanntem Grinsen empfangen. Jorsch hatte es sich in dem Besuchersessel vor Pontus' Schreibtisch bequem gemacht. Als Pontus und Leo Koski eintraten, deutete nicht die kleinste Geste darauf hin, dass er beabsichtigte, sich zu erheben.

Pontus ging zu seinem Stuhl hinter dem Schreibtisch. Leo schnappte sich einen hölzernen Stuhl an der Wand – die einzige freie Sitzgelegenheit im Raum – und stellte ihn an die Stirnseite des Schreibtisches. Obwohl er hinsichtlich der Körpergröße die anderen weit überragte, wirkte er auf dem niedrigen Stuhl wie ein herbeizitierter Pennäler.

Leo sah von einem zum anderen: Die beiden Superschwergewichte der Macht bildeten ein ungleiches Paar: Pontus Ebeling war in seinem viel zu großen Jackett eher unscheinbar. Dagegen wirkte Jorsch im Maßanzug mit akkurat abgestimmten Accessoires wie ein herausgeputzter Pfau. Die Haare hatte er tadellos nach hinten gestriegelt. Die Farbe seines Einstecktuches war heute Türkis.

Stilvoll gekleidet zu sein war an sich ja nichts Schlechtes. Auch Leo trug maßgeschneiderte Anzüge. Hinsichtlich des Kleidungsstils waren er und Jorsch sich durchaus ähnlich. Dennoch war gerade Jorsch derjenige, zu dem Leo nie einen richtigen Draht gefunden hatte. Pontus dagegen war ihm wie ein Vater. Genau genommen die einzige Vaterfigur, die er seit seiner frühen Jugend hatte.

»Junge, du siehst aus, als hätte deine Gespielin dich letzte Nacht auf die Straße befördert und anschließend mit einer Dampfwalze überrollt«, warf ihm Jorsch an den Kopf.

Leo sah an sich hinab, streckte den linken Arm und strich mit der rechten Hand die Falten am Ärmel glatt.

»War es so?«, grölte Jorsch. »Hat dich ein Mädel vernascht?«

Leo zuckte innerlich zusammen. Konnte Jorsch etwas von letzter Nacht wissen? Natürlich nicht. *Ich bin nur unausgeschlafen und paranoid.*

Er bemühte sich um einen gleichmütigen Gesichtsausdruck und erwiderte: »Ich habe schlecht geschlafen. Kommen wir zur Sache.«

Jorsch sah Leo immer noch mit diesem nervigen Grinsen im Gesicht an. Die nun folgenden Sekunden erschienen Leo wie eine Ewigkeit.

Nach einer absichtlich ausgedehnten Pause sprach Jorsch mit seiner selbstgerechten Stimme: »Pontus und ich – und auch die meisten übrigen Gildenmitglieder – haben uns darüber ausgetauscht, wie die Linke unter Kontrolle zu bringen wäre.«

Jorsch legte wieder eine Pause ein, er schien die Situation zu genießen. »Du erinnerst dich sicher, dass wir schon im November von dir gefordert haben, Führungsstärke zu zeigen. Ein bisschen mehr Tatkraft. Und konkrete Maßnahmen. Und was hast du unternommen? Nichts. Die Demonstrationen weiten sich immer mehr aus. Auch zu Ausschreitungen ist es schon gekommen. Es ist nur eine Frage der Zeit, wann die Gewalt eskaliert. Diese verdammte Parade morgen droht ungeahnte Ausmaße anzunehmen. Das alles wäre nicht passiert, wenn du auf uns gehört hättest. Jetzt ist es Zeit, das Spiel abzupfeifen.«

»Was willst du damit sagen«, fragte Leo und sah zu Pontus, der mit verschränkten Armen auf seinen Schreibtisch starrte.

»Du musst deinen Platz räumen«, erklärte ihm Jorsch.

Im Raum kehrte Stille ein. Leo saß wie vor den Kopf geschlagen auf seinem niedrigen Holzstuhl. Jorsch schaute ihn unter seinen buschigen Brauen mit einem triumphierenden schiefen Grinsen an. Pontus stierte weiter auf die Tischplatte.

»Ihr wollt, dass ich zurücktrete«, wiederholte Leo tonlos. Er versuchte, der Gedanken Herr zu werden, die ihm wie wild durch den Kopf schossen.

Er war seit sechs Monaten im Amt. Hatte unangenehme Dinge tun müssen und schwere Entscheidungen getroffen. Den Zorn des Volkes auf sich geladen. Jetzt sollte er gedemütigt und beiseitegeschoben werden.

»Das könnt ihr nicht tun.«

»Sicher können wir das!«, entgegnete Jorsch. »Falls du dich weigerst, rufen wir morgen den Parteivorstand zusammen. Das Ergebnis wird das Gleiche sein, die Demütigung für dich aber noch größer.«

Leo wusste, dass Jorsch recht hatte. Die Gilde konnte die Parteigremien mit Leichtigkeit davon überzeugen, dass es ratsam wäre, den Parteivorsitzenden und Ministerpräsidenten auszutauschen. Er ließ den Kopf sinken.

»Die Gilde ist schon im Sitzungssaal Konselji zusammengetreten«, fuhr Jorsch fort. »Du brauchst ihnen bloß zu sagen, dass du dich jetzt doch entschlossen hast, härtere Mittel gegen die Linke zum Einsatz zu bringen. Und dass du außerdem zu dem Schluss gekommen bist, dass es nach den harten Einschnitten und Maßnahmen am klügsten sei, mit einem unbelasteten Mann an der Spitze weiterzumachen. Aus diesem Grund beabsichtigst du, nach dem Ablauf von zwei Wochen von deinem Amt zurückzutreten.«

»Und natürlich gibt es keine Neuwahlen, sondern die Regierung setzt unverändert ihre Arbeit fort, nur unter einem neuen Ministerpräsidenten?«, fragte Leo.

Jorsch streckte mit offener Handfläche den Arm aus, was wohl besagen sollte, dass dies eine prima Idee sei. *Du sagst es.*

»Und wen setzt ihr auf meinen Posten? Isabella?«

Die Finanzministerin Isabella Holm war eine fähige Politikerin, die einzige mit Führungsqualitäten in Leos Kabinett, aber auch ihr Ruf hatte unter den massiven Kürzungen gelitten.

Jorsch verzog das Gesicht, sah zur Decke und zuckte mit den Schultern.

Leo erschrak. »Levoska? Etwa Viktor Levoska? Das ist nicht euer Ernst!«

Pontus Ebeling starrte weiter unverwandt auf den Schreibtisch. Jetzt suchte Leo den Blick seines Ziehvaters. »Pontus?«

Pontus schrak aus seinen Gedanken auf und schaute mit ernstem Gesicht hoch. Er hob die rechte Hand mit gespreiztem Zeigefinger und Daumen. Als wollte er einen Gedanken aus der Luft pflücken.

»Karsten«, mischte sich Pontus ein und winkte ihm kurz zu.

Jorsch verstand und stolzierte aus dem Raum. Pontus wartete, bis die Tür hinter ihm ins Schloss gefallen war.

»Ich wünschte, es wäre anders gelaufen«, sagte er dann und schaute Leo endlich an. »Aber ich stimme mit Karsten überein. Es ist das Beste, du ziehst dich zurück.«

»Das kannst du mir nicht antun«, sagte Leo.

»Leo, ich …«

Pontus verstummte und senkte den Blick wieder.

»Ich bin stolz auf dich, Leo«, fuhr er nach einer Weile fort. »Du bist intelligent und pfiffig. Deine Mitarbeiter mögen dich. Aber die Situation ist untragbar. Wir durchleben eine Krise nie da gewesenen Ausmaßes und … du bist eher eine Führungsperson für gute Zeiten.«

Also ein Weichling.

»Ihr erwartet also von mir, dass ich noch schnell die restliche Drecksarbeit erledige, damit dieser einfältige Viktor Levoska einen sauberen Neuanfang bekommt?«

»Du weißt doch genau, wie es in der Politik läuft. Ganz oben steht das Parteiinteresse. Es wäre nicht klug, wenn der nächste Ministerpräsident als erste Amtshandlung die Führungsriege der Linken vor Gericht schicken müsste. Das muss jetzt geschehen – bevor die Situation eskaliert.«

Leo sackte innerlich zusammen. Seine komplette politische Karriere versickerte hier gerade im Sand. Eben war er noch ein aufstrebender Stern. Jetzt sollte er abserviert werden. Nach nur einem halben Jahr. Eine absolute Blamage. Er hätte in der Politik keine Zukunft mehr.

»Du willst das wirklich durchziehen«, sagte Leo immer noch ungläubig.

Pontus wurde langsam ungeduldig.

»Leo, ich will immer nur das Beste für dich. Aber du bist in dieser Position nicht der Richtige. Ich kann alles so arrangieren, dass du eine Luxusvilla auf La Zagaleta bekommst. Spiel Golf! Genieße einfach nur das Leben!«

»Du willst mir eine Luxusvilla und ein einsames Leben in der Sonne anbieten?«

»Wenn dir das nicht passt, dann gehst du eben zurück nach London ins Bankgeschäft!«, schnauzte Pontus. »Dir fällt schon was ein!«

Leo fühlte, wie sich sein Zwerchfell zusammenkrampfte, aber Tränen wollte er auf keinen Fall vor Pontus zeigen. Er erhob sich und trat ans Fenster. Die belebte Aleksanterinkatu verschwamm, als seine Augen immer feuchter wurden.

»Wir erwarten dich unten«, sagte Pontus und verließ den Raum.

20

Laura Nevasmaa sah zu dem Brief auf dem Sofatischchen. Wieder und wieder hatte sie ihn unter Tränen gelesen, zerknüllt, glattgestrichen und erneut gelesen. Jetzt war er ganz zerknittert.

Sie hatte in den Nachrichten gehört, dass es im Park an der Topeliuskatu einen Brand gegeben hatte. Lumi hatte also wahrgemacht, was sie in ihrem Brief angekündigt hatte. In den Nachrichten wurde nicht berichtet, dass jemand bei dem Brand ums Leben gekommen war. Aber bei Selbsttötungen wurden immer zuerst die Angehörigen informiert, so hatte sie zumindest mal gehört. Sicher würde die Polizei bald bei ihr klingeln.

Den Inhalt des Briefes kannte sie schon fast auswendig. Sie fühlte die Eindringlichkeit von Lumis Worten und auch ihren bitteren Stolz. Aber die Trauer begrub alles andere unter sich.

Warum wollte ausgerechnet ihre Lumi zur Heldin und Märtyrerin werden? Warum hatte sie ihr nicht erzählt, was man ihr angetan hatte?

Jetzt war es zu spät.

Wenn sie Zeit zusammen verbrachten, hatte Lumi meist wenig gesprochen. Es war gerade einmal zwei Wochen her, dass Lumi in ihrer Küche gesessen und ihr beim Kochen zugesehen hatte. Zum letzten Mal.

Lumi interessierte sich nicht fürs Essenmachen. Und sie war nicht annähernd so mitteilungsbedürftig wie ihre Mutter.

Einige hielten Laura gar für ein bisschen minderbemittelt, wahrscheinlich zu Recht. Natürlich wusste sie das. Aber Lumi hatte ihr zugehört, sie lächelnd angeschaut und an den richtigen Stellen gelacht.

In letzter Zeit war Lumis Lächeln halbherzig geblieben und hatte ihre schönen braunen Augen nicht mehr erreicht. Das erste

Mal war Laura das im Herbst bei einem kostenlosen Konzert aufgefallen, zu dem Lumi sie begleitet hatte. Schon damals hatten ihre Augen ein Geheimnis verborgen. Jetzt konnte Laura es sehen. Ach warum, warum nur hatte sie Lumi nicht die richtigen Fragen gestellt? Und einfach nur weitergequasselt?

Wahrscheinlich hätte Lumi ihr sowieso nichts erzählt. Offenbarte ihr Brief doch, dass sie viel beherzter war, als ihr braves Aussehen vermuten ließ.

Jetzt musste Laura tun, worum Lumi sie in ihrem Brief gebeten hatte. Sie musste den Menschen sagen, was Harri Holsti ihr angetan hatte. Wie diese Schweinehunde den Vorfall vertuscht hatten. Sie musste die Wahrheit ans Licht bringen. Erzählen, was Lumi von Finnland hielt.

Es klingelte. Das war wohl der Trauerbote.

Laura schluchzte gequält und schlurfte zur Tür. Sie nahm all ihre Kraft zusammen, wischte sich mit dem Ärmel über die verweinten Augen und drehte den Türknauf.

Kaum schnappte das Schloss auf, wurde die Tür krachend aufgestoßen und ein Kerl, so breit wie der Türrahmen, kam herein und stieß sie unsanft zurück. Laura stolperte über die Schuhablage und fiel auf den Rücken. Jetzt erkannte sie das Gesicht des Eindringlings, der sich voller Wut über sie beugte.

Es war der Hotelbesitzer Harri Holsti. Das Untier, von dem ihre Tochter in dem Brief gesprochen hatte.

Holsti hob die Hand. Laura sah den glänzenden Gegenstand, war aber wie gelähmt und konnte nicht ausweichen. Ein Metallrohr sauste herab und traf Laura an der Schulter. Sie schrie vor Schmerz auf und hob den Arm, um ihren Kopf zu schützen. Der zweite Schlag traf sie an der Seite. Ebenso der dritte, unter dem eine Rippe zersplitterte. Sie versank in einen bodenlosen Abgrund. Der nächste Schlag würde sie aus dieser Welt befördern – an jenen Ort, an dem Lumi schon war.

Doch der Schlag blieb aus. Laura öffnete die Augen und sah, dass Harri Holsti nach Luft schnappen musste. Schon beim Eintritt war er in Rage und hochrot gewesen, als hätte er eine Stunde Joggen hinter sich. Das krankhafte Keuchen machte den verzweifelt aussehenden Mann nur noch wütender, bis sich seine Mimik zu einem Ausdruck fast animalischer Raserei verzerrte.

»Wo ist der Brief?«, stieß er zwischen den Zähnen hervor und drehte sich um, um die Tür hinter sich zu schließen.

Laura Nevasmaa hatte Todesangst. Zu lügen kam ihr nicht in den Sinn.

»Im Wohnzimmer. Auf dem Tisch«, stammelte sie.

Bei diesen Worten zog ein überraschtes und zufriedenes Grinsen über sein Gesicht. Sie erkannte, dass er keine Ahnung gehabt hatte und auf bloßen Verdacht hergekommen war.

»Keine Bewegung«, zischte er ihr zu. Dann machte er einen Schritt über sie hinweg und ging schwerfällig ins Wohnzimmer. Laura hob ihren Kopf und sah, wie er den Brief in die Hand nahm. Es wurde still. Holstis Pupillen bewegten sich hin und her, als er Zeile für Zeile las.

Laura Nevasmaa war nicht die Hellste, aber so viel verstand sie doch, dass das hier kein gutes Ende nehmen würde. Lumi hatte Harri Holsti als jähzornigen Psychopathen beschrieben. Jetzt war er hier in ihrem Haus.

Sie versuchte, sich aufzurichten. Zur Haustür waren es knapp zwei Meter. *Bloß weg von hier!* Sie drehte sich auf die Seite und stemmte sich auf die Knie. Doch die Bewegung war zu schmerzhaft.

Aus den Augenwinkeln sah sie, wie Holsti zurück in den Flur kam. Aus seinen schlitzförmigen Augen sprach maßlose Wut, die der Brief noch mehr entfacht hatte. Er wedelte mit dem Brief in einer Hand, die andere umschloss das Metallrohr. Jetzt zerknüllte er Lumis Brief, steckte ihn in die Tasche und umfasste das Rohr mit beiden Händen.

Entsetzt ließ sich Laura wieder auf den Rücken fallen.

Holsti war außer sich. »Du und deine verdammte kleine Hure habt mich in eine Scheißsituation gebracht!«

Er hob das Metallrohr über den Kopf, trat einen Schritt auf sie zu. Dann holte er Schwung und das Rohr sauste herab. Laura versuchte ihren Kopf mit der Hand zu schützen. Der Schlag traf ihr Handgelenk und sie jaulte auf vor Schmerz. Sie hob die unversehrte Hand, ließ sie aber wieder sinken. Sie gab auf. Bereit, zu Lumi zu gehen. Wenn es nur nicht so wehtun würde. Ihr qualvolles Wimmern wurde von einem untröstlichen Schluchzen abgelöst.

Holsti hob erneut das Rohr.

In diesem Moment hörten sie vom anderen Ende des Flurs ein lautes Knirschen. Die Scherben der Glasscheibe in der Hintertür fielen klirrend zu Boden. Harri Holsti hielt in seiner Bewegung inne. Beide schauten in die Richtung, aus der das Geräusch gekommen war. Durch die geborstene Fensterscheibe schob sich eine Hand, öffnete geschickt das Schloss und drückte die Tür auf. Herein trat ein Mann, der in der rechten Hand eine schwarze Pistole hielt und auf Harri Holsti zielte.

Holsti trat einen Schritt zurück. Von einer Sekunde auf die andere machte Lauras Verzweiflung tiefer Erleichterung Platz, und sie hörte auf zu weinen.

Das Gesicht des Mannes, der sich gerade Zugang zu ihrem Haus verschafft hatte, strahlte Entschlossenheit und Ruhe aus. Zwar trug er zivile Kleidung und eine dickrandige Brille, seine Erscheinung aber war die eines Polizisten. Er war ungefähr vierzig Jahre, hatte einen leicht ergrauten Bürstenhaarschnitt, breite Schultern und ein markantes Kinn. *Ihr Retter.*

21

Lächele, Leo, lächele!

Leo Koski rang vor dem Versammlungsraum Konselji im Regierungspalais um Fassung. Adrenalin rauschte ihm durch die Adern.

Hinter der geschlossenen Tür erwartete ihn ein Schlangennest. Die Mitglieder der Gilde waren in ihren Luxuslimousinen im Innenhof vorgefahren und hatten sich bereits im Raum versammelt.

Vor der Gilde wollte er auf keinen Fall Schwäche zeigen.

Letzten Frühling hatten die einflussreichen Hintermänner der konservativen Koalition beifällig geschnurrt, als Leo Koski zum neuen Ministerpräsidenten erhoben wurde. Sie kannten ihn seit Jahren als »Pontus' Jungen«. Jetzt sah er hinter ihre wohlwollenden Mienen. Für sie war Leo bloß ein Mittel, um ihre Ziele zu erreichen.

In den Nachwehen der geplatzten Schuldenblase hatte die Gilde praktisch die Richtung seiner Regierungspolitik vorgegeben. An erster Stelle stand das Wohlergehen der Unternehmen. Verschlechterungen bei den ohnehin Unterprivilegierten erfreuten sie nicht, wurden aber auch nicht großartig beklagt. *Lieber bei ihnen als bei uns.*

Seit dem Herbst hatte die Unzufriedenheit dieses Schattenkabinetts mit Koskis Regierung stetig zugenommen, aber bisher war es ihm bei ihren Treffen immer gelungen, die Wogen zu glätten. Er hatte gelächelt, jedem Strippenzieher im Raum die Hand geschüttelt und ihnen seine Pläne zur Bewältigung der Probleme unterbreitet, die Pontus zuvor ausgearbeitet hatte.

So war es jedes Mal abgelaufen, und es hatte funktioniert. Bis heute.

Jetzt erwartete die Gilde von ihm, dass er zurücktrat.

Sarianne Tavas war von seinem Zögern zunehmend genervt

und trat von einem Bein aufs andere. Endlich brach sie das Schweigen:

»Am Nachmittag müssen wir die Presse informieren. Natürlich erst nach der Beerdigung. Möchten Sie zwischendurch eine kurze Pause?«

»Das sehen wir dann«, antwortete Leo. Ihm blieb völlig unklar, wie Sarianne zu dieser unverhohlenen Rücktrittsforderung stand.

Falls es zu dieser Pressekonferenz käme, würde Leo seine Abdankung bekanntgeben und als letzte Amtshandlung ein Notstandsgesetz ausrufen müssen, das Massenkundgebungen bis zum Inkrafttreten des neuen Kürzungsprogramms untersagte. Bereits die für morgen geplante Rote Parade im Stadtzentrum von Helsinki wäre damit verboten.

Die Justiz würde die »Säuberung« vollenden: Personen aus dem Führungskreis der Linken würden im Zusammenhang mit den Demonstrationen verhaftet werden. Dass sie einen fairen Prozess bekämen, dafür würde Leo seine Hand lieber nicht ins Feuer legen.

Nach den Plänen der Gilde würde Leo unterdessen seine Golffertigkeiten an der spanischen Sonnenküste Costa del Sol verfeinern. Als Spielpartner ein paar von Pontus bezahlte Sicherheitsleute.

Wie hatte es nur so weit kommen können?

Leo legte sein Handy in einem Wandregal ab, in dem die Kommunikationsgeräte aller Teilnehmer für die Dauer ihrer Sitzung aufbewahrt wurden. Dann holte er tief Luft und öffnete die Tür. Seine beiden Leibwächter blieben vor der Tür stehen, und Leo trat in Begleitung seiner Staatssekretärin ein.

Sarianne Tavas ging direkt zu einem Stuhl an der Wand und zog einen Stapel Papiere aus der Tasche. Leo registrierte, wie sie dabei zu Pontus schaute. Manchmal hatte er das Gefühl, die beiden konnten Gedanken über Blicke austauschen.

Der Tür am nächsten stand Santeri Kanervo, einflussreiches Oberhaupt einer auf altem Geld gegründeten Dynastie. Leo griff beherzt nach seiner Hand und sah ihm in die Augen – genau so, wie Pontus es ihn einst gelehrt hatte. Dann legte Leo seine linke Hand auf Kanervos Handrücken, und Kanervo folgte seinem Beispiel. Dieser sogenannte Doppel-Handschlag war zum typischen Gruß der Gildenmitglieder geworden. Als Ausdruck der Solidarität unter Finnlands mächtigsten Männern und Frauen.

»Santtu«, nannte Leo ihn vertraulich bei seinem Spitznamen, während er Santeri Kanervos Hand fester als gewöhnlich drückte.

Kanervo zuckte unter Leos Berührung leicht zusammen. Seine linke Hand lag kalt auf Leos Handrücken.

»Leo«, erwiderte Kanervo und schluckte.

Leo behielt den Handschlag länger als nötig bei. Kanervos Halsmuskeln zuckten. Endlich gab Leo seine Hände frei, nahm an der Stirnseite des langen Konferenztisches Platz und ließ den Blick durch den Raum schweifen.

Der Konferenzraum Konselji, der oft in Krisensituationen genutzt wurde, befand sich im Erdgeschoss des Regierungspalais. Zwischen dem Raum und den Touristenscharen auf dem Senatsplatz stand lediglich eine dicke, gemauerte Wand. Unter der Decke gab es kleine, schusssichere Fenster. Jalousien verhinderten die Sicht auf den Platz hinaus ebenso wie den Blick von draußen herein. Potenzielle Schaulustige hätten eh eine Leiter gebraucht, um an die Fenster zu kommen.

In der Mitte des Raums stand ein langer Tisch, an dem die Mitglieder der Gilde Platz genommen hatten. Leo blickte jedoch zur Seite, wo unter den Fenstern zwei Männer in strammer Haltung saßen. Leo wurde klar, dass sie hinzugebeten worden waren, um den Machtwechsel zu besiegeln.

Der Polizeipräsident Juhani Piispa und der Oberkommandierende der Verteidigungskräfte Joel Alén waren selbst nicht Mitglieder der Gilde. Ihre Anwesenheit war ein klares Signal, das verdeutlichen sollte, dass Pontus' Einfluss sich auch auf die Polizei- und Armeekräfte dieses Landes erstreckte.

Der Polizeipräsident Piispa in blauer Uniform vermied jeden Blickkontakt mit Leo. Der Ausdruck seiner Augen wirkte aufrichtig, und sein Haar war ordentlich gescheitelt. Seine ganze Erscheinung, gleichzeitig bescheiden und vornehm, passte frappierend gut zu seinem Nachnamen Piispa, dem finnischen Wort für Bischof. Der pastorale Eindruck wurde verstärkt durch seine Angewohnheit, Fragen mit einer Gegenfrage zu beantworten. Leo vermutete dahinter eine Taktik, um sich Zeit zu verschaffen und zu ergründen, welche Antwort oder Meinungsäußerung sein Gegenüber von ihm erhoffte.

Sein besonnenes Wesen funktionierte perfekt, wenn er vor die Öffentlichkeit geschickt wurde, um das Volk nach schrecklichen Vorkommnissen zu beruhigen: egal, ob es sich dabei um einen Amoklauf, die Zunahme häuslicher Gewalt oder Zusammenstöße zwischen Polizei und Demonstranten handelte. Selbst über den Bildschirm gelang es ihm, eine fast hypnotische Ruhe zu verbreiten.

Aus Sicht der Gilde war das Entscheidende, dass Pontus den Polizeipräsidenten Juhani Piispa praktisch um den Finger wickeln konnte, wie im Grunde die gesamte Polizeiführung des Landes.

Der Oberkommandierende der Streitkräfte Joel Alén war vom Typ her unabhängiger, doch bestand auch an seiner Loyalität nicht der geringste Zweifel. Sollte in diesem Raum beschlossen werden, die Aufmärsche der Linken mit Panzern niederzuwalzen, würde Alén den Job erledigen.

Leo hatte festgestellt, dass er Alén mochte und dies wohl auf Gegenseitigkeit beruhte. Alén war zwar etwa zehn Jahre älter als er, doch waren sowohl er als auch Leo bereits in relativ jungen Jahren in führende Positionen aufgestiegen. Der Neid erfahrener Amtskollegen war etwas, das sie beide verband.

Leo suchte Aléns Blick und glaubte, darin so etwas wie Wohlwollen zu erkennen.

Als Leo zum Ministerpräsidenten aufgestiegen war, hatten das dem Innenministerium unterstellte Amt für nationale Sicherheit, der Inlandsgeheimdienst SUPO und die Führung der Streitkräfte eine eintägige vertiefende Einführung in Sicherheitsfragen für ihn veranstaltet. Der Sinn der Schulung war eindeutig nicht, Leo klüger zu machen, sondern ihm einzuschärfen, dass er von nichts eine Ahnung hatte. Und weil er nun mal nichts wusste, war es das Beste, der Einschätzung der Sicherheitskräfte zu vertrauen. Ein Dienstherr nach dem anderen hatte ihn mit Begriffen und Abkürzungen bombardiert, von denen Leo zuvor noch nie gehört hatte. Immer und immer wieder hatte Leo sie aufgefordert, ihm die Dinge so zu erklären, dass er sie verstand. Die Folge war, dass die Herren Kommandeure nur noch mürrischer wurden.

Der Armeegeneral Joel Alén hatte die Ereignisse ruhig verfolgt. Als sie am Ende des Tages gemeinsam den Aufzug im Regierungspalais betraten, hatte er zu Leo gesagt: »Die halten Sie für einen Milchbart. Die wollen Sie nicht im Amt des Ministerpräsidenten haben.«

Leo hatte die Schultern fallen lassen. »Wie kann ich sie auf meine Seite ziehen?«

»Das ist nicht nötig«, hatte Alén lachend geantwortet. »Denken Sie einfach, die wären Sandpapier. Sie reiben sich an Ihnen. Aber am Ende strahlen Sie nur noch glänzender, während die anderen überflüssig geworden sind.«

Aléns Worte hatten ihm Kraft gegeben. Der Armeegeneral schien einer der wenigen Menschen um Leo herum zu sein, die ihm Gutes wollten.

Jetzt saß er allerdings hier bei den anderen, was nur bedeuten konnte, dass auch er einen Machtwechsel befürwortete.

Leo ließ seinen Blick weiterwandern. Ihm gegenüber hatte Karsten Jorsch Platz genommen. Mit dem typischen selbstgefälligen Grinsen im Gesicht. Er trug eine altmodische Rolex um das Handgelenk und goldene Manschettenknöpfe.

Pontus saß wie immer auf einem zusätzlichen Stuhl etwas abseits. Wieder wich er Leos Blick aus.

Auch Viktor Levoska, Parteivize der Sammlungspartei, war aus dem Fernsehstudio des Morgenmagazins hierhergeeilt. Leo wusste, dass er immer noch verbittert über den Ausgang der Wahl im Frühjahr war. Levoska war fünfzehn Jahre älter als Leo und fühlte sich übergangen.

An seinem Gesicht konnte Leo ablesen, dass Pontus und Jorsch ihn schon in ihre Entscheidung eingeweiht hatten. Sein Kopf zuckte unaufhörlich vor mühsam unterdrückter Begeisterung.

Leo hielt von Levoska rein gar nichts. Der Mann konnte absolut nicht selbstständig denken, sondern setzte ohne Nachfragen jene Politik um, die ihm von den Hintermännern der Partei diktiert wurde.

Ich selbst war allerdings auch nicht viel besser.

Ungenutzte Möglichkeiten schossen Leo durch den Kopf. Die Ereignisse im vergangenen halben Jahr waren abgelaufen wie ein Film, in dem er redete und agierte wie ein Schauspieler nach einem zuvor geschriebenen Drehbuch. Zu keinem Zeitpunkt hatte er Pontus' Ratschläge infrage gestellt.

Leo versuchte sich Viktor Levoska an der Spitze des Landes vorzustellen. Gegen Emma Erola hätte er nicht den Hauch einer Chance. Levoska war ganz einfach als Mensch dümmer und als Politiker schlechter.

Was würde Levoska machen, wenn sich immer mehr Menschen Emma Erola zuwendeten? Leo war sich ziemlich sicher, Pontus und Karsten Jorsch würden nicht zulassen, dass die Situation weit genug aus dem Ruder lief, um Neuwahlen notwendig zu machen. Denn dann bestünde die Gefahr, dass die radikale Linke an die Macht käme.

Je kritischer die Situation würde, desto härtere Mittel kämen zum Einsatz. In vielen europäischen Ländern sah man bereits, wie die rechte Elite den Druck auf Medien und Justiz verstärkte. Auch Finnland hatte diesen Weg bereits vor längerer Zeit eingeschlagen. Ein Unterschied bestand allerdings darin, dass in Finnland links der Mitte eine ernst zu nehmende Alternative heranwuchs.

Leo war klar, dass Emma Erola nicht einfach aufgeben würde. Ebenso wenig wie ihre Anhänger, zu denen bereits die Hälfte der Nation zählte. Sie hatten endgültig genug.

Das Land stand vor einer totalen Katastrophe. Leo überlegte ein ums andere Mal, ob er anders hätte handeln können. Wenn es zu breiten Gewaltausbrüchen kam, wäre dann er dafür verantwortlich?

Auf den Stühlen machte sich Unruhe breit. Er hatte die Sitzung immer noch nicht eröffnet. *Durch Warten wurde es nicht leichter.*

»Guten Morgen, Freunde«, begann er. Das letzte Wort kam bitterer heraus, als er beabsichtigt hatte. »Ich habe euch kurzfristig um dieses Treffen gebeten, weil wir gravierende Änderungen vornehmen müssen.«

Jeder im Raum heftete seinen Blick auf Leo. Einige nickten.

»Wie jeder von euch bemerkt hat, haben die Demonstrationen der Linken an Zahl, Aggressionspotenzial und Umfang zugenommen. Es ist nur eine Frage der Zeit, wann aus einzelnen Gewaltausbrüchen größere Zusammenstöße werden. Diese Unruhen haben bereits dem Ruf Finnlands im Ausland geschadet. Internationale Finanzinvestoren und meine europäischen Kollegen zweifeln an der Fähigkeit meiner Regierung, der Situation Herr zu werden. Und leider haben sie gute Gründe für ihre Bedenken. Als Ministerpräsident bin letzten Endes ich dafür verantwortlich, dass im Land Frieden herrscht. Ich bin gescheitert.«

Leo sah, wie sich die auf ihn gerichteten Augen verengten. Allein Viktor Levoska hatte den Blick während der Rede nicht auf Leo gerichtet. Er hatte genug damit zu tun, seine Euphorie zu verbergen.

»Heute kürt die Linke Bewegung Emma Erola zu ihrer Vorsitzenden«, fuhr Leo fort.

»Scheißkommunisten«, murmelte die Präsidentin der Handelskammer und erntete zustimmendes Brummen.

»Erola verfolgt eine härtere Linie als ihr Vorgänger Jarno Manner«, sagte Leo. »Die Stellung der Unternehmen in Finnland ist ernsthaft bedroht. Einige von euch stehen ganz oben auf der Liste der Leute, die sie sich vornehmen werden.«

Leo unterstrich seine Worte, indem er auf die Chefs der Energieriesen Fortum und Cursus zeigte. Emma Erola hatte die Stromerzeugung und -verteilung zum »Volkseigentum« erklärt. Firmen dieses Sektors waren ein leichtes Ziel für jedwede Sozialisierungsbestrebungen. Fortum war wegen seiner Steinkohlekraftwerke in Verruf geraten, obwohl der Umweltaspekt bei den Linken hinter ihrem Hass auf die Wirtschaft zurückstand.

»Aber nicht nur Unternehmen sind bedroht, sondern auch der

gesellschaftliche Frieden«, führte Leo weiter aus. »Ich fürchte, dass wir es bald mit viel schlimmeren Tumulten zu tun bekommen. Und mit roherer Gewalt. Wir haben schon früher über eine härtere Linie als Option gesprochen, um den Aufstieg der Linken zu stoppen.«

Die Anwesenden grunzten begeistert. Sie erwarteten, dass Leo ihnen endlich versprach, einen härteren Kurs einzuschlagen.

»Ich danke jedem von euch für seinen Beitrag zur Lösung dieser schwierigen Situation. Doch letzten Ende muss ich als Ministerpräsident die Entscheidung treffen.«

Leo unterbrach seine Rede und schaute jedem Gildenmitglied in die Augen. Sie hielten ihn für einen nützlichen Idioten. Sechs Monate lang hatte er auf ihre Wünsche gehört, und wohin hatte es ihn gebracht? Jetzt wollten sie ihn wegwerfen wie einen alten Handschuh.

Ihm war durchaus bewusst, dass er dünnes Eis betrat. Aber aus den ihm zugewandten Gesichtern sprach tiefe Abscheu und das gab ihm die nötige Kraft.

Jetzt oder nie.

»Ich habe mich entschlossen, meine bisherige Linie zu ändern, nach der wir nicht mit der Linken Bewegung über unsere Regierungspolitik verhandeln. Ich beabsichtige, die neue Parteivorsitzende Emma Erola unverzüglich nach ihrer offiziellen Ernennung zu Gesprächen einzuladen.«

Nach diesen Worten warf Leo einen schnellen Blick auf Karsten Jorsch. Er wollte auf keinen Fall den Moment verpassen, in dem Jorschs ewiges Grinsen schlagartig erlosch.

Und Leo wurde nicht enttäuscht. Wut machte sich auf Jorschs Gesicht breit, als dieser begriff, dass Leo mitnichten die Absicht hatte zurückzutreten. Leo hatte eine totale Kehrtwende hingelegt und das genaue Gegenteil von dem gemacht, was sie vereinbart hatten – beziehungsweise, was sie ihm diktiert hatten.

Die Stuhlbeine knarrten, als Jorsch ruckartig den Stuhl zurückschob. Er sah aus, als wäre er drauf und dran, aufzuspringen und vor der versammelten Gilde einen Tobsuchtsanfall zu bekommen.

Viktor Levoskas Blick irrte entgeistert zwischen Jorsch und Pontus hin und her. Er kapierte nicht, wieso die Versammlung nicht so lief, wie die beiden ihm versprochen hatten.

Pontus' Miene blieb wie in Stein gemeißelt. Leo wusste, dass er innerlich kochte. Nie zuvor hatte Leo gewagt, so gegen ihn aufzubegehren.

Das Gemurmel im Raum schwoll an.

»Es ist falsch, denen den kleinen Finger zu reichen!«, rief jemand am Tisch. Karsten Jorsch hatte sich inzwischen gefasst. Äußerlich ruhig erhob er sich.

»Leo, über deinen Vorschlag müssen wir erst noch einmal reden. Die Haltung der Linken Bewegung ist so radikal, dass es fahrlässig wäre, ihnen Zugeständnisse zu machen. Sie sind zu keinen rationellen Schritten bereit. Wir würden danach nur noch geschwächter dastehen!«

Leo blieb ruhig und zwang sich zu seinem berühmten Lächeln. In Wahrheit brodelte es in ihm.

»Mein Entschluss steht fest«, sagte er.

Mit diesen Worten stand er auf, drehte sich um und verließ den Versammlungsraum.

22

Oberinspektor Metso betrat das Haus durch die Hintertür, deren Glasscheibe er gerade eingeschlagen hatte. Im Flur lag eine vor Schmerzen wimmernde Frau auf dem Boden. Das musste die Mutter von Lumi Nevasmaa sein.

Zwischen der Frau und Metso stand ein Mann, der mit beiden Händen ein Metallrohr hielt.

Der Mann hatte die Statur eines Nilpferds und das Gesicht einer zischenden Schlange. Er japste nach Luft und seine Knopfaugen fixierten die Waffe in Metsos Hand.

»Leg das Rohr auf den Boden und dich daneben«, befahl Metso.

Doch der Mann umfasste das Rohr nur noch fester. Er sah aus, als ob er einen Angriff in Erwägung zöge, obwohl Metso mit der Waffe auf seine Brust zielte.

Metso streckte den Arm mit der Waffe demonstrativ aus und deutete mit der anderen unmissverständlich auf den Boden. Der Mann wog seine Möglichkeiten ab. Die Zeit stand still.

Dann endlich fiel das Metallrohr mit einem dumpfen Aufschlag zu Boden. Sein Gesicht zeigte sich immer noch widerspenstig, aber er befolgte Metsos Anweisung und ließ sich schwerfällig auf dem Teppich nieder.

Auf dem Gesicht der Frau im Flur zeichnete sich Erleichterung ab, die kurz darauf dem Schmerz wich. Wehklagend betastete sie ihre gebrochene Hand.

»Kennen Sie diesen Mann?«, fragte Metso die Frau.

Sie schwieg. Offensichtlich kannte sie ihn, traute sich aber nicht, es zu sagen.

»Sie brauchen keine Angst zu haben«, versuchte Metso sie zu beruhigen.

»Das ist Holsti ... Harri Holsti«, sagte sie fast flüsternd. »Er leitet die Hotelkette, in der meine Tochter als Zimmermädchen arbeitet. Meine Tochter ist tot!« Sie brach in Schluchzen aus.

Harri Holsti. Metso holte tief Luft und sah zu dem fülligen Mann. Da auf dem Boden schnaufte das Ungeheuer aus Lumi Nevasmaas Abschiedsbrief.

Er ging zu ihm hin, packte seine Hände und fesselte sie mit einem Kabelbinder auf dem Rücken.

Sofort fing Holsti an, sich bei Metso über seine Behandlung zu beschweren, soweit es sein keuchender Atem zuließ.

»Das ... wirst ... du be...reuen. Hef...tig be...reuen!«

Metso griff nach einem Tuch auf dem Flurtischchen und band es Holsti vor den Mund. Holsti sollte keine Gelegenheit bekommen, die Sache weiter zu vermasseln. Holsti zappelte noch kurz, dann gab er ermattet auf. Das Schnaufgeräusch verriet Metso, dass er durch die Nase noch genug Luft zum Atmen bekam.

Das Schluchzen der Frau wurde intensiver.

»Sie sind in Sicherheit«, sagte Metso beruhigend. »Warum ist Holsti hier, und warum hat er Sie geschlagen?«

»Er wollte den Brief, den meine Tochter mir geschickt hat.«

Metso musste sich zusammenreißen, um nicht zu zeigen, was diese Nachricht in ihm auslöste. *Der Brief! Hier!*

»Wo ist der Brief jetzt?«, fragte er.

»In seiner Tasche.«

Metso beugte sich erneut über Holsti und durchsuchte ihn. Bald wurde er fündig und zog einen zerknitterten hellblauen Briefbogen aus der Jacketttasche.

Wie zum Teufel konnte der Brief schon hier sein?

Metso wurmte, dass Harri Holsti den Brief vor ihm gefunden hatte. Holsti hatte seine Beherrschung und sein Urteilsvermögen verloren, aber sein Wutausbruch war ein Glücksfall für Metso. Dank diesem hielt Metso jetzt den fehlenden Brief in der Hand, dessen Zustellung er verpasst hatte. Metso strich das Papier glatt und überflog die ersten Zeilen. Das genügte. Der Inhalt schien identisch mit dem in Lumis Wohnung zu sein. Hätte der Brief es an die Öffentlichkeit geschafft, wären die Folgen vernichtend gewesen.

Er musste nun rasch die Lage beurteilen. Metso ging die Alternativen durch.

Von Holstis unkontrolliertem Gewaltakt durfte nichts an die Öffentlichkeit dringen. Außerdem musste Lumis Mutter zum Schweigen gebracht werden. Sie schaute ihn hilfesuchend an.

»Haben Sie gelesen, was er Lumi angetan hat? Er ist ein Unmensch. Eine Bestie!«

»Ich verstehe«, erwiderte Metso beruhigend. »Wem haben Sie von dem Brief erzählt?«

»Noch niemandem«, sagte sie kläglich.

Metso kam zu dem Schluss, dass jede Vorgehensweise ihre Probleme barg. Alle Möglichkeiten abzuwägen, dauerte nur wenige Sekunden. Er hatte keine Zeit zu verschenken. Der Entschluss fiel ihm schwer, aber einmal getroffen, setzte er ihn unerschütterlich um. Metso lief zum Sofa im Wohnzimmer, schnappte sich ein Kissen und betastete es. Es war etwas zu steif, sollte aber genügen. Mit dem Kissen marschierte er zurück in den Flur. Als er sich über sie beugte und sein Knie auf ihren Brustkorb drückte, sah er ihr in die Augen. Sie erschrak, kam aber nicht einmal dazu, zu schreien. Er drückte ihr das Kissen aufs Gesicht.

Ihre Gegenwehr war kraftlos. Physisch war die Aufgabe für Metso leicht, aber er musste seine natürliche menschliche Reaktion unterdrücken, das instinktive Verlangen, seinen Griff zu lösen und die Frau Atem schöpfen zu lassen. Er wandte den Blick zur Wand und presste ihr das Kissen mit seinem ganzen Körpergewicht auf Mund und Nase.

Neben ihm verfolgte Harri Holsti entgeistert das Geschehen, doch Metso schenkte ihm keine Beachtung.

Als Metso sich Minuten später aufrichtete, kam das leblose Gesicht von Laura Nevasmaa zum Vorschein.

Als Nächstes ging Metso zu Harri Holsti.

»Bleib ruhig«, sagte Metro, nahm ihm den Knebel ab und schnitt den Kabelbinder mit einem Klappmesser auf.

»Wer bist du?«, zischte Holsti. In seiner Stimme klangen Zorn und Unsicherheit an.

»Ich bin der unglückselige Frondiener, der deine Spuren beseitigen muss. Es war idiotisch von dir, hier selbst aufzutauchen, um den Brief zu holen. Jetzt haben wir eine Leiche am Hals«, sagte Metso.

Die Wut schwand aus Holstis Zügen. Endlich begriff er, dass Metso hier war, um ihn zu beschützen. Umständlich erhob er sich.

»Woher wusstest du, dass sie einen Brief bekommen hat?«, fragte Metso.

»Ich habe in der Hotel-Personalakte nach Angehörigen von Lumi Nevasmaa gesucht«, sagte er und japste nach Luft. »Die Mutter war die einzige Verwandte.«

»Weiß jemand, dass du hier bist?«

Harri Holsti schüttelte seinen riesigen Kopf.

Metso atmete erleichtert auf. Vielleicht war die Situation noch zu retten.

»In welchen Zimmern warst du? Was hast du alles angefasst?«

»Nur im Wohnzimmer. Angefasst habe ich nichts. Nur den Brief, den habe ich vom Tisch genommen.«

Metso drückte Holsti seinen Zeigefinger zwischen die Augen. »Jetzt spazierst du zu deinem Auto und fährst nach Hause. Du unternimmst nichts mehr in der Sache. Verstanden? Absolut nichts.«

Statt einer Antwort warf Holsti ihm einen eisigen Blick zu. Er war es offensichtlich nicht gewohnt, sich sagen zu lassen, was er zu tun hatte. Metso scherte sich nicht darum. Die Situation war hochbrisant und konnte keinerlei Dummheiten mehr vertragen.

Metso öffnete die Haustür und horchte. Als er nichts Verdächtiges wahrnahm, gab er Holsti ein Zeichen, und dieser ging über das Grundstück zu seinem Wagen.

Nachdem Metso die Tür wieder geschlossen hatte, verfolgte er durchs Fenster, wie Holsti in sein Auto stieg und mit Vollgas davonraste.

Dann kehrte er in den Flur zurück und betrachtete die am Boden liegende Leiche. Es war bedauerlich, dass er die Frau hatte töten müssen. Das Kissen zwischen ihnen hatte ihm eine gewisse Distanz ermöglicht. Jetzt jedoch konnte er nicht umhin, sich mit der Leiche zu beschäftigen. Was zur Hölle sollte er mit der Frau anstellen, die er gerade getötet hatte?

23

Das Flackern vor Lewis Higgins' Augen ließ nach. Er konnte seine Umgebung wieder erkennen. Das bauchige Innere eines Flugzeugs. Besorgte Gesichter.

Ich lebe noch.

Warum war das Flugzeug nicht gelandet? Higgins hatte kein Gefühl dafür, wie lange sein Anfall gedauert hatte. Der Schmerz wollte ihn in Stücke reißen und überstieg jedwedes Vorstellungsvermögen. Der Verlust des Zeitgefühls war noch sein kleinstes Problem bei all den Verheerungen, die in seinem Innern tobten. Als ihn die nächste Welle erfasste, wurden die Qualen unerträglich.

Unter ihnen lag der Ozean.

Higgins erinnerte sich daran, Land unter sich erblickt zu haben, wusste aber nicht, wie lange das her war. Vielleicht zehn Minuten? Eine Stunde? Der Flugkapitän steuerte sicher bereits den nächsten Landeplatz an. Er lag allerdings noch außer Sichtweite, entweder in Schottland oder in Norwegen.

Zu weit weg.

Higgins fühlte, wie ihm kochend heiß wurde. Er bewegte seine Hand zum Bauch – die Muskeln gehorchtem ihm wieder, wenn auch nur widerwillig. Sein Hemd war schweißnass.

Die Menschen um ihn herum schauten entweder ihn voller Entsetzen oder einander ratlos an. Die Stewardess auf dem Platz neben ihm hatte Tränen in den Augen. Sie versuchte nicht mehr, ihn anzufassen. Beim ersten Anfall hatte sie ihn an den Schultern gepackt und in den Sitz gedrückt. Die Berührung hatte sich angefühlt wie Messerstiche, die sofort einen weiteren Anfall auslösten. Bei seinem Schrei war sie vor Schreck erbleicht.

Der wievielte Anfall war das jetzt? Möglicherweise der dritte.

Die ersten Anzeichen hatten sich gezeigt, als das Flugzeug auf Reisehöhe war. Zuerst hatte er einen metallischen Geschmack im Mund gespürt. Dann krampfte sein Kiefer. Als er die Bewegungen seines Kiefers nicht mehr steuern konnte, bekam er Angst. Dann wölbten sich seine Zehen in den Schuhen massiv Richtung Fußsohle und der Schmerz strahlte bis in die Waden aus.

Zu diesem Zeitpunkt wurde ihm klar, dass er ein ernstes Problem hatte. Die Stewardess kam und fragte, was los sei, aber sein verkrampfter Kiefer machte eine Antwort unmöglich. Kurz darauf wurden auch andere Muskeln von Krämpfen erfasst.

Gegenwärtig hatten die Krämpfe nachgelassen, aber für wie lange? Er war in der Lage, seine Situation zu überdenken, auch wenn er nicht reden konnte, und ihm war klar, er würde sterben.

Schuld musste die Gesichtsmaske sein. Eine Flughafenmitarbeiterin in Uniform hatte sie ihm gereicht und ihn aufgefordert, sie aufzusetzen. *Die haben mich vergiftet.*

Sein Leben würde ein qualvolles Ende finden, was auch etwas Poetisches hatte, fast wie in einem Shakespeare-Drama. Erst vor wenigen Monaten hatte er das Projekt seiner Träume gefunden und war der perfekten Frau begegnet. Das sollte ihm jetzt zum Verhängnis werden.

Vor gut zehn Jahren hatte er seine Sachen im heute als Wohnheim der Universität Edinburgh genutzten ehemaligen Diakonissen-Krankenhaus gepackt und war ins Silicon Valley geflogen, um mit künstlichen Intelligenzen und der Verarbeitung großer Datenmengen Karriere zu machen. In den folgenden Jahren hatte er unter anderem bei Google und später bei Workday an bahnbrechenden Projekten mitgewirkt. Er hatte Erfolg, empfand aber keine Befriedigung bei dem, was er tat. Ganz im Gegenteil – er war schwer enttäuscht von der Richtung, in die internationale Social-Media- und Internet-Giganten die Welt lenkten.

Also war er als einfacher Wissenschaftler nach Schottland zurückgekehrt. Sein Gehalt sank auf ein Drittel dessen, was er in Kalifornien verdient hatte, aber dafür fand er seinen inneren Frieden wieder – spätestens seit er ein radikales, im Aufschwung begriffenes neues Forschungsfeld auf dem Gebiet der Sozialwissenschaften für sich entdeckt hatte.

Er vertiefte sich vollkommen in seine Arbeit und vergaß sein Leben im Silicon Valley ziemlich schnell. Er ließ sich einen Spitzbart wachsen, tauschte seine dickrandige Brille gegen eine randlose ein und fing an, seine Abende mit Wissenschaftlern verschiedener Disziplinen und einem Glas Rotwein zu verbringen. Schon bald folgte ihm der bescheidene Ruf, ein Wissenschaftler mit originellen Ideen zu sein, der sich sicher auf den Gebieten der Technologie, der Ökonomie und der Geschichte bewegte.

Zu einer wirklichen Wende in seinem Leben war es allerdings erst im vergangenen Sommer gekommen. Er war zu einer internationalen Konferenz radikaler Linker nach Chicago geflogen, bei der sich Aktivisten aus der ganzen Welt versammelten, um über verschiedene Formen, sich zu organisieren, zu diskutieren. Nach seinem Vortrag hatte er sich am Buffet Quorn auf seinen Pappteller geschaufelt, als neben ihm plötzlich eine blonde Frau auftauchte.

»Mir hat dein Vortrag gefallen«, sagte sie. Higgins sah sie an, und fast wäre ihm sein Gemüse von dem labbrigen Teller gerollt. Ihre Augen waren die faszinierendsten, die er je gesehen hatte. Sie war nicht auf jene Art *umwerfend*, wie es dem herkömmlichen Schönheitsideal der Amerikaner entsprach, aber dafür verfügte sie über eine starke natürliche Anziehungskraft, der Higgins sofort erlegen war.

»Oh«, stammelte er. »Danke.«

Fieberhaft suchte er nach Worten »Woher kommst du?«

»Aus Finnland«, antwortete sie.

»Ooh!«, gluckste Higgins und schalt sich innerlich selbst. *Nun reiß' dich aber mal zusammen, Lewis! Das kannst du besser!*

»Da wollte ich schon immer mal hin!«, stotterte er. Das war nicht mal gelogen. Finnland hatte ihn von jeher fasziniert. Das goldene Zeitalter des nordischen Wohlfahrtsstaats war eine der schöneren Launen der Weltgeschichte. Und vice versa: Der Niedergang des Wohlfahrtsstaatsmodells nur ein halbes Jahrhundert nach seiner Blütezeit offenbarte, wie folgenschwer die Konstruktionsfehler des Kapitalismus waren.

Ihr Heimatland erklärte auch, warum ihr Higgins' Vortrag so gefallen hatte, denn darin ging es um die Theorie der Planwirtschaft in der ehemaligen Sowjetunion. Als Finnin interessierte sie sich natürlich schon allein aus geografischen Gründen für die Vergangenheit des mächtigen Nachbarn im Osten.

»Interessierst du dich für Geschichte?«, fragte er sie.

»*Actually*«, hatte sie auf Englisch mit kaum hörbarem Akzent geantwortet. »Eigentlich interessiere ich mich mehr für die Zukunft. Und darüber würde ich gern mit dir sprechen.«

»*Oh!*« Higgins gelang es nicht, seinen dämlichen Ausruf zurückzuhalten. Schnell setzte er einen neutralen Gesichtsausdruck auf und nickte verständnisvoll, als passierte es ihm jeden Tag, dass eine interessante Frau mit ihm über die Zukunft reden wollte.

Er folgte ihr zu einem runden Stehtisch am Rande des Saals.

»Ich bin übrigens Emma Erola«, sagte sie und reichte ihm die Hand.

»Lewis Higgins.«

Higgins war es peinlich, ihr seine verschwitzte Hand reichen zu müssen, in der er die ganze Zeit den scheußlichen Pappteller gehalten hatte.

Sie ließen sich mit Parmesan gespickte Auberginenhäppchen schmecken und begannen eine angeregte Unterhaltung. Beide hatten schon zuvor an dieser Konferenz teilgenommen, allerdings in verschiedenen Jahren. Beide schäumten vor Begeisterung darüber, wie enorm sich die Atmosphäre der Konferenz seit ihrem ersten Besuch verändert hatte.

Die Zahl der Teilnehmer hatte sich vervielfacht. Die alten kommunistischen Betonköpfe waren einer neuen Generation Sozialisten gewichen: eifrige Studenten, einer intelligenter als der andere, Informatiker und Dienstleister, die in ihren bedruckten T-Shirts und gestreiften Flanellhemden zum Prototyp der erfolgreichen kreativen Klasse geworden waren. Ein immer größerer Teil der Teilnehmer kam von außerhalb der Vereinigten Staaten.

Sie sprachen über Meinungsumfragen, die weltweit von der wachsenden Beliebtheit des Sozialismus zeugten. Der Resonanzboden für sozialistische Ideen war in den Vereinigten Staaten unter jungen Menschen seit den 2010er-Jahren stetig gewachsen, doch erst in den 2020er-Jahren hatte sich der Widerstand gegen die Marktwirtschaft zu einem internationalen Phänomen entwickelt. Das Verständnis für Ungleichheit wuchs vor allem unter jungen Leuten, und linke Ideen breiteten sich aus wie ein Lauffeuer.

Ihr Gespräch nahm an Lautstärke ab und an Intensität zu. Emma Erola hatte Dutzende Fragen zu Higgins' Forschungsbereich.

Zwei Stunden später verlegten sie ihr Gespräch an die Bar des Konferenzhotels. Hier hielten sie noch zwei Stunden durch, bis Emma Erola dem besten Tag in Lewis Higgins' bisherigem Leben ein jähes Ende bereitete:

»Jetzt muss ich mich ausruhen«, sagte Emma. »Jetlag ... Ich bin heute schon um drei aufgestanden und weiß aus Erfahrung, dass ich auch morgen nicht länger als bis vier schlafen kann.«

»Ich kenne das.« Higgins nickte bekräftigend, obwohl er in Wirklichkeit niemals Schwierigkeiten mit dem Zeitunterschied hatte.

»Na dann treffen wir uns morgen wieder hier, um 4.30 Uhr? Ich würde unser Gespräch gern auf einem Morgenspaziergang fortsetzen.«

Higgins nickte begeistert. In seinem Hotelzimmer vergewisserte er sich dreimal, dass er den Wecker richtig gestellt hatte, bevor er sich schlafen legte.

Am nächsten Morgen erschien er gespielt munter in der Hotellobby, wo Emma Erola schon auf ihn wartete. Zu dieser ruhigen Morgenstunde sah Emma ebenso anziehend aus wie am Abend zuvor im Konferenzzentrum. Sie liefen über die Strandpromenade am Michigansee und betrachteten die Yachten der Millionäre im Burnham Harbor. Schließlich erreichten sie den Badestrand neben dem Adler-Planetarium. Um halb sechs, der Tag war schon angebrochen, und Higgins schaute auf den leicht wogenden Michigansee hinaus, unterbreitete ihm Emma Erola ihren Plan.

Dieser Moment war für ihn eine geradezu spirituelle Erfahrung. Diese finnische Frau konnte ihr gesamtes theoretisches Denken zu einem echten Plan verdichten. Zu einem Plan, der die ganze Welt verändern würde.

»Was wäre, wenn wir es versuchen?«, fragte ihn Emma Erola, und Higgins hatte keinen Augenblick gezögert, sich voll in das Projekt zu stürzen.

Nur eine Woche nach der Konferenz in Chicago traf Higgins das erste Mal in Finnland ein, wo sie mit den Vorbereitungen für ihr Unterfangen begannen. Higgins war wie verzaubert von Finnland, Emma und seinen neuen Teamkollegen. Jetzt war er Teil von etwas geworden, bei dem er seine technologischen Kenntnisse mit seinen ideellen Überzeugungen verbinden konnte. Teil von etwas so grundlegend Neuem, wie er es sich nie hätte träumen lassen.

Nach der ersten Reise hatte er Finnland etwa ein halbes Dutzend weitere Male besucht, einmal für mehr als zwei Wochen. Zwischen seinen Finnland-Aufenthalten hatte er in Schottland so ekstatisch gearbeitet wie noch nie. An dem Vorhaben waren auch andere ausländische Experten beteiligt, einer begabter als der andere. Entlohnt wurden sie dafür nicht, aber keiner von ihnen gehörte zu der Sorte von Softwarearchitekten, die nur für Geld arbeiteten. Unter ihnen herrschte ein mitreißender Gemeinschaftsgeist. Die Aura der Geheimhaltung tat ein Übriges und machte ihre Arbeit nur noch interessanter.

Sie leisteten sogar noch bessere Arbeit, als Higgins zu hoffen gewagt hatte. Bei seinem Eintreffen in Finnland gestern Abend hatte er Stolz auf das Geleistete verspürt. Erst vor zwölf Stunden hatten sie in einem Restaurant im Helsinkier Stadtteil Meilahti auf die Zukunft angestoßen.

Und jetzt war alles vorüber. Er hatte durch Zufall die Antwort auf die Frage erfahren, die er schon im Sommer hätte stellen sollen: *Was passiert als Nächstes?*

Hatte er damals wirklich nicht daran gedacht, zu fragen? Oder hatte er sich nicht getraut?

Nun, in neun Kilometer Höhe über der Nordsee, bereute Higgins seine Blauäugigkeit.

Er fühlte eine neue Welle Muskelkrämpfe in seinen Gliedern anrollen. Zuerst wurden die Waden hart. Als die schmerzhafte Anspannung seine Oberschenkel erreichte, entwich seiner Kehle ein Laut, den er nicht als seinen erkannte. Die Flugbegleiterin auf dem Platz neben ihm sah ihn hilflos an. Sie sagte etwas zu dem Steward im Gang, aber Higgins konnte die Worte nicht verstehen. Das Geschrei um ihn herum war verstummt, nur das Dröhnen des Flugzeugs war noch zu hören.

Er hatte zu viel gewusst. Er hatte einen verhängnisvollen Fehler begangen, und das sollte ihm jetzt zum Schicksal werden. Die Zuckungen erreichten seinen Oberkörper und wurden stärker. Er sah aus dem Fenster. Nichts als Blau und Weiß. Ob die Wolken hinter dem kleinen Flugzeugfenster anders aussahen, wenn man sie zum letzten Mal sah?

24

Der Mann am Empfang des Marriott im Hafenviertel Kalasatama tippte Vilma Varis' Personalien in den Hotelcomputer.

»Eigentlich kann man erst ab drei Uhr einchecken, aber ich finde bestimmt ein Zimmer für Sie. Sehr viele Zimmer haben wir im Moment nicht frei. Die Stadt ist voller ausländischer Journalisten und Fotografen. Wie viele Schlüsselkarten benötigen Sie?«

»Eine genügt«, antwortete Vilma.

Sie sah sich im Eingangsbereich um. So ganz genau wusste sie nicht, was sie zu finden hoffte, aber auf irgendeine Spur würde sie hier schon stoßen. Als ihr Klingeln an Harri Holstis Tür unbeantwortet geblieben war, hatte sie beschlossen, ihre Nachforschungen hier in dem Hotel fortzusetzen, in dem sich auch die finnische Verwaltungszentrale der Hotelkette und Holstis Büro befanden.

Die Meldung über die Verbindungen zwischen der Selbstverbrennung und dem Hintermann der Konservativen Harri Holsti musste so bald wie möglich raus, am liebsten noch heute. Sonst kam ihr möglicherweise ein Kollege zuvor. Vilma Varis verlor nicht gern im Wettbewerb um eine aktuelle Story.

Also hatte sie sich entschlossen, im Hotel einzuchecken. Nicht mit der Absicht zu übernachten, aber als Hotelgast hatte sie bessere Möglichkeiten, sich frei zu bewegen und mit den Mitarbeitern ins Gespräch zu kommen.

»Hier, bitte sehr«, sagte der Herr am Empfang und reichte ihr lächelnd ihre Schlüsselkarte.

Vilma hatte an seinem Lächeln nichts Künstliches feststellen können. Wenn die Frau, die sich selbst verbrannt hatte, hier im Hotel beschäftigt gewesen war, dann hatte die Nachricht von ihrem Tod ihre Kollegen noch nicht erreicht.

Vilma beschloss, gleich mit der Recherche zu beginnen.

»Verzeihen Sie, ich hätte eine Frage. Kennen Sie zufälligerweise eine Hotelmitarbeiterin, die oft eine Kette mit dem Mondgöttin-Anhänger von Kalevala Koru trägt?«

Er sah sie irritiert an.

»So ein typischer, recht großer Anhänger mit Metallfransen dran«, führte Vilma aus und malte sich die Form des Anhängers auf die Brust.

»Nein kenne ich leider nicht. Sollte ich?«, antwortete der Mann.«

»Nein, keineswegs. Aber es hätte ja sein können«, beeilte sich Vilma zu sagen.

War sie überhaupt richtig hier? Dass das Selbstverbrennungs-opfer eine Angestellte dieses Hotels gewesen sein soll, war reine Vermutung.

»Und Harri Holsti? Ist er heute im Haus?«

Jetzt sah der Rezeptionist sie misstrauisch an.

»Das weiß ich nicht«, sagte er deutlich abweisender. »Direktor Holsti pflegt am Wochenende normalerweise nicht im Büro zu ar-beiten.«

Vilma ging auf, dass sie einen Fehler gemacht hatte. Der Mann hatte sie erkannt und Lunte gerochen.

Schnell bedankte sie sich, nahm ihre Schlüsselkarte und ging zum Aufzug. Beim Betreten des Fahrstuhls sah sie, wie der Emp-fangschef zum Telefonhörer griff. *Mist.*

Vilma hielt den Zimmerschlüssel vor das Lesegerät im Fahr-stuhl und drückte die Taste 16. Der Fahrstuhl brachte sie in die oberste Etage.

Vilma wollte schnell handeln für den Fall, dass der Rezeptionist jemanden schickte, um sie im Auge zu behalten. Sie musste jegli-ches Taktgefühl über Bord werfen und möglichst rasch möglichst viele Hotelmitarbeiter zu dem Schmuck befragen. Jetzt, um die Mittagszeit, waren die Korridore des Hotels hoffentlich voller Rei-nigungspersonal.

Die Fahrstuhltür öffnete sich. Der Korridor hatte hohe Fenster, die einen atemberaubenden Blick auf die Inseln im Meer vor der Stadt freigaben.

Das oberste Stockwerk war verwaist, also ging sie über die Treppe eine Etage nach unten.

Hier stieß sie auf die erste Reinigungsfrau. Diese wusste nichts von einer Frau mit Mondschmuck. Die nächste Reinigungsfrau zwei Stockwerke tiefer wollte überhaupt nichts sagen und konnte weder richtig Finnisch noch Englisch. Die dritte war gebürtige Finnin, konnte sich aber an den Anhänger, den Vilma ihr beschrieb, nicht erinnern.

Vilmas Hoffnung begann zu schwinden.

In der 11. Etage traf sie auf eine etwa dreißigjährige männliche Reinigungskraft. Seinem Äußeren nach hätte der Mann eher als Troubadour ins mittelalterliche Frankreich gepasst. Die ordentlich gescheitelten Haare kringelten sich sanft um sein Gesicht.

Vilma erwischte ihn, als er gerade die Tür zu Zimmer 1113 aufschloss.

»Verzeihung, hast du vielleicht eine Hotelmitarbeiterin gekannt, die immer eine Kette mit Mondsichel trug?«, fragte sie ohne Umschweife.

Er zog die Brauen beunruhigt in die Höhe. Vilma biss sich auf die Lippen, sie hatte versehentlich die Vergangenheitsform benutzt.

»Möglich. Kannst du sie genauer beschreiben?«

»Zierliche Figur. Der Kettenanhänger ist etwa so groß«, sagte Vilma und hielt ihre Finger etwa fünf Zentimeter auseinander.

Sein Blick wurde ernst.

»Das ist Lumi. Sie ist heute nicht zur Arbeit erschienen. Ist ihr etwas passiert?«

Vilma hielt die Luft an. Die Menschenfackel hatte jetzt einen Namen.

»Wie heißt sie mit Nachnamen?«

»Nevasmaa. Was ist passiert?«, wiederholte der Troubadourkopf nachdrücklicher. Sein Tonfall verriet echte Sorge.

»Sie hat sich letzte Nacht umgebracht«, sagte Vilma unumwunden.

Seine Augen wurden feucht. Er schwankte und sackte am Türrahmen zu Boden.

»Mein Beileid«, sagte Vilma und hockte sich neben ihn.

Der Troubadour starrte ins Leere, aber etwas fehlte ihr an seiner Reaktion.

»Du bist nicht besonders überrascht«, stellte sie fest.

»Ich habe gesehen, dass es ihr nicht gut ging. Ich habe mir Sorgen um sie gemacht.«

»Warum?«, fragte Vilma.

Er presste die Lippen zusammen und überlegte.

»Man hat sie am Arbeitsplatz schlecht behandelt. Unsere Chefs … das sind keine guten Menschen. Die mittlere Führungsebene hat Schiss vor denen ganz oben. Und dann laden sie ihren Stress bei uns ab. Sie verlangen uns Unmenschliches ab. Machen Druck. Drohen mit Entlassung.«

»Glaubst du, dass Lumi sich deswegen das Leben genommen hat?«, fragte Vilma.

»Da war noch etwas anderes«, antwortete er.

»Wie meinst du das?«

»Lumi war ein stiller Typ und schon immer ein bisschen melancholisch drauf, aber in den letzten Wochen hat sie sich ziemlich seltsam verhalten. Sie wurde immer verschlossener. Besonders in letzter Zeit.«

Vilma beschloss, ganz direkt vorzugehen. Sie senkte ihre Stimme, um den Eindruck der Vertraulichkeit zu erwecken.

»Ich glaube, ihr Selbstmord hat etwas mit Harri Holsti zu tun«, sagte sie.

Der Mann schaute mit tränenfeuchten Augen den Korridor hinunter, als wollte er sich vergewissern, dass keiner in Hörweite war. Erleichtert stellte auch Vilma fest, dass sie allein auf der Etage waren.

»Ist im Hotel irgendetwas vorgefallen, was Lumi Holsti vorwerfen könnte?«, fragte Vilma.

»Ich bin mir nicht sicher.«

»Wann genau hat sich Lumis Verhalten geändert?«

»Das war am 22. November.«

»Wieso weißt du das so genau?«, fragte sie überrascht.

»Es war der Tag nach unserer Betriebsweihnachtsfeier. Lumi war sichtlich bedrückt. Zuerst haben die Kollegen gewitzelt, sie hätte einen Kater. Aber ich weiß, dass Lumi so gut wie keinen Alkohol getrunken hat und es daran nicht liegen konnte.«

»Wie alt war Lumi?«

»25.«

»Kann es sein, dass auf der Weihnachtsfeier irgendetwas passiert ist, das sie so aufgewühlt hat?«

»Auf jeden Fall war sie auf der Feier. Ich kann mich erinnern, sie dort gesehen zu haben.«

Vilma hörte Schritte vom Ende des Korridors. Schnelle, schwere Schritte. Zwei Männer, wahrscheinlich vom Sicherheitsdienst. Sie beschloss, sie zu ignorieren, und hoffte, dass auch der Roomboy ihnen keine Beachtung schenkte. Sie musste sich beeilen und konnte nur noch eine Frage stellen.

»Hatte Lumi möglicherweise ein Verhältnis mit Harri Holsti?«

»Mit Sicherheit nicht«, blaffte er. Aus der Heftigkeit seiner Reaktion las Vilma den Grund, warum er auf ihre Fragen so genau hatte antworten können. Er war in Lumi verliebt. Vom Alter her passten sie zusammen.

Die Schritte hinter ihr kamen näher.

»Bist du sicher?«, hakte Vilma noch einmal nach. »Manche Frauen fühlen sich von Männern mit Macht ...«

»Ich bin mir sicher! Hast du Holsti schon mal gesehen. Lumi war so ...«, seine Stimme stockte, und er brach in Tränen aus.

Vilma fühlte, wie sich eine Hand auf ihre Schulter legte.

»Gute Frau, Sie können hier nicht die Mitarbeiter von der Arbeit abhalten.«

Vilma schenkte ihnen keine Beachtung und wollte noch weitere Fragen stellen.

»Kannst du mir sagen, wo Lumi wohnt?«, fragte sie. Statt zu antworten, schluchzte er nur noch heftiger.

Jetzt packten starke Arme sie unter den Achseln und zogen sie in die Höhe.

»Haben Sie mich verstanden? Sie können nicht einfach unsere

Mitarbeiter belästigen. Wir bringen Sie jetzt zu unserem Schicht-leiter.«

Sekunden später hatten sie Vilma weggezogen und führten sie von dem weinenden Hotelmitarbeiter fort.

»Sie verdammten Grobiane!«, rief sie erbost und versuchte, sich aus ihrem Griff zu befreien, indem sie den Männern ihre Ellenbo-gen in die Seite rammte. Die Männer wichen aus, ließen sie aber nicht los.

Vilma warf sich noch einmal mit der Schulter gegen einen der beiden, tat es aber nur wegen der Show. Innerlich jubelte sie. Sie wusste jetzt, dass die verbrannte Frau Lumi Nevasmaa war. Und dass am Abend des 21. November etwas geschehen war, das sie komplett verstört hatte.

Als Nächstes musste Vilma Varis herauskriegen, was bei der Weihnachtsfeier vorgefallen war.

25

Die Blicke der Trauergäste folgten Leo, als er den Mittelgang im Dom herabgeschritten kam. Leo richtete seine ganze Aufmerksamkeit darauf, nicht auszurutschen. An seinen Schuhsohlen haftete Schnee, der auf den Steinplatten der Kirche gefährlich glatt war.

Zur Beerdigung des Ministers waren die 1300 Sitzplätze der Kirche zur Hälfte belegt. Während er den Gang hinunterging, begrüßte er bekannte Gesichter mit Blicken und bemühte sich, äußerlich ruhig zu erscheinen.

Sie denken, hier läuft ihr Ministerpräsident.

Die Beerdigungsgesellschaft wusste noch nicht, dass das Ende von Leos Amtszeit vor einer Viertelstunde auf einer geheimen Sitzung im Regierungspalais praktisch beschlossen worden war. Ohne den Beistand aus seinem Unterstützerkreis konnte er sich von seiner politischen Karriere verabschieden. Er hatte sie brüskiert, indem er verkündete, mit Emma Erola über die verfahrene politische Situation reden zu wollen. Aber ein gut durchdachter Plan war das nicht. Er hatte seinem selbstgerechten Schattenkabinett nur eins auswischen wollen. Und vielleicht wollte er sich auch beweisen, dass er nicht ihre Marionette war.

Staatssekretärin Sarianne Tavas folgte Leo mit weichem Schritt. Sie war ihm auf den Fersen geblieben, seit er den Sitzungsraum im Regierungspalais fluchtartig verlassen hatte. Leo hoffte, dass dies auf Loyalität ihm gegenüber beruhte. Er hatte nicht viele Menschen, denen er vertrauen konnte.

Leo strich über das Revers seines Jacketts, um sich zu vergewissern, dass er die Reinschrift seiner Trauerrede dabeihatte. Ein leises Knistern in der Innentasche beruhigte ihn. Seine persönlichen Referenten hatten gute Arbeit geleistet: Die Rede beleuchtete Dahlströms Zeit als Minister und zeichnete vom Finnland um die Jahrtausendwende ein geradezu paradiesisches Bild. Natürlich schilderte man auf Beerdigungen immer eine geschönte Version der Geschichte, dennoch entsprach es der Wahrheit, dass die damalige Regierung die letzte war, die Finnlands Staatshaushalt in Bestform hatte präsentieren können. Schon in der nächsten Legislaturperiode setzte eine Verschuldung ein, die die Wirtschaft in eine nicht enden wollende Abwärtsspirale stürzte. Der Große Knall vor zwei Jahren hatte dann ein wirtschaftliches Inferno entfacht.

Kein Wunder, dass ein verantwortungsbewusster Minister wie Dahlström da mit einem Herzinfarkt zusammengebrochen war.

Leo näherte sich der ersten Bankreihe. Direkt vor ihm beherrschte das gewaltige Altarbild mit dem Motiv der Bestattung Jesu jetzt sein Gesichtsfeld. Eine der beiden vergoldeten Engelsstatuen, die das Bild flankierten, sah ihn mitfühlend an, die andere schaute zu Boden. Auf dem Altar standen zwei 13-armige Leuchter. Der Sarg war auf einem Katafalk aufgebahrt und mit der finnischen Fahne bedeckt. An seinem Fuß prangte eine Tafel mit einer stattlichen Anzahl unterschiedlicher Ehrenabzeichen.

Der kurze Gang durch die Kirche hatte Leo erschöpft. Als ihm sein Personenschützer die Tür zum Gestühl öffnete, ließ er sich fast auf die Holzbank plumpsen.

Eine Dame mit weißen Haaren, die allein in der ersten Reihe saß, schaute sich missbilligend zu ihm um. Aus alter Gewohnheit räusperte er sich, damit seine Stimme nicht belegt klang und seine kurze Nacht verriet.

»Hallo, Mutter«, sagte Leo.

Katarina Koski sah ihn an.

»War wohl spät gestern«, erwiderte sie ruhig.

Es zwar zwecklos, sie hinters Licht führen zu wollen. Leo sah sich um. In der Reihe hinter ihm saßen ausschließlich seine Leibwächter und Sarianne Tavas. Weder der Pfarrer rechts vorn im Altarraum noch der Küster auf der linken Seite konnten ihn hören.

»Wir hatten eine kleine Weihnachtsfeier«, raunte Leo.

»Und, hast du einer Frau schöne Augen gemacht?«, flüsterte sie zurück.

»Vielleicht ein bisschen.«

Die Fotografen verteilten sich zu beiden Seiten des Altars. Sie durften etwa eine Minute lang Leo und die übrigen Gäste von vorn fotografieren. Danach geleitete der Pressechef der Staatskanzlei sie auf die Empore.

»Na, und wem?«, fragte sie, als die Fotografen verschwunden waren.

Was tut das schon zur Sache, dachte Leo. »Vilma Varis.«

Katarina Koski konnte ein leises Schnauben nicht unterdrücken. Sie verdrehte die Augen und richtete dann ihren Blick auf den Altar.

Ich hätte lieber nichts gesagt. Seine Mutter hatte immer noch engen Kontakt zu seiner Ex-Frau Amanda. Als ihre Scheidung zu einer einzigen Streiterei zu entgleisen drohte, war seine Mutter Katarina es, die zwischen ihnen vermittelte und eine einvernehmliche Trennung herbeiführte.

»Nichts Ernstes«, flüsterte er ihr noch vorsichtig zu. »Brauchst keine Angst zu haben, dass ich eines Tages mit Vilma Varis vor deiner Tür stehe.«

Seine Mutter hob die Hand, um ihm zu signalisieren, dass sie dieses Gespräch nicht fortsetzen wollte.

Leo überlegte, ob er ihr erzählen sollte, dass Pontus ihm gerade den Stuhl vor die Tür gestellt hatte.

Er seufzte und richtete seinen Blick ebenfalls nach vorn. Plötzlich erschrak er. An einem Seitenfenster in wenigen Metern Höhe hatte er einen Schatten gesehen, als ob etwas vorbeigehuscht wäre. Genaueres hatte er nicht erkennen können. Leo erwog, den Sicherheitsleuten hinter ihm von seiner Beobachtung zu berichten.

Die Sicherheitsvorkehrungen rund um Leo waren erheblich verstärkt worden. Schon an der Haltung der Männer erkannte er, dass diese von Tag zu Tag mehr auf der Hut waren. Gerade eben hatte Pontus ihn aus Rücksicht auf seine Sicherheit zum Rücktritt veranlassen wollen, aber das war nur ein Vorwand.

Leo schaute wieder zum Fenster. Es war sicher nichts.

Die Orgel stimmte donnernd die Eröffnungsmusik an, den »Trauermarsch« des bekannten finnischen Komponisten Jean Sibelius. Beim Erklingen der tragenden, schleppenden Melodie fühlte Leo, wie sich eine schwere Last auf seine Brust senkte. Seine Gedanken schweiften zu der Erkrankung seiner Mutter. Er sah zur Seite. *59 Jahre.* Viel zu jung zum Sterben. Erst vor zwei Wochen hatte sich ihr Zustand rapide verschlechtert, und diesmal schien es gar nicht besser zu werden. Er hatte zwar vom Ernst ihrer Krankheit gewusst, dennoch war er schockiert, wie schnell sie voranschritt.

Im Sommer hatte er einen Entschluss gefasst: Finnlands Krise hin oder her, er würde Zeit mit seiner kranken Mutter verbringen. Daran hatte er festgehalten, zumindest rein physisch. Manchmal jedoch fiel es ihm schwer, auch in Gedanken bei ihr zu sein. Seine Stellung als Ministerpräsident schien von Woche zu Woche stärker zu wackeln, und die politische Situation spitzte sich immer mehr und immer extremer zu. Etwas nicht Greifbares schwelte in der Gesellschaft. Menschen wandten sich gegeneinander und schienen ihre Kraft aus dem Hass zu schöpfen.

Jetzt wurde die Zeit knapp – die seiner Mutter und die Finnlands.

Wieder huschte ein Schatten oben an dem Fenster vorbei.

Unruhig blickte er sich zu seinen Personenschützern um, doch die hatten nichts bemerkt, behielten lediglich die Gäste und Eingänge im Auge.

Sarianne Tavas jedoch war Leos Nervosität aufgefallen, und sie hob leicht die Hand, um seine Aufmerksamkeit auf sich zu ziehen. Sie zeigte zum Fenster und formte mit den Lippen das Wort: M-Ö-W-E.

Natürlich. Leo sah erneut zum Fenster und wartete, bis er die Bewegung wieder wahrnahm. Es war tatsächlich eine Möwe. Amüsiert stellte er sich vor, wie seine Staatssekretärin, die gerade den Schleier vor ihrem Privatleben gelüftet und ihm von ihrem Vogelhobby erzählt hatte, während der Beerdigung des Ministers das Treiben der Möwen auf dem Kirchendach verfolgte.

Leo konnte nicht sagen, warum ihm Sariannes Begeisterung für gefiederte Tiere so seltsam vorkam. Natürlich konnten auch Workaholics Hobbys haben. Nicht einmal Albert Einstein hatte in seiner Freizeit Gleichungen gelöst. Er hatte Geige gespielt und war ein leidenschaftlicher, wenn auch miserabler Segler.

Vielleicht war es nur natürlich, dass die Frau, die die gesamte Regierungsmaschinerie am Laufen hielt, sich hin und wieder mit einem Fernglas in die Einsamkeit eines Feldrandes oder Uferfelsen flüchtete.

Sibelius' Trauermusik klang aus. Als Erstes erhoben sich Dahlströms Angehörige und legten Kränze vor dem Altar nieder. Im Gang neben Leo tauchte eine Frau mit kurzen Haaren auf und reichte ihm und seiner Mutter ein Gesangbuch. Leo nahm das Buch entgegen, obwohl auf seinem Platz bereits eines lag. Aus dem Exemplar, das ihm die Frau gereicht hatte, lugte ein gefaltetes A4-Blatt hervor. Ohne weiter nachzudenken, zog er es heraus und faltete es auseinander. Auf dem Blatt stand ein einziger, mit Kugelschreiber geschriebener Satz.

FRAG PONTUS WIE DU
MINISTERPRÄSIDENT GEWORDEN BIST

Leo starrte das Papier an. *Wie ich Ministerpräsident geworden bin?*

Katarina Koski schaute zu ihm hinüber und bemerkte das Papier in seiner Hand. Sie beugte sich zu ihm, und bevor Leo reagieren konnte, hatte sie es schon gelesen.

Sie erbleichte.

»Woher hast du das?«, flüsterte sie tonlos.

Leo drehte sich um. Die Frau, die ihm das Gesangbuch gegeben hatte, war schon auf halber Höhe des Gangs. Mit schnellen Schritten verschwand sie Richtung Ausgang.

Seine Mutter rutschte unruhig hin und her und erhob sich schließlich. Mit Tränen in den Augen schob sie sich an Leo vorbei. Leo war völlig ratlos. Er bewegte die Knie zur Seite, um sie durchzulassen. Der Riegel des Kastengestühls quietschte, als sie ihn mit zitternden Fingern zurückschob. Endlich flog die Tür auf, und sie flüchtete in den Gang.

Fieberhaft ging Leo die Alternativen durch. Ihr Aufbruch hatte schon für Aufsehen gesorgt. Würde er jetzt ebenfalls verschwinden, bekäme es auch der Letzte in der Kirche mit. Die Reaktion seiner Mutter machte ihm jedoch klar, dass hinter der Botschaft auf dem Papier mehr stecken musste.

Frag Pontus, wie du Ministerpräsident geworden bist!

Was hatte das zu bedeuten? Erlaubte sich hier jemand einen schlechten Scherz mit ihm? Eilig ging er den Skandal vom letzten Frühjahr durch. Der Rücktritt der Ministerpräsidentin hatte hinter den Kulissen einen Machtkampf ausgelöst, in dessen Folge Leo an die Spitze der Partei katapultiert wurde. Und weil die Sammlungspartei die stärkste Kraft war, hatte man ihn gleichzeitig zum Ministerpräsidenten ernannt.

Wusste Pontus mehr über die Vorkommnisse, als er Leo erzählt hatte?

Leo erhob sich und sah nach vorn. Er war an der Reihe, den Blumengruß abzulegen. Er zog die Gedenkrede aus der Tasche und drehte sich zu Sarianne um.

»Übernehmen Sie das bitte«, sagte er und steckte ihr das Blatt zu. Dann eilte er seiner Mutter nach. Sarianne blieb überrumpelt sitzen. Als Staatssekretärin hatte sie Leo auf unzähligen Sitzungen vertreten, aber noch nie als Rednerin auf einer Trauerfeier.

Die Blicke der Trauergesellschaft folgten ihm, als Leo mit ernstem Gesicht zum Ausgang schritt. Wahrscheinlich war etwas von nationaler Wichtigkeit vorgefallen, das die Aufmerksamkeit des Ministerpräsidenten erforderte. Die Sicherheitsleute eilten ihm hinterher.

Leo trat durch das Hauptportal auf der Westseite ins Freie. Er sah die breite Freitreppe zur Unioninkatu hinunter und auf die andere Straßenseite. Seine Mutter saß auf der Treppe des gegenüberliegenden Gebäudes. Leo rannte die Domstufen hinab zu ihr. Katarina Koski wischte sich die Tränen aus den Augen und wich seinem Blick aus.

»Was ist los?«, fragte er und versuchte, ihr in die Augen zu schauen. Dann hielt er ihr das Papier vors Gesicht. »Du weißt, was es damit auf sich hat. Hab ich recht?«

Sie schüttelte den Kopf. »Von wem hast du den Zettel?«, fragte sie.

»Keine Ahnung«, antwortete Leo. Nach kurzem Zögern sagte er: »Pontus hat mich heute Morgen vor die Tür gesetzt. Er will, dass ich unverzüglich zurücktrete, aber ich habe noch nicht eingewilligt. Sie drängen mich in jedem Fall aus dem Amt. Das hier muss etwas damit zu tun haben.«

Sie nickte nur.

»Red mit mir, Mutter. Du weißt doch etwas.«

»Ich muss dir etwas zeigen. Komm, es ist gleich hier«, sagte Katarina Koski. Damit erhob sie sich, drehte sich um und öffnete die Tür des Gebäudes, vor dem sie gesessen hatte.

26

Laut Zeitanzeige waren noch 57,7 Sekunden zu spielen. Die Mannschaft »Vilpas« aus Salo führte mit 64 zu 59 Punkten gegen die Hauptstädter »Sykki« im Halbfinale um die finnische Meisterschaft der A-Jugend. Für die Heimmannschaft »Sykki« schien das Spiel hoffnungslos verloren, die Anstrengungen einer ganzen Saison zunichtegemacht.

Pontus Ebeling erinnerte sich noch gut daran, wie sehr er vor siebzehn Jahren gelitten hatte angesichts des stümperhaften Spiels von »Sykki Basketball«. Der 18-jährige Kapitän und Shooting-Guard Leo Koski hatte nicht einmal besonders schlecht gespielt, aber das Zusammenspiel der Mannschaft stimmte an diesem Tag einfach nicht. Der Trainer hatte die Jungs unüberlegt eingesetzt.

Pontus war zwar kein Basketball-Experte, aber er hatte immer, wenn es ihm die Arbeit erlaubte, versucht, bei Leos Spielen dabei zu sein. Von der Zuschauertribüne aus analysierte er die spielentscheidenden taktischen Elemente. Und so hatte er nach und nach verstanden, dass es in erster Linie darum ging, die Schwachstelle der gegnerischen Mannschaft zu finden und sie gnadenlos auszunutzen.

Und die Schwachstelle der Gäste aus Salo war ihr Angriffsspieler, ein recht behäbiger Power Forward mit der Nummer 7 und einer Bobfrisur.

Eine Minute vor Spielschluss stand der Trainer der Heimmannschaft im Begriff, einen schwerwiegenden Fehler zu machen. Während des Time-outs forderte er Leo auf, den Ball dem rechten Flügelspieler mit der Nummer 10 zuzuspielen, Star und kraushaarige Stimmungskanone der Mannschaft Sykki. Pontus in der ersten Reihe kochte vor Wut. Ihre Nummer 10 hatte dem wendigen Flügelspieler aus Salo bisher wenig entgegenzusetzen gehabt.

Pontus ertrug es nicht länger, einfach nur zuzuschauen.

Kurz bevor die Spieler aufs Feld zurückkehrten, packte er Leo an der Schulter. Bis heute erinnerte er sich genau an jene Worte, die er ihm hastig ins Ohr flüsterte:

Die Sieben aus Salo ist schwach. Spielt über links!

Was dann folgte, ging in die Geschichte des finnischen Juniorbasketballs ein: Entgegen der Anweisung seines Trainers spielte Leo beim ersten Angriff den Ball nach links. Salos Nummer 7 reagierte viel zu spät, und Sykkis Elmeri landete einen Dreier im Korb.

Nur zehn Sekunden später erspielte Leo den Ball im Mittelfeld und drängte aggressiv zum Korb. Die Gäste machten Fehler, Leo versenkte zwei Freiwürfe, und das Spiel stand plötzlich unentschieden.

Nach gutem Verteidigungsspiel sicherte Sykki sich einen Rebound und erspielte einen weiteren Versuch. Leo gab den Ball erneut an Elmeri ab und blockte die Nummer 7, um seinem Teamkollegen Platz zu verschaffen. Elmeri gelang ein Fastbreak-Korbleger, der Ball hüpfte kurz auf dem Ring, landete im Korb und brachte ihnen zwei Punkte ein. Sie brauchten nicht einmal die Nachspielzeit.

Leo hatte in nur einer Minute eine sichere Niederlage in einen glänzenden Sieg verwandelt.

Im Augenblick dieses Sieges erkannte Pontus, was für ein unschlagbares Team er und Leo sein könnten. Über ihrem Zusammenspiel lag ein Zauber. Leo setzte Pontus' Ratschläge auf eine Art und Weise um, die sich selbst Pontus nie hätte träumen lassen.

Nach ihrem überraschenden Sieg fielen die Spieler von Sykki Basketball auf dem Feld übermütig übereinander her. Als sie sich wieder erhoben, sah Pontus, wie Leo die Nummer 10 an den Händen fasste.

Der Spieler mit dem dunklen, krausen Haar teilte den Siegesjubel seiner Teamkollegen voll und ganz, aber natürlich wunderte er sich, dass Leo nicht den Anweisungen des Trainers gefolgt war und ihm zugespielt hatte.

Pontus beobachtete, wie Leo ihm fest in die Augen schaute, sodass sich ihre Nasen fast berührten. Leo redete eindringlich auf ihn ein, und dann umarmten sie sich. Bis heute wusste Pontus nicht, was Leo damals genau zu Samuel Kinga sagte, doch danach waren sie unzertrennliche Freunde geworden.

Leo konnte Menschen auf seine Seite ziehen. Er schaffte es, sie auch bei schwierigen Entscheidungen mitzunehmen. Die Menschen folgten ihm einfach.

Nach dem Tod von Mikael Koski waren sich Pontus und Leo über die Jahre immer nähergekommen. Pontus empfand es als Ehre, Vaterersatz für den pfiffigen, cleveren und gutaussehenden Leo sein zu dürfen.

Seither hatte Pontus die Strategie konzipiert und die großen Ziele festgelegt. Leo hatte Pontus' Pläne mit eigenem Gepräge umgesetzt und dabei immer auf Pontus' Urteil vertraut.

Bis zum heutigen Tag.

Leo hat mich verraten. In einem entscheidenden Moment hat er sich gegen mich und all jene gewandt, die ihn in das Amt des Ministerpräsidenten gehoben haben.

Es klopfte an der Tür. Pontus' Gedanken kehrten in sein Arbeitszimmer im Regierungspalais am Senatsplatz zurück.

Noch bevor er reagieren konnte, wurde die Tür geöffnet, und Karsten Jorsch marschierte herein.

Pontus hatte schon mit Jorsch gerechnet. Die Gilde erwartete von Pontus, dass er etwas unternahm. Das Land drohte im Chaos zu versinken, und die Botschaft der Linken eroberte die Massen im Sturm.

Jorsch kam mit erhobenem Kinn ins Zimmer.

»Jetzt reicht es«, schnaubte er. »Außerordentliche Sitzung des Parlaments. Misstrauensantrag. Und fertig!«

Jorschs harter deutscher Akzent nervte Pontus. Hatte ihn schon immer gestört.

Dabei wusste Pontus, dass Jorsch genau genommen recht hatte. Finnlands Regierungsform, der Parlamentarismus, legte die Macht in die Hand des Parlaments. Das hieß de facto in die Hände der Fraktionen der Regierungsparteien. Vielleicht hätte ein Ministerpräsident, der das Vertrauen aus den eigenen Reihen verloren hat, früher einmal mit Unterstützung des Präsidenten im Amt bleiben können. Doch heute gewiss nicht mehr. Für die eigene Partei war es ein Kinderspiel, den Ministerpräsidenten zu kippen, wenn sie das wollte, und Pontus hätte sicher keine Mühe, die notwendige Anzahl konservativer Abgeordneter zusammenzubekommen.

Ein Misstrauensvotum war allerdings immer eine unschöne Angelegenheit und konnte leicht als Zerrüttung der Koalition gedeutet werden.

»Ich bringe das in Ordnung«, krächzte Pontus heiser.

»Pontus, wir warten nicht länger. Leo ist nur durch uns zum Ministerpräsidenten geworden. Wenn wir es wollen, dann geht er wieder. Kapierst du das? Entweder er tritt ab, oder er wird abgesetzt!«

Nach seinem unkontrollierten Wutanfall raffte sich Jorsch zu einer letzten Forderung auf: »Er ist dein Junge, also erwarte ich von dir, dass du tust, was zu tun ist.«

»Karsten«, erwiderte Pontus genervt. »Ich sagte schon, dass ich die Dinge in Ordnung bringe. Aber ich tue es auf meine Weise.«

Karsten Jorsch machte auf dem Absatz kehrt. Bevor er den Raum verließ, trat er noch demonstrativ gegen den Türrahmen. Das donnernde Geräusch hallte in dem spärlich möblierten Zimmer nach.

Pontus bemühte sich um Fassung, nachdem Jorsch verschwunden war. *Verfluchter Lackaffe.* Als ob Pontus nicht selber wüsste, wie ernst die Situation war.

Jorsch hatte keine Ahnung, wie viel für Pontus auf dem Spiel stand. Leo war für ihn fast wie ein Sohn, aber eben nur fast. Hätte ein leiblicher Sohn sich so gegen seinen Vater aufgelehnt?

Bekümmert griff er nach seinem Telefon.

27

Der nächste Winter kommt bestimmt, *Zeit zum Wechseln!*

Immer noch warb ein Schild am Tor der Kfz-Werkstatt für Winterreifen, obwohl es längst Dezember war und die Winterreifenpflicht bereits seit Anfang November im ganzen Land galt.

Harri Holsti saß wutschnaubend im Warteraum der Werkstatt. Es war fast zwei Uhr. Gleich sollte sein Wagen fertig sein, falls der dunkle Lockenkopf seine Arbeit wie vereinbart erledigte. In Gedanken verfluchte er zum wiederholten Mal Helsinkis lahmarschige Straßenarbeiter. *Warum zum Teufel hatten die den Betonpoller auch genau da abgestellt?*

Eine Stunde zuvor war Holsti aufgebracht vom Haus von Lumi Nevasmaas Mutter weggefahren. Gleich in der zweiten Kurve hatte er sein Auto an dem Hindernis neben der Fahrbahn demoliert. Einen schlechteren Zeitpunkt hätte er sich dafür nicht aussuchen können.

Holsti wusste, dass er sich in den nächsten Tagen bedeckt halten musste, insbesondere gegenüber der Polizei. Mit einem kaputten Kotflügel durch die Gegend zu fahren war da keine gute Idee, und so war er sofort in eine Werkstatt gefahren, die auch samstags geöffnet hatte.

Die rothaarige Frau hinter der Theke erhob sich, um Kekse nachzufüllen. Holsti beugte sich vor, angelte sich noch einen Keks und sah ihr dabei hinterher.

Klasse Arsch. Allerdings hatte sie jede Menge Schrott im Gesicht und das konnte er auf den Tod nicht ausstehen. Sein Fall waren eher unscheinbar aussehende Frauen beziehungsweise Mädchen. Doch das Hinterteil dieser Rothaarigen törnte ihn an.

Peregrino hatte ihm verboten, zu einer Nutte zu gehen. Eine von vielen Fesseln, die ihm Peregrinos Hilfe auferlegte. Der geheimnisvolle Helfer verlangte, dass er ein untadeliges Leben führte: keine Huren, kein Saufen, nichts, was seinem Ruf in der Öffentlichkeit schaden konnte. Schon allein, dass er hier war und sein Auto reparieren ließ, verletzte die Vereinbarung. Dieser Unmensch hatte ihm die Regeln dargelegt, als wäre Holsti etwas schwer von Begriff, und rigoros deren strikte Einhaltung gefordert.

Die vertrauen mir nicht. Die glauben mir nicht.

Dass er behandelt wurde wie ein Schuljunge, zeigte ihm, wie unglaublich detailliert Peregrino über seine Lebensweise informiert war.

Dieser Peregrino verfügte über schier unbegrenzte Überwachungs- und Einflussmöglichkeiten. Das hatte Holsti am eigenen Leib erfahren dürfen, als er heute Vormittag einem von Peregrinos Ausputzern zu nahe gekommen war. Natürlich schätzte er, was dieser für ihn getan hatte. Er hatte Lumi Nevasmaas Mutter mit einem Kissen erstickt, um Holsti zu schützen.

Was würde als Nächstes kommen? Kurz erwog er, Pontus Ebeling und Karsten Jorsch zu kontaktieren und sie unverblümt zu fragen, ob sie hinter der Stimme von Peregrino steckten.

Peregrino hatte ihm ausdrücklich untersagt, sich mit seinen Problemen an die anderen zu wenden. Er sollte allein auf eine Stimme am Telefon vertrauen. Auf eine Stimme, die nicht einmal menschlich klang.

Ebeling und Jorsch – oder wer auch immer dahintersteckte – hielten ihn offensichtlich für geistesschwach. Und genau so gingen sie auch mit ihm um. Das war schon im November deutlich geworden.

Meine Spenden sind willkommen, aber sobald es Probleme gibt, werde ich behandelt wie ein Aussätziger.

Nur eines konnte ihn trösten: Sie saßen alle im gleichen Boot: Er, Ebeling, Jorsch und die gesamte Polizeispitze. Sollte die Wahrheit ans Licht kommen, würden sie alle untergehen und der Ministerpräsident mit ihnen.

Das Vibrieren seines Telefons verriet Holsti, dass er eine SMS erhalten hatte. Umständlich kramte er es aus der Tasche. Der Absender der SMS war der Hoteldirektor des Marriotts am Kalasatama. Als er die Worte auf dem Display las, stockte ihm der pfeifende Atem:

Saikkonen:
Seltsamer Vorfall zur Info: Yle-Reporterin Vilma Varis war hier und wollte Informationen. Hat Etagenkräfte ausgehorcht. Was hat das zu bedeuten?

Das kann nicht sein. Das darf einfach nicht wahr sein.

Peregrino sollte doch sicherstellen, dass keine Spuren zu ihm führten! Er sollte dafür sorgen, dass nichts davon an die Öffentlichkeit drang! Und jetzt war ihm ausgerechnet Vilma Varis auf der Spur?

Kalter Schweiß drang ihm aus allen Poren.

»Mädchen! Ich brauche meinen Wagen jetzt sofort!«, brüllte er.

Keuchend stemmte er sich aus dem Sessel und stampfte zur Theke. Die Rothaarige wich instinktiv ein paar Schritte zurück, als sie Holsti anrollen sah.

»Ich habe Jappe gesagt, dass Sie es eilig haben. Es dauert bestimmt nicht mehr lange«, sagte sie erschrocken.

»Das reicht nicht! Du flitzt jetzt sofort los und sagst diesem Lockenkopf, dass er mein Auto auf der Stelle fertigmachen soll!«

28

Im Jahr 1827 zerstörte ein verheerender Stadtbrand drei Viertel der Häuser von Turku, der ehemaligen Hauptstadt des Landes. Der Brand von Turku erhöhte den Druck auf die Planer von Helsinki, das einige Jahre zuvor vom russischen Zaren zur neuen Hauptstadt erklärt worden war. Der Architekt des klassizistischen Stadtkerns von Helsinki Carl Ludwig Engel erhielt nur drei Jahre später vom Zaren per Brief den Befehl, eine würdige Bibliothek zu errichten, die die beim großen Stadtbrand zerstörte Bibliothek der Akademie zu Turku ersetzen sollte.

Als Standort der neuen Bibliothek in Helsinki wurde eine Ecke des Senatsplatzes auserkoren. Das Gebäude sollte die Umbauung des Platzes mit Domkirche, Universität und Senatsgebäude komplettieren, ohne zu dominant zu wirken.

Herzstück der Bibliothek war ein zwanzig Meter hoher Kuppelsaal im Stil römischer Thermen, der von 24 Säulen gestützt wurde. Von allen Bauwerken Engels in Helsinki war dies das schönste architektonische Erbe im Empire-Stil.

Neben der bewundernswerten Architektur hatte das Gebäude auch eine wichtige Aufgabe: Als Nationalbibliothek war es die zentrale Gedächtnisinstitution des Landes. Auf über einhundert Regalkilometern wurde alles gesammelt und archiviert, was in Finnland veröffentlicht wurde und irgendeinen historischen Wert besaß.

Leo Koski war seiner Mutter gefolgt, als diese die digitale Bücherschranke passierte und den Kuppelsaal betrat. Ein Aufsteller neben der Automatiktür enthielt eine Reihe von Verboten in Form universeller Symbole: Betreten mit Speisen, Getränken, spitzen Gegenständen und schmutzigen Händen, Benutzung von Blitzlicht sowie Lärmen waren untersagt. Koskis Mutter sauste schnurstracks durch den Kuppelsaal. Leo folgte ihr zu einer engen Wendeltreppe im hinteren Teil, auf der er gerade noch aufrecht gehen konnte.

»Mutter, ich habe keine Zeit für derartige Spielchen«, rief er ihr nach. »Was weiß Pontus?«

Auf der Nachricht, die ihm in der Kirche zugesteckt worden war, hatte gestanden: *Frag Pontus, wie du Ministerpräsident geworden bist.*

Seine Mutter wehrte die Frage durch ein Handzeichen ab: »Du musst erst eine Sache verstehen.«

Als sie die enge Treppe hinter sich hatte, hastete sie zu einer Tür, neben der ein Schild stand: Finnische Zeitschriften.

Leo folgte seiner Mutter durch die Tür und fand sich auf der ersten Empore des Kuppelsaals wieder. Die Höhe machte Leo schwindeln, und er musste sich an einer Säule am Rand der Empore abstützen. Die warme Oberfläche verriet ihm, dass die Säule gar nicht aus echtem Marmor bestand, sondern eine aus Kalk und Gips gefertigte Attrappe war. Leo verzog das Gesicht. Schon vor 200 Jahren hatte der Staat also an der Qualität gespart und seine Einsparungen zu kaschieren versucht.

Der uralte Holzfußboden knarrte, als seine Mutter um die kreisförmige Empore herumlief. Leo folgte ihr und bewunderte dabei den Bibliothekssaal, der rechts unter ihnen lag und aus einer anderen Zeit zu stammen schien. Hätte ihm plötzlich Harry Potter gegenübergestanden, er wäre überzeugt gewesen, nach Hogwarts geraten zu sein.

Seine Mutter hatte nur Augen für die Regale am hinteren Rand. Die verschiedenen finnischen Zeitschriften und Magazine waren zu Jahrgängen gebündelt, deren Einbände im Laufe der Jahrzehnte ausgeblichen waren. Als sie die Regale mit den hellblauen Rücken der Wochenzeitschrift *Suomen Kuvalehti* erreicht hatte, verlangsamte sie ihren Schritt. Am 20. Jahrhundert ging sie vorbei, erst die Heftbündel aus dem 21. Jahrhundert studierte sie genauer. Dann zog sie ein Heft aus dem Regal und blätterte darin.

»Hier ist es«, sagte sie.

Sie hatte gefunden, was sie suchte, und hielt Leo die aufgeschlagene Zeitschrift hin.

Das Gesicht seines Vaters blickte ihm entgegen: Mikael Koski saß auf dem doppelseitigen Foto auf einer Parkbank und hatte ein Eis in der Hand. Der Fotograf hatte seinen Vater wohl wegen der besseren Lichtverhältnisse zu einer Außenaufnahme überredet. Er war eine stattliche Erscheinung mit einem verhaltenen Lächeln.

Der Artikel war überschrieben mit: »Die menschliche Seite der Sammlungspartei«. Leo blätterte um und sah, dass sich ein Tiefeninterview über insgesamt vier Doppelseiten anschloss.

Die Zeitschrift stammte aus dem August. Es musste sich um das letzte Interview vor seinem Tod handeln. Leo war damals neun.

»Warum zeigst du mir das?«, fragte er seine Mutter.

»Lies. Danach reden wir«, antwortete sie. Sie ging ein paar Schritte zur Seite und setzte sich auf einen Hocker, der eigentlich dazu diente, kleineren Personen beim Erreichen der oberen Regale zu helfen.

Leo lehnte sich leicht gegen ein Bücherregal und fing an zu lesen.

Der Artikel nahm ihn sofort gefangen. Schon nach den ersten Zeilen wurde ihm klar, dass sein Vater ganz anders war, als er immer geglaubt hatte.

Mikael Koski stellt in dem Artikel Grundsätze infrage, auf denen seit Jahrzehnten die Politik der Nationalen Sammlungspartei beruhte. Glücklicherweise hatte der Autor des Artikels verstanden, dass dies kein alltägliches Interview war. An einigen Stellen hatte er nachgehakt und so verdeutlicht, wie außergewöhnlich Mikael Koskis Äußerungen waren. Davon abgesehen hatte er hauptsächlich die Gedanken seines Vaters protokolliert.

Mikael Koskis Sorgen um die Wirtschaftspolitik der konservativen Sammlungspartei wurden überraschend deutlich, vor allem angesichts der Tatsache, dass er das Amt des stellvertretenden Parteivorsitzenden bekleidete. Sein Vater äußerte offen seine Befürchtung, der Kapitalismus sei am Ende. Die Ideale der Sammlungspartei würden keineswegs dem Nutzen aller, sondern lediglich dem Vorteil einiger weniger dienen. Mikael Koski zeigte sich desillusioniert und enttäuscht. Zwischen den Zeilen wurde deutlich, wie verärgert er über seine eigene Partei war.

Beim Lesen hatte Leo das Gefühl, seinen Vater von einer ganz neuen Seite kennenzulernen. Sein Bild von ihm wurde auf den Kopf gestellt, verwischt und neu geformt – als gäbe er dem Gesicht seines Vaters in seiner Erinnerung ein neues Aussehen. Die Züge blieben zwar die gleichen, aber der Ausdruck und mit ihm der ganze Mensch wandelten sich.

Und auch Leo hatte das Gefühl, eine Veränderung zu durchlaufen. Jahrelang hatte er sich darum bemüht, mit seinem Handeln die Erwartungen von Pontus und seinem toten Vater zu erfüllen. Ganz so, als wären sie ein und derselbe Mensch und ihre Erwartungshaltung in Bezug auf Leos Leben identisch. Jetzt wurde ihm klar, wie falsch er damit gelegen hatte. Er war in die Fußstapfen seines Vaters getreten und in die Politik gegangen, ohne irgendetwas kritisch zu hinterfragen. Er war blind dem Weg gefolgt, den Pontus ihm gewiesen hatte, und hatte dadurch den wahren Werten seines Vaters zuwidergehandelt.

Leo klappte die Zeitschrift zu und lief zu seiner Mutter.

»Warum hast du mir das nicht eher gezeigt?«

Sie ignorierte die Frage, zog eine Schachtel aus der Tasche und fischte eine Pille heraus, die sie sich in den Mund schob. Deutlich zeichnete sich auf ihrem Gesicht der Schmerz ab.

Leo hatte den Namen des Medikaments auf der Verpackung nicht lesen können, aber er wusste auch so, dass das Medikamentensortiment auf ihrem Nachttisch umfangreich war: Pentothal-Natrium – ein Schlafmittel, Midazolam – ein Beruhigungsmittel, Fentanyl und Rapifen – beides Opiate. Der Arzt hatte von viszeralen und somatischen Schmerzen gesprochen. So ganz verstanden hatte Leo das nicht, aber er vertraute dem Arzt. Immerhin hatte er so einiges dafür getan, einen der Besten seines Fachs in Europa aufzutreiben.

Die Arztrechnungen bezahlte Pontus. Ihr ganzes Leben war auf Pontus' Unterstützung aufgebaut.

»Erinnerst du dich noch an jenen Parteitag, von dem ich oft gesprochen habe?«, fragte sie jetzt.

»Natürlich«, antwortete Leo. Seine Mutter sprach in immer den gleichen Worten über jenen Parteitag, auf dem Mikael Koski zum Parteivize aufgestiegen war. Leo war damals noch ein kleines Kind gewesen, und der Alltag der jungen Familie hatte sich schlagartig in den reinsten Wahnsinn verwandelt. Sein Vater startete kometenhaft in der Sammlungspartei durch, und ihm wurde eine glänzende Zukunft in der Politik vorhergesagt. Er hatte das richtige Lächeln, pflegte Katarina immer mit einem Augenzwinkern zu sagen.

In ihrer Standardversion tapste Leo zwischen den Delegierten und Journalisten herum und belustigte sie mit seinen Kommentaren. Zwingender Bestandteil der Geschichte waren die Lacher auf Kosten eines kleinen Kindes.

»Nach diesem Parteitag hat Mikael die Politik gehasst«, sagte seine Mutter.

Bei diesen Worten horchte Leo auf, denn sie wichen von der gewohnten Version der Geschichte ab.

»Jetzt war Mikael zum ersten Mal Teil jener Kreise, die die strategischen Linien der Partei festlegten, und tief enttäuscht von den Umständen, unter denen dies geschah. Ihm war nicht klar gewesen, wie borniert die Partei ihre Agenda vorantrieb. Mikael war für individuelle Freiheit, aber die gewaltige Macht der Interessensverbände und Wirtschaftsvertreter hat ihn überwältigt. Solange Unternehmerkreise den Rahmen für Entscheidungen diktierten, war es unmöglich eine Politik zu machen, die den Interessen aller diente. Mikael äußerte seine Sorgen natürlich auch auf den Sitzungen des Parteivorstandes, stand aber bald in dem Ruf, ein Spielverderber zu sein.

»Warum höre ich das jetzt zum ersten Mal?«, fragte Leo. »Und was hat das Ganze mit Pontus zu tun?«

»Hab einen Moment Geduld und lass mich das Ende schildern«, antwortete seine Mutter.

Sie meinte natürlich das Ende der Geschichte, aber genauso gut hätte sie damit auch sein nahendes Ende ankündigen können. Ihr

Verstand war messerscharf, nur an ihrer Stimme merkte man, dass ihre Kräfte schwanden.

»Mikael und Pontus kannten sich schon aus der Toppelund-Grundschule in Espoo, und in jener Zeit ließ Pontus ihre Freundschaft wieder aufleben«, fuhr sie fort. »Beide hatten eine aussichtsreiche Zukunft vor sich, Mikael in der Politik und Pontus in der Wirtschaft. Sie dachten, nichts könnte ihnen etwas anhaben. In Mikaels Windschatten gelangte Pontus an die Tische der Politik. Das hat dein Vater später tief bereut. Seine Parteigenossen hörten gern auf Pontus, schließlich war er ein aufsteigender Stern am Wirtschaftshimmel, der viele Ideen für die Wirtschaftspolitik hatte. Allerdings wichen diese Ideen weit von Mikaels Vorstellungen ab. Pontus' Absichten waren skrupellos und nützten letztlich immer nur ihm und seinen Unternehmen. Du wirst es besser wissen, aber ich denke mal, er hat sich in dieser Hinsicht nicht geändert.«

Leo dachte nach. Es traf zu, dass Pontus dreist und gnadenlos war. Aber er hatte immer auf ihrer Seite gestanden. Ohne Pontus hätte seine Mutter nie ein finanziell sorgenfreies Leben führen können, und er wäre in der Politik nicht so weit gekommen.

Jetzt zeigte ihm seine Mutter plötzlich einen so grundlegenden Dissens zwischen Pontus und seinem Vater auf.

»Was willst du mir eigentlich sagen?«, fragte Leo.

»Seit du klein warst, wolltest du anderen immer Gutes tun, Leo. Das hat mich stets froh gemacht«, antwortete sie zögerlich. Sie wog ihre Worte ab, bevor sie fortfuhr:

»Pontus und ich haben dich darin bestärkt, in die Politik zu gehen. Vater hätte sicher das Gleiche gewollt. Aber wenn du verstehen willst, wie dein Vater die Welt sah, darfst du nicht auf Pontus hören. Mikael und Pontus waren in diesem Punkt wie Licht und Dunkelheit.«

Sie schluckte mühsam. »Mir war immer klar, wenn Pontus dich unter seine Fittiche nimmt, würdest du in der Politik weit kommen und deine Träume verwirklichen. Trotzdem bist du ihm nichts schuldig, Leo. Du bist der Ministerpräsident, nicht Pontus.«

Leo legte seiner Mutter vorsichtig die Hand auf die Schulter. Obwohl der Schatten einer korinthischen Säule auf ihr Gesicht fiel, erkannte er darin Scham. Scham darüber, zugelassen zu haben, dass Pontus so viel Macht über ihrer beider Leben erlangen konnte. Er hatte so viel für sie getan; sie verdankten ihm praktisch alles.

»Da ist doch noch mehr«, sagte Leo fast flüsternd. »Oder?«

»Ich glaube, Pontus hat etwas Furchtbares getan«, sagte sie mit erstickter Stimme. »Er hat es mir gegenüber einmal fast zugegeben. Wahrscheinlich hat er gedacht, dass es mich freut, weil es für dich getan hat. Aber es war falsch dieser Frau gegenüber.«

»Wen meinst du?«

Jetzt schilderte seine Mutter ihm etwas, das teils auf Hörensagen und teils auf ihren Schlussfolgerungen beruhte. Leo lauschte aufmerksam jedem ihrer Worte. In diesen Minuten zerbrach sein Bild von sich selbst in tausend Scherben. Zwar klangen ihre Ausführungen zunächst abwegig, doch bald musste er einsehen, dass sie recht hatte.

Leo barg das Gesicht in den Händen und ließ den Kopf sinken.

Pontus und er waren ein unschlagbares Gespann in der finnischen Politik. Aber wenn stimmte, was seine Mutter erzählte, beruhte sein ganzer Erfolg auf einem schrecklichen Verrat.

29

Die Straßenbahn von Kalasatama nach Pasila glitt durch den verträumten Stadtteil Vallilanlaakso, doch Emma Erola stand nicht der Sinn nach verschlafenen Schrebergärten und idyllischen Holzhäusern. Der Rummel im Wagen drohte aus dem Ruder zu laufen.

Ich frage mich, was das hier noch werden soll!

Im hinteren Teil des Wagens drängten sich Journalisten und Fotografen, die Emma auf ihrer Fahrt an die Spitze der Macht begleiteten. Gut ein Dutzend Mikrofone und digitale Aufnahmegeräte baumelten vor ihrem Gesicht. Eines schlug ihr sogar gegen das Kinn, als einer der Reporter in einer Kurve das Gleichgewicht verlor.

Im Blitzlichtgewitter prasselten Fragen auf Emma herein, die sie geduldig, aber kurz und bündig beantwortete.

»Frau Erola, Sie haben viel von der ›neuen Ausrichtung‹ der Linken Bewegung gesprochen, aber nie ausführlich erklärt, was Sie damit meinen. Werden Sie als Parteivorsitzende ebenso unbestimmt fortfahren können?«

»Sollte ich zur Parteivorsitzenden gewählt werden, gebe ich eine Erklärung dazu ab, welche Veränderungen Finnland jetzt braucht«, antwortete sie und lächelte sibyllinisch.

Die Idee hinter diesem Pressetermin war schlicht und genial: Wie sollte sich die zukünftige Vorsitzende der Linken Bewegung zu ihrer Krönung begeben? Natürlich so wie jeder Normalbürger täglich zur Arbeit fuhr: stilecht mit der Straßenbahn.

Die Bilder würden sich auf der ganzen Welt verbreiten: Emma mit der Tram auf dem Weg zur Spitze. Sie war angetreten, um die Welt zu einem besseren Ort zu machen.

Die Wirklichkeit sah etwas chaotischer aus. Kauri Salmén, verantwortlich für Public Relations, beobachtete besorgt das Kuddelmuddel. Die Information über die bevorstehende Straßenbahnfahrt hatte über die ursprünglich handverlesenen Medienvertreter hinaus weite Kreise gezogen. Die normalen Fahrgäste hatten in den vorderen Teil der Tram ausweichen müssen, um den Fotografen Platz zu machen, die sämtliche Sitzbänke belegten und sich an Haltegriffen und Querstangen festklammerten. Alles nur, um sich die besten Bilder von Emma Erolas großem Moment zu sichern. Einige der Reporter berichteten live aus der Tram und erfüllten den Wagen mit einer lebhaften Kakophonie.

Normalerweise liebten die Kameras Emma Erola: Sie hatte dichtes blondes Haar und ein hübsches Gesicht, dessen kraftvolle Züge Durchsetzungsvermögen signalisierten. Ihr Erfolg in der Politik beruhte zu einem wesentlichen Teil auf ihren brillanten rhetorischen Fähigkeiten. Ihr Charisma und ihre faszinierenden Augen waren selbst auf Fotos erkennbar.

Dieselben Journalisten würden kurze Zeit später im Messezentrum bezeugen, wie die Linke Bewegung Emma zu ihrer neuen Parteivorsitzenden kürte. Und morgen Vormittag wären sie alle vor Ort auf dem Senatsplatz, um über die Rote Parade zu berichten – eine Massenkundgebung, die in Nordeuropa ihresgleichen suchte.

Dabei hatten die bedauernswerten Journalisten nicht die geringste Ahnung, wie historisch das Wochenende tatsächlich werden sollte.

»Werden Sie den Austritt Finnlands aus der Europäischen Union fordern?«, wurde sie von einer Journalistin gefragt.

Natürlich war der EU-Austritt unumgänglich, allerdings konnte sie das unmöglich jetzt einräumen. »Ich habe immer wieder ausgeführt, dass die Europäische Union nur für die Gutverdienenden eine Erhöhung des Lebensniveaus mit sich gebracht hat. Die Finanzpolitik der Europäischen Zentralbank ist in erheblichem Maße für die Zunahme der Vermögensunterschiede verantwortlich. Welche konkreten Maßnahmen wir zur Behebung dieser Missstände einleiten werden, werde ich zu gegebener Zeit erklären.«

»Werden Sie vorgezogene Wahlen fordern?«

»Auch das sehen wir morgen.«

»Aus Polizeikreisen ist zu hören, dass auf der Demonstration morgen mit gewalttätigen Ausschreitungen zu rechnen ist. Sind Sie deswegen besorgt?«

»Nein, bin ich nicht.«

Den letzten Satz hätte sie gern mit mehr Überzeugung in der Stimme gesagt. Tatsache war, dass sie die Wut der Menschen so oder so nicht zügeln konnte.

Die Journalisten hatten sich wie das Volk auch in den letzten Jahren immer deutlicher in zwei Lager gespalten. Es war nicht schwer zu erkennen, ob jemand auf Emmas Seite oder gegen sie war. Eine Journalistin, die sie offenbar bewunderte, beeilte sich, nach ihrer knappen Antwort einzuwerfen:

»Sie sind die erste Führungsfigur in Europa, die als Sozialistin von mehr als der Hälfte des Volkes getragen wird. Denken Sie, das bevorstehende Wochenende wird in die Geschichte eingehen?«

Emma musste bei dieser Frage lächeln.

»Hören Sie, meine Wahl ist ein wichtiger Schritt für die europäischen Sozialisten. Aber ist sie damit auch historisch? Ich würde dieses Wort nicht benutzen. Historisch ist in meinen Augen nicht die Wahl einer Person, sondern es sind Taten, mit denen die Welt verändert wird. Das, was wir erreichen, wird darüber entscheiden, ob der Tag meiner Ernennung als ein historischer in die Geschichte der Linken Bewegung eingehen wird.«

Mittlerweile war das Durcheinander in dem Straßenbahnwagen so angewachsen, dass Emma Schwierigkeiten hatte, vor den Kameras ruhig zu bleiben. PR-Kauri sah, dass die Situation ihr zu schaffen machte, und rief:

»Vielen Dank. Das genügt!«

Während der vergangenen Wochen war Kauri zu einer wichtigen Vertrauensperson für Emma geworden. Weder die Igelfrisur noch die Kleidung ließen eindeutige Rückschlüsse auf Kauris Geschlecht zu. Rigoros sagte Kauri zu den Journalisten:

»Morgen ist wieder Zeit für Fragen. Jetzt bitte ich Sie alle, sich in den vorderen Teil des Wagens zu begeben! Fotografen, letztes Bild, bitte!«

Der Fotojournalist der Nachrichtenagentur Reuters bat Emma, aus dem Fenster zu sehen und an die Zukunft zu denken. Das war genau das Foto, das Emma und Kauri sich von ihrer Inszenierung erhofft hatten. Der Auslöser klickte in schneller Folge, Dutzende Aufnahmen von einer Situation.

»Vielleicht noch eins, wenn Sie etwas lesen?«

Der Fotograf zeigte auf Emmas Tasche, die offen auf dem Sitz neben ihr lag. Daraus lugte der Einband eines altmodischen Taschenromans von Jane Austen hervor, eines von Emmas Lieblingsbüchern.

Die Scharfsichtigkeit des Journalisten erschreckte Emma, und sie wurde beinahe rot. Er wollte also ein Foto von ihr, auf dem sie einen romantischen Roman las. Passender wäre gewesen, wenn sie Atkins, Klein oder das Buch eines anderen Kapitalismuskritikers in der Tasche gehabt hätte. Tatsächlich las sie aber gerade zum wer weiß wievielten Mal *Emma*, und wenn diese Straßenbahnfahrt nicht in ein Medienspektakel verwandelt worden wäre, hätte Emma sie mit der Nase im Buch verbracht. Im Laufe ihres Lebens hatte sie das Buch mindestens ein halbes Dutzend Mal gelesen. Zuletzt hatte sie es gestern Abend aufgeschlagen. Sie wollte vor dem Schlafengehen zur Ruhe kommen und sich ein weiteres Mal in das Buch vertiefen. Herr Knighley hatte Emma Woodhouse an der Stelle, an der sie im Buch war, gerade für ihr herzloses Verhalten gerügt, völlig zu Recht.

Emma bewunderte ihre Namensvetterin trotz ihres Eigensinns und ihrer Selbstbezogenheit. Die Emma der 1810er-Jahre war gescheit und geradeheraus auf eine Art und Weise, über die Emma Erola nie verfügt hatte.

Außerdem war die 20-jährige Roman-Emma jünger und schöner als die 30-jährige reale Emma. Zwar überschlugen sich die ausländischen Zeitungen mit Lobpreisungen über ihr Äußeres, besonders ihre blauen Augen und die blonden Haare fanden großen Anklang, doch Tatsache war, dass ihre Gesichtszüge für die Heldin eines historischen Romans viel zu derb gewesen wären. Ob sie nun Earl oder Jarl oder Graf genannt wurden, die adligen Herren in den

Geschichten erwählten unter den Frauen stets jene mit der feinsten Nase.

In der Welt historischer Liebesromane fand Emma Erola Zuflucht vor ihrem eigenen Leben. Und Jane Austen war ihre Dauerfavoritin. Irgendetwas an der Klassengesellschaft im Britannien des 19. Jahrhunderts rührte und faszinierte sie. Emma schämte sich keineswegs dafür, dass historische Romane ihre Wertvorstellungen mindestens ebenso geprägt hatten wie historische oder ökonomische Lehrbücher. Oft hatte sie darüber nachgedacht, warum sich die englische Unterschicht in ihr unterwürfiges Leben gefügt hatte. Wie hatte diese Zweiklassengesellschaft, in der die Geburt das ökonomische Schicksal bestimmte, nur so lange bestehen können?

Finnland befand sich mittlerweile in einer recht ähnlichen Situation. Während Emmas bisherigem Leben waren die Einkommensunterschiede immer weiter gewachsen, die Vermögenskluft hatte sich vertieft und die Armut zugenommen. Das als Großer Knall bezeichnete Platzen der Schuldenblase und die daraus resultierenden Kürzungen hatten die psychische und wirtschaftliche Notlage der Menschen vervielfacht. Und im Finnland des 21. Jahrhunderts gab es nichts von jener Verantwortung und jenem Wohlwollen, das die englische Oberschicht im 19. Jahrhundert noch an den Tag gelegt hatte – zumindest in den Romanen.

Das finnische Volk war seit Jahrzehnten daran gewöhnt, dass der Staat sich um alle und alles kümmerte. Und jetzt, wo der Staat damit aufgehört hatte, blieb den Unterprivilegierten nichts. Die Bessersituierten Finnlands zeigten keinerlei Verantwortung gegenüber ihren Landsleuten, nicht einmal gegenüber den Kindern, weil sie immer noch davon ausgingen, das sei Aufgabe des Staates. In der letzten Zeit war das Verhältnis zwischen Ober- und Unterschicht so angespannt, dass Emma sich nicht mehr sicher war, ob die Reichen die Armen überhaupt noch als Teil ihres Volkes wahrnahmen.

Emma hatte es sich zur Lebensaufgabe gemacht, gegen diese Entwicklung anzukämpfen. Sie hielt sich keineswegs für einen weiblichen Messias, obwohl sie von einigen ihrer Anhänger so behandelt wurde. In erster Linie war es einfach eine Frage der zufälligen zeitlichen Übereinstimmung: Zur selben Zeit, als Emma an ihren Fähigkeiten arbeitete, Anhänger um sich scharte und an die Spitze der finnischen Politik strebte, erreichte das kapitalistische System seine Belastungsgrenze und stand kurz vor dem Zusammenbruch.

Dieses Wochenende würde alles verändern. Emma war bereit. Bedauernd schüttelte sie den Kopf und lehnte die Bitte des Fotografen ab. Der Roman würde in der Tasche bleiben.

»So, das war's. *Thank you everybody!*«, brüllte Kauri dem Reuters-Fotografen ins Ohr und schob ihn förmlich von Emma weg.

Als die Medienvertreter endlich im vorderen Teil des Wagens verschwunden waren, sah Emma aus dem Fenster. Wieder schoss ihr die Frage durch den Kopf, die sie schon seit Stunden beschäftigte.

Wo steckte Lewis Higgins?

»Kauri«, rief sie ihrer PR-Kraft mit verhaltener Stimme zu. »Hast du etwas von Lewis gehört?«

Kauri beugte sich zu ihr und flüsterte ihr ins Ohr: »Keiner weiß, wo er ist. Sein Gepäck ist immer noch im Hotel. Und sein Telefon ist abgeschaltet.«

Emma fühlte einen unangenehmen Stich in der Brust.

30

Lewis Higgins spürte, wie das Flugzeug zum Sinkflug ansetzte. Er war nicht mehr in der Lage, den Kopf zum Fenster zu drehen, aber aus den Augenwinkeln erkannte er Berggipfel. Sie waren höher, die Hänge sanfter abfallend als die wellengepeitschten, beinahe senkrecht aufragenden Klippen an der Küste Schottlands. Zwischen den Berghängen drang das Meer in sich verjüngenden Streifen tief ins Landesinnere.

Das musste die norwegische Küste sein.

Dort unten wartete sicher ärztliche Hilfe auf ihn. Higgins hatte die Hoffnung schon fast aufgegeben, doch er war immer noch am Leben nach dem letzten Anfall. Die Spasmen wurden mit jedem Mal heftiger. Schon der nächste Krampfanfall konnte der letzte sein.

Noch gestern Abend hatte er sich unbesiegbar gefühlt. Sie hatten ihre anspruchsvolle Aufgabe erfolgreich erfüllt und das in weniger als einem halben Jahr. Das gesamte Team hatte die Vollendung des Unterfangens in einem Restaurant gefeiert. Angenehm beschwipst hatte er sich anschließend auf den Weg ins Hotel gemacht, um sich schlafen zu legen.

Unterwegs hatte ihn eine Nachricht erreicht, die alles zum Einstürzen brachte. Die Betreffzeile hätte einem Detektivroman entsprungen sein können: *Operation Égalité.*

Absender der Nachricht war ein finnisches Mitglied in ihrem Team, das Higgins nicht besonders gut kannte. Aber eines war ihm sofort klar geworden: Diese Mitteilung war nicht für seine Augen bestimmt.

Die Nachricht hatte zwei Anhänge. Verwundert öffnete er den ersten. Sofort wurde ihm die Tragweite des Gelesenen bewusst.

Die Mitteilung und ihre Anhänge enthielten die Antwort auf

die Frage, die er nicht zu stellen gewagt hatte: *Wie würde es weitergehen?*

Kurzerhand machte er kehrt. Er musste unbedingt Emma Erola finden und sie fragen, ob sie ihn die ganze Zeit belogen hatte. Abwechselnd rannte und ging er, bis er wieder beim Restaurant ankam. Aber es war zu spät. Als er um die Ecke bog, konnte er gerade noch sehen, wie Emma Erola in einen nagelneuen Tesla stieg. Higgins schaffte es, sich das Kennzeichen zu notieren, und fand so den Besitzer des Wagens heraus. Als er den Namen auf dem Display seines Handys las, fürchtete er, sein Herzschlag könnte aussetzen.

Er kehrte ins Hotel zurück und legte sich ins Bett, fand aber keinen Schlaf. Noch vor sechs Uhr morgens hatte er sich seinen Laptop geschnappt und war damit in die Eingangshalle des Hotels gegangen, um über seine nächsten Schritte nachzudenken und auf die Öffnung des Frühstücksraums zu warten. Nur wenige Minuten später sah er durchs Fenster, wie der gleiche Tesla, den er am Abend zuvor vor dem Restaurant gesehen hatte, vor dem Hotel hielt. Das konnte kein Zufall sein. Der Fahrer stieg aus. An seiner Miene konnte Higgins ablesen, dass er nicht in guten Absichten zum Hotel gekommen war. Offenbar wusste dieser Mann, dass Higgins eine Nachricht erhalten hatte, die nicht für ihn bestimmt gewesen war.

In diesem Moment packte ihn die Angst. Higgins wurde klar, dass er zu einer Bedrohung für die *Operation* geworden war, auf die sich die Nachricht bezog.

Higgins schnappte sich seinen Laptop und zog sich rückwärtsgehend in den hinteren Teil der Lobby zurück. Dabei stolperte er. Auf allen vieren kroch er weiter in den Gepäckaufbewahrungsraum. Aus seinem Versteck heraus beobachtete er, wie der Mann das Hotel betrat und in Richtung der Zimmer verschwand.

Mit unsicheren Schritten eilte Higgins auf die Straße. Kurz überlegte er, ob er sich mit dem, was er wusste, an irgendjemanden in Finnland wenden konnte – vielleicht konnte er zur Polizei gehen oder so? Doch wem konnte er wirklich vertrauen? Es war sicherer, das Land erst zu verlassen. Glücklicherweise befand sich sein Pass im Außenfach seiner Laptoptasche. Er stieg in das erste Taxi, das er erwischte, und fuhr zum Flughafen.

Higgins' finnische Kollegen hatten ihn hinsichtlich der Natur ihres Projektes belogen. Aber hatten sie das wirklich? Vielleicht hatten sie ihm und den anderen Projektspezialisten nur das Schlimmste vorenthalten. Wie hatte Emma Erola sich nur auf so etwas einlassen können?

Menschen würden sterben. Vielleicht sogar Tausende. Er würde das erste Opfer sein. Daran konnte niemand mehr etwas ändern.

Higgins sah aus dem kleinen runden Fenster. Das Flugzeug war bereits auf Höhe der Berggipfel. Jetzt war es nur noch eine Frage von Minuten, bis die Reifen den Boden berührten. Da kam ihm eine Idee. Sein Handy würde sich in wenigen Augenblicken mit einem Mobilfunknetz verbinden. Dann konnte er eine Nachricht schicken, ohne sich erst aufwendig in das WLAN des Flugzeugs einwählen zu müssen.

Wenn es ihm nur gelänge, sein Telefon zu bedienen. Reden war ausgeschlossen, sein Kiefer war komplett blockiert. Das Einzige, was ihm vielleicht gelang, war, eine Nachricht abzusetzen.

Higgins versuchte, eine Hand zu bewegen. Unter größten Anstrengungen schob er sie in die Tasche seiner Khakihose, wo er sein Telefon ertastete. Falls es ihm möglich war, wenigstens eine E-Mail zu verschicken, konnte er Finnland vor der drohenden Katastrophe warnen.

Nur eine einzige Nachricht. Aber an wen?

Umständlich nestelte er sein Handy hervor, doch es entglitt seinen steifen Fingern. Er wollte die Hoffnung schon aufgeben – auf dem Boden wäre es außerhalb seiner Reichweite –, als er die kalte Smartphone-Hülle zwischen Oberschenkel und Armlehne spürte. Unter größten Mühen zog er es hervor, hielt seinen Daumen auf den Fingerabdrucksensor und entsperrte das Display. Mit ungelenkem Zeigefinger tastete er blindlings umher, bis er das Briefsymbol traf und sich das E-Mail-Programm öffnete.

Higgins war klar, dass er nicht in der Lage war, eine sinnvolle Nachricht zu verfassen. Nicht mit diesen nahezu gefühllosen Fingern. Die einzige Chance bestand darin, die Mitteilung weiterzuleiten, die er irrtümlich erhalten hatte – und die ihm die Augen darüber geöffnet hatte, welches Grauen ihr Projekt mit sich bringen sollte.

Der Betreff der dritten Nachricht im Posteingang lautete:

Operation Égalité, Plan 6, FINAL

Er öffnete sie, fand den nach rechts gerichteten Pfeil am rechten Rand, das universelle Symbol zur Weiterleitung einer Nachricht. Doch an wen sollte er sie schicken? Die E-Mail war auf Finnisch verfasst und außerhalb ihrer geheimen Projektgruppe kannte er nicht viele Finnen. Natürlich konnten seine schottischen Freunde die Nachricht mit einem Übersetzungsprogramm entschlüsseln – so wie auch er es getan hatte. Aber würde ihnen die Bedeutung des Inhalts klar sein? Wohl kaum. *Nun komm, lass dir einen Finnen einfallen!* Doch Higgins fielen nur die Namen finnischer Sportler ein, die für diesen Zweck weniger geeignet waren. Es musste ein Empfänger sein, dem die Tragweite der Nachricht klar war.

Unter Krämpfen tippte er einen kurzen Kommentar. Buchstabe für Buchstabe. Drei Wörter. Zu mehr war er nicht in der Lage. Aber noch immer wusste er nicht, an wen er die Nachricht schicken sollte.

Der Name eines bekannten Finnen kam ihm plötzlich in den Sinn. Gefolgt von einer überraschenden Eingebung: *Ich kenne sogar seine E-Mail-Adresse!* Einer der finnischen Gesellschaftsplaner aus ihrem Projekt arbeitete an der gleichen Stelle wie dieser Finne, dessen Namen er im Kopf hatte, und Higgins erinnerte sich an den E-Mail-Suffix seines Kollegen, den Teil der Adresse nach dem @-Zeichen.

Higgins tippte einen Buchstaben nach dem anderen in die Adresszeile. Fehler versuchte er unbedingt zu vermeiden, denn jeder zusätzliche Fingerdruck konnte ihn ans Ende seiner Kräfte bringen.

Sein krampfhaft verzerrter Kiefer drohte aus dem Gelenk zu springen, und er fühlte bereits den nächsten Spasmus in seinen Waden und dem Großen Rückenmuskel aufsteigen.

Das @-Zeichen.

Higgins Finger zuckten. Das Fahrwerk setzte auf dem Boden auf. Mit letzter Kraft umklammerte er das Handy mit den Fingern, damit es ihm nicht aus der Hand rutschte, während das Flugzeug ein paarmal auf der Landebahn hüpfte.

Nur noch wenige Buchstaben.

Higgins wusste, dass ein Arzt das Flugzeug betreten würde, sobald es zum Stillstand gekommen war. Zuerst würde der Arzt versuchen herauszufinden, was ihm fehlte. Vielleicht gab er ihm Aktivkohle oder was auch immer Vergiftungspatienten verabreicht wurde. Doch in seinem Innersten wusste Higgins bereits, dass es für ihn zu spät war.

fi

Das Flugzeug blieb stehen, und die vordere Tür wurde geöffnet. Mittels einer Durchsage wurden die Passagiere angewiesen, auf ihren Plätzen zu bleiben, damit der Arzt »schnell zu dem erkrankten Passagier gelangen kann«.

Lewis Higgins erkannte eine Bewegung im vorderen Teil des Flugzeugs, war aber nicht imstande, den Blick dorthin zu richten. Die Menschen um ihn herum verfolgten abwechselnd das Herannahen des Arztes und Higgins' Krämpfe, die jetzt wieder stärker wurden.

Send. Senden.

Er fühlte, wie schreckliche Krämpfe sein Gesicht verzerrten: die oberen Zähne extrem vorgeschoben, der Unterkiefer nach hinten gezogen. Jetzt zuckte sein ganzer Körper unter intensiven Spasmen, reflexartig klappte sein Oberkörper zusammen, um gleich darauf seine Wirbelsäule wie einen Flitzebogen zu überspannen. Seine Augen nahmen ein grelles, immer heftigeres Flimmern wahr, bis er gar nichts mehr um sich herum erkennen konnte. Zugleich flammte ein Schmerz auf, der alles andere unter sich begrub.

31

»**Ich schlage vor,** wir hören auf, nur Scheiße zu reden!«

Carlyle Wilsons Worte durchschnitten das Stimmengewirr im Sitzungsraum wie ein Samuraischwert. Das lautstarke Gehabe der Männer in Anzügen um den langen Tisch wich schlagartig absoluter Stille.

Die Fensterfront des Raums gab den Blick frei auf den prachtvollen Platz Erottaja, über den gemächlich der Samstagsverkehr rollte, während die wenigen Fußgänger durch nassen Schneematsch zur Straßenbahn oder Metro, zum Bus oder Regionalzug stapften.

Finnlands reichster Mann Pontus Ebeling zeigte sich von den deutlichen Worten des Mannes ihm gegenüber nicht überrascht. Er hatte die unterschwellige Frustration schon lange gespürt.

Pontus war selbst beunruhigt. Gerade hatte er eine Nachricht erhalten, laut der Leo die Beerdigung von Minister Dahlström einfach verlassen hatte und seitdem verschwunden war.

Wir hätten das Treffen absagen sollen. In der vergangenen halben Stunde hatten die Verhandlungspartner über die Bilanz des Verteilnetzbetreibers Cursus diskutiert, über dessen Fixkosten, den Kundenstamm und weitere Faktoren, die den Wert der Firma beeinflussten.

Um die gleichen Dinge war es schon den ganzen Herbst über gegangen. Verkäufer der Cursus-Aktien war Ebelings Investmentgesellschaft. Und Kaufinteressent war die britische Investment Trust Baillie Gifford, doch die endgültige Einigung stand noch aus. Der ursprüngliche Preis war auf 1,7 Milliarden Euro angesetzt worden. Jetzt lag ein Angebot von weniger als 1,3 Milliarden auf dem Tisch, mit dem Pontus aber dennoch zufrieden war. Die Zeiten an der Helsinkier Börse waren stürmisch und würden es angesichts der politischen Unsicherheit in Finnland wohl auch noch eine Zeit lang bleiben. Angesichts dessen war der Preiseinbruch durchaus angemessen.

»Ich habe jetzt genug gehört von den Cursus-Kennzahlen«, sagte Carlyle Wilson, der während des gesamten Prozesses die Verhandlungen für Baillie Gifford geführt hatte.

Wilson war ein breitschultriger Schwarzer mit einer glänzenden Glatze und einem noch glänzenderen Ring im linken Ohr. Sein dunkelbrauner Anzug stammte eindeutig vom Herrenmaßschneider Savile Row. Wilsons Erscheinung war so ziemlich das Gegenteil von der des etwa halb so großen Pontus Ebeling, der wie immer ein abgetragenes Polohemd unter einem alten Jackett trug.

Ebeling sah, dass Wilsons Geduld am Ende war – zum ersten Mal im Verlauf der Verhandlungen.

»Wir wissen beide, dass der aktuelle Preis angesichts der Kennzahlen von Cursus fair ist. Verdammt, ich kann sogar eingestehen, dass Ihr Angebot aus unserer Sicht mehr als vorteilhaft ist«, fuhr Carlyle Wilson fort.

Verblüffung beidseits des Tischs folgte auf Wilsons ungewohnt offene Worte. Doch die anwesenden Mitarbeiter hielten sich wohlweislich zurück. Auch Pontus ließ Wilson weiterreden.

»Worüber wir bisher viel zu wenig gesprochen haben, ist die politische Situation in Finnland«, sprach Wilson weiter. »Wir verfolgen die Nachrichten und wissen ziemlich genau, dass Finnlands bürgerlich-konservative Regierung gewaltige Schwierigkeiten hat. Und wir wissen auch, dass Sie, Pontus, dem Ministerpräsidenten sehr nahestehen, auch wenn Sie sich nicht damit brüsten. Sie werden sicher verstehen, dass Ihr Verhalten, verehrter Pontus, Fragen aufwirft. Wieso wollen Sie ein Unternehmen mit einem gewaltigen Potenzial zu einem Schleuderpreis verkaufen? *Why?* Was wissen Sie, was ich nicht weiß? Das sind die Fragen, über die wir sprechen müssen. Anderenfalls wird es zu keinem Geschäft zwischen uns kommen.«

Pontus zeigte sich äußerlich unbeeindruckt. Diesen Moment hatte er kommen sehen und gefürchtet. Carlyle Wilson war kein

Schwachkopf. Selbstverständlich hatte Pontus Gründe für den Verkauf von Cursus, die besser nicht ans Tageslicht kamen. Was Pontus befürchtete, war, dass sie bald auf ganzer Linie das Nachsehen haben könnten. Falls die Linke Bewegung tatsächlich an die Macht kam, egal auf welchem Weg, wäre Cursus als Energieversorger eines der ersten Unternehmen, die verstaatlicht werden würden.

Innerlich verfluchte Pontus sich dafür, dass er den Laden überhaupt gekauft hatte. *Scheiß-Cursus!* Schon der Name des Unternehmens klang wie ein Fluch, dabei bedeutete er eigentlich Fortschritt, Voraneilen, Marschroute.

»Ich war immer ehrlich zu Ihnen«, entgegnete Pontus in fließendem Englisch, allerdings mit deutlich finnischer Intonation. »Alle Fragen, die Sie uns gestellt haben, wurden von uns beantwortet. Meine enge Beziehung zum Ministerpräsidenten thematisiere ich normalerweise nicht extra. Auf welche Art und Weise er das Land führt und wie ich meine Geschäfte leite, sind zwei komplett verschiedene Dinge. Was ich aber mit absoluter Sicherheit sagen kann, ist, dass die Regierung die Lage im Griff hat.«

»Danach sieht es aber nicht aus, wenn ich mir die Nachrichten so anschaue.«

»Trotzdem ist es wahr, Carlyle. Sie wissen, dass ich schon lange Geschäfte mache. Ich wäre nicht so weit gekommen, wenn ich meine Partner hinters Licht führen würde.«

»Emma Erola.« Der Name klang aus Carlyle Wilsons Mund wie ein Brei aus Vokalen und Konsonanten, die kaum auseinanderzuhalten waren. Pontus brauchte einen Moment, bevor er ihn verstand.

»Was ist mit ihr?«

»Verstehen Sie mich nicht falsch, Pontus. Ich weiß, dass diese Emma eine linke Volksaufwieglerin und Populistin der schlimmsten Sorte ist. Aber wir haben alle gesehen, wie sie spricht. Sogar die BBC-Moderatoren lieben sie.«

»Eine gute Rednerin zu sein bedeutet noch nicht, auch eine gute politische Führungskraft zu sein«, hielt Pontus ihm entgegen.

»Das stimmt. Aber ich würde mir von der Regierung die gleiche Führungsstärke wünschen, wie Erola sie in den letzten Monaten an den Tag gelegt hat. Das würde unser Vertrauen in die Zukunft Finnlands entscheidend stärken.«

Pontus nickte. Wilsons Worte waren wahr. Sie hatten in letzter Zeit zu wenig gezeigt, dass sie die Zügel in der Hand hielten. Bei dieser Zusammenkunft ging es im Grunde genommen genau darum.

»Sie werden bald ein deutliches Zeichen unserer politischen Führungsstärke zu sehen bekommen«, sagte Pontus.

»Trotzdem besteht ein Widerspruch zwischen Ihren Worten und Ihren Taten. Falls Sie wirklich davon ausgehen, dass der Ministerpräsident die Situation im Griff hat, würden Sie ihr Eigentum nicht zu einem Dumpingpreis verkaufen. Vielmehr würden Sie im Gegenteil Aktien ankaufen, Panikverkäufer gibt es schließlich genug. Der einzige Schluss, den ich daraus ziehen kann, lautet, dass Sie selbst nicht daran glauben, dass sich die Situation zum Besseren wendet. Sie fürchten diese Sozialisten.«

Pontus betrachtete forschend Carlyle Wilsons breites, dunkles Gesicht. Sein Blick glitt auch zu den Assistenten, die ihn zu beiden Seiten flankierten. Sie hatten marionettenartig ihre Rücken aufgerichtet und, animiert von ihrem Chef, entschlossene Mienen aufgesetzt. Diese Londoner Lackaffen in Nadelstreifen versuchten doch allen Ernstes so zu tun, als wären sie besser mit der politischen Situation Finnlands vertraut als er.

Pontus hatte nicht die Absicht, vor diesem Haufen zu buckeln. Es würde auch nichts bringen. Also schob er seinen Stuhl zurück und erhob sich.

»Es scheint, als könnten meine Worte Sie nicht überzeugen. Die kommenden Ereignisse sind dazu, denke ich, besser geeignet. Deswegen lassen Sie mich Folgendes vorschlagen: Wir unterbrechen unsere Verhandlungen für ein paar Tage. Dann sehen Sie, dass sich die politische Situation in Finnland sehr schnell beruhigt. Bis dahin haben wir den Kaufvertrag unterschriftsreif. Ich gehe davon aus, dass wir uns am Montag hier wieder zusammenfinden.«

Mit diesen Worten sammelte er seine Unterlagen ein und marschierte zur Tür hinaus, ohne sich noch einmal umzudrehen.

Zwei Tage Aufschub. In dieser Zeit musste es ihnen gelingen, den Aufruhr der Linken zu ersticken. Die Pläne dafür waren weit gediehen, aber Leos trotziges Aufbegehren in der morgendlichen Sitzung hatte die Lage verkompliziert. *Warum hatte er nicht einfach brav abgedankt?*

Jetzt drohten ihnen die Dinge aus den Händen zu gleiten. *Leo, mein Junge, was hast du getan?*

32

SUPO-Oberinspektor Metso lehnte den Spaten an den Baum und betrachtete sein Werk.

Die Grube war wieder sauber verfüllt, aber keineswegs unsichtbar. Eine menschliche Hand konnte die hauchdünne Schneeschicht, die den Boden bedeckte, einfach nicht so perfekt nachbilden wie die Natur. Allerdings war es mehr als unwahrscheinlich, dass jemand hier zufällig vorbeikam. Der Platz lag auf dem Gelände der Gemeinde Sipoo östlich von Helsinki am Rande eines Sumpfgebietes, mehr als hundert Meter von der nächsten Straße entfernt. Laut Wettervorhersage würde es weiter schneien, und der Schnee würde die letzte Ruhestätte von Laura Nevasmaa unter sich begraben. *Arme Frau.*

Vor weniger als drei Stunden hatte er die Mutter von Lumi Nevasmaa erstickt, und jetzt stand er hier, um das Ganze zu Ende zu bringen. Mittlerweile war er fertig und zufrieden mit der Art und Weise, wie er die Leiche losgeworden war. Er hatte systematisch und mit kühlem Kopf agiert. Eine wichtige Prämisse für das Gelingen.

Im Kino wurden Leichen in die Badewanne gelegt und mit einer Lauge übergossen, in der sich die Leiche vollständig auflöste. Dafür brauchte man allerdings eine stattliche Menge von dem Zeug und noch dazu in einer ganz bestimmten Zusammensetzung. In dieser Situation hatte Metso wahrlich keine Zeit, chemische Studien zu betreiben oder in Spezialgeschäften Einkäufe zu tätigen.

Also hatte er sich für die einfachste Methode entschieden. Er hatte den Duschvorhang abgerissen, der lang genug war, um die Leiche darin einzuwickeln. Dann, nachdem er sicherheitshalber die Nummernschilder abgeschraubt hatte, war er mit seinem Toyota Corolla auf das Grundstück gefahren, hatte die Leiche im Kofferraum verstaut und war wieder verschwunden. Zuerst hatte er ein kleines Wäldchen angesteuert und dort die Nummernschilder wieder angeschraubt, um kein Aufsehen zu erregen. Anschließend war er weiter nach Sipoo gefahren.

Jetzt hatte er die unangenehmste Aufgabe seiner Karriere so gut wie abgeschlossen. Er griff nach dem Spaten und schaufelte noch mehr halbvermoderte Blätter über die aufgehäufte Erde.

Beim Ausheben des Grabes hatte er Zeit zum Nachdenken gehabt. Nie zuvor hatte er so klar auf der Seite des Bösen gestanden, doch jetzt hatte er mit seinem Handeln einen durch und durch widerlichen Typen beschützt.

Natürlich war Metso klar, dass es bei seinem Auftrag im Grunde nicht um Harri Holsti ging, sondern um etwas ganz anderes. Seine Aufgabe war es, die Flut von Ereignissen aufzuhalten, die unweigerlich auf das öffentliche Bekanntwerden von Lumi Nevasmaas Abschiedsbrief gefolgt wäre. Und mit Holsti wären noch viel einflussreichere Männer gestürzt, vermutlich sogar der Ministerpräsident.

Als Lohn für den Auftrag war ihm eine Summe versprochen worden, die laut Gehaltstabelle der Polizei dem zweifachen Jahresgehalt eines Oberinspektors entsprach. Damit wäre ein Großteil seiner Schulden beglichen. Die Pein der vergangenen zwei Jahre wäre beendet. Er konnte endlich aufhören zu lügen. Nur das zählte.

Allerdings störte ihn, dass man ihn nicht offen in die Hintergründe des Auftrages eingeweiht hatte. Vertraute man ihm nicht genug? Dieser mysteriöse Hauptdrahtzieher mit dem Codenamen Peregrino, dem angeblich das Wohl des Vaterlandes am Herzen lag, war ihm immer noch ein Rätsel. Bei den Telefonaten hatte er nicht einmal mit seiner echten Stimme gesprochen.

Natürlich hatte Metso sich darüber Gedanken gemacht, wer dieser Peregrino sein könnte. Viele Möglichkeiten gab es nicht. Wie viele Menschen waren in der Lage, einen Leiter der Sicherheitspolizei am Gängelband zu führen? Wie weit der Einfluss dieses Peregrino reichte, hatte auch ein Auftrag gezeigt, den Metso vor etwa einem halben Jahr ausgeführt hatte.

Im Juni hatte Metso an einer Operation teilgenommen, die zum Sturz der damaligen Ministerpräsidentin geführt hatte. Größter Nutznießer des Skandals war der in das Amt des Ministerpräsidenten aufgestiegene Leo Koski. Auch bei seinem aktuellen Auftrag ging es letztlich um den Schutz der Interessen von Leo Koski. Peregrino musste jemand aus dem näheren Umfeld von Leo Koski sein, vielleicht sogar Pontus Ebeling selbst.

Auch die Möglichkeit, dass sein eigener Vorgesetzter Teemu Taivalkoski hinter Peregrino steckte, hatte Metso in Erwägung gezogen. Delikate Aufträge auf geheimnisvollen Wegen zu erteilen würde Taivalkoski schützen, falls Metso scheitern und gefasst werden sollte.

Metso wischte sich den Schweiß von der Stirn. Wer auch immer sein Auftraggeber war, heute konnte Metso stolz auf sich sein. Es war ihm gelungen, die beiden Briefe in seinen Besitz zu bringen, die, wären sie in die falschen Hände gelangt, die ganze Wahrheit hinter der Selbsttötung von Lumi Nevasmaa offenbart hätten.

Mit dem Abfangen von Briefsendungen hatte Metso mehr Erfahrungen, als ihm lieb war. In den vergangenen zwei Jahren hatte er die Post, die bei ihm zu Hause eintraf, genauestens im Blick behalten müssen. Hätte seine Frau auch nur einen einzigen Brief eines Inkassounternehmens zu Gesicht bekommen, wäre sein ganzes Lügengerüst eingestürzt wie ein Kartenhaus. Glücklicherweise ermöglichte ihm seine reguläre Tätigkeit flexible Arbeitszeiten, die ihm erlaubten, zu allen möglichen Zeiten zu Hause aufzutauchen und so die Post zu kontrollieren.

Erschwert wurde die Situation allerdings durch Marjuts Elternzeit. Sie war mit ihrem jüngsten Kind zu Hause geblieben. Also musste sich Metso einen Vorwand einfallen lassen, um vormittags vorbeizuschauen; er fand ihn in dem Hund, mit dem er Gassi gehen musste. Meistens wartete er unweit seines Hauses, bis er den Briefträger kommen sah, und ging erst dann in ihre Wohnung, um den Hund zu holen. Und wenn die Post dann durch den Briefschlitz auf den Abtreter plumpste, stand er praktischerweise direkt dahinter im Flur.

An den wenigen Tagen, an denen Metso es nicht nach Hause schaffte, um die Post abzufangen, waren seine Nerven den ganzen Tag bis zum Zerreißen gespannt. Wie besessen starrte er dann pausenlos auf sein Handy und schloss am Abend in der bangen Befürchtung die Wohnungstür auf, er könnte seine Frau heulend zusammengebrochen im Flur vorfinden.

Glücklicherweise kam das nur selten vor. Der Dank hierfür gebührte der finnischen Post und ihren Sparmaßnahmen, nach denen die Briefzustellung in ihrem Wohngebiet zunächst auf drei und schließlich auf zwei Tage in der Woche heruntergefahren worden war.

Jäh zuckte Metso zusammen. Lumi Nevasmaa hatte ihren Brief per Prime-Post über Amazon versandt. Die wurde an sieben Tagen in der Woche zugestellt. In der Regel kam sie in den frühen Nachmittagsstunden an, bestenfalls schon gegen Mittag.

Seit wann hatte er vor dem Haus von Laura Nevasmaa gewartet? Metso sah auf die Uhr. Es war noch nicht einmal zwölf. Harri Holsti war sicher kurz vor neun bei Laura Nevasmaa eingetroffen.

Wie war es möglich, dass Lumis Mutter den Brief schon so früh erhalten hatte? Die Antwort wurde ihm schlagartig klar, und sie war niederschmetternd. Er schnappte sich den Spaten und kehrte im Laufschritt zu seinem Auto zurück.

Lumi Nevasmaa musste den Brief persönlich im Briefkasten ihrer Mutter eingeworfen haben.

Er erreichte seinen Wagen und riss die Tür auf, warf sich auf den Fahrersitz und kramte hektisch in seiner Aktentasche auf dem Beifahrersitz. Endlich hatte er beide Briefe in der Hand und studierte die Umschläge.

Auf keinem von beiden klebte eine Briefmarke.

Dann zog er die Packung Briefpapier hervor, die er am Morgen von Lumis Schreibtisch genommen und eingesteckt hatte. Laut Verpackung enthielt sie zehn Briefbögen und Umschläge. Metso zählte die verbliebenen nach. Es waren sieben. Sieben Briefumschläge. Und sieben Briefbögen.

Lumi Nevasmaa hatte also drei Bögen Briefpapier benutzt. Den ersten Umschlag hatte sie auf ihr Bett gelegt. Den zweiten hatte Lumi persönlich in den Briefkasten ihrer Mutter gesteckt. Der dritte Umschlag samt Brief war immer noch unterwegs. Auf diesem Brief klebte die Briefmarke von Amazon.

Mit steifen Fingern schob er die Briefbögen samt Umschlägen zurück in die Tasche. Der dritte Selbstmordbrief befand sich irgendwo in einem Sortierzentrum von Amazon. Mit hoher Wahrscheinlichkeit war sein Inhalt identisch mit dem der beiden anderen. Das wäre für seinen Auftraggeber vernichtend. Für wen war der dritte Brief bestimmt?

Metso zog sein Handy hervor und schrieb Peregrino eine Nachricht. Nach weniger als einer Minute klingelte es: »Ein Brief von Lumi fehlt immer noch«, sprach Metso ins Telefon. »Der Brief bei Laura Nevasmaa war nicht der, für den sie die Briefmarke besorgt hat. Ein dritter Brief befindet sich irgendwo in einem Sortier- oder Zustellzentrum von Amazon.«

Stille. Metso wartete auf Peregrinos Anweisungen, obwohl er wusste, dass es nicht viele Alternativen gab.

»Du weißt sicher, was zu tun ist«, sagte die verzerrte Stimme am anderen Ende. »Fahr zurück nach Helsinki. Ich treffe in der Zwischenzeit Vorkehrungen.«

33

Die Wände im Treppenhaus waren irgendwann einmal weiß gewesen. Unter dem abblätternden Anstrich war an mehreren Stellen der graue Beton sichtbar.

Vilma Varis rümpfte die Nase, als sie in der vierten Etage aus dem Fahrstuhl stieg. Ein Mensch, der in einem so muffigen, heruntergekommenen Haus wohnte, gehörte zweifelsohne der gleichen sozialen Schicht an wie Lumi Nevasmaa.

Ein klares Plus.

Vilma betätigte die Klingel und lauschte den näher kommenden Schritten hinter der Wohnungstür. Dann rasselten die Glieder einer Kette etwa in der Höhe ihrer Augen. Welcher alleinstehende Mann legte die Sicherheitskette vor, wenn er allein zu Hause war, überlegte Vilma. Offensichtlich ein besonders vorsichtiger. Einer, der kein Risiko einging.

Ein klares Minus.

Als die Tür geöffnet wurde, blickte Vilma verdattert auf die Person, die vor ihr stand. Dieser junge Mann hatte die zarteste Haut, die Vilma je bei einem Mann jenseits der Pubertät gesehen hatte. Die runden, leicht geröteten Wangen verstärkten den jungenhaften Eindruck ebenso wie seine Größe. Er war nur etwa so groß wie Vilma, also deutlich kleiner als finnische Männer im Durchschnitt.

Kein Wunder, dass sein Arbeitgeber, Finnlands führendes Sicherheitsunternehmen, ihn ins Videoüberwachungsteam gesteckt hatte. Mit dem Gesicht hätte er auf der Straße keine Chance, egal welche Uniform man ihm überziehen würde.

»Lauri Jalkanen?«

»Ja …«

»Kann ich einen Moment hereinkommen? Ich würde gern mit Ihnen über eine Sache reden.«

»Äh, na gut.«

Er trat zur Seite, um Vilma einzulassen. Ihre Jacke hatte sie bereits im Fahrstuhl ausgezogen. Als sie an ihm vorbei in den Flur ging, beobachtete sie aus den Augenwinkeln, ob das Jüngelchen ihren freizügigen Ausschnitt anstarren würde. Nicht mal ein Wimpernschlag. Das Jüngelchen war entweder ein Gentleman, schüchtern oder schwul.

Ein weiteres Minus.

Vilma zog ihre Straßenschuhe aus. Lauri Jalkanen ging an ihr vorbei und räumte einen Teller vom Wohnzimmertisch auf den Tresen der offenen Einbauküche. Die Wohnung war nicht sehr geräumig, und auch nicht sonderlich aufgeräumt, aber keineswegs verdreckt. In der Küche gab es etwas unabgewaschenes Geschirr, das aber ordentlich in die Spüle gestellt worden war. Das Sofa war schon älter, aber fleckenlos. An den Wänden hingen weder Bilder noch Fotos.

Jalkanen trug bequeme und recht neue College-Kleidung. Die modisch geschnittenen Haare passten nicht so recht zu seinem Gesicht und verrieten leicht übertriebene Styling-Ambitionen. Lauri Jalkanen hatte offensichtlich das Bedürfnis, Eindruck auf Frauen zu machen.

Ein entscheidendes Plus.

»Darf ich mich aufs Sofa setzen?«, fragte Vilma.

»Selbstverständlich.«

»Kennst du mich?«

»Ja, klar.«

»Gut, dann setz dich«, forderte Vilma ihn auf und klopfte leicht auf den Platz neben sich. Lauri Jalkanen setzte sich zu ihr auf den Zweisitzer.

»Kannst du dir denken, warum ich hier bin?«

»Wahrscheinlich ist das ein Traum.«

Vilma lachte. Vielleicht war das Jüngelchen doch nicht so transusig, wie es den Anschein hatte.

Auch seine Mimik war weicher geworden, nachdem er sich von seiner ersten Überraschung erholt hatte. Ein bisschen konnte sie ihn ja verstehen. Hatte doch gerade eine Frau im hautengen Pulli und enger schwarzer Hose an seiner Tür geklingelt, die vor drei Jahren zum Sexsymbol Finnlands gewählt worden war.

Jetzt schien er Vilmas Anwesenheit schon fast zu genießen.

»Nein, du träumst nicht. Aber danke. Es war freundlich, dass du mich hereingebeten hast, obwohl ich mein Kommen nicht angekündigt habe.«

Er versuchte, möglichst cool zurückzulächeln. »Ist mir ein Vergnügen.«

»Hast du die Demonstrationen der Linken verfolgt?«

»Ein bisschen«, antwortete Lauri.

»Warst du auch mal selbst dabei?«

Jetzt sah er argwöhnisch aus. »Ja, einmal, aber nicht wirklich aktiv. Ich habe Freunde, die sich mehr engagieren. Einer ist sogar mal im Fernsehen interviewt worden. Vielleicht möchtest du lieber mit ihm sprechen?«

»Nein, ich möchte mit dir sprechen«, sagte sie mit weicher Stimme. Sie machte eine kleine Pause, um ihre Worte wirken zu lassen.

»Du arbeitest doch bei ISS in der Videoüberwachung«, fuhr sie dann fort.

»Jaa ...«

»Wenn ich richtig informiert bin, habt ihr auch das Marriott am Kalasatama unter Vertrag.«

Jetzt zögerte er, bevor er mit leiser Stimme antwortete. »Du bist richtig informiert, das Marriott ist einer unserer Kunden. Aber wir sollen nicht über unsere Kunden sprechen.«

»Ich habe Grund zu der Annahme, dass einer Mitarbeiterin des Marriotts Kalasatama an ihrem Arbeitsplatz am 21. November etwas angetan wurde. Genauer gesagt am späten Abend des 21. November. Ich habe noch nicht herausgefunden, was genau vorgefallen ist. Allerdings ist mir kürzlich in den Sinn gekommen, dass vielleicht etwas auf den Videobändern zu sehen sein könnte.«

Lauri Jalkanen wurde bleich. Jetzt wirkte er wie ein kleiner Junge, der seiner Mutter eine Enttäuschung bereiten musste.

»Da kann ich leider nicht helfen, wir haben klare Regeln zum Umgang mit den Videoaufzeichnungen.«

»Aber wären die Bänder der vergangenen Wochen theoretisch noch vorhanden?«

»Grundsätzlich schon. Sie werden ein halbes Jahr lang aufbewahrt. Aber es ist uns streng untersagt, sie Außenstehenden zu zeigen«, sagte er.

Großartig. Vilma hatte schon befürchtet, dass die Videos möglicherweise gar nicht mehr existierten. Jetzt ging es nur noch darum, ihn herumzukriegen. Vilma legte sacht ihre Hand auf seine.

»Kannst du von deinem Heimcomputer aus auf die Videodateien zugreifen?«

»Theoretisch, ja. Aber … wie gesagt, ich darf sie wirklich niemandem zeigen.«

»Ich verstehe. Aber hör mal, Lauri. Das hier ist ein ganz spezieller Fall. Die Vorkommnisse könnten eine wichtige Rolle spielen in der aktuellen Krise zwischen dem linken und dem bürgerlichen Lager.

Vilma verstärkte ihren Druck auf seine Hand und er begann zu schwitzen.

»Das hier bleibt unter uns. Aber das Mädchen, dem man an jenem Abend Leid zugefügt hat – zumindest vermute ich das –, hat sich gestern umgebracht. Sie hieß Lumi. Für ihre Angehörigen wäre es sehr wichtig zu erfahren, wer sie in so tiefe Verzweiflung gestürzt hat, dass sie sich das Leben genommen hat.«

»Das ist sehr bedauerlich. Aber wir haben *wirklich* sehr strenge Regeln. Wenn ich versuchen würde, dir die Überwachungsvideos zu schicken, würde das in unserem System Spuren hinterlassen.«

Der junge Mann wirkte jetzt sehr standhaft.

»Bist du dir ganz sicher?«, fragte Vilma. »Ich sehe, dass du ein klasse Typ bist. Die Sache ist auch für mich persönlich sehr wichtig.«

Vilma heftete ihren Blick fest auf ihn und wartete schweigend, bis er ihr in die Augen sah.

»Ach so«, sagte er und blickte sie kurz an. Endlich entdeckte sie den ersten kleinen Riss in seiner Abwehr.

»Ich glaube, du hättest Lumi gemocht. Ihr beide habt die gleiche sensible Ader. Und ihr seid beide auf die gleiche wunderbare Art so unschuldig. Und ein bisschen schüchtern.«

»Ich bin nicht schüchtern«, entgegnete er scharf, fast erbost.

Doch Vilma durchschaute den etwas verweichlichten, möglicherweise in der Schule gehänselten Jungen. Hatte sich bei einer Sicherheitsfirma beworben, um seine Härte und seine Männlichkeit unter Beweis zu stellen, erfolglos natürlich. Mit dem Bedürfnis, das Waschlappen-Image abzuschütteln.

»Verzeih«, sagte Vilma. Dann verlieh sie ihrer Stimme mehr Festigkeit und legte ihren verführerischsten Blick auf. »Das ist gut, denn ich finde entschlossene und mutige Männer viel attraktiver.«

Sie stellte sich vor ihn und zog mit einer einzigen fließenden Bewegung ihren Pulli aus.

»Wir können zusammen machen, was immer du willst, wenn du mir hilfst, diese Videos zu sehen. Wir kriegen das doch sicher so hin, dass keiner etwas mitkriegt.«

Während sie sprach, griff sie sich in den Rücken und öffnete die Haken ihres BHs. Ihre prallen Brüste sprangen hervor. Jalkanen war nur einen Augenblick verwirrt, dann hatte er sich gefangen und verschlang Vilmas nackten Oberkörper mit den Augen.

Vilma stellte fest, dass sie seine lüsternen Blicke genoss. Sie war mit einer Reihe von Männern aus viel dürftigeren Gründen ins Bett gestiegen. Das hier war sozusagen echter Enthüllungsjournalismus.

Sie setzte sich rittlings auf Lauris Oberschenkel und beugte sich vor, presste ihren Mund auf seinen und schob ihre Zunge zwischen seine Lippen. Er erwiderte ihren Kuss und traute sich jetzt, seine Hände auf Vilmas Hüften zu legen. Vilma griff nach seinen Händen und führte sie zu ihrem Busen. Ihre Küsse wurden immer heftiger, und sie konnte seine Erregung spüren. Lauri Jalkanen würde jetzt alles tun, nur um zu zeigen, dass er ein mutiger und entschlossener Mann war – so einer, wie Vilma sie liebte.

Sie stieg von seinen Oberschenkeln, ging vor ihm auf die Knie und zog das Bündchen seiner Collegehose nach unten. Vilma war sich sicher, dass sie nicht lange für ihre Aufgabe hier im Stadtteil Pihlajisto brauchen würde.

34

Das Holzhaus am Rande des Nationalparks Nuuksio unweit des Sees Haukkalampi war in traditioneller finnischer Blockbauweise errichtet. Vor dem Eingang befand sich eine kleine Veranda, deren viereckige Pfosten eine tragende Funktion hatten und keinesfalls nur der Zierde dienten. Das Haus war in dezentem Hellbraun gestrichen, die Fensterrahmen weiß. An einem Balken der Veranda hing ein Windspiel, dessen feines Geläut vom Knirschen der Reifen im Kies übertönt wurde, als sich Leo Koskis Taxi dem Haus am äußersten Rand der Stadt Espoo näherte.

Endlich!

Leo sah auf die Uhr, es war halb eins. Fast eine Stunde war vergangen, seit er die Nationalbibliothek durch den Hintereingang verlassen und sich in der Yliopistonkatu ein Taxi genommen hatte, ohne seine Leibwächter zu informieren.

Sie waren lange einem schmalen Weg gefolgt, der sie am Sportpark Solvalla vorbei und mehrere Kilometer durch den Wald geführt hatte. Leo und der Taxifahrer hatten zwischenzeitlich schon Zweifel, ob sie die Anreisehinweise richtig verstanden hatten.

Ein perfekter Ort, um abzutauchen, dachte Leo. Die Bewohner des Hauses hatte man seit Monaten nicht in der Öffentlichkeit gesehen.

Die aufgestaute Spannung machte sich deutlich bemerkbar, als er das Haus sah. Jetzt würde er erfahren, ob seine Mutter recht gehabt hatte. Jetzt würde er erfahren, ob er durch Verrat zum Ministerpräsidenten geworden war.

Kaum hatte das Taxi angehalten, wurde auch schon die Haustür geöffnet und die Hausherrin trat heraus. Leo stieg aus, nickte der bodenständig wirkenden Frau auf der Veranda zu und wartete darauf, dass sie ihn hereinbat.

»Das hätte ich mir nicht träumen lassen, als ich heute Morgen aufgestanden bin«, rief sie ihm mit fester Stimme entgegen. »Oder ist etwa der Rat alter Hasen gefragt, wenn die Situation brenzlig wird?«

»Ihr Rat ist mit Sicherheit gefragt«, entgegnete Leo höflich, »aber ich habe ein anderes Anliegen.«

»Wenn der Herr Ministerpräsident dann bitte eintreten möchte«, sagte sie.

Hanna Kauranen, Leos Vorgängerin im Amt, ging ihm schleppenden Schrittes voraus ins Haus. Die ehemalige Ministerpräsidentin des Landes trug ein einfaches Kleid. Während ihrer Amtszeit waren eine ausladende Frisur und ein tiefes, rollendes Lachen ihre Markenzeichen gewesen. Davon schien nur Ersteres noch zu existieren und auch das nur in abgeschwächter Form.

Ihr Mann Hannu machte sich in der Küche an der Kaffeemaschine zu schaffen, schien aber nicht gewillt, ihn zu begrüßen. Offensichtlich war er verärgert, dass Leo überraschend angerufen und sich selbst eingeladen hatte.

Als Gatte der Ministerpräsidentin hatte er die Öffentlichkeit wo immer möglich gemieden und nur die unumgänglichen Repräsentationspflichten wahrgenommen. Die Kauranens stellten ein fast komisches Paar der Gegensätze dar: sie, Hanna, stattlich und forsch, wogegen er, Hannu, klein und schnauzbärtig, fast wie ein verirrtes Mäuschen wirkte. Außer dem ähnlich klingenden Vornamen schienen sie nichts gemein zu haben. Doch ihre Ehe hatte gehalten, auch durch schwere Zeiten. Und davon hatte das Paar mehr als genug durchlebt.

Hanna Kauranen führte ihren Gast in die gemütliche Wohnküche. Gleichzeitig verschwand ihr Mann mit größtmöglichem Abstand zu Leo aus dem Raum.

»Bitte nehmen Sie Platz, Herr Ministerpräsident.«

Leo überhörte den spitzen Unterton in ihrer Stimme und setzte sich an den Tisch. Ohne zu fragen, goss sie ihm eine Tasse Kaffee ein und donnerte eine Keksschale auf den Tisch.

»Hat man Ihnen eine Falle gestellt?«, fragte Leo ohne Umschweife und suchte ihren Blick.

Sie hielt mitten in der Bewegung inne. Die zur Schau gestellte Selbstsicherheit in ihrem Gesicht war verflogen.

»Bitte seien Sie ehrlich«, bat Leo.

Hanna Kauranen stellte die Kaffeekanne ab und klammerte sich Halt suchend an eine Stuhllehne. Dann brach sie in Tränen aus.

Leo erhob sich und schloss sie in die Arme. Es dauerte, bis sie sich beruhigt hatte.

»Sie sind also bereit, mir zu glauben«, sagte sie schließlich erleichtert. »Das Geld in der Tasche war auch für mich eine Überraschung.«

Sie setzten sich beide an den Tisch.

Die Beweise gegen Hanna Kauranen waren scheinbar unumstößlich gewesen, als die Polizei sie unter dem schwerwiegenden Verdacht der Vorteilsnahme in Gewahrsam genommen hatte.

Kauranen war »aufgrund eines vertrauenswürdigen Hinweises« vor ihrem Haus festgenommen worden, nachdem man auf der Rückbank ihres Dienstwagens einen Stoffbeutel mit dem Logo des Verbandes der Holz- und Forstlobby des Landes gefunden hatte, gefüllt mit einigen Dokumenten zu Vorhaben der Forstunternehmen und ihrer steuerlichen Behandlung sowie 100 000 Euro in 500-Euro-Scheinen.

Am Vormittag des gleichen Tages hatte Ministerpräsidentin Kauranen führende Vertreter der Forstunternehmen im Regierungspalast am Senatsplatz getroffen. Auf einigen Scheinen fanden sich die Fingerabdrücke sowohl des PR-Chefs des zweitgrößten finnischen Forstunternehmens als auch der Ministerpräsidentin.

»Wissen Sie, wer diesen Verrat inszeniert hat?«

»Sind Sie sicher, dass Sie das wissen wollen?«

Leo nickte. Er wusste es schon.

»Wer hat von meiner Absetzung profitiert?«, fragte sie weiter. »Wer hatte die Möglichkeit, 100 000 Euro zu beschaffen? Wer verfügte über die notwendigen Beziehungen, um das Ganze einzufädeln?«

Sie machte eine dramaturgische Pause, bevor sie fortfuhr: »Wer ist skrupellos und gleichzeitig schlau genug, um so einen Plan in die Tat umzusetzen?«

Pontus Ebeling. *Natürlich.*

Leo Koski bedeutete Hanna Kauranen mit einem Blick, dass er ihren Rückschluss auf Pontus' Schuld teilte. Seine Mutter hatte also recht gehabt mit ihrem Verdacht.

»Es tut mir unendlich leid«, sagte Leo.

»Seit wann wissen Sie es?«, fragte sie.

»Ich habe es erst heute erfahren.«

»Von wem?«

»Meine Mutter hegte schon länger einen Verdacht, hat ihn aber erst heute mit mir geteilt.« Er schämte sich. »Wir müssen Ihren Ruf wiederherstellen.«

»Leo, mein Ruf ist unweigerlich beschädigt«, widersprach sie.

»Aber Sie sind unschuldig.«

Schweigend nahmen beide einen Schluck Kaffee.

»Warum wollte Pontus Sie aus dem Amt werfen?«, fragte Leo.

»Sie zäumen das Pferd von hinten auf.«

Leo wurde blitzschnell klar, was sie meinte, aber er brauchte einen Moment, bevor er es über die Lippen brachte. »Pontus wollte mich auf Ihrem Posten.«

Hanna Kauranen ließ Leo einen Moment, um zu verdauen, dass er so naiv gewesen war. »Natürlich gab es auch Meinungsverschiedenheiten zwischen mir und Pontus und den Mitgliedern der Gilde. Nicht zuletzt deshalb, weil ich mich meistens weigerte, an ihren Sitzungen teilzunehmen. Außerdem hatte ich vermehrte Hintergrundgespräche mit Vertretern der Linken angeregt, um gemeinsam nach Wegen zu suchen, die extreme Einkommenskluft zwischen Arm und Reich zu überwinden. Ich habe ehrlich daran geglaubt – und tue es immer noch –, dass dies im Einklang mit den Werten unserer Partei möglich ist. Die Gilde war von derartigen Überlegungen natürlich nicht begeistert. Aber in erster Linie ging es Pontus darum, Sie an meine Stelle zu setzen.«

»Pontus und Karsten Jorsch haben heute meinen Rücktritt gefordert«, sagte Leo.

Hanna Kauranen wirkte nicht im Geringsten überrascht. Sie trank einen weiteren Schluck Kaffee.

»Ich habe gehört, dass Sie *nicht genug Härte* gezeigt haben, so wie die Gilde es von Ihnen erwartet hat«, sagte sie.

Offensichtlich war die ehemalige Ministerpräsidentin doch nicht so isoliert, wie er geglaubt hatte. Warum sollte sie auch? Hanna Kauranen hatte der konservativen Sammlungspartei Kokoomus jahrzehntelang treu gedient, und parteiinterner Klatsch und Tratsch erreichten sie natürlich auch hier im Wald.

»Ich habe mich geweigert zurückzutreten, aber jetzt bin ich bereit dazu. Jetzt muss ich. Ich bin nur durch Verrat zum Ministerpräsidenten geworden.«

»Unsinn. Sehen Sie sich an, in was für einer Situation sich unser Land befindet. Sie können jetzt nicht einfach aufgeben.«

»Ich kann nicht einfach weitermachen.«

»Natürlich können Sie das. Wer sollte denn an Ihre Stelle treten?«, fragte sie mit Nachdruck.

»Sie.«

Hanna Kauranen legte ihre Fingerspitzen an die Schläfen und massierte sie so intensiv, dass ihre lockige Haarpracht wackelte.

»Ich wusste nichts von der Bestechung. Ich habe nicht darum gebeten. Und ich habe sie nicht gewollt. Aber ich hätte die Katastrophe verhindern können. Wir waren gerade auf der Autobahn Richtung Espoo, als ich den Stoffbeutel in die Hand nahm, um die Papiere durchzusehen. Dabei habe ich das Geld entdeckt und einige Scheine in die Hand genommen. In diesem Moment hätte ich den Polizeipräsidenten Juhani Piispa anrufen und ihm alles erklären können. Wahrscheinlich hätte er mir geglaubt – er ist Politikern gern gefällig, wie Sie sicher bemerkt haben. Stattdessen habe ich nur dagesessen und das Geld angestarrt. Ich hatte die Geldscheinbündel buchstäblich in den Fingern, als die Polizei mich zu Hause erwartete. Und da war es zu spät.«

Leo wusste, dass sie recht hatte.

»Auf dem Geld waren meine Fingerabdrücke«, fuhr sie fort. »Meine politische Karriere war am Ende. Unwiederbringlich.«

Leo sah in Hanna Kauranens gerötete Augen. Pontus hatte hinter Leos Rücken unverzeihliches Unrecht begangen und Leo zu einer Marionette in diesem gewissenlosen Spiel gemacht.

»Pontus ist ein Vaterlandsverräter«, zischte Leo. »Ich will nie wieder etwas mit ihm zu tun haben.«

»Allein kann man nicht Politik machen«, erwiderte sie. »Die Frage lautet, wer Sie unterstützen würde.«

In der Tür erschien eine Gestalt. Hannu Kauranen kam in die Küche und legte wortlos ein iPad vor seiner Frau auf den Tisch. Dann verließ er den Raum wie ein Schlafwandler.

Hanna Kauranen nahm das Tablet in die Hand und verzog das Gesicht. Leo beugte sich zu ihr und las die Schlagzeile:

Bruch zwischen MP Koski und seinen Unterstützern

Irgendjemand hatte die Ereignisse von heute Morgen der Presse gesteckt. Damit sollte ganz offensichtlich Leos Abdanken auch gegen seinen Willen vorbereitet werden. Als Nächstes würde die Fraktion der Sammlungspartei im Parlament erklären, sie hätte das Vertrauen in ihn verloren, und die übrigen Parteien der bürgerlich-konservativen Koalition würden sich dem anschließen. Falls Leo nicht bereit war zurückzutreten, konnte das Parlament schon morgen über ein Misstrauensvotum gegen ihn abstimmen.

Hanna Kauranen hatte recht. Falls Leo beabsichtigte zu kämpfen, dann brauchte er dabei Hilfe.

»Kann ich aus den Reihen der Gemäßigten unserer Partei Rückendeckung erwarten?«, überlegte er laut.

Sie stieß ihr rollendes Gelächter aus, für das sie einst berühmt war.

»Der gemäßigte Flügel der Sammlungspartei lebt nur noch in unserer Erinnerung!«

Leo sah ein, wie naiv seine Frage war. Sicher gab es einzelne besonnene Politiker in ihren Reihen, aber von einem gemäßigten Flügel konnte wahrlich nicht mehr die Rede sein. Selbst die moderaten Politiker dachten letzten Endes nur an sich. In der Politik war das

206

Wichtigste, auf der Seite der Sieger zu stehen. War die Führungs-ebene einer Partei stark genug, dann formte sich die ganze Partei gemäß dem vorgegebenen Image und handelte dementsprechend. So funktionierte der Mechanismus einer Demokratie nun mal, ein Umstand, der im Laufe der Geschichte sowohl das Volk als auch Politiker dazu gebracht hatte, schreckliche Dinge zu akzeptieren.

Solange die Gilde in der Lage war, Karrieren konservativer Po-litiker zu beenden oder sie zum Erfolg zu führen, so lange wurde der Wille der Gilde im Parlament umgesetzt.

Leo stand auf und lief nervös in der Wohnküche hin und her. Wenn nicht Pontus, wer dann?

Emma Erola. Der Parteitag der Linken Bewegung fand zur Stunde statt. Was, wenn Leo ins Messezentrum führe und Gesprä-che vorschlüge?

Falls er es schaffte, einen wie auch immer gearteten Kompro-miss mit Erola zu finden und diesen öffentlich bekanntzugeben, hätte die Gilde es bedeutend schwerer, ihn abzuservieren. Zumin-dest hoffte er das.

In jedem Fall wäre ein Treffen mit Emma Erola eine deutliche symbolische Geste in Richtung Linke. Und es würde die Gilden-mitglieder, allen voran Jorsch, zur Weißglut treiben. Der Gedanke bereitete ihm fast diebische Freude. Die Gilde forderte von ihm ein härteres Vorgehen, aber die Rolle des Brückenbauers lag ihm mehr.

Leos Leibwächter würden einem Treffen mit Erola ohne Vor-bereitung niemals zustimmen, aber immerhin war er der Minister-präsident – zumindest noch. Wenn er wollte, dass die Pläne geän-dert wurden, dann wurden sie geändert.

Leo nahm sein Telefon zur Hand und rief Sarianne Tavas an.

»Leo, wo stecken Sie?«, war Sariannes Stimme zu hören, noch bevor es überhaupt geklingelt hatte.

»Ich musste etwas klären«, antwortete Leo. »Sarianne, hören Sie gut zu, hier sind meine Anweisungen. Sie müssen ein Treffen organisieren und eine Truppe Leibwächter zusammentrommeln.«

35

Emma Erola bemühte sich, ihre Haare so zu halten, dass sie nicht in die Kloschüssel hingen, während sich ihr Magen entleerte. Das Erbrechen war heftig, hielt aber nur kurz an. Sie spuckte in die Toilette, betätigte die Spülung und beugte sich über das Waschbecken, um Wasser zu trinken.

Ihr Lampenfieber war stärker als sonst, wurde aber schon weniger. Es ging letztlich jedes Mal vorüber, spätestens, wenn sie die Bühne betrat.

Sie betrachtete sich im Spiegel. Sie hatte die Übelkeitsattacke unbeschadet überstanden. Ihre Haare hatten nichts abbekommen, auch das rote Kleid war sauber geblieben. Sie konnte nicht umhin zu bewundern, wie wunderbar es sich um ihre Hüften schmiegte. Die Schneiderin hatte noch gestern Abend die Schulterlinie tiefer gesetzt und die Seitennähte abgeändert.

Emma sah, dass ihr einziges Tattoo unter dem Kleid zum Vorschein kam. Sie verschob den Träger, um es vollständig zu bedecken.

Sie sah gut aus. Bereit.

Emma betrat den Raum hinter der Hauptbühne des Messezentrums. Jenseits der Tür war gedämpft die Stimme des Parteisekretärs der Linken Bewegung zu hören. Für dessen Rede waren im Programm 12 Minuten vorgesehen.

Kauri Salmén, PR-Profi der Linken Bewegung, schaute sie fragend an.

»Hast du dich entschieden?«, fragte Kauri.

»Ich ändere nichts«, antwortete Emma.

Ihre Auseinandersetzung über den Inhalt der Rede war abrupt unterbrochen worden, als Emma zur Toilette eilen musste. Ihr Disput drehte sich immer um das gleiche Thema. Auch das Ergebnis fiel immer gleich aus. Emma setzte ihren Willen durch. Schließlich waren es ihre Reden.

»Bist du sicher?«, startete Kauri einen weiteren Versuch.

Emma stöhnte. Manchmal rätselte sie, warum sie sich ausgerechnet Kauri für die PR ausgesucht hatte. Der Ansturm auf die Stelle war rekordverdächtig gewesen, ebenso wie Emmas Stimmenanteil bei den Wahlen. Allerdings war Kauris Bewerbung eine der ganz wenigen gewesen, die neben Enthusiasmus für die Stelle auch Können und Persönlichkeit vermittelt hatte. In kurzer Zeit waren sie zu einem untrennbaren Duo zusammengewachsen. Als man Emma zur stellvertretenden Parteivorsitzenden wählte, übertrug sie Kauri die Leitung der PR-Arbeit. Damit gehörte Kauri zum engsten Kreis der Parteispitze und war außerdem eine der ganz wenigen Personen, die in die tatsächlichen Pläne für dieses Wochenende eingeweiht waren. Bald würde Kauris Verantwortungsbereich beträchtlich wachsen.

Noch vor einem Jahr hatte Emma mitunter an Kauris ideologischer Überzeugung gezweifelt, aber nach und nach hatte sich ihre Sorge gelegt. Im Verlauf des Herbstes hatte Kauri begeistert die Theorie der Wirtschaftswissenschaften und die Geschichte linker Ideen studiert und tat jetzt Ansichten und Meinungen mit gesundem Selbstbewusstsein kund. Manchmal sogar etwas zu sehr.

»Bist du dir sicher, dass dies der richtige Moment für Marx ist? Viele verbinden Marx immer noch mit dem Scheitern des Sozialismus«, hatte Kauri gesagt.

»Nicht mehr. Nicht diese Menschen«, hatte Emma geantwortet.

»Aber Millionen Menschen vor den Fernsehern im In- und Ausland.«

»Sie müssen vorbereitet werden. Ihnen muss gesagt werden, dass der Umschwung, den sie bald erleben werden, sich bereits seit Jahrzehnten angekündigt hat.«

Karl Marx, der bekannteste Gesellschaftstheoretiker der Welt, war ständiges Thema ihrer Debatten. Emma sah, wie ihr Gegenüber fieberhaft nach weiteren Gegenargumenten suchte.

»Ich will ja nur sagen …«, fing Kauri wieder an, schluckte aber den Rest des Satzes resigniert hinunter.

Emma wusste, dass die Sorgen unbegründet waren. Finnland hatte sich verändert. Je häufiger sie ihre Botschaft von der Notwendigkeit radikaler Veränderungen wiederholte, desto mehr wuchs ihre Anhängerschaft. Tag für Tag stellte sich ein zunehmend größerer Teil des finnischen Volkes hinter sie.

Alles lief gut.

Erschreckend gut.

Das Erreichen ihres Ziels rückte unvorstellbar schnell näher. Emma hatte die Mitglieder ihrer Partei nach besten Kräften auf die bevorstehende Veränderung vorbereitet, obwohl sie ihnen faktisch nichts darüber sagen konnte.

Vielleicht hatten sie die Pläne selbst vor ihren eigenen Verbündeten zu sehr geheim gehalten.

»Immer noch keine Nachricht von Lewis?«, fragte Emma.

Kauri schüttelte den Kopf. »Glaubst du, dass er zu einem Problem werden kann? Vielleicht hat er zu viel herausgefunden.«

Emma antwortete nicht. Natürlich hatte sie auch schon darüber nachgedacht. Vielleicht wusste Lewis Higgins tatsächlich mehr, als sie ahnten. Emma hatte ihren schottischen Freund mit Absicht im Dunkeln gelassen. Den Grund für ihre Geheimnistuerei kannte sie selber nicht. Wenn sie nicht bereit war, einem Freund die Wahrheit zu sagen, wie sollte sie sie dann der ganzen Welt verkünden?

Plötzlich schmunzelte Kauri, immer noch über das Handy gebeugt. Emma war sofort klar, dass sie eine ganz außerordentliche Nachricht erhalten haben musste.

»Unglaublich!«, rief Kauri aus. »Leo Koski möchte dich treffen.«

»Was?«, rief Emma aus. »Wann?«

»Sofort. Gleich nachdem du gewählt worden bist und deine Rede gehalten hast.«

Emma sprang auf. Sie fragte sich, was Leo Koski von ihr wollte. Gerade erst hatten die Nachrichten über den Bruch zwischen ihm und seinen Hintermännern berichtet.

Kauri war sprachlos über Koskis Gesprächsvorschlag. »Ziemlich frech von ihm, dass er jetzt ein Treffen will. Das ganze Jahr über hat er uns behandelt, als wären wir Luft. Er hat jede Möglichkeit abgelehnt, dich zu treffen – ob im Fernsehen oder unter vier Augen«, sagte Kauri.

Emma biss sich nachdenklich auf die Lippen. *Das stimmte nicht ganz, was Kauri da sagte.*

Vor zwei Monaten hatte sie Leo Koski getroffen. Sie hatte ein schlechtes Gewissen, weil sie nicht einmal Kauri etwas von dem Treffen gesagt hatte, immerhin war Kauri für die Öffentlichkeitsarbeit zuständig. Koski hatte sie darum gebeten, das Treffen geheim zu halten, und Emma hatte zugesagt und ihr Versprechen gehalten.

Irgendwie weckte Koskis missliche Lage ihr Mitgefühl. Emma wusste selbst nicht genau, warum. Sie waren über alles unterschiedlicher Meinung und auch sonst grundverschieden: er der ständig lächelnde Traumschwiegersohn und sie die stets beherrschte Weltverbesserin. Während Emma als Studentin durch Europa reiste, hatte Koski bei der Investmentbank in London haufenweise Geld verdient.

Vielleicht fühlte Emma sich mit dem jungen Ministerpräsidenten verbunden, weil beide Aufgaben zu stemmen hatten, für die sie angesichts ihres Alters und ihrer Erfahrungen eigentlich viel zu klein waren. Weitere Gemeinsamkeiten gab es allerdings nicht. Abgesehen vielleicht von dem Umstand, dass beide in jungen Jahren ihren Vater verloren hatten. Das war aber wirklich alles.

Ihr herbstliches Treffen war in vielerlei Hinsicht misslungen. Der Zeitpunkt war schlecht gewählt gewesen. Emmas Plan, die Welt zu einem besseren Ort zu machen, hatte erst ein paar Wochen zuvor eine neue Wendung erfahren. Sie hatte einen neuen Mitstreiter gefunden, und in diesem Gesamtbild gab es für Leo Koski einfach keinen Platz.

Koski war schon damals zu spät dran gewesen.

Und jetzt wollte er sie erneut treffen. Dieses Mal war er absolut zu spät dran. Trotzdem wäre es ein größeres Risiko, das Treffen abzulehnen, als ihm zuzustimmen.

Emma mutmaßte, Leo Koski hatte Panik bekommen, nachdem er sich mit seiner reaktionären Parteienkoalition überworfen hatte. Allerdings wusste sie auch, dass dieser Zwist bald keine Bedeutung mehr haben würde. Nicht für Koski und auch nicht für seine sogenannten Unterstützer. Sie hielten sich heute den letzten Tag an der Macht. Schon in der kommenden Nacht würden die Dinge ins Rollen kommen.

36

Metso parkte seinen Toyota neben dem Sortierzentrum Ilmala im Zentrum von Helsinki hinter der langen Reihe zur Auslieferung bereiter Transporter. Er spürte noch die Grabungsarbeiten vom Morgen in den Gliedern, als er aus dem Auto stieg.

Massive Wolken näherten sich von Süden, bereit, die Bürotürme von Pasila zu verschlucken. Gleich würde es wieder zu schneien beginnen. Bald wäre Laura Nevasmaas Grabstelle im Wald von Sipoo perfekt getarnt.

Metso betrachtete das gigantische Verteilzentrum, das vor ein paar Jahren von der Finnischen Post an Amazon übergegangen war. Dieser Grundstücksverkauf war der Anfang vom Ende der Post als öffentlich-rechtlicher Anstalt in Finnland.

In der hintersten Ecke des Parkplatzes entdeckte er einen silbergrauen Kombi. Als er näher kam, sah er eine zusammengesunkene Gestalt auf dem Fahrersitz. Metso klopfte an die Scheibe.

Ein junger Mann fuhr die Scheibe nach unten, ohne Metso richtig anzuschauen. Er reichte Metso eine Plastiktüte mit Kleidung. Der junge Mann wirkte nervös, doch Metso hatte kein Mitleid mit ihm. Wie viel ihm Peregrino wohl bezahlte, damit er Metso seine Arbeitskleidung und seinen Dienstausweis lieh? Metso schätzte, dass die Summe höher war als ein Jahresgehalt bei Amazon.

»Die Schlüsselkarte steckt in der Hosentasche«, sagte der Mann. »Der Code ist 1290.«

Metso taxierte den Mann im Auto und stellte zufrieden fest, dass er in etwa seine Größe hatte. Er machte kehrt und lief zügig zu seinem Wagen zurück, setzte sich hinein und schob den Sitz so weit zurück, wie es ging. Dann zog er sich die Kleidung über: eine graue Hose mit längs verlaufenden Reflexstreifen, eine blaue

Goretex-Jacke, die Wind und Wasser abhielt, ein blau-schwarzes Basecap mit eingesticktem Amazon-Logo.

Er betrachtete sich im Rückspiegel: *Postbote Metso.*

Metso lief zu einer Seitentür an der südlichen Seite des Gebäudes, hielt die Schlüsselkarte vor das Lesegerät, gab den Code ein und ging hinein. Eine Treppe führte nach oben zu einem kleinen Vorraum mit einer Tür, die er jetzt öffnete. Auf den ersten Blick schien er richtig zu sein.

Die Halle hatte in etwa die Größe zweier Fußballfelder. Hier kam der Großteil des finnischen Postverkehrs durch. In der Mitte liefen die ankommenden Pakete und Briefe in etwa zehn Meter Höhe über die Transportbänder der Sortieranlage.

Metso lief durch die spärlich beleuchtete Halle. Auch am Wochenende wimmelte es hier von Briefsortierern, was aus seiner Sicht gut war. Die Mitarbeiter konnten unmöglich alle ihre Kollegen kennen. Da würde ein einzelnes fremdes Gesicht nicht auffallen.

Am anderen Ende der Halle entdeckte er die Kisten mit den Prime-Sendungen. Er eilte hinüber und bekam einen Schock. Die Kisten waren nach Postleitzahlen sortiert und der Behälter mit der Postleitzahl 013 für Vantaa war bereits leer. Er sah nach oben. Roboterarme hoben Kisten auf Förderbänder, die in atemberaubender Geschwindigkeit unter der Decke liefen und ihn an einen Vergnügungspark erinnerten. Metsos Blick wanderte zwischen der leeren Kiste und dem Sortiersystem hin und her.

Das Spiel war verloren. Der Brief hatte bereits die Sortierung durchlaufen und Metso keine Ahnung, wohin er unterwegs war.

Enttäuscht lief er in Richtung Laderampe, auf der die sortierten Briefe nach Zustellbezirk geordnet ankamen. Hier wurden die Transporter beladen, die ununterbrochen durch das Tor das Gelände verließen. Lumi Nevasmaas Brief war sicher schon unterwegs zu seinem Empfänger.

Metso ließ eher beiläufig den Blick über die Kisten streifen, die an der Laderampe auf ihren Weitertransport warteten. Er wusste zwar, wie Lumis Brief aussah, hatte aber keine Hoffnung, ihn hier zu entdecken. Er konnte unmöglich in den Kisten wühlen und den Brief suchen. Allerdings war der Großteil der Briefe auch im Vorbeigehen zu sehen und Metso interessierte ein hellblauer Umschlag.

Da entdeckte er ihn tatsächlich. Lumi Nevasmaas Brief steckte in einer Kiste, die laut Kennzeichnung für die nördlichen Vorstädte »Oulunkylä/Veräjämäki« bestimmt war.

Metso tat es den Mitarbeitern um ihn herum gleich, hob eine Kiste vom Band und lief mit ihr zu einer möglichst abgelegenen Ecke auf der Laderampe. Er stellte den Plastikbehälter ab und nahm den hellblauen Brief unauffällig an sich.

Abgesehen von der Marke in einer Ecke glich dieser Umschlag aufs Haar den beiden anderen Briefen, die er an diesem Tag schon in seinen Besitz gebracht hatte. Die Adresse war mit den gleichen schwungvollen Buchstaben geschrieben, die ihm schon beim ersten Brief aufgefallen waren. Lumi Nevasmaas Handschrift war unverkennbar und ließ keinen Irrtum zu. Ein Gefühl der Erleichterung durchströmte ihn.

Als er den Namen des Adressaten las, zuckte er zusammen: Karin Malmberg stand da. *Die kenne ich ja.*

Metso rief sich Malmbergs lockige Haare und die farbige Brille ins Gedächtnis. Er hatte sie bei mehreren Pressekonferenzen und Tatortbesichtigungen gesehen. Sie war Stammgast bei Polizeiveranstaltungen aller Art: eine auf Sicherheitsfragen spezialisierte Reporterin beim Privatsender MTV, die fast ausschließlich über Themen der Polizei oder der Verteidigungskräfte schrieb.

Es war logisch, dass der dritte Brief an die Medien gerichtet war. Ihm war schon klar geworden, dass Nevasmaa sichergehen wollte, dass ihre Botschaft öffentlich wurde. Trotzdem war Malmberg eine seltsame Wahl. Er hätte eher verstanden, wenn Lumi ihren Brief an einen prominenten Journalisten wie Paavo Sarlin oder Vilma Varis adressiert hätte.

Aber jetzt hatte er keine Zeit, weiter darüber nachzudenken. Erleichtert schob er den Brief in seine Jackentasche und lief zurück durch die Halle. Am anderen Ende angekommen, ging er wieder hinaus auf den Parkplatz, stieg in sein Auto und verließ das Postgelände Richtung Norden.

Etwa vier Minuten später hielt er neben einer Anlage mit Tennisplätzen, zog seine Verkleidung aus, stopfte sie zurück in die Tüte und warf sie in einen Papierkorb.

Es war kurz vor zwei. Gleich würde Peregrino sich melden. Metso zog die drei Briefe aus der Tasche und hielt sie wie ein Boxer nach einem Wettkampf das Preisgeld.

Mit diesen Briefen hatte Lumi Nevasmaa der Welt eine Botschaft hinterlassen wollen, die jetzt auf ewig im Dunkeln verschwinden würde. Metso ertappte sich bei der Überlegung, was er persönlich von Nevasmaas Mitteilung hielt, hörte aber rasch auf zu grübeln. Stattdessen dachte er an seine Tochter, die in zehn Jahren so alt wäre wie Lumi. Die Welt, in der sie heranwuchs, war rau und wurde immer unfreundlicher. Doch Weltverbesserung war nicht sein Gebiet. Er tat, was sein Auftraggeber verlangte, und versuchte, die Zukunft seiner Familie zu sichern.

Peregrinos Anruf erfolgte exakt zur vereinbarten Zeit.

»Ich habe sie«, antwortete Metso.

Peregrino schien die Nachricht einen Augenblick zu genießen.

»Du hast gute Arbeit geleistet, Metso«, vernahm er dann die blecherne Stimme. Es störte ihn noch immer, dass der Anrufer seine Stimme verstellte, selbst wenn ihm der sensible Charakter seiner Aufgaben durchaus bewusst war.

Eigentlich erwartete er jetzt ein abschließendes Dankeschön, aber Peregrino sagte etwas komplett anderes.

»Ich habe eine neue Aufgabe für dich«, erklärte die verzerrte Stimme.

»Jetzt sofort?«

»Ja. Entschiedenes Handeln ist gefordert. Wenn du diese Aufgabe erledigst, bist du deine privaten Sorgen für immer los.«

Metso zog Luft durch die Nase ein. *Freiheit! Endlich wieder frei sein!*

»Ich bin bereit«, antwortete er.

»Die Situation hat sich unabhängig von dir in eine schwierige

Richtung entwickelt«, sagte die Stimme. »Deswegen müssen wir eine Maßnahme ergreifen, die alles wieder zu unseren Gunsten wenden kann.«

Dann erteilte die Stimme neue Anweisungen. Metso lauschte aufmerksam und prägte sich alles sorgfältig ein. Er bekam schweißnasse Hände. Der tonlose Klang der instruierenden Stimme verstärkte den Eindruck der Gefühlskälte, mit der sie ihm den neuen Auftrag übermittelte.

So weit waren sie also gekommen?

Die Flut der Ereignisse hatte ihn seit dem Morgen immer schneller mit sich fortgerissen, aber die neuen Instruktionen hoben die Operation auf eine neue Stufe.

Ein kaltblütiger Mord.

Metso hatte heute schon einen Menschen umgebracht. Zum ersten Mal in all seinen vielen Jahren bei der Polizei hatte er jemanden getötet. Doch es war aus der Not heraus geschehen, eine von der Situation diktierte Tat. Jetzt hingegen wurde von ihm verlangt, einen geplanten Mord auszuführen oder zumindest vorzubereiten.

Der Name des geplanten Opfers sagte etwas darüber aus, um wie viel es in diesem Spiel ging. Nach dem zu schließen, was bisher passiert war, stand Peregrino immerhin auf Seiten der aktuellen Regierung. Das machte den Auftrag nur noch grausiger.

Aber Peregrino versprach Metso eine Summe, die auf einen Schlag all seine Probleme lösen würde. Allerdings verlangte er eine geradezu unfassbare Gegenleistung dafür. Metso erhielt unmissverständliche Anweisungen, wie, wo und wann der Mord stattzufinden hatte, falls Peregrino den ultimativen Befehl dazu gab.

»Hier geht es nicht einfach nur um Mord«, erklärte Peregrino. »Verstehst du das, Metso? Die grundlegenden Interessen unseres Volkes stehen auf dem Spiel!«

37

Vilma Varis lag nackt auf dem Bett und starrte auf das Display ihres Handys.

Erneut schaute sie sich das scheußliche Video an, das eine brutale Vergewaltigung zeigte. Ungeachtet dessen bebte Vilma innerlich vor Eifer. Die Qualität der Aufnahme ließ allerdings zu wünschen übrig. Vilma hatte das Video vom Monitor von Lauris Computer aufgenommen, der mit dem Überwachungsarchiv seiner Firma verbunden war.

»Die Aufnahme ist leider etwas pixelig«, sagte sie zu dem neben ihr liegenden Sicherheitsmitarbeiter Lauri Jalkanen.

»Tut mir leid. Aber das Original kann ich dir nicht schicken. Wie gesagt, beim Kopieren und Versenden der Videoaufnahmen bleibt immer ein Vermerk im System zurück.«

Vilma hatte keine Lust mehr, mit ihm zu diskutieren. Sie war mit ihrer Leistung zufrieden. Lauri Jalkanen war ein vorsichtiger und dienstbeflissener Mitarbeiter, und es hatte sie vollen Einsatz gekostet, ihn dazu zu bringen, die Vorschriften seines Arbeitgebers zu missachten.

Die Aufnahme war trotz aller Pixeligkeit sendetauglich und zeigte deutlich, welche Personen hier aufeinandertrafen: Der füllige Mann, der eine junge Frau auf den Tisch drückte, war Harri Holsti.

An der Stelle, wo Holsti Lumi Nevasmaa Rock und Unterhose vom Leib riss, wurde Vilma regelmäßig schlecht. Mit dem Bauch gegen den Schreibtisch gepresst, drehte Lumi genau an dieser Stelle ihr leidverzerrtes Gesicht in die Kamera. Kurz darauf schaute sie wieder weg. Holsti hob die Hand und schlug Nevasmaa hart auf die Hüfte.

Vilma stoppte das Video. Sie setzte sich auf und streifte ihren Slip über.

»Möchtest du das irgendwann noch einmal wiederholen?«, fragte Jalkanen neben ihr. Er lag mit breiter Brust im Bett, die Arme hinter dem Kopf verschränkt.

»Mal sehen«, antwortete Vilma. *Schwachkopf.*

»Möglicherweise habe ich ja noch Informationen, die dich interessieren könnten.«

Vilma fuhr herum und ließ ihren BH zurück auf den Boden fallen. »Was meinst du damit?«

»Das sage ich dir beim nächsten Mal«, antwortete Jalkanen mit einem Grinsen.

Vilma kochte innerlich vor Wut über die dreiste Erpressung, setzte aber ein Lächeln auf. Das Ganze war schließlich ein Spiel. Sollte das Jüngelchen es ruhig versuchen, gegen Vilma Varis kam er nicht an.

Sie kletterte zurück ins Bett und setzte sich rittlings auf ihn. »Ich bin gewohnt, alles, was ich will, sofort zu bekommen«, raunte sie mit erregter Stimme und beugte sich nach vorn, um ihn zu küssen. Zufrieden beobachtete sie, wie Lauris Erpressungspläne vor ihren Augen dahinschmolzen.

»Okay«, begann er zögernd. »Erinnerst du dich, als ich gesagt habe, dass bei jedem Kopieren oder Versenden der Videoaufnahmen eine Spur im System zurückbleibt? Diese Vermerke kann auch ich einsehen. Ich habe mir die Logdatei dieses Videos schon angesehen, und dort sind bereits Aktionen protokolliert.«

»Was bedeutet das?«

»Dieses Video wurde vorher schon einmal gesucht. Einer unserer Mitarbeiter hat es bereits im November weitergeleitet.«

»An wen?«

»Wie in solchen Fällen üblich: an die Polizei im Rahmen laufender Ermittlungen.«

»Willst du damit sagen, dass die Polizei die ganze Zeit über das Video in ihrem Besitz hatte?«

»Ganz genau.«

»Kann ich ein Bild von dieser Logdatei machen, die zeigt, dass das Video der Polizei übergeben wurde?«

»Habe ich schon gemacht«, sagte er stolz.

Vilma wollte gerade den Mund aufmachen, als er ihr zuvorkam und sagte: »Ich schicke es dir.«

Sie wartete auf den Signalton ihres Handys, öffnete die Datei und sah die Protokolldaten jetzt auf ihrem Handy vor sich: Datum, Uhrzeit ... Sie erhob sich.

»Unfassbar«, murmelte sie.

»Ich weiß.«

Vilma zog sich weiter an, jetzt entschlossen und zügig. »Rede mit niemandem darüber«, sagte sie und griff nach ihrem Pulli, dessen Dehnbarkeit arg strapaziert wurde, als sie ihn überzog.

Die Videoaufnahmen bewiesen, dass Lumi Nevasmaa von ihrem eigenen Chef Harri Holsti brutal vergewaltigt worden war. Die Polizei hatte Bildmaterial dieses Verbrechens ausgehändigt bekommen, und trotzdem befand sich Holsti bis zum heutigen Tag auf freiem Fuß. Warum hatte die Polizei nichts unternommen?

Darauf gab es einfach keine akzeptable Antwort.

Die Reaktion der Zuschauer wäre ... Vilma suchte nach dem richtigen Wort – »empört« reichte nicht aus, um die Gefühle der Menschen vor dem Bildschirm zu beschreiben. Vilma würde das Video vor ihnen ausrollen und gleichzeitig mit ergriffener Stimme das ungeheure Unrecht in Worte fassen, das Lumi Nevasmaa angetan worden war.

Vilma zwängte sich in ihre Schuhe, die zwar unübertroffen schick waren, aber auch üble Schmerzen verursachten, und rief dem Jüngelchen ein Lebewohl zu. Ihm hatte sie es zu verdanken, dass sie im kommenden Frühjahr alle Journalistenpreise abräumen würde.

38

Der scheidende Parteivorsitzende der Linken Bewegung Jarno Manner wandte den Blick von der Hauptbühne auf seine trockenen Hände. Weiße Risse mäanderten über die Finger. Als er sie krümmte, meinte er beinahe, das Knistern der Haut hören zu können.

Auf der Bühne drehte die neue Parteivorsitzende der Linken Bewegung Emma Erola in ihrer Rede gerade richtig auf.

Manner fühlte sich verbraucht. Wie sollte er mit diesen Fingern je wieder die Arbeit eines Gehirnchirurgen verrichten? Wie wäre sein Leben verlaufen, wenn er Arzt geblieben wäre? War es seinerzeit ein Fehler gewesen, in die Politik zu wechseln? Als Gehirnchirurg hätte er zumindest besser verdient. Doch alles in allem hatte die Politik ihn gut behandelt.

Ich habe ein erfolgreiches Leben gelebt.

Manner hob den Kopf und richtete sich auf seinem Stuhl in der vordersten Reihe auf. Er wollte Haltung zeigen. Ihm war klar, dass die TV-Kameras ihn immer wieder im Bild einfingen.

Auf der Bühne wedelte seine Nachfolgerin, die ihn vom Thron gestoßen hatte, gerade mit ihrem rechten Zeigefinger. Die Jubelrufe des Publikums schwollen bei dieser Bewegung an. Als Emma Erola die ausgestreckte Hand Richtung Decke reckte, brach sich die Begeisterung des Publikums in tosendem Applaus Bahn, so ungestüm, dass das Dach der Halle abzuheben drohte.

Manner erhob sich mit den anderen und schlug die trockenen Hände munter gegeneinander. Dann setzte er sich wieder, fasste sich an seinen Halsbart und kraulte ihn gemächlich. Er wollte würdevoll aussehen. Er war kein Populist, sondern ein Intellektueller der alten Schule. Der verrückten Welt von heute würden mehr von seiner Sorte guttun.

Die Bewegung der rauen Hände auf dem spärlichen weißen Barthaar fühlte sich an wie das Kratzen eines trockenen Schwamms auf einer Kreidetafel. Von dem Geräusch wurde ihm beinahe übel. Ach, was soll's, die *Area postrema* in seinem Hirn hatte umsonst Alarm geschlagen. Er musste sich einfach öfter die Hände eincremen.

Dieser vermaledeite finnische Winter! Bald würde er ihm entfliehen und nach Berlin verschwinden. Widerstreitende Gefühle der Enttäuschung und der Erleichterung rangen in seiner Brust um die Vorherrschaft.

An dem Gefühl der Unzulänglichkeit, das so viele Politiker prägte, hatte er noch nie gelitten. Vielleicht war genau das sein Problem. Vielleicht war er zu zufrieden mit dem, was er erreicht hatte.

Manner hatte der Linken Bewegung insgesamt vier Jahre vorgestanden – seit damals, als die sozialdemokratische Partei Finnlands SDP und das Linksbündnis unter dem Eindruck einer schweren Regierungskrise und des katastrophalen Ergebnisses vorgezogener Wahlen beschlossen, sich zu vereinigen. Bis zum Ministerpräsidenten hatte er es nicht geschafft.

Auch Manner beherrschte alle Lehrsätze gegen die Macht der Kapitalisten. Der Unterschied in der Einkommensverteilung bestand seit Jahrzehnten, da gab es kein Wenn und Aber, natürlich wusste Manner das. Aber Erola hatte verstanden, es dem Volk zu vermitteln. Er nicht.

Erola hatte ihre politische Karriere sozusagen am falschen Ende begonnen. Normalerweise bewährten sich junge Politiker erst in der Lokalpolitik, aber Erola hatte sofort die Weltwirtschaft und die globalen Machtstrukturen ins Visier genommen. Trotzdem liebte sie das Volk. In den sozialen Medien war die Zahl ihrer Follower innerhalb kürzester Zeit an denen beliebter Politiker vorbeigeschossen. Dessen ungeachtet hatte er sie nicht ernst genommen. Erola war einfach zu ... wie sollte er es ausdrücken – unpolitikerhaft.

Ich werde nie jenen Tag vergessen, dachte Manner. *Jenen Tag, an dem mir klar wurde, worin sie sich von anderen abhebt.*

Vor drei Jahren hatte Emma Erola ihn gebeten, sie zu einem öffentlichen Gesprächsabend in die Tiedekulma, die sogenannte *DenkEcke* der Universität Helsinki, zu begleiten. Er hatte zugestimmt – warum auch nicht, immerhin war es die Aufgabe eines Parteivorsitzenden, junge Talente in den eigenen Reihen zu fördern.

Erst als sie das moderne Veranstaltungsgebäude im Herzen der Stadt betraten, erfuhr Manner, dass diese Veranstaltung nicht wie sonst üblich im kleinen Rahmen stattfinden sollte, sondern in der weiträumigen Aula. Die Massen drängten sich bis zwischen die Regale der Universitätsbuchhandlung im Erdgeschoss.

Als Manner die Bühne betrat, um sein Grußwort zu halten, musste er feststellen, dass die Aufmerksamkeit der Zuschauer keineswegs auf ihm ruhte. Aller Augen waren vielmehr auf Emma Erola gerichtet, die damals noch in studentischer Manier in Wollpullover und Jeans am Rande der Bühne stand.

Manner hatte sich unwohl gefühlt, seine Rede schnell beendet und das Podium Erola überlassen.

Erola begann ihre Rede überzeugend, das musste man ihr lassen. Aber ihre Einzigartigkeit begriff er erst, als er sich zufällig zu den Reihen hinter ihm umdrehte und überrascht erkannte, wie gebannt, beinahe verzaubert das Publikum an ihren Lippen hing. Niemand spielte wie sonst üblich auf seinem Handy oder tuschelte mit seinem Nachbarn. Alle konzentrierten sich ausschließlich auf Erola, als sie die globale Wachstumskurve der Kapitaleinkünfte darlegte.

Mühelos sprang sie in ihrem Vortrag zwischen Wirtschaftstheorien und Nachrichten aus den letzten Wochen hin und her. Ihr gelang es, den Menschen die Augen zu öffnen und ihnen einen neuen Blick auf die Missstände um sie herum zu ermöglichen.

Als Manner nach der Veranstaltung wieder auf der belebten Yliopistonkatu stand, wusste er, dass er die Zukunft gesehen hatte.

Bei den nächsten Parlamentswahlen war Emma Erola als Stimmenkönigin zum Star geworden und hatte selbst die bisherigen Rekorde der Kommunistin und Frauenrechtlerin Hertta Kuusinen sowie des späteren Präsidenten Sauli Niinistö gebrochen.

Zu ihrem Markenzeichen wurden brillante Reden, die immer wieder voll ins Schwarze trafen, und zwar nicht nur in Finnland, sondern auch im Ausland, in das sie immer öfter eingeladen wurde.

Natürlich mussten sie sie zur stellvertretenden Parteivorsitzenden machen. Doch schon bald wurde klar, dass dies nur eine Zwischenetappe auf ihrem Weg nach oben war. Die Linke Bewegung war zur Emma-Erola-Partei geworden.

Jetzt erfolgte der Machtwechsel auch offiziell. Manner sah wieder zur Bühne. Was genau stellte Emma Erola eigentlich dar? Denn die Bezeichnung *Politikerin* charakterisierte sie nur höchst unzureichend. *Die Heilsbringerin?* Das erschien ihm ein bisschen zu dramatisch, aber etwas Besseres fiel ihm nicht ein.

Erola stand gewissermaßen über der Politik. Es war die pure Ironie, schließlich hatte er sie immer dafür verachtet, dass sie kein ausreichendes Interesse an dem politischen Zirkus zeigte. Jetzt verdrängte sie ihn genau aus diesem Grund aus dem Amt. Erola hatte die herkömmlichen Spielregeln der Politik über den Haufen geworfen und sie durch etwas viel Wirkungsvolleres ersetzt.

Aber die Art und Weise, in der Manners ehemalige Mitarbeiter in Emmas Lager gewechselt waren, ärgerte ihn zutiefst. Er hatte immer versucht, seinen besten Mitarbeitern verantwortungsvolle und interessante Aufgaben zu verschaffen. Jetzt dienten sie Emma und machten sich für sie krumm, obwohl sie ihnen nichts zu bieten hatte als miese Jobs. Mitunter hatte Manner das Gefühl, der engste Kreis um Erola verheimlichte ihm etwas.

Dann kam der Herbst voller Demonstrationen und hatte alles verändert. Die morgige Rote Parade würde alles Bisherige übertreffen. Die Linke Bewegung würde ihre tatsächliche Stärke in Helsinkis Zentrum unter Beweis stellen und die Straßen mit ihrer Anhängerschaft füllen. Die Zeit für eine Richtungsänderung war gekommen. Doch nicht mehr unter seiner Führung.

Manner unterdrückte ein Stöhnen, das sich zu geräuschvoll Bahn brechen wollte. Eigentlich konnte er sich nicht über den Lauf der Dinge beschweren. Die mittlere Temperatur in Berlin lag zu dieser Jahreszeit etwa sieben Grad über der in Helsinki. Regentage

gab es zwar reichlich, aber die feuchte Luft würde seiner Haut guttun. Die schon vertraute Wohnung in Kreuzberg würde ihm einen
ganzen Monat lang zur Verfügung stehen. Vielleicht konnte er
auch den Besitzer der Wohnung um Verlängerung bitten. Bereits
in fünf Tagen würde er im Berlinale-Palast sitzen und sich die besten europäischen Filme des vergangenen Jahres anschauen.

Erolas Worte auf der Bühne erreichten Manners *Wernicke-Zen-
trum* nicht mehr, sondern gingen ihm, bildlich gesprochen, zum einen Ohr hinein und zum anderen wieder hinaus.

Jarno Manner, Gehirnchirurg, Linken-Veteran und Liebha-
ber alter europäischer Filme, kratzte sich am Bart und straffte die
Schultern. Es war wichtig, Haltung zu bewahren. Im April würden
die 440 000 Straßenbäume Berlins in voller Blüte stehen. Vielleicht würde er ja auch das ganze Frühjahr bleiben.

39

Der Mann, den alle Marten nannten, lag ausgestreckt auf einem lederbezogenen Holzsofa und zog inbrünstig an seiner Zigarette.

Von draußen waren gedämpfte Schläge zu hören. Aus dem riesigen offenen Raum hinter der Tür schallten sie hohl herüber. In dem geschichtenumwobenen Gebäude wurden letzte Vorbereitungen für ihre Operation getroffen.

Marten blies eine langgezogene Rauchfahne in Richtung Deckenvertäfelung. Rauchen war im gesamten Gebäude selbstverständlich untersagt, aber ihm würde keiner den Regelverstoß vorhalten.

In Kürze wäre alles bereit. Am Morgen hatte er seine Mutter aus dem Elend des Lagers auf Korkeasaari geholt und sie in seiner Dachwohnung untergebracht. Danach hatte er noch einige Dinge erledigt und mit ein paar Leuten gesprochen, bevor er hier im Hauptquartier eingetroffen war.

Marten blickte sich in dem rauchverschleierten Zimmer um, das er als operatives Zentrum gewählt hatte. Der Raum war in vergangenen Zeiten schon mehrfach Zeuge bemerkenswerter Momente der finnischen Geschichte gewesen. Über dem mit grünem Tuch bespannten Konferenztisch in der Mitte hing eine antik anmutende Leuchte aus Messing. Die Lederbezüge der Eichenstühle waren mit altmodischen Beschlägen befestigt. Nur der auf dem Tisch stehende 58-Zoll-Bildschirm und die Tastatur davor zeugten davon, dass sie sich im 21. und nicht im 19. Jahrhundert befanden.

Auf dem Bildschirm war die frisch gewählte Emma Erola in einer Live-Übertragung vom Parteitag der Linken Bewegung zu sehen, wie sie in ihrer Rede gerade richtig in Fahrt kam.

Martens drei engste Vertraute saßen vor dem Monitor und verfolgten fasziniert Erolas Rede. Die Pläne für den morgigen Tag lagen schon seit Beginn der Rede unangetastet auf dem Tisch.

Wegen der Männer ruhte Marten betont entspannt auf dem unbequemen Sofa. Sie sollten seine Gelassenheit an der Schwelle zu einem historischen Moment spüren.

Ich habe so lange darauf gewartet. Morgen ist mein großer Tag.

Er erhob sich, richtete sich zu seiner vollen Größe von fast zwei Metern auf und strich mit einer Handbewegung die vom Liegen zerzausten Haare glatt. Er war in Topform und sah jünger aus, als er war. All das war ihm durchaus bewusst, und dieses Wissen, gepaart mit einem unerschütterlichen Selbstbewusstsein, vollendete sein Charisma.

Er setzte sich zu seinen Männern an den langen Tisch und stellte eine Pepsi Max vor sich hin. Ein Mann mit Schnurrbart hob zum Zeichen des Respekts sein Vichy-Wasser, die anderen beiden nickten grinsend.

Marten erwiderte die Geste mit einem Lächeln und hob seinerseits die Pepsi-Dose. Er trank einen Schluck. Dann widmete er seine Aufmerksamkeit wieder Emma Erola.

Er hatte Erolas Aufstieg an die Spitze der Politik schon verfolgt, lange bevor sie zu einem finnlandweit beachteten Phänomen wurde. Aus einem Mädchen, das wusste, was es wollte, war eine selbstbewusste Frau geworden, die sich mit der Lage der Armen sowohl in der Theorie als auch in der Praxis auskannte. Als Rednerin war sie ein Naturtalent, das zielstrebig immer weiter an sich gearbeitet hatte.

Diese Frau kann mit Worten verzaubern und mit ihren Augen Feuer versprühen.

Marten hatte verfolgt, wie Erola zu voller Blüte heranreifte, und sie dann zu einer der seinen gemacht. Er hatte ihr etwas in Aussicht gestellt, das ihr kein anderer bieten konnte.

Die Sterne standen günstig für ihr Vorhaben. Das Bedürfnis nach einer radikalen Linken hatte sich in der Gesellschaft schlagartig herauskristallisiert. Die Vermögensunterschiede hatten einen kritischen Punkt erreicht, so wie sie es vorausgesehen hatten. Das

Platzen der Schuldenblase hatte die Not der Unterschicht noch weiter verstärkt. Das jahrelang unter der Oberfläche gärende Gefühl der Ungerechtigkeit und die wirtschaftliche Notlage hatten sich zu Hass gesteigert. Und dieser Hass war der Nährboden für ihre morgige Operation.

Auf dem Bildschirm unterstrich Emma Erola im roten Kleid ihre Worte mit dem Zeigefinger: *Zusammenbruch des kapitalistischen Systems … Aufbegehren gegen die Privilegierten …*

»Die ist ja in Fahrt«, kommentierte der mit dem Schnurrbart.

Recht hat er, stimmte Marten seinem Untergebenen im Stillen zu. Sie redete sogar noch besser als sonst.

Poetae nascuntur, oratores fiunt. Dichter werden geboren, Redner gemacht.

Aristoteles hatte mehr als 300 Jahre vor unserer Zeitrechnung niedergeschrieben, was eine beeindruckende Rede ausmachte. Einer besseren Analyse hatte es seither nicht bedurft. Millionen junger Menschen in Universitäten auf der ganzen Welt bekamen immer noch zu hören, dass es einem guten Redner gelingen musste, Ethos, Pathos und Logos miteinander zu verbinden.

Ethos steht für die Glaubwürdigkeit des Redners. Pathos spricht die Emotionen der Zuhörer an. Und Logos ist die Fähigkeit zur faktenbasierten Argumentation.

Emma Erola verband alle drei perfekt. Und mehr als das. Die meisten Lehrbücher ließen unerwähnt, dass Aristoteles' Lehre neben Ethos, Pathos und Logos noch ein viertes Element enthielt – das vielleicht wichtigste. *Dieses vierte Element werde ich beisteuern.*

Marten ging wieder zurück zu dem antiken Sofa, streckte sich der Länge nach aus und lehnte den Kopf gegen die harte Armlehne. Er zog an seiner Zigarette und genoss die bewundernden Blicke seiner Männer.

* * *

Leo Koski stand bei Hanna Kauranen im Wohnzimmer und stützte sich mit den Händen auf der Sofalehne ab. Seine Augen klebten gebannt am Fernsehbildschirm, auf dem Emma Erola gerade ihre Parteitagsrede hielt. Die Bildregie schwelgte in der Einspielung von Aufnahmen verzückter Gesichter aus dem Publikum.

Mit der Wucht eines Vorschlaghammers wurde Leo plötzlich klar: *Dazu bin ich niemals imstande.*

Sein Treffen mit Erola war eine halbe Stunde nach dem Ende ihrer Rede angesetzt. Sein Dienstwagen musste jeden Augenblick eintreffen. Der Chef des Personenschutzes war spürbar erleichtert, dass Leo nach seinem Verschwinden wiederaufgetaucht war. Von dem kurzfristig einberufenen Treffen war er allerdings weniger begeistert.

»Sie ist gut«, befand auch Hanna Kauranen bei Erolas Rede. »Sie müssen bei dem Treffen Ihr Bestes geben. Sonst werden Sie wie eine Ameise zerquetscht.«

»Ich weiß«, erwiderte Leo. »Ich habe sie schon einmal getroffen.«

Hanna Kauranen sah ihn überrascht an. »Und ich dachte, Sie hätten sich nie ...«

»Das entspricht nicht der Wahrheit. Ich habe mich im Herbst mit ihr getroffen. Vertraulich.«

Leo war selbst nicht ganz klar, warum er das seiner Vorgängerin erzählte. Irgendwie hatte er das Gefühl, es ihr schuldig zu sein.

Er suchte nach den richtigen Worten, um ihr Treffen von vor zwei Monaten in der Golfhalle zu beschreiben. Die Erinnerung daran machte ihn immer noch kribbelig.

Die dümmste Idee, die ich je hatte.

»Das Treffen lief nicht gut«, bekannte er knapp gegenüber seiner Vorgängerin, die ihren Blick immer noch nicht von Emma und dem Bildschirm abwenden konnte.

Kauranen sah ihn kurz überrascht an, erwiderte aber nichts.

»Heute sollte es besser gut laufen«, bemerkte sie schließlich trocken.

40

Eine blonde Frau schleppte sich die Straße hoch. Sie wirkte müde, abgeschlagen. Der steile Aufstieg von der Metrostation war der Preis, den die Bewohner von Herttoniemi für eine ruhige Wohngegend in Meeresnähe zu zahlen hatten.

Die Journalistin Vilma Varis versuchte, ihr Gesicht zu erkennen, aber die Entfernung war noch zu groß. Sie hoffte, es handelte sich um jene Frau, auf die sie seit über einer Stunde in der Mäyrätie wartete.

Sie fror. Stöckelschuhe und Netzstrümpfe waren für das hier eindeutig die falsche Aufmachung. Seit etwa einer halben Stunde führte Vilma einen heftigen inneren Disput mit sich, ob sie aufgeben sollte. Wenn es besonders kritisch wurde, rief sie sich die Winter ihrer Kindheit in Erinnerung, in denen sie sich davon zu überzeugen versucht hatte, dass die knackige Kälte ihr nichts anhaben konnte. Ihre Mutter hatte sie und die anderen Kinder an kalten Wintertagen immer viel zu früh ins Haus gerufen. Und Vilma, der Minderleisterin, die nie wirklich zeigen konnte, was in ihr steckte, war nichts anderes übriggeblieben, als mürrisch in der Küche zu hocken.

Vilma fixierte die näher kommende Frau und verglich Gestalt und Gesicht mit dem Foto auf ihrem Handy. Es war das einzige Foto, das sie von ihr gefunden hatte. Viel mehr wusste sie über die Frau auch nicht. Ihre Telefonnummer war, wie bei Leuten ihres Berufsstandes üblich, geheim.

Ihre Wohnadresse hatte sie über eine Zeitungsannonce der Helsingin Sanomat aus dem Jahr 2007 gefunden, in der sie ihre Vermählung und den Namen des Ehegatten bekanntgab. Dessen Adresse war wiederum einfach zu finden gewesen. Da Ehepaare sich üblicherweise eine Wohnung teilten, hatte Vilma geschlussfolgert, dass auch seine Gattin in dem viergeschossigen Wohnblock in der Mäyrätie Nummer 12 wohnte, und sich davor positioniert, um auf sie zu warten.

Vilma hatte bereits das Video von der Vergewaltigung und die Logdatei mit den Protokolldaten, die zeigten, dass die Aufnahmen der Überwachungskamera an die Polizei übermittelt worden waren. Zusammen war das schon mehr als genug, um die Geschichte öffentlich zu machen. Viele ihrer Kollegen wären mit einem triumphierenden Lächeln in die Redaktion marschiert und hätten die Bombe platzen lassen. Doch Vilma Varis war nicht irgendeine Journalistin. Für sie war die Geschichte noch nicht rund.

Ihr Instinkt sagte ihr, dass es jemanden geben musste, der die Ermittlungen im Vergewaltigungsfall absichtlich unterbunden hatte. Damit wäre der Skandal perfekt und würde bis in höchste Polizeikreise reichen. Doch Andeutungen aufgrund bloßer Vermutungen waren nicht ihr Stil.

Was ihr fehlte, war eine Bestätigung. Sollte Vilma die Vertuschung des Vorfalls lückenlos aufklären können, erhielte ihre Geschichte ganz neue Dimensionen, und sie wäre, wieder einmal, der hellste Stern am finnischen Medienhimmel.

Vilma hatte sich die Organisationsstruktur der Helsinkier Polizei vorgenommen. Die Kriminalitätsbekämpfung war nach Deliktbereichen unterteilt: Alltagskriminalität, Wirtschafts- und Eigentumsdelikte sowie Kapitaldelikte, dazu der kriminaltechnische Erkennungsdienst und der Bereich der Vorfeldermittlungen. Das Vergewaltigungsvideo war mit Sicherheit dem Bereich Kapital- und Sexualdelikte zugesandt worden.

Schnell stieß sie auf den Namen des Fachbereichsleiters, den sie natürlich nicht anrief. Ihre Hoffnung beruhte darauf, einen einzelnen Kriminalpolizisten oder eine einzelne Kriminalpolizistin aufzuspüren, die von der Vertuschung der Vergewaltigung wusste und darüber innerlich zutiefst aufgebracht war. Vilma schätzte, dass niemand mit Berufsehre einfach so akzeptieren konnte, dass Ermittlungen im Fall einer Vergewaltigung von der Polizei trotz Beweisen einfach so fallen gelassen wurden. Zumindest keine Frau.

Also begann sie zu recherchieren. Nach einer Viertelstunde hatte sie die Namen dreier Kriminalermittler, die im Bereich Gewaltverbrechen arbeiteten beziehungsweise kürzlich gearbeitet hatten. Einer von ihnen gehörte einer Frau: Mai Knutson.

Die Frau kämpfte sich die Straße hoch, ihre glatten Haare klebten an ihrem Kopf, die Brille war nicht das neueste Modell. Jetzt war sie nur noch etwa dreißig Meter von Vilma entfernt. Aus dem Rucksack auf ihrem Rücken ragte der Griff eines Schlägers. Wenn sie einen Schlägersport betrieb und gerade vom Training kam, erklärte das natürlich ihren erschöpften Gang.

Endlich hob die Frau den Kopf, und Vilma konnte ihr Gesicht erkennen. Jetzt war sie sich sicher.

»Verzeihen Sie, Frau Kriminalobermeisterin. Dürfte ich Sie kurz stören?«

Mai Knutson blickte auf. Sie erkannte Vilma und blieb stehen. Ihre Miene wurde bitterernst.

Sie weiß, warum ich hier bin.

»Ich habe herausgefunden, was mit Lumi Nevasmaa bei der Weihnachtsfeier letzten November im Hotel passiert ist«, begann Vilma.

Mai Knutson sagte nichts. Sie senkte lediglich den Blick. Dann kramte sie ihren Schlüssel aus der Tasche ihrer Daunenjacke und klimperte nachdenklich damit.

Vilmas Atem ging heftig. Sie konnte förmlich spüren, wie Mai Knutson mit sich rang. Welche Frau konnte akzeptieren, dass eine schwere Vergewaltigung nicht weiter untersucht wurde, um den Schuldigen zu schützen? Vilma Varis wusste, dass ihr eigener Charakter eher dem einer Typ-A-Persönlichkeit entsprach, und dennoch konnte sie nicht umhin, Mitgefühl mit Lumi Nevasmaa zu empfinden. Wenn Mai Knutson eine normale Frau war, musste sie innerlich vor Wut schäumen.

Jetzt hing alles daran, die Polizistin zum Reden zu bringen. Allerdings war der Anfang nicht vielversprechend. Mai Knutson stand immer noch regungslos da und starrte zu Boden.

»Ich weiß, dass die Ermittlungen eingestellt wurden, um Holsti zu schützen. Das ist absolut inakzeptabel. Ich denke, das sehen sie genauso«, sagte Vilma mit Nachdruck. »Ich brauche nur eine Bestätigung dafür.«

Schweigen.

»Ich garantiere Ihnen uneingeschränkten Informantenschutz«, versprach Vilma.

»Ich muss meine Katze füttern«, sagte Mai Knutson und ging an Vilma vorbei.

Das ist jetzt nicht wahr, dachte Vilma. Sie war sich sicher, in den Augen der Polizistin erkannt zu haben, dass sie bereit war zu reden. Und jetzt huschte sie einfach so an ihr vorbei?

An der Tür drehte Mai Knutson sich noch einmal um.

»Und danach wollte ich auf den Felsen spazieren gehen«, sagte sie und blickte Richtung Meer.

Vilma hatte etwa fünf Minuten hinter dem Haus gewartet und schon wieder angefangen zu zittern, als Mai Knutson endlich zum Hinterausgang herauskam.

Mai Knutson entdeckte Vilma sofort, lief jedoch in die entgegengesetzte Richtung. Vilma war kurz verdutzt, ging ihr dann aber in ausreichender Entfernung nach. Knutson wandte sich einem kleinen Wanderweg zu, der auf die Felsen von Herttoniemi führte. Von dort oben bot sich eine weite Sicht über die flache Ostseebucht, und hier wartete sie, bis Vilma sie erreicht hatte. Blickte man nach rechts, zeichneten sich in der Ferne am gegenüberliegenden Ufer der Bucht die Hochhäuser von Kalasatama ab. Direkt daneben lag das Hotel, in dem Lumi Nevasmaa vergewaltigt worden war.

»Quellenschutz?«, fragte Knutson angespannt. Sie wusste offenbar genau, worauf sie sich einließ.

»Uneingeschränkter Quellenschutz!«, bestätigte Vilma.

Unterdessen lief in Vilmas Tasche das Aufnahmegerät. Sie gab niemals ihre Quellen preis, aber diese Geschichte durfte nicht daran scheitern, dass Knutson es sich später vielleicht anders überlegte, ihre Worte bereute und abstritt.

»Sie haben mit allem recht«, sagte Knutson.

»Ihnen wurde ein Video geschickt, das die Vergewaltigung an Lumi Nevasmaa beweisen konnte?«, hakte Vilma nach.

»Ja.«

»Aber jemand hat die Ermittlungen unterbunden?«

»In der Tat«, gab Knutson zu und nickte bekräftigend. Ihre Augen blitzten vor unterdrückter Wut.

»Von wem kam die Anweisung?«

»Von unserem Dezernatsleiter. Ich denke nicht, dass er die Entscheidung gut fand. Aber auch er war zu Gehorsam gegenüber seinen Vorgesetzten verpflichtet.«

»Von wem hatte er den Befehl erhalten, die Ermittlungen einzustellen?«

»Das weiß ich nicht. Aber es muss jemand von ganz oben sein. Von extrem weit oben.«

Vilma beglückwünschte sich innerlich. Sie hatte also recht gehabt. Und jetzt hatte sie sogar die Bestätigung dafür in der Tasche. Sie beschloss, das Ganze noch mit einem Sahnehäubchen zu verfeinern.

»Mai, Sie verstehen sicher, dass die Öffentlichkeit davon erfahren muss. Ich garantiere Ihnen Quellenschutz, wenn Sie das wollen. Doch wenn Sie sich entschließen könnten, in meine Sendung zu kommen, wäre das ungleich wirkungsvoller.«

Sie schüttelte den Kopf und lächelte bitter. »Auf keinen Fall. Das ist unmöglich, ich habe bereits zu viel gesagt. Ich bestehe darauf, dass Sie sich an den Informantenschutz halten.«

Vilma konnte ihre Entscheidung verstehen.

»Wer weiß bei der Polizei Bescheid?«

»Etwa eine Handvoll Ermittler und natürlich die Chefs. Insgesamt fünf, sechs Personen. Selbst wenn Sie sich auf eine anonyme Quelle berufen, ich stehe auf jeden Fall unter Verdacht.«

»Bleiben Sie stark«, sagte Vilma und klopfte ihr auf die Schulter. Damit ließ Vilma sie auf dem Felsplateau stehen und machte sich auf den Weg zum Taxistand an der Metrostation. Das Klappern ihrer Stöckelabsätze wurde auf dem Weg nach unten immer schneller, während sie sich die bevorstehende Enthüllung ausmalte.

Im Taxi holte Vilma ihr Handy hervor und schrieb ihrem Produzenten eine SMS. Der Clou der Abendsendung würde ihr Beitrag werden, den sie im Geist schon formulierte:

Eine interne Quelle bestätigte gegenüber Yle, dass die Polizei im Besitz einer Videoaufzeichung ist, die eine schwere Vergewaltigung beweist. Als mutmaßlicher Täter ist auf dem Video Harri Holsti zu erkennen, ein einflussreicher Lobbyist und Unterstützer der bürgerlich-konservativen Regierungskoalition. Holsti hat laut öffentlicher Spendenliste führenden Politikern der Sammlungspartei, darunter auch dem Ministerpräsidenten, und der Partei der Wahren Finnen Summen in Höhe von mehreren Hunderttausend Euro gespendet. Politiker der Rechtskoalition haben bekanntermaßen enge Verbindungen in höchste Polizeikreise ...

41

Leo Koski hörte, wie draußen ein Auto vorfuhr. *Zeit zu gehen.*

Er lief zum Fenster der Wohnküche und stellte seine Kaffeetasse auf dem hölzernen Fensterbrett ab. Vor dem Haus seiner Vorgängerin Hanna Kauranen stieg Sarianne Tavas aus dem Dienstwagen. Leos Anweisungen gemäß war seine Staatssekretärin zusammen mit seinen Leibwächtern gekommen, um ihn abzuholen.

Eine dunkle Vorahnung überkam ihn, als er an das bevorstehende Treffen mit Emma Erola dachte. Die Fahrt aus dem abgelegenen Nuuksio zum Messezentrum würde mindestens eine halbe Stunde in Anspruch nehmen. Leo hatte den Zeitplan bewusst eng gestaltet, denn in jeder Minute, die verging, wurde seine Position geschwächt. Noch vor dem Abend würden seine »Parteifreunde« ein Misstrauensvotum gegen ihn anstrengen, und morgen wäre er seines Amtes enthoben. Pontus hatte seine Wahl getroffen.

Leos Handy vibrierte in der Tasche. *Wenn man vom Teufel spricht …*

Er nahm das Telefon in die Hand. Pontus' Name auf dem Display war ihm mehr als vertraut, der Mensch dahinter allerdings auf einmal völlig fremd.

Ab wann hatte es angefangen schiefzulaufen? Damals, als Leo das erste Kürzungspaket akzeptieren musste? Oder schon, als er das Amt des Ministerpräsidenten angetreten hatte?

Viele Maßnahmen der Regierung waren ihm falsch erschienen und hatten ein unbehagliches Gefühl in ihm ausgelöst, doch gesagt hatte er nichts.

Möglicherweise hatte er alles auch schon viel früher verdorben – zu dem Zeitpunkt, als Pontus ihn überredet hatte, in die Politik zu gehen. Oder damals, als er zum ersten Mal in Pontus' Auto gestiegen war.

Es wurde Zeit, der Wahrheit ins Auge zu blicken. Leo drückte auf die grüne Hörertaste.

»Hallo, Pontus!«

»Hast dich also doch noch entschlossen ranzugehen«, knurrte Pontus.

Leo hörte die unterdrückte Wut in Pontus' Stimme. »Ich war beschäftigt.«

»Leo, du bist dabei, einen Fehler zu machen. Stimmt es, dass du vorhast zum Parteitag der Linken Bewegung zu gehen?«

Woher wusste Pontus das nun schon wieder? Hatte Sarianne es ihm etwa erzählt?

»Ich bin der Ministerpräsident und treffe meine eigenen Entscheidungen.« Leo versuchte, seiner Stimme möglichst viel Selbstsicherheit zu verleihen.

»Leo, in dieser Welt bekommt man, was man verdient. Du begehst einen folgenschweren Fehler, wenn du diesen Sozialisten Zugeständnisse machst«, zischte Pontus. »Aber offenbar kann ich dich nicht aufhalten. Wie hast du es geschafft, deine Leibwächter zu überzeugen?«

»Einfach war es nicht. Aber wir haben Vorkehrungen getroffen, benutzen Nebentüren und so weiter.«

Pontus gab einen missbilligen Laut von sich.

Leo sammelte einen Moment lang Kraft, um zu sagen, was er sagen musste.

»Pontus, ich weiß, was du Hanna Kauranen angetan hast.«

Tiefe Stille am anderen Ende der Leitung. Leo wartete auf eine Reaktion. Als diese ausblieb, fuhr er fort: »Ich weiß, dass du ihr Bestechungsgelder untergeschoben hast. Hast du dazu denn gar nichts zu sagen?«

Die Antwort ließ lange auf sich warten. Als sie endlich kam, klang Pontus auf einen Schlag wie ein alter Mann.

»Politik ist ein hartes Geschäft«, sagte er. »Hanna Kauranen wusste das.«

»Nein, Pontus!«, rief Leo. »Du hast ihre Karriere ruiniert. Du hast ihr Leben ruiniert!«

»Leo, lass uns später darüber reden. Es gibt noch eine andere Sache, …«

Eigentlich wollte Leo das Telefonat schon beenden, aber etwas in der Stimme seines Ziehvaters hielt ihn davon ab.

»… die Nachricht, die ich dir heute Morgen geschickt habe«, fuhr Pontus fort.

»Holsti?«

»Genau. Die Yle-Reporterin Vilma Varis hat Wind von der Sache letzte Nacht bekommen. Sie war schon in Holstis Hotel, um rumzuschnüffeln. Es ist möglich, dass Holstis Verstrickung in den Selbstmord dieser jungen Frau ans Licht kommt.«

Leo war sprachlos. *Vilma Varis!* Die Frau, mit der er die Nacht verbracht hatte, war dieser Sache auf der Spur? Das war der Gipfel der Ironie.

»Na das fehlt mir gerade noch«, stotterte er ins Telefon.

»Leo, bitte denk noch einmal darüber nach, was du tu…«

Leo legte auf.

Mit kreisenden Bewegungen massierte er seine Schläfe mit dem Zeigefinger. Dieser grauenhafte Tag bereitete ihm Kopfschmerzen.

Leo hatte genügend Sendungen von Vilma Varis gesehen, um zu wissen, dass sie einen Sinn für Dramatik hatte. Sie würde kein gutes Haar an Harri Holsti lassen, und das würde auch auf Leo ausstrahlen. Bald würden ihn auch die letzten Finnen hassen.

Heute Morgen hat Pontus mir eine vorzeitige Rente beim Golfspiel in Spanien angeboten. Und ich Idiot habe abgelehnt.

Leo wusste nicht, was zwischen Holsti und Lumi Nevasmaa vorgefallen war. Aber es musste etwas Schreckliches sein angesichts ihres unumkehrbaren Entschlusses. Es wäre völlig zwecklos, vor laufenden Kameras zu beteuern, dass er persönlich gar keinen Kontakt zu Holsti hatte. In der Wahrnehmung der Öffentlichkeit gehörte Holsti zu Leos wichtigsten Geldgebern, und damit hatte es sich. Vilma würde Holsti quasi zu einem Mitglied der finnischen Regierung erheben. Selbst wenn es Leo irgendwie gelänge, das Verhältnis zu den Linken zu befrieden, würde diese Enthüllungsstory die Emotionen erneut hochkochen lassen.

Natürlich gab Leo nicht Vilma Varis die Schuld. Sie tat nur ihre Arbeit und war darin sagenhaft gut. Diese Frau war unglaublich, das musste man ihr lassen. Mit Volldampf bei der Arbeit, und das praktisch ohne einen Funken Nachtschlaf. Aber wie hatte sie überhaupt von dem Selbstmord und der Verbindung zu Holsti erfahren?

Leo nahm seine Kaffeetasse und spülte sie unter dem Wasserhahn ab.

Nein, das durfte nicht wahr sein.

Wie ein Film liefen die morgendlichen Ereignisse vor Leos geistigem Auge ab. Sein Handy hatte auf dem Nachttisch gelegen ... die SMS von Pontus ... Vilma war wach, als er aus dem Bad kam ...

Absolut nichts an ihrem Verhalten hatte darauf hingewiesen, dass sie Pontus' Nachricht gelesen hatte. Andererseits, als Vilma sich gegen ihn presste, war er viel zu abgelenkt, um überhaupt irgendetwas mitzukriegen.

Der Kaffeelöffel fiel scheppernd in die Spüle.

Mist, verdammter!

Leo griff wieder nach dem Telefon und wählte Kingas Nummer. Es meldete sich eine Stimme, die klang wie aus einer Teleshopping-Dauerwerbesendung:

»Hier spricht das Schleuserbüro Kinga. Leider rufen Sie außerhalb unserer Geschäftszeiten an. Wir transportieren Frauen nur ...«

»Kinga, hör auf«, sagte Leo mit leiser Stimme, damit die anderen möglichst wenig verstanden. »Hör mal. Hat Vilma Varis im Auto etwas gesagt? Oder jemanden angerufen?«

»Nein, sie hat niemanden angerufen. Sie ist nicht einmal auf mein freundliches Geplauder eingegangen.«

»Wollte sie nach Hause oder ins Büro?«

»Sie wollte, dass ich sie an der Stadtteilbibliothek Töölö rauslasse. Keine Ahnung, wieso, die hatte noch nicht einmal auf.«

Leo fluchte hörbar, bedankte sich bei Kinga und beendete das Telefonat. An Vilma Varis' Nachrichtenhunger war allein er schuld.

* * *

Oberinspektor Metso lief zügig, aber sicheren Schrittes das weiß gestrichene Treppenhaus hinunter. Unten angekommen, sah er sich einer Tür gegenüber, auf der mit roter Farbe die Etage vermerkt war: -2. Er stieß die Tür auf und betrat die Parkgarage. Kühle, abgasgeschwängerte Luft schlug ihm entgegen. Das Parkdeck unter dem Betonbau wirkte vollkommen verlassen.

Vorläufig lief alles wie geschmiert.

Nach Peregrinos Anruf hatte er sich unverzüglich auf den Weg gemacht und seinen neuen Einsatzort zehn Minuten später erreicht. Seinen Wagen hatte er einige Häuserblocks entfernt abgestellt. Den Rest war er zu Fuß gegangen. Dann hatte er das Gebäude unauffällig durch den Haupteingang betreten, das Foyer voller Menschen durchschritten und war zur Treppe gegangen, die ganze Zeit darum bemüht, sich ruhig, aber zielstrebig zu bewegen. Menschen achteten automatisch auf Personen, die herumirrten, und er wollte keine unnötigen Blicke auf sich ziehen.

Er lief in den schummrigen hinteren Teil des Parkdecks. Peregrinos Plan war teuflisch clever. Manch einer hätte den Plan vielleicht als verzweifelt oder sogar psychopathisch bezeichnet, aber Metso erkannte die kühle Berechnung und Klugheit dahinter.

Damit seine Aufgabe gelingen konnte, musste er eine perfekte Leistung abliefern. Eine wichtige Rolle dabei spielte das Transportmittel, das er hier abholen sollte. Auf dem Parkdeck standen mehrere vom gleichen Typ, doch nur eins davon war für ihn präpariert. Peregrinos Kontakte reichten weit.

Metso lief an den Fahrzeugen vorbei und las die Nummernschilder. Das richtige war schnell gefunden. Er griff nach der Fahrertür, die sich problemlos öffnen ließ. Genau, wie man es ihm versprochen hatte.

Er stieg noch nicht ein, sondern ging erst zur Hecktür des ziemlich großen fahrbaren Untersatzes und begutachtete den Innenraum. *Ziemlich beeindruckend.* Das könnte funktionieren.

Metso schlug die Hecktür wieder zu und stieg auf der Fahrerseite ein. Das Gefährt verfügte über ein altmodisches Zündschloss, der Schlüssel lag in der Mittelkonsole im Getränkehalter.

Der Dieselmotor brummte durstig. Metso griff nach der Fernbedienung, die ebenfalls in der Mittelkonsole lag, und öffnete das Tor. Er steuerte das Fahrzeug die Rampe hoch und aus der engen Garage hinaus. Vor ihm lag eine Aufgabe, die ganz Finnland in seinen Grundfesten erschüttern würde.

42

Emma Erola lief mit ausgestreckten Armen an der Menschenmauer entlang und betrachtete ihre Anhänger, die sich mit vor Begeisterung und Hoffnung leuchtenden Augen in der ersten Reihe gegen die Absperrung drängten. Sie gestattete ihnen, sie zu berühren. Drückte Hände im Vorbeigehen. Einige riefen sie und baten um ein gemeinsames Foto, doch es waren zu viele, also ging sie nicht darauf ein.

So fühlt es sich also an, an der Spitze einer Volksbewegung zu stehen.

In den letzten Jahren hatte sie sich daran gewöhnt, beliebt zu sein. Jetzt versuchte sie, sich auf das Gefühl der Macht einzustellen. Vor einer halben Stunde hatte der Parteitag der Linken Bewegung mit Emmas Ernennung zur neuen Parteivorsitzenden seinen Höhepunkt erreicht. Die Abstimmung war reine Formsache gewesen und ihre darauffolgende Rede ein voller Erfolg. Jede Silbe und jede Betonung waren ihr perfekt gelungen.

Emma fühlte, wie der Adrenalinspiegel in ihrem Blut absank. Von der Bühne herab zu Menschen zu sprechen fiel ihr leicht. Begegnungen aus geringer Distanz erforderten jedoch die gleichen Smalltalk-Fähigkeiten wie Cocktailpartys.

Als sie das Ende der Menschenmauer erreichte, winkte sie den laut nach ihr rufenden Menschenmassen zu, die weiter entfernt standen. Dann führten Sicherheitsleute sie zu einem Hinterzimmer des Messezentrums.

»Juchhuuu!«

Kauris Jubelschrei war so laut, dass es sie in den Ohren schmerzte. »Jetzt verstehe ich, warum Sänger und Filmstars bei so viel Popularität ganz wirr im Kopf werden«, sagte Kauri lachend. »Das ist die reinste Droge!«

»Nun beruhig dich mal«, dämpfte Emma Kauris Eifer.

Emma hatte noch nie die Begeisterung verstanden, die Personenwahlen oder Wahlsiege hervorrufen konnten. Der Aufstieg an die Macht war doch erst der Beginn der eigentlichen Arbeit. Macht an sich war noch kein Grund zur Freude, sondern das, was man mit ihr erreichen konnte. Aber jetzt konnte auch Emma nicht umhin, innerlich in den Jubel einzustimmen.

»Jetzt komm schon! Die beten dich an!«, quietschte Kauri.

Das taten sie tatsächlich.

Emma war gerührt. Als sie mit Kauri an ihrer Seite in Richtung Hinterzimmer lief, musste sie an ihren Vater denken. Ohne ihn würde sie heute nicht hier stehen.

Nie würde sie jenen Augenblick vergessen, mit dem ihr Weg zur späteren Parteivorsitzenden der Linken Bewegung angefangen hatte. Alles begann mit einem Postpaket.

Es war das Jahr 2014. Eines Tages hatte Emma ihrem Vater dabei zugesehen, wie er am Küchentisch mit vor Begeisterung funkelnden Augen ein Paket öffnete. Sie lief zu ihm hin, als er aus dem Paket ein seltsames T-Shirt herausholte, das er sich sofort überstreifte.

Der grüne Stoff war mit blauen Buchstaben bedruckt:

$$r > g$$

»Was bedeutet das?«

»Das fragt mich die aufgeweckteste Gymnasiastin Finnlands?«, neckte ihr Vater sie. »Zumindest hat das dein Lehrer gesagt.«

Emma errötete und schaute gekränkt zu Boden. Emmas scharfsinniger Verstand beeindruckte täglich ihre Lehrer, doch deren Lob bedeutete Emma nichts im Vergleich zu einem anerkennenden Lächeln ihres Vaters.

Dann richtete sie den Blick wieder auf das T-Shirt.

»Hör auf. Nun sag schon!«

Ihr Vater trat neben sie und wuschelte ihr versöhnlich durchs Haar.

»Das ist eine Ungleichung.«

»So viel verstehe ich auch!«

»Hast du jemals von Thomas Piketty gehört?«

Emma schüttelte niedergeschlagen den Kopf. Es ärgerte sie, wenn sie ihrem Vater gegenüber Wissenslücken eingestehen musste. *Ich hätte es lieber googeln sollen.*

»Piketty ist ein französischer Wirtschaftswissenschaftler, der mit seinem vor Kurzem erschienenen Werk über die wachsende Ungleichheit einen wahren Hype ausgelöst hat«, fing ihr Vater an. »Der Titel dieses Buches lautet *Das Kapital im 21. Jahrhundert*. Es hat das komplette wirtschaftswissenschaftliche Paradigma verändert.«

Er hielt inne und musterte Emma auffordernd.

»Ein Paradigma ...«, sagte Emma selbstsicher, »ist eine vorherrschende Lehrmeinung beziehungsweise eine allgemein anerkannte Theorie.«

Ihr Vater lächelte und fuhr fort:

»Menschen haben sich seit Anbeginn der Zeiten über die ungleiche Verteilung des Reichtums beschwert, aber bisher beruhte die Behandlung des Problems allein auf einem Gefühl. Die Wissenschaft blieb vage, und die besten Darstellungen zu dem Thema gab es in der Kunst. Der französische Schriftsteller Honoré de Balzac beispielsweise beschrieb im 19. Jahrhundert die Ungleichheit viel präziser als die damaligen Wissenschaftler.«

»Jane Austen auch«, ergänzte Emma.

Ihr Vater wollte zuerst über Emmas Einwurf lachen, hielt sich aber zurück.

»Genau«, stimmte er ihr zu. »Jane Austen hat die ungleiche Gesellschaft ebenfalls beschrieben. Balzac, Austen und viele andere Schriftsteller und Künstler haben die Folgen ungleicher Vermögensverteilung in Form von menschlichen Schicksalen dargestellt. Sie haben die Ungleichheit sowohl auf individueller als auch auf gesellschaftlicher Ebene verstanden. Aber auch sie konnten nicht erklären, woher die Ungleichheit kam. Lange konnte die Vermögenskluft niemand erklären. Es war eben so. Erst jetzt hat sich das geändert. Piketty hat eine unglaubliche Menge an Daten aus zwanzig Ländern und mehreren Jahrhunderten gesammelt. Damit konnte er wissenschaftlich zeigen, wie sich das Vermögen auf wenige konzentriert. Der Beweis für diese unumgängliche Tatsache verdichtet sich in dieser einfachen Ungleichung.«

Ihr Vater zeigte erneut auf die Zeichen auf seinem T-Shirt: $r > g$.

»Wofür steht das?«, fragte Emma.

»Das erkläre ich dir ein anderes Mal«, hatte ihr Vater lachend erwidert. »Aber zuerst muss ich mein neues T-Shirt spazieren führen. Was hältst du von einem Eis?«

Emma musste bei dieser Erinnerung lächeln. Ihr Vater war gestorben, bevor er ihr Pikettys Ungleichung erklären konnte, doch seine Sehnsucht nach einer gerechteren Gesellschaft lebte in Emma fort.

Nach Pikettys Entdeckung hatte in der Welt eine seltsame Entwicklung eingesetzt, wie um seine Erkenntnis noch zu unterstreichen. Die prekäre Situation der Arbeiterklasse zeitigte Folgen in den unterschiedlichsten Teilen der Welt. In Frankreich gingen die sogenannten Gelbwesten wegen gestiegener Benzinpreise auf die Straße. In Chile brachte die Erhöhung der Metropreise das Fass zum Überlaufen, im Libanon eine neue »WhatsApp-Steuer«, in Spanien die Jugendarbeitslosigkeit. Doch die tiefere Ursache war in allen Fällen die durch den globalen Kapitalismus verursachte Ungleichheit. Eine politische Krise folgte der anderen.

Emma hatte bei ihren Abiturprüfungen siebenmal die Bestnote Laudatur erzielt und war an die Universität gegangen. Sie hatte verschiedene Teilbereiche der Wirtschaftswissenschaften studiert, sich aber vorrangig auf die wirtschaftliche Ungleichheit konzentriert. Heute wusste sie genau, warum die Verteilung der Vermögen schieflief: Ererbtes Vermögen wächst schneller als die Produktion oder die Löhne. Kapital und Erbschaften vermehren sich, selbst wenn nur ein Teil von ihnen gespart wird. Die Reichen werden immer reicher und die Armen immer ärmer. Diese Entwicklung setzt sich von Generation zu Generation fort und verläuft immer schneller.

Irgendwann kommt dann der Punkt, an dem das Gerechtigkeitsempfinden der Leute zu sehr gelitten hat, und die Grundpfeiler der Demokratie geraten ins Wanken. Dieser Moment war gekommen.

Emma richtete ihre Gedanken wieder auf ihre Umgebung. Kauri öffnete ihr die Tür zum Hinterzimmer des Messezentrums, und sie schlüpften hinein. Als die Tür zufiel, drangen die Stimmen aus der großen Halle nur noch gedämpft zu ihnen. Der Rausch einer erfolgreichen Rede wich dem Druck der vor ihnen liegenden Aufgaben.

Kauri sagte mit einem Blick aufs Handy. »Leo Koski ist auf dem Weg.«

»Er kommt also wirklich«, erwiderte Emma nachdenklich. Leo Koskis Bitte um ein Treffen war völlig überraschend gekommen. »War es richtig, dass wir eingewilligt haben?«

»Wir hatten keine Wahl«, antwortete Kauri. »Die Konservativen haben bis jetzt jede Art von Dialog verwehrt, und das war letztlich zu unserem Vorteil. Wenn wir jetzt das Treffen abgelehnt hätten, wäre die Konstellation gekippt, und du wärest diejenige gewesen, die den Dialog verweigert. Das wäre keine gute Ausgangslage für morgen gewesen.«

Kauri hatte recht. Alle in Emmas engstem Umfeld, selbst *Er*, von dem nur selten jemand laut sprach, waren im Grunde genommen der gleichen Meinung: Emma hätte nicht nein sagen können. Sie würden das Treffen in jene Geschichte einweben, die in der geplanten Großoperation am morgigen Tag gipfelte.

Kauri Salmén und Sarianne Tavas hatten die Bedingungen des Treffens miteinander ausgehandelt. Aus Sicherheitsgründen wurde im Vorfeld nicht über das Treffen informiert. Auch fand es nicht in den Konferenzräumen des Messezentrums, sondern in den Büroräumen der benachbarten Messegesellschaft statt.

Für ihr Gespräch war eine Dreiviertelstunde vorgesehen. Beide wurden von jeweils einer Person begleitet: Koski von Tavas und Emma von Kauri. Nach dem Treffen würde es eine gemeinsam formulierte Pressemitteilung geben, in der jedoch nichts über den Inhalt der Gespräche verlautbart würde. es sei denn, sie vereinbarten etwas anderes. Beide verpflichteten sich, das Treffen weder in den sozialen Medien noch in Interviews als Schwäche des Gegners darzustellen.

Emma sah auf die Uhr. Fünf vor drei. Bis zu ihrem Treffen waren es noch zwanzig Minuten.

43

Vilma Varis sprang in der Uutiskatu aus dem Taxi und stürmte ins Medienhaus, dem Hauptsitz des öffentlich-rechtlichen Rundfunk- und Fernsehsenders Yle in Pasila. Sie lief durch die Drehtür und passierte die Sicherheitsschleuse.

Sie hatte sich schon mit dem Nachrichtenchef von Yle besprochen. Ihr Bericht würde in der Hauptnachrichtensendung am Abend ausgestrahlt und zehn Minuten früher im Netz veröffentlicht werden. Die Details würde sie mit dem verantwortlichen Chef vom Wochenenddienst klären.

Vilma steuerte den Newsroom im ersten Stock an, in dem die tägliche Nachrichtenproduktion koordiniert wurde. In dem Großraumbüro erwartete sie ein Anblick, der ihr von zahllosen in der Redaktion verbrachten Wochenenden vertraut war: eine Handvoll Redakteure, die sich über ihre Terminals beugten ... Essensreste und Einweggeschirr an den Arbeitsplätzen ... graues Tageslicht, das trüb durch die Jalousie sickerte und schummriges Dämmerlicht im Raum verbreitete ...

Die Nachricht von Vilmas Sensationsmeldung hatte sich schon herumgesprochen, und Vilma genoss die Blicke, als sie durch den Raum schritt. Auf einmal hörte sie aus einem Winkel ein schwaches Fiepen, in dem sie ihren Namen zu erkennen glaubte.

»Wart mal kurz«, piepste eine rothaarige junge Frau hinter ihrem Bildschirm. Vilma erinnerte sich, sie schon früher gesehen zu haben, aber nicht daran, wie sie hieß. Normalerweise begnügte sie sich damit, das Jungvolk in der Redaktion mit »Mädchen«, »Junge« oder »Du da« anzusprechen.

Die Rothaarige sah Vilma Varis mit einem verzagten Blick an und sagte etwas. Ihre Stimme war so leise, dass das unablässige Klappern der Tastaturen sie fast übertönte.

»Entschuldigung, ich habe gerade von deiner Geschichte gehört«, sagte sie. »Dass dieser Brand eine Selbstverbrennung war.«

Vilma ging näher an den Tisch der Kleinen heran, um sie besser verstehen zu können, und forderte sie durch einen Blick auf fortzufahren.

»Ich glaube, ich weiß, worum es dabei ging«, sagte sie weiter. »Ich glaube, dass die Frau nicht aus einer spontanen Eingebung heraus gehandelt hat. Sie hatte eine Botschaft für Finnland. Und die ist ziemlich schockierend. Also, wenn ich recht habe.«

Vilma schaute sie stirnrunzelnd an. »Konkreter«, forderte sie.

»Ich hatte diese Woche die Aufgabe, Material für die TV-Sendung *Im Kreuzfeuer* zu sammeln. In der Januarausgabe soll es um den Jahrestag des Arabischen Frühlings gehen. Der Arabische Frühling war eine Serie von Protesten und Demonstrationen im Frühjahr 2011, als sich in vielen arabischen Ländern das Volk erhob, um gegen autoritäre Machthaber, Arbeitslosigkeit, Korruption und Menschenrechtsverletzungen ...«

»Ich weiß, was der Arabische Frühling ist!«, zischte Vilma sie an. Bei Ausbruch der Unruhen war Vilma längst erwachsen. Etwas war damals aus den Fugen geraten. Nach dem Arabischen Frühling verlor die Welt jene sichere Beständigkeit, die sie Anfang der 2000er-Jahre noch geprägt hatte.

Mit einer Kopfbewegung forderte Vilma die Rothaarige auf, endlich zur Sache zu kommen.

»Du ... weißt über den Arabischen Frühling sicher viel mehr als ich«, fuhr das Mädchen stotternd fort und suchte nach Worten. »Aber trotzdem ... ich habe Videomaterial zusammengetragen für den Beginn der Sendung, wo es um den Anfang der Ereignisse und Mohamed Bouazizi gehen soll. Und ... ja, ich glaube, diese Frau, die sich angezündet hat, wollte sein wie dieser Bouazizi und etwas anstoßen.«

Vilma durchsuchte ihr Gedächtnis nach Übereinstimmungen. *Mohamed Bouazizi.* Der Name sagte ihr etwas.

»Hilf mir mal, mein Gedächtnis zu Bouazizi aufzufrischen«, forderte Vilma.

»Bouazizi war der Obsthändler, dessen Selbstmord die Unruhen in Tunesien und damit den Arabischen Frühling ausgelöst hat. Er war ein begabter, aufgeweckter junger Mann, der in seinem Leben nur Pech gehabt hat. Er hatte das Zeug, um an der Uni zu studieren, musste aber, seit er zehn war, in den verschiedensten Jobs arbeiten. Er hatte große Pläne und wollte ein erfolgreicher Händler werden, aber die Behörden haben ihn dauernd gegängelt und seine Geschäfte behindert.«

Vilma warf ihr einen harschen Blick zu. Die junge Frau bemühte sich, schneller zum Punkt zu kommen.

»Eines Tages wollten die örtlichen Behörden wieder einmal Bestechungsgelder von ihm erzwingen, und als er kein Geld hatte, haben sie seine Obstwaage konfisziert und seinen Obststand umgekippt. Das hat für Bouazizi das Fass zum Überlaufen gebracht. Er ging einen Benzinkanister holen und hat sich vor dem Rathaus angezündet. Die Situation in Tunesien war schon vor dem Selbstmord explosiv, und vor allem junge Menschen waren infolge wirtschaftlicher Stagnation, ökonomischer Ungleichheit und mangelnder Demokratie im Land aufgebracht. Bouazizis Tat war dann der Auslöser für landesweite Unruhen. Der seit über zwanzig Jahren regierende Präsident wurde aus dem Land vertrieben. Auch in den Nachbarländern kam es zu Unruhen, die Menschen gingen gegen ihre despotischen Herrscher auf die Straße, und es kam zu einem Flächenbrand in der arabischen Welt.«

Vilma war jetzt ganz Ohr. *Natürlich, so war es.* Der gesamte Arabische Frühling hatte seinen Anfang mit der Selbstverbrennung eines Obsthändlers genommen. Nicht in Ägypten, nicht in Syrien, sondern in einer abgelegenen tunesischen Kleinstadt.

»Ich dachte nur«, relativierte die junge Frau, »weil Selbstverbrennungen nicht so üblich sind, dass die Frau von gestern eventuell dem Beispiel Bouazizis folgen wollte. Vielleicht wollte sie die Menschen zu einem ähnlichen Volksaufstand animieren, wie Bouazizi ihn seinerzeit ausgelöst hat.«

»Möglich«, sagte Vilma. »Es kann aber auch sein, dass es keine Verbindung gibt.«

»Schon …«, erwiderte die Frau ohne Namen zaghaft. »Aber …
schau mal hier.«

Vilma beugte sich zu ihr hinunter. Die Rothaarige hatte den
Wikipedia-Artikel zu Mohamed Bouazizi aufgerufen und zeigte
mit dem Finger auf die Textstelle, in der es um seinen Tod und
das Datum seiner Selbstverbrennung ging. Es dauerte eine Weile,
bevor Vilma kapierte, worauf sie hinauswollte. Dann fiel der Gro-
schen auch bei Vilma.

Bouazizi hatte sich an einem 17. Dezember angezündet. Am
gleichen Tag wie Lumi Nevasmaa.

* * *

Die Abenddämmerung brach herein. Harri Holsti zog sein Basecap
so weit in die Stirn, wie es bei seinem gewaltigen Schädel möglich
war. Etwa eine halbe Stunde vor Helsinki hatte er an einer ABC-
Tankstelle haltgemacht. Nun saß er zusammengesunken auf dem
Fahrersitz, in der Hand eine Halbliterflasche Edelbranntwein.

Er hatte all seinen Mut zusammengenommen und Peregrino
von der Nachricht erzählt, die ihm sein Hotelmitarbeiter übermittelt hatte und nach der die »Krähe« Vilma Varis ihm auf den Fersen
war.

Erneut hatte er sich von Peregrino den Kopf waschen lassen
müssen. Schon wieder hatte man ihm, Harri Holsti, Anweisungen erteilt wie einem Schuljungen. Peregrinos metallische Stimme
hatte ihm aber auch zugesichert, er werde sich um alles Weitere
kümmern. Die erforderlichen Schritte seien schon in die Wege geleitet.

Holsti hob die Flasche *Jaloviina* an die Lippen, nahm einen
Schluck und genoss das Gefühl, als ihm das leicht nach Teer
schmeckende Getränk die Kehle herunterlief. Trotz des herben
Alkoholgeruchs nahm er deutlich den Mief wahr, den sein Körper
ausströmte und der immer stärker wurde, je länger er in seinen
Kaschmirmantel gehüllt im Auto schmorte.

Peregrinos Anweisungen gemäß beabsichtigte er, sich zu verstecken – aber nur so lange, wie er es selbst für sinnvoll hielt. Er betastete das Bündel Geldscheine in seiner Tasche. Im Kofferraum, in der Hermès-Tasche aus feinstem Leder, befand sich weiteres Bargeld.

Noch ein Schluck, der warm durch seinen Gaumen rann. Anders als Peregrino vielleicht annehmen mochte, hatte Harri Holsti nicht die Absicht, nach der Pfeife eines anderen zu tanzen.

Er ließ das Fenster runter. Die leere Schnapsflasche zersplitterte krachend auf dem Asphalt des Parkplatzes. Nicht einmal der Alkohol konnte ihn von dem beklemmenden Gefühl in seiner Brust befreien. Bei immer noch geöffnetem Fenster sog er die frische, kühle Luft ein. Auch das half nichts. Wütend schlug er auf das Lenkrad ein. *Verdammte Putze! Verdammte Pressekrähe! Scheißhuren!*

Holsti umklammerte das Lenkrad und presste die Kiefer zusammen. Dann holte er tief Luft und wischte sich den Schweiß von der Stirn. Zuerst musste er in seiner Hütte untertauchen und seinen Rausch ausschlafen. Dann würde er darüber nachdenken, was er als Nächstes tun sollte.

Ein Harri Holsti gab nicht auf. Und sollte er doch untergehen, dann mit Krach und Getöse.

Er startete den Motor und steuerte den Wagen zurück auf die westliche Umgehungsstraße von Hyvinkää, fuhr auf die Autobahn und nahm die Spur, die nach Norden führte.

44

Leo schälte eine Apfelsine und gab acht, dass er sich dabei den Anzug nicht bekleckerte, während ihn das Auto zum Messezentrum fuhr, in dem der Parteitag der Linken Bewegung gerade stattfand.

»Hier, bitte«, sagte Sarianne neben ihm und reichte ihm ein Papierhandtuch.

Seine Staatssekretärin Sarianne Tavas hatte ihn in seiner halbjährigen Amtszeit mehr als einmal gerettet. Ihm entscheidende Informationen ins Ohr geraunt, kurz bevor ein Journalist schwierige Fragen stellen konnte. Ihm wenige Minuten vor einem Fernsehinterview ein sauberes Hemd gereicht, wenn seines beschmutzt war. Pontus ins Gewissen geredet, wenn dieser im Begriff war, einer Fehleinschätzung zu erliegen.

Doch am meisten schätzte er ihre unaufgeregte, ungekünstelte Art. Kein Stress, kein Getue. Nie.

»Danke«, sagte er und griff nach dem Papierhandtuch. Er steckte das letzte Stückchen Apfelsine in den Mund und wischte sich die klebrigen Finger ab.

Leo hatte Sarianne Tavas bis zum heutigen Tag blind vertraut. Doch im Grunde war sie immer schon Pontus' treue Vasallin gewesen.

»Seit wann wussten Sie es?«

Falls die Frage sie überraschte, zeigte sie dies mit keiner Regung. Sie schaute ihn unschuldig fragend an.

»Wann hat Pontus Sie informiert, dass die Gilde vorhat, Viktor Levoska auf meinen Stuhl zu setzen?«, fragte er jetzt schärfer.

Sarianne schwieg. Leo starrte sie weiter fordernd an.

»Gestern Abend«, antwortete sie endlich. »Pontus hat mir versichert, dass es zu Ihrem Besten sei.«

Leo schnaubte verächtlich. Seine Staatssekretärin hatte ohne Widerrede hingenommen, dass er vor die Tür gesetzt werden sollte. Und jetzt saß sie hier auf der Rückbank seines Dienstwagens neben ihm, um ihm beizustehen. Aber konnte er ihr noch vertrauen? Er nahm an, sie war diejenige, die Pontus gesteckt hatte, dass Leo sich mit Emma Erola treffen wollte.

»Was tun Pontus und Co. in diesem Moment?«, wollte er von Sarianne wissen.

»Sie berufen das Parlament ein. Zur Stunde wird der Misstrauensantrag formuliert. Morgen sind Sie ein ehemaliger Ministerpräsident.«

Ihre Antwort war niederschmetternd. Zumindest versuchte sie in keiner Weise, die Situation zu beschönigen.

Schmerzlich wurde ihm bewusst, dass seine komplette Amtszeit nur Scharade war. In der Krise hatten seine Schlüsselminister bisher scheinbar zu ihm gestanden: Finanzministerin Holm, Außenminister Vahtera und Wirtschaftsminister Peltola – ja sogar Innenminister Levoska. Doch sobald die Gilde mit dem Finger schnippte, um ihn auszutauschen, waren sie alle bereit, ihn fallen zu lassen und Levoska an die Spitze zu setzen.

»Warum ist das Misstrauensvotum nicht längst eingeleitet?«, fragte er.

»Keine Sorge. Sie wissen, was sie tun.«

Leo schaute zum Fenster hinaus. Der Fernsehturm auf dem Yle-Gelände im Stadtteil Pasila hob sich deutlich vor dem wolkenverhangenen Himmel ab. Es hatte wieder begonnen zu schneien. Große, nasse Flocken schmolzen auf der viel befahrenen Hakamäentie zu braunem Matsch, der, aufgewirbelt von den Reifen, auf die Windschutzscheiben der nachfolgenden Autos klatschte.

Leo drehte sich zu dem Fahrzeug hinter ihnen um. In dem nichtmarkierten Polizeiwagen saßen seine drei Leibwächter, deren Arbeit er durch seine plötzliche Planänderung nicht eben leichter gemacht hatte. Er griff wieder nach dem Handy und überflog die Schlagzeilen. Allerdings konnte er sich kaum konzentrieren. Er warf einen Blick auf die Uhr: fünf nach drei, noch zehn Minuten bis zum Treffen. Es wurde bereits wieder dunkel. Nur für wenige Stunden hatte das spärliche Dezemberlicht Helsinkis Straßen schwach erhellt.

»Ich kann Erola überzeugen«, sagte er mehr zu sich selbst.

»Vielleicht«, murmelte Sarianne.

»Sie ist zwar eine Aufwieglerin, aber im Grunde genommen, denke ich, steckt hinter ihrem rebellischen Getue eine kluge Person«, sagte Leo.

Sarianne starrte auf das karierte Blatt Papier vor sich, auf das sie Worte gekritzelt und mit Pfeilen verbunden hatte. Sie hatten sich auf einen groben Plan geeinigt, falls man das überhaupt so nennen konnte. Leo würde das zum Jahreswechsel geplante Sparpaket stoppen und außerdem Korrekturen in der Steuertabelle vornehmen lassen, die Spitzenverdiener im kommenden Jahr stärker belasteten. Überdies würden die Vorbereitungen zu einer Sozialreform in Gang gesetzt, zu deren Umsetzung er sich verpflichtete.

Der Plan war ziemlich dürftig, das war Leo bewusst.

»Was machen Sie, wenn das nicht funktioniert?«, fragte Sarianne und tippte mit dem Finger auf das Papier.

»Dann ist Plan B dran«, sagte Leo.

»Und was ist Plan B?«

Leo antwortete nicht. Ein Plan B existierte nicht.

Ihr Plan war alles andere als wohldurchdacht, aber das war nur eines von Leos Problemen. Der Bruch zwischen Leo und seinen Unterstützern nach der morgendlichen Sitzung war längst in den Nachrichten und damit auch Emma Erola bekannt.

Leo würde mit offenen Karten spielen müssen. Er musste ihr gegenüber zugeben, dass man vorhatte, ihn aufs Abstellgleis zu schieben, und ihr die Folgen klarmachen, sollte man Viktor Levoska auf seinen Stuhl setzen. Sobald Levoska das Land im Sinne der Gilde leitete, würde sich Emma Erola im Gefängnis oder zumindest auf der Anklagebank wiederfinden.

Falls Emma ihm Glauben schenkte, würde sie vielleicht einsehen, dass nur ein Kompromiss und dessen schnelle Bekanntgabe eine Eskalation der Situation verhindern konnte.

Irgendetwas sagte ihm jedoch, dass ihr Treffen nicht zu dem gewünschten Ergebnis führen würde. Die zwei Monate zurückliegende Begegnung in der Golfhalle hatte ein unangenehmes Gefühl bei ihm zurückgelassen. So als ob sie etwas wusste, das sie nicht sagen konnte oder wollte.

Ihre Popularität war verstörend. Die frisch gewählte Parteivorsitzende besaß Charisma und die Fähigkeit, das Volk zu führen. Aber in der Geschichte gab es genügend Beispiele begabter Redner, die sich blind auf ihre politische Agenda stützten.

Sarianne unterbrach seine Gedanken. »Ich bin mir nicht sicher, ob Reformversprechen für Erola überhaupt einen Wert besitzen. Sie spricht von einer Revolution. Vielleicht ist ein besonnenes Vorgehen für sie gar keine Option.«

Leo schüttelte den Kopf. »Eine Revolution … das ist doch nur symbolisches Geschwätz.«

Sarianne ließ entmutigt den Kopf sinken. Eine ungewohnte Geste für die stahlharte Amtsfrau.

»Ich habe nichts anderes, was ich ihr anbieten kann«, murmelte Leo.

Er hatte noch ein weiteres Problem, von dem er Emma Erola *nichts* sagen würde. Selbst wenn Erola Leos Kompromissvorschlag zustimmte, war da immer noch die Journalistin Vilma Varis, die alles verderben konnte. Die mögliche vorläufige Einigung mit den Linken würde sich sofort in Rauch auflösen, sollte die Verstrickung seiner Regierung in die Selbstverbrennung der jungen Frau Schlagzeilen machen.

Die Hoffnungslosigkeit der Situation lastete schwer auf seiner Brust. Hatte er keinen Erfolg, wäre der Teufel los. Keiner konnte vorhersagen, was passieren würde, sollte die Polizei morgen versuchen, die Massendemonstration zu verhindern.

Finnen gehen auf Finnen los. Und ich kann nichts tun, um es zu verhindern.

Jetzt kam das Messezentrum in Sicht. Der Fahrer bog in Höhe der Fachhochschule nach Ost-Pasila ab.

Das Treffen zwischen Leo und Emma Erola war im Büro der

Finnischen Messegesellschaft geplant, die einen eigenen Eingang in der Veturimiehenkatu hatte. Unmittelbar daneben lag der Umsteigebahnhof Pasila. Die ausladende Staatskarosse zwängte sich in die von hohen Häusern umstandene Gasse. Widerrechtlich auf dem Fußweg parkende Fahrzeuge verstärkten die Beengtheit in dem Gewerbegebiet. Offensichtlich scherten sich Sozialisten herzlich wenig um Verkehrsregeln.

Leo sah hinauf zu den Glaskorridoren, die hoch über der Straße die Gebäude der Fachhochschule miteinander verbanden und die ohnehin schummrige Gasse weiter verdunkelten.

Vor dem Eingang zum Bürogebäude parkte ein grüner Transporter. Leos Fahrer bemerkte es und hielt etwa zwanzig Meter dahinter. Einer seiner Leibwächter stieg aus dem Auto hinter ihnen und lief an ihnen vorbei, um den Wagen abzuchecken. Mit einer Handbewegung bedeutete er Leos Fahrer zu warten.

Leo, der normalerweise den routinemäßigen Sicherheitsvorkehrungen keine Beachtung schenkte, fühlte, wie sich sein Körper anspannte.

Der Personenschützer war jetzt am Transporter und schaute durch die hinteren Fenster hinein. Nach wenigen Sekunden beendete er seine Inspektion und kam zurück. Sein Blick glitt dabei über die Häuserfassaden, die die schmale Straße unter sich zu begraben schienen. Er lief zum Kofferraum und nahm einen Regenschirm heraus, öffnete dann die Hintertür und bot Leo den aufgespannten Schirm.

»Danke, den brauche ich nicht«, sagte Leo.

Als er mit dem Leibwächter an seiner Seite auf den Eingang zuging, wurde ihm die Absurdität des geplanten Treffens schmerzhaft bewusst.

Plötzlich spürte er einen scharfen Hieb im Nacken, als hätte ihn ein Karateschlag oberhalb des linken Schulterblattes getroffen. Auf den Schlag folgte ein scharfer Knall. Leo taumelte. Seine Beine gaben nach. Der Personenschützer griff nach ihm und zerrte ihn zu einem nahen Betonpfeiler.

Taubheit breitete sich in Leos Schulter aus. Er war nicht in der

Lage, etwas um sich herum zu sehen oder sich ein Bild von der Situation zu machen.

Dann folgte ein zweiter Knall. Der Asphalt unter ihm riss auf. Schlagartig wurde ihm klar: *Ich werde beschossen!*

Die Gefühllosigkeit in seiner Schulter wich einem schneidenden Schmerz. Erst jetzt begriff er: Die erste Kugel hatte ihn getroffen.

Der nächste Schuss prallte an einer Metallverstrebung über ihm ab. Der Leibwächter zuckte zusammen und verlor das Gleichgewicht. Leo konnte sich nicht halten, fiel zu Boden und schlug mit dem Hinterkopf im Schneematsch auf. Der Personenschützer sackte über ihm zusammen, und ein vierter Schuss fiel. Leo fühlte, wie der Körper auf ihm zusammenzuckte und dann erschlaffte. Ob er tot war, konnte Leo nicht sagen. Aber spielte das noch eine Rolle? Sie lagen hilflos auf der nassen Straße und waren dem Feuer eines Scharfschützen ausgeliefert.

Etwas näherte sich ihnen von der Seite. Leo wandte den Kopf und sah ein Auto auf sie zufahren. Der letzte Funke Hoffnung in ihm erlosch. Die nächste Kugel konnte sie möglicherweise verfehlen, das Auto mit Sicherheit nicht. Es steuerte direkt auf sie zu und wurde immer schneller.

Leo versuchte den leblosen Körper des Sicherheitsmannes von sich zu wälzen, ohne Erfolg. Dann nahm Leo all seine Kraft zusammen, es gelang ihm, ihn zur Seite zu rollen, aber es war zu spät. Leo kniff die Augen zusammen und erwartete den Aufprall des Autos. Er presste den Kopf fester auf den Asphalt und hörte, wie die Räder blockierten. Das Auto verlangsamte, rutschte aber auf dem Schneematsch unaufhaltsam auf sie zu. Leo machte sich so flach, wie er konnte, und fixierte das näher kommende Kühlerblech. Der nächste Schuss prallte an der Karosserie des Autos ab. Leo starrte die Stoßstange an, die nun über seinem Kinn war, rührte sich aber nach wie vor nicht. Wieder fiel ein Schuss. Auch dieser prallte mit einem scharfen Klacken am Autoblech ab.

Leo konnte nicht erkennen, aus welcher Richtung die Schüsse kamen. Aber ein schwacher Hoffnungsschimmer machte sich in ihm breit. Das Auto stand in der Schusslinie. Der Schütze konnte sie von seiner Position aus nicht mehr treffen.

Leos Fahrer hatte blitzschnell reagiert, das Auto zum Schutzschild gemacht und Leo so zumindest kurzzeitig gerettet. Der Schütze konnte jedoch immer noch den Platz wechseln, um ihn erneut ins Visier zu nehmen.

Pasilas Polizeigebäude war nicht weit entfernt. Es befand sich praktisch gleich hinter den Gleisen. Angespannt lauschte Leo auf das Nahen der Sirenen, doch er wurde enttäuscht. Natürlich war die Polizei noch nicht da, nicht so schnell.

Der schneidende Schmerz in Leos Schulter nahm zu. In seinem Nacken wurde es feucht. Am Schneematsch konnte es nicht liegen, dafür fühlte es sich zu warm an. Leo drehte den Kopf und sah neben sich eine rote Lache. Alles vor seinen Augen verschwamm. Kälte sickerte durch seine nasse Kleidung und breitete sich in seinem Körper aus.

Jetzt erschienen Menschen um ihn herum, aber er war nicht in der Lage, seinen Blick auf sie zu richten. Rufe klangen auf, wurden lauter und hallten von den Häuserwänden wider. Leo konnte die Worte nicht verstehen.

Jemand mit einer Waffe kniete sich neben ihn und zielte auf die gegenüberliegende Fassade. Seine Leibwächter versuchten, den Schützen hinter den Fensterfronten auszumachen. *Ich verblute hier, und keiner hilft mir.*

Endlich vernahm er Sirenengeräusch. Aber er wusste, es war zu spät. Er schloss die Augen und fragte sich wieder, wie es dazu hatte kommen können. Doch das spielte jetzt keine Rolle mehr. Jeder musste schließlich irgendwann sterben, und jetzt war eben er an der Reihe. Jemand berührte ihn an der Schulter. Ein Engel war herabgestiegen, um ihn zu holen. Der Engel sprach beruhigend auf ihn ein. Leo fühlte, wie helle Haare und sanfte Finger über sein Gesicht strichen. Er war bereit. Die Angst wich, und seine Schmerzen wurden fortgespült. Da packte ihn jemand unter den Achseln und verscheuchte all die übernatürlichen Eindrücke. Schmerz durchflutete ihn. Dann wurde es schwarz um ihn herum.

TEIL II

FÜNF STUNDEN SPÄTER

45

So viel zu einem netten Samstagabend. Der Pathologe schaltete das Aufnahmegerät über dem Obduktionstisch ein.

»Obduktion im Fall Nummer 2032-0387. Ort der Durchführung: EH 1, Raum 4. Datum: 18. Dezember. Das Opfer ist ein weißhäutiger Mann. Einlieferung in einem schwarzen Leichensack.«

Der Pathologe schaltete das Aufnahmegerät wieder aus und holte tief Luft. Sammelte Kraft. Eigentlich hatte er längst Feierabend. Eigentlich sollte er jetzt mit Freunden zusammensitzen und ein Bierchen trinken. Aber es war anders gekommen. Die polizeiliche Anordnung zur Obduktion war dringlich erfolgt, das beschleunigte Verfahren auch in der Stellungnahme des Chefs der Rechtsmedizin befürwortet worden.

Das hier war kein gewöhnlicher Todesfall.

Der Obduzent betrachtete die Leiche auf dem metallenen Seziertisch. Die Liegefläche war konkav gewölbt, damit das bei den einzelnen Obduktionsschritten austretende Blut nach allen Seiten ablaufen und über einen Wannenrand aufgefangen werden konnte. Am unteren Ende befand sich ein Waschbecken mit Wasserhahn und Handbrause.

Eine Leuchte über der Leiche verströmte helles weißes Licht. Am Fußende lagen auf einer grünen Unterlage die bei der Autopsie benötigten Instrumente: mehrere Scheren unterschiedlicher Größe, einige Pinzetten, Sektionsmesser und -skalpelle sowie metallene Schöpfkellen.

Das Telefon in seiner Tasche vibrierte. Seine Freunde machten ihm Dampf. Erst vor fünf Minuten hatten sie ein Bild geschickt, auf dem ihre fröhlichen Gesichter hinter drei großen Biergläsern hervorgrienten. »Der erste Schluck!«

Er seufzte und zog die Latexhandschuhe über.

Na los, jetzt.

Mark Campbell, Rechtsmediziner bei Crown Office & Procurator Fiscal Service, begann mit seiner Arbeit.

»Der Verstorbene ist mit einer grauen Anzughose, einem weißen Hemd und einem blauen Sakko bekleidet. Kein Schmuck.«

Campbell zog einen kleinen Nebentisch heran, auf dem der Tascheninhalt des Verstorbenen aufgereiht lag, und griff nach dem Portemonnaie.

»Laut Ausweispapieren handelt es sich bei dem Verstorbenen um Lewis Higgins. Wohnort: Edinburgh. Nationalität: britisch.«

Der vor ihm liegende Mann war auf dem Flug von Helsinki nach Edinburgh verstorben. Die Notlandung im norwegischen Bergen hatte ihn nicht mehr retten können. Er war nicht einmal mehr ins Krankenhaus gebracht, sondern direkt in einen Überführungssarg gelegt und zur Untersuchung an den COPFS in seinem Heimatland überstellt worden. Campbells Telefonat mit den Polizisten hatte etwa eine Viertelstunde gedauert. Danach hatte er seine Freunde angerufen und ihnen empfohlen, schon ohne ihn anzufangen.

Wir sind dir weit voraus!, lautete ihre Antwort.

Die Polizei vermutete Vergiftung als Todesursache, und Campbell fand bei der ersten Inaugenscheinnahme keinen Grund, daran zu zweifeln.

Das Gesicht des Mannes war zu einer furchtbaren Grimasse verzogen, der Oberkiefer widernatürlich vorgeschoben und das Kinn in Folge eines schrecklichen Krampfes ganz schief.

Die verzerrten Gesichtszüge deuteten auf eine Vergiftung mit Strychnin, ein heute eher selten verwendetes Gift, dessen Symptome Campbell jedoch bekannt waren. Sie entsprachen exakt dem, was die Passagiere des Flugzeugs beschrieben hatten: Muskelkrämpfe, die am Kopf begannen, in den gesamten Körper ausstrahlten und zu einer schmerzhaften Überkrümmung des Rückgrats führten. Schließlich kam es zu Atemhemmungen und etwa zwei Stunden nach dem Auftreten der ersten Symptome zum Tod. In diesem Fall war der Tod zum Zeitpunkt der Landung auf dem Flughafen im norwegischen Bergen eingetreten.

Falls es sich tatsächlich um eine Strychninvergiftung handelte, hatte er eine langweilige Obduktion vor sich. Das Gift hinterließ keine weiteren Spuren als die eines simplen Erstickungstodes. Endgültige Gewissheit lieferte allerdings erst die toxikologische Untersuchung. Eine an seinem Sitzplatz gefundene Maske und die Verpackung eines Schokoriegels waren bereits ins Labor geschickt worden.

Campbell merkte, dass er Hunger hatte, und befand, die äußere Leichenschau sei hiermit vollzogen. Er nahm ein Skalpell vom Nebentisch, setzte es neben der Schulter an und führte den ersten Schnitt zum Brustbein.

* * *

Vilma Varis platzte triumphierend in den abgedunkelten Schneideraum. »Problem gelöst«, warf sie dem bedauernswerten Cutter an den Kopf, der das Pech hatte, im Dienst zu sein, als Vilma mit einer Exklusivstory und der Zusage für eine kurzfristig einzuschiebende Sondersendung aufkreuzte.

Ihr Blut kochte immer noch infolge der heftigen Auseinandersetzung mit ihrer Chefredakteurin. Nach den Schüssen auf Leo Koski war ihre erste Reaktion, Vilmas Bericht über die Hintergründe von Lumi Nevasmaas Selbstmord zu verschieben. Schließlich konnte Yle als öffentlich-rechtlicher Sender schlecht eine Meldung veröffentlichen, die andeutete, der Ministerpräsident sei in die Verschleierung einer Vergewaltigungstat verwickelt, während der gleichzeitig im Krankenhaus um sein Leben kämpfte.

»Und warum nicht?«, hatte sie gefragt. Sie hatte mit allen Mitteln gekämpft, um die Chefredakteurin umzustimmen. Aber erst, als sie sich auf die Pressefreiheit als höchstes Gut berief und ihr unverhohlen drohte, gab sie nach. Derartige Argumente zogen in diesen Wänden immer noch am besten.

Natürlich war es makaber, die Geschichte so kurz nach dem Attentat auf den Ministerpräsidenten zu veröffentlichen, andererseits hätte der Augenblick nicht besser sein können. Alle, die konnten, saßen eh vor ihren Fernseh- oder Computerbildschirmen, um sich über den Zustand des Ministerpräsidenten zu informieren. Bei dem Gedanken an die zu erwartende Einschaltquote hüpfte ihr das Herz vor lauter Freude.

Mit der Ankündigung ihrer Exklusivstory wurde sofort begonnen, obwohl sie noch nicht einmal fertig geschnitten war.

Vilma schaute dem Cutter über die Schulter und begutachtete sich auf dem Bildschirm: Unter der violetten Winterjacke zeichneten sich ihre Kurven deutlich ab. Aber es war trotzdem eine Winterjacke. Der finnische Winter verlieh allen Journalistinnen eine Figur vom Typ Apfel.

Doch dieses Mal war ihr Äußeres zweitrangig. Die Leute würden ihren Beitrag über den Tod von Lumi Nevasmaa so oder so gucken.

»Lass uns mit dem Close-up beginnen«, sagte Vilma. Der Cutter fuhr mit dem Cursor auf ein Symbol und begann den Zusammenschnitt des Beitrags mit einer Großaufnahme von Vilma Varis, die direkt in die Kamera sprach.

Vilma war gerade noch mal mit einem Kameramann in der Topeliuskatu gewesen, um schnell ein paar Aufnahmen abzudrehen. Am Schauplatz des Selbstmordes hatte sie die Nachricht von Lumi Nevasmaas Vergewaltigung und deren Vertuschung sowie Lumis tragischem Selbstmord in die Kamera gesprochen. Ein Reporter vor Ort war immer ein guter Auftakt für einen Beitrag.

Und genau in dem Moment, in dem sich die Zuschauer fragten, ob das alles wahr sein konnte, würde sie die Aufnahmen der Überwachungskamera abspielen und kommentieren: Der Videobeweis sei schon lange im Besitz der Polizei, doch geschehen sei – nichts.

Das weitere Bildmaterial würde dem Ganzen den letzten Schliff geben.

»Und jetzt das Märtyrerfoto«, ordnete Vilma an. Ihr Bildredakteur hatte bei Instagram ein nur zwei Monate altes, ideales Foto gefunden, auf dem Lumi Nevasmaa in einer schneeweißen Jacke vor herbstlich leuchtenden Sträuchern stand und geheimnisvoll in die Kamera lächelte. Dieses wunderschöne Foto bildete einen perfekten Kontrast zu dem flimmernden, schockierenden Vergewaltigungsvideo.

»Länger. Viereinhalb Sekunden«, bestimmte sie. »Und dann Holsti auf der Wahlveranstaltung.«

Der Cutter zog den Archivbeitrag mit der Wahlveranstaltung der konservativen Sammlungspartei auf den Zeitstrahl des Schnittprogramms. Wenn Harri Holsti im Bild demonstrativ Leo Koskis Hand schüttelte, würden den Zuschauern die Kinnladen herunterklappen. Dann würde auch dem Letzten klar werden, dass Harri Holsti Freunde in den höchsten Kreisen der Politik hatte. Freunde, die über den nötigen Einfluss verfügten, um ein furchtbares Verbrechen unter den Teppich zu kehren.

Zum Schluss würde Vilma den Menschen vor dem Bildschirm erläutern, auf welche Weise Lumi Nevasmaa sich das Leben genommen hatte und welche Parallelen zu jener Selbstverbrennung bestanden, die den Arabischen Frühling ausgelöst hatte. Alles deutete darauf hin, dass sich Lumi Nevasmaa wie schon zuvor Mohamed Bouazizi vom System schändlich verraten gefühlt hatte.

Soweit bekannt, hatte Lumi Nevasmaa keine letzte Botschaft hinterlassen, aber die Wahl der Selbstmordmethode sprach für sich. Lumis Suizid war mehr als der Hilferuf einer jungen Frau. Er war eine Aufforderung zum Kampf.

Einen flüchtigen Augenblick lang fühlte Vilma Varis ein unangenehmes Ziehen in ihrem Inneren, wenn sie an den Entrüstungssturm dachte, den das Video auslösen würde. *Es ist nicht meine Aufgabe, mir darüber den Kopf zu zerbrechen*, rief sie sich in Erinnerung. *Meine Aufgabe ist lediglich, die Wahrheit ans Licht zu bringen.*

46

Kauri Salmén oblag die gesamte Verantwortung für die Medienarbeit der Linken Bewegung, eine Arbeit, die noch nie so viel Stolz hervorgerufen hatte wie jetzt.

Emmas rotes Kleid war zwar inzwischen wieder getrocknet, aber immer noch zerknittert und voller Schmutz. Sie hatte sich das Blut aus dem Gesicht gewischt, aber in ihren Haaren klebte immer noch Dreck von der Straße. In ihrem Inneren musste ein Aufruhr toben, der ihr jedoch nicht anzusehen war. Ihr Gesicht strahlte Ruhe aus.

Die Uhr an der Wand zeigte kurz nach acht. Seit dem Attentat auf den Ministerpräsidenten waren mehr als fünf Stunden vergangen, aber erst jetzt kam das fünfköpfige Führungsgremium der Linken Bewegung dazu, sich zusammenzusetzen und in Ruhe über die veränderte Situation nachzudenken.

Kauri betrachtete die Menschen, die um den Tisch herumsaßen. Jeder von ihnen war in die wahren Pläne für das Wochenende eingeweiht. Bis jetzt hatte ihre Zusammenkunft noch nicht viel erbracht. Es gab zu viele Fragen und zu wenige Antworten.

Wer hatte auf Koski geschossen? Und warum? Das war nicht Teil ihres großen Plans gewesen, obwohl die Antwort wahrscheinlich in den Spannungen zwischen linkem und rechtem Lager zu suchen war.

Kauri wusste, wie wütend viele ihrer Genossen auf Leo Koski waren. Genau aus diesem Grund musste eine Frage unbedingt gestellt werden. Natürlich nicht von Emma Erola. Sie musste Vertrauen in jeden einzelnen ihrer Anhänger zeigen. Also nahm Kauri allen Mut zusammen.

»Ich muss das ansprechen: Falls einer von euch auch nur den Hauch einer Ahnung hat, wer auf Leo Koski geschossen haben könnte, dann müsst ihr das jetzt sagen.«

Alle fünf am Tisch schwiegen. Kauri nickte zur Bestätigung.

»Da haben wohl die eigenen Hunde zugebissen«, mutmaßte Kasper Juvakoski, Leiter der politischen Arbeit der Linken Bewegung. »Die Schlagzeilen über den Bruch zwischen Koski und seinen Hintermännern sind sicher nicht aus der Luft gegriffen.«

Es klopfte an der Tür, und ein junger Referent kam mit einem Tablett geschmierter Brötchen herein. Er lief um den Tisch und jeder nahm sich wenigstens eine Packung. Zufrieden registrierte Kauri, dass auch Emma ihres aus der Folie schälte. Seit dem Vorfall hatte keiner von ihnen etwas gegessen.

Kauri und Emma waren gerade auf dem Weg ins Messebüro zu dem geplanten Treffen gewesen, als die Schüsse fielen. Beim ersten waren sie sich noch nicht sicher. Dann war ihnen eine schreiende Frau mittleren Alters im Treppenhaus entgegengerannt. Wie aus dem Nichts war sie hinter einer Ecke aufgetaucht und im gleichen Augenblick nach oben verschwunden.

Gleich darauf war der nächste Schuss gefallen. Kauri wollte kehrtmachen, doch Emma war zur Tür gestürmt. Kauri folgte ihr widerwillig, blieb aber in der Tür stehen und versuchte, einen Überblick über die Ereignisse in der schmalen Gasse zwischen Messegebäude und Fachhochschule zu bekommen. Emma rannte zu einer Mercedes-Limousine und beugte sich über zwei halb darunterliegende Personen. Polizisten zielten mit ihren Waffen auf die umliegenden Häuser.

Schließlich wagte Kauri sich näher heran und erkannte den Ministerpräsidenten, der rücklings im Schneematsch lag. Unter seinem Nacken breitete sich eine rote Lache aus, aber an seinem Kopf war keine Wunde zu sehen. Emma und einer der Polizisten entdeckten in seinem schwarzen Regenmantel ein Loch in Höhe des Schlüsselbeins, um das sich ein feuchter Fleck gebildet hatte. Links unter seinem Hals lief Blut hervor.

Weitere Polizeiautos bogen in die Veturimiehenkatu ein, aber ein Rettungswagen war nicht in Sicht.

Emma schob eine Hand unter Koskis Schulter und presste die andere auf die Stelle, an der das Loch war. Dann drückte sie, so fest sie konnte, um die Blutung zu stillen. Die Anstrengung war ihr am Gesicht abzulesen. Endlich hielt ein Rettungswagen neben ihnen. Als Emma von einem Notfallsanitäter beiseitegeschoben wurde, sackte sie völlig entkräftet auf dem nassen Belag zusammen. Kauri lief zu ihr, half ihr hoch und führte sie ins Büro der Messegesellschaft.

Seitdem war Emma unzählige Male vor die Kameras getreten, um die Ereignisse für die Medien zu kommentieren. Dabei war sie betont einsilbig und zurückhaltend, es gab einfach noch nicht genügend Informationen.

Bisher war nicht bekannt, ob der Ministerpräsident den Anschlag überlebt hatte. Aber ganz gleich, wie es ausging, dieser Mordanschlag mitten in der Krise würde sich unweigerlich auf das politische Kräfteverhältnis auswirken. Doch zu wessen Vorteil?

»Vielleicht sollten wir versuchen, dem Ganzen etwas Positives abzugewinnen«, sagte Kasper Juvakoski mit vollem Mund. »Ohne Koski sieht die Koalition noch rückwärtsgewandter und reaktionärer aus. Mit Koski haben sie ...«

»Nein«, platzte Emma dazwischen und sah Kasper aufgebracht an. »Wir werden diesen heimtückischen Anschlag in keiner Weise zu unserem Vorteil ausnutzen. Ich möchte nichts mehr in der Richtung hören.«

Im Raum wurde es wieder still.

»Aber an unserem Plan halten wir doch fest?«, fragte Kasper weiter.

Emmas Blick richtete sich auf etwas in unbestimmter Ferne. Ihre Hand zuckte unwillkürlich zu dem Telefon, das vor ihr auf dem Tisch lag.

Kauri wusste, dass sie die Entscheidung über Weiterführung oder Abbruch der Operation mit nur einem einzigen Menschen besprechen würde, und dieser Mensch saß nicht mit ihnen hier im Raum.

»Das klären wir später«, verkündete Emma. »Jetzt wird es Zeit, dass ich mich wieder vor den Delegierten zeige.«

Mit diesen Worten stand sie auf und räumte ihre persönlichen

Dinge in die Tasche. Kauri und sie hatten zuvor vereinbart, dass es nicht sinnvoll wäre, wenn Emma sich den ganzen Abend in einem Hinterzimmer versteckte. Das Messezentrum war bis in die Abendstunden für die Feierlichkeiten nach ihrem Parteitag gebucht. Der größte Teil der Teilnehmer war im Saal geblieben und hatte die Live-Berichterstattung auf der riesigen Leinwand verfolgt.

Kauri sah in Emmas ausdrucksloses Gesicht, als diese im Begriff war, den Raum in Richtung Messearena zu verlassen. *Was jetzt? Was würde nun folgen?*

Kauri griff nach ihrem Handy. Es gehörte in den Verantwortungsbereich der Öffentlichkeitsarbeit, sich zu vergewissern, dass die Vorbereitungen für die Rote Parade am nächsten Tag planmäßig liefen. Solange nichts Gegenteiliges entschieden wurde. Was auch immer geschah, was auch immer Emma für den morgigen Tag entscheiden würde, Kauri war bereit, ihr überallhin zu folgen.

47

Pontus Ebeling stand am Fenster und sah hinaus auf den Senatsplatz. Unterhalb der Domtreppe stand bereits die Tribüne für die morgige Rote Parade und wurde zur Stunde mit Banderolen verziert, die das Blut in seinen Adern zum Kochen brachten. *Scheißkommunisten!*

Sie steckten mitten in einer Krise, die schnelles Handeln erforderte.

»Wir müssen entschlossen vorgehen«, verkündete er.

Die Worte waren an drei Personen gerichtet, die sich um den Tisch des Sitzungsraums in der dritten Etage des Regierungspalais versammelt hatten. Zusammen mit ihnen war Pontus in der Lage, die Sicherheitskräfte Finnlands zu kontrollieren.

Die Yle-Nachrichten hatten bereits berichtet, dass dem Attentat auf Leo Koski ein Zerwürfnis zwischen dem Ministerpräsidenten und seinen Unterstützern vorausgegangen war. Jetzt kam es darauf an, Führungsstärke zu beweisen.

Pontus lief vom Fenster zum Besprechungstisch und setzte sich an die Stirnseite. Zu seiner Linken saßen jene beiden Männer, denen die Polizeikräfte des Landes unterstanden: der Polizeipräsident Juhani Piispa und Teemu Taivalkoski, der oberste Leiter der Sicherheitspolizei, des zu den Polizeikräften zählenden finnischen Inlandsgeheimdienstes.

Rechts am Tisch saß der Oberkommandierende der Verteidigungskräfte General Joel Alén. Der Umstand, dass auch der ranghöchste Befehlshaber der Streitkräfte hinzugerufen worden war, zeugte vom Ernst der Lage.

»Die Sicherheit Finnlands ruht auf Ihren Schultern«, sagte Pontus zu den Anwesenden.

Seine Stimme klang angespannt, was niemanden im Raum wundern dürfte. Seit dem Anschlag auf den Ministerpräsidenten waren gut fünf Stunden vergangen, und noch immer stand nicht fest, ob Leo Koski überleben würde. Dennoch musste gehandelt werden.

Das Treffen fand unter Pontus' Vorsitz statt, der gewissermaßen die politische Führung des Staates repräsentierte. Ebenso vertrat Pontus die Wirtschaft des Landes sowie seine eigenen Investmentgesellschaften im Wert von mehreren Milliarden Euro. Das war allen klar.

Genau deshalb durfte Pontus nicht zögern.

Er sah zuerst den Polizeipräsidenten Juhani Piispa an.

Der hatte, wie es seine Art war, die Mundwinkel herabgezogen und erinnerte noch mehr als sonst an einen Pfarrer, der gewillt war, die Last seiner ganzen Gemeinde zu schultern.

»Entschlossenheit ist genau das, was jetzt gebraucht wird«, griff Piispa die Worte von Pontus auf.

Pontus mochte Piispa, aber nur aus einem Grund: Piispa war ein ehrgeiziger Karrierist. Hinter seiner devoten Fassade verbargen sich kalte Berechnung und die Bereitschaft, gegenüber den richtigen Leuten als Speichellecker aufzutreten.

Der Polizeipräsident wusste, wer in diesem Land die Pforte zum Himmel kontrollierte, und allein aus diesem Grund war Pontus' Wort für ihn Gesetz.

Pontus überlegte, ob Piispas Nachname, der Bischof bedeutete, seine an einen plätschernden Bach erinnernde Art geformt hatte oder ob sein salbungsvolles Getue Zufall war. Er hatte wohl kaum seinen Nachnamen geändert, damit er zu ihm passte.

Am frühen Abend hatte Pontus kurzzeitig erwogen, Piispa erneut vor die Kamera zu schicken, um dem Volk wieder ihre Litanei herunterzubeten. Doch dafür war es zu spät.

Neben Piispa saß Taivalkoski, Leiter der Sicherheitspolizei. Er war der Einzige in ihrer Runde, der bei der Zusammenkunft heute Morgen, als Leo seinen Aufstand geprobt hatte, nicht anwesend war. Als Geheimdienstchef war er trotzdem immer im Bilde.

Taivalkoski, mit Igelfrisur und breiten Schultern, war das Musterexemplar eines unerbittlichen, auch vor harten Maßnahmen nicht zurückschreckenden Polizisten. Er war stets so sorgfältig rasiert, dass man nicht mit Sicherheit sagen konnte, ob ihm überhaupt ein Bart wuchs. Andererseits hatte er mit seinem ausgeprägten Kinn und der wuchtigen Nase so maskuline Züge, dass niemand an seinem Bartwuchs Zweifel haben konnte. Er war einer der engsten Vertrauten von Pontus.

Ihm gegenüber saß Armeegeneral Joel Alén.

Mit dem Oberbefehlshaber der Streitkräfte hatte Pontus bisher nicht ganz so eng zusammengearbeitet wie mit dem Polizeipräsidenten, aber er vertraute ihm voll und ganz. Der Grund dafür lag in Aléns politischer Überzeugung, aus der er hinter den Kulissen keinen Hehl machte. Er war zutiefst konservativ. Die Führungsriege der Sammlungspartei hatte höchst wohlwollend verfolgt, wie er die Rangleiter der Armee bis an die Spitze emporgeklettert war.

Der Armeekommandant hatte einen muskulösen Körperbau, aber ohne jene bulldoggenhafte Statur, die viele Blitzaufsteiger der Armee in seinem Alter auszeichnete. Für einen Soldaten waren seine Haare etwas zu lang und selbst frisch geschnitten nur hinter den Ohren und im Nacken wirklich kurz. Sein Gesicht war ungewöhnlich ausdrucksstark für einen Mann an der Waffe.

Ungeachtet seines betont lässigen Stils weckte er Respekt bei den Menschen. Mit verblüffender Zielstrebigkeit hatte er sich bereits in jungen Jahren hochgearbeitet und war nun der jüngste Chef der Streitkräfte Finnlands seit hundert Jahren. Egal worum man ihn bat, er war immer zur Stelle und tat mehr, als er musste, ohne dabei auf die Uhr zu schauen.

Eine Sache an Alén gab Pontus jedoch zu denken. Es schien, als seien er und Leo ziemlich auf einer Wellenlänge. Pontus hatte sie häufig lachend beieinanderstehen sehen. Leo und Alén hatten einiges gemeinsam: Beide waren wie in Watte gepackte Sprösslinge vermögender Familien herangewachsen.

Erfreulicherweise legte der General aber nicht diese Weichheit an den Tag, die Pontus an Leo störte. Vielleicht hätte er strenger zu Leo sein sollen. *Ich habe ihm den goldenen Löffel in den Mund gesteckt.*

Ich hätte ihm mehr von dem kantigen Charme eines Straßenbengels einimpfen sollen, der Alén auszeichnet. Aber wie? Joel Aléns Eltern hätten ihm sicher keinen Rat geben können. Pontus war ihnen hin und wieder bei Veranstaltungen in Unternehmerkreisen begegnet. Rechtschaffene Konservative, aber total langweilig. Es war geradezu ein Wunder, dass es diesen Nulpen gelungen war, einen so bemerkenswerten, taffen Kerl heranzuziehen.

Morgen würde Alén der Mann am rechten Platz sein, wenn es darum ging, das Aufbegehren der Linken zu ersticken.

Zufrieden glitt sein Blick über die drei Männer am Tisch.

»Der Schütze ist immer noch auf freiem Fuß, aber wir können davon ausgehen, dass es sich um einen Linksaktivisten oder gar um einen von der linken Führung angeheuerten Auftragsmörder handelt. Natürlich streitet Emma Erola alles ab und fährt unbeeindruckt mit den Vorbereitungen für die Parade fort. Zu der werden wir es nicht kommen lassen.«

Jetzt würde Pontus klarstellen, wer hier in den nächsten Tagen die Fäden zog. Nun musste er jene unverkennbare Führungsstärke zeigen, zu der Leo nicht in der Lage war. Sie mussten die Situation mit Gewalt unter Kontrolle bringen. Finnland durfte nicht ins Chaos rutschen.

Auch die Verhandlungen zum Verkauf der Aktien seines Stromnetzbetreibers Cursus mussten endlich unter Dach und Fach gebracht werden. Er hatte die Gespräche unterbrochen und eine Beruhigung der Situation in Aussicht gestellt. Doch er tat das alles hier nicht nur aus eigenem Interesse. Die Mitglieder der Gilde standen im Begriff, die Wände hochzugehen. Sie fürchteten, dass der Regierung die Zügel entglitten. Sie fürchteten, dass Zustrom und Widerstand der Linken weiter zunahmen.

»Emma Erola hat das Volk zu einer Revolution aufgewiegelt«, fuhr er fort. »Heute haben wir eine traurige Lektion darüber erhalten, wohin ein zu lascher Umgang mit der Linken führt. Wir haben nicht gehandelt, obwohl es in diesem Jahr schon zu viele Vorkommnisse gab, bei denen die körperliche Unversehrtheit ehrbarer Bürger verletzt worden ist. Tumulte am Rande von Demonstrationen zeugen von mangelndem Respekt gegenüber den Gesetzeshütern.«

Nach diesen Worten schaute Pontus Piispa und Taivalkoski Bestätigung suchend an. Niemand widersprach ihm.

»Wir müssen die Achtung vor den Dienern des Staates wiederherstellen. Der erste Schritt ist die Verhinderung der Roten Parade. Die heutigen Ereignisse liefern mehr als genug Gründe, um die Demonstration zu verbieten. Wir müssen die Anführer der Linken, die ungeniert Unruhe stiften und sich auch sonst etlicher Vergehen schuldig machen, aus dem Verkehr ziehen. Sie wissen, wen ich meine. Nutzen Sie alle Ihnen zur Verfügung stehenden Möglichkeiten.«

Entschieden blickte er jetzt den SUPO-Chef Teemu Taivalkoski an.

»Teemu, Sie haben die Mittel, um die Aktivitäten und die Kommunikation der Linkenchefs in großem Stil zu überwachen. Nutzen Sie sie. Ich bin mir sicher, dass Sie etwas finden, das weitere Maßnahmen rechtfertigt.«

»Keine Frage«, antwortete Taivalkoski.

Der daneben sitzende Polizeipräsident Juhani Piispa zog die Mundwinkel noch weiter nach unten als sonst.

Von den drei anwesenden hochrangigen Polizei- und Armeevertretern war er es, der die Frage stellte, die allen durch den Kopf ging:

»Wir verstehen den Ernst der Lage«, begann Piispa. »Aber wir müssen auch an die Befehlskette denken. Wer führt dieses Land im Augenblick?«

»Ich habe bis auf Weiteres die Zügel in der Hand«, antwortete Pontus.

Eine brüske Antwort, die die Grundfesten der Demokratie erschütterte.

Anders als Pontus erwartet hatte, schien Piispa immer noch zu zögern. »Mit allem Respekt, Pontus. Ich kann unmöglich die geplante Demonstration in letzter Minute absagen und linke Politiker verhaften, wenn ich nicht weiß, dass ich die volle Unterstützung der Führungsspitze habe.«

Pontus fühlte Ärger in sich aufsteigen. Sie hatten keine Zeit, um über Formalitäten zu debattieren. Natürlich konnte er den Einwand des Polizeipräsidenten verstehen. Polizisten und Soldaten liebten eine klare Befehlsordnung, weil sie ihnen die nötige Rückversicherung lieferte, sollte etwas schiefgehen.

Genau genommen hatte Pontus laut Dienstreglement keinerlei Befugnisse. Doch das spielte keine Rolle. Der Polizeipräsident war dem Innenminister Viktor Levoska unterstellt, und dieser würde tun, was Pontus befahl. Den Oberbefehl über die Armee hatte formal der Präsident, aber auch diesen konnte man durch Notstandsgesetz und Amtshilfeersuchen der Polizei leicht umgehen. Dieser Zauderer wäre heilfroh, wenn er sich der Verantwortung entziehen konnte.

»Sie bekommen Ihre formale Rechtfertigung!«, schnauzte Pontus. »Das Parlament wird Leo Koski morgen offiziell des Amtes entheben und Viktor Levoska mit der Führung der Regierungsgeschäfte beauftragen. Meine Entscheidung hat Levoskas volle Unterstützung. Sie sind also abgesichert. Die Vorbereitungen beginnen unverzüglich, verstanden?«

Endlich nickte Piispa zum Zeichen seines Einverständnisses. Als wäre die Verbindung des »Bischofs« zum allmächtigen Willen Gottes kurz unterbrochen gewesen, aber nun stabiler denn je wiederhergestellt worden.

Auf Karrieristen ist immer Verlass.

Auch der Oberkommandierende der Streitkräfte Alén schien sich mit Pontus' Worten zu begnügen.

»Fahren wir fort«, sagte Pontus. »Finnland ist gespalten. Auch bei Ihren Leuten wird es jede Menge unterschiedlicher Meinungen geben. Können wir uns auf Ihre Männer hundertprozentig verlassen?«

»Was uns betrifft, können Sie ganz unbesorgt sein«, erwiderte Piispa.

Pontus schaute nach rechts.

»General Alén? Können Sie garantieren, dass die entscheidenden Offiziere unsere Maßnahmen zum Niederringen der Linken gutheißen, sollte die Hilfe der Armee benötigt werden?«

Ein ungläubiger Schatten huschte über Aléns Gesicht, bevor er sagte: »Die Streitkräfte halten sich an den Befehlsweg.«

»Natürlich. Aber ich möchte, dass Sie offen mit mir reden.«

Das Gesicht des Generals zeigte keine Regung.

»Ich kann nicht für jede Kompanie die Hand ins Feuer legen«, räumte er schließlich ein. »Viele Soldaten haben einen linken Hintergrund – Freunde, Familie. Sie empfinden Sympathie für die Demonstranten.«

»Sicher tun sie das«, entgegnete Pontus ungehalten. »Ich bin ja nicht dumm. Aber wie steht es mit den Schlüsselpositionen?«

»Linksgerichtete Sympathien reichen bis in die Führungsebene einzelner Regionalverbände, ebenso in die Chefetage der Hochschule für Landesverteidigung. Das betrifft auch die Kommandoebene einzelner Truppenverbände, vor allem bei den Brigaden in Pori und Kainuu und bei der Jägerbrigade«, zählte Alén auf.

Pontus' Gesichtszüge spannten sich. Ihm war bewusst, dass die Armee nicht so loyal hinter der Rechtskoalition stand wie die Polizei. Doch die Situation war weitaus schlimmer, als er befürchtet hatte. Der Umstand, dass Joel Alén ihm eine so detaillierte Antwort geben konnte, zeigte, dass er die Sache bereits durchdacht hatte.

»Gestatten Sie mir die Frage, Joel, warum diese Personen in hochrangigen Positionen der Armee sind, wenn es Gründe gibt, an ihrer Treue zu zweifeln?«

»Sie sind gute Soldaten und begabte Anführer. Die politische Gesinnung spielt bei Personalentscheidungen des Militärs schon seit Langem keine Rolle mehr, zumindest nicht offiziell. Ein derart tiefer Zwist zwischen einzelnen Bevölkerungsgruppen, wie wir ihn jetzt haben, war noch vor wenigen Jahren in Finnland undenkbar.«

Pontus schüttelte den Kopf. *Verdammte Stümper.* Nicht mal im Halbschlaf hätte er Menschen, deren Loyalität zweifelhaft war, mit Spitzenaufgaben betraut, egal wie gut sie auf ihrem Posten waren. Ganz besonders nicht, wenn sie gut waren.

»Wir werden trotzdem keine Probleme bekommen. Dafür sorge ich persönlich«, sagte Alén.

Mit dieser Antwort gab Pontus sich zufrieden, erhob sich und ging Richtung Tür. Gerade als er im Begriff war, den Raum zu verlassen, hörte er den SUPO-Chef Teemu Taivalkoski mit scharfer Stimme hinter sich rufen.

»Pontus!«

Pontus Ebeling schaute über die Schulter. Taivalkoski hielt sich das Telefon ans Ohr. Auch Juhani Piispa starrte gebannt auf sein Handy. Beiden sah man an, dass sie etwas erfahren haben mussten, das sofortige Maßnahmen erforderte.

»Vielleicht müssen wir schneller als gedacht zu härteren Mitteln greifen«, sagte Taivalkoski. »Yle wird um zehn Uhr eine Sondersendung ausstrahlen, die die gegenwärtige Situation schnell zum Eskalieren bringen könnte.«

Mit einem stechenden Blick forderte Pontus genauere Auskünfte.

Taivalkoski zögerte. »Wir haben nur vorläufige Informationen … aber es klingt nicht gut. Gar nicht gut.«

48

Unter Metsos Schuhen knirschte der Schnee, als er auf dem dunklen Waldweg aus dem Wagen stieg. Auf der kurzen Fahrt gen Norden hatte sich die Landschaft weiß gefärbt. Die Flocken, die in Helsinki sofort zu Matsch schmolzen, hafteten hier, etwa einhundert Kilometer weiter nördlich in der Nähe von Hämeenlinna, auf Stoppelfeldern und Bäumen.

Metso spähte durch den Wald. In der Dunkelheit zeichneten sich die Umrisse eines Hauses ab, das im Besitz der Erben von Harri Holstis Tante war. Metso hielt Ausschau nach Holstis Mercedes, aber bei diesen Lichtverhältnissen konnte er ihn aus der Entfernung nicht erkennen. Trotzdem war Metso zuversichtlich, dass er am richtigen Ort war. Holstis Handy hatte sich zuletzt an einem Sendemast hier in Janakkala angemeldet. Obzwar die Positionsdaten im dünn besiedelten Raum nicht sehr genau waren, gab es keinen anderen logischen Ort in der Nähe, an dem Holsti sich verstecken konnte.

Leise schloss Metso die Autotür. Harri Holstis Zeit war gekommen.

Noch heute Morgen hatte Harri Holsti unter Peregrinos Schutz gestanden. Doch dann hatte Metso einen unschuldigen Menschen töten und begraben müssen, nur damit Holstis schmutzige Tat nicht ans Licht kam. Trotzdem hatte Holsti die Geduld verloren und erneut Alleingänge unternommen. Das war zu viel für Peregrino. Der unberechenbare Hotelbesitzer war zu einem Risiko geworden, das beseitigt werden musste.

Metso ging um das Fahrzeug herum und riss die hintere Tür auf. Noch einmal vergewisserte er sich, dass alles bereit war. Hätte sich Peregrino mit einem einfachen Erschießen und Zurücklassen der Leiche zufriedengegeben, wäre das ein leichter Job für ihn geworden. Tatsächlich aber war es alles andere als das: Was er nun zu tun hatte, war grausam, herausfordernd – und sehr speziell.

Peregrinos Forderungen hatten eine ganze Menge Vorbereitungen verlangt. Das Fahrzeug hatte ihm der Auftraggeber besorgt, doch um die übrigen Utensilien musste er sich selbst kümmern.

Metso betrachtete den grünen Gegenstand auf dem Boden. Ihn aufzutreiben hatte ihn fast den ganzen Samstagabend gekostet. Als er ihn endlich ergattert hatte, musste er bei Prisma noch eine Bohrmaschine kaufen gehen und damit ein großes Loch hineinbohren. Metso griff nach dem Seil im Fußraum und fädelte es durch das Loch.

Alles war bereit.

Metso schloss die Autotür und rief eine Karten-App auf seinem Handy auf. Zu Holstis Hütte musste er ein kurzes Stück durch den Wald laufen und dabei das einzige Nachbarhaus im Blick behalten, in dem erfreulicherweise kein Licht brannte.

Er lief zwischen Kiefern hindurch und zog seine Waffe. Auch nach zwanzig Dienstjahren bei der Polizei schlug sein Puls noch schneller, sobald sich seine Finger um den Pistolengriff legten.

Schon von Weitem sah er, dass das Nachbarhaus verlassen war. Wind oder Tiere hatten Möbel und andere Gegenstände durcheinandergewirbelt, und auf der Veranda häuften sich Zweige und Blätter. Metso schloss daraus, dass hier schon länger niemand mehr wohnte. Vermutlich seit zweieinhalb Jahren nicht.

So viel Zeit war vergangen seit dem Platzen der Schuldenblase.

In der Folge der Wirtschaftskrise mussten Menschen massenhaft ihre Häuser verlassen und in andere Teile Finnlands migrieren. Die Entvölkerung des ländlichen Raums erreichte noch eine neue Stufe, als der Staat im Zuge von Sparmaßnahmen die Regionalbeihilfen kippte. Daraufhin waren auch die letzten öffentlichen Dienstleistungen auf dem Lande verloren gegangen, was ein massenhaftes Verschwinden von Betrieben und Arbeitsplätzen nach sich zog. Gleichzeitig setzte eine massive Kürzung der Arbeitslosenhilfe und anderer Sozialleistungen ein. Die Menschen brachen auf, um irgendwo nach Arbeit zu suchen, und in den Städten entstanden erste Slums.

Als Metso sich vor zwei Jahren mit Glücksspiel in die Schuldenfalle katapultierte, hatte Finnland noch ein anderes Gesicht. Damals hätten die sozialen Subventionen seine Familie noch vor dem Schlimmsten bewahren können. Die Kürzungsrunden des vergangenen Jahres hatten jedoch das Leben all jener, die keine Arbeit mehr hatten, auf den Kopf gestellt. Jetzt gab es kein Sicherheitsnetz mehr, das Metsos Familie hätte auffangen können. Jetzt drohte ihnen ein Sturz ins Bodenlose.

Metso ging davon aus, dass sein geheimnisvoller Auftraggeber im Kreis jener Machthaber zu suchen war, die für die Kürzungen verantwortlich waren. Hinter den Aufträgen steckten eindeutig politische Interessen, Geld und Macht. Das Spiel war schmutzig, aber das kümmerte Metso nicht. Er kämpfte darum, sein Leben und seine Familie zu behalten. Nicht mehr und nicht weniger.

Jetzt stand er auf dem Nachbargrundstück. Schlich an einem leeren Hundezwinger vorbei und positionierte sich hinter der Veranda. Von hier aus hatte er einen guten Blick auf Holstis Wochenendhaus. Beide Hoflichter brannten. Ein typisches finnisches Holzhaus, erbaut in den Fünfzigern für verdiente Frontkämpfer im Zweiten Weltkrieg. Nun konnte Metso auch den Mercedes ausmachen, den er bereits in der Straße vor Laura Nevasmaas Haus gesehen hatte. Das Auto verlieh Metso letzte Gewissheit: Holsti war hier.

Ein leises Winseln riss ihn aus seinen Beobachtungen.

Eine Ratte?

Noch ein Winseln. Metso erkannte, dass es sich um ein zweites Tier handeln musste.

Das Geräusch kam von unten. Er bückte sich, um unter die Holztreppe zu sehen. Modriger Geruch schlug ihm entgegen. In der hintersten Ecke sah er etwas Kleines, das sich bewegte. Das Winseln wurde stärker, kam nun von beiden Tieren zugleich.

Die Welpen eines streunenden Hundes!

Zwei Hundewelpen hockten dicht aneinandergeschmiegt in

der hintersten Ecke, um sich vor der Kälte zu schützen. Metso zwängte sich in den engen Hohlraum und nahm einen der Welpen in seine große Hand. Das kleine Hündchen war über und über mit Schmutz bedeckt, doch darunter schimmerte das Fell weiß und braun hervor. Der Welpe wand sich kraftlos und jaulte herzerweichend. Seine Augen waren noch geschlossen, er war höchstens eine Woche alt. Ein unschuldiges Opfer der Wirtschaftskrise. Die verlassenen Häuser auf dem Lande konnte Metso noch verstehen. Aber was für ein Mensch verstieß sein Haustier? Tatsächlich waren es unzählige. Das war in den letzten Jahren ans Licht gekommen. In Südfinnland war eine Population streunender Hunde herangewachsen, die seither immer größer wurde.

Metso legte den Welpen zurück neben sein Geschwisterchen. Beim Rauskriechen sah er auf der gegenüberliegenden Seite einen dritten, leblosen Welpen, dessen Körper ganz steif war. Er hatte die Vorderläufe gestreckt, als wollte er gerade zum Sprung ansetzen. Frustriert richtete Metso sich wieder auf. Da erklang hinter ihm ein scharfes Bellen. Metso drehte sich um und sah vor sich einen großen Hund, der plötzlich wie aus dem Nichts aufgetaucht war. Bellend sprang das Tier um Metso herum. Gegen den verschneiten Untergrund hoben sich deutlich die baumelnden Zitzen ab.

Das Jaulen ihrer Welpen hatte die Hündin herbeigerufen.

Ihr Bellen wirkte nicht bedrohlich. Eher furchtsam, aber sie bellte ununterbrochen und sehr laut. Metso fluchte. Er musste schnell eine Entscheidung treffen. Widerwillig hob er die mit einem Schalldämpfer versehene Pistole und schoss. Das Zischen der Kugel wurde vom letzten Bellen der Hündin überdeckt, und sie sackte leblos zu Boden.

Aus dem Schutz der Veranda heraus schaute Metso hinüber zu Holstis Haus. Nichts rührte sich.

Die Hündin hatte so laut gebellt, dass es auch in Holstis Haus hörbar gewesen sein musste. Sollte Holsti auf das Bellen aufmerksam geworden sein, musste Metso schnell handeln oder lange warten. Er entschied sich für Ersteres.

Vor Holstis Haus stand eine kleine Spielhütte. Er schlich sich dahinter und sah vor sich einen kleinen Vorbau und die Eingangstür des Hauses. Um ihn herum war nichts als unbebautes Land. Seine einzige Deckung zwischen Spielhütte und Tür war die Dunkelheit.

In den Fenstern an der Vorderseite war keine Bewegung zu erkennen. Mit schnellen, federnden Schritten huschte er zum Haus.

Die Treppe zum unverglasten Vorbau war alt und in schlechtem Zustand. Als Metso auf die unterste Stufe trat, knarrte es vernehmlich. *Anfängerfehler.* Vorsichtig trat er auf den äußersten Rand der nächsten Stufe, erreichte die Veranda und behielt ständig die Fenster auf beiden Seiten im Blick. Noch immer regte sich nichts.

Schnell nahm er die letzten Schritte zur Tür und schoss das Schloss auf. Mit einem Tritt öffnete er die Tür und stürmte hinein. Der Flur war leer. Als Erstes steuerte er die Küche auf der linken Seite an.

In der Hütte war es vollkommen still.

Metso schob die Pistole zurück ins Holster und zog einen Elektroschocker hervor. Um den Taser einzusetzen, musste er bis auf Armlänge an Holsti herankommen, was riskant war. Er vergewisserte sich, dass die Pistole sicher an ihrem Platz war. Sollte die Situation aus dem Ruder laufen, würde Peregrino sich mit einer Leiche mit Einschussloch begnügen müssen.

Mit gespannten Sinnen schlich er den Flur entlang zum Wohnzimmer. Vor der Tür hielt er kurz inne und schloss die Finger fester um den Elektroschocker. Plötzlich ertönte hinter ihm ein Geräusch, und er fuhr herum. Wenige Meter von ihm entfernt stand Holsti und hielt etwas hoch über den Kopf. Mit Schwung warf Holsti den Gegenstand in Metsos Richtung. Etwas Großes traf seinen Schädel. Metsos Brille wurde zu Boden geschleudert, und er kippte unter der Wucht des Aufpralls nach hinten. Sein Hinterkopf schlug mit einem dumpfen Geräusch auf dem flauschigen Ryijy-Teppich auf.

Schäumend vor Wut schoss Holsti auf Metso zu. Der Elektroschocker war aus Metsos Hand geflogen, und das Pistolenholster war unerreichbar unter seinem Rücken. Da fiel sein Blick auf das Gerät, mit dem Holsti nach ihm geworfen hatte. Ein altmodisches, voluminöses Radio. Gerade als Holsti sich auf ihn werfen wollte, bekam Metso das Radio zu fassen und donnerte es ihm mit aller Kraft an die Stirn.

Der Schlag war genauso wirkungsvoll wie der Elektroschocker: Holstis mächtiger Körper sackte bewusstlos zur Seite.

Metso wischte sich über die Nase. Aus einem Nasenloch lief Blut. Er hob seine Brille auf, das Gestell war verbogen und das linke Glas gesprungen.

Sonst war er in Ordnung. Er setzte sich die Brille auf und zog eine Schachtel aus der Innentasche seiner Jacke. Darin befand sich eine fertig aufgezogene Spritze mit Propofol. Metso stach die Kanüle in Holstis wulstigen Nacken und injizierte ihm durch langsamen Druck auf den Kolben die komplette Flüssigkeit. Die Dosis betrug das Anderthalbfache der für einen Menschen normaler Größe benötigten Menge. Damit sollte Holsti für mindestens zwei Stunden bewusstlos sein. Zur Sicherheit holte Metso noch zwei Kabelbinder aus der Tasche und fesselte ihm damit Hände und Füße. Aus einer Platzwunde an Holstis Stirn lief Blut.

»Du brauchst einen Arzt«, murmelte Metso lakonisch.

Etwa zehn Minuten später fuhr Metso den Rettungswagen vor das Haus, den er am Nachmittag aus der Tiefgarage des Krankenhauses geholt hatte. Er hielt vor dem Vorbau, öffnete die hintere Flügeltür und zog eine Multifunktionskrankentrage heraus. Heruntergefahren war sie etwa zwanzig Zentimeter hoch und schloss exakt mit der ersten Stufe ab.

Metso lief in den Flur und zerrte Holstis kolossalen Körper mit dem Kopf voran ins Freie. Draußen legte er ihn quer auf die Treppe und versetzte ihm einen Tritt. Den Rest übernahm die Schwerkraft. Holstis wuchtiger Körper wälzte sich die Treppe hinunter, wurde von der letzten, breiteren Stufe gebremst, drehte sich noch einmal und landete wie geplant mit dem Rücken auf der Trage.

Metso griff nach den Enden des Haltegurts, der gerade so um Holsti passte, und ließ den Verschluss einschnappen. Dann ging er zum Fußende der Trage, umfasste den Hebel zum Ausklappen der Hinterräder mit beiden Händen und zog. Anschließend fuhr

Metso die Trage hoch und ließ den Arretiermechanismus einrasten. Dann ging er zum Kopfende und wiederholte den Vorgang. Dieses Krankengestell, mit dem sich ein 140 Kilogramm schwerer Mensch nahezu mühelos transportieren ließ, beeindruckte Metso.

Der Rest war einfach. Trotz der schweren Last rollte die Trage mühelos über den unebenen Boden. Dank der hydraulischen Hubvorrichtung glitt sie auch bequem in den RTW. Metso schloss die Türen und setzte sich hinters Steuer. Bevor er losfuhr, warf er einen Blick in den Spiegel. Sein Nasenbluten hatte aufgehört, aber das Radio, das ihn am Kopf getroffen hatte, hatte Spuren hinterlassen.

Hinter dem Fahrersitz hingen Jacke und Baseballcap des eigentlichen Fahrers. Metso zog sich die Mütze ins Gesicht und hoffte, dass sie die Verletzung weitgehend verbarg. Dann schlüpfte er in die Sanitäterjacke und betrachtete sich im Rückspiegel.

Rettungssanitäter Metso.

Er startete den Motor und bog in den Waldweg ein.

Gleich darauf hielt er seufzend wieder an. Das verlassene Nachbarhaus lag in tiefer Dunkelheit. Metso stieg aus und lief zu der halb zusammengebrochenen Verandatreppe. Traurig legte er die Hand auf seine Waffe.

Seinetwegen waren zwei Hundewelpen verwaist. Sie sollten nicht qualvoll in der Kälte krepieren.

49

Leo Koski lebt.

Ein Aufatmen ging durch die Reihen in der Amfi-Arena im Messezentrum, als die Blitzmeldung von *Helsingin Sanomat* auf den Handys der Anwesenden erschien. Auch Emma las die Nachricht:

Nach Informationen von Helsingin Sanomat wurde Leo Koski operiert, und sein Zustand ist stabil. *Wird aktualisiert.*

Die Neuigkeit, dass Leo Koski überlebt hatte, lief jetzt auch als Expressnachricht über die große Leinwand, vor der immer noch Hunderte Parteitagsdelegierte der Linken Bewegung gebannt die Ereignisse verfolgten.

Emma versuchte zu ergründen, welche Stimmung dem allgemeinen Gemurmel zugrunde lag. Die meisten tuschelten einfach nur miteinander. Ein bärtiger Mann erhob sich voller Wut und rief offenbar angetrunken:

»Die hätten ihn krepieren lassen sollen!«

»Ein Mist ist das!«, stimmt ein Zweiter ein. Einige zollten den beiden Beifall.

Entsetzt verfolgte Emma die Reaktion ihrer Genossen. *So sollte das doch nicht laufen!*

Die vergangenen Stunden im Messezentrum waren die reinste Achterbahn der Gefühle für sie gewesen. Zuerst wurde beinahe vor ihren Augen auf Leo Koski geschossen. Dann hatte sie gesehen, wie stark er blutete, es mit eigenen Händen gefühlt. Sie hatte sich innerlich darauf eingestellt, dass er starb, und merkte nun, wie erleichtert sie war.

Das heimtückische Attentat auf Leo Koski war nicht Teil ihrer sorgfältig geplanten Operation, dennoch wurde sie einen höchst unangenehmen Gedanken nicht los. Was, wenn der Schütze aus ihren eigenen Reihen kam?

Jetzt erschien Leo Koskis Bild auf der Leinwand, und im Saal brach lautes Buhen aus. Eine Frau in Jeansjacke stimmte einen rhythmischen Ruf an, und immer mehr fielen ein: »Schläuche ab!«.

Das war zu viel für Emma. Sie hastete aus dem Saal und lief durch einen kleinen Korridor zurück zum Hinterzimmer.

Ihr Plan drohte aus dem Ruder zu laufen. Das Attentat auf Leo Koski hatte die Situation grundlegend verändert. Emma musste dringend mit Marten sprechen, obwohl dieser ihr jeden unnötigen Kontakt untersagt hatte. Sie nahm ihr Telefon aus der Tasche und tippte seine Nummer aus dem Gedächtnis. Sie hatte sie absichtlich nicht gespeichert, obwohl sie sie vergangenen Herbst häufiger benutzt hatte, als sie gemeinsam an den Vorbereitungen für ein neues Kapitel in Finnlands Geschichte arbeiteten.

Emma war Marten erst im September zum ersten Mal begegnet. Da waren die Linke Bewegung und Emma schon steil im Aufwind. Dennoch war Emma überrascht, wie schnell sich die Dinge seither entwickelt hatten.

Ein bekannter linksorientierter Schriftsteller hatte Emma die Einladung überbracht. Sie müsse unbedingt jemanden kennenlernen, hatte er zu ihr gesagt, wen, würde sie erst vor Ort erfahren. Seine Art hatte Emma etwas überrascht, trotzdem sagte sie zu, weil sie dem Überbringer der Bitte vertraute. Noch am gleichen Abend fuhr sie den Anweisungen folgend mit einem Mietwagen zum Parkplatz des Naturschutzgebietes Kuusijärvi in Vantaa. Es war ein trüber Herbstabend. Ihr war ebenfalls aufgetragen worden, ihr Gesicht hinter einem hohen Kragen und einem Tuch zu verbergen und mit dem Auto am nördlichen Rand des Parkplatzes zu halten.

Emma sah sich um. Eine Frau mit Windjacke lief vom Café in Richtung Parkplatz und führte einen kleinen Hund spazieren.

Schnell schaute Emma in eine andere Richtung, damit sie nicht erkannt wurde. Der Überbringer der Einladung hatte mehrfach betont, dass das Treffen geheim zu bleiben habe.

Den Anweisungen folgend bog sie in einen Sandweg ein, der vom Parkplatz Richtung See führte. Nach vielleicht hundert Metern passierte der schmale, huckelige Weg einen Richtfunkmast von etwa zwanzig Meter Höhe. Der Mast und zwei danebenstehende Blechbaracken waren mit einem Maschendrahtzaun gesichert, an dem ein Warnschild hing: RICHTFUNKMAST KUUSI-JÄRVI. VORSICHT, EISSCHLAG.

Wie ihr geheißen, ging sie rechts an dem Gelände vorbei. Unmittelbar hinter dem Zaun begann ein seltsamer Pfad, der aus zwei bestimmt einen Meter tiefen langgezogenen Rinnen bestand. Sie verliefen nebeneinander wie die Fahrspuren eines riesigen Fahrzeugs. Was auch immer diese Furchen hervorgerufen hatte, es war vor langer Zeit geschehen. Heute waren sie überwachsen, und auf dem Mittelstreifen standen knapp zwei Meter hohe Bäume. Trotz des Bewuchses konnte sie dem Pfad leicht folgen. Sie schob Zweige zur Seite, die ihr ins Gesicht zu schlagen drohten, und drang immer tiefer in den Wald ein. Die Geräusche der Autobahn nach Lahti verstummten.

Sie musste schon mehrere Hundert Meter tief in das von Autobahn und See begrenzte Waldstück hineingegangen sein. Wenn sie hier um Hilfe riefe, würde keiner sie hören. Dieses Treffen im Wald kam ihr immer seltsamer vor. *Warum habe ich mich darauf nur eingelassen?*

Der Pfad schlängelte sich weiter voran. Sie war bestimmt schon dreihundert Meter gegangen, und noch immer nichts. Sie verlangsamte ihre Schritte, zögerte.

»Guten Abend, Emma«, erklang es da neben ihr.

Sie drehte den Kopf und sah eine große Gestalt auf einem Stein sitzen.

Jetzt erkannte sie ihn. Von allen Menschen, die sie kannte, war er der Letzte, mit dem sie hier gerechnet hatte.

»Ich habe einen Vorschlag, den du nicht ablehnen wirst«, sagte er und schaute sie spitzbübisch an. Neben ihm saß ein großer Hund, der fast aussah wie ein Deutscher Schäferhund, nur noch kraftvoller.

Sie griff nach der ausgestreckten Hand. Sein warmer Händedruck imponierte ihr. Aus seinen Augen strahlte tiefe Freundlichkeit, die wohl ihre Nervosität angesichts der ungewöhnlichen Umstände vertreiben sollte.

»Ich habe lange auf dieses Treffen gewartet«, sagte er.

»Warum?«, fragte Emma.

»Ich verfolge deinen Werdegang seit Langem«, antwortete er. »Du verfügst über besondere Fähigkeiten, mit denen sich das Volk in eine neue Zeit führen lässt. Im Dezember wirst du zur neuen Vorsitzenden der Linken Bewegung.«

Emma zuckte bescheiden mit den Schultern. »Die Dinge haben sich schneller entwickelt als erwartet.«

»So eine Situation darf nicht ungenutzt vorüberstreichen. Ich will dir helfen.«

»Was heißt das?«

»Du sprichst zum Volk von einer Revolution«, sagte er. »Wenn ich es richtig verstanden habe, dann versteht man unter einer Revolution einen abrupten, grundlegenden Machtwechsel, mit dem radikale gesellschaftliche Veränderungen erreicht, die Arbeit neu organisiert und das Eigentum neu verteilt werden sollen. Ich denke, du benötigst dabei etwas Hilfe.«

Emma zog die Brauen hoch. Es stimmte, sie benutzte häufig den Ausdruck Revolution. Sie tat es, um das Ausmaß des notwendigen Wandels zu verdeutlichen. Allerdings hatte sie bisher nie daran gedacht, sie buchstäblich in die Tat umzusetzen.

Andererseits hatte er recht. Hatte es in der Geschichte der Menschheit jemals gravierende Veränderungen ohne radikale Umwälzungen gegeben?

Emma war gerade erst von einer Europareise zurückgekehrt, auf der sie mit eigenen Augen gesehen hatte, wie stark die Kräfte waren, die überall brodelten. Der Sozialismus fand ungemein viel Zuspruch unter jenen, die von der Marktwirtschaft ins Nichts gestoßen worden waren. Die Menschen in ganz Europa waren wirklich reif für eine Veränderung. Was Emma nicht glauben konnte, war, dass ausgerechnet dieser Mann ihr dabei helfen wollte, die Macht der Konservativen zu brechen.

»Das ist irgendein perfider Plan«, sagte sie darum.

Feierlich legte er die Hand aufs Herz. »Ich verstehe dein Misstrauen, aber ich stehe mit ehrlichen Absichten vor dir. Hör dir wenigstens an, was ich zu sagen habe.«

Als er dann zu reden begann, schien er auf jeden ihrer insgeheim gehegten Zweifel eine Antwort zu haben. Meistens beantwortete er ihre Fragen schon, bevor sie sie stellte. Er hatte alles bereits durchdacht.

Gut eine Stunde später lief Emma aus dem dunklen Wald zurück zum Parkplatz. Ihr war kalt, dennoch lief sie wie auf Watte. Die Pläne des Mannes, mit dem sie sich gerade im Wald getroffen hatte, waren phänomenal. Ihr Magen verkrampfte sich, und das Atmen fiel ihr schwer. Doch ungeachtet ihrer Anspannung, der Kälte und des Bebens in ihrem Inneren hatte sie sich in jenem Moment stärker gefühlt als jemals zuvor.

Diese Begegnung hatte drei Monate vor dem heutigen Parteitag stattgefunden. Dort im Wald am Ufer des Sees Kuusijärvi hatte eine Zusammenarbeit begonnen, die bald zu einer tiefen Partnerschaft geworden war. Jener Mann, den alle nur Marten nannten, hatte gesagt, er sei bei der Operation nur Emmas Stütze. Allerdings war sie sich nicht immer sicher, wer hier wen lenkte.

Sie drückte die grüne Taste. Es klingelte nur einmal.

»Was ist?«, fragte er streng.

»Ich mache mir Sorgen«, sagte Emma. »Das Attentat auf Leo Koski beschäftigt mich ...«

Am anderen Ende der Leitung blieb es still.

»Ich finde, wir sollten die Operation verschieben«, sagte Emma dann.

Immer noch keine Reaktion, doch Emma fühlte, dass Marten anderer Meinung war als sie.

»Komm her«, sagte er.

»Bist du im Hauptquartier?«, fragte sie.

»Viel näher. Hör genau zu, ich sage dir, wo du mich findest.«

50

Auf der Traumatologischen Intensivstation Nummer 20 im Helsinkier Universitätskrankenhaus Meilahti herrschte heute eine stillschweigende Übereinkunft. Als sich der Uhrzeiger der Zehn näherte, verrichtete das Pflegepersonal seine Routinearbeiten automatisch etwas schneller als sonst.

Normalerweise wurde im Dienst kein Fernsehen geschaut, schon gar nicht auf der ITS und erst recht nicht, wenn der Ministerpräsident höchstpersönlich einer ihrer Patienten war. Aber heute gab es eine Sondersendung, die alle sehen wollten, zumal es darin auch um den hochrangigen Verletzten auf ihrer Station ging.

Virve Thesleff, eine auf Traumatologie spezialisierte Krankenschwester, warf anatomische Pinzette und Gewebeschere schwungvoll in eine Schale, ohne sich um das scheppernde Geräusch zu kümmern. Ihre Schichten waren immer hektischer geworden, aber irgendwie war es ihr gelungen, die Arbeiten weiter zu komprimieren und ständig schneller zu werden. Heute lag sie sogar etwa eine Viertelstunde vor der Zeit. Sie legte einen Zahn zu, als sie den Instrumentenwagen über den Korridor Richtung Pausenraum schob. Vielleicht würde Oberarzt Dr. Marttinen ja auch kommen und sich die Sendung ansehen, falls er sich traute. Anderenfalls schaute er sie bestimmt auf seinem Handy im Ärztezimmer.

Gott bewahre! Falls die Ankündigungen auf Yle nicht haltlos übertrieben waren, würden die Reaktionen auf den Beitrag verheerend sein.

Ihre Sandalen flogen förmlich über den Boden. Ein Kollege, der Thesleff entgegenkam, fragte: »Warst du schon im Vorbereitungsraum?«

Statt einer Antwort hob sie den Daumen.

»Was ist mit der Arzneimittelliste?«, fragte er weiter.

»Ist aktualisiert«, rief sie über die Schulter.

Dieser Abend hatte für eine Menge Verwirrung gesorgt. Thesleff hatte gerade den Spätdienst angetreten, als die Nachricht von einem hochrangigen Patienten durchgegeben wurde. Nur wenige Minuten später hatte sie sich die Hände gewaschen und desinfiziert, sterile OP-Kleidung angelegt, den Zureichtisch inklusive der darauf befindlichen Instrumente kontrolliert, mitgeholfen, den Operationsbereich durch textile Sichtschutzwände abzugrenzen, und dem Chirurgen beim Anziehen des OP-Kittels und der OP-Handschuhe geholfen.

Als der Patient in den Operationssaal geschoben wurde, schaute ihr das bekannte Gesicht fahl und leblos entgegen. Der Chirurg hatte auf ein CT verzichtet und beschlossen, sofort zu operieren.

Die Kugel hatte die Unterschlüsselbeinarterie durchtrennt und der Patient viel Blut verloren. Der Gefäßchirurg nähte das Blutgefäß zügig zusammen und brachte so die Blutung zum Stoppen.

Das war jetzt vier Stunden her. Der Zustand des Ministerpräsidenten Leo Koski war stabil, und er war zur Überwachung hierher auf die Intensivstation gebracht worden.

Die Nachrichten hatten sich am Abend mit Meldungen und Mutmaßungen zum Hintergrund des Attentates überschlagen. Die ersten Informationen waren noch mehr als dürftig, doch bereits zwei Stunden später lag ein recht klares Bild vom Ablauf der Ereignisse vor. Die Schüsse auf Koski waren aus einem Fenster der gegenüberliegenden Fachhochschule abgegeben worden, als dieser zu einem Treffen mit Emma Erola am Rande des Linken-Parteitags erschienen war. Viele Punkte waren allerdings immer noch offen, darunter so wichtige wie: Wer war der Täter, und was war sein Motiv? Bisher hatte sich niemand zu der Tat bekannt.

Einer der Theorien zufolge waren es Linksradikale, die, von der geradezu ekstatischen Zusammenkunft aufgestachelt, versucht hatten, den Ministerpräsidenten zu ermorden. Stand die Linken-Führung dahinter? *Unbedingt! Vielleicht. Die Tat eines Einzelgängers!*

Einer anderen Theorie nach, die für Thesleff immer wahrscheinlicher wurde, wurzelte die Tat auf einer früher am Tag publik gewordenen Meldung. Derzufolge befand sich Leo Koski mit den Hintermännern der konservativen Koalition auf einem Kollisionskurs, der für den Ministerpräsidenten schicksalhafte Folgen hatte. Diese Idee fand gerade unter den Anhängern der Linken immer größere Zustimmung. Die Nachrichten wussten so detailreich vom Bruch Koskis mit den eigenen Reihen zu berichten, dass sie nicht ganz aus der Luft gegriffen sein konnten. Doch wer konnte das schon so genau sagen? Virve Thesleff hatte die sozialen Medien schon bei so vielen Nachrichtenereignissen verfolgt, dass sie hinsichtlich »gesicherter Informationen« misstrauisch geworden war.

Die Vorsitzende der Linken Bewegung Emma Erola hatte sich nach dem Attentat nur einmal kurz vor ihren Anhängern gezeigt. In Interviews hatte sie eine Beteiligung der Linken an den Schüssen kategorisch ausgeschlossen und dem Ministerpräsidenten Genesungswünsche übermittelt. Ihr Auftritt hatte sachlich, aber mitfühlend gewirkt. Das hatte Virve Thesleff gefallen. Bei dem Riss, der die finnische Gesellschaft spaltete, stand Virve auf der Seite von Emma Erola und der Linken Bewegung. Darin lag ein gewisser Widerspruch, immerhin war sie gleichzeitig stolz auf ihre aristokratische Herkunft. Die Geschichte ihrer Familie war lang und enthielt eine Reihe von Wendungen, die nicht alle angenehm waren. Der Nachname Thesleff fand sich unter einer Reihe wunderschöner Ölgemälde und würdiger Nachrufe, stand aber auch auf weit mehr Antidepressiva-Schachteln. Die schillernde Geschichte ihrer Familie allein verschaffte Virve Thesleff kein Geld für Miete oder Essen.

Emma Erola genoss Virves volles Vertrauen. Sollte sie hinter dem heimtückischen Mordversuch stecken, würde Virve Thesleff ihr das nicht verzeihen.

Einige ihrer Kollegen würde selbst das nicht stören. So sehr verachtete die Arbeiterklasse den im Aufwachraum liegenden Ministerpräsidenten. Sie spürten die Folgen der von Koskis Regierung beschlossenen Maßnahmen unablässig in ihrem Alltag. Seit Jahren wurde ihnen versprochen, man werde etwas tun gegen die zunehmende Hektik und die überhandnehmenden Bereitschaftsdienste, aber bisher ohne Ergebnis. Im Gegenteil, es war immer schlimmer geworden. Die Regelungen für freie Tage wurden umgangen, Vertretungsschichten häuften sich, und die Kaufkraft ihrer Gehälter schrumpfte weiter.

Als sich das Personal auf die Operation vorbereitete, hatte sie besorgt in das Gesicht der Anästhesieschwester geblickt. Ihre Augen waren voller Hass. Mit einer einzigen als Straucheln getarnten Bewegung konnte sie Leo Koskis Leben beenden. Virve Thesleff vermutete, dass ihrer Kollegin die gleichen Gedanken durch den Kopf gegangen waren.

Sie schauderte bei dem Gedanken daran und sah den Korridor hinunter zu den zwei bewaffneten Sicherheitsleuten, die die Tür bewachten, hinter der Leo Koski jetzt lag. Nur zwei! Wie sollte das reichen, wenn jemand ernsthaft versuchte, den missglückten Mordversuch zu Ende zu führen?

51

Einzelne Bilder stiegen an die Oberfläche wie Blasen in einer trüben Pfütze, träge und unscharf. Leo Koski versuchte, sich zu erinnern.

Ein Leibwächter, der in einen grünen Transporter schaut. Der Regenschirm, den er ablehnt. Schneeflocken, die durch die enge Gasse treiben.

Ein Stoß im Rücken und dann der Schmerz.

Er fällt. Nasser Boden. Ein näher kommendes Auto. Das Quietschen der blockierenden Räder. Die Stoßstange über seinem Gesicht.

»Herr Koski, sind Sie wach?«

Die Stimme klang ganz nah. Leo lenkte seine Gedanken von den verschwommenen Erinnerungen zurück ins Krankenzimmer. Ein stoppelbärtiger Arzt mit breiter Nase hatte sich forschend über ihn gebeugt.

»Wenn ich den Tubus herausziehen soll, müssen Sie wach bleiben«, sagte der Arzt zu ihm.

Leo hob den Daumen, der Beatmungsschlauch konnte entfernt werden. Er wollte nicht wieder wegdösen. Es gab zu viele Fragen. Zu viele Aufgaben.

»Also gut«, sagte der Arzt. Er beugte sich tiefer über Leo und saugte mit dem Gerät in seiner Hand die Flüssigkeit aus dem Beatmungsschlauch. Dann riss er das Pflaster ab, das den Schlauch fixierte.

»Ich entleere jetzt den Cuff, der den Tubus in der Luftröhre fixiert«, erklärte der Arzt. Leo hatte das Gefühl, als hätte in seiner Luftröhre ein Ballon plötzlich alle Luft verloren.

»Atmen Sie tief ein und dann scharf wieder aus«, befahl der Arzt.

Beim Ausatmen zog der Arzt den Schlauch aus Leos Luftröhre. Leo verzog das Gesicht, als brennender Schmerz in seinem Hals aufloderte.

»Das raue Gefühl im Hals ist ganz normal kurz nach der Entfernung des Schlauches. Es wird schnell besser. Ich beobachte Sie noch einen Augenblick, aber wie es scheint, funktioniert Ihre Atmung reibungslos«, sagte der Arzt.

Leos Gesichtsfeld war immer noch verschwommen, im Nacken spürte er einen pulsierenden Schmerz.

»Jemand hat auf mich geschossen«, krächzte er.

»Ja«, sagte der Arzt. »Eine Kugel hat Sie kurz unterhalb des Halses getroffen und schwer verletzt. Wir haben sofort operiert, alles ist gut gegangen. Ihr Zustand ist jetzt stabil.«

Und als er Leos schmerzverzerrtes Gesicht sah, fügte er hinzu:

»Ich gebe Ihnen gleich noch etwas gegen die Schmerzen, ich schaue mir nur noch kurz Ihre Atmung an.«

»Nein. Ich muss klar denken können.«

»Vertrauen Sie mir. An Ihrer Stelle, würde ich im Moment an rein gar nichts denken wollen.«

Leo fuhr bei der Bemerkung des Arztes zusammen. Worauf wollte er hinaus? Doch zu mehr Gedanken war er nicht in der Lage. Die Schmerzen in Luftröhre und Kehle begannen nachzulassen, dafür pulsierten sie nun immer stärker in seinem Oberkörper, und die weißen Neonröhren an der Decke flackerten im gleichen Rhythmus.

Der Arzt gab der hinter ihm stehenden Schwester Anweisungen, ihm ein Analgetikum zu verabreichen, und jetzt wehrte sich Leo nicht mehr.

»Wie lange war ich bewusstlos?«, fragte er.

»Es ist jetzt gleich zehn Uhr abends. Sie waren fast sechs Stunden bewusstlos.«

»Ich muss mit jemandem sprechen.«

»Ihre Mutter und Ihre Staatssekretärin stehen draußen. Sie können sie etwas später sehen.«

»Sofort«, forderte Leo. »Ich muss sofort mit Sarianne reden.«

Der Arzt sah ihn kurz abschätzend an, dann nickte er.

Zwei Minuten später kam Leos Staatssekretärin Sarianne Tavas ins Zimmer. Erst als er Sarianne sah, verwandelten sich die schemenhaften Erinnerungen in einen realen Albtraum. Ihr Jackenkleid war voller Dreck, und aus ihrem ohnehin blassen Gesicht war auch noch die letzte Farbe gewichen.

Sarianne trat zu ihm ans Bett und sah ihn besorgt an. Leo musste ein paarmal schlucken, bevor er die Worte, die er sagen wollte, über die Lippen bekam.

»Was ist mit dem Leibwächter?«

Sarianne schüttelte ernst den Kopf. Die Nebelschleier um Leo wurden noch eine Spur dunkler.

»Was ist passiert?«, fragte er weiter. »Mein Fahrer? Ist er mit Absicht in die Schusslinie gefahren?«

Sarianne zog sich einen Stuhl heran. »Ja. Zwei Kugeln prallten am Wagen ab. Dann gab der Schütze auf.«

Leo schloss die Augen und nahm alle Kraft zusammen, um den Schmerz zu ertragen. Plötzlich erschienen ihm die Schmerzen als Segen. *Jemand wollte mich umbringen!* Die Gefahr eines Attentats war immer wieder Thema auf ihren Sicherheitsberatungen gewesen, aber Leo hatte nicht wirklich daran geglaubt. Jetzt war er nur dank der geistesgegenwärtigen Reaktion seines Chauffeurs noch am Leben. Verwirrt stellte er fest, dass er Angst hatte.

»In welchem Krankenhaus bin ich eigentlich?«

»Im Uniklinikum Meilahti«, antwortete Sarianne. »Keine Angst. Vor der Tür sitzen zwei bewaffnete Wachposten.«

Doch die Information beruhigte ihn nur mäßig.

»Wer war der Schütze?«

»Er konnte entkommen. Es brach plötzlich Chaos aus, und nach den Schüssen sind unheimlich viele Menschen aus den Häusern gestürzt und in alle Richtungen davongerannt. Da konnte sich der Attentäter leicht unter die Massen mischen.«

Die Nachricht von dem frei herumlaufenden Täter hellte Leos Stimmung nicht gerade auf. Er schloss die Augen. Von irgendwoher drang eine bekannte Frauenstimme an sein Ohr. Leo öffnete die Augen wieder und schaute in Richtung Tür, die nur angelehnt war. Jetzt wusste er, wer da sprach: Vilma Varis. Was machte sie hier auf dem Krankenhausflur? Ihre Stimme war unverwechselbar. Aber jetzt hatte sie etwas seltsam Offizielles an sich und klang scharf wie ein Peitschenhieb.

Der Fernseher!

Vilma Varis' Sendung hatte begonnen und hallte aus dem Pausenraum des Pflegepersonals bis in sein Zimmer. Leo konnte einzelne Wörter unterscheiden, bekam einen ganzen Satz zu fassen, dann den zweiten. Auch Sarianne Tavas war auf die Sendung aufmerksam geworden und zusammengezuckt. Schnell sprang sie auf und wollte eilig die Tür schließen.

»Nicht«, quäkte Leo.

Sarianne blieb an der Tür stehen, ließ sie aber offen und lehnte sich an den Rahmen.

Gemeinsam verfolgten sie die Sendung, die über den Flur hallte. Weniger als sieben Stunden waren vergangen seit dem Attentat auf Leo Koski am Messezentrum. Jetzt wurde er zur besten Sendezeit im Fernsehen restlos auseinandergenommen. Und die Person, die ihn dort zerpflückte, war niemand anderes als die Frau, neben der er heute Morgen aufgewacht war.

52

Vilma Varis traute ihren Augen nicht. Sie beugte sich vor und starrte den Bildschirm aus einem Abstand von dreißig Zentimetern an. Dann lehnte sie sich wieder zurück und betrachtete das Bild aus größerer Entfernung. Es stimmte tatsächlich.

Die Kurve der Echtzeitanalyse von ChartBeat war am oberen Rand aus dem Bild geschossen. *Off the charts.* Laut Algorithmus der Echtzeit-Quotenmessung hatten Livestream und Fernsehbeitrag zusammen 2,5 Millionen Zuschauer. So viel hatte seit Jahrzehnten kein Nachrichtenmagazin mehr erreicht.

Vilma saß im Edit 25 hinter der verschlossenen Tür. Der halbdunkle, stille Cutterraum war ihr bevorzugter Platz, wenn sie sich eigene Beiträge anschaute.

Ihre Sendung lief auf dem einen Bildschirm, die ChartBeat-Analyse auf dem anderen. Von ChartBeat hatte sie mehr gelernt als aus irgendeinem Lehrbuch oder von einem noch so erfahrenen Kollegen. Das Analysetool sagte ihr, was die Zuschauer sehen wollten und was sie beim nächsten Mal zurück an den Bildschirm brachte.

Pulsierende Säulen und Diagramme auf dem Bildschirm gaben in Echtzeit Auskunft über Zahl, Alter, Geschlecht und gesellschaftliche Klasse der Zuschauer des im Netz ausgestrahlten Beitrags.

Am wertvollsten waren die beiden Kurven, die ihr verrieten, wie viele Zuschauer einschalteten sowie ob und an welcher Stelle sie vorzeitig abschalteten. Wenn sich mehr als 7000 Personen innerhalb von zehn Sekunden wieder ausklinkten, dann waren die Szene oder der Beitrag missglückt. In so einem Fall analysierte Vilma die Gründe genauestens und beging den Fehler kein zweites Mal.

Solange Vilma selbst im Bild war, schaltete so gut wie niemand ab. Falls sich das jemals ändern sollte, wäre sie für die Arbeit vor der Kamera zu alt und würde aufhören. Oder eine kleine Korrektur vom Chirurgen vornehmen lassen.

Die Kurve der sich neu dazuschaltenden Zuschauer verdeutlichte, wie schnell sich die Nachricht von ihrem Beitrag verbreitete. Solange sie nach oben zeigte, teilten die Zuschauer Vilmas Sendung in Echtzeit über diverse Kanäle. Um das zu erreichen, war schon etwas Aufsehenerregendes nötig.

Bereits die Enthüllung, dass es sich bei dem Ereignis in der Topeliuskatu um eine Selbstverbrennung gehandelt hatte, ließ die Zuschauerzahlen rekordverdächtig in die Höhe schießen. Die nächste Spitze entstand, als Vilma das Vergewaltigungsvideo als Beweis für das erwähnte, was Harri Holsti Lumi Nevasmaa angetan hatte.

Wie würde sich die Zuschauerkurve erst entwickeln, wenn der Beitrag jene Stelle erreichte, an der sie den Versuch oberster Staatskreise aufdeckte, den Fall zu vertuschen?

Es klopfte an der Tür. *Wer zum Teufel stört mich hier und jetzt,* dachte sie und drehte sich genau in dem Moment zur Tür, als ihre Chefredakteurin hereinkam.

»Das ist eine Wucht«, sagte sie und wies auf den ChartBeat-Bildschirm. »Ich wollte dir nur danke sagen, dass du auf einer schnellen Veröffentlichung bestanden hast. Du hattest natürlich recht, und MTV war offensichtlich der gleichen Sache auf der Spur. Schade, dass sie schneller waren, aber zum Glück waren es nur ein paar Minuten.«

Vilma klappte die Kinnlade herunter. *Die von MTV waren ihr zuvorgekommen?*

Auf dem Gesicht ihrer Chefin breitete sich ein gequälter Ausdruck aus: »Ach, du hast es noch gar nicht gesehen. Na, eigentlich ist es auch egal. Dein Beitrag ist um Längen besser, das werden auch die Zuschauerzahlen zeigen.«

Damit ließ sie Vilma wieder allein, die sich hastig dem Bildschirm zuwandte. Sie klickte die Startseite des Privatsenders MTV im Browserfenster an. Am oberen Rand prangte eine Schlagzeile, die mit ihrer eigenen inhaltlich übereinstimmte:

Selbstverbrennung im Topeliuspuisto: Polizei verschleiert vom Opfer angezeigte Vergewaltigung.

MTV fehlte das Beweisvideo der Vergewaltigung. Auch war deren Geschichte insgesamt mit der heißen Nadel gestrickt und weniger sorgfältig recherchiert als Vilmas Beitrag. Der zentrale Inhalt allerdings stimmte – und was das Allerschlimmste war, er war zwei Minuten vor Vilmas im Netz gelaufen.

Wie! Zur! Hölle! War! Das! Möglich?

Vilma war sich so gut wie hundertprozentig sicher gewesen, dass sie als Einzige an dieser Sache dran war. Den Hinweis darauf hatte sie dank glücklicher Umstände immerhin direkt vom Telefon des Ministerpräsidenten erhalten.

Dass jetzt die Privaten mit der Meldung vor ihr herausgekommen waren, war so überraschend, dass sie es unmöglich akzeptieren konnte. Sie trat so heftig gegen den Tisch, dass der Bildschirm ordentlich wackelte.

53

Die kühle Nachtluft roch nach dem wollenen Tuch, das sich Emma Erola vor den Mund gebunden hatte. In der Dunkelheit trat sie heftig in die Pedale des Leihfahrrads und lenkte all ihre Wut in die Beine, um nicht in Tränen auszubrechen.

An der Palkkatilankatu unweit des Messezentrums bog sie links ab und erreichte den Keskuspuisto, einen bewaldeten, langgestreckten Grüngürtel, der sich in Nord-Süd-Richtung durch ganz Helsinki zog. Der Asphalt unter ihren Reifen ging in vom Schnee aufgeweichte Sandwege über. Regen fiel vom Himmel und vernichtete Tropfen für Tropfen die zarte Schneedecke auf dem Waldboden.

Emma lief eine Träne über die Wange, als sie an Lumi Nevasmaa dachte. *Wie viel Unrecht das Mädchen erleiden musste!*

Die Sondersendung hatte begonnen, als Emma gerade im Begriff stand, das Messezentrum zu verlassen, um Marten zu treffen. Sie war kurz stehen geblieben, um zu sehen, worum es in dem angekündigten Beitrag ging, und hatte sich nicht mehr vom Fleck rühren können. Eine junge Hotelangestellte war auf brutale Weise vergewaltigt worden. Und die Polizei hatte die Ermittlungen manipuliert – aus politischen Gründen, wie es hieß.

Lumi Nevasmaa musste zutiefst verzweifelt gewesen sein. Eine Selbstverbrennung war das extremste Mittel, um auf erlittenes Unrecht aufmerksam zu machen. Der Beitrag hatte ein weiteres Mal gezeigt, dass die morgige Operation unerlässlich war. Doch er hatte auch gezeigt, dass dies der falsche Zeitpunkt war.

Die Menschen waren zu aufgebracht. Das Risiko für Gewaltausbrüche war enorm gestiegen. Das hatte Emma deutlich an den Gesichtern der Parteitagsdelegierten ablesen können.

Selbst das Attentat auf Leo Koski war zu einem ungünstigen

Zeitpunkt erfolgt. Außerdem tat Emma der junge Ministerpräsident leid, obwohl sie sich nicht einmal besonders gut kannten. An Koski gab es viele gute Seiten. Bei ihrer ersten und bisher einzigen Begegnung hatte sie ihn äußerst schroff behandelt. Doch ihr Bild von ihm war im Grunde genommen durchaus positiv. Natürlich vertrat Leo Koski ein ungerechtes Weltbild, wollte aber offenkundig niemandem etwas Schlechtes. Emma konnte und wollte nicht glauben, dass er persönlich etwas mit der Vertuschung des grausigen Verbrechens an Lumi Nevasmaa zu tun hatte.

Aufgewühlter Kies, vermengt mit Schneematsch, spritzte am Schutzblech vorbei auf ihre Filzstiefel, als sie ihren Tritt beschleunigte. Der Park Keskuspuisto war etwa 700 Hektar groß und führte über eine Länge von zwanzig Kilometern mitten durch Helsinki. Umgeben von dichtem Wald, fiel es schwer, sich vorzustellen, dass man sich noch in Finnlands Hauptstadt befand.

Bald sah Emma vor sich die Umzäunung eines mitten im Park gelegenen Reitstalls auftauchen und bremste. Sie stieg aus dem Sattel und ließ das Rad in den Graben fallen. Bevor sie weiterging, wischte sie sich die Tränen ab. Sie wollte vor dem, den sie traf, nicht schwach erscheinen.

Um sie herum herrschte fast vollkommene Dunkelheit. Die einzigen Lichtquellen waren der schwache Widerschein der von den Wolken reflektierten Lichter der Stadt und einzelne Straßenlaternen in der Ferne.

Linker Hand führte ein schmaler Weg einen Hügel hinauf. Sie hatte die Anweisung erhalten, diesem zu folgen. Der Weg war steil und rutschig, aber Emma schaffte es nach oben, ohne hinzufallen. Als sie den Blick über den Felsen nach rechts wandte, zeichneten sich gegen den Himmel deutlich die Umrisse eines Turms ab, ganz wie es ihr gesagt worden war.

Der untere Teil des Turms hatte die Form eines Kegels und sah aus wie eine umgedrehte Eistüte. Er war mit nassem Schnee bedeckt und von laublosen Bäumen umgeben. In etwa sechs Meter Höhe ging der Betonbau in einen langgestreckten Zylinder über, an den sich metallene Ausguckplattformen und Sendeanlagen schmiegten. Die Spitze des Turms erhob sich weit über die Baumwipfel und war schätzungsweise vierzig Meter hoch.

Verwundert blickte Emma auf das Turmungetüm. Sie befand sich mitten in Helsinki und hatte den Turm bisher weder gesehen noch von ihm gehört.

Am Fuße des Bauwerks fand sie eine mit Graffiti besprühte Tür. Daneben hing ein Tastenfeld, auf dem sie den Zahlencode eintippte, den Marten ihr genannt hatte. Ein grünes Lämpchen leuchtete auf, und Emma zog die schwere Metalltür auf.

Das Innere des Turms war vollkommen dunkel. *Was jetzt?* Mehr Anweisungen hatte sie nicht erhalten.

Hinter ihr fiel die Tür ins Schloss, und komplette Finsternis umfing sie.

Da hörte sie neben sich ein Klacken. Eine kleine Flamme leuchtete auf, gefolgt von der orangefarbenen Glut einer Zigarette. In dem schwachen Schein erkannte Emma das Gesicht ihres Verbündeten. Dann ein weiteres Klacken, und das Licht ging an. Der Mann, den alle nur Marten nannten, nahm seine Hand vom Schalter an der Wand und stieß eine lange, helle Rauchfahne aus.

Der kahle Raum war, abgesehen von der Bank, auf der Marten gesessen hatte, unmöbliert. Die schrägen Betonwände folgten der Form des Bauwerks. Rechts von Emma befand sich ein Aufzug, und daneben führte eine Gitterrosttreppe zur Turmspitze.

»Möchtest du dir dein Imperium mal anschauen?«, fragte Marten lachend, als er ihren Blick sah. »Von oben sieht man ganz Helsinki.«

Doch Emma lehnte ab und schaute in die entgegengesetzte Richtung zu einem Schacht, der in die Tiefe führte.

»Was ist das für ein Ort?«, fragte sie.

Marten trat neben sie und legte einen Arm um ihre Schultern.

»Komm. Ich zeige es dir.«

Mit diesen Worten führte er sie an den Rand des tiefen Schachts, in dem eine steile gewendelte Betontreppe nach unten führte.

»Dort unten befindet sich die sogenannte Kommandozentrale von Helsinki«, sagte er und zeigte hinunter.

Emma ging hinter ihm die Stufen hinab. Schon nach wenigen Windungen schlug ihr Herz schneller, doch sie wollte ihm ihre Beklemmung nicht eingestehen.

»Die Stadt Helsinki hat sich hier in den Felsen Anfang der 1990er-Jahre eine unterirdische Führungsanlage gebaut. Kurz vor dem Ende der Sowjetunion. Die Stadtspitze befürchtete damals den Ausbruch eines Atomkrieges.«

Die Treppe führte mit jeder Drehung tiefer und tiefer. Sie mussten schon Dutzende Meter unter der Erdoberfläche sein.

»Heute wird die Anlage kaum noch genutzt, aber für die Vorbereitung unserer Operation ist sie perfekt«, fuhr er fort.

Emma sagte immer noch nichts. Warum hatte ihr Marten von diesem Ort nicht eher etwas erzählt? Wofür brauchten sie ihn überhaupt?

Endlich erreichten sie ein Podest. Auf einer Seite des kleinen Raums befand sich eine schwere Metalltür, die grün angestrichen war.

»Das ist eine Drucktür, geh durch!«, forderte er sie auf.

Emma trat durch zwei hintereinanderliegende, offenstehende Türen, die sie an ein U-Boot erinnerten: Sowohl die Türen als auch die Rahmen bestanden aus dickem Metall und konnten mit zwei schweren Riegeln dicht verschlossen werden.

Als sie durch die letzte Tür trat, schaute sie sich überrascht um: Vor ihr lag ein langer Korridor, der absolut nicht mehr so spartanisch aussah wie der Eingangsbereich oben und eher an eine Schule oder ein Gesundheitszentrum erinnerte. Jetzt ging Marten wieder vor, und Emma folgte ihm. Unter der Decke des Korridors verliefen Lüftungsrohre, und das Dröhnen der Belüftungsanlage war unüberhörbar. Trotzdem reichte allein der Gedanke, tief unter der Erde zu sein, dass Emma schneller atmete.

An der Wand zeigte eine vierstufige Signalleuchte den Betriebszustand an: Neben der obersten roten Leuchte stand ALARM. Neben den anderen: WARNUNG, B und A. Marten sah, dass Emma auf die Ampel aufmerksam geworden war.

»Die Anlage ist alt, funktioniert aber. Von hier aus lassen sich sämtliche Prozesse in der gesamten Hauptstadtregion steuern, wenn es zu gefährlich geworden ist, die Verwaltungsgebäude über der Erde zu nutzen.«

Entlang des Korridors lagen Gruppen- und Aufenthaltsräume. Wenig später bog Marten in einen links abzweigenden Seitenstollen ab. Am Ende des Gangs erreichten sie wieder eine Tür, an der ein Schild mit der Aufschrift EINSATZZENTRALE hing.

Emma betrat hinter Marten einen Raum, der als Kommandozentrale ausgestattet und mindestens fünf Meter hoch war. Auf halber Höhe befanden sich Fenster, hinter denen kleine Büroräume lagen. An den Wänden hingen Karten, die größtenteils die Hauptstadtregion darstellten. Auf einer Europakarte waren alle Kernkraftwerke in Nord- und Osteuropa markiert. Mitten im Raum stand ein Konferenztisch in V-Form, an dem zwei Männer saßen. Als Marten ihnen ein Zeichen gab, standen sie auf und gingen. Die Tür fiel hinter ihnen ins Schloss.

»Hast du die Sendung gesehen?«, fragte er.

Smalltalk gehörte nicht zu ihren Gepflogenheiten, obwohl Emma bei anderen Gelegenheiten gesehen hatte, dass er durchaus lockere Gespräche führen konnte, wenn es die Situation erforderte.

»Ja, ich habe ihn mir ganz angeschaut«, antwortete sie.

»Weißt du, was das für unsere morgige Operation bedeutet?«, fragte er mit vor Begeisterung zitternder Stimme.

»*Game over*«, gab er sich selbst die Antwort. »In Finnland gibt es keinen Menschen mehr, der sich an diesem Wochenende hinstellen wird, um Leo Koskis Regierung noch zu verteidigen. Falls du dir Sorgen um den Rückhalt im Volk gemacht hast, so haben sie sich damit in Luft aufgelöst.«

Emma wusste, dass er recht hatte. Rein eigennützig gedacht, waren Lumi Nevasmaas Schicksal und ihr Selbstmord das reinste Himmelsgeschenk für ihre Operation. Vilma Varis hatte die Tragödie dieser jungen Frau auf eine Weise an die Öffentlichkeit gewälzt, die in den Menschen noch mehr Wut und Misstrauen gegen die Regierung hervorrief.

Und sie würden von dieser Tragödie profitieren. Allerdings konnte und wollte Emma sich darüber nicht in gleicher Weise freuen wie Marten.

»Du hast recht. Aber werden wir noch in der Lage sein, die Operation friedlich durchzuziehen, so wie wir es beabsichtigen? Ich habe in die Gesichter der Leute im Messezentrum geschaut und bin mir da keineswegs mehr sicher. Sie sind so voller Zorn. Was, wenn unsere Leute ihre Gefühle nicht im Zaum halten können? Was, wenn sie ihrer Wut freien Lauf lassen ...«

»Darüber haben wir doch schon gesprochen.«

»Ja, schon. Aber ich kenne diese Menschen. In vielen von ihnen hat sich seit Jahren ein Gefühl der Ungerechtigkeit aufgestaut. Und nach dem eben gezeigten Beitrag sind auch sie bereit zur Gewalt. Ich weiß es.«

»Wir stoppen die Operation nicht«, sagte er scharf.

Emma zuckte bei seinem Kommandoton zusammen.

»So eine Chance bietet sich kein zweites Mal«, fuhr er eindringlich fort. »Die Menschen sehen in den Nachrichten, dass die Macht der Eliten überall auf der Welt wankt. Die meisten Teilnehmer der Demonstration sind bereits in Helsinki. Der Tod von Lumi Nevasmaa macht unsere Operation noch unverzichtbarer. Unsere Zeit ist jetzt!«

»Und Leo Koski?«, fragte Emma.

»Was ist mit ihm?«

»Weißt du, wer auf ihn geschossen hat?«

Er riss die Augen auf. »Glaubst du, dass ich das eingefädelt habe?«

Beschämt schaute Emma zu Boden. Es war dumm von ihr, ihn zu verdächtigen und Misstrauen zwischen ihnen zu säen.

»Nein«, antwortete sie darum schnell, hörte aber das Zittern in ihrer Stimme.

»Wir haben vereinbart, dass Koski verhaftet und vor Gericht gestellt wird. Falls hinter dem Attentat jemand aus unseren Reihen gestanden hat, dann ohne mein Wissen. Aber ich bin mir sicher, dass jemand ganz anderes den Schützen angeheuert hat. Du hast sicher die Schlagzeilen vom Bruch zwischen Koski und seinen Vipern gesehen.«

Emma nickte. »Und was jetzt?«, fragte sie.

»Wir machen weiter wie geplant«, antwortete er. »Komm. Ich will dir noch etwas zeigen.«

Emma folgte ihm, und sie verließen die Einsatzzentrale wieder. An der Kreuzung der Gänge wandten sie sich in eine andere Richtung als die, aus der sie gekommen waren. Unterwegs versuchte Emma einen Blick in die Räume links und rechts des Korridors zu werfen, deren Zahl und Ausmaß sie in Erstaunen versetzten. Es überstieg ihr Vorstellungsvermögen, dass sich unterhalb des schmalen Grüngürtels eine so ausgedehnte Bunkeranlage befand, die Stützpunkt, Basislager und Verwaltungsgebäude in einem darstellte.

Schließlich wandte Marten sich nach rechts, und vor ihnen lag eine Turnhalle mit den Ausmaßen eines vollwertigen Basketballplatzes. Der Boden war mit einer grünen Gummimatte ausgelegt. Darauf saßen oder lagen etwa zweihundert Personen, Männer und Frauen. Einige schliefen, andere tüftelten an ihrer Ausrüstung. Ein paar in Türnähe sitzende Männer sahen auf und nickten, als sie eintraten. Emma grüßte ruhig zurück, obwohl sie innerlich nach Luft schnappte. Falls Marten die Absicht gehabt hatte, ihr zu zeigen, dass das große Rad schon am Laufen war, dann war es ihm geglückt.

»Selbst wenn die Demonstranten morgen aus dem Ruder laufen, diese Männer und Frauen hier agieren streng nach unseren Anweisungen. Nichts kann uns mehr aufhalten. Unsere Operation startet planmäßig heute Nacht«, sagte Marten. »Leo Koski liegt im Krankenhaus, das macht es uns leichter.«

»Verletzt ihn nicht«, bat Emma.

Überrascht blickte Marten Emma an, die ihre unsinnige Sympathiebekundung für Leo Koski sofort bereute. Der Ministerpräsident war ihrer beider Feind. Das hatte ihr Marten deutlich klargemacht.

»Es ist nicht Teil des Plans, Leo Koski zu verletzen, und das weißt du auch«, erwiderte er.

Emma fühlte sich Marten gegenüber winzig klein. »Ich wollte nur sichergehen, dass wir in der Sache immer noch einer Meinung sind. Was ist mit Russland? Und der EU?«

»Denkst du, das interessiert Sobolev? Er hat seine eigenen Probleme. Die EU-Staatschefs werden sich natürlich empören und uns drohen, aber solange das Volk auf unserer Seite steht – und es wird auf unserer Seite stehen –, werden sie sich bald auf andere Dinge konzentrieren. Davon abgesehen, ist die EU, wenn sie so weitermacht, in ein paar Jahren eh Geschichte.«

Marten legte seine große Hand beruhigend auf Emmas Schulter.

»Es ist schon spät. Du solltest jetzt besser gehen.«

Sie fühlte seinen sanften, aber kräftigen Griff durch den Stoff ihrer Winterjacke. Dieser Mann konnte in einer Sekunde pure Kraft und im nächsten Moment zarte Empfindsamkeit ausstrahlen. Das brachte Emma aus dem Konzept.

Marten dirigierte sie in einen Korridor, der kurz darauf an einer weiteren Drucktür endete. Er öffnete die Verriegelung und schob eine breite Metalltür auf. Vor ihnen erstreckte sich eine geräumige Höhle, die als unterirdischer Parkplatz genutzt wurde. Emma betrachtete die Reihen der zu unterschiedlichsten Zwecken genutzten Fahrzeuge, während sie daran vorüberschritten. Eine lange, steile Auffahrtrampe führte sie zurück nach oben bis vor ein verschlossenes Einfahrtstor. Als Marten es öffnete, strömte kalte Luft herein.

»Geh ruhigen Herzens, Emma«, sagte Marten. »Und schlaf! Dein großer Moment ist morgen in den frühen Morgenstunden. Wir kümmern uns vorher um alles Übrige.«

Emma schaute ihm so mutig in die Augen, wie sie nur konnte, und trat ins Freie.

Was mache ich jetzt? Emma wurde von einem Gefühl der Hilflosigkeit erfasst. Marten hatte mit allem recht, was er sagte, und dennoch kam es Emma falsch vor. Er war zu mächtig und zu rücksichtslos. Die möglichen Schäden würden einfach zu groß sein.

Sie lief den Rest der Rampe nach oben. Die Umrisse hoher

Wohngebäude zeichneten sich vor ihr ab. Sie waren durch unterirdische Gänge unter dem Wald des Keskuspuisto bis zu einem Wohngebiet gelaufen.

In einiger Entfernung schimmerte ein weißes Hotelschild durch das Geäst, an dem sie sich orientieren konnte: *Töölöntulli*.

Emma zog ihr Telefon aus der Tasche, um sich ein Taxi zu rufen. Auf dem Display stach ihr jedoch eine Schlagzeile aus dem News Feed ins Auge, die sie alles andere vergessen ließ:

Überfall auf Rathaus in Oulu, Molotowcocktails als Waffen

Emma klickte auf die News, und auf ihrem Display erschien ein Live-Video aus Oulu, in dem das Rathaus lichterloh in Flammen stand. Menschen, die den Brand bejubelten, schwenkten rote Fahnen.

Die Situation geriet außer Kontrolle. All ihre schlimmsten Befürchtungen wurden nun wahr. Marten hatte auf sie eingeredet, um sie zu beruhigen, aber eines konnte er nicht aus der Welt schaffen: die Tatsache, dass sie ihre Hände mit Blut beflecken würden.

Emma schaute auf und sah sich hilfesuchend um. War die Gewalt noch zu verhindern?

Da fiel ihr Blick wieder auf das Hotel jenseits der Bäume. Ihr fiel ein, welches Gebäude dahinter lag. Der Gedanke, der ihr da in den Sinn kam, fühlte sich im gleichen Moment unglaublich töricht und unwiderstehlich an.

Sie lief das letzte Stück bis zum Ende der Baumreihe, ging einen für den Verkehr gesperrten Weg entlang und weiter Richtung Westen.

54

Leo Koski schob eine einzelne Mohrrübenscheibe auf seinem Teller hin und her, pikste sie aber nicht auf. Schwindel erfasste ihn. Scheppernd fiel die Gabel auf das Tablett.

Dann griff er nach der Fanta-Dose, die ihm Kinga ins Krankenhaus mitgebracht hatte. Leo nahm vorsichtig einen Schluck und stellte sie zurück an den Rand des Tabletts. Seine Kehle war vom Beatmungsschlauch immer noch ganz rau.

Kinga saß auf der einen Seite seines Bettes, ihm gegenüber Leos Staatssekretärin Sarianne Tavas, die sein lustloses Herumgestochere verfolgte. Als er an seinem Softdrink nippte, meinte er, Missbilligung in ihrem Blick zu lesen. Diese Frau war so regelhörig, dass sie ihm nicht einmal ein sprudelndes Getränk ohne ärztliche Genehmigung gönnte.

Seine Mutter war hier gewesen, aber Leo hatte sie schnell wieder weggeschickt, weil er fürchtete, dass die Gefahr noch nicht vorüber war. Jemand hatte ihn töten wollen und konnte jederzeit versuchen, sein Werk zu vollenden. Oder jemand anderes setzte es fort. Vilma Varis' Beitrag hatte Leo zu Finnlands zweitverhasstestem Mann nach Harri Holsti gemacht.

Das schwache Knistern der Kohlensäure war das einzige Geräusch im Raum. Sogar Kinga war ungewöhnlich schweigsam. Er war noch nie in seinem Leben so lange still gewesen.

Leo dachte über den Beitrag von Vilma Varis nach. Die Verschleierung von Lumis Vergewaltigung war offensichtlich eine Tatsache. Vilma war eine gerissene Reporterin, aber sie würde etwas Derartiges nie ohne triftige Beweise behaupten.

Auf wessen Befehl hin waren die Ermittlungen eingestellt worden? Der Verrat, mit dem Pontus Leo an die Spitze der Macht gebracht hatte, kam ihm wieder in den Sinn. Was hatte Pontus hinter

seinem Rücken noch alles getan? *Lass es gut sein. Du musst lernen,
deinem Team zu vertrauen.*

Leo blickte seine Staatssekretärin an, die in etwas auf ihrem
Handy vertieft war. »Sarianne …«, begann er.

In diesem Augenblick betrat eine Krankenschwester das Zimmer. Ihr Blick fiel auf die Getränkedose, doch sie sagte nichts.

Leo griff wieder nach der Gabel und schob weiter das gekochte
Gemüse auf seinem Teller im Kreis herum. Er konnte keinen einzigen strukturierten Gedanken fassen. Die Krankenschwester erklärte seinen Schwächeanfall mit den starken Schmerzmitteln.

Er schmiss die Gabel auf den Teller und nahm noch einen
Schluck Fanta.

Die Schwester beobachtete ihn. »Nun essen Sie schon«, forderte sie ihn schließlich auf.

»Ich tue mein Bestes.«

Leo sah sie an. Die Krankenschwester war mittleren Alters, ihren linken Arm zierte ein kräftiges Rankentattoo, und die Haare
waren hellrot gefärbt.

Sie seufzte, schnappte sich Leos Gabel, durchstach ein Stück
Karotte und schob es Leo in den Mund. Dann warf sie die Gabel
zurück auf den Teller und schaute Leo herausfordernd an.

»Ein erwachsener Mann beginnt meist spätestens dann zu essen,
wenn er gefüttert wird. Anscheinend funktioniert das auch beim
Herrn Ministerpräsidenten!«

Leo hätte gelacht, wäre er dazu in der Lage gewesen. Ihm gefiel,
dass sie ihn behandelte wie jeden anderen Patienten.

»Danke für Ihre Hilfe. Waren Sie auch im OP dabei?«

»Mm-hm«, bestätigte sie lächelnd.

Leo sah auf das Namensschild an ihrer Kleidung. Virve Thesleff.

»Danke, Virve. Das meine ich ehrlich.«

Beim Klang ihres Namens zuckte sie zusammen, schaute auf
ihr Namensschild und setzte wieder einen neutralen Gesichtsausdruck auf. »Wir machen hier nur unsere Arbeit«, antwortete sie
kühl. »Und wir arbeiten hier alle ziemlich viel.«

Aha, dachte Leo. Ihrem Tonfall nach zu schließen war das ein offensichtlicher Seitenhieb in seine Richtung. Seit der Abschaffung des Wohngelds waren die Nachrichten und sozialen Medien voll mit Geschichten von Menschen, die von ihrem Gehalt nicht mehr leben konnten. Um irgendwie über die Runden zu kommen, nahmen sie jede erdenkliche Über- und Nachtarbeit an, die sie kriegen konnten.

Virve Thesleff gehörte offensichtlich nicht zu seinen Fans. Falls es überhaupt noch welche gab.

Er schaute ihr ins Gesicht, das sie aber hastig abwandte. Vielleicht fürchtete sie, mit ihrer Bemerkung die Grenze angemessenen Verhaltens überschritten zu haben.

Schnell kehrte sie zu ihrer Routinerolle zurück und setzte eine freundliche Miene auf.

»Wenn Sie nicht mehr essen, kann ich das Tablett ja mitnehmen«, sagte sie.

Als Virve Thesleff nach dem Tablett griff, schob sich ihr Ärmel nach oben und gab das Tattoo ganz frei. Leo starrte gebannt auf die farbenfrohe Ranke, in die ein schmuckvolles Symbol verwoben war. Es handelte sich um ein Wappen, auf dem zwei Löwen je eine Flagge hielten. Eine war rot, die andere blau.

Man hätte das Wappentattoo als Vorliebe für mittelalterliche Rollenspiele und Geschichte deuten können. Doch Leo kam zu einem anderen Schluss. Das hier war das Wappen einer Adelsfamilie. Wieder richtete er den Blick auf ihr Namensschild. Thesleff war eine von gut hundert Adelsfamilien Finnlands. Allerdings hatte Leo Schwierigkeiten die Tätowierung und die knallroten Haare mit einer adeligen Abstammung in Verbindung zu bringen.

Gern hätte er sie danach gefragt, aber das war nicht der richtige Moment.

»Ich weiß, dass Sie viel zu viel schuften müssen für Ihr Gehalt«, sagte er zu ihr. »Und das ist keinesfalls in Ordnung. Aber können wir später darüber reden?«

Virve Thesleff schien erleichtert über Leos Verständnis.

»Meine unsachliche Bemerkung tut mir leid«, sagte sie. Sie war im Begriff, das Zimmer mit dem Tablett zu verlassen, drehte sich an der Tür jedoch noch einmal um. »Ich kann nicht akzeptieren, was Sie gemacht haben. Für meinen Teil kann ich aber versprechen, dass Sie hier die bestmögliche Betreuung erhalten werden.«

Damit verließ Schwester Virve das Zimmer, doch ihre Worte hallten in Leos Kopf nach. *»Ich kann nicht akzeptieren …«* Offensichtlich ging sie davon aus, dass er an der systematischen Verschleierung von Lumi Nevasmaas Vergewaltigung beteiligt war.

Selbstverständlich tat sie das! Vilma Varis hatte in ihrem Beitrag ganze Arbeit geleistet. In diesem Moment wurde ihm klar, dass er die einmal gesäten Zweifel an seiner Person nie wieder aus den Köpfen der Menschen vertreiben konnte. Er würde für immer der Hauptschurke bleiben.

Gleichzeitig ging ihm ein Licht auf, warum Kinga bisher so still geblieben war.

»Kinga?«, fragte er und räusperte sich. »Glaubst du auch, dass ich etwas damit zu tun habe, was man Lumi Nevasmaa angetan hat?«

Die Frage überraschte Kinga.

»Nein«, sagte er schnell, doch auf seinem Gesicht zeichnete sich Skepsis ab.

»Wirklich, Kinga! Wie kannst du das nur denken?«, rief Leo aus.

»Nein …, ich … Tut mir leid, Leo …, aber auch in den Nachrichten wurde gesagt …«

»Nichts wurde gesagt. Varis hat nur Andeutungen gemacht.«

Kinga zuckte mit den Schultern, und Leo sah ein, dass dies nicht der richtige Augenblick für eine Unterrichtsstunde in Sachen Medienkritik war.

Genervt richtete Leo sich auf und setzte sich auf den Bettrand. Er verzog vor Schmerz das Gesicht, stand trotzdem auf und ging zum Fenster.

Mäntyniemi, der Wohnsitz des finnischen Präsidenten, war nur wenige hundert Meter Luftlinie vom Krankenhaus entfernt. An Samstagabenden, so wie auch an allen anderen Abenden, saß der Präsident sicher vor dem Fernseher und schaute alte Serien. Vielleicht hatte er heute die Nachrichten verfolgt, so wie der Rest des

Volkes. Eine nutzlose Person aus Sicht der Politik. Die Macht des Präsidenten war systematisch beschnitten worden, und der jetzige Taugenichts hatte den Niedergang dieser Institution kräftig befördert.

Eine Aufgabe fiel allerdings nach wie vor allein in seinen Verantwortungsbereich: Er musste den Rücktritt der Regierung akzeptieren. Für ein Rücktrittsgesuch bedurfte es keiner weiteren Minister, der Wille des Ministerpräsidenten reichte aus. Leo könnte die Krankenschwester um ein Blatt Papier bitten, sein Rückstrittsgesuch niederschreiben und es in weniger als zehn Minuten dem Präsidenten bringen lassen. Danach hätte niemand mehr einen Grund, ihn umzubringen. Das Spießrutenlaufen hätte für ihn ein Ende.

Nein ...

Soll mich doch der Teufel holen, wenn ich das Land den Krallen von Viktor Levoska, Pontus Ebeling und Karsten Jorsch überlasse.

Leo warf noch einen Blick aus dem Fenster. Sollte der Präsident heute ruhig ganz entspannt seine Fernsehserien schauen.

Leos Beine begannen zu zittern. Er kehrte zum Bett zurück und sah in die besorgten Gesichter von Kinga und Tavas.

Auf dem Flur wurden Stimmen laut. Sie kamen vom Stationseingang am Ende des Ganges. Leo hörte, wie sein Personenschützer die Stimme erhob:

»Sie können hier nicht herein! Der Ministerpräsident empfängt keine Besucher.«

Jemand wollte unbedingt mit ihm sprechen. Sein Personenschützer klang bestimmt, aber gleichzeitig respektvoll. Es handelte sich offensichtlich nicht um einen x-beliebigen Besucher.

»Ich muss ihn dringend sehen!«, hörte er eine Frauenstimme sagen.

Leo erkannte die Stimme, obwohl er die Frau bisher nur einmal persönlich getroffen hatte.

Was wollte Emma Erola hier?

55

Leo hatte die Stimme von Emma Erola auf dem Flur vor seinem Krankenzimmer erkannt. Die Auseinandersetzung zwischen Erola und den Personenschützern klang hitzig.

Sarianne und Kinga waren zur Tür gegangen und schauten in den Flur.

»Ist sie allein?«, wollte Leo wissen.

Sarianne steckte ihren Kopf weiter zur Tür hinaus.

»Ja, aber …«

»Bittet sie herein«, forderte er unmissverständlich.

Sarianne schaute ihn verwundert an, schluckte ihren Einwand hinunter und lief über den Krankenhausflur in Richtung Eingang. »Warten Sie«, rief sie den Personenschützern zu. Der aufgeregte Disput verstummte.

Kurz darauf betrat Emma Erola das Krankenzimmer. Leos erste Reaktion war Bestürzung. Nichts an ihr erinnerte mehr an jene unbesiegbare Superfrau, die man aus dem Fernsehen kannte.

Ihre Haare waren nass. Der Saum ihres roten Kleides schaute unter der Winterjacke hervor und war völlig verdreckt, ebenso ihre braunen Filzstiefel. Der Regen hatte ihr Make-up verwischt.

Emma Erola zog den roten Scrunchie aus den Haaren, schnappte sich ein Handtuch und rubbelte sich den Kopf ab. Sie sah völlig aufgelöst aus.

»Es tut mir leid, dass aus unserem vereinbarten Treffen heute nichts geworden ist«, sagte Leo.

Emma lachte nervös. »Kein Problem. Ich verstehe durchaus, dass die Arbeit eines Ministerpräsidenten kurzfristige Zeitplanänderungen mit sich bringt.«

Ihre Blicke trafen sich kurz, doch Emma senkte ihren rasch. *Warum ist sie so durch den Wind?*

»Könntet Ihr uns bitte einen Moment allein lassen?«, bat er Tavas und Kinga.

»Ich gehe mal nachschauen, ob die Cafeteria geöffnet hat«, sagte Kinga.

Leo schüttelte bittend die leere Limonadendose. »Würdest du?«

Kinga hob den Daumen und verschwand durch die Tür.

Sarianne bewegte sich keinen Millimeter. Als Staatssekretärin war sie gewohnt, alle Treffen mit dem Ministerpräsidenten zu managen und ihnen als Schatten an der Wand beizuwohnen. Doch als Leo wartete, machte auch sie sich widerstrebend auf und zog die Tür hinter sich zu.

»Herzlichen Glückwunsch zu Ihrer Wahl zur Parteivorsitzenden«, sagte Leo. Ungeachtet der Schmerzen gelang es ihm, sein berühmtes Lächeln aufs Gesicht zu zaubern.

Emma Erola erwiderte das Lächeln nicht und reagierte in keiner Weise auf die Glückwünsche. Leo überlegte wieder, was sie hier im Krankenhaus wollte. Gleichzeitig wurde ihm bewusst, wie seltsam er selbst gehandelt hatte, als er sie hereingebeten hatte.

Jemand hatte versucht, ihn umzubringen. Nur sehr wenige Menschen hatten über die notwendigen Informationen verfügt, um das Attentat zu planen. Emma war eine von ihnen.

»Waren Sie schon im Messebüro, als auf mich geschossen wurde?«, fragte er sie.

»Ich war erst auf dem Weg dorthin«, antwortete sie.

Leo erforschte ihr Gesicht. Erola hatte sowohl die Gelegenheit als auch ein Motiv, um Leo zu töten. Sie hatte sich ihren Ruf mit wutschnaubender, revolutionärer Rhetorik erworben. Sie strotzte regelrecht vor Verlangen, Leo vom Stuhl zu stoßen. Wer sonst hatte ebenso gute Gründe, ihn aus dem Spiel zu nehmen?

Trotzdem war sich Leo sicher, dass Emma Erola keinen Anteil an so einer niederträchtigen Tat hatte.

Die morgendliche Sitzung der Gilde kam ihm wieder in den Sinn.

Pontus war für Leo wie ein Vater und sein wichtigster Förderer, aber das Vertrauen zwischen ihnen war Vergangenheit. Pontus war bereit gewesen, ihn abzuservieren wie ein altes Tischtuch. Und er war schon früher zu Grausamkeiten bereit gewesen.

Der bloße Gedanke, Pontus könnte auf die eine oder andere Weise an dem Mordkomplott beteiligt gewesen sein, schmerzte Leo tief. Es war eigentlich unvorstellbar. Leo kannte Pontus durch und durch. Zumindest hatte er das bis heute geglaubt.

Karsten Jorsch wiederum hasste ihn aus tiefstem Herzen.

Natürlich hätte der Schütze die Informationen über Leos Absichten auch von anderer Seite erhalten können, zum Beispiel von seinen eigenen Leibwächtern, von Emma Erolas Mitarbeitern, von den Mitarbeitern des Messebüros, die von dem Treffen wussten, oder von jedem anderen, dem Pontus davon erzählt hatte.

»Beginnen wir?«, unterbrach Erola seinen Gedankengang.

Leo wusste nicht ganz, worauf sie hinauswollte.

»Wir waren doch für heute verabredet? Oder hatten Sie vor, das Treffen ganz abzusagen?«

»Keineswegs«, erwiderte Leo verdattert.

Emma Erola hängte ihre verschmutzte Winterjacke über die Lehne des Besucherstuhls, schaute auf die Uhr an der Wand und stellte sich neben Leos Bett.

»Erzählen Sie mir von Ihrem Vater«, bat Leo.

Emma schaute ihn skeptisch an. »Was ist mit ihm?«

»Ich weiß, dass er verstorben ist, als Sie siebzehn waren.«

»Versuchen Sie, eine Gemeinsamkeit zwischen uns zu finden, bloß weil wir beide in jungen Jahren den Vater verloren haben?«

Leo zuckte die Schultern und fühlte einen schneidenden Schmerz in der Schussverletzung an seinem Rücken. Erola sah es und Leo meinte einen Hauch Mitgefühl in ihrem Gesicht zu erkennen.

»Ich musste heute viel an meinen Vater denken«, sagte Leo. »Kinder sind die Ebenbilder ihrer Eltern. Ich habe mich gefragt, wie Ihr Vater wohl war.«

»Weil ich so eine geworden bin, oder wie?«

»Genau.«

»Er war arm und krank, aber unvorstellbar klug. Wenn Sie mit diesen Informationen eine Analyse von mir erstellen können, dann nur zu.«

»Ich weiß, wie es ist, mit den Erwartungen eines verstorbenen Vaters zu leben«, sagte Leo. »Ich hätte den Vorstellungen meines Vaters nicht gerecht werden müssen, umso mehr, weil ich mich geirrt habe in Bezug auf das, was er für mich gewollt hätte.«

Emma Erola sah ihn nachdenklich an. »Vielleicht hätten Sie sich darüber früher Gedanken machen sollen.«

Leo sah ihr in die Augen. Sie wirkte immer noch gestresst, aber gleichzeitig auch aufrichtig.

Emma sah schon wieder auf die Uhr. Es war wenige Minuten vor Mitternacht. *Warum hatte sie es so eilig? Sie war ein bisschen wie Aschenputtel, das Angst vor dem Erlöschen des Zaubers hatte, sobald die Uhr zwölf schlug.*

Emma legte die Fingerspitzen aneinander wie eine Staatsanwältin im Gerichtssaal, die zu ihrem Abschlussplädoyer ansetzte. »Als wir uns vor zwei Monaten in der Golfhalle getroffen haben, habe ich dir eine Grafik über die Verteilung der Vermögen gezeigt. Erinnerst du dich?«, fragte sie und ließ von der förmlichen Anrede ab.

»Ich erinnere mich sehr gut«, erwiderte Leo. Er sah die Kurve, die die dramatische Anhäufung des Vermögens bei den Reichen der Gesellschaft im Verlauf der vergangenen fünfzig Jahre zeigte, deutlich vor sich.

»Warum ist das so?«, fragte sie.

»Ich denke, das wirst du mir gleich sagen«, antwortete Leo.

Sie lächelte flüchtig und holte Luft.

»Die Konzentration des Vermögens auf wenige ist ein Geburtsfehler des Kapitalismus, der die Gesellschaft aushöhlt. Deswegen ist es dringend nötig, den Kapitalismus durch ein besseres System zu ersetzen.«

»Der Kapitalismus hat keinen immanenten Defekt«, widersprach Leo schnell. »Du verurteilst hier ein Wirtschaftssystem, das in der Welt zu einem sagenhaften Anstieg des Lebensniveaus geführt hat.«

Emma schnaubte verächtlich, als hätte sie das Argument Hunderte Male gehört. »Das ist ein klassischer Fehlschluss. Die vergangene Entwicklung betrachten und denken, daraus die Zukunft ablesen zu können.«

Als Leo nicht gleich reagierte, fuhr Emma fort.

»Ja, in der Marktwirtschaft ist das Lebensniveau gestiegen, aber ungleichmäßig und nicht auf eine nachhaltige Art und Weise. Verbraucher und Staaten haben jahrzehntelang auf Pump gelebt und Raubbau betrieben, weil keiner sich die Mühe gemacht hat, an die Zukunft zu denken. Als es ans Zahlen ging, haben die Zentralbanken es immer weiter hinausgeschoben und die Wirtschaftsblase nur noch mehr aufgepumpt. Dann kam der große Zusammenbruch. Wir haben uns immer noch nicht davon erholt, weil der eigentliche Fehler in den Grundfesten des Kapitalismus liegt.«

»Hör auf«, bat Leo. »Ich gebe bereitwillig zu, dass du dich mit Wirtschaft besser auskennst als ich. Aber du bist keineswegs die Einzige, die sich darüber Gedanken gemacht hat. Die besten Universitäten rund um die Welt betreiben Wirtschaftsforschung. Tiefliegende Probleme des Kapitalismus wären sicher auch ihnen aufgefallen, wenn es sie in dieser Form gäbe.«

Emma hörte ihm ruhig lächelnd zu.

»Sind sie doch«, sagte sie verheißungsvoll. »Lass mich dir von drei bekannten Wirtschaftstheoretikern erzählen, die in drei unterschiedlichen Jahrhunderten gelebt haben. Selbst du kennst jeden von ihnen. Sie haben uns schon vor langer Zeit erklärt, warum die Gesellschaft in dieses Dilemma geraten musste, in dem wir jetzt stecken, und was uns noch blüht, wenn wir nicht gegensteuern.«

* * *

Einen guten Kilometer weiter fuhr Oberinspektor Metso mit einem Krankenwagen über eine gelb blinkende Ampel. Im hinteren Fahrzeugteil lag der betäubte Harri Holsti. Doch Metsos Gedanken waren nicht bei ihm, sondern bei Leo Koski.

Die Reifen des Rettungswagens schlitterten über den nassen Asphalt, als Metso von der Mannerheimintie zum Uniklinikum Meilahti abbog.

56

Worauf will sie *hinaus?*

Leo versuchte zu ergründen, warum Emma Erola im Krankenhaus erschienen war. Etwas an ihrem Besuch beunruhigte ihn.

Erola erklärte ihm aufgeregt, dass die anerkanntesten Wirtschaftswissenschaftler der Welt den Zusammenbruch der Wirtschaft vorhergesagt hatten, den sie gerade durchlebten.

»Was fällt dir bei Karl Marx ein?«, fragte ihn Emma.

Leo stöhnte, als er den Namen Marx hörte. »Er hat den Sozialismus erschaffen. Und wir wissen, was daraus geworden ist.«

»Das ist ein weitverbreitetes Missverständnis«, widersprach Emma. »Die missglückten sozialistischen Versuche des 20. Jahrhunderts erfolgten in Osteuropa in Marx' Namen, tatsächlich aber hatte Marx sie nicht geplant. Der Zusammenbruch der Sowjetunion gab den Kapitalisten Gelegenheit, Marx als irregeleiteten Prediger zu diffamieren. Doch das war nur Vernebelungstaktik mit dem Ziel, seine wahre Botschaft in Vergessenheit geraten zu lassen. Und das ist ihnen auch hervorragend gelungen«, führte Emma aus.

»Wie meinst du das?«, fragte Leo.

»Karl Marx' Lebenswerk war nicht die Entwicklung des Sozialismus, sondern die Erforschung des Kapitalismus. Marx hat die Fehler des kapitalistischen Systems klar aufgezeigt, die nach einer gewissen Zeit katastrophale Folgen haben würden. Der kläglich gescheiterte Sozialismusversuch der Sowjetunion hat Marx' kritische Ansichten in keiner Weise geschmälert. Würdest du *Das Kapital* von Marx lesen, könntest du nicht umhin festzustellen, wie genau er vorhergesagt hat, was gerade passiert.«

Leo hatte nicht vor, mit ihr über den Inhalt von *Das Kapital* zu debattieren. Marx' Hauptwerk stand ihm in etwa so nahe wie das Alte Testament.

»Und was ist mit John Maynard Keynes?«, bohrte sie weiter. »Was denkst du über ihn?«

Leo war überrascht, als er den Namen hörte. Jeder, der mit Wirtschaftspolitik zu tun hatte, kannte Keynes.

John Maynard Keynes war der Vater der modernen Wirtschaftswissenschaft. Die wirtschaftlichen Lehren der westlichen Welt beruhten weitestgehend auf dem Werk von Keynes. Verschiedene ökonomische Schulen und Strömungen hatten ihren Namen danach erhalten, wie sie Keynes' Lehren auslegten: Postkeynesianer, Neukeynesianer, Neokeynesianer … und so weiter.

»Auf jeden Fall war Keynes nicht mit Marx einer Meinung«, verkündete Leo selbstsicher.

»Nein, in vielen Dingen nicht«, gab Emma zu. »Aber in einem Punkt stimmten Marx und Keynes überein. In seiner *Allgemeinen Theorie* hat Keynes die ungleichmäßige Einkommensverteilung im Kapitalismus nachgewiesen. Keynes hat die Ökonomie genauer und facettenreicher verstanden als wohl irgendwer sonst, und dennoch ist er immer wieder auf die gleiche Frage zurückgekommen: Wie kann verhindert werden, dass sich im Kapitalismus das Vermögen auf jene konzentriert, die ohnehin schon Kapital besitzen? In einer derartigen Welt ist ein Teil des Volkes untätig und lebt von seinen Kapitaleinkünften. Am anderen Ende der Skala leben Menschen schlecht ausgebildet und zu Armut verdammt, ohne jemals eine echte Chance zu haben, zu Wohlstand zu kommen. An beiden Enden gehen Fähigkeiten ungenutzt verloren. Wie kann so ein Wirtschaftssystem das bestmögliche sein?«

Leo merkte, dass es ihm schwerfiel, dagegen etwas einzuwenden. Keynes wurde in allen Lagern der Politik geschätzt. Und Leo hatte schon zu einem früheren Zeitpunkt gelernt, dass es keinen Sinn ergab, an ihren Worten zu zweifeln.

»Und wer ist der dritte?«, fragte Leo. »Du hast gesagt, es gab drei weise Herren.«

»Der dritte ist der Franzose Thomas Piketty.«

Leo registrierte, dass sie den Blick senkte, als sie den dritten

Namen aussprach. Auf einmal wirkte sie emotional berührt, als stünde dieser Mann ihr persönlich näher.

»Kennst du ihn?«, fragte er.

»Nein.« Emma lachte.

»Du siehst aus, als würdest du ihn kennen«, sagte Leo.

»Mein Vater hat ihn sehr verehrt«, sagte sie fast flüsternd.

Leo schwieg. Emma hatte für einen Augenblick den Schleier gelüftet, der ihre Intimsphäre sonst verbarg. »Dann lag ich mit meiner Frage, wie dein Vater dich beeinflusst hat, nicht ganz daneben.«

»Nein.«

Wieder ein Blick zur Uhr. Wieder wurde sie von Unruhe erfasst.

»Pikettys berühmte Ungleichung kennst du sicher«, meinte sie.

Nun ja, dachte Leo durchaus angetan. Er fühlte sich geschmeichelt von Emmas Vermutung, obwohl er keine Ahnung hatte, worauf sie hinauswollte. Als Pikettys Buch erschien, war er ein junger Mann und viel zu sehr an Mädchen und Sport interessiert, als dass er sich in die aktuelle wirtschaftstheoretische Diskussion vertieft hätte.

Trotzdem waren ihm Pikettys Buch und seine Ungleichung im Gedächtnis geblieben, und zwar aus einem einfachen Grund: Sie hatten Pontus veranlasst, sich heftig über ausgerechnet jene ausländischen Zeitungen aufzuregen, mit deren Artikeln er normalerweise übereinstimmte.

Aus Pontus' Reaktion hatte Leo geschlussfolgert, dass es mit dem Buch etwas Besonderes auf sich haben musste. Und so war ihm Pikettys berühmte Ungleichung in Erinnerung geblieben, auch wenn er sich nicht weiter mit ihr befasst hatte.

»Sie lautet r > g«, sagte er.

»Genau. Das r steht für *rate of return*, die Kapitalrendite. Das ist der Gewinn, den die Vermögenden aus ihrem Kapital schöpfen: Aktieneinkünfte, Zinsen für Bankkonten, Mieteinnahmen aus Anlageimmobilien.«

Emmas Blick glitt wieder zur Uhr. Ihre Rede gewann an Fahrt. Mitternacht war schon einige Minuten verstrichen, und ihr Paradekleid hatte sich immer noch nicht in den aschgrauen Kittel einer

Küchenmagd verwandelt. Ihre Nervosität war allerdings nicht verschwunden, sondern hatte eher zugenommen.

»Und der Buchstabe g steht für *growth*, Wachstum, und meint das Wirtschaftswachstum. Wächst die Wirtschaft, entsteht ein höheres Lebensniveau, das sich auf das Volk verteilt. Und da sind wir bei Piketty: r ist größer als g. Piketty hat anhand der von ihm gesammelten Daten nachgewiesen, dass in der Marktwirtschaft das Wachstum der Einkommen der Reichen größer ist als das Wirtschaftswachstum insgesamt. Vermögen konzentriert sich also auf wenige, und es ist kein Ende dieser Entwicklung in Sicht. Ganz im Gegenteil, die Unterschiede wachsen immer schneller.«

Leo guckte wohl recht verständnislos, zumindest fühlte sich Emma genötigt, es ihm noch deutlicher zu erklären:

»Nehmen wir beispielsweise diese Fanta«, sagte sie und zeigte auf die leere Dose. »Offensichtlich magst du die ja. Weißt du so in etwa, was eine Dose kostet?«

Leo deutete mit einer Handbewegung an, dass er nicht die leiseste Ahnung hatte. Einen Euro? Drei Euro?

»Natürlich nicht«, bemerkte Emma. »Na, auf jeden Fall ist in den letzten Jahren ein immer kleinerer Teil des Preises für eine Fanta-Dose bei jenen Arbeitern angekommen, die diese Dose verpacken, verkaufen und transportieren. Ein immer größerer Teil des Preises ist bei den Eigentümern gelandet: den Ladenbesitzern, den Eigentümern der Transportfirma, den Aktionären der Getränkefirma und den Eigentümern der Rohstoff-Lieferanten. Die Kluft zwischen Kapitaleignern und denen, die die Arbeit verrichten, ist Ende des 20. Jahrhunderts immer weiter auseinandergeklafft. Und das ist keine Meinung, sondern ein Fakt. Diese Entwicklung setzt sich fort wie bei einem Schneeball, der beim Rollen immer weiter wächst. Zuerst haben wir uns an den Anblick von Porsches gewöhnt, dann an eingezäunte Luxuswohnanlagen. Noch vor zehn Jahren hätte keiner gewagt, sie auch nur vorzuschlagen, und jetzt spazieren wir an Toren und Wachpersonal vorbei, als wäre das die natürlichste Sache der Welt.«

»Die besitzende Klasse ist keine geschlossene Gesellschaft«, warf Leo ein. »Die Arbeitnehmer können einen Teil ihres Lohns in Aktien und Wohnungen investieren. So werden auch sie Teil der besitzenden Klasse.«

»Ha!«, ereiferte sich Emma. »Die Menschen steigen nicht mehr von einer gesellschaftlichen Klasse in die nächste auf. Schau dir die Welt um dich herum doch mal an. Die Disparitäten nehmen immer weiter zu, Maschinen und Software verbannen immer mehr Berufsgruppen in die Arbeitslosigkeit. Die Einnahmen aus der Geschäftstätigkeit gehen an jene, die die Maschinen besitzen. Nur jetzt müssen die Kapitaleigner immer weniger Lohn zahlen.«

Leo stellte fest, dass sie sich in Rage redete und ihre Augen aufgeregt mal hierhin, mal dorthin blickten.

»Marx, Keynes und Piketty sind jeder in seinem Jahrhundert und von verschiedenen Ausgangspunkten her zum gleichen Ergebnis gekommen: In dem kapitalistischen Wirtschaftssystem gibt es einen Fehler, der die Gesellschaft langsam von innen heraus zerfrisst und zu einer immer stärkeren Zuspitzung der Probleme führt«, sagte Emma und schaute zur Wand. *Schon wieder der Blick zur Uhr.*

»Du bist nicht nur hergekommen, um mich klüger zu machen«, bemerkte er. »Das ist kein normales Treffen. Du kommst hier in mein Krankenzimmer, deine Kleidung ist schmutzig, du bist außer Atem und schaust fortwährend zur Uhr. Warum hast du es so eilig?«

Emma lief zum Fenster und sah hinaus.

»Weil wir an einem Endpunkt angelangt sind. Marx hat schon 1844 all das vorausgesagt, was wir jetzt erleben: den Zusammenbruch der Wirtschaft, den Zorn der Leute und die Sehnsucht nach radikaler Veränderung. Schon als 26-Jähriger in Paris hat er aufgeschrieben, dass der Kapitalismus unaufhaltsam auf seinen »letzten Höhepunkt« zusteuere. Damit meinte er die Zuspitzung des Widerspruchs zwischen dem Privateigentum und den gesellschaftlichen Produktivkräften. Das Ergebnis wäre unweigerlich eine Revolution«, sagte sie ernst.

»Was willst du mir damit sagen?«, fragte Leo.

Emma kam wieder an Leos Bett. »Wir leben in Zeiten, die Marx vorhergesagt hat. Leo, verstehst du immer noch nicht, wie tief die Wurzeln dieser Krise reichen? Das Wirtschaftssystem, das du hilfst, am Leben zu erhalten, wird in jedem Fall zusammenbrechen. In ganz Europa deuten die Zeichen darauf hin. Ich habe es mit eigenen Augen gesehen.«

Jetzt wurde auch Leo ein wenig hitzig. »Ich verstehe nicht, wie du vom Zusammenbruch des Kapitalismus sprechen kannst, als wäre das eine gute Sache. Es gibt keine Alternative.«

»Doch, es gibt eine Alternative«, sagte Emma. »Ich bin hierhergekommen, um dir von einem Vorhaben zu erzählen, das Finnland und der ganzen Welt eine Lösung bietet.«

57

Drei schwarze Autos fuhren im Konvoi aus der Kommandozentrale den Tunnel hinauf. Marten saß im mittleren Auto auf dem Beifahrersitz. Eigentlich wäre die Rückbank seinem Rang angemessener gewesen, aber dort war es für ihn selbst in diesem riesigen SUV zu beengt.

Außerdem bot der Sitz vorn neben einer angenehmen Sitzposition auch das Gefühl der Kontrolle. Er wollte bei allem, was heute Nacht und am morgigen Tag passieren würde, die Zügel in der Hand behalten. Sein gerade zu Ende gegangenes Treffen mit Emma Erola ging ihm nicht aus dem Kopf. Sie hatte die Operation verschieben wollen. Er hatte sie zwar umstimmen können, fürchtete aber, sie würde dem Druck nicht lange standhalten. War Emma stark genug, um standhaft zu bleiben, auch wenn Gewalt ins Spiel kam?

Marten hatte Emma gegenüber beteuert, dass die Operation ohne Blutvergießen über die Bühne gehen sollte. Er hatte ihr gesagt, dass es wohl nicht ganz gelingen werde, er aber alles in seiner Macht Stehende dafür tun werde. Es war notwendig, die Wahrheit ein bisschen zu dehnen. Emma schien Schwierigkeiten zu haben, die Anwendung von Gewalt zu akzeptieren.

Emma will, dass alles abläuft wie im Märchen. Aber das hier ist die Wirklichkeit.

Er wusste um die Realitäten. Er verstand diejenigen, die die Kapitalisten bluten sehen wollten. Gewöhnliche Menschen tun kranke Dinge, wenn die kranken Dinge gewöhnlich werden.

Die Kapitalisten hatten die Menschen jahrzehntelang an den Markt als den allmächtigen Gott glauben lassen. Sie hatten die Menschen dazu gebracht, herzlose Dinge im Namen der Marktkräfte zu tun.

Das Platzen der Schuldenblase, die tiefe Rezession der letzten Jahre und – als letzter Tropfen – die neuesten Kürzungen hatten ihr Vogelhäuschen, den nordischen Wohlfahrtsstaat, zum Einstürzen gebracht und gleichzeitig einen fruchtbaren Boden für einen Neuanfang geschaffen. Marten hielt in seinen Händen die Chance, auf die er sein Leben lang gewartet hatte.

Es war an der Zeit, den Putsch einzuleiten.

Die Limousinen erreichten den Ausgang des Tunnels in der Nähe der belebten Kreuzung Töölöntulli. Das Tor öffnete sich, und die Wipfel der Bäume zeichneten sich gegen den Himmel ab. Marten sah auf die Uhr. Er nahm sein Telefon zur Hand und tätigte einen Anruf.

»Gruppe Celsius«, meldete sich der Angerufene.

»Ist alles bereit?«

»Beide Gruppen sind einsatzbereit.«

»Gut«, bestätigte er.

Er hatte den Umsturz seit Monaten geplant und sich jahrzehntelang darauf vorbereitet. Alles würde in wenigen Augenblicken mit drei gleichzeitigen nächtlichen Vorstößen beginnen. Die Festnahme von Leo Koski hatte er im Handumdrehen neu arrangieren müssen, nachdem dieser angeschossen worden war. Um den Erfolg sicherzustellen, würde er selbst im Krankenhaus dabei sein.

Mit Schwierigkeiten rechnete er nicht. Einen verletzten Ministerpräsidenten im Krankenhaus zu überraschen, würde nicht allzu schwer sein. Zu seinem Schutz waren nur zwei Leibwächter vor Ort. Genau genommen war das Krankenhaus ein einfacheres Ziel als sein Amtssitz Kesäranta.

Die zwei anderen Übergriffe in den Stadtteilen Ullanlinna und Jollas waren ebenfalls ein Kinderspiel: Sie richteten sich gegen alte Herren, die Einfluss besaßen, aber keinen bewaffneten Schutz genossen.

»Wir erwarten den Befehl«, sagte die Stimme am anderen Ende der Leitung.

»Haltet euch bereit. Fünf Minuten bis zum Einsatz.«

Ein kalter Schauer lief ihm über den Rücken. *Nur noch fünf Minuten.*

Alles war bereit.

Die Unterstützung des Volkes war die Basis für alles. War es immer gewesen. Und das Volk stand hinter ihnen. Lumi Nevasmaas Schicksal und Vilma Varis' Nachrichtenbeitrag hatten dafür gesorgt, dass auch die letzten Zweifler morgen auf ihrer Seite sein würden. Die Menschen waren bereit, die Rechtsparteien zu stürzen. Nichts konnte sie mehr aufhalten.

Marten dachte kurz nach. Es gab noch eine Sache, die sie tun konnten. »Ich will noch einen weiteren Namen auf die Liste der Festzunehmenden setzen«, sagte er zu seinem Mitarbeiter auf der Rückbank.

Dann sprach er den Namen aus.

»Wirklich?«, fragte der Mitarbeiter überrascht. »Ebenfalls vors Volksgericht?«

»Nein«, antwortete Marten und lächelte trocken. »Das wird unser Ehrengast morgen früh.«

58

Emma Erola betrachtete den ermatteten Ministerpräsidenten im Krankenbett. Sie hoffte aus tiefstem Herzen, dass Leo Koski Einsicht zeigen und aufgeben würde.

Die Zeit war abgelaufen. Es war schon weit nach zwölf, jeden Augenblick würden Marten und seine Männer im Krankenhaus auftauchen. Er hatte Koski einen fairen Prozess versprochen, aber Emma war sich nicht mehr sicher, ob man seinem Wort trauen konnte.

»Ich bin hergekommen, um dir eine letzte Möglichkeit zum Rücktritt zu geben«, sagte Emma.

Leo lächelte. »Du bist nicht die Erste, die mich an diesem Wochenende aus dem Amt kippen möchte.«

»Das habe ich in den Nachrichten gesehen.«

»Du sagtest, es gibt eine Alternative zum Kapitalismus. Was meinst du damit?«, fragte Leo.

Eine Alternative. Nach dieser hatte Emma lange gesucht.

Emma war schon jahrelang klar, dass man den Kapitalismus überwinden musste. Der Sozialismus stellte eine Alternative zur Marktwirtschaft dar, aber auf ihm lastete die schwere Bürde seiner Geschichte. Kollektiveigentum und Planwirtschaft waren in Osteuropa mit vernichtenden Ergebnissen erprobt worden. Und auch Emma hatte lange keine plausible Erklärung bieten können, warum es ihnen besser gelingen sollte.

Da hatte ihr ein schottisches Genie die Antwort präsentiert. Ein halbes Jahr zuvor war Emma zu einer internationalen Konferenz der Sozialisten gereist, die paradoxerweise ausgerechnet im gelobten Land des Kapitalismus, den Vereinigten Staaten, stattgefunden hatte. In dem riesigen Kongresszentrum in Chicago hatten sich Aktivisten aus der ganzen Welt versammelt.

Schon bei ihrer Ankunft hatte Emma festgestellt, dass sich die Atmosphäre der Konferenz im Vergleich zu der vor vier Jahren komplett gewandelt hatte. Die Veränderung erstaunte Emma, obwohl sie natürlich die zunehmende Popularität des Sozialismus in Meinungsumfragen auf der ganzen Welt verfolgt hatte.

In den Vereinigten Staaten war der Resonanzboden für sozialistische Ideen schnell gewachsen, seit vor mehr als fünfzehn Jahren die Protestbewegung *Occupy Wall Street* den Menschen die rasche Verzerrung der Vermögensverteilung bewusst gemacht hatte. Linke Gedanken entwickelten sich zunächst im Stillen, doch in den letzten Jahren war es zu einem explosionsartigen Wachstum linker Überzeugungen gekommen.

Fasziniert hatte Emma die Vorträge auf der Hauptbühne im Konferenzzentrum des Hyatt-Regency-Hotels verfolgt: eine großartige Vision nach der anderen darüber, welche Möglichkeiten der Sozialismus der Welt bieten würde. Die junge Generation nahm Abstand von alten Konfrontationslinien. Jetzt ging es darum, die heutige Gesellschaft komplett neu zu organisieren. Die Technologie bot hierfür ungeahnte Möglichkeiten: die auf dem Prinzip des Teilens beruhende Sharing Economy, neue Wege, das Wohlbefinden der Menschen zu messen, Internetdemokratie, Peernetzwerke und so weiter.

Zunächst hatte Emma den Heilsversprechen der neuen Technologien kritisch gegenübergestanden. Immerhin hatten Roboter und künstliche Intelligenz in den letzten Jahren die Massenarbeitslosigkeit massiv verschärft. Bis zum heutigen Tag hatte die technische Entwicklung die Kluft zwischen Kapitaleignern und Arbeitnehmern eher vertieft.

Diese technischen Errungenschaften und die mit ihnen verbundene Macht mussten in das Eigentum des Volkes übergehen.

Endgültig war ihre Begeisterung geweckt worden, als sie einem Vortrag lauschte, der überraschend die Geschichte des Sozialismus mit dessen Zukunft verknüpfte. Sie hatte das Programm aus der Tasche gekramt, um nachzusehen, wer das kleine Männchen auf der Bühne war:

2.30–3.30 pm, Lewis Higgins: Das schwächste Glied des Sozialismus –
Wie künstliche Intelligenz alles verändert

Laut Programmtext war Higgins Wissenschaftler an der Universität in Edinburgh und hatte zuvor an beeindruckenden Projekten im Silicon Valley mitgewirkt.

In seinem Vortrag ging Higgins darauf ein, was zum Niedergang des Sozialismus in der Sowjetunion geführt hatte. Die von Moskau aus agierende staatliche Planungskommission habe demnach scheitern müssen, weil sie einfach nicht genug über ihre Bürger wusste. Die Planer hatten keine Echtzeitdaten zur Verfügung, mit denen sie die Wünsche und Bedürfnisse der Bevölkerung hätten erfüllen können. Das Ergebnis war Ineffizienz.

Der eigentliche Unterschied zwischen Sozialismus und Kapitalismus bestand laut Higgins darin, wie mit Informationen umgegangen wurde. Während der Sozialismus die Informationen an einer Stelle konzentrierte, wurden sie im Kapitalismus auf dem Markt verteilt. Das Modell des Kapitalismus wurde im 20. Jahrhundert für leistungsfähiger befunden, aber das war vor dem Zeitalter der künstlichen Intelligenz und der Fähigkeit, mithilfe von Maschinen gewaltige Datenmassen zu bewältigen.

Heutzutage sind die Menschen über verschiedene Apps ständig mit dem Internet verbunden und produzieren Daten über ihre Aktivitäten, ihre Wünsche, ihre Bedürfnisse und ihre Vorlieben. Kapitalisten nutzen diese Informationen für ihre Geschäfte, viel effektiver jedoch könnten sie in einer Planwirtschaft eingesetzt werden.

»Denken Sie nur an Verkehrsstaus«, forderte Higgins die Zuhörer von der Bühne aus auf. »Würden alle Autofahrer den gleichen, öffentlich verwalteten Kartendienst zur Wahl ihrer Route verwenden, könnte man mithilfe der künstlichen Intelligenz wirksam die Entstehung von Staus verhindern, indem man alle Fahrzeuglenker auf verschiedene Routen führt. Das Gleiche gilt für Lebensmittel und beispielsweise Wohnraum – ja sogar bei der Arbeitsplatzwahl ist es denkbar. Nur durch die zentrale Erfassung aller Informationen ist eine Gesellschaft in der Lage, das bestmögliche Ergebnis für alle ihre Mitglieder zu erreichen.«

Higgins sprühte vor Begeisterung, als er ausführte, dass der Aufbau einer staatlich geführten Planwirtschaft mit der heute zur Verfügung stehenden Technologie das reinste Kinderspiel wäre. *Piece of cake.*

Nach dem Vortrag zog Emma ihn am Ärmel zur Seite. Higgins war klein, reserviert und trug eine Brille. Doch als er Emmas Fragen hörte, war er im Handumdrehen Feuer und Flamme. Aus ihren gemeinsamen Erörterungen wurden Ideen geboren. Und die Ideen wurden zu Plänen. Und vor Emmas innerem Auge entstand das Bild einer veränderten Welt, über das sie mit Higgins am nächsten Morgen zu sprechen wagte, als sie ihr Gespräch während eines Jetlag-Spaziergangs über die Uferpromenade am Michigansee in den frühen Morgenstunden fortsetzten.

Sie teilten ihre Überlegungen auch mit anderen Konferenzteilnehmern, die etwas von Datenverarbeitungssystemen verstanden. Gemeinsam kamen sie zu dem Schluss, dass die notwendigen Mittel, um die planwirtschaftlichen Probleme zu lösen, vorhanden waren. Künstliche Intelligenz und Quantencomputer konnten schon jetzt riesige Datenmengen adäquat verarbeiten, und sie entwickelten sich unentwegt weiter. Mithilfe der KI könnten etwa Verbraucherbefürfnisse vorhergesagt werden, noch bevor sie diesen selbst bewusst waren. Zentrale Computereinheiten wären so imstande, Preise und Angebot zu regulieren.

Drei junge, technisch versierte Sozialisten – ein Amerikaner, ein Brasilianer und eine Spanierin – wurden für ihr Team ausgewählt. Dann begann die Gruppe, das System auf der Basis echter sozialistischer Grundsätze zu entwickeln. In ihrem System wurden die Menschen direkt auf Gehaltslisten der Gesellschaft geführt, ohne private Firmen als Zwischenglied. Auch die Tätigkeit als Selbstständiger mit dem Staat als Auftraggeber war möglich. Und die KI würde darüber wachen, dass es nicht zu einer ähnlichen wirtschaftlichen Ineffizienz käme wie seinerzeit in der Sowjetunion und den Ostblockstaaten.

Als Pilotland für das System des »Neuen Sozialismus« wurde auf Emmas Vorschlag hin Finnland ausgewählt. Zum einen war

Finnland ein geeignet kleines Land. Zum anderen erhoben Finanzämter und das nationale Einkommensregister schon jetzt hinreichend viele Daten und boten die technischen Voraussetzungen, um ein Gesellschaftssystem zu entwickeln, in dem jeder nach seinen Bedürfnissen leben konnte.

Emma übernahm die Leitung und warb neue Mitstreiter an. Alle arbeiteten ohne Bezahlung, und für die notwendigen Reisen organisierte Emma das Geld. Lewis Higgins wurde die Hauptverantwortung für die technische Seite des Systems übertragen. Von den ersten Stunden an hatte Emma ihren Mitstreitern angesehen, dass sie wirklich an die Möglichkeit eines neuen Systems glaubten. In der Geschichte gab es immer wieder Beispiele dafür, dass auch eine kleine Gruppe Menschen in der Lage war, die Welt zu verändern, wenn sie wirklich von ihrer Sache überzeugt war und voll dahinterstand.

Es war erst sechs Monate her, dass ihr Pilotprojekt gestartet war. Doch in dieser Minute kam es ihr wie eine Ewigkeit vor.

»Die technologische Entwicklung hat alles verändert«, sagte Emma an den Ministerpräsidenten im Krankenbett gewandt. Leo Koski schien weiterhin skeptisch, aber er bedeutete ihr fortzufahren.

»Wenn Maschinen einen immer größeren Teil der Arbeit erledigen, dann sinkt der Wert menschlicher Arbeit weiter ab. Das Geld fließt an diejenigen, die die Maschinen besitzen.«

Emma machte eine kurze Pause, um den Worten, die nun folgten, mehr Gewicht zu verleihen.

»Es gibt nur eine Lösung. Die von Maschinen erwirtschafteten Gewinne müssen zum Wohle des ganzen Volkes eingesetzt werden.«

»Wie meinst du das?«, fragte Leo leicht irritiert.

»Die finnischen Unternehmen müssen in das Eigentum des Staates übergehen«, sagte Emma. »Jedes einzelne. Und das wird dieses Wochenende geschehen.«

Emma hatte das Gefühl, alle Luft würde aus dem Raum entweichen, nachdem die letzten Worte ausgesprochen waren. Leo Koski starrte sie entgeistert an.

»Begreifst du überhaupt, was du da sagst? Das ist purer Sozialismus!«, ereiferte er sich.

»Exakt«, antwortete Emma. »Ich weiß sehr genau, wovon ich spreche. Wir haben eine neue Version des Sozialismus geschaffen, und das wird der ganzen Welt den Weg weisen.«

Ihr schwindelte bei dem Gedanken daran, wie schnell alles nach der Chicago-Reise gegangen war. Sie hatten an ihrem Gesellschaftssystem gearbeitet, ohne zu wissen, wie sie es implementieren sollten.

Die Antwort auf diese letzte Frage war ihr im letzten Herbst in den Schoß gefallen, als ihr Marten seinen Vorschlag unterbreitet hatte. Dank dieses überraschenden Mitstreiters hatte ihr Plan seine endgültige Form angenommen. Und er jagte ihr auch jetzt noch, nur wenige Augenblicke vor der Stunde null, kalte Schauer über den Rücken.

* * *

Karsten Jorsch wurde in seiner Wohnung in der Merikatu direkt am Meer von einem Rasseln geweckt. Er öffnete die Augen und lauschte? Was war das für ein Geräusch?

Er hob den Kopf und schaute auf die Digitalanzeige des Weckers auf seinem Nachttisch: 00.16 Uhr.

Dann vernahm er das Geräusch von Schritten.

Nicht schon wieder!, dachte er, drehte sich genervt auf die Seite und zog sich das Kissen über den Kopf.

Der an Demenz leidende Bergrat in der Wohnung über ihm war wohl wieder mal aufgestanden und wanderte zu später Stunde durch seine Wohnung. Dabei ließ er gewöhnlich Geschirr und Töpfe auf den Boden fallen, und zu all dem kam noch die ständige Angst vor einem Brandausbruch. Es war die pure Hölle, dass man in einer sechs Millionen Euro teuren Wohnung so etwas erleiden musste. Wenn der Alte eines Tages hopsginge, würde Jorsch die Wohnung kaufen und über eine Treppe mit seiner verbinden lassen.

Wieder hörte er Schritte. Doch nun erkannte er, dass sie nicht von oben kamen und nicht vom alten Bergrat stammten. Dafür waren sie zu forsch, zu resolut. Und sie waren viel näher, kamen aus seinem eigenen Flur und steuerten jetzt direkt auf ihn zu.

Er sah zur Tür seines Schlafzimmers und schluckte.

Im Türrahmen stand eine dunkle Gestalt.

59

Eine kalte Brise wehte über die Meeresbucht und fuhr Pontus Ebeling unter die Kleidung. Die viel zu weiten Ärmel seines Mantels wehten im Wind wie ein zerrissenes Segel im Sturm.

An den Füßen trug er hochwertige, aber abgetragene Lederschuhe, die für den finnischen Winter völlig ungeeignet waren. Unter ihm schwankte der zwanzig Meter lange Steg am Ufergrundstück der Ebelings auf den Wellen.

Irritiert schaute Pontus sein Telefon an. Leo reagierte noch immer nicht auf seine Anrufe.

Pontus hob den Kopf und schaute über die Küste der Meeresenge Villinginsalmi. Der Schneefall vergangene Nacht hatte den Winter nach Finnland gebracht. Der Anblick war selbst bei Nacht schön, aber heute beruhigte er ihn nicht wie sonst.

Er hatte die Lage nicht mehr im Griff.

Es war bereits Sonntag. Jeden Augenblick mussten die Medien die Meldung erhalten, dass die für morgen geplante Rote Parade abgesagt worden war. Pontus war klar, dass sie schon die Planungen für diese Massenkundgebung hätten stoppen sollen, aber Leo hatte sich immer dagegen gesträubt. Und Pontus selbst war viel zu nachsichtig gewesen.

Bis zu diesem Wochenende hatte er geglaubt, er hätte die Situation unter Kontrolle. Dann hatte sich eine junge Frau namens Lumi Nevasmaa auf schreckliche Weise an Harri Holsti gerächt, Leo hatte sich seiner Rücktrittsaufforderung widersetzt, und die Medien hatten Wind von dem Bruch zwischen ihnen bekommen. Emma Erola hatte auf dem Parteitag der Linken Bewegung eine Rede gehalten, die selbst in der internationalen Presse bejubelt wurde. Dann hatte ein Blitz namens Vilma Varis eingeschlagen. Pontus hatte wie fast ganz Finnland ihre Sendung gesehen. Sie war vernichtend. Das Video von der Vergewaltigung hatte ihn angewidert, und er versuchte, es aus seinem Kopf zu verbannen. Harri Holsti hatte nicht nur sich, sondern der gesamten Rechtskoalition aufs Schändlichste geschadet.

Vilma Varis hatte er noch nie gemocht, doch jetzt hasste Pontus sie geradezu. In dem Beitrag war er als »engster Mitarbeiter« von Leo Koski dargestellt worden. Die Krähe Varis hatte das Wort *engster* betont, während gleichzeitig eine Archivaufnahme eingespielt worden war, auf der sich Leo herunterbeugte, um zu hören, was Pontus ihm ins Ohr flüsterte. Noch niederschmetternder waren all die Videoclips, in denen Leo neben Harri Holsti zu sehen war.

Die angestaute Wut, die schon vor der Linkendemo zu spüren war, war nach der Nachricht explodiert. Von überallher wurden Unruhen gemeldet, und Stunde um Stunde wurden es mehr, selbst jetzt, mitten in der Nacht.

Noch einmal drückte er die Anruftaste. Es klingelte. Keine Antwort.

In der Flut schlechter Nachrichten lag etwas Seltsames. Etwas … das Pontus nicht näher bestimmen konnte.

Am Ende des Stegs angekommen, hielt er in seinem nervösen Auf und Ab inne. Am gegenüberliegenden Ufer schimmerten einzelne Lichter. Gerade in diesen Ausblick hier auf dem Steg hatte er sich sofort verliebt, als Karen und er dieses Grundstück auf Jollas gekauft hatten. Viel zu selten hatte er hier gestanden und den Anblick genossen. Alles in seinem Leben beherrschte er, nur seine Zeiteinteilung nicht.

Karen und er waren verschieden. Vom Steg aus sah Karen immer zurück an Land zu ihrem großen Haus, das zum Meer hin mit einer Glasfront abschloss. Gleich nachdem sie das Grundstück erworben hatten, hatten sie das alte Haus abgerissen und ein neues errichtet, das Karen mehr zusagte.

Die an kleinen Zufahrtswegen liegenden Häuser im umzäunten Wohngebiet von Jollas waren eines schöner als das andere. Doch das Haus der Ebelings stach auch aus diesen noch durch seinen

Prunk heraus. Pontus verstand nicht, warum das Gebäude so viele schiefe Linien aufwies, aber den neiderfüllten Reaktionen der anderen Inselbewohner nach zu schließen hatte der Architekt eine gute Leistung vollbracht.

Karens Geschmack war Jahr für Jahr luxuriöser geworden. Nicht, dass es Pontus gestört hätte. Kein Möbelstück und auch keine noch so teure Renovierung, für die Karen in dem Bestreben, die Kulisse ihrer miserablen Ehe aufrechtzuerhalten, Geld ausgab, konnte ihrem Vermögen eine Delle zufügen. Mit einem einzigen Unternehmenskauf konnte Pontus mehr verdienen oder verlieren, als Karen ihr Leben lang auszugeben imstande war.

Pontus' Desinteresse gegenüber Karens Bemühungen, ihr Heim zu verschönern, hatte ihre Beziehung einmal sehr belastet, doch das hatten sie überwunden. Pontus hatte gelernt, ein paar Marken zu erkennen – zum Beispiel Boffi, Poggenpohl, Hansgrohe, Gaggenau, Duravit oder Philippe Starck –, und sich nach Haustierart angewöhnt, immer wenn er einen dieser Namen hörte, mit einem zufriedenen Grunzen zu reagieren. Ein- oder zweimal pro Woche stellte er eine vertiefende Frage, wenn Karen ihm wieder etwas erläuterte, und das reichte aus, um den Eindruck eines Mindestmaßes an Interesse zu vermitteln. Karen hatte schon längst aufgegeben, ihn bei Anschaffungen nach seiner Meinung zu fragen. Sie sprachen ohnehin kaum noch miteinander.

Was war das?

Pontus glaubte, im Haus eine Bewegung wahrgenommen zu haben. Aber er musste sich getäuscht haben, denn Karen schlief um diese Zeit schon tief und fest.

Als er heimgekommen war, hatte Karen auf dem Sofa gelegen. Er hatte versucht, sich unbemerkt ins Obergeschoss zu schleichen, aber sie war wach geworden und hatte ihn gefragt, wie es Leo gehe. Er hatte eine undeutliche Antwort gemurmelt und das Gespräch nach wenigen Sätzen beendet, so wie meistens in letzter Zeit.

Karen mochte Leo, aber zwischen den beiden war nie so eine enge Beziehung entstanden wie zwischen ihm und Leo. Leo hatte schließlich eine Mutter, nur ein Vater fehlte ihm.

Natürlich hatte Leo auch viel von Karen gelernt, zum Beispiel sich zu kleiden und sich in der Gesellschaft zu bewegen. Karens Etikette in Kombination mit Leos natürlichem Charme waren ein unschlagbarer Trumpf in der Politik. Das hatte Leo in seiner Karriere mindestens ebenso vorangebracht wie Pontus' Unterstützung.

Alle Teile in Leos Karrierepuzzle – ebenso wie in dem von Pontus – hatten sich bis zum Sommer reibungslos ineinandergefügt. Der Herbst hatte zu ersten Rissen an der Oberfläche geführt, und mit Winterbeginn war ihr Luftschloss in sich zusammengebrochen. Jetzt musste getan werden, was noch möglich war.

Pontus konnte immer noch nicht begreifen, dass Leo sich seiner Entscheidung widersetzt und ihn einfach beiseitegeschoben hatte.

Undank ist der Welten Lohn.

Nach allem, was er für Leo getan hatte … Konnten Probleme, die sich innerhalb von weniger als 24 Stunden zugespitzt hatten, tatsächlich all das Vertrauen untergraben, das jahrelang zwischen ihnen geherrscht hatte?

Pontus Ebeling war kein emotionaler Mensch, aber inmitten all dessen und ungeachtet aller Entscheidungen, die er getroffen hatte, musste er auf die Stimme seines Herzens hören. Er konnte nicht verleugnen, dass er Leo liebte wie einen eigenen Sohn.

Jetzt blieben ihm nur noch die Erinnerungen. Unbeschwerte, fröhliche Momente kamen ihm in den Sinn, aber sie hatten einen bitteren Beigeschmack.

Der Steg schwankte immer stärker, und Pontus fühlte die Kälte bis auf die Knochen. Er sah noch einmal über die Bucht hinaus. Am Morgen würden sie zum Schlag gegen die Linken ausholen. Eine Alternative gab es nicht. Glücklicherweise hatten sich auch Polizeipräsident Juhani Piispa und Armeegeneral Joel Alén auf die harte Linie eingelassen. Die formale Befehlskette wäre hergestellt, wenn morgen der an Pontus' Gängelband laufende Viktor Levoska zum Ministerpräsidenten erklärt würde.

Pontus machte kehrt und ging auf dem Steg zurück zum Ufer.

Plötzlich wurde in der oberen Etage seines Hauses Licht eingeschaltet und sein Wohnzimmer damit zum Schaufenster. Mehrere Personen bewegten sich im Raum.

Pontus blieb wie erstarrt stehen.

Es waren insgesamt fünf oder sechs Gestalten. Einer von ihnen hielt etwas in der Hand, das aussah wie eine Pistole. Wo war Karen? An den Bewegungen der Personen las er ab, dass sie etwas suchten.

Kurz hoffte er, die Figuren wären Polizisten oder Soldaten, die Piispa oder Alén geschickt hatte, um ihn zu beschützen. Doch diese Gestalten trugen Zivilkleidung, und ihre Körperhaltung zeugte von keinen guten Absichten. Sie waren gekommen, um Pontus zu holen. Irgendetwas war gründlich schiefgelaufen.

Einer blieb am Fenster stehen und schaute hinaus. Die Außenlampen warfen ihren Lichtschein weit genug, dass auch die Dunkelheit Pontus keinen Schutz bot. Instinktiv wollte er sich rückwärts wenden, doch dieser Weg war ihm versperrt. Seine Motoryacht Grandezza 39 war schon eingewintert worden. Hinter ihm waren nur wenige Meter Steg und die eisige Ostsee. Bis nach Villing hinüberzuschwimmen war unmöglich. Das Wasser war viel zu kalt und Pontus ein miserabler Schwimmer.

An einer Ecke des Hauses erschienen zwei bewaffnete Männer. Sie hatten Pontus entdeckt und kamen jetzt zielstrebig auf ihn zu.

Nein. Pontus Ebeling war nicht der Typ, der sich mit einem verzweifelten Fluchtversuch lächerlich machte. Er zog sein Telefon aus der Tasche. Das war seine Waffe, mit der er die Dinge regelte – ein ums andere Mal. Aber jetzt reichte die Zeit nicht für ein Telefonat. Die Anweisungen, die er für die kommende Nacht und den morgigen Tag erteilt hatte, mussten ausreichen.

Die bewaffneten Schergen beschleunigten ihre Schritte und setzten schon den Fuß auf den Steg. Hinter ihnen erschienen zwei weitere, dunkel gekleidete Männer. Der Steg vibrierte unter ihren Stiefeln.

Pontus Ebeling warf sein Telefon ins Meer und breitete zum Zeichen, dass er sich ergab, die Arme aus.

60

Metso zog seine Karte aus der Hosentasche und hielt sie vor das POS-Terminal. Der Automat gab einen mittelgroßen Blumenstrauß frei und ließ ihn an Haken und Schnur herab.

Der Blumenautomat stand exakt an der Stelle, an der sich noch vor ein paar Jahren ein kleiner Blumenladen befunden hatte. Ein Schild am oberen Rand des Automaten versprach: *Mindestens sechs verschiedene Blumensträuße rund um die Uhr.*

Metso betrachtete sein kantiges Gesicht in der Glasscheibe des Automaten. Die prägnanten Wangenknochen machten jede Hoffnung auf einen sanftmütigen Eindruck zunichte. Der harte Tag hatte Spuren in seinen Augen hinterlassen, die man jedoch auch sonst nur beim Anblick seiner Familie fröhlich leuchten sehen konnte.

Metso bückte sich und nahm den Blumenstrauß aus der Klappe.

Jetzt, mitten in der Nacht, war das Krankenhaus so gut wie verwaist. Er hatte das Rettungssanitäter-Outfit im Krankenwagen gelassen, die Rolle eines besorgten Angehörigen war leichter.

Peregrino hatte ihn nur wenige Augenblicke nachdem er Harri Holsti in der Nähe von Hämeenlinna in den Krankenwagen verfrachtet hatte angerufen. »Ministerpräsident Koski lebt und ist wach«, sagte die Stimme. Und machte ihm klar, was auf seiner Liste nun die Aufgabe Nummer eins sein würde.

Auf dem Weg ins Uniklinikum Meilahti hatte er feststellen müssen, dass er trotz all seiner Erfahrung das Lenkrad fester umklammerte, da er mit einem gestohlenen Krankenwagen unterwegs war und einen entführten Geschäftsmann hinten drin hatte. RTW samt Holsti ließ er in der südöstlichen Ecke der Parkgarage stehen.

Metso betrat das Krankenhaus durch den Haupteingang auf Ebene 3. Die Farbmarkierungen an der Wand geleiteten ihn zur

Intensivstation. Mit der einen Hand umklammerte er die Blumen, mit der anderen die Pistole unter seiner Jacke.

Er ging die Treppe ein Stockwerk nach unten, folgte dem roten Strich nach rechts und hielt an einer Ecke, hinter der der kleine Vorraum zwischen OP-Bereich und der Intensivstation 20 lag.

Der Raum war leer. Metso lief weiter und schaute durch die Glastür in die Intensivstation, an der mit großen Klebebuchstaben stand: ZUTRITT NUR FÜR PERSONAL. Wenn er sich hinunterbeugte, konnte er in den langgestreckten Korridor schauen. Vor einem Zimmer saßen zwei junge Männer in dunklen Anzügen. *Nur zwei Personenschützer.*

Plötzlich waren aus dem Treppenhaus kräftige Schritte zu hören. Sie näherten sich von oben aus der Zugangsebene. Der schnelle Rhythmus sprach nicht für Ärzte oder Pfleger, die ihre nächtliche Runde absolvierten.

Metso schmiss den Strauß in eine Ecke, zog seine Smith & Wesson und versteckte sich mit zwei schnellen Schritten hinter einem Betonpfeiler.

Die Schritte stoppten auf dem Treppenabsatz. Metso reckte den Kopf vor und sah die Schuhe mehrerer Leute.

Ein Paar robuster Wanderstiefel war deutlich größer als alle anderen. Die Person, die sie trug, wandte sich jetzt an die anderen und sprach mit gedämpfter Stimme. Metso konnte nur fünf Wörter aufschnappen: »... *lasst Leo Koski am Leben* ...«

* * *

Leo sah Emma Erola entgeistert an. War sie jetzt völlig übergeschnappt?

»Du bist verrückt ...«, stieß er aus. Er konnte einfach nicht verstehen, wieso Emma hier in sein Krankenzimmer spaziert war, nur um ihm zu verkünden, dass alle Unternehmen in Finnland verstaatlicht werden mussten.

»Verrückt ist, wenn man immer gleich handelt und erwartet, dass sich das Ergebnis ändert«, antwortete Emma ungerührt. »Das trifft auf eure Politik eher zu. Gesellschaften sind viel öfter an der Ungleichheit zerbrochen als am Sozialismus.«

Leo konnte nicht alles abtun, was Emma Erola ihm gerade erklärt hatte. Er war bereit zu akzeptieren, dass Finnland auf dem Weg zu einer Klassengesellschaft war. Vielleicht war das auch schon passiert. Trotzdem hatte Emma die falschen Mittel gewählt.

»Das finnische Volk wird das nie mitmachen«, grummelte er. Und war überrascht, dass er seine eigenen Worte anzweifelte. Die Wirtschaftskrise hatte aus Finnland ein Pulverfass gemacht, und der Märtyrertod einer jungen Frau zum denkbar schlechtesten Zeitpunkt hatte die Lunte entzündet.

In Leos Kopf brummte es. Er hatte zu viele Fragen. Erola schlug eine Umgestaltung des Wirtschaftssystems vor, die unmöglich war.

»Du sprichst von einem komplett neuen System. Willst du das allein erschaffen?«

»Nein, nicht ich«, sagte sie. »Das System stammt von einem Genie aus Schottland. Sein Name ist Lewis Higgins.«

Higgins. Leo zuckte zusammen, als er den Namen hörte. Er kam ihm vertraut vor, aber im Moment wusste er nicht, woher.

Leo sah Emma ins Gesicht. Sie sah ungeduldig aus.

»Warum bist du hierhergekommen?«, fragte er wieder.

»Ich bin davon überzeugt, dass du das Beste für das finnische Volk willst, anders als viele deiner Parteifreunde«, sagte sie. »Doch die Geschichte wird dich hart bestrafen. So wird mit Verlierern verfahren.«

»Bist du ernsthaft gekommen, um mit mir zusammen aus Finnland ein sozialistisches Land zu machen? Verstehst du überhaupt, wie absurd der Gedanke ist?«

Auf Emmas Gesicht machten sich Enttäuschung und Frust breit. Sie schien ihm noch etwas sagen zu wollen, aber irgendetwas hielt sie zurück.

»Du verstehst nicht«, murmelte sie nur. Sie riss sich wieder den Scrunchie aus dem Haar und spielte nervös damit.

»Was?«, drängte er. »Was verstehe ich nicht?«

Emma wand sich gequält. »Es kommt in jedem Fall zu einem

Umsturz. Du bist nicht der Einzige, der an diesem Wochenende seinen Job verliert. So ergeht es der kompletten Regierung.«

»Wie meinst du das?«, fragte er aufbrausend.

Emma schaute zu Boden. Der Haargummi in ihrer Hand dehnte sich extrem. Dann steckte sie ihn unvermittelt in die Tasche.

Die Tür wurde aufgerissen.

Sarianne Tavas stand mit kreidebleichem Gesicht auf der Schwelle.

»Im Krankenhaus sind gerade ein halbes Dutzend bewaffneter Männer aufgetaucht. Sie sehen aus wie Paramilitärs.«

»Was hat das zu bedeuten?«, fragte Leo.

»Ich habe keine Erklärung dafür«, sagte sie ratlos. »Sie sind gekleidet wie Jäger, tragen aber Sturmgewehre, die nicht für die Entenjagd bestimmt sind.«

Sarianne drehte den Kopf mit einer Heftigkeit zu Emma Erola, die Leo noch nie zuvor an ihr gesehen hatte.

»Wissen Sie etwas darüber?«, schrie sie Emma an.

»Sie sind schon da …«, murmelte Emma tonlos und kaum verständlich.

Ihr Blick irrte durch das Zimmer, als suchte sie nach einem Fluchtweg.

»Weißt du, was hier los ist?«, fragte jetzt auch Leo.

Sie starrte nur mit leerem Blick vor sich hin. Rückwärts bewegte sie sich in Richtung Tür.

»Sie sind schon da. Leo, ich bitte dich, ergib dich ohne Widerstand. Ich will nicht, dass dir etwas passiert«, hauchte sie kaum hörbar.

Dann drehte sie sich um und war verschwunden.

* * *

Metso schaute aus seinem Versteck hinter dem Pfeiler zu der Gruppe von Männern, die noch immer auf dem Treppenabsatz standen. Jeden Augenblick konnten sie sich in Richtung Intensivstation in Bewegung setzen.

Er blickte zum Korridor der ITS. Die Sicherheitsbeamten vor dem Krankenzimmer waren auf ihren Stühlen zusammengesunken und wirkten nicht besonders aufmerksam. Sie würden den Angreifern kaum standhalten können.

Die Männer auf der Treppe bereiteten sich auf die Festnahme von Leo Koski vor. Metso musste sich eingestehen, dass er allein gegen sie nicht ankam. Hinter sich entdeckte er eine Tür, durch die er über den OP-Bereich entkommen könnte. Allerdings war Flucht keine Option, die Peregrino akzeptieren würde.

Er musste etwas tun. Konnte er zwischen Angreifern und Sicherheitsbeamten eine Pattsituation heraufbeschwören?

Sein Blick glitt über die Wand, und wenig später entdeckte er, was er suchte. Mitten in der Wand aus weiß gestrichenen Ziegeln befand sich eine graue, viereckige Klappe. *Der Verteilerkasten!*

Metso schlich zur Tür des OP-Bereichs, hob die Waffe und zielte auf den Verteilerkasten an der Wand. Er feuerte eine Serie Schüsse ab. Der metallene Kasten sprang auf. Funken stoben, darüber hinaus geschah zunächst nichts. Dann wurde es plötzlich dunkel.

Metso verschwand durch die Schwingtür hinter ihm in den OP-Bereich, als auf der ganzen Etage ein durchdringender Alarm aufheulte.

61

Ein Knacken war zu hören. Kurz darauf erloschen alle Lichter um Leo und Sarianne. Auf einen Schlag war es stockdunkel im Krankenzimmer. Der Feueralarm schrillte.

»Sie kommen«, sagte Sarianne bang.

Emma Erola war vor weniger als einer Minute Hals über Kopf aus dem Zimmer gerannt. Es war klar, dass sie wusste, warum die bewaffneten Milizen hier aufgetaucht waren. Bei ihrem Aufbruch hatte sie Leo angefleht, sich ohne Gegenwehr zu ergeben, aber nicht verraten, wer die Angreifer waren.

An Licht gewöhnt, konnten Leos Augen zunächst nicht einmal die Umrisse der weißen Wände erkennen. Er tastete nach dem Telefon auf dem Nachttisch und erwischte es tatsächlich. Er schaltete die Taschenlampe am Handy ein, aber der Lichtkegel reichte nicht aus, um das Zimmer einigermaßen zu beleuchten.

Über ihm erklang ein Zischen – als ob jemand eine Flasche Jaffa-Limonade aufdrehte, die zuvor geschüttelt worden war. Dann platschten Tropfen auf sein Gesicht, als die Sprinkleranlage an der Decke aktiv wurde und Wasser verspritzte.

Leo setzte sich auf und strich sich das Wasser aus dem Gesicht. Sarianne war von ihrem Stuhl aufgesprungen.

Vor dem Zimmer fielen geräuschvoll Stühle um; leise Rufe waren zu hören. Seine Personenschützer ahnten die Gefahr und versuchten herauszubekommen, was vor sich ging.

Im Flur erklang ein Knall. Gefolgt von einem pfeifenden Echo.

Den Ton kannte er. Am Nachmittag hatte er ihn schon mal gehört. *Ein Schuss.*

Dann ein zweiter Schuss. Ein dritter. Ein nicht abreißendes Stakkato von Schüssen. Leo konnte nicht umhin, sich zu fragen, ob das Geräusch echt war oder nur eine Einbildung infolge der Medikamente. Die Wasserspritzer aus dem Sprinkler, die auf sein Gesicht trafen, fühlten sich zumindest echt an. Er richtete sich auf und jaulte vor Schmerzen, als er die Füße auf den Boden setzte und aufstand. Seine Schritte waren wacklig, aber irgendwie schaffte er es zur Tür.

»Was zum Kuckuck machen Sie?«, rief Sarianne.

Leo drückte die Klinke herunter und zog vorsichtig die Tür auf. Im Flur sah er seine Personenschützer, die hinter einer Ecke in Deckung gegangen waren.

Vom Eingang her wurden in dichter Folge Schüsse abgefeuert. Es war eindeutig, dass seine Wachmänner unterlegen waren. Die Gruppe der Angreifer würde jeden Augenblick die Station betreten und sich zu Leos Zimmer durchkämpfen.

Da will jemand wirklich, dass ich sterbe.

»Wir müssen fliehen«, sagte er und schloss die Tür.

»Und wie?«

»Ich rufe Kinga im Café an. Er ist spezialisiert auf schwierige Transporte.«

* * *

Metso stemmte sich auf das Dach eines Seitenflügels des Krankenhauses. Von hier aus sah er zur Fensterreihe im ersten Stock des Hauptgebäudes hinüber.

Der Feueralarm hatte genau so funktioniert, wie er gehofft hatte, und die Aufmerksamkeit der Personenschützer geweckt. Wachsame Bodyguards konnten die Eindringlinge einen Moment lang aufhalten. Das verschaffte Metso Gelegenheit, von außen zu Leo Koski vorzudringen.

Von innen hörte er Schüsse. Noch hielten Leos Männer die Stellung, aber sicher nicht mehr lange.

Fünf, sechs, sieben … Metso zählte die Krankenhausfenster am Rand beginnend ab. Alle Zimmer waren immer noch vollkommen dunkel, trotzdem wusste er, dass er richtig gezählt und das gesuchte Fenster gefunden hatte. Hinter diesem Fenster befanden sich der verwundete Leo Koski und wer immer bei ihm war.

Metso holte tief Luft und nahm einen mittelgroßen Stein aus der Jackentasche, den er zuvor auf dem Parkplatz eingesteckt hatte. Er hielt den Stein neben seinen Kopf, zielte und warf ihn mit aller Wucht auf das zuvor abgezählte Fenster.

* * *

Seit vier Minuten hallten Schüsse durch den Korridor der Intensivstation im Uniklinikum Meilahti. Die Zeit wurde knapp.

Der Mann, den alle nur Marten nannten, spähte in den dunklen Korridor, aus dem Leo Koskis Personenschützer auf sie feuerten.

Der Feueralarm war die reinste Katastrophe. Statt wie geplant den Überraschungseffekt auf ihrer Seite zu haben, hatten sie es nun mit einem dunklen Krankenhauskorridor und zwei aufgeweckten, gut ausgerüsteten Sicherheitsleuten zu tun. Die Dunkelheit und der um eine Ecke führende Flur boten den beiden Leibwächtern Schutz. Eine Erstürmung wäre Selbstmord.

Marten sah den Anführer des Einsatzkommandos an, dem die Bestürzung ins Gesicht geschrieben war. Auch er wusste, dass sie sich schleunigst etwas einfallen lassen mussten.

»M84!«, schrie er seine Leute an. »Es wird doch wohl jemand eine verdammte M84 dabeihaben!«

Einer der Männer reichte ihm eine Blendgranate. Der Anführer zog den Splint und schleuderte die Kartusche über den Korridor Richtung Personenschützer. Sie kam in Höhe der Ecke zu liegen, hinter der die beiden Deckung gesucht hatten. Marten wandte den Kopf ab, schloss die Augen und hielt sich die Ohren zu.

Gleißendes Licht von acht Millionen Candela erhellte die Umgebung, kurz darauf erfolgte ein 180 Dezibel lauter Knall.

In der gleichen Sekunde stürzten seine Männer in den Gang der Intensivstation. Marten verharrte an seinem Platz. Er verfolgte in Ruhe, wie erst ein halbes Dutzend Schüsse fielen, ehe Stille eintrat.

Erst dann lenkte er seine Schritte in den Flur und blieb vor den leblosen Körpern der beiden Leibwächter von Leo Koski stehen.

Die Einsatzgruppe hatte sich schon neben der Tür positioniert, hinter der sich Leo Koski von seiner Operation erholte. Als der Anführer das Zeichen gab, brachen sie die Tür auf, stürmten in den Raum, verteilten sich an den Wänden und suchten den stockfinsteren Raum mit ihren Taschenlampen ab.

Marten betrat das Krankenzimmer unmittelbar nach ihnen. Doch er musste feststellen, dass etwas nicht stimmte. Das Bett war leer.

Das ganze Zimmer war leer.

Ein kalter Luftstrom zog durch den Raum. Marten lief zum Fenster und hörte Scherben unter seinen Sohlen knirschen. Auf dem Boden lag ein faustgroßer Stein. Die Scheibe war von außen eingeworfen worden.

Er sah sich das Fenster genauer an. Durch das Loch passte maximal ein Kind, auch waren an den Kanten keine Blutspuren zu sehen. Es war unmöglich, dass es einem verletzten Leo Koski gelungen war, durch dieses Loch zu fliehen.

Marten sah sich um. Außer der Tür zum Flur gab es nur noch eine Tür zur Toilette. Er gab drei Männern ein Zeichen. Sie gruppierten sich um die Tür, einer legte eine Hand auf die Klinke, ein anderer zählte mit den Fingern *drei, zwei, eins* ... und ließ die Faust sinken. Die Toilettentür wurde aufgerissen, und die drei richteten ihre Waffen gleichzeitig auf das potenzielle Ziel.

Auch dieser Raum war leer.

Marten lief noch einmal zu dem eingeworfenen Fenster. Er nahm ein paar tiefe Atemzüge frischer Winterluft und dachte nach. Wie in aller Welt hatte Leo Koski ihnen entkommen können?

Er drehte sich wieder um und ging mit den Augen jedes Detail im Zimmer durch. Suchte nach einem möglichen Fluchtweg aus dem Zimmer: Lüftungsschacht, Besenschrank, was auch immer. Aber aus dem Zimmer gab es keinen anderen Weg hinaus als die Tür oder das Fenster.

Sein Blick richtete sich auf das Krankenbett in der Mitte der

Wand. Er lief zum Bett und strich mit der Hand über das Laken: Es war feucht von dem Wasser aus der Sprinkleranlage, aber glatt wie frisch gemacht.

Sie waren im falschen Zimmer.

62

Ministerpräsident Leo Koski ließ sich aus dem Fenster auf eine Überdachung im Innenhof fallen. Seine Beine hielten dem Aufprall auf dem Blechdach nicht stand, und er fiel auf die Seite. Das Telefon rutschte ihm aus der Hand.

Glassplitter knirschten, und die Wunde in seinem Nacken drohte aufzureißen. Der feuchte Schnee unter ihm schmolz im Nu und durchweichte sein dünnes Krankenhaushemd. Mit zusammengebissenen Zähnen schaffte er es, sich mit dem gesunden Arm aufzustützen. Sein Handy sah unbeschädigt aus, und er nahm es an sich.

Leo blickte hinauf zu dem Fenster, aus dem er gesprungen war. Sarianne Tavas sah konzentriert auf die Überdachung hinunter. Sie war über fünfzig, aber extrem leicht. Lässig stieß sie sich am Fensterrahmen ab und landete mit federnden Knien auf dem Dach. Sie kletterte über den Rand auf einen Betonvorsprung, drehte sich zu Leo um und half ihm herunter.

Jetzt sollten sie warten.

Leo hatte in der Flucht seine einzige Chance gesehen. Im Zimmer zu bleiben und darauf zu warten, dass er verhaftet oder getötet wurde, kam für ihn nicht infrage. Also hatte er Kinga in der Cafeteria des Krankenhauses angerufen.

Kinga hatte die Schüsse gehört, und als Leo anrief, schmiedeten sie einen einfachen Plan. Leo und Sarianne sollten durch das Fenster fliehen. Kinga würde seinen Wagen vom benachbarten Parkplatz holen und sie unter dem Fenster abholen.

Eine einfache Täuschung brachte ihnen einen oder zwei Augenblicke zusätzlicher Zeit ein, denn die Sicherheitsleute waren vor der falschen Tür postiert worden.

Doch jetzt war Kinga nirgends zu sehen. Seit dem Telefonat

waren schon über zwei Minuten vergangen. War irgendetwas schiefgelaufen?

Leo sah wieder zu dem offenen Fenster hoch. Das Schießen hatte kurzzeitig aufgehört, dafür war ein gewaltiger Knall zu hören gewesen, danach fielen wieder einzelne Schüsse. Leos Leibwächter waren sicher tot oder gefangen. Bis die Angreifer das Zimmer entdeckten, aus dem sie wirklich geflohen waren, würde es nicht mehr lange dauern.

Warum tauchte Kinga nicht auf?

Leo ließ den Blick durch den Innenhof schweifen. Er kniff die Augen zusammen und suchte noch einmal jede Ecke ab. *Das konnte doch nicht wahr sein.*

Sie befanden sich in einem geschlossenen Innenhof. Leo erlitt einen Anfall von Klaustrophobie. Fieberhaft versuchte er zwischen den Gebäuden eine Lücke zu entdecken, durch die sie den Hof verlassen konnten. Zwecklos.

Alle Türen, die auf den Innenhof führten, waren zu dieser nächtlichen Stunde natürlich geschlossen. Sie saßen in der Falle.

* * *

Metsos Schnaufen wurde stärker. Als der Krankenwagen am anderen Ende des Parkplatzes in Sicht kam, beschleunigte Metso seine Schritte.

Leo Koski hatte sie alle an der Nase herumgeführt. Das war Metso klar geworden, als er mit seiner Taschenlampe durch das eingeworfene Fenster ins Zimmer leuchtete. Er war sich sicher, dass er richtig gezählt hatte, und konnte zunächst nicht verstehen, wieso Leo Koski sich nicht in dem Zimmer befand.

Dann begriff er, dass Koski sie mit einem einfachen Trick zum Narren gehalten hatte. Er hatte die Leibwächter vor die falsche Tür gesetzt.

Doch Metso ahnte, wo sich Koski jetzt aufhielt. Zumindest hätte er es selbst so arrangiert, dass die Leibwächter zwei Funktionen zugleich erfüllten, und sie nicht nur als Lockvogel vor die falsche Tür gesetzt, sondern auch so, dass sie Koskis wahres Zimmer im Auge behalten konnten. Also auf die gegenüberliegende Seite. Das Fenster des Zimmers, in dem Leo Koski sich wirklich befand, führte zum Innenhof.

Metso riss die Fahrertür auf und sprang hinter das Lenkrad. Er musste es vor den Angreifern auf die andere Seite des Gebäudes schaffen. Völlig außer Atem, trat er so heftig aufs Gas, dass der Motor aufheulte und die Reifen durchdrehten.

* * *

Leos Blick irrte immer noch verzweifelt durch den Innenhof. In der Dunkelheit war es schwer, jeden Winkel genau zu erkennen. Doch eine Lücke, durch die sie hätten entkommen können, sah er nicht.

Durch seine Schussverletzung fiel ihm allein schon das Atmen schwer. Die Temperatur hier draußen lag knapp über null, und er trug nur Boxershorts und ein dünnes Krankenhausnachthemd.

Noch ein Blick nach oben zum Fenster. Bis jetzt hatten die Angreifer sie nicht entdeckt. Wieder suchte er nach einem Ausweg. Da erspähte er einen Stapel zusammengenagelter Bretter. *Europaletten.* Wenn man Waren in den Innenhof befördern konnte, dann hieß das doch, dass es irgendwo eine Einfahrt geben musste. Aber wo?

Plötzlich hörte er ein brummendes Geräusch. Scheinwerferlicht glitt über die Krankenhauswand. Ein kleines Auto schoss auf den Hof. In der hinteren Ecke befand sich doch eine schmale Rampe, die Leo im Dunkeln nicht hatte erkennen können.

Samuel Kinga legte mithilfe der Handbremse eine perfekte Kehrtwende hin und hielt direkt vor ihnen. Kinga sprang aus dem Wagen und half Leo, sich auf die enge Rückbank zu zwängen. Sarianne stieg auf der Fahrerseite ein.

Als alle im Auto saßen, gab er Gas. Sie fuhren die Rampe hinunter auf den Parkplatz in der Mitte des Klinikgeländes. Kein Mensch war zu sehen. Über eine zweite Rampe kamen sie unter dem Kinderkrankenhaus hindurch auf die schmale, von Villen gesäumte Stenbäckinkatu.

»Links oder rechts?«, fragte Kinga.

Leo hatte noch keine Zeit gehabt, sich zu überlegen, wohin es gehen sollte. Nach rechts kämen sie zur Paciuksenkatu, über die sie in weniger als einer Minute bei Leos Amtswohnung KeSäranta wären. Hinter schützenden Zäunen. *Aber wären wir da in Sicherheit?*

Die Angst steckte ihm seit den Schüssen in den Knochen – er hatte es sich nur nicht eingestehen wollen. Die Entscheidung, wohin sie als Nächstes fahren sollten, zwang ihn, sich unangenehmen Fragen zu stellen: *Wem kann ich noch vertrauen? Wer hat versucht, mich am Messezentrum zu erschießen? Wer waren die Angreifer im Krankenhaus?*

Leo hatte in den Nachrichten gesehen, dass Pontus' Strohmänner den vorausgegangenen Konflikt strikt abstritten. Außenminister Vahtera hatte jegliche Behauptungen über einen Streit zwischen Leo Koski und seinen Leuten als »pures Gerücht, das jeder Grundlage entbehrt« bezeichnet.

Selbst Innenminister Levoska hatte die Nachricht bestritten. Und er war immerhin dabei gewesen, als Leo Koski sich offen gegen den Willen der Gilde gestellt hatte!

Die gleichen Personen, die vor dem Attentat bereit gewesen waren, Leo abzusetzen, beteuerten jetzt öffentlich, nichts gegen ihn zu haben.

Lügner.

Indem sie den Streit zwischen der Gilde und ihm leugneten, wollten sie natürlich jeglichen Verdacht, einer von ihnen könnte hinter dem Mordkomplott stecken, von sich weisen. Das allein sprach natürlich noch nicht für ihre Schuld. Aber ob sie nun dahintersteckten oder nicht – Leo konnte niemandem mehr vertrauen. Er drehte sich um und sah auf dem Parkplatz des Krankenhauses die Scheinwerfer eines größeren Fahrzeugs. Es hatte in einigem Abstand hinter ihnen angehalten. Hier konnten sie auf keinen Fall bleiben. Seine Wohnung lag rechts, aber Sicherheit bot sie ihm nicht.

»Nach links«, sagte Leo scharf. »Fahr! Egal wohin!«

* * *

Metso überlegte, warum der Wagen am Ende der Untertunnelung des Kinderkrankenhauses vor ihm angehalten hatte. In diesem Augenblick erloschen die Bremslichter, und das Auto bog ab.

Das muss Leo Koskis Fluchtfahrzeug sein.

Erleichterung durchflutete Metso. Er war mit seinem Krankenwagen hektisch über das Klinikgelände gekurvt, immer in der Furcht, Koski könnte schon entkommen sein.

Der grüne Subaru fuhr die Stenbäckinkatu Richtung Mannerheimintie. Metso schaltete das Licht aus und folgte ihm.

* * *

Marten sah aus dem kaputten Fenster auf den Innenhof hinunter. Sie hatten das richtige Zimmer gefunden. Auf dem Boden lag ein Stuhl, mit dem das Fenster eingeschlagen worden war.

Das Licht im Krankenhaus brannte wieder. Auf der Überdachung im Hof sah man deutlich die Abdrücke von zwei Personen.

Seine Männer waren den Flüchtenden schon nachgeeilt, aber er wusste, es würde nichts mehr nützen. Wenn im Innenhof ein Auto auf Koski wartete, würde er entkommen. Das Klinikum Meilahti lag sehr zentral mitten in Helsinki, und von hier aus führten Straßen in jede Himmelsrichtung.

Er holte tief Luft. Auch große Herrscher erreichten ihre Siege nicht immer ohne Rückschläge. Neben ihm stand der Gruppenführer wie ein begossener Pudel.

»Wir machen weiter«, verkündete Marten. »Leo Koski ist wie eine lahme Ente. Er hat niemanden zu seinem Schutz. Die übrigen Teile der Operation verlaufen planmäßig, also gehen wir weiter nach Zeitplan vor.«

Die Männer zogen sich eilig zum Ausgang zurück, denn Konfrontationen wollten sie vermeiden. Die Zeit dafür würde am Morgen kommen.

Ihr riesiger SUV erwartete sie vor dem Krankenhaus. Marten setzte sich nach vorn. Der Wagen jagte durch die Innenstadt von Helsinki.

Martens Telefon läutete; er nahm das Gespräch an. Die Stimme am anderen Ende bemühte sich um einen festen Klang, mit mäßigem Erfolg.

»Kein Sichtkontakt zum Zielobjekt.«

»Weitermachen«, befahl Marten und beendete das Telefonat.

Vergebliche Hoffnung. Leo Koski war entkommen. Marten kramte eine Zigarette hervor und bekämpfte die Enttäuschung über Koskis Flucht. Was zählte das schon, verglichen mit ihrem großen Ziel? Die Truppen standen parat. Das System war einsatzbereit.

Auch Emma Erola war bereit. Sie musste bereit sein. Sie musste noch den morgigen Tag durchhalten … Mehr verlangte er nicht von ihr.

Wenn sie mit Emma Erola an der Spitze die Macht übernommen hätten, würde sich bald zeigen, wer dieses Land tatsächlich führte.

63

Leo sah durch die Seitenscheibe auf das nächtliche Helsinki. Die Lichter der Stadt wurden von den tief hängenden Wolken reflektiert, die den Himmel bedeckten.

Staatssekretärin Sarianne Tavas schaute ausdruckslos auf ihrer Seite zum Fenster hinaus.

»Alles in Ordnung?«, fragte Leo.

Sarianne nickte, ohne den Kopf zu wenden. Seit sie im Auto saßen, hatte sie noch keinen Ton gesagt. Das war an sich nicht verwunderlich, sie befanden sich noch immer in Lebensgefahr. Sie hatten weder einen Plan, wie es weitergehen sollte, noch einen Ort, an dem sie Zuflucht suchen konnten.

Leo wurde das Gefühl nicht los, dass er irgendetwas übersehen hatte. Emma Erola hatte etwas zu ihm gesagt, das er in dem Moment nicht begriffen hatte, aber er wusste nicht mehr, was es gewesen war.

Er betrachtete Samuel Kinga im Rückspiegel. Kinga schien um Jahre gealtert. Als er merkte, dass Leo ihn ansah, schüttelte er den Schock aus dem Gesicht und legte sein vertrautes Grinsen auf.

»Du siehst ein wenig mitgenommen aus. Viel los auf Arbeit?«, spöttelte Kinga.

»Ein bisschen Kuddelmuddel«, antwortete Leo. »Tut mir leid, dass ich dich da mit reinziehe.«

»Das ist das dritte Mal innerhalb von vierundzwanzig Stunden, dass du meine Fahrdienste in Anspruch nimmst«, sagte Kinga.

Leo sah auf die Uhr, es war halb eins. Kinga hatte recht. Es war keine vierundzwanzig Stunden her, dass Kinga Vilma Varis zur Villa Kesäranta chauffiert hatte. Es kam ihm wie eine Ewigkeit vor.

»Nichts für ungut, aber so langsam muss ich dir das in Rechnung stellen«, sagte Kinga.

»Pontus bezahlt«, antwortete Leo.

Kinga lachte gequält. Krösus Pontus war schon in jungen Jahren ein Running Gag zwischen ihnen gewesen.

Jetzt fand Leo ihn allerdings gar nicht mehr komisch. Außerdem verhinderten seine Schmerzen jedes Lachen.

Immer wieder hämmerte ein nicht ganz greifbarer Gedanke in seinem Kopf. Dann fiel ihm unvermittelt wieder ein, was Emma Erola gesagt hatte: Es war ein Name, der ihm bekannt vorgekommen war, den er aber zuerst nicht hatte einordnen können.

Lewis Higgins.

Der schottische Wissenschaftler, der mit am System einer neuen sozialistischen Planwirtschaft getüftelt hatte, das die Marktwirtschaft ablösen sollte.

Er war dem Namen nicht zum ersten Mal begegnet. Er hatte ihn zuvor schon einmal gelesen. Aber wo?

Kinga bog auf die Mannerheimintie Richtung Norden ein. Auf der Kreuzung sahen sie den Widerschein der Flammen von den Straßenbarrikaden an der Oper.

Aus Gewohnheit griff Leo nach seinem Handy auf dem Rücksitz. Er öffnete sein Postfach und scrollte durch die eingegangenen Mails, die er zuletzt am Nachmittag kurz vor dem Attentat gelesen hatte. *Bingo.*

Er hatte um 10.49 Uhr eine E-Mail von Lewis Higgins erhalten. Wegen des seltsamen Betreffs und des ausländischen Namens hatte er sie zunächst ignoriert.

Fwd: Operation Égalité, Plan 6, FINAL

»Hier, sehen Sie«, sagte Leo zu Sarianne, die aus ihrer Erstarrung erwachte und sich über Leos Handy beugte.

»Tut mir leid, dass ich euch unterbreche, aber wir haben ein Problem«, erklang es vom Fahrersitz.

Leo sah, dass Kinga etwas besorgt im Rückspiegel beobachtete. »Ich habe vorhin einen Krankenwagen hinter uns gesehen. Eben war er wieder da. Wir werden verfolgt.«

»Kannst du sehen, wer den Wagen fährt?«, fragte Leo.

»Nein.«

Leo legte das Handy zur Seite, obwohl er sich zu gern mit der Nachricht von Higgins beschäftigt hätte.

»Vielleicht hat der Arzt einen Krankenwagen hinter uns hergeschickt«, mutmaßte er.

Den Blicken von Kinga und Sarianne entnahm Leo, dass hier offenbar der Wunsch Vater des Gedankens war. Angst ergriff von ihm Besitz. Das Werk seiner Häscher war noch nicht vollendet, und sie würden wohl nicht so schnell aufgeben. Durch seine Flucht hatte Leo seinen besten Freund und seine Staatssekretärin in Lebensgefahr gebracht.

»Fahr schneller«, drängte Leo.

Kinga trat das Gaspedal durch. Leo schaute durch die Heckscheibe und sah, dass ihnen der Krankenwagen in unvermindertem Abstand folgte, obwohl Kingas Subaru immer schneller wurde.

»Bieg in die Kuusitie ein«, sagte Leo im letzten Moment. Kinga bog im Kreisverkehr in eine ruhige Wohngegend ein. Der Krankenwagen folgte ihnen.

»Links!«, schrie Leo.

Die Reifen des kleinen Subaru quietschen, als sie auf dem Asphalt beinahe die Haftung verloren, dann wieder griffen und das Auto rutschend in die Pihlajatie beförderten. Vor ihnen lag die Kirche Meilahti.

Hastig glitten Leos Augen über die Häuser. Links und rechts standen verschlafene, dreigeschossige Wohngebäude, dazwischen befanden sich kleine Grünflächen und Rasen.

Endlich entdeckte er eine günstige Gelegenheit hinter dem modernen Kirchengebäude. Er versuchte, so gut es ging, die Umgebung im Dunkeln zu erkennen. *Das könnte klappen.*

»Rechts rein!«, wies Leo seinen Freund an.

Kinga lenkte sein Auto auf den Wirtschaftshof hinter der Kirche. »Wir fahren in eine Sackgasse!«, warnte er.

»Fahr, fahr«, rief Leo, und Kinga fuhr über einen schmalen Zufahrtsweg auf den Hof hinter der Kirche.

Der Krankenwagen tauchte hinter ihnen auf.

Nur ein einziger Weg führte vom Hof herunter, und auf den

zeigte Leo jetzt und forderte Kinga auf, mit dem Subaru an der Kirche vorbei auf einen schmalen Fußweg zu fahren, der an einer Treppe mündete, die mit wenigen Stufen hinauf zur Valpurintie führte. Beidseits der Treppe lag ein kurzer, aber steiler, mit Bergkiefern und Sträuchern bewachsener Hang.

»Da hoch!«, schrie Leo und zeigte mit dem gesunden Arm auf eine Lücke zwischen dem Treppengeländer und einem Fliederbusch. »Schneller!«

»Da pass ich nicht durch!«, protestierte Kinga.

»Klar passt du!«

Kinga gab Gas. Zweige schrammten über die rechte Seite des Subaru, und der linke Außenspiegel blieb am Stahlgeländer hängen. Das Auto setzte auf, die Stoßstange kollidierte mit dem Boden, und die Kraft des Aufpralls ließ das Auto in die Luft springen, sodass es oben auf dem Wall zum Stehen kam.

Leo streckte seinen gestauchten Rücken. Der Subaru war ausgegangen, sprang aber sofort wieder an, als Kinga den Zündschlüssel drehte. Leo war erleichtert.

Er schaute sich um. Der Krankenwagen hatte sich hinter ihnen den Fußweg entlanggezwängt und verharrte am Fuße der Treppe. Die Straßenlaternen spiegelten sich in der Windschutzscheibe, sodass der Fahrer nicht zu erkennen war.

Der Fahrer des Krankenwagens hatte dieses Rennen verloren. Mit so einem großen Fahrzeug hätte er keine Chance, den Hang hinaufzukommen. Er musste wohl oder übel über den Fußweg auf den Jalavatie zurücksetzen und die Kirche umfahren. In der Zwischenzeit wären Leo und die anderen bereits über alle Berge.

Kinga beschleunigte nach links Richtung Tukholmankatu. Sarianne saß still auf ihrem Platz. Leo fühlte sich schwach und fürchtete, jeden Augenblick das Bewusstsein zu verlieren.

Sie hatten nicht die leiseste Ahnung, wohin sie sich als Nächstes wenden sollten. Auf jeden Fall brauchten sie dringend einen Ort, an dem sie sich verstecken konnten. Aber wohin konnten sie sich noch wagen? Bei seiner Mutter würden ihn seine Feinde zuerst suchen. Und viele Menschen, denen Leo noch vertraute, gab es sonst nicht.

Er erinnerte sich an ein Gesicht aus der Vergangenheit. Dieser Frau hatte er einst hundertprozentig vertraut. Begeistert wäre sie sicher nicht, wenn er bei ihr auftauchte. Zumindest nicht in Begleitung von Kinga.

»Bieg Richtung Espoo ab«, sagte Leo zu Kinga. »Wir fahren nach Ymmersta.«

Gespannt verfolgte Leo Kingas Reaktion im Rückspiegel. Kinga war nicht eben für sein Pokerface bekannt. Meistens konnte man ihm an der Nasenspitze ablesen, was er dachte.

Einen Atemzug lang geschah nichts. Dann klappte Kingas Kinnlade herunter, und er hob die Brauen. Sein Kopf drehte sich mit solcher Geschwindigkeit zu Leo um, dass dieser fürchtete, Kinga würde sich den Hals ausrenken.

»Nein!«

»Doch!«

»Leo, mein Freund, hab Erbarmen! Nein!«

Bei der Reaktion seines Freundes empfand Leo schelmische Genugtuung. Er wagte es sogar zu lächeln, weil er wusste, dass er Kinga herumkriegen würde. Sie hatten einfach keine Alternative.

»Das wird sicher ein herzliches Wiedersehen zwischen euch!«, sagte Leo verschmitzt.

Kurz sah es so aus, als bräche Kinga in Tränen aus. Doch dann nahm er sich zusammen, gab Gas und machte sich auf den Weg, die Insassen seines grünen Flitzers in die etwa zwölf Kilometer westlich gelegene Nachbarstadt Espoo zu bringen.

64

Leo verfolgte auf der Rückbank, wie Kinga den Wagen in hohem Tempo durch den frostigen Stadtteil Munkkiniemi jagte. Die Straßen waren so gut wie menschenleer. An der Auffahrt zur Autobahn gen Westen scherte Kinga sich nicht um die rote Ampel und bog in einem Affenzahn um die Kurve, sodass Leo schmerzhaft gegen die Autotür gedrückt wurde.

Ich brauche etwas gegen die Schmerzen, und zwar schnell.

Kinga hatte ihr Ziel geschluckt, doch Leo wusste nur zu gut, dass es ein harter Brocken für ihn war. Die Fahrt nach Ymmersta in Espoo würde gut zehn Minuten dauern. Das gab Leo endlich Gelegenheit, sich mit der seltsamen Nachricht von Lewis Higgins zu beschäftigen.

Wieder las er die Betreffzeile:

Fwd: Operatio Égalité, Plan 6, FINAL

Higgins hatte Leo zwei Dateianhänge mitgeschickt, die er zuvor von jemand anderem erhalten hatte. Higgins selbst hatte an Leo nur knappe Begleitworte gerichtet:

Revolution now amen

Revolution jetzt, Amen. Der Nachricht nach zu urteilen war der Absender eher ein verrückter Fanatiker als der linke IT-Spezialist, von dem Emma gesprochen hatte.

Es heißt, die Grenze zwischen Genie und Wahnsinn sei fließend, dachte Leo.

Sarianne beugte sich zu ihm.

»Was bedeutet das?«, dachte Leo laut und klickte auf den ersten Anhang. Der Dateiname schien auf eine Operation und eine Karte zu deuten:

Operation Égalité, Karte FINAL

Im Handydisplay öffnete sich eine Karte von der Stadtmitte, auf der wichtige Regierungsgebäude eingekreist waren. Der größte Teil befand sich unweit des Senatsplatzes, auf dem die Großdemonstration der Linken stattfinden sollte.

Was die Karte nicht offenbarte, war, was mit den markierten Gebäuden geschehen sollte: Sollten sie bombardiert werden? Oder erstürmt? Leo konnte nur raten. Der pathetische Name der Operation verunsicherte ihn. Das Wort *Égalité* verwies auf Gleichberechtigung – auf das gleiche Ideal, von dem Emma Erola im Krankenhaus geschwelgt hatte.

Sarianne Tavas blickte von ihrem Handy auf. »Das sieht übel aus. Sie sollten Juhani Piispa anrufen.«

Der Polizeipräsident, so wie Leo ihn kannte, sah seine Lebensaufgabe darin, Pontus Ebeling zu Diensten zu sein. »Der Polizei kann ich nicht vertrauen«, widersprach Leo.

»Genau aus diesem Grund sollte Juhani Piispa davon wissen. In seinen Reihen könnten Verräter stecken.«

Leo antwortete nicht. Er öffnete den zweiten Anhang.

Operation Égalité, politische Ziele FINAL

Dieser Anhang war kurz. Er enthielt nur drei Namen, dazu die Fotos und knappe Koordinaten:

Leo Koski. Festnahme. Kesäranta. 18.12. 00.15 Uhr
Wird vor das Volksgericht gestellt.
Pontus Ebeling. Festnahme. Jollas. 18.12. 00.15 Uhr
Wird vor das Volksgericht gestellt.
Karsten Jorsch. Festnahme. Merikatu. 18.12. 00.15 Uhr
Wird vor das Volksgericht gestellt.

Leo schaute auf die Uhr und stellte fest, dass die genannte Uhrzeit mit der übereinstimmte, zu der die unbekannten Angreifer ins Krankenhaus eingedrungen waren. Doch der erschreckendste Vermerk war bei allen drei Genannten: Wird vor das Volksgericht gestellt.

Wer auch immer diese Operation befehligt, sie haben ihren eigenen Gerichtshof einberufen.

Leo dachte an Emma Erolas umstürzlerische Rhetorik. Bisher hatte er sie einfach nur für aufgebauscht gehalten, aber was, wenn sie alles tatsächlich so gemeint hatte? Was, wenn sie hinter den Kulissen einen Putsch vorbereitet hatte? Einen derart radikalen Umsturz hatte es bisher im 21. Jahrhundert in keinem westlichen Land gegeben, obwohl die Zahl der politischen Unruhen und linken Demonstrationen in ganz Europa explosionsartig angestiegen war. Aber eine andere Erklärung für die seltsame Nachricht fand Leo nicht.

Sarianne war bleich geworden. Sie wählte eine Nummer und hob das Telefon ans Ohr.

»Was tun Sie?«, fragte Leo.

»Ich muss Pontus anrufen.«

Doch kurz darauf ließ sie das Telefon ergebnislos sinken. Er hatte nicht abgenommen. In ihrem Gesicht breitete sich Panik aus. »Die haben ihn geschnappt! Wir müssen sofort zurück ins Zentrum. Rufen Sie den Polizeipräsidenten Piispa an. Jetzt sofort!«

»Nein!«

Leo überlegte fieberhaft, was es mit dem Umsturzplan auf sich hatte, den man ihm zugespielt hatte. Wem konnte er noch vertrauen?

Die Vorkommnisse im Krankenhaus deuteten darauf hin, dass ihm mehrere Instanzen auf den Fersen waren. Und mindestens eine davon hatte versucht, ihn umzubringen. Wenn die sogenannten Revolutionäre vorhatten, Leo Koski vor ein Volksgericht zu stellen, konnte das nur bedeuten, dass eine andere Gruppe hinter dem Mordkomplott stehen musste. Er war sich sicherer als jemals zuvor, dass ihm seine eigenen Parteigenossen zur Gefahr geworden waren.

Ich bin auf mich allein gestellt.

»Ich kann niemandem von Pontus' Schergen noch vertrauen«, sagte er. Auf dem Gesicht seiner Staatssekretärin spiegelte sich hoffnungslose Verzweiflung. Und zwar exakt seit dem Moment, in dem sie Pontus' Namen auf der Liste der Festzunehmenden entdeckt hatte. Wieder stieg der alte Verdacht in ihm auf, Sarianne und Pontus könnte mehr verbinden als pure professionelle Kameradschaft. Ihrem Gesicht war anzusehen, dass sie krank vor Sorge war.

Sie griff wieder nach ihrem Handy. »Wir müssen Piispa anrufen.«

»Ich kann der Polizei nicht vertrauen«, wiederholte Leo mürrisch.

»Pontus ist in Gefahr.« Ihre Stimme brach.

»Nein!«, fauchte Leo und streckte die Hand nach Sariannes Handy aus. Sie drehte sich jedoch schnell weg und drückte sich gegen das Fenster. Leo versuchte, nach Sariannes Telefon zu angeln, musste aber wegen der Schmerzen schnell aufgeben.

»Schluss jetzt!«, rief Kinga und trat auf die Bremse. Der Wagen schlingerte auf dem rutschigen Asphalt, blieb aber in der Spur.

Dann hielt er mitten auf der Autobahn an.

Sarianne stieß ihre Tür auf und stürzte hinaus. »Warten Sie doch!«, rief Leo ihr hinterher, aber sie war schon über die Leitplanke geklettert. Er sah ihr nach, als sie auf einen dunklen Wald zulief.

Ein schneidender Schmerz fuhr ihm durch die Schulter, als er sich aus dem Fenster lehnte, um Sarianne besser zu sehen. Ihr zu folgen war ein abwegiger Gedanke. »Kommen Sie zurück!«, versuchte Leo zu rufen, aber seine Stimme versagte, und nur ein klägliches Krächzen kam aus seinem Mund.

Kinga war ebenfalls aus dem Auto gesprungen, blieb aber am Fahrbahnrand stehen. »Soll ich hinterher?«, fragte er Leo.

Doch Sarianne war schon im Dunkeln verschwunden, und Leo schüttelte den Kopf. »Lass uns weiterfahren. Ich brauche dringend etwas, wo ich mich hinlegen kann.«

»Lass uns eine Minute warten, vielleicht überlegt sie es sich und kommt zurück«, sagte Kinga, ging ein paar Schritte weit weg und schien zu telefonieren. Kurz darauf war er wieder da.

»Wen hast du angerufen?«, erkundigte sich Leo, als sich Kinga wieder auf den Fahrersitz setzte.

»Das war privat«, antwortete Kinga kurz angebunden. Dann fügte er milder hinzu: »Du hast meinen Kalender etwas durcheinandergebracht, falls es dir entgangen sein sollte.«

Im nächsten Moment trat Kinga so heftig aufs Gas, dass der Wagen mit durchdrehenden Reifen auf der Stelle stehen blieb. Bald darauf hatten sie wieder normale Geschwindigkeit erreicht und steuerten Espoo an. Jetzt waren sie nur noch zu zweit.

Was ist hier gerade passiert? Verschwinden jetzt alle um mich herum?

65

Pontus Ebeling saß hinten im Auto, eingeklemmt zwischen zwei Bewachern. Er spürte, wie der Stoff über seinem Kopf den Schweiß auf seiner Stirn aufsaugte. Unter der Haube roch es stickig. Er keuchte regelrecht, um genug Luft zu bekommen.

Man hatte ihm die Haube übergezogen, damit er nichts sah, aber er vermutete, dass es noch einen anderen Grund gab. Die Entführer legten es darauf an, ihn zu provozieren. Ihn in Panik zu versetzen. Aber diesen Gefallen würde Pontus ihnen nicht tun.

Die Entführer hatten Zivilkleidung getragen, doch die Art, wie sie sich bewegten, hatte etwas Professionelles an sich gehabt. Sie trugen keine äußerlichen Kennzeichen, keine roten Halstücher oder aufgestickten Mondsicheln, aber Pontus ahnte, dass sie irgendwelchen linksradikalen Gruppierungen angehören mussten.

Pontus wurmte, dass er so leicht zu überraschen gewesen war. Wieso hatte ihn keiner gewarnt? Natürlich war ihnen bekannt, dass es unter den Linken rumorte. Trotzdem hatte ihn die Entführung völlig kalt erwischt. Vielleicht hätte er alles noch verhindern können, wenn er entschiedener gehandelt hätte.

Er hatte ja selbst mit der Entscheidung gerungen, die sie hätte retten können. Er war es, der nicht hatte akzeptieren wollen, dass Leo nun mal einfach nicht der richtige Mensch war, um den Aufruhr der Linken zu bezwingen. Als Pontus sich endlich entschlossen hatte, den Stecker zu ziehen, war es schon zu spät.

Und jetzt war er hier: verhüllt in einem Auto, auf der Fahrt an einen unbekannten Ort, an dem ihn sicher nichts Gutes erwartete.

Die begangenen Fehler kreidete er allein sich an, war sich aber gleichzeitig nicht sicher, ob er beim nächsten Mal anders handeln würde. Steckte man in einer Krise, musste man schnell handeln, und wenn für eine gründliche Analyse keine Zeit war, mussten

Entscheidungen auf der Basis der eigenen Ziele und Überzeugungen getroffen werden. Sollten ihn die Entführer töten, konnte er wenigstens sagen, er hatte nach seinen Werten gelebt. Nach Werten, die in Teilen sicher unbarmherzig waren, aber er stand dazu.

Noch war der Zeitpunkt nicht gekommen, an dem er aufgeben würde. Er musste sich entweder selbst retten oder auf sein Glück vertrauen. Aber ein Pontus Ebeling überließ nichts dem glücklichen Zufall, niemals. Die Menschen waren das, was sie aus sich machten. Zu irgendeinem Zeitpunkt würde sich eine Chance bieten, es musste einfach so kommen, aber hier auf der Rückbank, eingezwängt zwischen zwei Wachhunden, war damit nicht zu rechnen.

Er konnte warten.

Trotz der Haube hatte er verfolgen können, wohin die Entführer ihn brachten. Er war mit seinem Volkswagen so viele Male durch den Kreisverkehr im Stadtteil Herttoniemi gefahren, dass er den Kurvenradius allein aufgrund der auf seinen Körper wirkenden g-Kräfte erkannte. Am Wechsel des Fahrgeräuschs identifizierte er den Tunnel der Ost-West-Stadtautobahn, die mitten durch das Einkaufszentrum von Kalasatama führte. Weiter ging es über die Hakaniemi-Brücke. Kurz vor Helsinkis historischem Zentrum bogen sie scharf nach rechts ab, und hier in den engen Straßen des Stadtteils Kruunuhaka verlor er die Orientierung.

Dann fühlte er ein Holpern, als das Auto abbremste und nach rechts über einen Bordstein fuhr. Der Fahrer ließ das Fenster herunter und hielt, dem leisen Piepen nach zu schließen, eine Keycard vor das Lesegerät einer Toreinfahrt. Er hörte, wie sich der Schlagbaum öffnete, das Auto noch etwa zwanzig Meter weiterrollte und dann stehen blieb.

Kräftige Hände zerrten ihn links aus dem Wagen und eine steinerne Treppe hinauf. Sie betraten ein Gebäude, stiegen in einen Aufzug und fuhren nach oben. Der harte Griff, mit dem die Männer ihn festhielten, zeigte ihm, wie sehr sie ihn verachteten. Ein oder zwei Stockwerke weiter oben wurde er aus dem Aufzug geschoben und nach rechts bugsiert.

Dem hallenden Klang der Schritte nach zu urteilen befanden sie sich in einem hohen, offenen Raum. Irgendwo unten erklang ein dumpfes Hämmern. Jetzt wurde er doch nervös. Ihm war, als würde er zu seiner Hinrichtung geführt.

Plötzlich wurde er grob nach links gestoßen. Das Echo der Schritte veränderte sich. Jetzt befanden sie sich in einem geschlossenen Raum, der aber ebenfalls geräumig sein musste. Pontus wurde nach unten gedrückt, verlor den Halt und landete auf einem Holzstuhl, der bei dem Aufprall beinahe umgekippt wäre.

Die Männer wickelten ein Seil um ihn und fesselten ihn damit an die Rückenlehne. Finger nestelten an den Bändern seiner Haube. Er wurde von einem würgenden Gefühl erfasst. Für einen Moment war er sicher, sein Ende wäre gekommen. Doch die Finger öffneten die Knoten, mit denen seine Kopfhaube festgezurrt war. Eine Hand griff danach und zog sie ihm unsanft vom Kopf. Die Dunkelheit verschwand.

Pontus blinzelte und blickte um sich. Ihm schien, als wäre er mit einer Zeitmaschine in die Vergangenheit – oder wenigstens nach Frankreich in das Schloss Versailles – katapultiert worden.

Der Saal hatte etwa die Größe und Höhe eines Volleyballfeldes. Durch die bodentiefen Fenster fiel das Licht der Straßenlaternen herein und wurde von dem lackierten Parkett reflektiert. Sicher fünf Meter hohe Kristallleuchter hingen über seinem Kopf, und darüber flogen kleine Engel auf einem Deckengemälde über einen wolkigen Himmel. Als zentrale Gestalt tanzte eine blonde finnische Maid durch die Schar der Engel und hielt einen mit blau-weißen Bändern geschmückten Kranz. Mit Holzlochplatten verkleidete gusseiserne Heizkörper an der Wand gegenüber den Fenstern zeugten von einer Zeit, als die Wärme noch über Rohre von einer Feuerquelle im Keller nach oben geleitet worden war.

Pontus' Stuhl stand mitten im Saal, einige Meter entfernt von einem breiten Tisch, hinter dem drei Personen saßen: zwei Männer und eine Frau. Der Stoff, der den Tisch verhüllte, war mit einem goldenen Symbol bestickt: einem Schwert und einer Waage.

Den Mann in der Mitte kannte er. *Aha, auch er ist also einer von* ihnen. *Beschissene Grundgesetzfundamentalisten.* Diese Rechtsgelehrten waren, solange Pontus denken konnte, ein Stein im Schuh der Konservativen. Es war eine Schande, wie lange sich linke Ideale in Finnlands Rechtssystem hatten behaupten können, selbst dann noch, als die Konservativen die Wahlen dominierten. Ein ums andere Mal hatte irgendein Richter oder Rechtsexperte versucht, Grundgesetzerneuerungen der rechtskonservativen Regierung durch seine Auslegungen zu verwässern. Jetzt saß einer der übelsten hier vor ihm. Die anderen beiden kannte er nicht, aber sicher waren auch sie linkshörige Richter.

»Sind Sie stolz auf sich?«, schrie Pontus sie an.

Die Worte hallten durch den hohen Raum. Doch die drei Richter taten, als hätten sie nichts gehört. Sie blickten nicht einmal auf, sondern sahen konzentriert auf die Unterlagen vor ihnen. Es schien, als warteten sie auf jemanden.

Mehr als eine Minute verging. Dann hörte er, dass oben eine Tür geöffnet wurde. Hinter den Richtern lag eine Empore, die wie in einer Kirche mit Stuhlreihen bestückt war.

Jetzt betrat ein außergewöhnlich großer Mann die Empore durch eine Tür an der Seite. Dieser Teil des Saals lag im Dunkeln, und Pontus konnte die Gesichtszüge des Mannes nicht erkennen, aber etwas an dieser riesenhaften Gestalt kam ihm bekannt vor. Der Mann setzte sich auf eine Bank. Die Richter hatten auf ihn gewartet, denn jetzt räusperte sich der mittlere von ihnen und begann zu sprechen:

»Pontus Martti Ebeling. Ihnen werden folgende Straftaten zur Last gelegt: ein besonders schwerer Fall der Bestechung und Bestechlichkeit im geschäftlichen Verkehr, Wahlkorruption, Veruntreuung Ihnen anvertrauten Gutes, Verletzung politischer Freiheiten, verbotene Insidergeschäfte in besonders schweren Fällen, vorsätzliche Tötung und Hochverrat. Bekennen Sie sich schuldig, oder leugnen sie die Taten?«

* * *

Die Journalistin Vilma Varis lag am äußersten Rand ihres Ehebettes auf der Seite und hatte ihrem Mann den Rücken zugekehrt. Am Boden schimmerte ein schwaches Licht. Ausgestrahlt wurde es von ihrem Handy, über das sie halb aus dem Bett gebeugt mit ihrem Daumen wischte.

Auf der anderen Seite des Bettes war Marcus' gleichmäßiger Atem zu hören. Er wurde nie wach, wenn Vilma spät kam oder früh ging. Nur einer von seinen vielen ausgeglichenen und vertrauenerweckenden Charakterzügen. Marcus hatte ihr vor sechs Jahren die einzige Sache gegeben, die Vilma in ihrem Leben als fehlend eingestuft hatte: eine Familie. Aber hatte ihr das mehr gegeben oder genommen?

Da war sich Vilma nicht ganz sicher. Marcus tat alles, um ihr das Leben so einfach wie möglich zu machen, und das rechnete Vilma ihm hoch an. Aber wenn sie ihn ansah, fühlte sie nichts.

Sie hatte sich eine Weile rastlos im Bett gewälzt und dann nach ihrem Handy gegriffen. Finnland stand im Fokus der internationalen Medien, und auf Vilma waren Interviewanfragen en masse eingeprasselt. Den Vormittag würde sie auf dem Pressepodest verbringen, auf dem sich die internationale Presse am Rande der Kundgebung auf dem Senatsplatz tummelte.

Vilma klickte sich in ihren Twitter-Account und überflog mit großzügigen Wischbewegungen die Nachrichten. Das Netz brodelte vor Reaktionen auf ihren Beitrag über Lumi Nevasmaa. In einem der spektakulärsten Videos tanzte eine Gruppe junger Leute vor dem Rathaus von Oulu. Feuer leckte aus den kaputten Fenstern des ehemals schmucken Neorenaissance-Gebäudes.

Finnland stand in Flammen.

Vilma stand auf. Wenn sie nun mal keinen Schlaf fand, konnte sie genauso gut arbeiten. Auf dem Weg nach unten passierte sie das Esszimmer, das niemals benutzt wurde. Vilma hatte nicht die Angewohnheit, Gäste einzuladen, nicht, weil sie keine Freunde hatte, was natürlich auch stimmte, sondern weil ein normales Zuhause samt Familie nicht zu der außergewöhnlichen Frau passte, die Vilma sonst in ihrem Leben darstellte. Außerdem drehten sich die Gespräche an solchen Abenden eh immer nur um Tagesmütter, Radwege, Grundsteuerzahlungen und derartige Dinge, die Vilma nicht die Bohne interessierten.

Sie nahm ihren Computer von der Küchentheke und stellte ihn auf den Frühstückstisch, der auch für andere Mahlzeiten benutzt wurde, sofern sich die Familie überhaupt mal zum Mittag- oder Abendessen zusammensetzte. Ihr Telefon legte sie neben dem Computer ab. Fast gleichzeitig leuchtete das Display auf und zeigte eine neue Nachricht an.

Sind Sie wach?

Die Frage jagte ihr einen kalten Schauer über den Rücken. Unwillkürlich blickte sie sich um. Das Timing war beängstigend. Fast als wüsste der Absender, dass sie gerade aufgestanden war.

Sie fütterte die Online-Telefonauskunft mit der Nummer und war vom Ergebnis nicht überrascht: Die Nummer war geheim.

Ihre Reaktion bestand nur aus einem Fragezeichen.

Die Antwort folgte prompt.

Ich habe einen Tipp für Sie.
Worum geht es?
Um etwas, dass Sie sich nicht entgehen lassen wollen.
Genauer!
Sag ich, wenn wir uns treffen können.
Wann?
Jetzt.

Erschrocken fuhr Vilma herum und musterte Küche, Essecke und Flur. Sie konnte nichts Ungewöhnliches entdecken.

Sie erhob sich und legte das Telefon auf den Tisch. Ein Klopfen war zu hören, das nicht von ihrem Handy stammte. Es klopfte zum zweiten Mal. Dann zum dritten Mal. Das Geräusch kam von der Haustür.

Vilma sprang in die Küche und zog ein Messer aus dem Messerblock. Dann schlich sie auf Zehenspitzen in den Flur. Einen knappen Meter vor der Tür blieb sie stehen. Sie beugte sich vorsichtig zum Türspion, konnte aber in der Dunkelheit nichts erkennen.

Sie trat einen Schritt zurück und starrte die Tür an. In diesem Moment klopfte es erneut. Erst einmal, dann ein zweites und ein drittes Mal. Vorsichtiger und langsamer als beim ersten Klopfen. Die damit verbundene Botschaft war klar: Hab keine Angst.

Einem Wildfremden mitten in der Nacht die Tür zu öffnen war natürlich nicht gerade klug. Dachte sie und tat einen Schritt zur Tür. Sie war eine Frau, die Türen öffnete, keine, die sie ungeöffnet ließ. Sie entriegelte das Schloss und öffnete die Tür. Kalte Winterluft hüllte sie ein.

Zuerst konnte sie in der Dunkelheit nichts erkennen.

Dann sah sie sie. Zwei Augen, die in der Finsternis schimmerten. Zwei Augen, die sie direkt anblickten.

Um die Augen die Umrisse einer menschlichen Gestalt, die kaum erkennbar waren. Der Mund schien unter den Augen zu schweben, da, wo in der Sturmhaube eine Öffnung war. Jetzt sah sie den erhobenen Finger vor den Lippen, der sie aufforderte, den Schrei zurückzuhalten, der ihr die Kehle emporstieg.

66

Der Schlüssel knarzte im Schloss wie dünnes Eis, das unter den Füßen brach. Metso trat mucksmäuschenstill aus dem bei Nacht verlassenen Treppenhaus in den Flur, so wie er es vierundzwanzig Stunden zuvor in Lumi Nevasmaas Wohnung getan hatte.

Dieses Mal war es seine Wohnung.

Vorsichtig zog er die Schuhe aus und schlich in die Wohnung. Die Enttäuschung über sein Scheitern wurde zu Furcht, als er all das um sich sah, was er Gefahr lief zu verlieren.

Der Hund Masa kam ihm entgegen, um sein Herrchen zu begrüßen und freudig mit der Nase anzutupsen. Neugierig schnupperte er an dem Bündel in Metsos Hand. Vorsichtig legte Metso die in ein Handtuch gewickelten Hundewelpen auf den Küchentisch. Er nahm eine Packung fettarme Milch aus dem Kühlschrank und zog einen Latexhandschuh aus der Tasche, den er aus dem Krankenwagen mitgenommen hatte. In den Handschuh schnitt er ein kleines Loch, kippte über dem Ausguss Milch hinein und überprüfte, ob sie durch das Loch lief.

Dann schnappte er sich einen der beiden kleinen Hunde und setzte sich aufs Sofa. Der hellbraune Welpe wand sich in seiner Hand. Masa schnupperte interessiert an ihm und begann ihn dann vorsichtig abzulecken. Der Welpe winselte und suchte blind nach einer Zitze seiner Mutter. Gespannt schob Metso dem Welpen den mit Milch gefüllten Finger ins Maul. Der Welpe verstand sofort und begann laut schmatzend an dem selbstgebastelten Fläschchen zu saugen.

Metso hatte in nur vierundzwanzig Stunden zwei Mütter getötet. Das Töten der Hundemutter kam ihm beinahe noch verwerflicher vor, obwohl Lumi Nevasmaas Mutter genauso schuldlos war an ihrem Tod.

Er dachte darüber nach, warum ein Hund seine Sympathie hatte, ein Mensch aber nicht. Lag es daran, dass Laura Nevasmaa arm und übergewichtig war? Gehörte er zu jenen Menschen, die den Wert eines anderen nach dessen sozialer Klasse bemaßen? Waren Arme für ihn weniger wert, obwohl er selbst nur um Haaresbreite dem Abstieg ins Elend entkommen war?

Metso wollte nicht daran glauben. Der Grund lag in seinem Schoß. Der Tod der Hündin hatte die hilflosen Welpen zu Waisen gemacht. Mit jeder Bewegung seines Körpers signalisierte der Kleine jetzt, dass er seine Mutter vermisste. Sie brauchte. Laura Nevasmaa hingegen hatte allein gewohnt und kurz vor ihrem eigenen Tod ihre einzige Tochter verloren. Sie würde keiner besonders vermissen. Die Wertigkeit des Todes hing von der Zahl der Trauernden ab, dachte er.

Metso goss mehr Milch in den Handschuhfinger, und der Welpe saugte gierig daran. Einzelne Tropfen fielen auf Metso, aber der Großteil landete dort, wo er hingehörte.

Das Überleben der Welpen erschien ihm nach dem Scheitern seiner wichtigsten Aufgabe heute Nacht noch bedeutsamer. Er hatte den Subaru mit Leo Koski aus den Augen verloren. Und keine Hoffnung mehr, ihn wiederzufinden. Er konnte ebenso gut im Westen in Espoo wie in Vuosaari, ganz im Osten, sein. Das Handy des Ministerpräsidenten war selbst für die Sicherheitspolizei nicht zu orten.

Metso hatte vergeblich versucht, seinen Auftraggeber zu erreichen, um ihm die schlechten Neuigkeiten mitzuteilen. Peregrino würde an die Decke gehen, wenn er davon erfuhr. Wenn er wollte, konnte er Metsos ganzes Leben zerstören, allerdings nicht, bevor dieses Wochenende vorbei war. Die Arbeit war noch nicht getan. Finnlands meistgehasster Mann Harri Holsti lag in dem Krankenwagen unten vor dem Haus.

Ein Geräusch aus dem Schlafzimmer ließ ihn aufhorchen. Marjut war aufgewacht.

Schlurfende Wollsocken näherten sich dem Wohnzimmer. Das Licht ging an. Die tadellose Sauberkeit in der Wohnung mit ihrer überdurchschnittlich teuren Ausstattung rief ihm drastisch die Lüge, die er lebte, ins Gedächtnis.

»Nein!«, rief Marjut als sie den Welpen sah. Schlagartig war alle Müdigkeit aus ihren Augen verschwunden, und sie eilte zu Metso aufs Sofa.

»Dort im Handtuch ist noch einer«, sagte er mit einer Kopfbewegung Richtung Küche. »Ihre Mutter wurde überfahren und die Kollegen haben sie mit ins Revier gebracht. Sie wären sonst eingeschläfert worden.«

Die Lügen kamen ihm leicht über die Lippen.

Marjuts Augen leuchteten, als sie sich über den gierig an der Milch schlürfenden Welpen beugte. »Ist das Milch? Wir müssen ihnen etwas Besseres als Ersatznahrung geben.«

In diesem Augenblick fühlte Metso ein Vibrieren in der Tasche. Sein Handy klingelte. Er gab den Welpen samt Handschuh seiner Frau und verschwand im Bad, zog die Tür zu und schloss ab. Jetzt musste er seinem Auftraggeber sein Versagen gestehen.

»Hallo«, meldete er sich mit tiefer Stimme.

»Du hast Leo Koski verloren«, sagte die Stimme im Telefon.

Woher wusste Peregrino das schon wieder?

Metso wollte gerade ansetzen, Peregrino die Gründe zu erklären, als der überraschend fortfuhr: »Du hast Glück. Ich weiß, wo sich Koski versteckt. Schreib die Adresse auf. Aber vermassel es nicht wieder.«

67

»**Nun drück schon**«, sagte Leo unter Schmerzen.

»Nein«, antwortete Kinga. »Das ist eine Prinzipienfrage.«

Leo war den Disput leid. Er drängelte sich an Kinga vorbei und klingelte.

In dem Steinhaus in Ymmersta waren gedämpft die Fernsehnachrichten zu hören. Als die Klingel schrillte, verstummten sie schlagartig. Kurz darauf ging im Flur das Licht an, und die Tür wurde geöffnet. Vor ihnen stand die Frau, mit der Leo zehn Jahre seines Lebens verbracht hatte.

Selbst jetzt, mitten in der Nacht, sah sie so gut aus wie eh und je. Die Vierzig standen ihr. Die braunen Haare hatte sie zu einer ausdrucksstarken Kurzhaarfrisur geschnitten. Sie war grazil, ihr Gesicht schmal, ohne mädchenhaft zu wirken. Die finnische Finanzwelt kannte keine zweite derart zielstrebige Kämpferin wie sie. Amanda Koski war eine Karrierefrau, die allen in ihrem Umfeld klargemacht hatte, dass sie auf dem Weg zur Spitze war.

Um ihre Augen hatten die kräftezehrenden Jahre im Job Spuren hinterlassen, die in Kombination mit ihrer Kriegsbemalung die strenge Erscheinung nur unterstrichen. In diesen Augen blitzte jetzt Überraschung, vielleicht auch ein Hauch Freude auf, als sie Leo sah. Beides wich jedoch unmittelbar darauf einem äußerst kritischen Blick.

Leo wurde unvermittelt bewusst, wie jämmerlich er aussehen musste, hier im Kalten vor der Tür, nur mit einem Krankenhaushemd bekleidet.

»Was soll das, Leo?«, fragte Amanda scharf.

»Ich brauche Hilfe«, sagte Leo.

»Das ist nicht zu übersehen.«

Leo spähte über ihre Schulter in das stille Haus, vor dem neben Kingas Subaru nur ein weiteres Auto stand. Wie es schien, war sie allein. Soweit er wusste, wohnte Amanda mit dem Steuerexperten des Finnischen Arbeitgeberverbandes zusammen. Möglicherweise war er verreist. Oder er hatte die Mücke gemacht. Leo wusste aus Erfahrung, dass das Zusammenleben mit Amanda einem Mann einiges abverlangen konnte.

Leo und Amanda waren als junges Ehepaar nach London gegangen, um Karriere im Finanzsektor zu machen. Beide hatten Erfolg, aber dank ihres Fleißes stieg Amanda schneller auf. Nach der Rückkehr nach Finnland ging Leo in die Politik, und Amanda blieb »dabei«, wie es die Player der Finanzbranche kurz und knapp ausdrückten. Beide stürzten sich voll in die Arbeit. Fast zu sehr. Leo hätte gern ein Kind gehabt, Amanda unter keinen Umständen. Eines Tages hatten sie sich dann ohne viel Drama einfach auseinandergelebt und die Scheidung eingereicht.

Amanda hatte dann den Bankensektor verlassen, um ihn anschließend als Bankenaufseherin bei der Obersten Finanzmarktaufsichtsbehörde unter die Lupe zu nehmen. Von dieser Position stieg sie auf zur Schatzmeisterin des finnischen Staates: Als Direktorin der Abteilung Zahlungsverkehr bei der Finnischen Zentralbank stellte sie sicher, dass die Banken stets über die Menge Geld verfügten, die sie für die Kreditvergabe an Privat- und Unternehmenskunden benötigten.

Amandas Blick richtete sich auf Kinga, der sich plötzlich übermäßig für das Muster des Pflasters im Eingangsbereich interessierte. »Sieh mal an, Samuel! Guten Morgen.«

»Ja, Amanda, dir auch«, erwiderte Kinga, ohne aufzublicken.

Schon bei diesem kurzen Wortwechsel zwischen seiner Exfrau und seinem Freund war Leo nahe daran, die Geduld zu verlieren. Damals hätte nicht viel gefehlt, und aus ihrer Ehe wäre aufgrund der Fehde zwischen Amanda und Kinga nichts geworden.

Für Kinga war es schwer gewesen zu akzeptieren, dass Leo sich widerspruchslos den Rahmenbedingungen fügte, die seine neue Freundin seinem Leben setzte. In Amandas Augen dagegen war

Kinga nichts als ein hoffnungsloser Lebemann, der Leos schlaffe Seite zum Vorschein brachte.

Als Kinga einmal Leo und Amanda in ihren Londoner Jahren auf der Insel besucht hatte, war die Situation noch schlimmer geworden. Die beiden Freunde waren an einem Freitagabend zu einem Fußballspiel von Chelsea aufgebrochen und hatten sich das nächste Mal am Samstagmorgen aus Schottland gemeldet.

Im darauffolgenden Sommer brachten eine waghalsige Schwimmtour und der Beinahebrand in der Ufersauna von Amandas Eltern das Fass zum Überlaufen. Kinga wurde zur *Persona non grata*, und Amanda und Kinga gingen sich aus dem Weg.

Beide nutzten jedoch jede Gelegenheit, den anderen bei Leo schlechtzumachen. Als Leo und Amanda sich dann scheiden ließen, brach Kinga in Jubel aus. Amanda wiederum bekam ihre Was-habe-ich-gesagt-Befriedigung, als Kinga wegen Wirtschaftskriminalität eine Strafe aufgebrummt bekam.

Urplötzlich vermisste Leo Sarianne Tavas. Was war nur in sie gefahren? Jetzt stand er hier und war auf die Hilfe zweier Streithähne angewiesen.

»Wunderbar, ihr habt offensichtlich euren Zwist aus der Vergangenheit überwunden«, sagte er. Seine Zähne klapperten, und er fürchtete, seine Beine könnten jeden Moment unter ihm nachgeben. »Lässt du uns rein?«

»Es bleibt mir wohl nichts anderes übrig.«

Amanda trat zur Seite. Kinga half Leo in den Flur und weiter ins Wohnzimmer. Unter schmerzerfülltem Keuchen legte er sich aufs Sofa.

Ein an der Decke befestigter Beamer projizierte die Nachrichten auf die gegenüberliegende Wand. Als es klingelte, hatte Amanda stummgeschaltet, doch das gewaltige Bild erfüllte den Raum immer noch mit flackerndem Licht. Wahrscheinlich verfolgte der Großteil der Finnen ebenso wie Amanda die Ausbreitung der Unruhen am Bildschirm.

Als Amanda wieder im Wohnzimmer erschien, warf sie Leo eine Packung Schmerzmittel zu. Kinga riss die Packung auf und drückte Leo mehrere Tabletten heraus. »Bringst du uns noch ein Glas Wasser?«, bat er Amanda.

»Du kannst mich mal, Samuel. Hol es dir selber.«

Leo fand, er könne die Pillen auch trocken schlucken. Doch Kinga stand auf und ging in die Küche.

Leo gab Amanda einen kompakten Bericht vom Attentat bis zum Krankenhaus, ihrer Flucht aus dem Fenster und dem sie verfolgenden Krankenwagen. An einigen Stellen unterbrach Amanda ihn und stellte eine Frage, die Leo aber kaum beantworten konnte. Alles war so schnell gegangen.

»Solltest du nicht schleunigst Pontus anrufen?«, meinte Amanda dann.

»Ich fürchte, das ist nicht mehr möglich«, antwortete Leo.

Amanda sah ihn besorgt an. »Die Meldungen vom Bruch zwischen dir und der Parteispitze …«

»… sind wahr.«

»Die Situation ist wohl kaum so schlimm, dass du nicht …«

Mit einer Handbewegung unterbrach er sie. Die nun folgenden Worte schmerzten ihn, noch bevor er sie über die Lippen brachte:

»Ich kann niemandem mehr vertrauen. Möglicherweise stecken auch Pontus oder andere aus der Gilde hinter dem Mordversuch.«

»Pontus?«, rief Amanda. »Wie kommst du darauf?«

»Er war einer der wenigen, die wussten, dass ich zum Parteitag der Linken gehen wollte.«

»Und die Linken? Die haben ja wohl auch gewusst, dass du dich mit ihnen treffen wolltest. Im Gegensatz zu Pontus gehören sie nicht zu deinem engeren Umfeld.«

»Die Linke ist auch hinter mir her, aber sie haben andere Pläne mit mir.«

Leo zog sein Telefon hervor und öffnete das Mailprogramm.

»Gestern habe ich eine Nachricht von einem schottischen Wissenschaftler bekommen, den Emma Erola mir gegenüber erwähnt hat. Sie meinte, der Schotte sei eine Art Genie, der ein auf künstlicher Intelligenz basierendes sozialistisches Wirtschaftssystem geschaffen hat.«

Amanda gab ein Geräusch von sich, das als Lacher durchgehen konnte. Erst da kapierte Leo, wie unglaubhaft seine Worte klangen.

»Warte, ich habe die Nachricht hier«, sagte er.

Zuerst zeigte er ihr die knappe Begleitbotschaft:

Revolution now amen

»Das sieht aus wie von einem Irren«, kommentierte Amanda.

»Ich denke, dass man es ernst nehmen muss«, widersprach Leo. »Ich weiß, das klingt seltsam, aber ich gehe davon aus, dass wir es mit einem echten Putschversuch zu tun haben.«

Amanda schnaubte und schaute wieder auf die Nachricht. »Was ist daran deiner Meinung nach ernst zu nehmen? *Revolution* bedeutet Umsturz. *Now* verweist darauf, dass es jetzt geschieht, und *Amen* sagt man meines Erachtens nur nach einem Gebet. Es bedeutet, wenn ich mich recht erinnere: *So geschehe es.* Glaub mir Leo. Das hat dir irgendein verblendeter Wirrkopf geschickt.«

»Das Anschreiben ist vielleicht seltsam«, gestand Leo ein. »Aber laut Emma Erola ist sein Verfasser alles andere als ein Spinner. Das Entscheidende ist im Anhang. Sieh es dir an.«

Dann öffnete er die Karte mit den wichtigsten Verwaltungsgebäuden in der Stadtmitte. Nachdenklich geworden, warf Amanda einen Blick darauf. Als Nächstes zeigte er ihr die Datei mit den Namen: Auf der Liste standen die drei Personen, die festgenommen werden sollten: Pontus, Jorsch und er selbst. Als sie die sah, zuckte sie zusammen.

»Das kann nicht sein … nicht in Finnland«, stieß sie hervor. Leo gab ihr das Handy, damit sie in Ruhe die Nachricht von Lewis Higgins studieren konnte.

»Du gehst also davon aus, dass das stimmt?«, fragte sie schließlich. Leo nickte ernst. »Die Linken planen, die Regierungsgebäude zu besetzen und mich, Pontus und Jorsch vor irgendein Volksgericht zu stellen, was auch immer das bedeuten mag. Der Überfall im Krankenhaus beweist, dass dieser Putschplan, den Higgins mir geschickt hat, nicht aus der Luft gegriffen ist. Ganz im Gegenteil, die Umsetzung hat bereits begonnen.«

Es auszusprechen fühlte sich seltsam an: *Putsch*. Er konnte bei diesen Worten auch Amanda nicht in die Augen sehen, denn es kam ihm immer noch alles völlig absurd vor. Es war ihm unbegreiflich, woher die Verwegenheit und die Befähigung für eine derart massive Operation stammten.

Amanda lief aufgebracht im Zimmer umher. Das rief Leo die Endphase ihrer Ehe in den Sinn. Damals hatten die Abende zu Hause gewöhnlich damit geendet, dass Amanda im Wohnzimmer unruhig ihre Runden drehte und Leo vom Sofa aus versuchte, sie zu beruhigen.

Die ihr sonst so eigene Besonnenheit war von ihr abgefallen, und ihre Schritte drückten Nervosität aus. Sie wies mit der Hand auf den Nachrichtensprecher, der an der Wand lautlos die Lippen bewegte.

»Die Nachrichten sind voll mit Berichten über Brandanschläge und eingeworfene Fensterscheiben, seitdem dieser Bericht über Lumi Nevasmaa über die Bildschirme lief. Wenn sich morgen die Demonstranten zur Roten Parade auf dem Senatsplatz versammeln ... ich mag mir gar nicht vorstellen, was dann abgeht.«

Leo ging die verschiedenen Alternativen durch. Mit Pontus oder einer der anderen Leitfiguren der Konservativen zu sprechen, hatte wenig Sinn. Die Gilde war nicht bereit zu Kompromissen.

Der einzige Mensch, der die Wut der Linken besänftigen konnte, war Emma Erola. Doch auch sie war nach dem Video bestimmt außer sich. Was Leo nicht verstand, war, welche Rolle Emma in dem Revolutionspapier von Higgins spielte. Sie hatte ihm gegenüber erklärt, dass sie mit Higgins am Aufbau einer linken Utopie gearbeitet habe. Das konnte doch nur heißen, dass sie an den Umsturzplänen beteiligt war. Andererseits hatte er den Verdacht, dass Higgins ihn mit seiner Nachricht warnen wollte. Und hatte Emma ihn nicht mit der gleichen Absicht im Krankenhaus aufgesucht?

Ihre hitzigen Worte an seinem Krankenbett gingen ihm nicht

aus dem Kopf. Emma war zutiefst davon überzeugt, dass der Kapitalismus an einem Punkt angekommen war, an dem er an der ungleichen Verteilung des Vermögens zerbrechen musste. Für sie lag die Lösung in einer Überführung privaten Eigentums in Volkseigentum. Aber warum hatte sie das Leo erzählt?

Emma musste verrückt sei, wenn sie wirklich glaubte, das Gesellschaftssystem in einer Nacht ändern zu können. Künstliche Intelligenz in der Planwirtschaft einzusetzen klang ja an sich ganz vernünftig, fand Leo, aber er wusste auch, dass sich ein Wirtschaftssystem nicht einfach so umgestalten ließ. Finnlands Wirtschaft würde kollabieren. Und es ging nicht nur um die Wirtschaft. Wenn man den Leuten ihre wirtschaftliche Freiheit nahm, was würden sie dann als Nächstes aufgeben müssen? In der Geschichte waren Kommunismus und Diktatur stets Hand in Hand dahergekommen. Eine zentral gelenkte Planwirtschaft wie von Emma beschrieben würde zu einer Situation führen, in der sich der Mensch dem Willen des Staates unterordnen musste und nicht andersherum.

Leo fühlte sich hin- und hergerissen. Er konnte jetzt verstehen, dass die Linken absolut das Recht hatten, zornig und verbittert zu sein. Andererseits stellte ein geglückter Umsturz im Namen des Sozialismus das unwiderrufliche Ende dar für den erfolgreichen Staat, den ihre Vorfahren über hundert Jahre hinweg aufgebaut hatten.

»Ich muss den Linken etwas anbieten«, meldete sich Leo zu Wort. »Etwas, zu dem sie nicht nein sagen können.«

Das Problem war nur, dass ihm alle politischen Kompromisse, die ihm in den Sinn kamen, lächerlich erschienen. Was könnte ein so verlockendes Angebot sein, dass Emma Erola und die Linken darauf eingehen würden? Es musste in jedem Fall etwas viel Größeres sein als der Vorschlag, den er ihnen vor dem Attentat hatte unterbreiten wollen.

Die Verzweiflung drohte ihm die letzte Kraft zu rauben. Ihm wurde wieder schwindlig.

»Ich brauche Wasser«, sagte er und machte sich mit wackligen

Beinen auf den Weg in die Küche. Amanda hatte etwas gesagt, doch ihre Worte erreichten Leo nur als undefinierbarer Brei.

Amanda schaute Leo besorgt hinterher. Leo suchte Halt an der Spüle. Das Zittern seiner Beine war stärker geworden. Die Küche begann sich zu drehen.

»Mein Gott«, rief Amanda da. »Dein Rücken!«

Leo drehte den Kopf und sah seinen Rücken als Spiegelbild im Küchenfenster. Die Schusswunde hatte durch den Verband geblutet, und jetzt zeichnete sich ein dunkler Fleck auf seinem einfarbigen Krankenhaushemd ab.

Er brach über dem Waschbecken zusammen. Amanda sprang herbei und stützte ihn.

»Ich helfe dir zum Tisch.«

Doch Leo rührte sich nicht. Er hing über dem Abwaschbecken und schaute erschöpft Richtung Fenster. Von dort blickten ihm sein mitgenommenes Gesicht und Amandas entsetzte Miene entgegen.

In der Fensterscheibe erschien noch ein weiterer Punkt, der sich auf Leo zubewegte. Jetzt wurden daraus zwei Punkte. Zwei Sterne schienen durch das dunkle Wohngebiet zu ihm zu schweben.

Tatsächlich waren es die Scheinwerfer eines Wagens, der sich mit großer Geschwindigkeit Amandas Grundstück näherte. *Sollte es hier enden?*

Leo begriff, dass er in der hell erleuchteten Küche wie auf dem Präsentierteller stand. Er schwankte zur Seite und rief: »Licht aus!«

Amanda hechtete zur Tür, und es wurde dunkel im Raum.

Der Kies knirschte, als der Wagen vor dem Haus ruckartig bremste.

»Kinga!«, rief Leo mit letzter Kraft. »Kinga!«

Keine Antwort.

Aus der dunklen Küche hatten sie eine gute Sicht auf das beleuchtete Grundstück. Vorsichtig warf Leo einen Blick nach draußen und erkannte die Umrisse des Fahrzeugs, das vor dem Haus gehalten hatte. Es war ein Krankenwagen.

68

Der Krankenwagen. Wie hatte der sie denn hier gefunden?

»Was geht hier vor?«, schrie Amanda und zog sich rückwärts vom Fenster zurück.

»Die haben mich gefunden. Versteck dich!«, rief Leo ihr zu. Er taumelte aus der Küche in den Flur auf der Suche nach etwas, womit er sich verteidigen konnte. Amanda verschwand im Obergeschoss.

Kinga war nirgends zu sehen. Leo formte mit den Lippen seinen Namen, bekam aber nicht mehr als ein Krächzen heraus. Er fiel gegen die Garderobe im Flur und spürte etwas Hartes hinter den Winterjacken. Es war ein Besen. Leo zog ihn vor, sah aber ein, dass die Vorstellung, er könne sich damit verteidigen, der reinste Witz war. Er musste sich auf den Besen stützen, um sich aufrecht zu halten.

Durch die verglaste Haustür sah Leo, wie eine Person aus dem Krankenwagen stieg, deren Gesicht ihm entfernt bekannt vorkam. *Wer ist das?*

Wo steckte Kinga? Leo war, als hörte er Kingas Stimme draußen bei den Leuten aus dem Krankenwagen.

Leo schwankte zur Treppe und versuchte, nach oben zu steigen. Aber seine Füße trugen ihn nicht mehr, und er sackte am Treppenansatz auf alle viere zusammen. Im selben Moment wurde die Haustür geöffnet, und Leo hörte Schritte. Die eintretende Gestalt wurde von Kingas Stimme begleitet. Leo hob den Kopf und konnte vage jemanden im Flur erkennen.

Zuerst betrat ein Mann das Haus. *Ich habe ihn schon einmal irgendwo gesehen.*

Der Mann hatte ein stoppelbärtiges, ausdrucksstarkes Gesicht und war mit einer dick wattierten Jacke bekleidet. Darunter trug er eine weiße Hose. Breite Nase, nachdenkliche Augen. Es war der Arzt, der Leo im Klinikum Meilahti behandelt hatte.

Hinter ihm trat die Krankenschwester Virve Thesleff ins Haus. Kinga und der Arzt eilten herbei, um dem auf dem Boden knienden Leo zu helfen.

»Was zur Hölle tust du?«, pflaumte ihn Kinga an und ließ sich neben Leo auf die Knie fallen. »Ich habe deinen Arzt und die Krankenschwester hergebeten, weil du so schwach warst. Aber ich habe nicht geahnt, dass es so dringend ist.«

Leo brauchte einen Moment, bevor er verstand. Der Krankenwagen vor der Tür war nicht der, der sie vom Krankenhaus aus verfolgt hatte. Jetzt erinnerte Leo sich auch an das Telefonat, das Kinga am Rand der Autobahn geführt hatte. Kinga hatte gewusst, dass Leo jede Hilfe ablehnen würde, und ihm deswegen nicht gesagt, dass er den Arzt angerufen hatte. Leo konnte nicht umhin zuzugeben, dass Kingas Urteilsvermögen um Längen besser gewesen war als sein eigenes.

Der Arzt und Kinga brachten Leo zurück ins Wohnzimmer und legten ihn auf den Boden. Dann zog der Arzt ihm das Krankenhaushemd aus, nahm eine Schere aus der Tasche und begann, den blutdurchtränkten Verband aufzuschneiden. Währenddessen entnahm Virve Thesleff der Arzttasche eine durchsichtige Plastikflasche, ein Päckchen steriler Mullkompressen, Nahtbesteck und Binden.

»Er hat einen hypovolämischen Schock«, sagte der Arzt zu Kinga und Amanda, die wieder heruntergekommen war.

»Was ist das?«

»Blutverlust. Ich schätze, er hat an die zwanzig Prozent seiner Blutmenge verloren. Das ist an der kritischen Grenze.«

Leo biss die Zähne zusammen, als der Arzt und die Krankenschwester seine Wunde versorgten. Jede Lage Mull, jeder Stich und jedes Bindenwickeln verschlimmerten seine Schmerzen. Dem Arzt entging das nicht.

»Ich gebe Ihnen Oxycontin.«

»Nein.«

Der Arzt zuckte mit den Schultern. »Das müssen Sie wissen.«

Er zeigte mit der Hand auf seine Tasche. Schwester Virve nahm eine lange Kanüle und eine Blutkonserve heraus. Mit sicheren Bewegungen suchte sie in Leos Armbeuge nach der Vene, in die sie die Kanüle einführen wollte.

Leo löste den Blick von der Nadel und musterte ihren tätowierten Arm. Es war das gleiche Tattoo, das er schon im Krankenhaus betrachtet hatte: eine den ganzen Arm bedeckende Ranke, deren Mitte ein Löwenwappen zierte.

»Du bist aus dem Adel«, presste Leo hervor.

Die Krankenschwester Virve Thesleff schaute auf ihr Tattoo und verdrehte die Augen. »Das bedeutet rein gar nichts. Ich bin einfach nur Virve.«

Einfach nur Virve. Das sind die Adligen heutzutage. Normale Menschen, aus allen Schichten der Gesellschaft. Von den fünf in diesem Raum versammelten Menschen stammte die mit dem geringsten Einkommen aus dem Adel.

Leo verzog das Gesicht, als die Schwester ihm die Kanüle in den Arm stach. Gleichzeitig wurde ein Gedankensturm in Leos Kopf losgetreten, bei dem ein Ereignis aus der Geschichte Finnlands nach dem anderen auftauchte wie die Seiten eines Buches, die der Wind umblätterte: die Zeit der Autonomie unter dem russischen Zaren im 19. Jahrhundert, das Erbe aus der 600-jährigen Zugehörigkeit zu Schweden, Adelsprivilegien, Kopfsteuer, der erste Ständereichstag 1809 in Porvoo, Finnlands Ritterhaus ... *die Adligen.*

Anfang des 20. Jahrhundert war die finnische Gesellschaft auf einen Schlag zu einer der gleichberechtigsten der Welt geworden. Aber das war nicht immer so. Der Adel hatte auch in Finnland über Jahrhunderte hinweg ein privilegiertes Leben geführt. Heutzutage war seine Stellung eine andere. Adlige fütterten Kranke und Alte, verkauften Fisch hinter der Ladentheke, programmierten Software, putzten Korridore, übernahmen Transportdienste und lebten alles in allem ein sehr normales Leben. Ohne Privilegien und oft auch ohne Vermögen.

Eine bevorzugte Stellung im Leben erwarb man sich heute nicht mehr durch einen blaublütigen Stammbaum. Sondern durch Kapital. Durch Kapital hoben sich auch jene Adligen von allen anderen ab, die nach wie vor an der Spitze der Gesellschaft das Sagen hatten. Geld und Erbschaften anstelle von Siegelringen und Familiennamen.

Auf einmal blitzte eine Idee in Leos Kopf auf. Konnte das funktionieren? Was, wenn sich die Krise, die Finnland erschütterte, mit Mitteln abwehren ließ, die in jedem Geschichtsbuch für Gymnasiasten standen?

Leos immer noch unscharfer Blick irrte durch den Raum, wanderte zu dem dunkelroten Schlauch in seiner Armbeuge. Dann versank alles in Dunkelheit.

69

Der Mann, den sie Marten nannten, verfolgte zufrieden das Schauspiel, dessen Drehbuch er verfasst hatte und dessen einziger Zuschauer er war.

Besser kann die Show nicht werden.

Der einzige Störfaktor waren die unbequemen Holzbänke. Sie waren gefertigt worden, als die Durchschnittsgröße finnischer Männer 168 Zentimeter betrug, und boten Kerlen wie ihm mit seinen 198 Zentimetern keine angenehme Sitzposition. Aber Bequemlichkeit hatte der Auftraggeber der Sitzbänke wohl kaum angestrebt. Hier auf der Empore hatte einst das Volk Platz genommen, das gekommen war, um dem Reichstag beizuwohnen. Politik war schon immer Theater gewesen – vermeintliche Beteiligung und Transparenz – obwohl die tatsächlichen Entscheidungen in den Hinterzimmern getroffen wurden. Die Frage war nur, wer in den Hinterzimmern das Sagen hatte. Heute würde die Vormachtstellung der Kapitalisten, die viele irrtümlich für unendlich gehalten hatten, bröckeln.

Marten hatte die Richter aufgefordert, zügig vorzugehen. Den Anweisungen folgend konzentrierten sie sich auf das Verlesen der Anschuldigungen, für die Ebeling gleich sein Urteil hören würde.

Ab und zu sah Marten, wie Ebeling zur Empore schaute. Der verdatterte Blick des alten Mannes war geradezu köstlich.

Dieser Prozess hatte selbstverständlich nicht das Geringste mit geltendem Recht zu tun und würde einer unparteiischen Betrachtung kaum standhalten. Genauso wenig wie die vorherige Sitzung des »Volksgerichts«, in der eine weitere von Marten zutiefst verachtete Leitfigur der Konservativen abgeurteilt worden war. Ebenso gut hätte Marten das Urteil Ebeling selbst verkünden können. Aber das wäre nicht stilecht. Er wusste, dass Theatralik und

Legendenstrickerei ein wesentlicher Bestandteil der Geschichte waren.

In dieser unbequemen Sitzhaltung schliefen Marten allmählich die Beine ein, und er wurde ungeduldig. Genau in diesem Moment begann unten das Verlesen des Urteils und befreite ihn von seiner Pein.

... Sie werden in allen Anklagepunkten für schuldig befunden.

Der Richter in der Mitte schlug einmal mit dem Hammer auf den Tisch. Dann erhoben sich alle drei Richter und verschwanden durch die Tür an der Stirnseite des Saals. Ihre Arbeit war getan.

Marten erhob sich von der schmalen Bank. Er verließ die Empore, ging die Treppe hinunter und betrat den Saal. Genießerisch kostete er das Knarren des alten Holzfußbodens aus, als er sich Schritt für Schritt dem auf einem Stuhl gefesselten Ebeling näherte. Marten betrachtete den zusammengesunkenen Mann fast mitleidig.

Pontus Ebeling war schon immer von kleiner Statur gewesen, aber noch nie hatte er so bedeutungslos ausgesehen.

Unfassbar, wie ein Mensch schrumpft, wenn ihm seine Macht genommen wird.

Pontus Ebeling war die Hoffnungslosigkeit seiner Situation während des gesamten »Gerichtsprozesses« klar gewesen. Die drei Personen, vor denen er gesessen hatte, erledigten ihre Aufgabe nach klar erteilten Anweisungen. Sie hatten gehandelt wie Roboter. Die Frau wirkte regelrecht schockiert und war nicht imstande, Pontus anzusehen. Auch der zweite Richter hatte eigenartigerweise jeden Blickkontakt vermieden. Der dritte Richter, der den Vorsitz geführt hatte, leitete das Verfahren wie nach einem auswendig gelernten Szenario.

Diese Leute waren nicht seine wahren Richter. Derjenige, der tatsächlich das Urteil über ihn fällte, saß während der gesamten »Verhandlung« oben auf der Empore. Im Halbdunkel konnte Pontus sein Gesicht nicht erkennen. Aber jetzt, als er durch eine Seitentür den Saal betrat, wollte Pontus zuerst seinen Augen nicht trauen.

Er. Es war schwer zu fassen, erklärte aber auch so einiges.

Pontus ging auf, dass auch er der Krankheit verfallen war, an der schon so viele in hohe Positionen aufgestiegene Machthaber vor ihm gescheitert waren: Überheblichkeit.

»Sic transit gloria mundi«, verkündete der Mann mit einem selbstzufriedenen Grinsen. *So vergeht der Ruhm der Welt.*

Er setzte sich vor Pontus halb auf den Tisch, hinter dem zuvor die Richter sein Urteil verlesen hatten. Er strotzte vor Selbstgefälligkeit.

»Wie gefällt Ihnen das Ambiente Ihres Prozesses?«, fragte er und breitete die Arme aus. »Sie wissen sicherlich, dass Sie nicht der einzige Feind der Sozialisten sind, der hier heute sein Urteil vernommen hat«, sagte er.

Pontus wollte ungern seine Unwissenheit eingestehen, aber seine Mimik verriet ihn.

»Ha!«, jubelte Marten. »Jetzt begreife ich erst, dass Sie keine Ahnung haben, wo wir sind. Gestatten Sie mir einen kurzen historischen Exkurs, damit dieser Moment für Sie ebenso bedeutsam wird wie für mich?«

Pontus fühlte Wut in sich aufsteigen. Das war der Gipfel! Der wollte ihm doch tatsächlich Nachhilfe in Geschichte geben! Na, das würde ihm zumindest Zeit verschaffen. Der offen gehässige Ton des Mannes jagte ihm Angst ein.

»Wir befinden uns im Ständehaus, das einst als Versammlungshaus der drei nichtadligen Stände während der Zusammenkünfte des Vierständereichstags diente. In diesem Saal hier, dem Versammlungssaal des Bürgertums, fand 1945 der Kriegsschuldigenprozess gegen den ehemaligen finnischen Präsidenten Risto Ryti statt, der die Sozialisten vermutlich genauso gehasst haben dürfte wie Sie.«

Jetzt erkannte auch Pontus den Saal. Er selbst hatte an den Koalitionsverhandlungen teilgenommen, die hier im Ständehaus stattfanden. Allerdings war dieser Saal damals zum Essen benutzt worden, und damit hatte Pontus seine Zeit nicht verschwendet.

Pontus beschloss auszutesten, wie sein Entführer auf einen Gegenangriff reagieren würde.

»Verschon mich mit deiner politischen Geschichte und hol

Emma Erola her. Du bist doch bloß ihr Handlanger. Sie ist es, die eure Operation leitet.«

Martens Augen funkelten. »Du wirst schon sehen, wer dieses Land in Wahrheit führt.«

Pontus hielt den Atem an. Er hatte es geschafft, ihn zu verärgern. Vielleicht beging er ja einen Fehler.

Doch der Ärger in seinem Gesicht verflüchtigte sich in Nullkommanichts und machte einem irren Grinsen Platz. »Genau genommen wirst du gleich gar nichts mehr sehen.«

Jetzt stockte Pontus der Atem, doch sein Gesicht glättete sich.

»Aber erst möchte ich dir noch etwas zeigen«, fuhr Marten fort. Er ging auf Pontus zu und zog etwas aus dem Gürtel. Ein metallener Gegenstand blitzte im Licht der Straßenlaternen, das durch die Fenster fiel.

Ein Messer.

Marten hielt das Messer mit der Klinge nach oben und trat neben Pontus. Mit der anderen Hand fasste er Pontus an der Schulter. Die Klinge fuhr an Pontus' Rücken herab. Dieser verkrampfte sich aus Angst und überstreckte den Rücken so weit es seine gefesselten Hände zuließen. Marten tat ein, zwei, drei Schnitte mit dem Messer und zertrennte die Seile, mit denen Pontus an den Stuhl gebunden war. Pontus schloss die Augen, und sein Kopf sackte kraftlos zur Seite.

»Schau nach unten«, forderte Marten.

Pontus wusste zwar nicht, was der Mann damit bezweckte, sah aber auch keinen Grund, es nicht zu tun. Er blickte hinab auf seine Füße, die auf glänzendem, lackiertem Parkett standen.

»Tiefer! Bück dich!«, befahl Marten.

Pontus beugte sich weiter vor. Zwischen den Stuhlbeinen entdeckte er etwas Rotes. Auf dem Boden war eine Blutlache!

Ich verblute.

Er versuchte zu erspüren, ob er irgendwo am Rücken eine Wunde hatte, die erklärte, woher das Blut stammte, fühlte aber keinen Schmerz. Er beugte sich noch tiefer und sah jetzt, dass dort gewaltig viel Blut war, das bis weit hinter den Stuhl reichte.

Pontus richtete sich wieder auf und drehte sich um. Auf dem Boden lag eine Leiche.

Karsten Jorsch hatte schon die ganze Zeit, seit Pontus hier saß, tot hinter ihm auf dem Boden gelegen. In seinem Kopf und Rumpf waren mehrere Einschüsse. Die Blutlache unter ihm hatte die Ausmaße eines Frühstückstisches. Jetzt verstand Pontus auch, warum es den Richtern so schwergefallen war, in seine Richtung zu schauen.

Pontus' Blick wanderte zurück zu seinem Peiniger. Ein feiner Lichtreflex auf Martens Manschettenknopf lenkte Pontus' Aufmerksamkeit auf die Hand des Mannes, die jetzt eine Pistole hielt. Der Anblick erstickte seinen letzten Funken Hoffnung. *Das war es dann.*

Pontus hatte in seinem Leben immer hart gespielt. Jetzt war er auf einen Mann getroffen, dessen Skrupellosigkeit seine eigene bei Weitem übertraf. Auf einen Mann, der zu allem bereit war, aber nicht um seinetwillen oder seiner Lieben wegen, so wie Pontus, sondern für irgendeine utopische Gesellschaftsordnung.

Pontus Ebeling hatte sich von einem Psychopathen überraschen lassen. Er dachte an die Menschen, die seine Arbeit fortführen würden. Menschen, die seine Befehle auch noch ausführen würden, wenn er schon tot war. Auch ohne seine Führung würden sie wissen, wie sie zu handeln hatten. Wussten sie es wirklich? War das noch von Bedeutung?

Der hochgewachsene Mann hob die Pistole und zielte auf Pontus.

»Memento mori«, sagte er. *Bedenke, dass du sterblich bist.*

Pontus Ebeling schloss die Augen. Er war der reichste Mann Finnlands, aber der Tod ereilte alle gleich.

TEIL III

DREI STUNDEN SPÄTER

70

Fiona Nurminens Arme schmerzten. Ihre Finger waren steif vor Kälte. Sie konnte nicht mehr. Eine Stunde Fahnenschwenken war einfach zu lang.

Ohne es gezielt zu wollen, kapitulierte sie. Ihre Arme hörten einfach auf, sich zu bewegen. Fiona sah hoch. Die rote Fahne an der vier Meter langen Plastikstange flatterte nicht mehr und sackte schlaff herab. Jetzt hing sie nur noch kläglich an der Stange.

Sie schaute sich um, aber der Flutlichtstrahler, der hergekarrt worden war, damit das Symbol des Widerstandes auch nachts angestrahlt wurde, blendete sie. Sie stand auf dem höchsten Punkt der Barrikade, von dem aus die rote Fahne auch im Dunkeln imposant und weithin sichtbar wehen sollte. Und dunkel war es in Helsinki um diese Jahreszeit immerhin 18 Stunden lang.

Fiona hatte sich freiwillig zum Fahnenschwenken gemeldet und sich auch nicht beschwert, als man sie für diese frühe Morgenstunde eingeteilt hatte. Als sie vor knapp einer Stunde ihren Dienst begann, war das einer der bewegendsten Momente in ihrem Leben. Mühelos hatte sie sich aus dem Schlafsack geschält, obwohl es erst 5.40 Uhr war, als der Wecker klingelte. Punkt sechs Uhr war sie von Stolz erfüllt auf die Barrikade geklettert und hatte jeden Schritt genossen. Die Barrikade war um einen Bus herum errichtet, der mitten auf der Kreuzung parkte und zu dessen beiden Seiten eine beachtliche Zahl an PKW, Möbeln, Werbetafeln und anderem Zeug angehäuft worden war. Oben angekommen, übernahm sie die Fahne von einem jungen Mann, der sie schief angelächelt und vor dem böigen Wind gewarnt hatte.

Die jetzt im Winter angestrahlte Fassade der Nationaloper schuf eine prächtige Kulisse. Der erhabene Eindruck wurde noch durch den Widerschein der ringsum entzündeten Feuer in den Fenstern der schicken Wohnhäuser auf der anderen Straßenseite verstärkt. An einer Ecke der Kreuzung lag vor der Mehrzwecksporthalle Töölö ein kleiner Park, in dem die Demonstranten ihr Zeltdorf errichtet hatten. Dort gab es immer genug zu essen und zu trinken, aber nach ihrer Schicht wollte Fiona nur schnell zurück in ihren Schlafsack kriechen. Sie war erschöpft und fror. Bevor sie gemeinsam in ein paar Stunden zur Roten Parade auf dem Senatsplatz aufbrachen, brauchte sie noch einen Moment Ruhe.

Nur noch ein paar Minuten. Komm schon, Fiona!

Fiona Nurminen umklammerte mit beiden Händen die Plastikstange, die in einer Delle des Busdaches Halt gefunden hatte, streckte die Arme und schwenkte die Fahne wieder hin und her. Leise flatternd glitt sie majestätisch durch die Luft. Das Geräusch gab ihr Kraft. Dabei überlegte sie, mit welchen Worten sie die Fahne an den, der nach ihr den Fahnenschwenkdienst antreten würde, übergeben sollte. Wenn er doch nur schon da wäre.

Da nahm sie eine Bewegung unterhalb des Flutlichtstrahlers wahr. Eine offenbar vor Enthusiasmus sprühende Gruppe junger Männer machte sich an dem Gerät zu schaffen. Der Lichtkegel schwankte, und dann wurde es schlagartig dunkel um Fiona. Die jungen Männer hatten das Flutlicht weggedreht, sodass Fiona nicht mehr geblendet wurde und ihre Umgebung besser erkennen konnte. Der Scheinwerfer glitt über die benachbarte Häuserwand und kam zum Stehen. Fiona jauchzte vor Verzückung.

Schon seit sie hier stand, hatte Fiona Geräusche gehört und den Lichtkegel von Taschenlampen über die Häuser huschen sehen. Druckbehälter hatten gezischt, und der Wind hatte den Geruch von Sprühfarbe herübergeweht.

Jetzt konnte sie im Schein des Flutlichts ein Wandgemälde sehen. Eine Frau in weißer Winterjacke, umgeben von bunt leuchtendem Herbstlaub, schmiegte sich an die Hauswand. Ihre Augen bohrten sich leidgeplagt in die des Betrachters.

Fiona erkannte das Bild sofort. Es war eine Kopie des Fotos von Lumi Nevasmaa, das in Vilma Varis' Beitrag gezeigt worden war. Ein paar Freiheiten hatten sich die Künstler allerdings genommen.

Die in gelben und roten Herbstfarben leuchtenden Blätter gingen am Bildrand in züngelnde Flammen über.

Wie konnte jemand etwas so etwas Wundervolles in nur einer Nacht zustande bringen?

Fiona ging auf, dass die rote Fahne, die sie schwenkte, damit ausgedient hatte als Symbol des linken Widerstandes. Fasziniert starrte sie auf das Bild und ließ die Fahnenstange los, die krachend auf das Dach des Busses stürzte.

Dutzende Leute waren aus dem benachbarten Zeltdorf herbeispaziert, um das angestrahlte Wandbild zu bewundern. Die Schatten der Menschen zeichneten sich auf dem Kunstwerk an der Wand ab.

Fiona zückte ihr Handy. Hier oben auf der Barrikade hatte sie den idealen Platz, um das Wandgemälde zu fotografieren. War sie schnell genug, wäre es vielleicht ihr Foto, das sich viral verbreitete. Das Internet war voll mit linksromantischem Zeug, da musste ein Foto schon herausragend sein, um ein großes Publikum zu finden. Hier hatte sie das passende Motiv direkt vor sich.

Mit steifen Fingern schoss sie ein paar Fotos, als sie plötzlich ein Geräusch ganz in der Nähe hörte. Sie hielt inne und schaute nach Norden. Ein Konvoi aus drei Autos kam die Mannerheimintie heruntergefahren. Am ersten erkannte Fiona silber-blaue Klebestreifen, ein normaler Streifenwagen. Dann folgte ein Polizeibus, und den Abschluss bildete ein schwarzer SUV ohne Kennzeichnung.

Der Konvoi hielt etwa zwanzig Meter vor der Barrikade. Die Gruppe am Wandbild erstarrte. Ein Einzelner rannte zurück zu den Zelten.

Fiona sah eins, zwei, drei … insgesamt acht schwer bewaffnete Polizisten aus den Autos steigen. Der Letzte trug die normale blaue Polizeiuniform, die anderen schwere Kampfausrüstung und darüber eine mit Polizeiemblem verzierte Schussweste.

Sie stellte ihre Handykamera auf Videomodus und drückte den roten Kreis auf dem Display. Obzwar sie nicht das Gefühl hatte, dass die nur etwa zwanzig Meter entfernten Polizisten sich darum scheren würden, ob man sie filmte oder nicht, ging sie auf dem Busdach in die Hocke.

Mit Sturmgewehren im Anschlag näherten sich die Polizisten der Straßensperre. »Wer ist hier der Anführer?«, schrie der Erste aggressiv und angriffslustig.

Mit einem Blick auf ihr Handy vergewisserte sie sich, dass der rote Punkt am unteren Rand blinkte. Straßenlaternen und die Lagerfeuer der Demonstranten verbreiteten ausreichend Licht, damit die Szenerie auf dem Video klar erkennbar war.

Aus dem Zeltdorf näherte sich ein Mann, der sich im Gehen die Winterjacke überzog. Seine unsicheren Schritte verrieten, dass man ihn gerade geweckt hatte. Fiona erkannte ihn erst, als er die Polizisten fast erreicht hatte. Es war ihr inoffizieller Anführer Jan.

Der erste Polizist wandte sich an Jan: »Diese Zusammenrottung ist illegal. Sie werden hiermit aufgefordert, den Platz unverzüglich zu räumen.« Jetzt schrie er nicht mehr, und Fiona konnte ihn nur mit Mühe verstehen.

Jan lachte und wies die Forderung mit einer Handbewegung zurück. Währenddessen ging er weiter auf die Polizisten zu und sagte noch etwas, das Fiona nicht hören konnte. Im gleichen Moment zog ein Polizist weiter hinten die Waffe aus dem Hüftholster und zielte auf Jan. Fiona zuckte zusammen, als der Schuss fiel. Jans Kopf explodierte, als die Kugel ihn traf, und Jan fiel zu Boden.

Fiona sah ungläubig auf ihr Handy. Das Display zeigte immer noch den richtigen Ausschnitt. Sie hatte die Hinrichtung gefilmt.

Ein paar Demonstranten, die Zeugen des Schusses geworden waren, schrien laut auf. Einer, der den Polizisten am nächsten stand, war klug genug, die Arme zu heben, die anderen rannten davon. Ein Demonstrant wollte sich wütend auf die Polizisten stürzen, aber zwei Kollegen weiter weg hoben ihre Sturmgewehre und stoppten den Lauf des Mannes mit einer Feuersalve.

Jetzt verbreitete sich Panik unter den Demonstranten, und sie rannten um ihr Leben. Einer stolperte und schlug mit dem Kopf auf einem Betonpoller am Fuß der Barrikade auf. Die Polizisten schossen wahllos in die Menge der fliehenden Menschen. Mindestens einer ging zu Boden, als ihn eine Kugel im Rücken traf.

Wie auf Befehl stellten alle gleichzeitig das Feuer ein und eilten im Laufschritt zurück zu ihren Autos. Wenige Sekunden später setzte sich der Konvoi wieder in Bewegung, wendete auf den Straßenbahngleisen und fuhr zurück nach Norden in die Richtung, aus der er gekommen war. Als die Rücklichter aus ihrem Blickfeld verschwunden waren, stoppte Fiona die Videoaufzeichnung.

Das war es. Das Video war nur 53 Sekunden lang und zeigte die kaltblütige Hinrichtung von insgesamt drei Menschen durch die Polizei.

Fiona blickte sich um. Ein Teil der geflüchteten Widerstandskämpfer kehrte zurück, als sie erkannten, dass die Polizei weggefahren war. Einige rannten zu den am Boden liegenden Demonstranten, um zu sehen, ob sie noch etwas für sie tun konnten.

Fiona öffnete unverzüglich ihren Twitter-Account, lud das Video hoch und fügte einen Text hinzu:

Überfall der Polizei auf unbewaffnete Demonstranten an der Barrikade Mannerheimtie 6.58 Uhr

Sie tippte auf *Twittern*.

Dann kopierte sie den Begleittext, öffnete ein anderes Programm und klickte im Nachrichtenfeld auf Einfügen.

Veröffentlichen.

71

Amanda Koski betrachtete ihren schlafenden Ex-Mann. Leo war immer noch ein schöner Mann, auch wenn seine Haut nicht mehr so glatt war wie die jenes Adonis, in den sie sich einst an der Uni Hals über Kopf verliebt hatte.

Leo schlief schon seit über drei Stunden auf Amandas Designersofa. Doch länger konnte sie ihn nicht schlafen lassen, sein Land brauchte ihn.

Amanda erinnerte sich an die Technik, mit der sie ihren Mann Dutzende, wenn nicht gar Hunderte Male geweckt hatte, und begann sein Gesicht leicht zu tätscheln. Als das nicht das gewünschte Ergebnis zeitigte, wurden ihre Schläge auf die Wangen des Ministerpräsidenten fester.

Leo riss die Augen auf. Kurz starrte er Amanda an, dann richtete sich sein Blick ins Leere.

»Wie spät ist es?«, fragte er tonlos und wie hypnotisiert.

»Gleich sieben Uhr morgens« antwortete Amanda und sah zur Wand, auf der sie die Nachrichten verfolgt hatte, während Leo schlief. Gerade war ein brennendes Auto zu sehen.

»Es sieht nicht gut aus«, sagte Amanda. »Die Demonstranten haben die ganze Nacht über Regierungsgebäude mit Molotowcocktails beworfen.«

Leo sah immer noch geistesabwesend aus. Als verfolgte er einen Gedanken, der ihm vor dem Einschlafen gekommen war. Dann wurde sein Blick scharf, und er richtete sich auf dem Sofa halb auf.

»Wir müssen schnell handeln. Ich weiß jetzt, was ich Emma Erola anbiete.«

Amanda lächelte ungläubig. »Du warst drei Stunden bewusstlos und hattest in der Zeit eine Idee, wie man den Putsch der Linken stoppen könnte?«

»Es ist eigentlich nichts Neues. Ich dachte eher daran, eine uralte Idee zu recyceln.«

Amanda verstand nichts, ließ aber Leo weiterreden.

»Ende des 19. Jahrhunderts herrschte in Finnland eine vergleichbare Situation. Die Macht und das für die Entwicklung der Gesellschaft notwendige Kapital konzentrierten sich auf eine bestimmte Gruppe, und das führte zu bedrohlichen Spannungen zwischen den gesellschaftlichen Klassen.«

»Du meinst den Adel«, warf Amanda ein.

»Ganz genau«, sagte Leo. »Der Adel unserer Zeit sind du und ich und so gut wie alle unsere Bekannten.«

Bei diesem Gedanken musste Amanda laut lachen.

Die Vorstellung, eine Adlige zu sein, kam ihr sehr weit hergeholt vor.

Doch dann dachte Amanda daran, mit welchen Startvoraussetzungen sie, Tochter einer vermögenden und gebildeten Familie, ins Leben gestartet war. Ganz zu schweigen von Leo, dessen Ziehvater Finnlands vermögendster und einflussreichster Mann war.

In Helsinkis Elite traf man immer wieder die gleichen Namen, unentwegt stiegen junge Leute in Führungspositionen auf, deren Nachnamen schon aus anderen bedeutenden Positionen bekannt waren. In den Ministerien, Ämtern und Banken wurde immer wieder die gleiche Frage gestellt: *Ist der oder die das Kind von …?* Und meistens lautete die Antwort *ja*.

»Die Ungleichheit der Gesellschaft wurde im 19. Jahrhundert durch drei radikale Einschnitte korrigiert«, fuhr Leo fort. »Erstens: Dem Adel wurden seine politischen Privilegien entzogen. Zweitens: Die Adeligen mussten nun ebenfalls Steuern zahlen. Drittens: Ihr Eigentum wurde teilweise neu verteilt. Die Maßnahmen hatten eine doppelte Wirkung. Zum einen wurde erreicht, dass die Adeligen nun mehr für ihren Wohlstand tun mussten, zum anderen erhielten die Armen Mittel, um Unternehmen zu gründen, sich zu bilden und zu konsumieren.«

»Und du willst jetzt das Gleiche tun? Die größte Einkommensumverteilung in der Geschichte des modernen Finnlands durchführen? Aber wieso sollte ein Gutsituierter einwilligen, sein Vermögen mit anderen zu teilen?«

»Vielleicht verzichten wir einfach darauf, sie um ihre Zustimmung zu bitten. Davon abgesehen ist selbst eine beträchtliche einmalige Steuer für die Reichen eine viel bessere Alternative als der Sozialismus, den die Linken im Kopf haben. Das ist der Preis, für den sich die Oberschicht den Frieden im Land zurückkaufen kann.«

Amanda entdeckte sofort eine Schwachstelle in Leos Plan.

»Wer Vermögen hat, würde seine Barvorräte und Wertpapiere umgehend ins Ausland verlagern, sobald er von der geplanten Einmalsteuer erfährt.«

»Das stimmt«, sagte Leo rätselhaft. »Es sei denn, du verhinderst es.«

Amanda lachte ungläubig.

»Das kannst du doch, oder?«, fragte Leo.

»Du bist verrückt.«

»Das hast du schon immer gesagt. Aber beantworte mir bitte meine Frage: Ist es möglich? Könntest du eine Kapitalflucht ins Ausland verhindern, wenn es darum geht, die Vermögensverhältnisse der Finnen mit einer einzigen Aktion auszugleichen?«

Amanda dachte über Leos Frage nach. Sie war Direktorin der Abteilung Zahlungsverkehr bei der Finnischen Zentralbank und *theoretisch* in der Lage, Finnlands Geldverkehr zeitweilig einzufrieren. Allerdings konnte sie als gesetzestreue Staatsdienerin unmöglich einer derartigen Aktion zustimmen. Die Kontrolle über den elektronischen Geldverkehr war in der heutigen Welt mindestens ebenso wichtig wie die über Verkehrsknotenpunkte und Datennetzwerke. Wurde der Geldverkehr unterbrochen, kam das einer Kriegshandlung gleich. In Europa war es bisher nur ein einziges Mal zum Einfrieren des Zahlungsverkehrs gekommen, und das war in Griechenland während der Eurokrise.

Lastendes Schweigen legte sich über den Raum.

»Vielleicht ist es möglich«, sagte Amanda endlich, wohl wissend, dass ihre Antwort Leos Eifer beflügeln würde.

»Und – würdest du es tun?«, fragte er.

»Ich möchte kurz sichergehen, dass ich dich richtig verstanden habe«, entgegnete sie scharf. »Ich soll das Vermögen aller Finnen einfrieren, damit du und Emma Erola es neu verteilen könnt? Darf ich dich darauf hinweisen, dass du da auch mein Vermögen den Armen schenken würdest?«

»Du hast mich richtig verstanden.«

Der Anflug eines Lächelns huschte über sein Gesicht. Der Anblick rührte sie tief. Einst war dieses Lächeln nur für sie bestimmt gewesen – bevor es zum Allgemeingut wurde, um das Volk zu bezirzen.

Während ihrer Ehe hatte Leo seinen Ehrgeiz immer zugunsten von Amanda gedrosselt. Er hatte stets gesagt, dass Amanda von ihnen beiden die Begabtere sei – diejenige, deren Weg die Karriereleiter hinauf ihr gemeinsames Leben bestimmen sollte. Doch jedes Mal, wenn sie Leos Lächeln gesehen hatte, war ihr bewusst geworden, wie viel Leo der Gesellschaft zu geben hätte. All die törichten Glanzleistungen ihrer Londoner Jahre waren im Grunde genommen nichts anderes als ein Hadern mit dem Umstand, dass der Stern der Helsinkier Studentenschaft in die Besprechungszimmer der Londoner City verbannt worden war. Diese Wärme, die er um sich verbreitete, war nicht für Kunden von Cavendish Corporate Finance in Nadelstreifenanzügen bestimmt. Und auch nicht für so eine hartgesottene Karrierefrau wie sie.

Amanda hatte einsehen müssen, dass sie Leo nicht länger im Weg stehen konnte, wenn er eine Chance haben sollte zu erreichen, was er in seinem tiefsten Inneren wollte. Auch dann, wenn Amanda bei ihren Auseinandersetzungen scheinbar gewonnen hatte, war es ihr oft so vorgekommen, als hätte sie eigentlich verloren. Also hatte sie gegen Leos Widerstand ihre Ehe unaufhaltsam auf die Bahn des Scheiterns geführt. Nach ihrer Scheidung hatte Amanda ihn nicht mehr angerufen und ihm keine einzige ermunternde Nachricht geschickt, aber insgeheim hatte sie Leos politische Kämpfe immer aus der Ferne verfolgt und mit ihm durchlitten.

Nach Leo hatte sie niemanden mehr gefunden, der ihm das

Wasser hätte reichen können. Im Moment war sie wieder solo. Seit drei Wochen gab es niemanden mehr, mit dem sie über Netflix-Serien oder ihre Ernährungsgewohnheiten streiten konnte. Der Mann, der eine Zeit lang an ihrer Seite gewesen war, hatte es wohl nie ganz ernst gemeint.

Angesichts der Lage, die Leo vor ihr ausgebreitet hatte, empfand Amanda ihr ganzes Leben als vollkommen unbedeutend. Die Absicht der Linksradikalen, die Macht an sich zu reißen, war nicht nur Gerede, und die Nachrichtenbilder dieser Nacht bezeugten dies mit erschreckender Klarheit. Der Gedanke an Zusammen-stöße zwischen wildgewordenen linken Horden und der Polizei mitten in Helsinki war grauenhaft.

Eine Unterbrechung des Finanzverkehrs würde Leo einen He-bel in die Hand geben, mit dem er die Linken dazu bringen konnte, zu verhandeln. Nur bräuchte er dafür Amandas Hilfe. Die Uhr tickte. Da es anscheinend keine Alternative zu dieser einen Idee gab, konnte Amanda sie nicht einfach zurückweisen. Stimmte sie allerdings zu, wäre auch ihr Leben in Gefahr.

Nach der durchwachten Nacht waren ihre Gedanken vernebelt, und ihre Glieder schmerzten. Sie wagte es nicht, Leo anzusehen, weil sie wusste, wozu das führen würde. Schaute sie ihm auch nur einen flüchtigen Moment in die Augen, würde sie diesem verrück-ten Plan zustimmen und sich ebenfalls in Lebensgefahr bringen.

Angst ergriff Besitz von ihr. Sie wandte den Blick ab, schaute in entgegengesetzter Richtung aus dem Fenster in die Dunkelheit hinaus.

72

Ein Holzkarren voller Kinderkleidung und kleiner Schuhchen. Ungeheuer schwer. Emma umklammerte die Griffe, ihre Knöchel traten weiß hervor. Die Menschen um sie herum lachten nur, obwohl sie dringend Hilfe gebraucht hätte. Sie war so wütend. Diese Kleidungsstücke mussten zu ihrem Bestimmungsort gebracht werden.

Inmitten der Menschenmassen entdeckte sie ihren Vater. Er sagte nichts, aber er sah stolz aus. Vater glaubte daran, dass sie Erfolg haben würde. Würde es ihm auch reichen, wenn sie es nur versuchte? Die Griffe rutschten ihr aus den verschwitzten Händen, und der Karren schlug krachend auf dem Boden auf.

Emmas Arm schlug gegen den Nachttisch. Der Schmerz riss sie aus ihrem Albtraum.

An den Umrissen in der Dunkelheit erkannte sie ihr Schlafzimmer. Die Erschütterung hatte die digitalen Zahlen an ihrem Wecker aktiviert: *7.02 Uhr.* Sie hatte wenigstens etwas geschlafen, eine Stunde, vielleicht auch zwei.

Erinnerungsbilder der vergangenen Nacht kamen ihr in den Sinn. *Was für ein Riesenfehler!*

Ihr Versuch, Leo Koski zur Vernunft zu bringen, war kläglich gescheitert. Als Martens Kämpfer im Uniklinikum Meilahti eintrafen, war sie geflohen. Marten hätte nie akzeptiert, dass sie aus einer plötzlichen Eingebung heraus eine Lösung herbeiführen wollte, die von ihrem gemeinsamen Plan abwich.

Zu Hause angekommen, hatte Emma sich im Bett gewälzt und war in einen unruhigen Schlaf gefallen.

Sie stand auf, ging ins Bad, zog sich aus und trat unter die Dusche. Das Prasseln der warmen Tropfen machte sie endgültig munter.

Ihr Albtraum fiel ihr ein. Es bedurfte keines Psychiaters, um zu analysieren, dass Emma sich immer noch vom Andenken an ihren Vater leiten ließ. Sein Einfluss hatte sich auf die Wahl ihres Studienfachs und ihren gesamten bisherigen Lebensweg ausgewirkt. *Jetzt bräuchte ich seinen Rat mehr als je zuvor.*

Weil er von Thomas Pikettys Genialität so überzeugt gewesen war, hatte sie Volkswirtschaftslehre studiert und sich mit den Grundlagen der Vermögensverteilung in der Gesellschaft auseinandergesetzt.

In den Semesterferien nach ihrem zweiten Studienjahr war sie mit dem Zug durch Europa gereist. Sie war kreuz und quer über den Kontinent gezuckelt und hatte Stück für Stück herausgefunden, welche Richtung sie ihrem Leben geben wollte. Eine wichtige Rolle spielten dabei die endlosen Zugfahrten, auf denen sie ein wirtschaftswissenschaftliches Werk nach dem anderen verschlang: Stiglitz, Saez und Zucman sowie die Klassiker Keynes, Marx und sogar Friedman. Und natürlich Piketty.

Alle Städte, in die ihre Reise sie führte, erkundete sie bis zum Umfallen zu Fuß. Doch statt durch schmucke historische Altstädte zu schlendern, wählte sie immer eine Route, die sie aus dem Stadtkern und den Wohnvierteln der Gutsituierten hinausbrachte und an die Stadtränder in die Siedlungen der sozial Benachteiligten führte. So eine Route gab es in jeder Stadt, meist ähnelten sie sich erschreckend. Die Bücher auf ihrem E-Book-Reader erklärten ihr die Zweiteilung der Gesellschaft, der sie unterwegs begegnete.

Ab und zu vereinbarte sie ein Treffen mit jungen Leuten aus lokalen linken Organisationen. Über die sozialen Medien waren sie leicht ausfindig zu machen und ausnahmslos bereit, sich mit Emma zu treffen. Die Ziele der jungen Linken waren unterschiedlich, doch eine Sache war allen gemein, ganz gleich in welchem Land sie lebten: Sie sprachen von der Elite ihres Landes wie von einem fernen, unbekannten Stamm, der das Ungleichheitsproblem nicht verstand.

In Porto, dem entferntesten Punkt ihrer Europatour, hatte sie das Gefühl, auf ihrer Reise mehr über Wirtschaft gelernt zu haben als während ihres ganzen bisherigen Studiums. Ohne es geplant zu haben, betrat sie im Stadtteil Bonfim ein Tattoostudio und ließ die Buchstaben von Pikettys berühmtem Forschungsergebnis auf ihrer Haut verewigen. Als sie wieder hinaus auf die Straße trat, fühlte sie neben dem Brennen auf ihrer Haut auch das starke Verlangen, nach Finnland zurückzukehren. Für ihre Reise vom nordöstlichen an den südwestlichen Rand Europas hatte sie fünf Wochen gebraucht, die Rückreise quer über den Kontinent nahm nur drei Tage in Anspruch.

Wieder daheim, ging sie in die Politik. Der Rest war Geschichte. In wenigen Stunden würde alles seinen Höhepunkt erreichen.

Sie drehte den Wasserhahn zu und trocknete sich ab. Als sie sich in das Handtuch wickelte, streifte ihr Blick das kleine Tattoo an ihrem linken Schlüsselbein:

$r > g$

Emma wusste, dass ihr Vater stolz auf sie wäre. Zumindest darauf, dass sie ihr Leben der Unterstützung sozial Schwacher verschrieben hatte. Doch was würde er zu jenem Weg sagen, den sie letzten Herbst eingeschlagen hatte?

Es war schwer, sich zu vorstellen, dass erst drei Monate vergangen waren, seit Emma Marten zum ersten Mal im Wald von Kuusijärvi getroffen hatte. Alles, was danach geschehen war, kam ihr wie ein Traum vor.

Was, wenn ich einen riesigen Fehler gemacht habe?

Nur in das Handtuch geschlungen, ging sie in den Flur. Ihre Jacke lag auf dem Boden, dort, wo sie sie in der Nacht hatte fallen lassen. Sie nahm ihr Handy aus der Tasche. Marten hatte ihr eine Nachricht geschickt.

Alles auf Kurs. Koski immer noch verschwunden, ist aber ohne Bedeutung. Abholung 7.45 Uhr.

Emma verzog das Gesicht. Marten spielte Leo Koskis Verschwinden zwar herab, aber Emma war klar, dass die gescheiterte Fest-

413

nahme ihrem Plan einen Riss zufügte. Marten selbst hatte immer wieder betont, wie wichtig es sei, Fehler zu vermeiden.

Insgeheim war Emma froh über Leos Flucht. Der Gedanke, ihn vor ein Gericht zu stellen, fühlte sich falsch an. Es gab noch einige Dinge mehr, die ihr inzwischen zweifelhaft vorkamen. Ihr Partner hatte ihr versichert, Gewaltanwendungen vermeiden zu wollen, doch ihr Besuch in der unterirdischen Einsatzzentrale hatte ihre Zweifel verstärkt. Fast so, als wäre der Plan, über den Marten mit ihr sprach, nicht der, an dem er tatsächlich arbeitete.

Emma überlegte, ob sie noch zurückkonnte. In dieser Phase war das heikel, wenn nicht gar unmöglich.

Auf dem Weg zurück ins Schlafzimmer öffnete Emma Instagram. Sofort stach ihr ein Video ins Auge, das erst kürzlich hochgeladen worden war, aber schon Tausende Reaktionen bekommen hatte. Der Begleittext ließ Emma innerlich zusammenzucken. Gleich auf den ersten Bildern des Videos erkannte sie die Umgebung der Barrikade an der Mannerheimintie. Sie hatte sie Anfang der Woche besucht, um den ausharrenden Demonstranten ihre Solidarität zu bekunden.

Als sie die drohende Stimme des Polizisten auf dem Video hörte, presste sie unwillkürlich ihre Finger fester um das Handy. Als einer der Polizisten die Pistole zog, hielt Emma den Atem an. Dann fiel der tödliche Schuss.

Emma saß wie versteinert auf ihrem Bett und rührte sich mindestens eine Minute nicht.

Diese Barbaren.

Schon Lumi Nevasmaas Schicksal hatte Emma gezeigt, dass die Konservativen weder den Rechtsstaat noch die Rechte der Unterschichten anerkannten. Die Hinrichtung an der Barrikade bewies, dass die Regierungskoalition die letzte Grenze überschritten hatte. Jetzt hatten sie nicht einmal mehr Achtung vor einem Menschenleben.

Welche Zweifel sie gegenüber Marten auch gehegt hatte, sie hatten keine Bedeutung mehr. Diesem Unrecht musste ein Ende gesetzt werden!

Sie stand auf und warf das Handtuch über die Stuhllehne. Dann betrachtete sie sich im Spiegel des Einbaukleiderschranks, und sie war nicht zufrieden mit dem, was sie sah. Sie wirkte zu jung. In ihrem nackten Spiegelbild sah sie sich nur als junge Frau, was sie natürlich auch war, aber der Anblick führte ihr zu deutlich ihre eigene Unzulänglichkeit vor Augen. Jeden Tag aufs Neue musste sie sich davon überzeugen, dass sie nicht nur eine Nachwuchspolitikerin von vielen war. Die Menschen erwarteten mehr von ihr. Sie *musste* einfach mehr sein.

Emma öffnete die Schranktür und nahm einen Bügel mit einem roten Kleid heraus. Es erinnerte in Stil und Schnitt an das, was sie gestern getragen hatte.

An der Kleiderstange hingen etwa ein Dutzend unterschiedliche Kleider, aber die Farbe war immer die gleiche: Rot. Kauri und sie hatten die Farbe Rot zu Emmas Markenzeichen aufgebaut.

Seit der Spätsteinzeit hatten Menschen aus Tonerde und Eisenoxid rote Farbe hergestellt und sich damit angemalt. Die alten Ägypter priesen mit roter Farbe das Leben und den Sieg. Im antiken Rom hatten sich Soldaten und Gladiatoren mit Rot geschmückt.

Mit der Farbe Rot verbanden die Menschen Leidenschaft, Stärke, Wut und Liebe. Es war die Farbe des Überlebens und des Erfolgs. Statistiker hatten herausgefunden, dass eine Mannschaft in Rot häufiger gewann. Rot rief Assoziationen von Kampf, Krieg und Revolution hervor, und im 19. Jahrhundert war es zur Farbe des Sozialismus geworden.

Und obendrein stand Rot ihr verdammt gut.

Emma schob ihre Arme in das Kleid und streifte es über. Dann lief sie zur Kommode hinüber und wählte ein Paar einfache rote Ohrringe aus. Zum Schluss schloss sie die Tür des Kleiderschranks und betrachtete sich im Spiegel. Der Anblick verscheuchte die Verunsicherung, die sie eben befallen hatte. Jetzt musste Emma mehr denn je an sich glauben – nicht an jene Emma, die sich am liebsten mit einer Kuscheldecke und einem Roman auf dem Sofa verkriechen würde, sondern an die Emma, die vor die Menschen trat und zu ihnen sprach wie einst Martin Luther King oder Nelson Mandela.

Marten hat gesagt, ich sei diejenige, die die Menschen aus der Dunkelheit herausführen könnte. Ich sei die Fackel, die alle anderen Fackeln entzündete.

73

»**Er wird dich** gleich empfangen.«

Die Frau sah Vilma Varis auf eine Weise an, die wohl beruhigend sein sollte. Aber es funktionierte nicht. Der freundlich gemeinte Blick wirkte durch die Schlitze der Sturmhaube nur stier und starr.

Die Frau mit der Sturmhaube begriff das aber nicht und glotzte sie weiter an.

Vilma wurde seit über drei Stunden unter Bewachung in einer Großküche im Kellergeschoss festgehalten. Sie sah sich um und war sich nicht sicher, ob sie Gast oder Gefangene war. Was hatte sie nur dazu veranlasst, mitten in der Nacht mit dieser Frau im Kämpfer-Outfit mitzugehen?

Natürlich ihr Ehrgeiz. Sie hatte Vilma einen Hinweis versprochen, den »sie sich nicht entgehen lassen sollte«. Ohne mit der Wimper zu zucken, hatte Vilma zugestimmt und sich von ihr mit einer Kapuze verhüllt zu einem geheimen Treffpunkt bringen lassen. Wo genau sie sich befand, wusste sie nicht. Das Auto war Richtung Zentrum gefahren, danach hatte man sie in das Kellergeschoss eines Gebäudes gebracht. Als sie ihr die Kapuze abnahm, hatte Vilma sich in einer professionellen Großküche wiedergefunden: von der Decke hängende Kochtöpfe; riesige Herdplatten; Waschbecken von der Größe einer Babybadewanne.

Die Frau brachte ihr widerwillig ein Mindestmaß an Gastfreundschaft entgegen, öffnete einen der Kühlschränke und forderte Vilma auf, sich zu nehmen, was sie wollte. Als Vilma fragte, ob sie zur Toilette gehen könne, gestattete sie es mit einem Nicken, beobachtete Vilma jedoch aufmerksam, als sie in den benachbarten Flur mit den Toiletten ging.

Kontakt zur Außenwelt hatte Vilma keinen, denn die Frau

hatte ihr Handy »zur vorübergehenden Aufbewahrung« eingezogen. Auf ihre Fragen erhielt sie keine Antwort, und sie hatte noch immer keine Ahnung, was es mit diesem ominösen Hinweis auf sich hatte. Flucht war offensichtlich auch keine Option.

Er wird dich gleich empfangen.

Langsam wurde Vilma ungeduldig. Das Gleiche hatte sie ihr schon vor einer Stunde gesagt. Oder hatte sie eben das »gleich« mehr betont?

Bisher war Vilma noch nicht einmal gesagt worden, wer dieser *Er* war, den sie gleich treffen würde.

Angst ließ Vilma nicht zu. Bei der Arbeit vor der Kamera hatte sie gelernt, selbstsicher aufzutreten, denn irgendwann wurde aus vorgespieltem Mut echter Mut. So würde es auch diesmal laufen.

Die Frau unter der Sturmhaube hatte aufgehört, sie anzustarren, und sah sich jetzt ein Video auf dem Handy an. Als es zu Ende war, sprang sie auf und stellte sich neben Vilma. Sie hielt ihr das Handy vors Gesicht und startete das Video erneut. Es war das Video von der Barrikade in der Mannerheimintie, in dem Polizisten die Demonstranten bedrohten. Als einer der Polizisten seine Waffe abfeuerte und ein Demonstrant zu Boden ging, stockte Vilma der Atem.

Die Frau beobachtete Vilmas Reaktion genau. »Verdammte Faschisten«, sagte sie. Dann kehrte sie zurück zu ihrem Stuhl.

Ihre Reaktion bestätigte Vilmas Vermutung, die Frau und *Er*, den Vilma bald treffen würde, gehörten dem linken Lager an. Vilma überlegte, ob in Finnland eine militante linksextreme Gruppierung herangewachsen war. So eine wie die, die im ersten Jahrzehnt des dritten Jahrtausends in Griechenland, Italien oder Spanien Anschläge mit Dutzenden Todesopfern verübt hatten.

Das Handy der Frau vibrierte, eine Nachricht war eingegangen.

»Zeit zu gehen«, sagte die Frau und deutete zur Tür. Vilma folgte ihr zu einem Aufzug, mit dem sie zwei Etagen nach oben fuhren. Als sie aus dem Aufzug stiegen, sah Vilma, dass die modern eingerichtete Großküche getäuscht hatte. Das Gebäude selbst war alt und erinnerte trotz der nächtlichen Dunkelheit an ein Schloss.

Als sie um die Ecke bogen, konnte Vilma vor sich einen hohen Raum erkennen. Zu beiden Seiten ragten prunkvolle Geländer ins Dunkel, und links vor ihr sah sie einen gewaltigen, mit goldenen Ähren verzierten roten Samtvorhang.

Das Ständehaus.

Vilma erkannte das prächtige Treppenhaus des Ständehauses, obwohl sie es zuvor nur in voller Beleuchtung gesehen hatte. Sie hatte hier zahlreichen Koalitionsverhandlungen, Ministertreffen und Wahlabenden beigewohnt. Das prächtige Atrium wurde von sechzehn Säulen gestützt. Sie befanden sich im zweiten Stock. Nur ein niedriges Geländer schützte sie vor einem Sturz in die Tiefe. Und über alldem wachte der finnische Löwe, das Wappentier Finnlands, der ein mehr als 20 Meter breites, schmuckvoll dekoriertes Oberlicht zierte.

Die Stimmung war gespenstisch. Die Wände des Gebäudes waren in einer Farbe gehalten, die an reife Gerste erinnerte und das Licht reflektieren sollte, aber jetzt, am frühen Morgen, waren alle Lampen ausgeschaltet. Nur durch das Oberlicht drang schwach das Licht der Straßenlaternen herein. Ein unwirkliches Gefühl befiel Vilma, als wäre sie in der Zeit zurückgereist.

»Warte hier«, sagte die Frau zu ihr und verschwand.

Hinter Vilma lag der Saal der Bauernschaft. Hier versammelten sich einst alle, die einen eigenen Hof besaßen, um ihren Standpunkt zu den Angelegenheiten des Landes zu erörtern. Heute befand sich hier der größte Versammlungssaal des Ständehauses, in dem die Bediensteten des finnischen Staates in allen Raffinessen der Bürokratie den letzten Schliff erhielten.

In der Stille hörte sie eine Türklinke. Vilma sah, wie sich auf der gegenüberliegenden Seite die Tür zum Saal des Bürgertums öffnete. Dort hatte seinerzeit auch der Kriegsverbrecherprozess stattgefunden, bei dem der frühere Präsident Risto Ryti zu einer Haftstrafe verurteilt worden war.

»Willkommen in unserem bescheidenen Quartier, Vilma!«

Die Stimme hallte durch die Dunkelheit. Die Stimme eines Mannes. Eine kräftige Stimme.

Jetzt zeichnete sich hinter dem Geländer auch seine hochgewachsene Gestalt ab.

»Ich entschuldige mich für die dramatische Art und Weise, in der wir dich hierherbefördert haben. Hoffentlich haben wir dich nicht erschreckt«, sagte er.

Vilma schwieg.

»Natürlich nicht. Unsicherheit ist keiner deiner Wesenszüge«, fuhr er lachend fort.

Hatte sie die Stimme schon einmal gehört?

Der Mann kam über den rechten Gang langsam auf sie zu. Durch das Oberlicht fiel ein schwacher Lichtschein, der ihn hin und wieder traf. Seine Absätze schlugen bei jedem Schritt, den er näher kam, hart auf den Boden. Sein Gesicht blieb immer noch im Dunkeln.

»Wir haben dich hierhergebeten, weil du etwas Großartiges geleistet hast. Die Augen des ganzen Volkes sind nach deiner gestrigen Sendung auf dich gerichtet. Nach allem, was ich weiß, bist du eine Frau mit starken Nerven. Für jemanden wie dich haben wir Verwendung, wenn wir heute die Macht in Finnland übernehmen«, sagte er.

Wenn ihr die Macht in Finnland übernehmt?

Vilma begriff nicht, was er mit diesen Worten meinte. Am seltsamsten war die Sorglosigkeit, mit der er sie aussprach.

Das protzige Ambiente allerdings deutete darauf hin, dass sie sie auch nicht einfach abtun konnte.

Ihr Atem ging schneller, als die große Gestalt näher kam. Erst als er fast auf Armlänge herangekommen war, blieb er stehen. Ein fahler Lichtstreif fiel durch das Oberlicht auf sein Gesicht.

Sie stieß einen scharfen Laut aus.

Vor ihr stand ein Mann, der unter keinen Umständen mitten in der Nacht vor ihr stehen und wirres Zeug reden sollte.

»Sie?«

»Ich«, antwortete er lakonisch.

»Warum bin ich hier?«, fragte sie.

»Nur Geduld, mein Täubchen«, sagte er lachend. »Zu deiner Rolle kommen wir gleich. Aber zuerst möchte ich dir etwas zeigen.«

Er führte sie den Gang entlang, seine gewaltige Hand lag auf ihrer Schulter. Da fiel ihr der Spitzname ein, unter dem er bekannt war: *Marten*.

»Wie gefällt dir das Flair des Ständehauses?«, fragte er.

»Ich arbeite beim Fernsehen. Alles Prunkvolle sieht auf dem Bildschirm gut aus.«

»Ich mag deine Art zu denken. Die Tageszeitung des Großfürstentums ›Päivälehti‹ schrieb einst nach der Fertigstellung des Gebäudes, es sei ›für seriöse Repräsentanten des finnischen Volkes viel zu glamourös und großspurig‹. Dem Haus fehle, so hieß es weiter, ›jene einfache und schmucklose Schönheit, nach der das finnische Auge und das finnische Gemüt sich sehnten‹.«

Er lachte aus vollem Hals. Sie hatten die zentrale Treppe erreicht und gingen die Stufen hinab.

»Wusstest du, dass man dieses Gebäude mieten kann?«, fuhr er fort. »Würdest du einen Blick in die Reservierungsliste der Gebäudeverwaltung werfen, fändest du für dieses Wochenende als Mieter die *Gesellschaft für finnische Geschichtsforschung*. In der Tat war die Geschichte ein Grund, warum ich das Ständehaus als Hauptquartier für unsere Operation ausgewählt habe. Ende des 19. Jahrhunderts versammelten sich hier die nichtadligen Stände. Der Adel selbst trat nur etwa einen Steinwurf entfernt im Ritterhaus zusammen. Hier im Ständehaus begann 1918 der Finnische Bürgerkrieg mit einem Putsch, als bewaffnete Rote das Ständehaus besetzten. Die bürgerlichen Politiker wurden damals buchstäblich zur Hintertür hinausgejagt.«

Vilma entging nicht der höhnische Unterton in seiner Stimme, als er von den Bürgerlichen sprach.

»Sicher hat sich in gut hundert Jahren auch vieles verändert«, setzte er seinen Monolog fort. »Heute ist nicht mehr der Hauptbahnhof das wichtigste Ziel der Übernahme, sondern der Flughafen Helsinki-Vantaa. Statt dem Post- und Telegrafenamt und der Telefonvermittlung besetzen wir heute den öffentlich-rechtlichen Rundfunk und das Pressehaus Sanomatalo. Und wir müssen keine Plakate mehr an Lichtmasten in der ganzen Stadt kleben, um den Machtwechsel bekanntzugeben. Das übernehmen heute die Handys in der Hand jedes Finnen. So viel zur Geschichte. Der wichtigste Grund für die Wahl des Ständehauses war aber seine zentrale Lage. Regierungspalais und Senatsplatz liegen direkt nebenan, ebenso einige andere Schlüsselbauten.«

Ungläubig starrte Vilma Varis den vor ihr laufenden Mann an, der in ihrer Gegenwart Umsturzpläne ausbreitete, ohne auch nur im Geringsten besorgt zu sein. Die ganze Situation wirkte auf sie seltsam surreal.

»Und was machen Sie bei einem Putsch der Linken?«, fragte sie perplex. »Sie können doch nicht …«

Er unterbrach sie mit einer Handbewegung.

»Die Regierung ist zu weit gegangen«, sagte er ernst. »Das hast du diese Nacht mit eigenen Augen sehen können. Lumi Nevasmaas Schicksal. Die Schießerei in der Mannerheimintie. Es ist unmöglich, dass die konservative Koalition nach alldem einfach an der Macht bleiben und weitermachen kann. Wir sind bereit für eine Veränderung. Das Volk ist bereit.«

»Ich verstehe gut, dass das Volk wütend auf die Regierung ist«, sagte Vilma. »Aber glauben Sie wirklich, dass es einen Putsch unterstützen wird?«

»Für eine so fähige Journalistin wie dich ist das eine ziemlich dumme Frage.«

Vilma zuckte zusammen. Sein Unterton hatte sich plötzlich verändert. Hatte er sich anfangs gegeben, als würde er nur eine Touristin durch das Ständehaus führen, so war davon nichts mehr zu spüren. Stattdessen war nun ein ganz anderer Mensch zum Vorschein gekommen. Ihr gespielter Mut bröckelte. Vilma hatte Angst. Sie hätte zu gern gewusst, warum man sie mitten in der Nacht hierhergeschleift hatte, traute sich aber nicht, ihn zu drängen. Er wollte ganz offensichtlich das Gespräch bestimmen.

Streng sah er sie an und fuhr fort.

»Du hast das Durcheinander in Finnland und der Welt doch gesehen. All die Demonstrationen, all die Verzweiflung. Die Menschen werden unseren Weg akzeptieren, weil sie in der Krise nach einer entschlossenen Lösung dürsten. Aber wir hatten auch Glück. Lumi Nevasmaas Schicksal stellt sicher, dass die Finnen heute Morgen voller Wut aufwachen und nach Wiedergutmachung lechzen. Nach dem Attentat auf Leo Koski ist die Regierung ohne Führung. Wir haben nicht einmal einen ernst zu nehmenden Gegner. Trotzdem kommt es darauf an, die Ereignisse dem Volk auf die richtige Art und Weise zu vermitteln.«

Er beugte sich leicht zu Vilma herunter. »Und da kommen wir zu deinem ehrenhaften Part.«

»Ich soll euer Sprachrohr sein.«

»Nein!«, rief er lachend aus. »Dieses Wort würde ich nicht benutzen. Du machst nur deine Arbeit. Ausländische Medien bewerben schon jetzt ihre Interviews mit *dir*. Ich biete dir die Möglichkeit, live dabei zu sein, wenn heute Morgen hier an diesem Ort, an dem wir jetzt stehen, die Revolution ausgerufen wird. Danach kannst du Finnland und der Welt davon berichten. Natürlich gehe ich davon aus, das deine Berichte wahrheitsgetreu sein werden: Das Maß war voll, und die Revolution genießt die breite Unterstützung des finnischen Volkes.«

Vilma kalkulierte blitzschnell. Es war unübersehbar, dass er sie benutzen wollte.

Na und? Vilma Varis würde das ihr auf einem Silbertablett servierte Angebot sicher nicht ausschlagen.

Gestern war sie mit ihrer Enthüllungsgeschichte, die sich gerade rund um den Globus verbreitete, ins Rampenlicht gerückt. An diesem Tag hatte sie eigentlich ihren Erfolg auskosten und der internationalen Presse Interviews geben wollen, doch Marten bot ihr etwas weitaus Besseres. Sie hätte die Chance zur Exklusivberichterstattung über Ereignisse, die in die Geschichte eingehen würden, und damit einen klaren Vorteil gegenüber ihren Kollegen.

Vilma hatte schon immer hoch hinaus gewollt. Erfolg beruhte zu einem Teil darauf, auf der Seite der Sieger zu stehen. Einen davon sah sie gerade vor sich.

* * *

Metso robbte vor dem Einfamilienhaus in Ymmersta durch Schlamm und Dunkelheit auf den Subaru zu. Der Schnee der vergangenen Nacht war geschmolzen und hatte den Boden in hässlichem Matsch verwandelt, den Metsos Anorak aufsaugte wie ein Schwamm.

Er stützte sich beim Vorwärtskriechen auf die rechte Hand. In der Linken hielt er ein Gerät, an dem er einen halben Meter Gewebeband befestigt hatte, und bemühte sich, die Klebeseite vor Dreck und Feuchtigkeit zu schützen.

Die erleuchteten Wohnzimmerfenster des Hauses zeigten direkt in seine Richtung. Nichts rührte sich. Jetzt hatte er den Subaru erreicht, drehte sich auf den Rücken und zog sich unter die Stoßstange.

Das Gerät in seiner Hand hatte Metso heute Nacht von zu Hause mitgenommen. Er drückte auf den Knopf an der Seite und stellte zufrieden fest, dass es funktionierte. Mit dem Finger betastete er die Innenseite der hinteren Stoßstange, wischte sie mit dem Ärmel trocken und befestigte das Gerät sorgfältig.

An diesem Wochenende änderte sich die Lage immer wieder rapide. Metso hatte die Hoffnung schon aufgegeben, den Ministerpräsidenten wiederzufinden, aber Peregrino hatte ihm sogar Straße und Hausnummer von Koskis Aufenthaltsort nennen können.

Metso zog sein Telefon hervor und überprüfte die Verbindung zu dem gerade befestigten Gegenstand. Ein rotes Lämpchen leuchtete auf dem Display auf.

Er steckte das Telefon wieder ein und drehte sich um. Er wollte gerade unter dem Auto hervorkriechen, als ihm in dem Licht, das auf den Hof fiel, eine Bewegung auffiel. Er streckte den

Kopf hervor, schielte zum Fenster und zog ihn blitzschnell wieder zurück.

Am Wohnzimmerfenster stand eine Frau und sah direkt hinaus in den Garten.

74

Leo presste die Lippen zusammen und betrachtete seine Ex-Frau, die nachdenklich aus dem Wohnzimmerfenster schaute. *Warte ab*, ermahnte er sich. Die Jahre ihres Zusammenlebens hatten ihn gelehrt, dass es nichts brachte, sie mit Argumenten zu bedrängen. Man musste sich gedulden, bis sie ihren eigenen Entschluss gefasst hatte.

Amanda stand am Fenster und sah aus, als ob sie bereit wäre, eine Entscheidung zu treffen. *Nein doch nicht* ... Jetzt drehte sie sich um und lief wieder mit gesenktem Kopf umher. Sie fuhr sich durch ihre kurzen Haare und biss sich auf die Lippen. Leo meinte fast zu hören, wie es in ihrem Gehirn arbeitete.

Amanda hätte im Prinzip die Möglichkeit, den gesamten Geldverkehr zu stoppen, und das war die Voraussetzung, damit Leos Plan gelingen konnte. Das Problem war, dass Amanda etwas Derartiges nur von ihrem Arbeitsplatz aus tun konnte. Und der befand sich mitten im Brennpunkt der im Putschplan markierten Gebäude. Leo war dennoch zuversichtlich, denn das Gebäude selbst war auf dem Plan, den Higgins ihm hatte zukommen lassen, nicht markiert. Kaum einer wusste um die Bedeutung dieses Gebäudes für die Stabilität der heutigen Gesellschaft.

Leo musste feststellen, dass Abwarten nicht zum gewünschten Resultat führte. Ihr Gesicht verfinsterte sich mehr und mehr.

Er musste seine Taktik ändern.

Mühsam erhob er sich vom Sofa. Herrgott, wie das schmerzte. Mit einer Hand an dem rollbaren Infusionsständer ging er Schritt für Schritt auf Amanda zu. Mühsam sank er vor seiner geschiedenen Frau auf die Knie.

Amanda zuckte zusammen: »Was in aller Welt tust du da?«

»Das ist die einzige Haltung, in der ich je von dir eine positive

Antwort bekommen habe«, erwiderte Leo. »Nur du kannst mir helfen, Amanda. Ohne dich wird es mir nicht gelingen.«

»Nun steh schon auf, mein Gott!«, schimpfte sie.

Leo gehorchte, schaute sie aber immer noch flehend an. Er wusste, dass Amanda auch unter großem Druck Enormes leisten konnte.

Amanda wandte den Blick ab und sah an Leo vorbei in die Ferne.

Plötzlich riss sie die Augen auf. Sie sah aus, als hätte jemand ihr den Saft aus den Gliedern gesogen. Dann begriff Leo, dass sie wie gebannt auf das Bild starrte, das der Beamer an die Wand hinter ihm projizierte. Dort lief immer noch die Live-Nachrichtensendung ohne Ton.

Er drehte sich um und sah, wie drei Polizeiwagen im Eiltempo von der Straßensperre an der Mannerheimintie wegfuhren. Mitten auf der Straße lag eine Leiche und etwas weiter weg auf dem Fußweg eine zweite. Amanda ging einen Schritt zur Seite und griff nach der Fernbedienung. Sie drückte eine Taste, und die Nachrichten bekamen wieder einen Ton:

»Wir haben gerade ein Video gesehen, das sich zur Stunde in den sozialen Medien verbreitet und in dem Polizisten gewaltsam versuchen, eine Straßensperre an der Mannerheimtie aufzulösen. Uns liegen keine Informationen darüber vor, welche Ereignisse dem Eintreffen der Polizei vorausgingen. In dem Video selbst sind keine Hinweise darauf zu sehen, dass die Polizeibeamten zuvor einer Bedrohung ausgesetzt waren …«

Kinga war wieder bei ihnen aufgetaucht und drückte Leo sein Handy in die Hand.

»Hier ist das ganze Video drauf. Es verbreitet sich irre schnell.«

Leo sah sich das ganze, 53 Sekunden dauernde Video an, ohne auch nur ein einziges Mal mit der Wimper zu zucken. Amanda und Kinga schauten ihm über die Schulter und verfolgten das Video schweigend – ausgenommen die Stelle, an der die Polizisten auf die fliehenden Demonstranten schossen – hier mussten Amanda und Kinga gleichzeitig nach Luft schnappen.

»Die haben das tatsächlich getan«, sagte Leo. »Die Gilde setzt mich seit Monaten unter Druck, die Demonstrationen der Linken mit Gewalt im Keim zu ersticken. Das ist genau der Albtraum, den ich den ganzen Herbst über abzuwenden versucht habe.«

Amanda war kreidebleich geworden. »Hier wurde keine Demonstration erstickt. Das war eine Hinrichtung.«

Leo ließ sich aufs Sofa fallen und lehnte sich desillusioniert an die Kissen. Er hatte immer geglaubt, die Gilde würde nicht handeln bevor Leo offiziell des Amtes enthoben war. Aber jetzt war klar, dass die Gilde die Zügel in die Hand genommen hatte, ohne dem Willen des Ministerpräsidenten noch irgendeinen Wert beizumessen. Und Leo konnte nichts dagegen unternehmen. Er konnte sich mit Mühe und Not gerade noch auf den Beinen halten.

»Meine eigene Partei befiehlt der Polizei, auf Demonstranten zu schießen und mich zu töten. Und gleichzeitig bereitet die Linke einen Putsch vor«, stellte Leo fest.

Leo überlegte, was das Abschlachten an der Barrikade bedeutete. Der Zorn der Menschen hatte sich die ganze Nacht über seit dem Bekanntwerden von Lumi Nevasmaas Schicksal erst vereinzelt und dann immer heftiger Bahn gebrochen. Spätestens am Morgen hätten alle das Video gesehen, noch bevor sie auf dem Senatsplatz eintrafen. Wenn dort dann Demonstranten und Polizeikräfte aufeinanderprallten ... Leo wollte sich nicht ausmalen, was dann passieren würde.

»Wir müssen unverzüglich aufbrechen«, sagte Amanda.

Leo sah sie erstaunt an. »Habe ich richtig gehört?«

»Wir haben keine Wahl, wir müssen etwas unternehmen.«

Leo nickte dankbar. »Ich wünschte, du müsstest das nicht tun.«

Sie schauten sich einen Moment lang in die Augen. Dann zeigte Leo auf seinen Krankenhauskittel. »Hättest Du vielleicht etwas zum Anziehen für mich?«

Amanda verschwand kopfschüttelnd nach oben. Als sie zurückkam, warf sie Leo ein Bündel Kleider in den Schoß.

Leo fischte ein Hemd und eine Jeans heraus, die augenscheinlich die Größe des Steuerexperten vom Zentralen Arbeitgeberverband hatten.

»Kannst sie behalten«, schnaubte sie und schmiss aus dem Flur noch ein Paar Straßenschuhe hinterher.

»Bist du sicher, dass dein Freund nicht sauer wird?«, rief Leo zurück. Sie antwortete nicht.

Leo zog sich um, was ihm ziemlich schwerfiel. Kinga eilte zu Hilfe. Sie hatten keine Zeit zu verlieren. Sie wussten nicht, wann die Linksradikalen ihren Plan in die Tat umsetzen würden. Hatten sie erst losgelegt, wäre es zu spät, sie noch zu stoppen. Außerdem befürchtete Leo, dass die Rote Parade auf dem Senatsplatz nicht ohne Blutvergießen über die Bühne gehen würde.

Kinga griff Leo stützend unter die Arme. Amanda folgte ihnen schweigend. Auf dem Weg vor dem Haus versanken ihre Füße im Schneematsch, aber immerhin trug Leo jetzt Schuhe.

Kinga öffnete die hintere Tür, Leo kroch hinein und legte sich erschöpft auf die Rückbank. Amanda setzte sich neben Kinga auf den Beifahrersitz.

»Na dann los«, sagte Kinga mit einer Stimme, aus der Unsicherheit sprach. Leo sah seinen fahrigen Blick, als er mit zitternden Fingern nach dem Autoschlüssel kramte. Als er ihn endlich hatte, glitt er ihm aus der Hand und fiel zu Boden.

Leo seufzte schwer.

* * *

Keinen halben Kilometer entfernt starrte Metso auf den roten Punkt, der auf seinem Handy blinkte und laut Karte eine Stelle kennzeichnete, die auf dem Grundstück vor Amanda Koskis Haus lag.

75

Das Ruckeln auf dem Kopfsteinpflaster endete erst, als das Auto vor dem Ständehaus hielt.

Emma Erola betrachtete die angestrahlte Fassade von der Rückbank aus und verspürte ein Grummeln im Bauch. Das Neorenaissance-Gebäude, das sie sich als Hauptquartier für die Revolution der Linken Bewegung ausgesucht hatten, bot einen überwältigenden Anblick.

Ungeachtet seiner majestätischen Erscheinung war es selbst vielen Bewohnern der Hauptstadt unbekannt. Helsinkis geschäftiges Stadtzentrum hatte sich vor geraumer Zeit etwa einen Kilometer westlich ins Gebiet zwischen Bahnhofsvorplatz, Busbahnhof Kamppi und dem Platz Erottaja verlagert.

»Warten wir auf die Bestätigung von drinnen«, sagte der Mann mit dem fast orangefarbenen Schnurrbart auf dem Vordersitz.

Emma presste ihre Wange ans Autofenster und richtete ihren Blick auf die Bronzestatuen am Giebelfries des Ständehauses. Im Mittelpunkt stand der russische Zar Alexander I. und sicherte dem finnischen Volk das Fortbestehen der aus schwedischer Zeit geltenden Rechte und Gesetze zu. Als dieser vor mehr als zweihundert Jahren die Herrschaft über Finnland übernahm, konnte er das finnische Volk für sich gewinnen, indem er bescheiden und überzeugend auftrat. Emma musste das Gleiche zu leisten imstande sein. Der für heute geplante Putsch würde Finnland wohl ebenso grundlegend verändern wie 1809 der Anschluss des autonomen Großfürstentums Finnland an das zaristische Russland oder die Erklärung der Unabhängigkeit Finnlands von Russland im Jahr 1917. Die großen Umwälzungen des Landes geschahen im Abstand von etwa einhundert Jahren.

Emma sah die Straße Richtung Senatsplatz hinunter. Bald würden Menschenmassen hierherströmen, um an der größten Demonstration in der finnischen Geschichte teilzunehmen, ohne auch nur zu ahnen, was der Tag wirklich mit sich bringen sollte. Wenn sie zu ihnen sprach, konnte sie den Leuten endlich die wahren Pläne und deren Tragweite verkünden. Dann konnte sie ihr Versprechen einlösen und den Wandel einleiten.

Doch schon die nächsten 15 Minuten hier im Ständehaus waren von entscheidender Bedeutung. Das Funkgerät am Armaturenbrett schnarrte. Emma spitzte die Ohren und hörte, wie eine knarrende Stimme die Erlaubnis erteilte, auf die sie gewartet hatten: *»Am Zielort alles bereit.«*

Emma stieg aus dem Auto und stieg im Lichtkegel der historischen Straßenlaternen die steinernen Stufen zum Haupteingang hinauf. Ein Mann mit dicker schwarzer Jacke und brauner Wollmütze hielt ihr die Tür auf. Schon allein die Tatsache, dass sie das Ständehaus durch den Haupteingang unter dem Säulendach betrat, hatte symbolische Bedeutung. Normalerweise wurde die Haupttür nur für Staatsoberhäupter geöffnet. Selbst die Ministerinnen und Minister mussten sich mit der linken oder rechten Nebentür begnügen, was nicht wenige von ihnen als Affront empfanden.

Erst gestern war sie mit der Straßenbahn zum Parteitag gefahren, jetzt erschien sie im Ständehaus wie eine Präsidentin oder Königin.

In dem riesigen Atrium schlug ihr das Stimmengewirr der geladenen Gäste entgegen. Als die Tür zufiel, richteten sich alle Blicke auf sie. Das Gemurmel ebbte ab und machte anschwellenden Beifallsrufen Platz. Sie durchquerte den Raum und nickte den Menschen links und rechts hinter den Absperrkordeln zu.

Mit jedem Schritt wurden ihr neue Details bewusst: zuerst die breite Treppe, weiter oben die sogenannte *Gesetz*-Statue, eine allegorische Figurengruppe, bestehend aus einer langhaarigen jungen Frau, der *Suomi-neito* als Personifikation Finnlands und dem Löwen, dem Wappentier des Landes. Dann fielen ihr der sieben Meter lange rote Samtvorhang dahinter und die vergoldeten Säulen, die den ganzen Raum säumten, auf und zum Schluss das imposante

Dachfenster, das über der majestätischen Treppe hing, als wollte es der Schwerkraft trotzen.

Auf dem ersten Treppenansatz stand ein Mikrofon für sie bereit.

Hinter der Absperrung verfolgten dreihundert Meinungsmacher der Linken jeden ihrer Schritte. Sie würden den Kern der Unterstützer der Revolution bilden.

Emmas wichtigster Partner war nicht vor Ort, doch die ausdruckslosen Mienen einiger Anwesender verrieten ihr, dass er alles im Blick hatte.

Als sie die Treppe emporstieg, sah sie in viele bekannte Gesichter: Da war die Büroleiterin der Sozial- und Gesundheitsministerin, der Stadtdirektor von Tampere und die Bürgermeisterin von Vantaa, der frühere Justizminister sowie die aktuelle Sozial- und Gesundheitsministerin …

Auch andere Prominente waren anwesend, darunter ein aus dem Fernsehen bekannter und allseits beliebter Eishockeytrainer, eine aufsteigende Popsängerin und ein ehemaliger Kinderstar, der sich in den letzten Jahren bei mehreren Wohltätigkeitsprojekten engagiert hatte. Zu Emmas Überraschung befand sich auch die Yle-Journalistin Vilma Varis im Publikum.

Die Gäste waren zu einer Auftaktveranstaltung am Morgen der Roten Parade geladen worden. In der Einladung war von einem »Wendepunkt in der Geschichte der Linken« die Rede. Was die meisten nicht ahnten, war, dass das arg untertrieben war.

Emmas Anspannung schwand, als sie sich hinter das Mikrofon stellte. Sie blickte auf den Teleprompter, obwohl sie im Zweifelsfall auch ohne ihn zurechtkommen würde. In ihrem Herzen wusste sie, was die Menschen hören mussten. Sie brauchte das Volk nicht aufzufordern, auf die Barrikaden zu steigen – das hatte es schon von selbst getan. Emmas Aufgabe war es, ihre Herzen auf die bevorstehende Umwälzung einzustimmen.

In den letzten Sekunden führte sie ihr Ritual wie vor jeder Rede aus: Sie rief sich ein Bild von Barack Obama ins Gedächtnis. Von all den bedeutenden Persönlichkeiten der Geschichte hatte sie

Obama zu ihrem Vorbild als Redner ausgewählt. *Sei locker. Sei verbindlich. Sei eine von ihnen, aber bereit, sie zu führen.*

»Guten Morgen, Freunde«, sprach sie betont ruhig ins Mikrofon.

»Als wir Sie eingeladen haben, an diesem denkwürdigen Morgen hier mit uns zusammenzukommen, haben wir auf die historische Massenkundgebung verwiesen, die in Kürze auf dem Senatsplatz beginnen wird. Doch das war nicht die ganze Wahrheit. Am heutigen Tag wird weitaus mehr geschehen!«

Emma genoss, wie sich die Stimmung elektrisierte. Sie ging dazu über, die stärkste der menschlichen Basisemotionen anzusprechen: die Wut.

»Sie haben alle verfolgt, wie die Doppelzüngigkeit der politischen Führung unseres Landes gestern Abend im Fernsehen entlarvt wurde. Behörden und Politiker haben verhindert, dass Gerechtigkeit geübt wird. Sie haben einen Menschen geschützt, der sich mit Geld eine Sonderstellung gegenüber dem Gesetz erkauft hat. Und trotz dieser unglaublichen Enthüllung weigert sich die Rechtskoalition, ihren Fehler zuzugeben, und versucht weiterhin, jegliche Kritik durch Gewalt zu ersticken. Die Erschießung unschuldiger Demonstranten auf der Mannerheimintie vor einer Stunde hat das Fass endgültig zum Überlaufen gebracht.«

Emma machte eine kleine Pause und drosselte ihre Lautstärke, um mehr Wirkung zu erzielen.

»Es ist an der Zeit, einen Schritt zurückzugehen, um zu verstehen, wie wir in diese Situation geraten konnten. Wir haben uns von den Lehren der Rechten einlullen lassen, und das hat uns in diese Notlage gebracht. Wir haben zugelassen, dass der Kapitalismus unser Leben bestimmt, und Schritt für Schritt haben uns die Kapitalisten immer mehr ausgebeutet. Sie haben unsere unteilbare Menschenwürde missachtet. Diese Entwicklung hat sich in ganz Europa vollzogen. Aber das muss jetzt ein Ende haben! Wir dürfen uns nicht länger damit zufriedengeben, nur unsere Meinung kundzutun. Wir müssen unsere Zukunft selbst in die Hand nehmen!«

An zuvor vereinbarter Stelle fingen einzelne in die Umsturzpläne Eingeweihte unter den Zuhörern an zu klatschen. Der Beifall
breitete sich zunächst zaghaft, dann flutartig aus und erfüllte bald
die ganze Treppenhalle.

Mit einer Handbewegung brachte Emma sie zum Schweigen.
Sie ließ ihren Blick über die Köpfe gleiten und blieb stumm. Die
Zuhörer drängten sich in dem riesigen Lichthof auf zwei Eta-
gen hinter den Geländern. Sie schauten sie an, sie hörten ihr zu,
sie dürsteten nach jedem Wort aus ihrem Mund. Das Gefühl der
Macht war berauschend, aber auch beängstigend.

Heute würde die Macht ihr gehören.

Es war an der Zeit, die Bombe platzen zu lassen.

»Die Konservativen haben das Recht zu regieren verwirkt!
Finnland verdient eine Staatsführung, die sich um das Wohlergehen des ganzen Volkes kümmert statt nur um das einer auserwähl-
ten kleinen Elite. Aus diesem Grund wird die Linke Bewegung die
Regierung der Rechtskoalition heute absetzen und die Staatsführung übernehmen.«

Ein Raunen ging durch den Raum. Emma gebot ihm Einhalt, indem sie die Hand hob.

»Fürchten Sie sich nicht«, sagte Emma Erola. »Heute, wenn die
Rote Parade beginnt, werden Sie mehr erfahren. Sie werden sehen,
dass wir uns auf eine viel breitere Basis stützen, als Sie im Moment
vielleicht glauben. Auch von überraschender Seite.«

Jetzt gab es kein Zurück mehr. Emma reduzierte das Tempo
und ließ jedes Wort den Bruchteil einer Sekunde länger wirken.

»Nicht jeder Mensch wird im Laufe seines Lebens Zeuge eines
so tiefgreifenden Umbruchs. Aus der Perspektive der Menschheit
betrachtet, ist dieser Augenblick jedoch Teil einer langen Abfolge
von Ereignissen. Jede große Gesellschaft ist zusammengebrochen:
das antike Rom, Persien, das mongolische Reich, das russische Zarenreich, das britische Imperium ... Die Kernursache für den Sturz
dieser Imperien liegt darin, dass sich immer mehr Macht und Vermögen auf eine kleine Gruppe konzentriert hat.«

Emma wusste, dass sie schrecklich große Worte in den Mund

nahm, wie sie in der finnischen Redekultur nicht oft zu hören waren.

Aber dies war auch ein großer Moment der finnischen Geschichte.

»Vor uns liegt eine neue Zeit. Noch vor einigen Jahren war allein der Gedanke an die Vergesellschaftung von Betriebsvermögen beinahe kriminell. Doch mittlerweile weicht die Last der Geschichte von den Schultern des Sozialismus. Für ein besseres Morgen müssen wir unseren gemeinsamen Feind besiegen. Unser gemeinsamer Feind ist das parasitäre Wirtschaftssystem, das die politischen und ökonomischen Eliten aufrechterhalten. Wohl kaum jemand hätte geglaubt, dass diese Entwicklung ausgerechnet in Finnland ihren Anfang nehmen würde, aber genau so wird es geschehen. Sie beginnt hier und jetzt im Haus der Stände in Helsinki.«

Beifallsstürme brandeten auf, kaum dass Emma geendet hatte. Tosender Jubel hallte von den Wänden wider.

Emma pflegte in der Regel Beifallsstürme schnell durch eine Handbewegung zu beruhigen, aber jetzt ließ sie sie gewähren. An einem Tag wie heute war kein Pathos übertrieben.

Die Sonne ging auf. Die ersten Sonnenstrahlen dieses Wintermorgens fielen durch das Oberlicht auf Emmas Haupt.

Ein neuer Tag für Finnland brach an.

Emma wusste schon seit Langem, dass Veränderungen unausweichlich waren. Das zeigte die Statistik. Das sah man auf der Straße. Doch bis eben hatte Emma nichts als Martens Versicherung dafür gehabt, dass ihre Machtübernahme von Erfolg gekrönt sein würde. Sie hatte ihm vertraut, aber erst die lautstarke Zustimmung hier im Haus der Stände konnte Emma vollends davon überzeugen, dass sie im Volk genügend Rückhalt hatte, um siegreich zu sein.

Emma fielen die Worte ein, die sie als Kind von einem Comic-Helden gelernt hat, der die Wände hochkletterte und Spinnennetze aus den Handgelenken schoss. Die Worte dieses Superhelden gingen auf die Französische Revolution zurück, und auch Winston Churchill hatte sie in seinen Reden verwendet:

Mit großer Macht kommt große Verantwortung.

76

Auf der Rückbank beobachtete Leo die angespannte Situation im Auto. Kinga tastete mit den Füßen nach dem Autoschlüssel, der ihm vor lauter Nervosität auf den Boden gefallen war. Amanda betrachtete Kingas hektisches Gefummel vom Beifahrersitz aus und verkniff sich mühsam den spitzen Kommentar, der ihr schon auf der Zunge lag.

»Lass dir ruhig Zeit«, platzte sie dann schließlich doch heraus, als Kinga mit dem Arm unter seinem Sitz herumtastete.

Doch da fand Kinga den Schlüssel endlich und richtete sich wieder auf. Unter normalen Umständen hätte er das Fundstück triumphierend hochgehalten wie Indiana Jones oder Gollum. Jetzt bemühte er sich einfach wortlos, den Schlüssel mit seiner zitternden Hand in das antiquierte Zündschloss zu stecken.

Leo hatte Mitleid mit seinem Freund.

»Kinga. Vergiss nicht, uns das Benzin in Rechnung zu stellen, wenn das alles hier vorbei ist. Quittungen an Pontus.«

Kinga bemühte sich, über Leos abgedroschenen Witz zu lachen, aber mit bescheidenem Erfolg. Endlich griff der Schlüssel, und der Verbrennungsmotor sprang ruckelnd an, lief aber bald gleichmäßiger.

Kinga legte den Gang ein und ließ die Kupplung kommen. Schweigend fuhren sie aus dem Wohngebiet Ymmerstan hinaus und über die Ringautobahn Kehä 2 nach Süden. Leo wagte nicht, etwas zu sagen, aus Furcht, Amanda könnte es sich anders überlegen und ihr tollkühnes Vorhaben in letzter Sekunde noch stoppen.

Als sie auf die Stadtautobahn fuhren, brach Amanda selbst die Stille.

»Zeig es mir noch mal«, sagte sie und streckte die Hand nach Leos Handy aus. Amanda studierte die von Lewis Higgins weitergeleitete Karte, auf der einer der hervorgehobenen Orte die Bank von Finnland war.

Leos Plan beruhte auf dem Umstand, dass auf der Karte schlichtweg das falsche Gebäude markiert war. Falls die Linksradikalen ihren Putsch durchziehen und die Macht über die Finanzmärkte übernehmen wollten, hatten sie das verkehrte Ziel ausgewählt. Das Nervenzentrum des finnischen Geldmarkts befand sich nicht im Hauptgebäude der Bank von Finnland. Es war in einem viel unscheinbareren Haus untergebracht.

»Wie bist du auf die Idee gekommen, die Vermögen der Finnen durch eine einmalige Aktion auszugleichen?«, fragte Amanda.

Leo zierte sich, die Wahrheit zuzugeben. Dass nämlich Finnlands Zukunft auf einem Plan basierte, der ihm eingefallen war, als er benebelt auf das Tattoo einer Krankenschwester gestarrt hatte.

»Das ist im Grunde nicht meine Idee, sondern eine Neuverwertung von Lehren aus der Geschichte«, sagte er ausweichend.

»Wieso weißt du eigentlich so viel über Geschichte?«, wollte sie jetzt wissen. »Du hast bei Trivial Pursuit auch immer alle Könige und Jahreszahlen gewusst, obwohl dich in der Zeitung nur der Sportteil interessiert hat.«

»Pontus hat es mir beigebracht, als ich noch ein Kind war.«

»War ja klar«, schnaubte sie. »Vielleicht hättest du besser Geschichtslehrer werden sollen. Du warst schon immer nur ein halbherziger Banker und Politiker.«

Leo konnte nicht umhin, auf Amandas Bemerkung hin einen Flunsch zu ziehen. Das Amt des Ministerpräsidenten war das meistbegehrte in der Politik. Generationen von Politikern waren bereit, ihre Mutter zu verkaufen, nur um Ministerpräsident zu werden. Leo dagegen war mehr oder weniger in dieses Amt gestolpert. Ohne Blut und ohne Schweiß. Er war nur den Weg gegangen, der sich vor ihm aufgetan hatte. Sein verstorbener Vater hatte ihm einst diesen Weg gewiesen, und Pontus hatte ihn geebnet.

Erst gestern war ihm klar geworden, dass er nur durch einen hinterlistigen Betrug an die Macht gekommen war. Pontus hatte Hanna Kauranen skrupellos aus dem Weg geräumt, damit er Leo an die Spitze befördern und mit ihm seine eigenen Ziele verwirklichen konnte.

Jetzt war Leo in den Augen der Bevölkerung ein Geächteter – einer, der mit Harri Holsti fast auf einer Stufe stand – und das zu Recht. Vielleicht war es daher auch nicht verwunderlich, dass Leo sich nicht mehr fürchtete. Er hatte kaum noch etwas zu verlieren.

Die aufgeregte Stimme des Nachrichtensprechers riss ihn aus seinen Gedanken.

»Stell das Radio lauter.«

Kinga drehte den Lautsprecherknopf nach rechts, und die Nachrichten plärrten aus den Autolautsprechern.

… erhalten wir vermehrt Meldungen über gewalttätige Ausschreitungen im ganzen Land. In Tamperes Plattenbausiedlung Hervanta wurden in der Nacht mehrere Autos in Brand gesteckt. Auf dem Markt in Turku sind Krankenwagen im Einsatz. Der genaue Hintergrund der Ereignisse in Turku ist uns noch nicht bekannt. Allerdings soll es nach Polizeiangaben in der Nacht zu Krawallen und Sachbeschädigungen gekommen sein. Zur Stunde versammelt sich eine immer größer werdende Menschenmenge auf dem Markt, die …

Drückendes Schweigen breitete sich im Auto aus.

»Was können wir …«, fing Kinga an, aber Leo hob abwehrend die Hand.

»Warte kurz!«

War die Stimme des Nachrichtensprechers eben noch aufgeregt, klang sie jetzt todernst:

… soeben erreicht uns die Nachricht, dass eine unbekannte bewaffnete Gruppe im Namen der Linken den Flughafen Helsinki-Vantaa in ihre Gewalt gebracht hat. Ein Hörer hat der Yle-Redaktion ein Foto aus der Abfertigungshalle geschickt, auf dem Männer in einer Art Outdoor-Kleidung zu sehen sind, die Waffen tragen, die aussehen wie Sturmgewehre. – Das ist ein wirklich verstörendes Foto, das fast an die sogenannten Grünen Männchen aus Russland erinnert.

»Wir kommen zu spät«, stellte Leo fest. Doch dann fuhr die Radiostimme wieder heftiger fort.

... wie wir gerade erfahren haben, wurden in der Stadtmitte von Helsinki weitere Straßensperren errichtet, die von bewaffneten Truppen ohne jegliche Kennzeichnung bewacht ...

Urplötzlich brach die Sendung ab. Für einen Moment hörten sie nur Stille.

Dann ging die Übertragung weiter, aber der Nachrichtensprecher war ein anderer. Die Stimme, die nun sprach, war Leo vollkommen fremd. Sie hörten eine Weile zu, während der neue Sprecher weitere Informationen zur »Übernahme« des Flughafens verlas und dabei erstaunlich verständnisvolle Ausdrücke für die gesetzwidrige Besetzung des wichtigsten Airports des Landes verwendete.

Leo hatte dafür nur eine Erklärung.

»Habt ihr das gehört? Die Linksradikalen haben die Radiofrequenz gekapert.«

»Wie ist das möglich?«, fragte Amanda. »Wie ist die Linke zu so einer Operation in der Lage?«

Leo trieb die gleiche Frage um, aber auch er hatte keine Antwort darauf. Die Risiken, die ihr Vorhaben mit sich brachte, waren auf jeden Fall enorm gestiegen. Konnten sie überhaupt weitermachen wie geplant? Leo war sowieso in Gefahr, aber Amanda war bis jetzt in die Vorfälle in keiner Weise verstrickt. Sie sollten besser umkehren und die Tür hinter sich verschließen.

»Willst du, dass wir zurückfahren?«, fragte Leo.

Ohne sich umzudrehen, schüttelte sie entschieden den Kopf. »Wir können jetzt nicht einfach aufgeben.«

Leo war von der Entschlossenheit seiner Ex-Frau überrascht, aber er wusste, dass sie recht hatte. Wenn sie nichts unternahmen, um zu verhindern, dass die Situation vollends eskalierte, dann tat es keiner.

»Verzeiht, dass ich mich einmische«, sagte Kinga. »Aber wie

gedenkt ihr, ans Ziel zu kommen? Im Radio war gerade von einer Menge Straßensperren die Rede.«

»Ich weiß es nicht«, gab Leo zu.

Denk nach.

Sein erster Gedanke war, dass sie einen Hubschrauber benötigten. Doch was würde der ihnen nützen?

Die Straßensperren waren ihr kleinstes Problem. Falls Truppen im Namen der Linken schon dabei waren, die Regierungsgebäude im Zentrum von Helsinki zu besetzen, war jeder wie auch immer geartete Versuch, einen Kompromiss auszuhandeln, zum Scheitern verurteilt.

»Wir müssen den Putsch stoppen«, sagte er.

Die Übernahme des Finanzmarkts allein würde nicht reichen. Er brauchte mehr Angriffsfläche.

»Einen Menschen gibt es«, murmelte Leo zu sich.

»Was hast du gesagt?«, fragte Amanda.

»Es gibt einen Menschen, der uns helfen könnte«, sagte Leo. »Er ist der Einzige, mit dessen Hilfe wir die Katastrophe noch abwenden können. Das Problem ist nur, dass ich nicht sicher bin, ob ich ihm vertrauen kann.«

77

Das Auto erreichte den Stadtbezirk Keilaniemi im Südosten von Espoo. Sobald sie die Brücke überquerten, waren sie wieder innerhalb der Stadtgrenzen von Helsinki. Leo überlegte immer und immer wieder, ob seine Idee auch nur den Hauch einer Chance hatte. Der Putsch der Linken war voll im Gange, und es gab nur einen einzigen Menschen, mit dessen Hilfe er die Situation vielleicht noch unter Kontrolle bringen konnte.

»Joel Alén«, sagte Leo. »Ich brauche die Hilfe von Joel Alén.«

»Dem Armeegeneral Joel Alén?«, fragte Amanda verwundert.

»Genau dem.«

Amanda sah Leo forschend an. »Du hast gerade gesagt, dass du dir nicht sicher bist, ob du ihm vertrauen kannst. Was meinst du damit?«

»Alén gehört zu Pontus' Leuten«, antwortete Leo. »Nicht zum engsten Kreis, aber er ist einer von Pontus' Vertrauten. Heute Morgen hat er an der Sitzung teilgenommen, in der sie mich zum Rücktritt veranlassen wollten.«

»Und warum glaubst du, dass er dir hilft?«

Leo war klar, wie albern seine Antwort klingen musste.

»Er ist mir sympathisch.«

Amanda verdrehte die Augen.

Leo wusste, dass er ihr sein Gefühl in Bezug auf Alén nur schwer erklären konnte. Bei seinem Aufstieg zum Ministerpräsidenten war er einer der wenigen gewesen, die ihm Mut gemacht hatten. Jetzt hatte Leo das Gefühl, Alén enttäuscht zu haben. Er dachte an den Rat, den Alén ihm damals gegeben hatte:

Denken Sie sich einfach, sie wären Sandpapier. Sie reiben sich an Ihnen. Aber am Ende strahlen Sie nur noch glänzender, während sie überflüssig geworden sind.

Leo hatte gründlich versagt und alles andere getan, als den Rat zu befolgen. Die konservative Meute hatte aus ihm einen Ministerpräsidenten nach ihren Vorstellungen formen können.

Warum also sollte Alén mir noch glauben?, dachte er. *Warum sollte Alén lieber mir als der Gilde glauben?*

»Ich habe immer nur kurze Momente mit ihm verbracht. Aber aus Pontus' Umfeld ist er der Einzige, bei dem ich so etwas wie Geistesverwandtschaft wahrgenommen habe. Ich glaube, dass er die Fähigkeit zur Empathie besitzt und den Mut, den Willen der Gilde zu hinterfragen«, bekannte Leo.

Amanda sah ihn noch immer skeptisch an.

»Na, dann mach«, sagte sie. »Eine andere Möglichkeit bleibt uns wohl nicht.«

Leo holte sein Handy hervor, wählte die Nummer und wartete gespannt, wie der Oberkommandierende der Verteidigungskräfte auf seinen Anruf reagieren würde.

Es dauerte, bis Alén ans Telefon ging. Leo befürchtete schon, dass er ihn womöglich gar nicht erreichen würde. *Das ist mein letzter Wunsch.*

Endlich meldete sich die vertraute Stimme.

»Herr Ministerpräsident«, sprach Alén forsch, aber mit ernstem Unterton. »Wie nett, dass Sie es einrichten konnten. Darf ich Ihren Anruf so deuten, dass Sie vorhaben, Ihre Arbeit wieder aufzunehmen? Dieses Land bräuchte dringend jemanden, der es führt.«

Leo atmete erleichtert auf. Aléns Ton gab Anlass zur Hoffnung. »Dabei hatte ich in letzter Zeit das Gefühl, dass dieses Land voller Menschen ist, die gerade nicht wollen, dass ich sie führe.«

Alén brummte verständnisvoll. »Herr Koski, ich bin nur ein Soldat und kein Staatsrechtler. Aber so wie ich das sehe, sind Sie immer noch der Ministerpräsident Finnlands.«

»Danke, Alén«, sagte Leo erleichtert. »Und die Befehlskette? Ich kann nicht dafür garantieren, dass der Verteidigungsminister mit mir auf einer Linie ist«, sagte Leo.

Formell war der Präsident der Republik Finnland der Oberbefehlshaber der Streitkräfte. Allerdings wussten beide, dass dieser wenig Interesse hatte, sich in eine innenpolitische Krise einzumischen. Also war der Verteidigungsminister faktisch Aléns Vorgesetzter, und dieser hielt treu zur Gilde, nicht zu Leo.

Alén brummte wieder. »Sie sind der Chef. Mit allem Respekt, aber vielleicht ist jetzt der Zeitpunkt gekommen, die Zügel in die Hand zu nehmen.«

Bei Aléns Worten war Leo erleichtert, aber gleichzeitig auch beschämt.

»Sie haben recht«, seufzte Leo. »Sicher haben Sie schon gehört, dass der Flughafen besetzt wurde. Ich fürchte, dass dies nur ein geringer Teil des Problems ist. Ich schicke Ihnen gleich eine Nachricht, die ich gestern empfangen habe. Ich möchte wissen, was Sie darüber denken.«

Leo nahm das Telefon vom Ohr und leitete Higgins' Nachricht an den General weiter.

»Angekommen«, sagte Alén kurz darauf. »Warten Sie einen Moment, ich schau es mir gleich an.«

Leo wartete ungeduldig, bis Alén die Nachricht gelesen hatte. Endlich war er wieder am Telefon zu hören, aber nun war alle Munterkeit aus seiner Stimme verschwunden. Er klang angespannt, als er sagte: »Die Nachricht bestätigt meine schlimmsten Befürchtungen, die ich lange nicht wahrhaben wollte. Ich habe vergeblich versucht, einige Truppenkommandanten zu erreichen. Sie sind wie vom Erdboden verschluckt.«

Leos Stimmung wurde noch düsterer. Linksradikale in der Truppe wären eine Erklärung für Emma Erolas seltsames Verhalten im Krankenhaus.

»Glauben Sie, dass sie auf der Seite von Emma Erola stehen?«, fragte Leo.

Alén antwortete nicht sofort. »Wieso fragen Sie das?«

»Erola hat mir gegenüber heute Nacht erwähnt, dass sie die freie Marktwirtschaft in Finnland beenden will. Natürlich habe ich nicht eingewilligt, darüber zu verhandeln, aber ihr Verhalten ließ erkennen, dass es auf jeden Fall zu einer plötzlichen Veränderung kommen soll.«

»Ich kann meinen Generälen nicht in den Kopf schauen … aber linksgerichtete Sympathien halte ich für ausgeschlossen«, erwiderte Alén.

Leo rief sich ins Gedächtnis, in welcher Zwickmühle Alén sich befand. Es wäre sicher nicht leicht für ihn zuzugeben, dass Teile seiner Untergebenen möglicherweise an einem Putschversuch beteiligt waren.

»Und die Markierungen auf der Karte? Was halten Sie davon?«, fragte Leo weiter.

»Das ist leicht zu beantworten. Die auf der Karte markierten Orte sind exakt die, durch deren Übernahme man dieses Land regieren kann: Ministerien, das Parlament, der Nachrichtenverkehr, die Finanzmärkte, die Medien, der Verkehr … Haben Sie die Koordinaten am Rand der Karte gesehen? Sie stehen für das Yle-Pressehaus in Pasila und den Flughafen Helsinki-Vantaa, die außerhalb der Karte liegen.«

»Damit ist die Situation doch klar, oder? Wir haben es mit einem Putschversuch zu tun.«

»Das ist die einzige Erklärung, da muss ich Ihnen zustimmen«, sagte Alén.

Leo erkannte, dass sein schlimmster Albtraum wahr geworden war. »Wenn die Polizei auf die Demonstranten losgeht und die aufständischen Generäle sich auf die Seite der Demonstranten stellen, dann stehen wir vor einer entsetzlichen Katastrophe. Das kann Menschenleben kosten!«

»Das dürfen wir nicht zulassen«, sagte Alén. »Das Spiel ist noch nicht verloren. Ich bin gerade im Regierungspalais eingetroffen, hier deutet nichts auf einen Putschversuch hin. Ich kann meine Männer losschicken, um die übrigen Orte zu bewachen, die auf der Karte markiert sind. Sind Sie handlungsfähig?«

»Inwiefern?«, fragte Leo und hörte, wie brüchig seine Stimme klang.

»Auf Sie ist gestern geschossen worden. Wenn wir die Situation gemeinsam beruhigen wollen, dann müssen Sie in der Lage sein, vor die Kameras zu treten.«

»Dazu bin ich in der Lage«, sagte Leo. Jäh fuhr ihm ein stechender Schmerz in den Nacken.

»Wie lange brauchen Sie, bis Sie hier sein können?«, fragte Alén.

»Ich bin auf der Stadtautobahn, nur fünfzehn Minuten entfernt. Aber die Straßen sind versperrt und voller Demonstranten. Können Sie mir eine Eskorte organisieren?«, fragte Leo. »Oder einen Hubschrauber?«

»Den brauchen Sie nicht«, antwortete Alén. »Ich werde Ihnen eine Route beschreiben, auf der Sie schneller und sicherer zum Regierungspalais kommen als mit irgendeiner Eskorte.«

* * *

Metso umklammerte das Lenkrad fester und warf einen Blick auf sein Handy. Der blinkende rote Punkt auf dem Display bewegte sich in eine beunruhigende Richtung.

Du machst einen Fehler, sagte er im Stillen zu Leo Koski. Der Ministerpräsident war unterwegs Richtung Zentrum, was bedeutete, dass Metso wohl bald wirklich gefragt sein würde.

Jetzt bewegte sich der rote Punkt auf der Karte nicht mehr. Der Subaru, in dem Koski saß, stand am Ende der Westtangente in Ruoholahti an der Ampel. Von dort waren es weniger als drei Kilometer ins Stadtzentrum.

Metso hatte Leos Weg aus Espoo in Echtzeit verfolgt. Mithilfe des zu einem Peilsender umfunktionierten Handys, das er in Espoo an der Stoßstange des Subaru befestigt hatte. Das Ortungsgerät Marke Eigenbau war nicht gerade eines Profis würdig, aber Metso war dennoch stolz auf seine Improvisation. Das Handy gehörte seiner Tochter. Metso hatte es eingesteckt, als er nach Peregrinos Anruf hastig seine Wohnung verlassen hatte. Auf dem Gerät war praktischerweise bereits die Tracking-App Life360 installiert, mit der man die Positionsdaten von Familienmitgliedern in Echtzeit verfolgen konnte – und nun eben die von Leo Koski.

Metso nahm auf der Meeresbrücke Lapinlahden silta den Fuß

vom Gas, sodass der Krankenwagen langsamer wurde. Er wollte nicht direkt hinter Koskis Auto herfahren. Würde man den Krankenwagen im Rückspiegel des Subarus entdecken, könnte Metso ihn womöglich wieder verlieren.

Metso sah am gegenüberliegenden Ufer die Küste von Helsinki vor sich. Noch war alles ruhig, es herrschte weniger Verkehr als sonst. Lediglich dünne Rauchsäulen im Norden zeugten von den Unruhen in Helsinkis Zentrum. Den Radionachrichten zufolge hatten Truppen, die im Namen der Linken Bewegung agierten, den Flughafen Helsinki-Vantaa eingenommen, und auch aus dem Zentrum wurde die Bewegung bewaffneter Truppen gemeldet. Rund um die Stadtmitte waren Barrikaden errichtet worden, denen sich das Auto, in dem Koski saß, jetzt näherte. *Warum?* Wollte Koski sich den Linken ergeben oder mit ihnen verhandeln?

Beides durfte nicht passieren. Ein Treffen zwischen den Linken und Koski war ein Risiko, das Peregrino nicht eingehen wollte und das Metso unter allen Umständen verhindern musste.

Gleich würde es sich entscheiden. Bog Koski an der Ampel nach links ab, würde Metso ihm folgen und ihn aufhalten. Er hatte den Auftrag, solange es ging im Verborgenen zu bleiben, aber falls erforderlich, hatte er die Befugnis zu handeln.

Nur knapp zweihundert Meter hinter der Brücke erhob sich ein gewaltiges Gebäude am Ufer, das früher als Schnapsfabrik von Salmisaari bekannt war. Heute beherbergte die rote Backsteinfassade das Amtsgericht von Helsinki. Metsos Gedanken wanderten zu Harri Holsti, der immer noch hinten im Krankenwagen lag.

Dieser Mistkerl wird noch dafür büßen, was er der jungen Frau angetan hat.

Holstis Bestrafung war jetzt allerdings zweitrangig. Peregrinos unmissverständliche Anweisung lautete: Koski hat absolute Priorität.

Der rote Punkt auf seinem Handy bog in die Porkkalankatu und damit Richtung Zentrum ab. Das war für Metso das Zeichen zum Eingreifen. Er trat auf das Gaspedal und erreichte kurz darauf die Ampel, an der Koskis Auto gerade angefahren war.

Metso bog nun ebenfalls links ab und meinte, den Subaru kurz auf dem höchsten Punkt der Überführung über die Mechelininkatu gesehen zu haben. Der rote Punkt bestätigte, dass der Subaru schnurstracks Richtung Kamppi und Stadtmitte fuhr.

Der Krankenwagen schoss voran, überholte ein Auto rechts und fuhr jetzt über die Überführung, die kurz zuvor auch Koski genommen hatte. Als er jedoch auf der gegenüberliegenden Seite hinunterrollte, war von dem Subaru nichts mehr zu sehen.

Metso warf einen Blick auf sein Handy. Dann einen zweiten: Der rote Punkt war verschwunden.

Metso war fassungslos. Es musste eine kurze Störung der Verbindung vorliegen. Er fuhr weiter bis zur nächsten Kreuzung, konnte den Subaru aber nirgends entdecken. Wieder griff er nach dem Handy und fuchtelte damit hinter der Windschutzscheibe herum in der Hoffnung, das Signal wieder einzufangen. Er starrte auf das Display, als könnte er das Signal so wiederbeleben. Zwecklos. Die Internetverbindung des Handys stand, aber der rote Punkt war und blieb verschwunden.

Er hatte Leo Koski schon wieder verloren.

78

Der CNN-Korrespondent für Nordeuropa hielt den Finger auf den Knopf in seinem Ohr. Der junge Mann sah völlig durchgefroren aus, obwohl dieser finnische Dezembersonntag vergleichsweise schön und warm zu werden versprach.

»Noch eine Minute, bist du bereit?«, fragte er Vilma Varis.

»*Sure*«, antwortete sie in seiner Muttersprache.

Vilma begann ihre Sendung heute mal in einer für sie ungewöhnlichen Rolle: als die Interviewte. Es war ein seltsames Gefühl, ohne Knopf im Ohr und Regieanweisungen vor der Kamera zu stehen.

Die Kameratribüne knarrte und knirschte unter den vielen Menschen, die um sie herumstanden. Auf dem niedrigen Holzpodest im hinteren Teil des Senatsplatzes waren etwa dreißig Fernsehkameras aufgebaut, die meisten aus dem Ausland. Reporter aus aller Welt waren angerückt, ursprünglich nur, um über den Parteitag der Linken Bewegung am Vortag und die heutige Massenkundgebung zu berichten.

Doch nun waren andere Themen in den Fokus gerückt: Vilma Varis' Beitrag über Lumi Nevasmaa hatte sich in Windeseile über die internationalen Nachrichtenagenturen verbreitet, ebenso wie die Bilder von der Hinrichtung an der Mannerheimintie und den Krawallen in etlichen finnischen Städten.

Unter den zahlreichen Reportern auf der Tribüne war Vilma der Star des Tages. Gleich mehrere ausländische Topsender hatten sie kontaktiert und um einen Kommentar zur aktuellen Situation in Finnland gebeten.

Vilma war klar im Vorteil: Sie hatte als einzige Journalistin einer unglaublichen Zusammenkunft im Haus der Stände beiwohnen dürfen. Erst vor wenigen Minuten war sie zu Ende gegangen.

Sie sah sich um. Auch wenn Vilma sie nicht sehen konnte,

wusste sie, dass ihre nächtlichen Entführer ganz in der Nähe waren und sie beobachteten.

Vor der breiten Treppe hinauf zum Dom war eine Bühne aufgestellt worden, die Emma Erola in wenigen Augenblicken betreten würde. Die Linke Bewegung hatte den Senatsplatz an allen Seiten mit Licht und Banderolen effektvoll in Szene gesetzt. Immer mehr Menschen strömten auf den Platz, es war geradezu beängstigend.

Von Zeit zu Zeit flammte ein rotes Lämpchen in der Reihe der Kameras auf, und einer der Reporter setzte zu lebhaften Ausführungen an. Links von Vilma erklang die harte Stimme eines ZDF-Reporters.

»Fünf Sekunden«, sagte der CNN-Kollege.

Jetzt wurde die Lampe an der Kamera rot. Der CNN-Journalist hob sein Kinn ein paar Zentimeter und begann:

»Hinter mir sehen sie eine Kundgebung in Helsinki, die den Rücktritt der konservativen Regierung Finnlands fordert und das Potenzial hat, zur größten in der Geschichte der nordischen Länder zu werden. Vorausgegangen ist ihr der Parteitag der Linken Bewegung Finnlands, auf der die als Sozialistin bezeichnete Emma Erola zur neuen Parteivorsitzenden gekürt wurde. Jetzt richten sich alle Blicke auf die Bühne hinter mir. Hier auf dem Senatsplatz soll Emma Erola gleich eine Ansprache halten. Lokale Medien haben am frühen Morgen von Übergriffen durch unbekannte Truppen berichtet, die angeblich im Namen von Emma Erola und den Linken den Flughafen Helsinki und andere wichtigen Ziele in der Hauptstadt erobert haben sollen.«

Langsam wurde Vilma ungeduldig. Der Reporter redete und redete und beschrieb die Lage in Finnland, an deren Entstehung sie nicht ganz unschuldig war. Kurz bevor Vilma die Geduld verlor, wandte er sich an sie:

»Neben mir steht die Journalistin Vilma Varis, die mit ihrer Enthüllungsgeschichte den linken Volksaufstand entfacht hat.«

Er warf Vilma einen Blick voller Bewunderung zu, wie er sonst höchstens Nobelpreisträgern oder dem Dalai Lama zuteilwurde. »Vilma, was sind Ihre letzten Informationen?«

Vilma setzte eine resolute Miene auf: »Ich hatte Gelegenheit, heute in den frühen Morgenstunden einer Zusammenkunft einflussreicher finnischer Persönlichkeiten beizuwohnen, die geschlossen verkündeten, dass Finnlands aktuelle Regierung ihr Recht verwirkt habe, unser Land weiter zu führen. Emma Erola legte dabei die moralischen und rechtlichen Grundlagen für einen Machtwechsel dar. Zu den Teilnehmenden zählten führende Repräsentanten der finnischen Gesellschaft, und eine breite Mehrheit des Volkes scheint ein Absetzen der Regierung zu befürworten.«

Vilma war klar, dass sich ihre Kidnapper der vergangenen Nacht eine feurigere Schilderung der Unterstützung durch das Volk gewünscht hätten. Das war allerdings schwieriger als gedacht, denn vor Emma Erolas Rede durfte sie nichts über die Drahtzieher der Revolution verlauten lassen. Obendrein wollte sie schnellstmöglich zur nächsten Frage kommen, die ihr persönlich viel wichtiger war.

»Denken Sie, dass Ihre gestrige Enthüllung Anteil an den dramatischen Entwicklungen heute Morgen hat?«

»Ja. In meiner gestrigen Sendung habe ich berichtet, dass die junge Lumi Nevasmaa, die am Freitag bei einer Selbstverbrennung zu Tode gekommen ist, von ihrem Arbeitgeber vergewaltigt wurde. Alles deutet darauf hin, dass Regierungsmitglieder bei der Vereitelung der polizeilichen Ermittlungen ihre Hände im Spiel hatten.«

»Offensichtlich herrscht im Land seit Längerem eine große Unzufriedenheit.«

»Das stimmt. Seit die jetzige Regierung im Amt ist, sind die Einkommensunterschiede in Finnland deutlich gewachsen, und die Armut hat dramatisch zugenommen.«

»Sind Sie dennoch von der Heftigkeit dieses Volksaufstandes überrascht?«

»Eigentlich nicht. Die Sympathien für die radikale Linke in Finnland nehmen seit Jahren zu. Als kleines Land standen wir einfach nicht in gleicher Weise im Rampenlicht wie beispielsweise Frankreich oder Großbritannien, in denen durchaus vergleichbare Entwicklungen abliefen.«

»Was wird als Nächstes passieren? Besteht die Gefahr einer weiteren Zunahme gewaltsamer Ausschreitungen?«

»In Kürze wird Emma Erola die hinter uns errichtete Bühne besteigen und unter Verweis auf den herrschenden Notstand verkünden, dass die Regierung ihr Recht, den Staat zu lenken, verwirkt habe und die Linke Bewegung die Zügel der Macht übernehmen werde. Nach dieser Erklärung liegt der Ball bei der Rechtskoalition. In der jetzigen Situation dürfte es für die Konservativen nicht leicht sein, Gewalt anzuwenden, da die Sympathien des Volkes bei den Linken liegen. Allerdings zeigen die Ereignisse von heute Morgen, dass die Regierung nicht davor zurückschreckt, Gewalt gegen Bürger einzusetzen.«

»Aber ist die Forderung der Linken denn keine Bedrohung für die Demokratie und im Grunde nichts anderes als ein Staatsstreich?«

Vilma überlegte kurz, wie sie ihre Worte wählen sollte. Marten hatte ihr klipp und klar zu verstehen gegeben, dass seine Rolle bei den Vorgängen noch nicht ans Licht kommen durfte.

»Emma Erola genießt mit ihren Forderungen breite Unterstützung in der Gesellschaft.«

Das rote Kameralicht erlosch, und Vilma knipste das Mikrofon ab. Schon tippte ihr der britische BBC-Reporter auf die Schulter. Fünf Minuten bis zum nächsten Interview.

79

Metso starrte verdattert auf das Display seines Handys. Der rote Punkt, der die Position des Autos markierte, in dem Leo Koski saß, war immer noch verschwunden.

Metso sah sich um; die schmalen Gassen hier im Bezirk Kamppi waren fast menschenleer. Entweder hatten sich die Leute in ihren Wohnungen verbarrikadiert, oder sie waren alle auf dem Senatsplatz bei der Roten Parade. Nur den Subaru konnte er nirgends entdecken.

Er schlug das Lenkrad ein und steuerte den Krankenwagen nach rechts. An der nächsten Kreuzung flackerte das Handy am Armaturenbrett schwach auf. Der rote Punkt war zwar wieder zu sehen, doch die Position auf der Karte nicht eindeutig.

Hatte der Subaru abgehoben und flog durch die Luft?

Auf der App sah es tatsächlich so aus, als hätte Koskis Wagen Richtung Lapinlahdenkatu beschleunigt und wäre dann mitten durch die Häuser gerast. Der rote Punkt huschte über die Karte, machte einen Bogen nach links und folgte dann in der Kalevankatu wieder dem Straßenverlauf.

Metso bog in die Eerikinkatu ein und fuhr weiter bis zur nächsten Kreuzung, blickte in alle Seitenstraßen, konnte den Subaru aber nirgends entdecken. Links sah er allerdings etwas, das seine Aufmerksamkeit auf sich zog: Einen Straßenzug weiter befand sich ein Kreisverkehr. Genau hier war das Signal vom Display verschwunden.

Dann fiel es ihm wie Schuppen von den Augen: Hinter dem Kreisverkehr leuchtete ein blaues P-Zeichen, neben dem eine Rampe unter die Erde führte.

Leo Koski war in einem Tunnel verschwunden!

* * *

Leos Blick glitt über die rechte Tunnelwand, während Kingas Subaru an der Einfahrt zum Parkhaus unter dem Einkaufszentrum Forum vorbeisauste. Laut den Schildern bewegten sie sich nun in Richtung des Parkdecks unterhalb des Kaufhauses Stockmann.

Armeegeneral Joel Alén hatte ihm exakte Anweisungen gegeben, trotzdem war Leo nervös. Endlich teilte sich vor ihnen die Fahrbahn: Die linke Spur führte weiter zum Parkdeck, die rechte zweigte ab.

»Da lang«, rief Leo aufgeregt.

Alén hatte ihm am Telefon erklärt, dass es von der Tiefgarage aus eine Verbindung zu dem Versorgungstunnel unter der Hauptstadt gab, über den die Lieferanten die Geschäfte in der Stadtmitte versorgten. Die Einfahrt wäre Unbefugten allein durch Verbotsschilder verwehrt, hatte Alén gesagt, Schranken oder Ähnliches gäbe es nicht.

Kinga bog in den Versorgungstunnel ein, der immer tiefer in die Erde führte. Die Felswände waren mit gestrichenem Spritzbeton verkleidet, und die unebene Oberfläche sah fast so aus, als befänden sie sich unter Wasser.

Der Tunnel war viel ausgedehnter, als Leo es sich vorgestellt hatte. Zwischen den Fahrspuren in beide Richtungen lag ein breiter Mittelstreifen, ohne den hier locker drei große Autos nebeneinander fahren könnten.

Heute war es ruhig hier unten, und Kinga fuhr noch schneller als über der Erde. In kurzen Abständen zischten sie an Tempo-30-Schildern vorbei. Kinga hatte den Subaru mittlerweile auf siebzig beschleunigt, trotzdem hatte Leo nicht das Gefühl, dass sie rasten.

Während das Auto immer tiefer unter die Erde fuhr, überlegte Leo, was ihn erwarten mochte. Er hatte recht gehabt mit seiner Vermutung, dass Alén ihm helfen würde, allerdings war das allein noch keine Garantie, dass er aus der Sache auch heil herauskam. Leo hatte keinen Schimmer, wie professionell oder schlagkräftig die im Namen der Linken agierenden Truppen waren. Jedenfalls hatte der

Putsch die Sympathien eines großen Teils der Bevölkerung. Die Übernahme der Medien sicherte den Linken die Vormacht an der psychologischen Front. Obzwar Alén die Armee eisern im Griff hatte – zumindest ging Leo davon aus –, musste deren Stärke besonnen eingesetzt werden.

Einen Moment lang rang Leo mit sich, ob er auch Juhani Piispa anrufen sollte. Wie würde Piispa reagieren, wenn er erführe, dass der Oberkommandierende der Streitkräfte hinter Leo stand? Ob er sich auf Leos Seite schlug, wenn er sich davon Vorteile versprach? Leo war sich sicher, dass Piispa ein besserer politischer Taktierer war, als es seine gefällige Art vermuten ließ.

Leo verwarf den Gedanken. Die Hinrichtungen auf der Mannerheimintie ließen darauf schließen, dass Piispa exakt so handelte, wie es ihm die Gilde befohlen hatte. Es war vielleicht theoretisch möglich, dass die Gräueltaten ohne Piispas Absegnung erfolgt waren, aber daran glaubte Leo nicht. Der Polizeipräsident hatte zwar kein Rückgrat, doch die Polizeiverbände gehorchten ihm blind.

Leo und Amanda wurden an die Seite gedrückt, als das Auto quietschend in einen Kreisverkehr fuhr. Wenn Leo richtiglag, folgten sie jetzt der Aleksanterinkatu. Immer noch ging es abwärts. An der nächsten Kreuzung sagten ihnen Schilder, dass sie die Mikonkatu mitten im Stadtzentrum passierten. Sie mussten mittlerweile mindestens 50 Meter unter der Erde sein. Endlich stieg die Fahrbahn wieder an.

Kurz darauf machte der Tunnel eine Biegung nach links, zuerst nur schwach, dann stärker. Mitten in der Kurve hielt Kinga an. Rechts war eine Tür zu sehen, über der ein grünes Männchen auf einem Schild darauf hindeutete, dass es sich um einen Notausgang handelte.

»Wo sind wir hier?«, fragte Amanda Koski.

»Unterhalb des Senatsplatzes. Das ist meine Haltestelle«, witzelte Leo. Mit Kingas Hilfe stieg er mühsam aus. Dann beugte er sich noch einmal vor und sah fragend zu Amanda, die wie versteinert im Auto saß. Amanda hatte zugestimmt, eine gewaltige Aufgabe zu übernehmen, ohne die Leos Plan nicht gelingen konnte.

Kinga würde sie noch 200 Meter weiterbefördern und konnte dann in seine Wohnung zurückkehren, um vielleicht den Herzinfarkt zu bekommen, der sich seinem Gesicht nach zu urteilen schon seit geraumer Zeit ankündigte.

»Hier trennen sich unsere Wege. Streitet euch nicht«, sagte Leo noch und schlug die Tür zu.

80

Leo trat durch die Notausgangstür, wie Alén es ihm gesagt hatte. Hinter der Tür lag ein schmaler, weiß gestrichener Rettungsstollen, der parallel zum Versorgungstunnel verlief.

Durch das kleine Fenster in der Tür sah er noch einmal zurück. Kingas Subaru setzte sich gerade in Bewegung zum nächsten Notausgang, der zur Kirkkokatu hinter dem Dom führte und damit ganz in die Nähe von Amandas eigentlichem Ziel. Leo wollte ihr mit erhobenem Daumen Mut machen, aber sie hielt den Blick starr nach vorn gerichtet.

Da erregte etwas auf der linken Seite Leos Aufmerksamkeit. Aus den Tiefen des Versorgungstunnels näherten sich Scheinwerfer mit hoher Geschwindigkeit. Als das Fahrzeug in Sicht kam, musste Leo zweimal hinschauen.

Es war ein Krankenwagen.

Verdammt! Das muss der sein, der uns schon in Meilahti verfolgt hat.

Der Krankenwagen wurde langsamer und hielt direkt vor der Tür zum Notausgang. Leo hätte wegrennen sollen, aber seine Neugier siegte. Er hatte die ganze Nacht über gegrübelt, wer den Krankenwagen fuhr und wer ihn so hartnäckig verfolgte. Leo versuchte, durch das kleine Fenster zu spähen, ohne selbst entdeckt zu werden.

Der Fahrer stieg aus. Leo hatte ihn noch nie zuvor gesehen. Er trug einen Bürstenschnitt, eine dickrandige Brille und eine Sanitäterjacke. Etwas erkannte Leo allerdings sofort: Dieser Mann war kein echter Krankenwagenfahrer.

Der Blick des Mannes heftete sich auf die Notausgangstür, und Leo wich schnell zurück. Er war sich nicht sicher, ob der Fahrer ihn gesehen hatte.

Geduckt lief er den Gang entlang, immer den Anweisungen von

Alén folgend. Bald erreichte er eine Metalltür, die mit einem Holzkeil offen gehalten worden war. Dahinter lag ein schmalerer und dunklerer Korridor.

Hinter ihm war ein Klappern zu hören. Der Krankenwagenfahrer war durch die Notausgangstür in den Rettungsstollen vorgedrungen.

Leo trat durch die Metalltür und zog sie hinter sich zu. Schritte kamen schnell näher. Er fasste an die Klinke, um sich zu vergewissern, dass die Tür wirklich ins Schloss gefallen war.

Auf der anderen Seite griff der Fahrer gleichzeitig an die Klinke. Er rüttelte an der Tür und trat dann wütend dagegen.

Der Fahrer schrie etwas, aber Leo konnte die Wörter nicht unterscheiden. Leo lief los. Über ihm flackerte eine defekte Neonröhre.

Er befand sich jetzt in einem vollkommen abgeschlossenen Tunnelsystem. In Helsinkis unterirdischem Bebauungsplan war unter dem Regierungspalais und dem Präsidentenpalast nichts verzeichnet, aber das hieß ja nicht, dass sich hier tatsächlich nichts befand. Ganz im Gegenteil. Die nicht öffentlich zugänglichen Tunnel waren ein wichtiger Teil des Sicherheitsnetzes im Zentrum der finnischen Hauptstadt. Als sie während der Sicherheitseinweisung zu Beginn seiner Regierungszeit diesen Bereich kennenlernen durften, war das ein Höhepunkt. Besonders beeindruckt waren die Minister von dem unterirdischen Gang, der vom Regierungspalais am Senatsplatz einmal quer durch die gesamte Stadtmitte bis zum Parlamentsgebäude führte.

Jetzt bewegte er sich in einem Tunnel, den er noch nicht kannte. Laut Aléns Aussage musste er bald unter dem Regierungspalais sein.

Hinter ihm waren laute Schläge zu hören. Sein Verfolger hatte noch nicht aufgegeben und bearbeitete weiter die Tür.

Die Wirkung der Schmerzmittel ließ allmählich nach, und Leo spürte bei jedem Schritt die Erschütterung als nahezu unerträglichen Schmerz im Nacken. Er hatte einen blutigen Geschmack im Mund. Im Bewusstsein, dass sich riesige Felsmassen über ihm wölbten, schnappte er nach Luft. Die Hose, die Amanda ihm geliehen hatte, rutschte, und die Hosenbeine waren viel zu lang; bei jedem Schritt trat er mit der Ferse darauf und drohte zu stolpern.

Plötzlich war über ihm ein Brausen zu hören. Unter der Decke verliefen Lüftungsrohre, über die sich Geräusche von draußen in den unterirdischen Gang übertrugen und wie eine Sturzwelle heranrollten. Im Autoradio hatte er gerade von den Ereignissen im Stadtzentrum von Helsinki gehört. Als er jetzt das Geräusch vernahm, wurde ihm die ganze schreckliche Tragweite des Geschehens erst richtig bewusst. Was vom Senatsplatz zu ihm drang, zeugte von blanker Wut.

Ich komme zu spät.

Leo beschleunigte seine Schritte, obwohl er jeden Augenblick fürchtete, seine Beine könnten versagen. Als das Brausen schwächer wurde, schlussfolgerte er, dass er den Senatsplatz hinter sich gelassen und die Snellmaninkatu vor der Staatskanzlei erreicht hatte. Vor ihm machte der Gang einen Knick, und er stand vor einer Tür. Sie war verschlossen.

Er stemmte sich dagegen, aber sie bewegte sich nicht. Er drehte am Schloss, aber nichts tat sich. Leo sah in den schlecht beleuchteten Gang hinter sich. Falls der Krankenwagenfahrer die Tür doch aufbekommen hatte, konnte er jeden Augenblick hier auftauchen.

Er hämmerte mit der gesunden Hand gegen die Tür. Trat mit aller Kraft dagegen. Die Tür rührte sich keinen Millimeter.

81

Die schwere Metalltür ließ sich einfach nicht öffnen. Amanda Koski drehte am Türknauf, aber die Tür bewegte sich nicht. Rost haftete am Rahmen. Sie drückte mit der Schulter gegen die Tür, und als sich immer noch nichts tat, trat sie mit aller Macht dagegen.

Jetzt kippte die Tür aus den Angeln.

Helles Tageslicht blendete sie. Kinga hatte sie vor einem Notausgang in Helsinkis Versorgungstunnel abgesetzt, an dem folgender Text stand: Schacht Kirkkokatu, 25 Meter. Nachdem sie drei Leitern erklommen hatte, stand sie in einem Gang, von dem aus eine schmale Betontreppe wie in den engen Ausgängen der New Yorker oder Londoner U-Bahn nach oben führte. Dort angekommen, fand sie sich direkt hinter dem Dom in Helsinkis Zentrum wieder. Die Wolkendecke riss auf, und ein Sonnenstrahl traf die majestätische Kuppel wie ein göttlicher Fingerzeig.

Die Kirkkokatu hinter dem Dom war voller Menschen. Vom Senatsplatz vor dem Dom klang das Toben der Menge zu ihr herüber.

Die linken Demonstranten links und rechts starrten sie ungläubig an. Wie konnte aus dem schmalen, mit Graffiti verunzierten Schacht plötzlich eine etwa vierzigjährige Frau mit Perlenohrringen zum Vorschein kommen?

Amanda vermied jeglichen Blickkontakt mit den Umstehenden und zwängte sich durch die Menschenmassen. Sie überquerte die Straße und stieg über einen niedrigen Zaun, der einen kleinen Park hinter dem Hauptgebäude der Bank von Finnland begrenzte. Allmählich ebbte der Lärm der Massen ab. Hinter dem Park erreichte Amanda die Rauhankatu und sah auf der gegenüberliegenden Straßenseite ihr Ziel vor sich. Ihren Arbeitsplatz. Ungeachtet der zentralen Lage war das Gebäude durch und durch unauffällig. Es war von oben bis unten grau und absolut unpersönlich. Offenbar hatte der Architekt es in der Absicht entworfen, keinerlei Aufmerksamkeit zu erregen. Das Einzige, was vielleicht einen Blick wert sein mochte, war die Statue einer Frau vor dem Haus, die mit ihren nach vorn gestreckten Armen aussah wie ein Verkehrspolizist, der Unbefugte zur Umkehr bewegen wollte. Das Grundstück war von einem schlichten Eisenzaun umgeben, der aber so unter Büschen und Bäumen verborgen war, dass auch er keinen Hinweis auf die Bedeutung dieses Ortes lieferte. Nur ein sehr aufmerksamer Passant mochte vielleicht die überdurchschnittlich vielen Überwachungskameras entdecken, die an allen Ecken des Gebäudes angebracht waren.

Der Betonkoloss in der Rauhankatu 19 war ein Nebengebäude der Bank von Finnland, in dem sich allerdings die wichtigsten Abteilungen befanden. Das Gebäude stand vom Senatsplatz aus gesehen links hinter dem historischen Hauptgebäude der Bank im Schatten des Nationalarchivs.

Amanda Koski entriegelte die Eingangstür mit ihrer Schlüsselkarte und ging durch die Eingangshalle zu einer Tür in der nordöstlichen Ecke. Dahinter, in dem flacheren Ostflügel, befanden sich zwei streng bewachte Abteilungen der Bank von Finnland. Diese Abteilungen kontrollierten die in Umlauf befindliche Geldmenge und den Geldverkehr zwischen den Banken. Selbst die Mitarbeiter der Zentralbank hatten hier nur beschränkt Zutritt.

Amanda Koski legte ihren Finger auf den Fingerabdruckscanner, der sie als Direktorin der Abteilung Zahlungsverkehr identifizierte. Mit einem Klicken öffnete sich die Tür, und Amanda betrat einen Flur, von dem die Bereiche Marktoperationen und Zahlungsmittelversorgung abgingen. Überall war es ruhig, so wie Leo und sie es gehofft hatten.

Sie ging rechts durch eine Tür in den Bereich Zahlungsverkehr. In dem Großraumbüro war es schummrig, denn die Jalousien in diesem Raum hatten immer geschlossen zu bleiben. Trotzdem schaltete Amanda das Licht nicht ein. Mitten im Raum stand das Nervenzentrum – ein aus sechs Arbeitsplätzen bestehender langer Tisch, an dem sie jetzt Platz nahm.

Von den Rechnern auf diesem Tisch aus hatte man Zugriff auf jene Systeme, die den Geldverkehr in Europa steuerten. Ebensolche gab es in ganz Europa – insgesamt zwanzig Rechnereinheiten, eine in jedem Mitgliedsland der Eurozone und eine zusätzliche in der Europäischen Zentralbank in Frankfurt.

Amanda loggte sich in TARGET2 ein, das Zahlungsverkehrssystem, mit dem der Geldtransfer zwischen den Banken abgewickelt wurde. Wann immer eine Person oder ein Unternehmen eine Überweisung vornahm, sorgte das System dafür, dass der überwiesene Betrag bei der einen Bank gutgeschrieben und bei der anderen Bank abgezogen wurde. In Wirklichkeit wurde bei einer Kontoüberweisung kein Geld zwischen den Banken hin- und hergeschoben. Das System hantierte lediglich mit Nummern und Zahlen und berechnete am Ende des Tages, in welcher Höhe eine Bank Geld zu zahlen oder zu erhalten hatte.

Jede Nationalbank hatte die Aufgabe, die Stabilität des Finanzsystems zu überwachen, und aus diesem Grund konnte die Bank von Finnland den finnischen Geldverkehr mithilfe von TARGET2 kontrollieren. Dabei war es selbst befugten Personen nicht möglich, Geld beiseitezuschaffen. Allerdings war die Zentralbank im Notfall in der Lage, jeglichen Geldtransfer in Finnland einzufrieren.

Genau das hatte Amanda Koski vor.

Das war allerdings alles andere als einfach. Zunächst musste Amanda Koski die Bargeldüberweisungen im TIPS-System und die Übertragung von Wertpapieren auf der separaten Plattform T2S unterbinden. Wie alle entscheidenden Vorgänge erforderten auch diese das sogenannte Vier-Augen-Prinzip. Für die endgültige Ausführung musste der Befehl von zwei Personen der Abteilung Zahlungsverkehr, die über die für diese Aufgabe notwendige Befugnis verfügten, zeitgleich und am selben Ort durch einen verschlüsselten Code bestätigt werden.

Amanda schlug das Handbuch auf und gab die Befehle in den Computer ein, machte dabei aber mehr Tippfehler als gewöhnlich. Obwohl das Ganze höchstens fünf Minuten in Anspruch nahm, kam es ihr vor wie eine Ewigkeit. Sie konnte das Adrenalin in ihrem Schweiß förmlich riechen. Endlich war sie an dem Punkt, an dem sich auf dem Bildschirm ein Warnfenster öffnete, das sie auf Englisch fragte: »Sind Sie sicher?«

Amandas Hand zitterte, als sie auf »Ja« klickte. Danach kam vom System die Meldung, dass der Vorgang durch zwei Mitarbeiter zu bestätigen sei. Zunächst gab sie ihren eigenen Codeschlüssel ein, danach rollte sie mit dem Stuhl zum benachbarten Arbeitsplatz. Hier saß an einem total unaufgeräumten Schreibtisch normalerweise Sami »Mäkki« Makkonen – dessen Wert für ihr Team nach Amandas Einschätzung plus/minus null betrug.

Zu seinen zahlreichen Schwächen gehörten ein miserables Gedächtnis sowie ein äußerst schludriger Umgang mit der IT-Sicherheit. Jetzt gratulierte sie sich insgeheim dazu, dass sie ihm seine Haftnotizen mit Passwörtern hatte durchgehen lassen. Die kleinen gelben Zettel hatte er mithilfe von Klebeknete unter seinem Schreibtisch befestigt.

Sie schob die Hand unter seine Arbeitsplatte und fischte die darunter befindlichen Zettelchen hervor. Dabei kam eine hübsche Sammlung zusammen. Sie betrachtete die verschiedenen Passwörter, musste aber erkennen, dass Makkonen nicht dazugeschrieben hatte, wofür welches Passwort war. Allerdings entdeckte sie ohne Mühe das Passwort für das TARGET2-System, da seine Mindestlänge vierzehn Zeichen betrug: gr9n3l8ff9wmpj. Es gab keine andere Zeichenfolge, die infrage kam.

Amanda rollte zurück an ihren Tisch und konzentrierte sich darauf, die Zeichenfolge korrekt einzugeben.

Ein rotes Fenster öffnete sich auf dem Bildschirm:

AUTHENTIFIZIERUNG FEHLGESCHLAGEN

82

Emma betrat das grün gestrichene geräumige Arbeitszimmer und musste sich eingestehen, dass es ihr Respekt einflößte. Genau das hatten die Innenarchitekten natürlich beabsichtigt.

Der massive Schreibtisch vor den hohen Fenstern war mit goldenen Intarsien versehen. Davor stand ein Besprechungstisch aus Edelholz für acht Personen.

Von hier aus soll ich also das Land regieren.

Alles verlief nach Plan, trotzdem konnte Emma ein Gefühl der Unruhe nicht unterdrücken. Sie sah aus dem Fenster auf den Senatsplatz, auf dem Zehntausende Menschen ihre Ansprache erwarteten. Für das Gelingen der Revolution war ihre Rede von entscheidender Bedeutung. Selbst bei einem undemokratischen Machtwechsel war der Wille des Volkes am Ende ausschlaggebend.

Emma hatte Kauri darum gebeten, einen Moment allein sein zu können, bevor sie zur Kundgebung aufbrachen. Es fiel ihr ungemein schwer, sich auf ihre bevorstehende Rede zu konzentrieren. Selbst durch die geschlossenen Fenster war das Toben der Massen zu hören. Das darin mitschwingende Gefühl bereitete Emma Sorge: Deutlich hörbar war der Zorn der Menge.

Das ist nicht meine Schuld.

Die Konservativen und die Polizei hatten die Empörung der Menschen selbst verursacht, indem sie zuerst die Vergewaltigung von Lumi Nevasmaa verschleiert und dann unschuldige Demonstranten auf der Mannerhaimintie erschossen hatten.

Das ist nicht meine Schuld.

Trotzdem musste sie erstaunt feststellen, dass sie an sich zweifelte. Ausgerechnet in diesem kritischen Moment stellte sie alles infrage, wofür sie seit dem Herbst fieberhaft gearbeitet hatte. Wonach sie ihr ganzes Leben lang gestrebt hatte.

Was, wenn ich mich irre?

Emma kannte die Launen des menschlichen Verstandes. Das Gehirn suchte sich die Informationen heraus, die bestehende Erwartungen und Überzeugungen bestätigten, und ignorierte jene, die ihnen zuwiderliefen.

Emma wusste auch, dass die psychologische Struktur des Menschen die Funktion hatte, ihn und sein Selbstbild zu schützen. Die eigenen Auffassungen schränkten das Weltbild eines Menschen aber auch ein, indem sie die Vorstellung von der Wirklichkeit beeinflussten.

Was, wenn genau das mit Emma geschehen war? Sie hatte in ihrem Kopf ein bestimmtes Bild der Wirklichkeit, doch das war nur eine mögliche Sichtweise. Und diese Sichtweise hatte sie bereits mehr als der Hälfte aller Finnen eingepflanzt.

Die Fakten waren ganz klar auf Emmas Seite. Sie stützte sich auf Statistiken, Lehren aus der Geschichte und Tatsachen. Allerdings gab es gegensätzliche Behauptungen. Hatte sie jemals innegehalten und die Überzeugungen hinterfragt, für die sie so entschieden eintrat? Hatte sie zu irgendeinem Zeitpunkt gemäßigtere Alternativen auch nur in Betracht gezogen?

Sie dachte an ihren verstorbenen Vater. Er hätte die Mittel, zu denen Emma gegriffen hatte, niemals gebilligt.

Doch das war jetzt nicht von Bedeutung.

Der Zug rollte unaufhaltsam auf sein Ziel zu. Was immer auch geschehen mochte, was immer auch die Konservativen und die Polizei gegen sie in Stellung brachten, sie bliebe die Siegerin. Es stellte sich nur die Frage, zu welchem Preis.

Emma ging zum Schreibtisch und strich nachdenklich über dessen Oberfläche, als sie hörte, wie die Tür hinter ihr knarrte und Kauri zögerlich den Raum betrat.

»Kauri, jetzt nicht. Ich brauch noch einen Moment«, sagte Emma.

Doch Kauri entfernte sich nicht, sondern blieb regungslos in der Tür stehen und starrte Emma mit leerem Blick an.

»Und?«, fragte Emma.

»Du hast gesagt, ich soll sofort Bescheid sagen, wenn ich etwas über Lewis Higgins in Erfahrung bringe.«

Als sie den Namen ihres verschollenen Freundes hörte, zuckte Emma zusammen. Die Ungewissheit hatte sie schon das ganze Wochenende über gequält.

»Nun red schon!«

Kauri suchte nach Worten, schüttelte den Kopf und brach in heftiges Schluchzen aus.

»Ist er tot?«

Nicken.

Ein seltsames Gefühl beschlich Emma. Sie hatte es gewusst. Auf unerklärliche Weise hatte sie es gewusst. Emma zog ihren Haargummi ab, schleuderte ihn auf den Tisch und kauerte sich zu Boden. Sie bedeckte das Gesicht mit ihren Haaren und schloss die Augen.

Während des gesamten Unternehmens war Lewis Higgins eine ihrer wichtigsten Stützen gewesen. Der kleine, geniale Mann mit seiner unglaublichen Fähigkeit, die enorme Bedeutung der Adaption von künstlicher Intelligenz und Datenmassen für den modernen Sozialismus zu erkennen. Der »neue Sozialismus« würde der Welt im Wesentlichen in Emmas Namen vorgestellt, dabei war er in erster Linie Higgins' Werk.

Higgins hatte zu keiner Zeit Interesse daran gezeigt, zu erfahren, wie die Ergebnisse ihres Projekts in die Praxis umgesetzt werden sollten. Er war ein Softwareentwickler und Ideologe – und offensichtlich glücklich damit. Und so hatte Emma ihn auch nicht eingeweiht in die Vorbereitungen der Revolution. Sie hatte befürchtet, dass Higgins – und mit ihm viele andere Programmierer – kalte Füße bekommen könnte.

»Wie ist es passiert?«

»Er hat heute Morgen ein Flugzeug in sein Heimatland bestiegen und ist auf dem Flug verstorben. Als Todesursache wird Gift vermutet. In der Maske, die er trug, wurden Spuren von Stych… Strychnin gefunden.«

Emma schossen Tränen in die Augen. *Nein, nein, nein …*

Higgins' Verschwinden ausgerechnet am Vorabend der Revolution konnte unmöglich ein Zufall sein. Er musste von ihren Umsturzplänen Wind bekommen haben.

Aber wer hatte ihn vergiftet?

Der Name, der ihr zuerst in den Sinn kam, erschreckte sie so sehr, dass sie den Gedanken sofort verdrängte.

* * *

Der Anführer des Stoßtrupps E knetete das Telefon in seinen verschwitzten Händen. Ihre Tagesaufgabe bei dem Putsch hatte eigentlich eine der leichtesten sein sollen.

Irgendetwas musste gravierend schiefgelaufen sein.

Der Mann sah sich in der zweiten Etage des Hauptgebäudes der Bank von Finnland um. Die üppig verzierten Säle waren für anspruchsvolle Repräsentationsaufgaben gemacht. An der Wand hing ein millionenschweres Triptychon von Akseli Gallen-Kallela, auf dem die junge Aino vor dem alten Sänger Väinämöinen ins Wasser flieht. Der ganze Raum strotzte vor der Angeberei der Mächtigen der Finanzwelt.

Der Kommandant wählte mit zitternden Fingern die Nummer, die er nur im äußersten Notfall anrufen durfte.

Der Mann, den alle Marten nannten, hatte ihm eingeschärft, dass er am heutigen Tag nicht unnötig gestört werden wollte.

»Rede!«, forderte ihn Marten kurz angebunden auf.

Der Anführer des Stoßtrupps räusperte sich und begann dann zu sprechen: »Hier Gruppe Echnaton aus der Bank von Finnland. Wir haben soeben einen Anruf erhalten, der wichtig sein könnte. Der Anruf kam von der Wochenendbesetzung der Europäischen Zentralbank.«

»Und?«

»Wir wurden gefragt, weshalb jemand versucht hat, den gesamten Zahlungsverkehr Finnlands einzufrieren. Er sagte, das sei erst vor wenigen Augenblicken geschehen.«

»Und von euch war es niemand?«

»Nein.«

»Habt ihr Kontrolle über die Banksysteme?«, fragte Marten scharf.

»Wir haben die Kontrolle über das Büro des Bankdirektors und die anderen Räume hier im Hauptgebäude«, erwiderte der Kommandant und fühlte, wie ihm alle Luft aus den Lungen wich. Er hatte das Gefühl, einen Kloß im Hals zu haben, und musste erst schlucken, bevor er weiterreden konnte.

Innerlich bibberte er vor Angst.

Am anderen Ende der Leitung blieb es still, und Martens Missfallen war fast greifbar. Als er endlich etwas sagte, sprach die blanke Wut aus seiner Stimme: »Verdammte Idioten.«

83

Panik erfasste Leo, als er auf die verschlossene Tür starrte. *Was, wenn ich hier falsch bin?*

Er warf sich wieder gegen die Tür. Vergeblich.

Leo hatte sich an die Instruktionen von Armeegeneral Joel Alén gehalten, aber in dem unterirdischen Wegenetz gab es jede Menge Abzweigungen. Alén hatte sich zwar militärisch eindeutig ausgedrückt, aber vielleicht hatte Leo trotzdem einen Fehler gemacht. Angesichts seiner physischen Verfassung wäre das nicht verwunderlich.

Noch einmal stemmte er sich gegen die Tür und hämmerte mit der gesunden Hand dagegen. Seine Verzweiflung wuchs. Endlich klickte das Schloss, und die Tür öffnete sich. Leo verlor das Gleichgewicht und fiel einem Mann in Uniform in die Arme.

Es war Joel Alén, der ihn auffing. Leo fand sein Gleichgewicht wieder und sah das vertraute Grinsen des Generals vor sich. Erleichtert atmete er auf.

»Willkommen zum Dienst, Herr Ministerpräsident«, sagte Alén.

Leo sah sich um und erkannte, dass sie sich im Keller des Regierungspalais befanden. Nur ein Stockwerk weiter oben lagen die Sitzungsräume. Dort hatte Leos Spießrutenlauf nur knapp vierundzwanzig Stunden zuvor begonnen, als er sich der Rücktrittsforderung von Pontus und Karsten Jorsch widersetzt hatte.

Gemeinsam setzten sie sich in Bewegung zu Leos Büro. Alén geleitete ihn in einen Fahrstuhl.

In ebendiesem Fahrstuhl hatte Alén ihm nur ein halbes Jahr zuvor Mut zugesprochen, als es ihm an Selbstvertrauen gemangelt hatte. Das Charisma von Joel Alén beruhigte ihn auch diesmal.

»Sie glauben nicht, wie froh ich bin, Sie zu sehen«, sagte Leo.

»Dito«, erwiderte Alén. »Die Lage ist unruhig. Wir haben eine innenpolitische Krise, und die nächsten Schritte hängen von Ihnen ab. Wenn ich es am Telefon richtig verstanden habe, dann haben Sie schon einen Plan.«

Leo atmete tief durch und sammelte sich. Er war sich immer noch nicht sicher, ob die Idee einer Umverteilung der Vermögen reine Phantasterei war oder gelingen konnte.

»Der Plan hat zwei Teile«, sagte Leo. »Ihre Aufgabe ist es, die Unruhen in den Griff zu bekommen. Um die politische Lösung kümmern sich meine Ex-Frau und ich. Amanda ist in diesem Augenblick in der Bank, um die Vermögen der Finnen einzufrieren. Die Absicht ist, mit einer einmaligen Steuer einen Vermögensausgleich herbeizuführen, denn letztendlich ist die gravierende Ungleichheit die Ursache dieser Krise. Ich hoffe sehr, dass es reichen wird, um den Zorn der Linken zu besänftigen.«

Alén reagierte überrascht.

»Will Ihre Ex-Frau den Bankverkehr ganz allein einfrieren? Das ist mutig«, sagte er.

»Dazu ist sie durchaus in der Lage. Sie ist Mitglied des Direktoriums der Bank von Finnland, und in ihrem Verantwortungsbereich liegt der gesamte Zahlungsverkehr. Ich kenne keine taffere Frau.«

Sie verließen den Fahrstuhl und gingen zu Leos Büro.

Leos erster Weg führte zum Fenster. Zwar hatte er die lärmenden Massen schon im Tunnel gehört, trotzdem war er geschockt, als er sie jetzt mit eigenen Augen sah. Unheilvolle Schwingungen lagen in der Luft.

In den Ecken des Platzes standen Panzer. »Die stehen unter Ihrer Kontrolle?«, vergewisserte er sich bei Alén.

»Korrekt.«

»Was ist mit den Truppenteilen, die mit den Revolutionsabsichten der Linken sympathisieren?«

»Wir sind noch dabei, die Lage zu checken. Aber das soll nicht Ihre Sorge sein. Die finnische Armee steht unter meinem Befehl und agiert geschlossen«, sagte Alén nachdrücklich.

Leos Beine wurden schwach. Er musste sich vom Fenster abwenden und zu seinem Schreibtisch zurückkehren. Doch bevor er den Stuhl erreichte, strauchelte er und suchte an der Tischkante Halt. In der Mitte des Schreibtischs lag etwas, das seine Aufmerksamkeit erregte. Ein roter Haargummi.

Leo wusste sofort, wo er ihn schon einmal gesehen hatte: Vergangene Nacht im Krankenhaus, als Emma Erola ihm einen überraschenden Besuch abgestattet hatte.

84

Das darf doch nicht wahr sein.

Unbarmherzig leuchtete der Text auf dem Bildschirm:

AUTHENTIFIZIERUNG FEHLGESCHLAGEN

Amanda Koski war überrascht, wie sehr sie dieser Rückschlag wurmte. Sie hatte Leos Bitte zuvor nur zögernd entsprochen, aber die Nachrichten im Autoradio auf der Fahrt hierher hatten sie überzeugt, dass es das Risiko wert war.

Ratlos betrachtete sie »Mäkki« Makkonens Passwortsammlung, entdeckte aber keinen Fehler. Sie hatte das vierzehnstellige Passwort mit Sicherheit richtig eingegeben.

Die übrigen Passwörter passten von der Länge her nicht. Das TARGET2-System erforderte ein Passwort aus vierzehn Zeichen. Sie ging die Liste erneut durch.

Am ehesten kam noch die Zeichenfolge *nreyaBCF2ellA* in Frage, aber die war ein Zeichen zu kurz. Und wer war Ella?

Ein weiteres Passwort lautete *96annahir*. Wer war Anna Hir?

Sie starrte verzweifelt auf die Zettel in ihrer Hand. Bei den meisten Passwörtern standen Zahlen vor den Buchstaben, das war unüblich. Plötzlich hatte sie eine Eingebung. Offensichtlich war Makkonens Umgang mit Passwörtern doch nicht ganz so leichtsinnig, wie sie geglaubt hatte. Er hatte die Passwörter rückwärts aufgeschrieben!

rihanna69

Alle2FCBayern

Genauso musste es sich auch mit dem Passwort für TARGET2 verhalten. Also tippte sie die Zeichen in umgekehrter Reihenfolge: jpmw9ff8l3n9rg.

Enter.

AUTHENTIFIZIERUNG ERFOLGREICH

Amandas Finger lösten sich von der Tastatur wie von einem fragilen Kartenhaus. Mit diesem Klick hatte sie die Kontrolle über die Vermögen aller Finnen übernommen. Keine Überweisung und kein Aktienverkauf würden realisiert werden, bevor das System wieder freigeschaltet wurde.

Ihre nächste Aufgabe war zu verschwinden und sich in Sicherheit zu bringen. Anschließend musste sie allen zehn Mitarbeitern ihres Büros befehlen, sich bedeckt zu halten.

Die Sozialisten konnten nur an das Bankvermögen der Finnen gelangen, wenn das System mit den Codes zweier Angestellter der Abteilung Zahlungsverkehr wieder freigeschaltet wurde. Solange sie alle im Verborgenen blieben, konnte keiner sie zwingen oder erpressen, das zu tun.

Das System ohne die erforderliche Autorisierung zu knacken würde Tage oder Wochen dauern, je nachdem, wie gut sich die Experten auf Seiten der Sozialisten auskannten. Bis dahin würden die Konten der Finnen nicht ohne die Zustimmung von Amanda Koski freigeschaltet werden können.

Jetzt war Leo am Zuge.

Amanda klappte ihren Laptop zu und steckte ihn zusammen mit Makkonens Passwortsammlung in ihre Tasche.

Plötzlich vernahm sie Stimmen aus dem Flur.

Sie duckte sich unter ihren Schreibtisch. Die Schritte im Flur kamen näher. Sie hielt den Atem an und fragte sich, ob sie es wagen sollte, unter dem Tisch hervor in den Flur zu schauen.

Dann entschloss sie sich, ihren Kopf herauszustrecken und sah, wie die Tür geöffnet wurde. Herein kamen drei Männer im Kampfanzug mit Sturmgewehren. Amanda zog ihren Kopf zurück und rollte sich so klein wie möglich zusammen. Sie hatte Angst, entdeckt zu werden, und verwünschte innerlich ihre Neugier.

Die Männer durchmaßen den Raum mit energischen Schritten. Aus ihrem Versteck heraus sah sie die schwarzen Kampfstiefel der Männer. Einer von ihnen blieb neben ihrem Tisch stehen, und seine Schuhspitzen drehten sich in Amandas Richtung.

Ein schwarz gekleideter Mann beugte sich zu ihr herab. Aus

dem schmalen Schlitz der Sturmhaube blickte sie ein Augenpaar unbarmherzig an.

»Amanda Koski, ich verhafte Sie im Namen der sozialistischen Interimsregierung.«

85

Emma Erola stand neben der Rednertribüne und schloss die Augen. Das mit Stoff verkleidete Bühnengerüst trennte Emma von den Menschenmassen auf dem Senatsplatz vor dem Dom, trotzdem fühlte sie sich ihnen ausgeliefert. Der Tumult traf sie mit unverminderter Wucht. Parolen skandierende Demonstranten, trötende Hupen, das Knistern der Fackeln und rhythmisches Trommeln – vermischt mit den Befehlen der Polizisten, die durch Megafone verzerrt ohne Wirkung über den Massen verpufften.

Emma öffnete die Augen, steckte einen Finger zwischen zwei Stoffbahnen und warf einen Blick auf die Menge. Die Menschen drängten sich über den Platz hinaus in die Sofiankatu, ja selbst bis in die Katariinankatu, die hinunter zum Markt und weiter zum Hafen führte.

Als Emma aufblickte, sah sie, wie der Südwestwind die Wolkenmassen vom Meer landeinwärts trieb und der Himmel aufriss. Die Veränderung war so abrupt, dass es ihr vorkam, als hätte jemand den Vorhang bei einer Theatervorstellung hochgezogen. Die Wolken gaben goldene Sonnenstrahlen frei, die funkelnd auf die Fenster des Universitätshauptgebäudes trafen. In der Ferne glitzerte silbern das Meer.

Vom gestrigen Schneegestöber war kaum noch etwas zurückgeblieben. Der angebrochene Tag versprach schön zu werden. Ihr Vorhaben verlief nach Plan. Dennoch hätte Emma sich am liebsten zu Boden gekauert und geweint. Lewis Higgins war tot. Lumi Nevasmaa war tot. Drei Demonstranten an der Mannerheimintie waren tot.

In wenigen Augenblicken sollte sie von der Bühne herab verkünden, dass die demokratisch gewählte Regierung Finnlands abgesetzt wurde.

Emma litt unter der schrecklichen Vorahnung, dass dieser Tag schlimm enden könnte.

* * *

Vilma Varis blickte von der Medientribüne auf der anderen Seite des Platzes über die Massen. Auf dem Platz brodelte es wie in einem Wassertopf kurz vor dem Siedepunkt.

Nie zuvor hatten sich so viele Menschen auf dem Platz und in den Nebenstraßen zusammengefunden. Jeden Moment würde Emma Erolas Rede beginnen.

Soeben waren La-Ola-Wellen wie im Fußballstadion durch die Menge gelaufen, hatten am Fuße der Domtreppe begonnen und die Medientribüne am südlichen Rand des Senatsplatzes erreicht. Etwas Unheilvolles lag in der Luft.

Vilma sah auf ihr Telefon. Mit jeder Twitter-Meldung wurden neue Aufstände aus dem ganzen Land bekannt. Im internen Informationsforum der Yle-Journalisten häuften sich die Threads, dass angesichts des »Ausnahmezustandes« im Land bald eine Übergangsregierung die Kontrolle übernehmen würde.

In den Morgenstunden war die Temperatur leicht angestiegen. Die Massen vibrierten. Über ihnen schwebte ein Schildermeer: *Gegen System und Kapital! Power to the People! ¡No pasarán!*

Am westlichen Rand des Platzes standen die Einsatztruppen der Polizei in dichter Formation, an den Ecken und vor dem Regierungspalais gegenüber hatte sich die Armee positioniert.

Ein deutscher Journalist hatte sich auf der Suche nach einem Interviewpartner mit seinem Kameramann unter die Menschen gemischt.

Vilma entschloss sich, einen der umstehenden Polizisten auszuhorchen. Vielleicht gab er etwas über seine Einsatzanweisung preis, aus dem sie auf die Strategie der Polizei schließen konnte.

Sie stieg die Stufen am Tribünenrand hinunter. Ein junger Polizist vor ihr hatte den Blick beunruhigt auf die Menge gerichtet. Sie tippte ihm auf die Schulter.

»Weißt du, wer ich bin?«, fragte sie.

Er drehte den Kopf und fixierte sie. Ein Funken Wut blitzte in seinen Augen auf.

»Du bist diese Reporterin. Kapierst du eigentlich, was du angerichtet hast?«

»Ich habe nur geschildert, was mit Lumi Nevasmaa geschehen ist«, verteidigte sich Vilma. »Wenn die Menschen wütend sind, ist das nicht meine Schuld, sondern die Schuld derjenigen, die ihr das angetan haben. Vielleicht hättet ihr diese Reaktion einkalkulieren sollen, bevor ihr euch entschlossen habt, wahllos auf Menschen zu schießen.«

»Mit dieser Schießerei an den Barrikaden hat die Polizei nichts zu tun.«

Vilma starrte ihn verwirrt an. Er sah so aus, als wäre er überzeugt von dem, was er sagte.

»Kennst du das Video?«, fragte sie mit Nachdruck.

»Sicher. Und Tausende meiner Kollegen kennen es auch. Kein Einziger von uns hat den Schützen erkannt.«

»Pfff. Sie tragen Uniform. Und fahren Polizeiautos.«

»Auf dem Video sieht man acht als Polizisten verkleidete Männer. Die Gesichter von vier oder fünf sind eindeutig zu erkennen. Zur Chat-Gruppe der lokalen Polizei gehören 150 Kollegen, niemand kennt die Personen auf dem Video. Klingt das in deinen Ohren etwa nicht seltsam?«

Vilma senkte den Blick, um ihm nicht in die Augen schauen zu müssen. Falls es stimmte, was der Polizist sagte, war das in der Tat mehr als merkwürdig. Aber wenn das an der Mannerheimintie keine Polizisten waren, wer waren die Männer dann?

Wieder betrachtete sie die Menschenmenge. Die Mienen der Polizisten waren angespannt. Mittlerweile war nicht mehr zu unterscheiden, ob die Demonstranten die Polizisten mutwillig anrempelten oder ob sie einfach von den wogenden Massen gegen sie geschubst wurden. Zumindest in einem Fall sah Vilma allerdings genau, wie ein Mann die Polizei absichtlich provozierte.

Die Situation drohte aus dem Ruder zu laufen. Es waren einfach viel zu viele Demonstranten und viel zu wenige Polizeikräfte. Bisher beobachteten die Soldaten am Rande des Platzes die Situation nur und schienen auf Befehle zu warten.

Schon vor Vilmas Sendung am Vorabend war der Respekt der Menschen vor der Polizei auf null gesunken. Doch jetzt war die Stimmung offen feindselig. Da hatte sie wohl die Büchse der Pandora geöffnet.

Der Polizist neben ihr behielt die Menge im Auge und hatte instinktiv die Hand am Holster. Vilma stieg auf einen Betonpoller, um mehr sehen zu können. Die Hände der Menschen wedelten im Takt der Welle, ihre Rufe hallten von den umstehenden Gebäuden zurück.

Plötzlich ging ein Ruck durch die Reihe der Polizisten in Schutzausrüstung, als ihre Mauer unter dem Druck der Massen aufbrach. Das Brausen schwoll kurzzeitig an, die Demonstranten wurden noch unruhiger und preschten vereinzelt durch die Polizeireihe. Die Polizisten drängten sie zurück. Einer verlor die Nerven und warf einem auf ihn zustürmenden Demonstranten seinen Schild an den Kopf. Danach stand er ohne Schutz da. Er zog seine Waffe und begann zu brüllen. Ein zweiter Polizist griff ebenfalls nach der Waffe und fuchtelte damit in der Luft herum.

Einer der Demonstranten griff von hinten nach der Waffe, wodurch sich ein Schuss löste. Ein Mann, der direkt vor dem Polizisten gestanden hatte, zuckte zusammen und sackte zu Boden. Der Polizist selbst fiel auf die Pflastersteine, und eine Gruppe Demonstranten stürmte auf ihn ein und traktierte ihn mit Tritten.

Vilma wartete nicht länger. Sie sprang vom Poller herunter und rannte zurück auf die Medientribüne. Die Welt sollte aus ihrem Mund erfahren, wie die Situation in Helsinki eskaliert war.

* * *

Emma Erola war gerade im Begriff, die Rednerbühne zu betreten, als ein scharfes Geräusch über den Platz fegte.

Ein Schuss.

Emma drehte sich zu Kauri um. Entsetzt sahen sie sich an. Kauri hielt sie am Arm zurück und hinderte sie daran, die Bühne zu besteigen.

Einzelne schrille Panikschreie stachen aus dem Brüllen der Massen hervor.

Peng! *Wieder ein Schuss.*

Das war genau das, was Emma befürchtet hatte. Ohne weiter nachzudenken, befreite sie sich aus Kauris Griff und stürmte auf die Bühne. Die Menschen im näheren Umkreis hatten noch nicht begriffen, was am Rande des Platzes vor sich ging. Als Emma auf der Bühne erschien, brachen sie in Beifallsrufe aus.

Auch die Menschen im Umfeld des Schusses verhielten sich überraschend ruhig. Emma hatte gelesen, dass bei Massenschießereien die Menschen, die sich unmittelbar in Gefahr befanden, das Geräusch der Schüsse häufig gar nicht erkannten. Sie hielten es für Feuerwerk, vielleicht auch für eine Explosion oder sonst etwas. Wenn dann die Nachricht von Schüssen die Runde machte und die Menschen die Wahrheit erkannten, war ihre Panik nicht mehr zu stoppen.

Genau das geschah nun vor Emmas Augen. Von der südwestlichen Ecke des Senatsplatzes her breitete sich Panik aus und erfasste immer mehr Menschen. Wer konnte, rannte schreiend in die Nebenstraßen.

Am Rand des Platzes sah Emma einen Polizisten auf der Straße liegen. Zwei Demonstranten traten auf ihn ein. Selbst aus dieser Entfernung konnte Emma erkennen, wie viel Wut in ihren Tritten lag. Einige Tritte zielten direkt auf den Kopf des Polizisten. Daneben lag ein Mann in Zivilkleidung in einer Blutlache am Boden.

Ein Polizist kam vom Südende des Platzes herbeigerannt, zog seine Waffe und drohte damit den beiden immer noch nach seinem Kollegen tretenden Demonstranten. Als das nichts half, feuerte er einen Schuss auf einen der beiden ab, und dieser sackte zu Boden.

Jetzt setzten sich in einer Ecke auch langsam die gepanzerten Armeefahrzeuge in Bewegung.

Schlagartig wurde Emma die ihr zugedachte Rolle bewusst. Sie war jetzt an der Macht. Die nahende Katastrophe zu verhindern war nun ihre Aufgabe.

Ihre und die des Mannes, dem sie nicht mehr vertrauen konnte.

86

Leo griff nach dem roten Scrunchie auf seinem Schreibtisch. Er betastete den Stoff und betrachtete ihn nachdenklich. Mit ziemlicher Sicherheit hatte er genau denselben gestern im Krankenhaus an Emma Erola gesehen.

»Emma Erola war hier«, sagte er laut. »Sie war hier in meinem Büro.«

Joel Alén stellte sich neben Leo, sah den Haargummi an und lächelte. »Erola? Wie sollte das möglich sein?«

Als Alén eine wegwerfende Handbewegung machte, glaubte Leo an dessen Uniformärmel und dem Manschettenknopf kleine rote Punkte auszumachen, die wie Blutspritzer aussahen. Woher stammten die? Mögliche Erklärungen gab es viele, angefangen bei gewöhnlichem Nasenbluten.

Leo fürchtete, einen schweren Fehler begangen zu haben. Er ging zurück zum Fenster und knetete den Haargummi in seiner Hand.

Das Regierungspalais war eines der Ziele auf der Liste der zu besetzenden Objekte, die Lewis Higgins ihm geschickt hatte. Wenn Emma Erola tatsächlich schon in Leos Arbeitszimmer gewesen war, dann war der Putsch der Linken bereits viel weiter fortgeschritten, als Leo vermutet hatte.

Daraus ergab sich eine Frage, auf die es keine guten Antworten geben konnte: Wenn der Putsch tatsächlich schon so weit gediehen war, wie war es dann möglich, dass er hier seelenruhig in Begleitung des Oberkommandierenden der Armee in seinem Arbeitszimmer stand?

Leo musste am Fensterbrett Halt suchen. Er zog sein Telefon aus der Tasche und las die Nachricht ein weiteres Mal:

Revolution now amen

Amen. Das Wort hatte Leo schon beim ersten Lesen gestört. Er begriff nicht, was es in einer Nachricht machte, deren Absender alles andere als gläubig war.

Leo klickte auf das Symbol zum Öffnen der Tastatur. Die Buchstaben M und L standen direkt übereinander. Auf dem Display des Smartphones waren sie nur einen Millimeter voneinander entfernt.

Amen.

Alén.

Higgins hatte sich vertippt. Er hatte versucht, Leo vor Joel Alén zu warnen, der in diesem Augenblick direkt hinter ihm stand.

Auf einmal machte es in seinem Kopf klick. Den ganzen Morgen über hatte er gegrübelt, wie der linke Putsch so reibungslos hatte vonstattengehen können. Etwas war falsch in einem Gefüge, in dem die Linken einfach so in die wichtigsten Regierungsgebäude hineinspazieren und sie übernehmen konnten. Es war wenig glaubhaft, dass irgendwo im Verborgenen eine handgestrickte Truppe bewaffneter Linksradikaler herangereift war, die zu so etwas in der Lage war.

Die Vorkommnisse erschienen in einem vollkommen neuen Licht, ging man davon aus, dass hinter allem der Oberkommandierende der finnischen Armee stand. Dann wären die kennzeichenlosen Truppen nämlich plötzlich richtige Soldaten. Und es würde sich hier auch nicht um einen Aufstand der Linken, sondern um einen Militärputsch handeln.

Leo drehte sich um.

Joel Aléns riesige Gestalt stand nur drei Meter entfernt. In der Hand hielt Alén eine Pistole, mit der er auf Leos Brust zielte. Auch jetzt lag auf seinem Gesicht das bekannte Grinsen, dem nun jedoch ein schadenfroher Zug anhaftete.

Der Lauf der Pistole zitterte, weil Armeegeneral Joel Alén das Lachen kaum unterdrücken konnte, als er Leo ansah.

Ein perfekter Augenblick. Koskis überraschter Ausdruck entschädigte ihn für all den Ärger, den ihm der Ministerpräsident mit seiner nächtlichen Flucht beschert hatte.

»Ich bitte um Entschuldigung«, sagte Alén und hielt mühsam das Lachen zurück. »Aber die Situation ist doch zu komisch. Das ganze Wochenende waren Sie der Stein in meinem Schuh. Und dann laufen Sie mir geradewegs in die Arme.«

Amüsiert verfolgte Alén, wie Leo Koski versuchte, die Puzzleteile in seinem Gehirn zusammenzufügen.

»Sie und Emma Erola. Wie ist das möglich?«, fragte Koski. »Sie sind doch einer von Pontus' Männern.«

»Da irren Sie sich«, entgegnete Alén. »Aber das kann ich Ihnen nicht einmal vorwerfen. Es hat mich viele Opfer gekostet, diese Rolle in der Öffentlichkeit glaubwürdig zu spielen.«

Joel Alén nickte voller Stolz zu seinen Worten. *Opfer von einem Kaliber, zu denen nur wahrhaft große Männer fähig sind.*

Der abgezehrte Blick seiner Mutter im ehemaligen Zoo Korkeasaari fiel ihm ein. Erst gestern hatte er sie aus ihrem jahrzehntelangen Elend herausgeholt. Aus menschlicher Perspektive betrachtet, war das viel zu spät geschehen, aber eher wäre es nicht möglich gewesen, ohne seine Pläne zu gefährden, an denen er sein ganzes Erwachsenenleben gearbeitet hatte.

In seiner Kindheit war das Leben von Joel und Irma Lehikoinen bescheiden gewesen. Anfang der 1990er-Jahre wurde Finnland von einer schweren Wirtschaftskrise getroffen, und als seine Mutter arbeitslos geworden war, hatte sie endgültig den Boden unter den Füßen verloren. Auf Mutters Arbeitslosigkeit folgte die Armut, auf die Armut die Depression und auf die Depression Mutters vollständiger Absturz. Mutter hatte ihn geliebt und stets sein Bestes gewollt. Also hatte sie ihren Sohn in eine Pflegefamilie gegeben. Der kleine Joel hatte sich zuerst gewehrt, aber nach langem Kampf schließlich eingewilligt umzuziehen.

Sein neues Zuhause war bei einer guten Familie im Villenvorort Kauniainen – gut im Sinne des kapitalistischen Familienideals. Der Vater erfolgreich, die Mutter fürsorglich, und Joel fehlte es an nichts.

Um die Jahrtausendwende war Joel Lehikoinen zu einem intelligenten und frustrierten jungen Mann herangewachsen. Ihn quälte, wie die Gesellschaft seine biologische Mutter hatte fallen lassen.

Der junge Joel hatte viel gelesen. Zuerst konzentrierte er sich auf religiöse Texte, fand sie aber bald zu langweilig. Die Schriften der Philosophen der Antike interessierten ihn da schon mehr.

Am meisten begeisterte er sich für Platons Ideen. Platon ging davon aus, dass der Staat Protektoren brauchte, grübelte aber gleichzeitig darüber nach, wie man das Volk vor seinen eigenen Protektoren schützen konnte. Gestattete man Machthabern, Privatvermögen anzuhäufen, erwachte in ihnen irgendwann der Drang, es zu vermehren. Dadurch gerieten die Ziele des Gemeinwohls in den Hintergrund. Das Streben nach Wahrheit und Tugend wurde unter den Verlockungen des irdischen Mammons begraben.

In Kauniainen sah Joel mit eigenen Augen all das, was Platon mehr als zweitausend Jahre zuvor beschrieben hatte. Die Gutsituierten um ihn herum beherrschten die Gesellschaft. Sie meinten es nicht böse, aber irgendwann kam jeder an den Punkt, an dem er das eigene Wohlergehen über die gemeinschaftlichen Interessen stellte. Die Ergebnisse zeigten sich sowohl in der Politik des Landes als auch in den Beschlüssen des Elternvereins der Schule.

Von den antiken Philosophen schritt Joel Lehikoinen in der Geschichte voran. Ein ums andere Mal begegneten ihm große Denker, die angesichts der Macht des Geldes ratlos waren. Joel las, dass sogar das große Genie des 20. Jahrhunderts Albert Einstein in der Konzentration des Vermögens ein größeres Wunder sah als in der Erfindung der Atombombe. Als Einstein nach dem Höhepunkt seiner Karriere in die Vereinigten Staaten übersiedelte, beschrieb er den Zinseszinseffekt als achtes Weltwunder.

Joel hatte diesen Zinseszinseffekt selbstverständlich umfassend studiert. Die Art und Weise, wie Anlagerenditen wiederangelegt immer weiter wuchsen, erklärte, wieso Vermögen sich auf wenige konzentrierte. Aufgrund dieses Effekts vermehrte sich angelegtes Vermögen nicht linear, sondern exponentiell, mit immer steiler steigender Kurve.

Joel las weiter und weiter und traf irgendwann auf die Ideale der Linken. Je eingehender er sich mit der Wirtschafts- und Kriegsgeschichte beschäftigte, umso mehr war er von der Unabwendbarkeit einer Revolution der Linken überzeugt. Die Debatten der Politiker erschienen ihm immer abwegiger: Sie sprachen von nichtigen Anpassungen der Steuertabelle und der Sozialleistungen, während das komplette System des Kapitalismus durch und durch marode war.

Er suchte die Nähe junger linker Kreise, war aber schnell von ihnen enttäuscht. Der Umgang mit den marxschen Idealen war eine Schande. Diese sogenannten Linken waren allesamt Vertreter jener Bonuskartenjugendlichen, die mit den Meilen ihrer Eltern zum G8-Gipfel flogen, um dort zu demonstrieren. Faule Intellektuelle aus der Mittelschicht mit Manifesten, die sowieso keiner las. Selbstgerechte Radikale, die mehr an ihre utopistische Liebe glaubten als an die Revolution.

Sie rebellierten allein wegen der Schlagzeilen und ihres Gewissens.

Im letzten Jahr am Gymnasium kam Joel Lehikoinen zu einer großen Erkenntnis: Er begriff, was notwendig war, um die Welt zu verändern. Wirkliche Veränderungen, echte Veränderungen erreichte man nur mit Unterstützung des Militärs. So war es ein ums andere Mal. Auch wenn Finnland Anfang des dritten Jahrtausends ein stabiler Staat zu sein schien, wusste Joel doch aus der Geschichte, dass eine derartige Stabilität nicht ewig währte. Dafür sorgte die Natur des Menschen. Der Kapitalismus war ein fehlerbehaftetes System, das sich selbst in die Enge drängte. Vielleicht in ein paar Jahren, vielleicht erst in ein paar Jahrzehnten, aber es würde unweigerlich geschehen.

Und wenn dieser Augenblick gekommen war, musste er in einer Position sein, von der aus er den Lauf der Ereignisse beeinflussen konnte. Inmitten der Krise war die wichtigste Führungsposition immer die des Oberkommandierenden der Streitkräfte.

Also begann Joel ab der Musterung mit einer Zielstrebigkeit und Hartnäckigkeit an seiner militärischen Laufbahn zu arbeiten, wie sie nur Personen eigen war, die von einer Idee getrieben wurden. Ihm war klar, dass die Leute in den höchsten Armee- und Polizeiämtern sich den Konservativen gegenüber loyal verhielten, obwohl sie offiziell natürlich unpolitisch waren. Die Elite trug Sorge dafür, dass die Führung in den Händen konservativer, treu ergebener Personen blieb.

Er nahm die Werte, Lehren und Kontakte seiner Pflegefamilie scheinbar bereitwillig an. Er lernte die richtigen Menschen kennen, vergaß seine alten Bekannten, die ihn daran erinnerten, dass er in Wahrheit zum Proletariat gehörte. Er nahm den Namen seiner Pflegefamilie an und hieß ab da Alén. Den Kontakt zu seinen biologischen Wurzeln brach er ab, auch zu seiner Mutter. Er wurde zum Archetyp eines konservativen Bürgerlichen, dem jeder konservative Politiker oder General vertraute, wenn Beförderungen anstanden. Je weiter Alén sein bourgeoises Image auf- und sein Netzwerk ausbaute, desto heftiger loderte in ihm die Flamme des Zorns.

Letztendlich hatte er die Außenwelt so erfolgreich davon überzeugt, ein Konservativer zu sein, dass die größte Hürde war, aus seiner Position bei der Armee heraus linke Gesinnungsgenossen aufzuspüren. Doch mit den Jahren gelang ihm auch das. Er brachte die richtigen Menschen in Schlüsselpositionen in der Armee und in den engsten Kreis der Organisation. In der Kommandozentrale unterhalb von Helsinkis grüner Lunge, dem Keskuspuisto, hatten sich in der vergangenen Nacht handverlesene Armeeangehörige in Zivilkleidung eingefunden. An diesem Morgen würde auch der Rest der Armee ihrem Beispiel folgen und sich auf die Seite der Revolution unter Aléns Führung stellen.

Die Jahrzehnte eiserner Disziplin hatten sich gelohnt. Jetzt war sein Moment gekommen. Heute würde sich alles fügen.

Alén sah wieder Leo Koski an – dieser verdatterte Blick! Koski würde nie erfahren, wie genial sein Plan tatsächlich war. Alén hatte selbst seinem engsten Umfeld nicht alle Einzelheiten offenbart. Ja, nicht einmal Emma Erola.

Es war gleichzeitig wundervoll und traurig: Eines Tages würde er, Joel Alén, als großer Mann zu Grabe getragen werden, ohne dass er die ganze Wahrheit über die Vollkommenheit seines Planes, der ihn an die Spitze der Macht gebracht hatte, hätte offenlegen können.

Welch ein Jammer.

»Kennen Sie Aristoteles' Rhetorik-Lehre?«, fragte er den Ministerpräsidenten aus einer plötzlichen Eingebung heraus.

87

Leo wusste nicht so genau, wie er auf Aléns seltsame Frage reagieren sollte. Der General bedrohte ihn mit einer Waffe und wollte dabei mit ihm über Philosophie plaudern?

Langsam war Leo davon überzeugt, in Alén einen Narzissten vor sich zu haben, der mit seinem Wissen und seinen Leistungen prahlen wollte.

»Antworten Sie!«, brüllte Alén. »Das war eine einfache Frage. Woraus besteht laut Aristoteles eine gute Rede? Wie kann ein Redner erreichen, was er will?«

»Durch Ethos, Pathos und Logos«, antwortete Leo.

»Sieh an, der Kapitalist!«, kicherte Alén. »Sie wissen sicher auch, was das bedeutet. Ethos?«

»Glaubwürdigkeit des Redners«, antwortete Leo. Er verstand den Sinn dieses Spiels nicht, das Alén hier abzog, aber immerhin verschaffte es ihm Zeit.

»Pathos?«

»Die Fähigkeit des Redners, die Gefühle der Zuhörer anzusprechen.«

»Logos?«

»Die Fähigkeit des Redners, klar und logisch zu argumentieren.«

»Und das vierte und wichtigste Element einer guten Rede?«

Leo schüttelte den Kopf. Von einem vierten Punkt hatte er noch nie etwas gehört.

Alén kostete diesen Moment offenbar so richtig aus. Das Grinsen auf seinem Gesicht war noch breiter geworden, und seine Augen sprühten vor Begeisterung.

»Das vierte Element ist *Kairos*«, klärte Alén ihn endlich auf. »Kairos bedeutet der richtige Zeitpunkt. Auch die beste Rede führt nicht zum gewünschten Ergebnis, wenn die allgemeinen Umstände und die Gemütsverfassung der Zuhörer nicht reif dafür sind.«

Leo verstand nicht, worauf Alén hinauswollte.

»Die Zeit ist reif für den Aufstieg der Linken zur Macht«, fuhr Alén fort. »Die Geschichte besteht aus einer wellenförmigen Abfolge von Ideen. Wer ein Anführer sein will, muss im richtigen Moment die Gelegenheit ergreifen. Denken Sie nur an Ihren Werdegang, Leo Koski. Sie waren zur rechten Zeit am rechten Ort und sind Ministerpräsident geworden. Ein schöner Zufall zum richtigen Zeitpunkt. Im Timing des heutigen Tages liegt noch viel mehr Schönheit. Genau das ist *Kairos*. Leider werden Sie das nicht mehr erleben, denn Ihr Tod ist Teil der Geschichte.«

Mein Tod.

Joel Aléns letzter Satz ließ Leo erstarren. Hatte der General vor, ihn hier an Ort und Stelle umzubringen?

Er starrte auf die Waffe vor seinen Augen. Es war unbegreiflich, dass Alén es geschafft hatte, seine linken Ideale so perfekt zu verheimlichen.

Im Frühjahr hatte er den Bericht der SUPO zu Alén gelesen: Darin wurde ein äußerst fähiger General beschrieben, der mit nur 46 Jahren zum Oberkommandierenden der Streitkräfte berufen worden war, dem jüngsten seit fast einhundert Jahren. Brillante Noten in der Personalbewertung. Überragende soziale Fähigkeiten. Herausragende Führungsqualitäten auch unter veränderlichen Bedingungen.

In dem Bericht wurde Alén beinahe als Superheld beschrieben – nur zwei Dinge machten ihn zu einem normalen Menschen, und die hatten sich Leo eingeprägt: Das erste war der Umstand, dass Alén im Grundschulalter in eine Pflegefamilie gekommen war, die ihn später auch offiziell adoptiert hatte. Und das zweite war der Spitzname, den man ihm bei der Armee wegen seiner außergewöhnlichen Beharrlichkeit gegeben hatte: Marten – der englische Begriff für Marder.

Kein Wort zu linken Sympathien. Und trotzdem vollzog sich gerade ein Putsch zur Machtergreifung der Linken unter seiner

Führung. In Aléns Augen lag ein Glanz, der einen komplett anderen Menschen offenbarte.

Seine Pistole war immer noch auf Leo gerichtet. Irgendetwas musste er sagen, um Zeit zu gewinnen.

»Sie werden keinen Erfolg haben«, brachte Leo endlich heraus. »Amanda hat die Kontrolle über die Vermögen der Finnen. Sobald Sie an der Macht sind, wird sie den Geldverkehr wieder freigeben. Dann fließt das Kapital innerhalb weniger Minuten aus Finnland ab und Sie stehen in Ihrem sozialistischen Paradies mit leeren Händen da.«

»Pah!«, erwiderte Alén. »Vielleicht wäre es so gekommen. Aber ich habe meine Leute schon vor geraumer Zeit ins Nebengebäude der Bank von Finnland geschickt und gerade eine Nachricht von ihnen erhalten: Ihre Ex-Frau wurde festgenommen. Die Codes zur Kontrolle des Geldverkehrs befinden sich in der Hand meiner Männer.«

Alle Luft entwich aus Leos Lunge. Es war vorbei. Aléns höhnischer Tonfall ließ keinen Zweifel daran, dass er ihn nicht am Leben lassen würde.

Leo wollte sich gerade innerlich auf den Tod einstellen, als Schüsse fielen. Die Geräusche kamen von draußen.

Joel Alén ging zum Fenster, die Waffe unverändert auf Leo gerichtet. Auch Leo sah auf den Platz hinunter. Am Rande des Senatsplatzes, fast direkt unter ihrem Fenster, lag ein zivil gekleideter Mann und verlor viel Blut. Einige Meter daneben traten Demonstranten auf einen ebenfalls am Boden liegenden Polizisten ein. Ein zweiter Polizist kam herbeigerannt, schrie aufgebracht und schoss auf einen der Demonstranten.

Leo entdeckte Emma Erola, die auf die Bühne gestürmt war und entsetzt in die Menge starrte. Dann blickte sie hinauf zum Regierungspalais und rannte direkt in Leos und Aléns Richtung.

Panik machte sich breit.

Leo sah zu Joel Alén, der neben ihm das Schauspiel verfolgte. Der General verzog keine Miene. Vielmehr sah es so aus, als ob er den Gewaltausbruch genießen würde.

»Das Problem mit euch Zivilisten ist, dass ihr bei der geringsten Gewaltanwendung schon zusammenzuckt«, murmelte Alén halb zu sich selbst. »Dabei ist sie ein ganz natürlicher Teil des Menschseins.«

Alén verfolgte die panische Flucht der Menschen aus den Augenwinkeln – so als liefe dort unten ein Film ab, den er schon kannte.

»Es gibt Untersuchungen, nach denen der größte Teil der Menschen Gewalt entweder für eine Folge des Sadismus oder ein Werk des Bösen hält. Dabei ist das Gegenteil der Fall. Der weitaus größte Teil derjenigen, die Gewalt anwenden, glaubt sich moralisch im Recht. Denken Sie mal darüber nach: Wer würde denn einem anderen Menschen etwas Böses antun, wenn er nicht davon überzeugt wäre, dass es richtig ist? Ausschließlich Psychopathen. Und die stellen den geringsten Teil der Gewalttäter.«

Alén holte tief Luft. »Doch jetzt ist Zeit, Frieden über das Land zu bringen. Dafür muss die Armee gerufen werden.«

Unten vor dem Fenster setzten sich die Panzer langsam in Bewegung. Die Panik hatte weit um sich gegriffen, und die Menschen liefen wie von Sinnen in die Seitenstraßen.

»Kommen Sie, Leo«, sagte Alén jetzt. »Unser Gespräch ist beendet. Ich habe zu arbeiten. Es wäre nett, Sie gleich hier an Ort und Stelle zu erschießen, aber ich glaube nicht, dass Emma Erola begeistert wäre, wenn sie in ihrem neuen Büro eine Leiche vorfände.«

Mit einer Bewegung der Pistole deutete er zur Tür. Leo gehorchte. In der Türöffnung stieß Alén ihm den Lauf schmerzhaft nah an seiner Verletzung in den Rücken, um ihm zu signalisieren, dass er schneller gehen solle.

Sie gingen ins Treppenhaus und an der Gedenktafel für Eugen Schauman vorbei. Plötzlich hörten sie Schritte, die sich von unten näherten. Die Person, die ihnen entgegenkam, schien es eilig zu haben. Auf dem nächsten Treppenabsatz stand ihnen unvermittelt Emma Erola gegenüber. Sie war völlig außer Atem. Einen Augenblick starrte sie Leo an, dann die Waffe in Joel Aléns Hand. Die

Sorge auf ihrem Gesicht wich purer Angst. Sie schüttelte den Kopf und blickte den General mit feuchten Augen an.

»Joel, wir müssen das abbrechen. Alles läuft falsch.«

»Schweig!«, fuhr Alén sie an.

* * *

Metso zwängte sich auf dem Senatsplatz durch die Menschenmassen. Die Leute standen dicht gedrängt wie bei einem Rockkonzert. Als dann alle den Platz plötzlich verlassen wollten, entstand Chaos. Er musste sich mit Gewalt einen Weg durch die Menge pflügen.

Er schaute zum Regierungspalais neben dem Senatsplatz, in dem sich Leo Koski bereits aufhielt. In dem auch er längst hätte sein sollen.

Das Telefon in seiner Hand vibrierte.

»Bin ganz in der Nähe«, sagte er ohne Umschweife.

»*Komm zum Eingang in der Aleksanterinkatu. Sofort!*«

Das Telefonat endete. Peregrinos Stimme hatte ebenso metallisch geklungen wie immer, doch aus seinen Worten sprach tiefe Sorge. Bereits gestern Abend hatte ihm sein Auftraggeber unmissverständlich klargemacht, was seine wichtigste Aufgabe an diesem Wochenende zu sein hatte: *Beschütze Leo Koski!*

Diese Aufgabe hatte er erhalten, kurz nachdem er Harri Holsti in den Krankenwagen verfrachtet und zwei verwaiste Hundewelpen eingesammelt hatte. Da hatte Peregrino angerufen und ihm befohlen, unverzüglich ins Krankenhaus zu fahren und sicherzustellen, dass Koski in Sicherheit war. Sein Auftraggeber hatte völlig zu Recht die Befürchtung, dass diejenigen, die versucht hatten, Koski zu erschießen, es wieder probieren würden. Metso solle den MP um jeden Preis beschützen.

Also war Metso nach Meilahti ins Uniklinikum gefahren, Harri Holsti auf der Trage hinten im Wagen, dort aber zu spät eingetroffen. Koski hatte es allerdings mit Geschick und Glück geschafft, sich vor den Angreifern in Sicherheit zu bringen. Später hatte Peregrino Metso wieder auf Koskis Spur im Haus von dessen Ex-Frau in Espoo gebracht.

Und jetzt war er schon wieder zu spät dran.

Das Gedränge wurde zum Rande des Platzes hin lichter, und Metso konnte in Laufschritt verfallen. Er lief auf der Aleksanterinkatu bis zu einer schmalen Durchfahrt, die in den Innenhof des Regierungspalais führte. Er hielt sein Gesicht vor die Überwachungskamera über dem Tor, das sich sogleich öffnete. Metso schlüpfte hinein und sah sich um. Der Innenhof war verlassen. Er lief zur linken Hälfte des mittig geteilten Innenhofes, an dem die Büroräume der Staatskanzlei lagen. Nirgends war ein Mensch zu sehen. *Muss ich mich jetzt allein durchschlagen?* Metso hatte keinen blassen Schimmer, in welchem Teil des Gebäudes Leo Koski sich aufhielt.

Plötzlich hörte er ein Klicken, mit dem sich eine Tür direkt neben ihm öffnete. Der Gang dahinter war leer und führte ins Erdgeschoss des Regierungspalais. Wer auch immer die Tür geöffnet hatte, er war verschwunden. Er wollte seine Identität offensichtlich nicht preisgeben.

Im gleichen Moment klingelte Metsos Telefon. *Peregrino.*

Metso meldete sich. »In welche Richtung muss ich gehen?«, fragte er.

»Zur Haupttreppe«, antwortete die verzerrte Stimme. »Nimm den Zettel mit, den ich auf den Fußboden gelegt habe.«

Metso trat durch die Tür und hob ein Blatt Papier auf, das auf dem Steinfußboden lag.

»Gib das Blatt Leo Koski. Es ist wichtig, dass er diese Information dem Volk schnell mitteilt. Beeil dich, Koski ist in großer Gefahr.«

Dann brach das Telefonat wieder ab. Metso eilte weiter und wandte sich nach links, weil er vermutete, dass es hier zur Haupttreppe ging. Dabei warf er einen Blick auf Peregrinos Zettel.

Auf dem Blatt standen nur zwei Sätze. Es war klar, worauf Peregrino hinauswollte. Ihm ging es um weit mehr als nur darum, Leo Koskis Leben zu retten.

88

Sie hätte nicht herkommen sollen.

General Joel Alén fühlte väterliche Enttäuschung, als er Emma Erolas Gesichtsausdruck sah. Sie war zum denkbar schlechtesten Zeitpunkt im Treppenhaus der Staatskanzlei aufgetaucht und starrte nun unverwandt auf die Pistole in Aléns Hand.

Ihr stand das Entsetzen ins Gesicht geschrieben. Doch dafür hatten sie jetzt wahrlich keine Zeit. Ausgerechnet in diesem entscheidenden Moment verließ sie die Courage.

Emma Erola stellte sich neben Leo. Sie standen etwa zehn Stufen unterhalb von Alén.

»Hör auf, Joel! Steck die Waffe weg!«, flehte sie. »Schau dir das Durcheinander da draußen an!«, rief sie dann und zeigte Richtung Senatsplatz. »Wir können nicht weitermachen. Erst muss sich die Situation beruhigen. Und das geht nur zusammen mit Leo.«

»Schluss jetzt!«, zischte Alén.

Er hob die Waffe und zielte jetzt auf Leo Koskis Stirn. Seine Finger umklammerten den Griff fester als nötig. Alén blickte in Leos leidgeplagtes Gesicht. Durch sein Hemd sickerte Blut. Der Ministerpräsident hielt sich allein durch Willenskraft auf den Beinen.

»Emma hat recht«, sagte Leo schwach. »Ich sehe es inzwischen auch so. Ihr hattet beide recht mit dem Problem, das durch die Ungleichheit entsteht. Das hat unsere Gesellschaft an den Rand des Zerfalls gebracht. Wir können die Situation gemeinsam zum Besseren wenden.«

Alén lachte gehässig. Koskis verzweifelter Versuch amüsierte und empörte ihn gleichermaßen. Er hätte die Situation mit einem einzigen Schuss in Ordnung bringen können, wenn er nicht auf Emmas widerstreitende Gefühle Rücksicht nehmen müsste.

Er wandte sich an Emma. »Seine Versprechen sind nichts als Augenwischerei. Als wollte man einen defekten Autoreifen mit Kaugummi flicken. Das kapitalistische System ist wie die Haushaltsgeräte, die heute produziert werden: nicht zum Reparieren gemacht. Gehen sie kaputt, müssen sie durch neue ersetzt werden. Verstehst du, Emma? Du hast ein neues Gesellschaftssystem kreiert, das die Menschheit von der Ungleichheit befreit. Das kannst du nicht einfach wegschmeißen!«

»Ich werde es nicht wegschmeißen«, erwiderte sie. »Aber wenn es einen Neuen Sozialismus geben soll, dann muss es durch Wahlen geschehen. Nicht so!«

In Joel Alén brodelte es. *Sie verstehen es einfach nicht.*

Leo Koskis Wille zur Deeskalation war verständlich. Er würde sonst was versprechen, um am Leben zu bleiben. Aber Emma Erolas Einknicken war ihm unbegreiflich. Sie hatte ihren Teil an den Vorbereitungen der Revolution zielstrebig ausgeführt – bis gestern. Doch jetzt entpuppte sie sich als Verräterin. Was für eine schwache Führungsperson!

Emma sollte das Licht sein, das uns alle in die Freiheit geleitet. Stattdessen hat sie mich in einem entscheidenden Moment verraten.

Alén kannte sich aus mit Revolutionen. Viele Male waren Veränderungen in der Geschichte letztlich daran gescheitert, dass die Anführer der Revolution zu normalen Politikern mutierten. Nur mit der Entschlossenheit echter und starker Anführer waren große Dinge erreicht worden.

Was hatte Napoleon Bonaparte unternommen, als die Politiker nach der Französischen Revolution zögerten? Hatte er aus dem Abseits zugeschaut, wie sie ihre revolutionären Ideale aufgaben? Nein!

Demokratie war ja ein schöner Gedanke, aber in einem Irrenhaus funktionierte sie nicht. Die industrielle Revolution hatte die gesellschaftliche Evolution auf den Kopf gestellt. Alén hatte die ganze Zeit über gewusst, dass letzten Endes er die Zügel in die Hand nehmen und das Land führen musste.

Non ducor, duco. Ich werde nicht geführt, ich führe.

Leo Koski musste sterben, das war kein Problem. Emma Erolas Tod wäre allerdings erheblich schwerer zu erklären. Wenn sie nur ihre Verwirrtheit ablegen würde, könnte der Plan weiterlaufen wie bisher.

»Das Volk ist nicht bereit, den entscheidenden Schritt allein zu tun«, sagte Alén zu Emma. »Die Geschichte zeigt, dass es immer eines starken Führers bedurfte, um den Menschen zu etwas Besserem zu verhelfen. Wir sind die neue Hoffnung des Sozialismus. Wir haben die Chance, ein neues Wirtschaftssystem zu implementieren, das die Ungleichheit aus der Welt verbannt. Wenn die anderen Länder sehen, wie es in Finnland funktioniert, werden sie unserem Beispiel folgen. Von der Revolution profitieren die zukünftigen Generationen auf der ganzen Welt.«

Leo verstand, was Alén versuchte. Er sprach jetzt in einem beschwörenden Ton, der Emma versöhnlich stimmen sollte. Alén konnte erschreckend überzeugend sein. Immerhin hatte er Finnlands Konservativen glaubhaft den Eindruck vermittelt, er würde auf ihrer Seite stehen. So hatte er auch Leos Vertrauen gewonnen.

Er war mir sogar sympathisch.

Leo befürchtete, Alén könnte Emma umstimmen. Er musste seinen Redefluss unterbrechen.

»Es hat Sie wahrscheinlich sehr amüsiert, als ich mich gegen eine Gewaltanwendung zur Niederschlagung der Linken ausgesprochen habe. Da konnten Sie ja ganz in Ruhe Ihren Putsch vorbereiten«, sagte Leo.

Doch Alén hörte ihm nicht zu.

»Und Sie hatten mächtiges Glück«, fuhr Leo unbeirrt fort. »Als Pontus und ich uns im passenden Moment entzweit haben, wurde es noch leichter für Sie.«

»Das hat mit Glück nichts zu tun«, schnauzte Alén zurück. Die honigsüße Stimme, mit der er eben noch Emma Erola bezirzt hatte, war jetzt rau und scharf.

»Das habe alles ich organisiert«, verkündete Alén. »Durch den Militärischen Nachrichtendienst war ich die ganze Zeit im Bilde. Die Gilde wollte Sie schon vor Wochen loswerden, aber Pontus hat sich lange dagegen gewehrt. Also habe ich Pontus gefälschte Informationen des MND zugespielt und behauptet, die Linken hätten weitreichende Pläne für ein Attentat gegen Sie und stünden kurz vor der Umsetzung. Pontus hat wie erwartet reagiert: Er ist eingeknickt und war einverstanden, Sie zu Ihrer eigenen Sicherheit aufs Abstellgleis zu schieben.«

Leo fühlte sich zum Narren gehalten. Joel Alén hatte ihn genau so lange an der Macht gelassen, wie es für seine Zwecke dienlich war.

»*Kairos!*«, rief Alén grienend. »Das richtige Timing ist entscheidend! Sie waren aus unserer Sicht der perfekte Ministerpräsident, aber nur bis zu einem bestimmten Punkt. Ihr Rücktritt sollte ein machtpolitisches Vakuum schaffen, das wir leicht hätten füllen können.«

»Aber ich bin nicht zurückgetreten.«

Alén wieherte vor Begeisterung. »Sie haben eine ordentliche Show veranstaltet! Ich muss zugeben, ich war überrascht. Es hat mich einiges an Selbstbeherrschung gekostet, nicht laut loszulachen, als Sie die Tycoons dort im Sitzungsraum einfach haben auflaufen lassen.«

»Also waren Sie es, der mir in der Kirche den Zettel zugespielt hat?«

Alén grinste selbstzufrieden. »Sicher doch! Das war der einfachste Weg, um einen weiteren Keil zwischen Sie und Pontus zu treiben. Ich wusste von Anfang an von der Aktion, die Sie an die Macht gebracht hat.«

Leo sah die Selbstgefälligkeit in Aléns Augen. Alén liebte es offenbar, seine Cleverness in Szene zu setzen.

»Anschließend haben Sie die Medien angerufen«, fuhr Leo fort. »Und ihnen einen Tipp gegeben, und schon war die Nachricht von dem Zerwürfnis publik.«

Aléns gehässiges Lachen zeigte Leo, dass es kein größeres Vergnügen für den General gab, als Finnlands Machtelite zu demütigen.

»Das Beste daran war, dass ich nicht einmal lügen musste. Ich habe nur die Bevölkerung des Landes darüber in Kenntnis gesetzt, dass die Konservativen an der Spitze ihr Land mit Kuhhandel, Korruption und Klüngelei regierten. Ihr Widerstand hat die Gilde in eine missliche Lage gebracht. Sie hatten die Kontrolle über ihren Marionetten-Regierungschef verloren. Das war großartig. Aus unserer Sicht waren das Machtvakuum und das Chaos sogar noch größer als ursprünglich geplant.«

Leo sah, dass aus Emmas Gesicht alle Farbe gewichen war. Sie fiel regelrecht in sich zusammen.

»Ich habe dir gesagt, dass Leo Koski und ich vorhaben, uns im Messezentrum zu treffen«, sagte sie tonlos.

Alén knurrte. »Ich musste etwas unternehmen.«

»Du hast mich angelogen.«

»Es war besser, dich nicht einzuweihen. Ich habe unsere gemeinsame Sache vorangebracht.«

Leo stockte der Atem. Der General stritt nicht einmal ab, dass es sich so verhielt und tatsächlich er hinter dem Mordkomplott stand.

Alén schaute Leo Koski in die Augen, als heischte er um Verständnis für seine Entscheidung: »Der Bruch zwischen Ihnen und der Gilde war die perfekte Gelegenheit, Sie endgültig aus dem Spiel zu nehmen und es gleichzeitig den Konservativen in die Schuhe zu schieben. Dass es missglückte, liegt einzig daran, dass ich in der Kürze der Zeit nicht meinen besten Schützen mobilisieren und zum Messezentrum schicken konnte.«

Alén wurde ungeduldig und hob die Waffe: »*Sie* hatten mächtiges Glück, Leo Koski. Sie sind am Messezentrum mit dem Leben davongekommen. Sie konnten aus dem Krankenhaus fliehen. Doch ein drittes Mal werden Sie nicht so viel Glück haben.«

89

Emma Erola hatte das Gefühl, ihr würde der Boden unter den Füßen weggezogen, als sie hörte, was ihr Verbündeter da alles offenbarte.

Er hatte das Attentat auf Leo Koski nicht nur angeordnet, sondern war auch noch stolz darauf. Emma krampfte sich der Magen zusammen. Mit aller Kraft bemühte sie sich um einen gleichmütigen Gesichtsausdruck, denn Alén beobachtete sie genau.

Wie hat er es bloß geschafft, mich in seinen Plan mit reinzuziehen?

Damals in dem Wald am See Kuusijärvi hatte er sie überzeugt, dass eine Revolution der einzige Weg sei, das Unrecht aus der Welt zu schaffen und Emmas Vision von einem Neuen Sozialismus in die Tat umzusetzen. Alén hatte ihr versprochen, dass die Armee hinter ihnen stehen werde. So könnten sie unnötiges Blutvergießen vermeiden oder wenigstens auf ein Minimum begrenzen.

Seit damals hatte ihre ganze Strategie auf einer Konfrontation zwischen links und rechts beruht. Als die konservative Koalition zu keinerlei Gesprächen mit den Linken bereit war, hatte ihnen das eher genutzt als geschadet. Die Stimmung im Volk war zu ihren Gunsten gekippt. Alles, was sie zu tun hatten, war abzuwarten, bis die Koalition zu weit gehen würde. Seit dem Herbst hatten sie gespürt, dass dieser Zeitpunkt nahte, und an diesem Wochenende war es schließlich so weit.

Doch dann war alles aus dem Ruder gelaufen.

Emma sah Joel Alén jetzt in einem anderen Licht. Sein eindringlicher Blick war der Blick eines Mannes an der Schwelle zum Wahnsinn. *Wie konnte ich mich nur so in ihm täuschen.*

»*Acta, non verba!* Taten statt Worte!«, verkündete Alén. »Reden reicht nicht mehr. Wir können das schaffen, Emma! Unschuldige Menschen haben sich für eine bessere Zukunft geopfert. Es wäre falsch, die in Gang gesetzten Veränderungen jetzt zu stoppen!«

… haben sich geopfert!

Emma erinnerte sich, was Kauri ihr gesagt hatte. Lewis Higgins war tot. Jetzt wurde ihr auch klar, was wirklich passiert war. Sie nahm all ihren Mut zusammen.

»Joel, als du sagtest, dass du nichts über Lewis' Verschwinden weißt, war das gelogen, nicht wahr?«

Alén machte eine wegwerfende Handbewegung. Emma sah, dass er in Erwägung zog, weiter zu lügen, sich dann aber anders entschloss.

»Higgins hatte einfach Pech«, gab er zu. »Er hat zufällig von den Revolutionsplänen erfahren und deswegen die Nerven verloren.«

Emma war zumute, als hätte ihr jemand einen Schlag in die Magengrube versetzt.

»Lewis war der führende Kopf des Neuen Sozialismus! Wie konntest du ihn umbringen?«

»Er hatte seine Arbeit getan. Unser Plan war nicht gefährdet, selbst wenn er ausschied.«

»Ausschied?«, empörte sich Emma. »Du hast ihn zu einem qualvollen Tod verdammt. Lewis war auf unserer Seite!«

»Unsinn. Er hat damit gedroht, unseren Plan zu verraten. Es war eine glückliche Fügung, dass wir eingreifen konnten, als er sich wie eine feige Ratte aus dem Staub machen wollte. Um ein Haar hätte er alles verdorben.«

Emma sah in Joels Augen, dass ihm ein Menschenleben nichts bedeutete. Er hatte Leo Koski und Lewis Higgins zum Tode verurteilt. Er hatte ihre Ideale mit Blut besudelt. Eine schreckliche Ahnung beschlich sie. Sie erinnerte sich, dass sie vergangene Nacht in der Parkgarage der unterirdischen Kommandozentrale unter den zahlreichen Militär- und Einsatzfahrzeugen auch zwei Polizeiautos gesehen hatte.

»Die Hinrichtung an der Mannerheimintie. Das warst auch du«, sagte sie tonlos.

Dieses Mal antwortete er nicht, aber seine Selbstsicherheit hatte einen Kratzer bekommen.

»Du hast als Polizisten verkleidete Männer losgeschickt, um auf die Demonstranten zu schießen, damit das Vertrauen der Bevölkerung in die Regierung und die Polizei untergraben wird.«

Leo Koski klappte die Kinnlade herunter. Doch Joel Alén zuckte nur abfällig mit den Schultern. Blitzschnell änderte er seine Taktik und schlug einen versöhnlicheren Ton an.

»Emma, sieh die Sache doch einmal in einem größeren Zusammenhang. Ein paar Menschenleben – das ist der Preis, den wir zu zahlen haben. Denk daran, was wir erreichen können.«

Mit glühendem Blick beschwor er Emma, an seiner Seite zu bleiben.

»Denk an deinen Vater, Emma«, fuhr er fort. »Du hast mir einmal erzählt, dass dein Vater es war, der dich dazu gebracht hat, den Schwachen zu helfen. Eine Antwort auf die Frage der Ungleichheit zu suchen. Jetzt hältst du den Schlüssel dazu in der Hand.«

Emma blieb bei Aléns Worten beinahe die Luft weg. Immer wieder schielte sie auf die Pistole, mit der Alén direkt auf Leo zielte.

Sie ging die Alternativen durch. Es gab genau zwei, denn Alén würde niemals aufgeben. Er war zu allem entschlossen, und die Pistole würde sich erst bewegen, wenn er abdrückte und Leo eine Kugel in den Leib jagte.

Auch ihr Leben war in Gefahr. Wenn sie leben wollte, musste sie sich Aléns Willen fügen, zumindest vorübergehend.

Alén hatte vollkommen recht, wenn er sagte, dass die Umstände für einen Übergang zum Sozialismus optimal waren. Noch hatten die Menschen Ungleichheit als unabänderlichen Teil ihrer Gesellschaft nicht vollends akzeptiert. Sie erinnerten sich an das Land, in dem alle an einem Strang zogen. Das Volk war bereit, das gesellschaftliche System auszutauschen, wenn ihnen nur jemand ein neues bot.

»Komm her, Emma!«, bat Alén.

Sie sah ihn an. Versuchte, hinter den Wahn in seinen Augen zu blicken. Alén brauchte sie noch, sie war die zentrale Figur der Revolution. Alles, was sie tun musste, war, einen Schritt weg von Leo Koski und auf Alén zuzugehen. Nur ein Schritt und die Revolution konnte weitergehen.

Aléns Geduld war langsam aufgebraucht. Emma warf einen knappen Blick zu Leo, der sie mitfühlend anschaute. Mit einer unmerklichen Kopfbewegung gab Leo ihr zu verstehen, dass sie keine andere Wahl hatte, als Aléns Partei zu ergreifen. Mit feuchten Augen tat sie den entscheidenden Schritt.

Leo hatte die Augen geschlossen, rechnete jeden Augenblick mit dem Schuss.

Als nichts geschah, öffnete er die Augen und sah Emmas Hinterkopf vor sich. Emma hatte sich zwischen ihn und Alén gestellt. Der Lauf der Pistole zeigte nun nicht mehr auf Leos Brust, sondern auf Emmas Stirn.

»Nein!«, stöhnte Leo. Er verstand Emma nicht. Sie brachte sich völlig umsonst in Gefahr. Es waren schon zu viele gestorben.

Emmas Mimik konnte Leo nicht sehen, aber der enttäuschte Ausdruck auf Aléns Gesicht offenbarte mehr als genug.

»Wie schade«, sagte Alén.

Ohne sich um die Folgen zu scheren, hatte sich Emma gegen Alén gestellt. Lange Zeit schien es, als wäre Erola die Anführerin der Revolution, aber jetzt verstand Leo, wer wirklich dahinterstand.

Erinnerungsfetzen strömten auf ihn ein. Alle durch und durch positiv. Leo hatte Alén wirklich geschätzt, hatte seine verschmitzte Art und seinen Stolz gemocht. Er hatte in Alén so etwas wie einen großen Bruder gesehen. Und vielleicht auch ein bisschen sich selbst.

Der Mann, der ihn jetzt von oben herab anstarrte, war ein komplett anderer Mensch. Die Fähigkeit zum rationalen Denken hatte ihn verlassen. Ihn trieb nur noch blinde Ideologie. Er kam Leo vor wie ein in die Enge getriebener tollwütiger Hund. Wenn die Revolution misslang, würde Alén wegen Landesverrats angeklagt werden, und das wusste er.

Emma hatte sich mit einem Schritt vor Leo gestellt. Das war natürlich eher symbolisch. Joel Alén hatte genug Munition, um erst Emma und dann ihn zu erschießen.

Alén stieg einige Treppenstufen hinab, die Waffe unverwandt auf die beiden gerichtet. Jetzt war er nur noch zwei Meter entfernt. Er sagte nichts, schüttelte nur einmal den Kopf.

Der Finger am Abzug bewegte sich, und Leo zog instinktiv den Kopf ein.

Der Knall des Schusses schmerzte in den Ohren. Spritzer klatschten auf Leos Wange. Emma zuckte zusammen, ihr Gesicht war voller Blut, und sie fiel Leo in die Arme. Leo verlor das Gleichgewicht und kippte nach hinten; Emma landete auf ihm.

In seinem Nacken loderte stechender Schmerz auf, und er hätte fast das Bewusstsein verloren. Er drehte den Kopf.

Neben ihm lag Joel Alén mit dem Gesicht nach unten auf der Treppe. Oder mit dem, was davon noch übrig war.

Ein geöffnetes Auge und ein Loch in der Wange sagten Leo, dass Armeegeneral Joel Alén tot sein musste. Die Kugel hatte ihn in den Hinterkopf getroffen, war mit gewaltiger Zerstörungskraft durch seinen Schädel gerast und hatte in seiner Wange eine klaffende Austrittswunde hinterlassen. Emma rollte sich von Leo herunter und sah nach oben. Ein Mann mit einer ziemlich großen Pistole kam langsam die Treppe herunter. Er trug eine Sanitäterjacke. Es war derselbe Mann, der Leo gerade im Tunnelnetz verfolgt hatte. Der ihn schon seit gestern verfolgte.

Sein Gesicht war wie aus Stein gemeißelt. Mit seinem Bürstenhaarschnitt und der Brille hätte er auch ein Mitarbeiter der Staatskanzlei sein können, aber die Waffe passte nicht ins Bild.

Emma schrak vor dem Anblick der Pistole zurück, stemmte die Füße auf den Boden und kroch rückwärts. Als sie an die Wand direkt unter der Gedenktafel für Eugen Schauman stieß, blieb sie wie erstarrt sitzen.

Leo verharrte regungslos, bis der als Sanitäter verkleidete Fremde bei ihm war. Der Mann steckte die Waffe unter die Jacke, hockte sich neben Leo und begutachtete ihn von Kopf bis Fuß. »Sind Sie in Ordnung?«, fragte er.

»Ich denke schon«, antwortete Leo.

Er schien mit der Antwort zufrieden zu sein, holte aus seiner Jackentasche ein zusammengefaltetes Stück Papier und reichte es Leo.

Leo nahm das Papier entgegen und sah seinen Retter fragend an.

»Das ist eine Nachricht von Ihrem Beschützer. Sie müssen den Inhalt der Nachricht unverzüglich dem finnischen Volk bekanntgeben«, erklärte er.

Nach diesen Worten drehte er sich um und hastete die Treppe hinunter, nahm immer mehrere Stufen auf einmal und war gleich darauf verschwunden.

Verwirrt blickte Leo ihm nach. Er faltete den Zettel auseinander. Darauf standen nur zwei Sätze.

Leo las die Nachricht zum zweiten Mal. Er verstand noch immer nichts. *Das hier soll ich dem finnischen Volk mitteilen?*

* * *

Metso sprintete die Treppe im Regierungspalais hinab, stürmte in den Innenhof und durch den Durchgang zur Aleksanterinkatu. Auf dem gleichen Weg hatte er das Gebäude kurz zuvor betreten, aber jetzt bot sich ihm draußen auf der Straße ein komplett anderer Anblick.

Es war erst zehn Minuten her, dass hier die Menschen voller Panik die Flucht ergriffen hatten. Jetzt war die Straße so gut wie leer. Nur der überall verstreute Müll zeugte davon, dass hier eben noch Massen unterwegs gewesen waren. In der Straßenmitte stand eine verlassene Straßenbahn mit geöffneten Türen. Metso rannte los. Die lange, anstrengende Nacht saß ihm in den Gliedern, aber er war mit seiner Leistung zufrieden, und das verlieh ihm Kraft. Er hatte getan, was Peregrino ihm als wichtigste Aufgabe übertragen hatte: *Beschütze Leo Koski!*

Es war im Laufe des Wochenendes schon einige Mal knapp gewesen, aber dieses Mal war es nur um Sekundenbruchteile gegangen. Er war gefährlich spät aufgetaucht, weil er zuvor ziellos in dem Gebäude herumgeirrt war. Erst die hitzigen Worte auf der Treppe hatten ihm den Weg zu Leo Koski gewiesen, doch als er ihn endlich fand, zielte Joel Alén schon mit der Waffe auf ihn.

Metso hatte genug von Aléns Worten gehört, um zu wissen, dass er keine Zeit zu verlieren hatte. Versteckt hinter einer Säule fürchtete er die ganze Zeit, Alén könnte ihn entdecken. Dieses Zögern hätte sich beinahe bitter gerächt. Erst im letzten Moment war er vorgetreten und hatte Alén von hinten in den Kopf geschossen.

Koski hatte verdutzt ausgesehen, als Metso ihm Peregrinos Zettel überreichte. Er konnte nur hoffen, dass Koski wirklich so handelte, wie es auf dem Zettel stand. Andernfalls würde Metsos nächste und endgültig letzte Aufgabe vergebens sein.

Metso rannte im Eiltempo über den Platz, wich einer Frau aus, die neben einem verletzten Mann hockte. Hinter dem Dom lag ein versteckter Zugang, durch den Metso zurück in den Tunnel und zu seinem Fahrzeug gelangte. Hinten im Krankenwagen lag immer noch Harri Holsti und hatte keine Ahnung von der ihm zugedachten Rolle in diesem Spektakel.

90

Im nordfinnischen Oulu marschiert eine aus etwa dreitausend Personen bestehende Menschenmenge über die Merikoski-Brücke in Richtung Stadtzentrum. In den sozialen Netzwerken gibt es Berichte über Zusammenstöße mit der Polizei. Unsere Reporterin vor Ort Eveliina Matilainen hat bestätigt, dass es zu gewalttätigen Ausschreitungen auf der Brücke gekommen ist und dabei Menschen verletzt wurden, die jetzt auf dem Parkplatz des Stadions erstversorgt werden.

Aus der Staatskanzlei wurde soeben vermeldet, dass Ministerpräsident Leo Koski und die Vorsitzende der Linken Bewegung Emma Erola in zehn Minuten eine gemeinsame Presseerklärung abgeben werden. Die Regierung bittet alle Bürgerinnen und Bürger, sich bis zum Beginn der Pressekonferenz ruhig und besonnen zu verhalten.

Leo Koski löste seinen Blick von den Nachrichten und sah Emma Erola an, die ihm am Besprechungstisch im Büro des Ministerpräsidenten gegenübersaß. Sie mussten die Gewaltspirale stoppen, und zwar schnell.

Leo hob die Hand, in der sich der Zettel befand, auf dem sie ihren Plan skizziert hatten.

»Wird das reichen?«

Die Frage richtete sich ebenso sehr an ihn selbst wie an Emma.

»Es muss nicht perfekt sein«, antwortete Emma.

Ihr Vorgehen beruhte weitestgehend auf Leos nächtlicher Idee von einer Umverteilung der Vermögen, die als einmalige Vermögenssteuer vonstattengehen sollte. Damit würde für einen Ausgleich des Reichtums unter der Bevölkerung Finnlands gesorgt. Zu zahlen hätten sie all diejenigen, deren Vermögen den Wert einer Zwei-Zimmer-Eigentumswohnung in der Stadtmitte von Helsinki überstieg.

Das zweite Versprechen, das sie dem Volk geben würden, war eine Steuerreform, die sicherstellen würde, dass es nicht erneut zu einer derart drastischen Ungleichverteilung des Vermögens kommen konnte.

Zu ihrem Plan gehörte auch ein drittes Versprechen, für das die Abschaffung der Privilegien des Adels als Vorlage diente. Jetzt würden sie die Privilegien der Oberschicht Finnlands beschneiden. Was das konkret beinhaltete, wusste Leo noch nicht so recht, aber es musste etwas getan werden, um das Vertrauen der Menschen zurückzugewinnen. Der Fall Harri Holsti hatte in der Bevölkerung tiefes Misstrauen gegenüber dem Staat hervorgerufen.

Leo dachte daran, was Pontus ihm am Samstagmorgen in Bezug auf Holsti gesagt hatte: *Erinnerst du dich noch, wie wir darüber gesprochen haben, dass du deinem Team vertrauen musst? Das ist so ein Fall. Lass es gut sein.*

»Bitte entschuldige mich kurz«, sagte Leo zu Emma und erhob sich. Er ging in den Flur vor seinem Arbeitszimmer und wählte Pontus' Nummer. Mit jedem Klingeln wuchs seine Sorge.

Leo machte sich Vorwürfe, dass er Pontus verdächtigt hatte, ihm Schlechtes zu wollen. General Joel Aléns Geständnis hatte Pontus von den schlimmsten Anschuldigungen freigesprochen. Pontus war zweifelsohne ein skrupelloser Geschäftsmann, aber auch als er Leo den Stuhl vor die Tür hatte setzen wollen, hatte er sich nur um Leos Sicherheit gesorgt und das Beste für ihn gewollt.

Wahre Freunde stoßen dich weg, wenn ihr Kuss dir den Tod bringen kann.

Leo brach den Anruf ab. *Wo war Pontus bloß? Und wo steckte Sarianne?* Nach dem Vorfall auf der Treppe hatte er bisher nur den Leiter der Sicherheitspolizei Teemu Taivalkoski getroffen, der wenige Augenblicke nach dem Verschwinden ihres bewaffneten Retters dort aufgetaucht war. Leo hatte ihm eine Kurzversion der Ereignisse geliefert, und Taivalkoski hatte seinen Ausführungen wortlos gelauscht. Den Zettel, den er von dem rätselhaften Pistolenmann erhalten hatte, hatte er nicht erwähnt.

Leo kehrte in sein Arbeitszimmer zurück. Emma legte die Papiere auf den Besprechungstisch und stützte ihre Hand darauf zum Zeichen, dass es an der Zeit war, den nächsten Schritt zu tun.

»Noch fünf Minuten bis zum Beginn der Pressekonferenz.«

»Da ist noch eine Sache«, sagte Leo.

Emma nickte zustimmend. »Die Cheffrage.«

Es erschien Leo albern, über die Machtfrage zu reden, aber er wusste, dass es unumgänglich war. »Wir können nach dem hier nicht an der Spitze gegnerischer Parteien stehen. Wenn wir einfach in die Links-rechts-Konstellation zurückkehren, geben wir dem Frieden keine Chance.«

»Und wer sollte deiner Meinung nach dieses Land regieren?«, fragte sie ihn.

Leo war klar, dass Emma nicht infrage kam. Sie hatte gerade versucht, die rechtmäßig gewählte Regierung zu stürzen.

»Es muss jemand anderes sein als du oder ich«, sagte Leo.

Emma schüttelte den Kopf. »Aber du bist der Ministerpräsident.«

»Mich hassen alle.«

»Die Krone soll ja auch nicht leicht zu tragen sein. Du musst das hier zu Ende führen. Sonst werden die Konservativen versuchen, unsere Vereinbarung zu verwässern. Und dann stehen wir wieder am Anfang.«

Leo erwog die Alternativen, aber Emma ließ noch nicht locker: »Ich werde dir nicht im Weg stehen.«

Leo überlegte, was sie damit meinte, dass sie ihm nicht im Weg stehen würde. Glaubte sie etwa, sie könnte sich an der Uni verkriechen und in aller Ruhe Forschung betreiben? Vielleicht schwebte ihr ja auch eine Zukunft als Unternehmensberaterin oder Fernsehmoderatorin vor? Leo konnte sich beim besten Willen keine Zukunft für Emma abseits der Politik vorstellen. *Wer nach den Sternen greift, fällt tief.*

Leo hatte eine ganze Reihe von äußerst ernsten Problemen. Er hatte nicht nur das Vertrauen seiner eigenen Leute verloren, sondern auch die Linke zum Feind. Andererseits konnte Emmas Unterstützung ihm vielleicht den notwendigen Rückhalt in der Bevölkerung sichern.

»Ich mache noch einen Monat weiter. Das muss reichen, um die Dinge in eine neue Bahn zu lenken. Dann übernimmt jemand anderes.«

* * *

Ich befinde mich in einem Raumschiff. Außerirdische haben mich entführt.

Der Deckenstrahler blendete ihn, als er die Augen aufschlug. An dem weißen Dachhimmel über Harri Holsti waren Haltegriffe und schwarze Knubbel zu sehen. Vielleicht verbargen sich dahinter Kameras, durch die er beobachtet wurde. Unterhalb der Decke befanden sich Gepäckfächer, fast wie im Flugzeug. Holsti hatte das Gefühl, in einer überdimensionierten Raumkapsel zu reisen.

Hinter seinem Kopf waren rote Ziffern, eine digitale Zeitanzeige: Es war 10:05 Uhr. Das konnte unmöglich die Erdzeit sein. Hinter den Fenstern war es vollkommen finster, und in Helsinki war es nicht einmal im Dezember um zehn noch so dunkel.

Er drehte den Kopf zur Seite und sah Schläuche und Leitungen. Da ging ihm ein Licht auf: *Ich bin in einem Krankenwagen.* Er lachte vor Erleichterung. Sein Kopf tat höllisch weh, aber er war am Leben! Das Letzte, woran er sich erinnern konnte, war, wie er auf diesen Mann in seinem Wochenendhaus losging, danach war alles schwarz. Offensichtlich hatte er Erfolg gehabt und diesen Kerl kaltgemacht oder war ihm zumindest entkommen.

Seine Probleme war er damit allerdings nicht los. Die Polizei würde ihn sicher noch im Krankenhaus verhören, ohne dass Peregrino ihm helfen konnte. Im schlimmsten Fall musste er sogar ins Gefängnis. Aber, Teufel noch eins!, er war am Leben! Harri Holsti wurde man nicht so einfach los!

Ein bisschen seltsam war ihm aber doch zumute. Warum bewegte sich das Auto nicht? Warum heulte keine Sirene?

Er analysierte seine körperliche Verfassung. Vielleicht war alles so weit in Ordnung, und der Fahrer brauchte keine Eile an den

Tag zu legen? Sein Schädel brummte, aber weitere Verletzungen konnte er nicht an sich feststellen. Der Gurt der Trage schnürte seine Körpermitte ein. Seine Hände lagen zusammengebunden auf dem Bauch. Als er versuchte, sie zu bewegen, gelang ihm das nicht. Seine Handgelenke schmerzten. Etwas zwickte ihn am Hals, aber kratzen konnte er sich nicht.

Auch mit seinen Beinen stimmte etwas nicht. Er konnte sie ein wenig anwinkeln, das war aber auch schon alles.

Warum war er so fest eingepackt? Vielleicht eine Vorsichtsmaßnahme zum Schutz der Halswirbelsäule? Zumindest war er nicht gelähmt und konnte Finger und Zehen bewegen. Aber warum war niemand bei ihm?

Irgendetwas stimmte nicht.

Da hörte er, wie die Fahrertür geöffnet wurde. Das Auto wippte leicht, als sich jemand hinters Lenkrad setzte. Es war ihm allerdings völlig unmöglich, den Kopf so weit zu drehen, dass er etwas hätte erkennen können.

Der Motor sprang an, und das Fahrzeug setzte sich in Bewegung.

91

Leo Koski blickte Emma Erola an, die neben ihm stand. Im Licht der Fernsehkameras waren Blutspritzer auf ihrem roten Kleid zu erkennen. Leo überlegte, ob besonders scharfsichtige Fernsehzuschauer sie auch sehen konnten.

»Natürlich ist die Vermögenssteuer schmerzhaft für alle, die sie betrifft«, sagte sie jetzt mit Nachdruck in die Kameras. »Doch das ist der Preis, mit dem die Vermögenden in diesem Land jene ausgeglichene Gesellschaft wieder zurückgewinnen können, die sie noch aus der Kindheit kennen.«

Trotz der kurzfristigen Ankündigung waren die Medien zahlreich in der Staatskanzlei erschienen. Nur ein kleiner Teil der Journalisten hatte einen Sitzplatz ergattern können, der weitaus größere musste stehen und sich recken, um etwas zu sehen.

In dem Gewühl entdeckte Leo einige bekannte Gesichter von Helsingin Sanomat und Reuters. Mindestens drei Yle-Reporter waren anwesend. Erleichtert stellte er fest, dass sich Vilma Varis nicht unter ihnen befand.

Die zahlreichen roten Lämpchen an den Kameras verrieten, dass Leos und Emmas Botschaft live in die ganze Welt gesendet wurde. Für die sozialen Medien hatten sie ein kurzes, gemeinsames Video aufgenommen, das in diesen Sekunden hochgeladen wurde. Auf dem Video standen sie buchstäblich Seite an Seite.

Noch zu Beginn der Pressekonferenz hatte Leo befürchtet, es würde womöglich nicht reichen, gemeinsam vor die Kamera zu treten, damit wieder Frieden einkehrte. Jetzt, als er Emmas Rede lauschte, ließ seine Sorge nach. Die Art, wie sie ihren Worten Rhythmus verlieh und Akzentuierungen setzte, war betörend. Die Pausen nach den entscheidenden Sätzen hatten genau die richtige Länge. Die Mikromimik ihres Gesichtes und der Tonfall ihrer Rede harmonierten perfekt miteinander. Emmas Haut war blass, aber der ganze Mensch strahlte Wärme aus. Nichts an ihr verriet, welchen Schrecken sie eben durchlitten hatte.

Leo hatte beschlossen, Emma den weitaus größten Part zu überlassen, damit sie dem Volk ihren Plan darlegen konnte. Sie war einfach besser als er. Eigentlich war es zutiefst bedauerlich, dass sie dieses Land nie führen würde. Nicht nach allem, was geschehen war.

Aber gab es überhaupt jemanden, der dazu geeignet war? Er hatte versprochen, für eine kurze Übergangsfrist als Ministerpräsident im Amt zu bleiben, auch wenn ihm nicht klar war, wie er das Vertrauen der Bevölkerung wiedererlangen sollte. Seine Hand knetete den Zettel in seiner Tasche.

Emma kam zum Schluss und bedeutete Leo mit einem Blick, dass jetzt er an der Reihe war.

Leo räusperte sich feierlich: »Drittens werden wir alle politischen und rechtlichen Privilegien der Oberschicht abschaffen. Manches ist falsch gelaufen, aber von heute an sind alle Bürgerinnen und Bürger vor dem Gesetz wirklich gleich.«

Leo befürchtete, aus seinem Mund könnten diese Worte grotesk klingen. Schließlich waren die Menschen in Finnland immer noch davon überzeugt, dass er seinen Spendengeber Harri Holsti vor dem Zugriff der Justiz bewahrt hatte.

Irgendjemand hatte Holsti vor weiteren Ermittlungen bewahrt, aber wer es war, das wusste Leo nicht. Leo hatte versucht, Pontus anzurufen, um ihn das zu fragen, konnte ihn aber nicht erreichen.

Und jetzt stand er hier, in der Tasche einen Zettel, auf dem ihm jemand aufgeschrieben hatte, was er sagen sollte. Der Sanitäter mit dem Bürstenhaarschnitt hatte ihm nicht gesagt, von wem der Zettel stammte, aber das wunderte ihn nicht. Detaillierte Anweisungen waren die Handschrift von Pontus, wie er leibte und lebte.

Seine ganze politische Karriere basierte darauf, dass Pontus ihm eine Botschaft vorgegeben hatte, die Leo dem Volk auf die richtige Art vermittelte. Jetzt hafteten die Blicke der Journalisten auf ihm. Rote Lämpchen brannten. *Habe ich wirklich vor, mich an die Anweisungen zu halten?*

»Ich verstehe sehr gut, dass Sie wegen des gestrigen Berichts auf Yle entsetzt sind«, fing er an. »Mir geht es genauso. Harri Holsti, ein Unterstützer meiner Partei, wurde genau von jenen Stellen geschützt, deren Aufgabe es ist, Verbrecher festzunehmen und zu überführen. Eine derartige Ungleichbehandlung dürfen wir in unserem Land nicht tolerieren. Nie wieder.«

Leo überlegte, wo Harri Holsti wohl gerade steckte. Das mutige Versprechen auf diesem Zettel konnte Leo auch den letzten Rest an Glaubwürdigkeit kosten. Aber etwas in seinem Inneren sagte ihm, dass er noch ein letztes Mal den ihm diktierten Anweisungen Folge leisten sollte.

»Zum Schluss gebe ich dem finnischen Volk ein Versprechen«, sagte Leo und hob den Kopf vor den Kameras. Er brauchte den Zettel in seiner Tasche nicht, die Sätze hatten sich ihm wortgetreu eingeprägt:

»Ich versichere Ihnen hier und jetzt, dass Harri Holsti für seine Taten eine rechtmäßige Strafe erhalten wird. Und diese Strafe wird ihn *bald* ereilen.«

Das vorletzte Wort hatte er scharf betont. Es blieb über der verstummten Reporterschar in der Luft hängen.

92

Ein Ruck ging durch Harri Holstis Körper, als der Krankenwagen urplötzlich anhielt. Das Brummen des Motors wurde leiser, und das nagelnde Fahrgeräusch der Spikereifen verstummte.

Holsti fing wieder an zu rufen, nachdem er zuvor schon die Hoffnung verloren und aufgegeben hatte.

»Hallo? Hallo! Ist da jemand?«

Vielleicht waren sie im Krankenhaus eingetroffen? *Nein!* Im Grunde wusste er, dass sie nicht in ein Krankenhaus gefahren waren.

Die ganze Fahrt über hatte er die schlimmsten Befürchtungen gehegt. Kurz nachdem sich der Krankenwagen wieder in Bewegung gesetzt hatte, war ihm klar geworden, dass sie sich in einem Tunnel befanden. Kilometer um Kilometer die gleiche Wand. Dann waren sie ans Tageslicht gekommen, noch eine kurze Strecke gefahren und hatten angehalten.

Der Leerlauf wurde eingelegt, der Motor lief weiter. Harri spürte einen Kloß im Hals.

Die Tür zu seinen Füßen wurde geöffnet, und kühle Luft strömte herein. »Sind wir wach?«

Eine kalte Stimme. Eine bekannte Stimme. Der gleiche Mann, der erst bei Lumi Nevasmaas Mutter und dann in Holstis Versteck aufgetaucht war.

Jetzt wusste Holsti, wer aus ihrer Begegnung als Sieger hervorgegangen war. Die Hoffnung, die gerade erst wiederaufgelebt war, entfleuchte durch die geöffnete Hintertür.

»Gut, dass du aufgewacht bist«, sagte die Stimme.

Holstis Trage wackelte, als sein Verfolger den Wagen durch die Hintertür betrat. Seine Brille hatte einen Sprung. Holsti konnte sich daran erinnern, dass er ein Radio nach ihm geworfen hatte, aber offensichtlich hatte das nicht gereicht.

Jetzt öffnete der Mann den Sicherheitsgurt, mit dem Holsti auf der Trage festgeschnallt war. Holsti wollte zur Gegenwehr ansetzen, konnte sich jedoch immer noch nicht richtig bewegen, weil er weiterhin an Händen und Füßen gefesselt war.

Auf seinem Bauch lag ein harter Gegenstand. Was war das? Irgendetwas Schweres, ein großer Ziegelstein vielleicht? »Mach mich los«, bat Holsti und erntete nur verächtliches Schnauben.

»Ich bin Polizist und habe schon eine Menge gesehen. Das halte ich gewöhnlich aus, weil ich gelernt habe zu glauben, dass nicht die Menschen schlecht sind, sondern nur ihre Taten.«

Er beugte sich über Holsti und starrte ihn durch die Brille mit dem gesprungenen Glas an: »Aber hier sehe ich einen durch und durch schlechten Menschen vor mir. Ganz Finnland weiß, was du dieser jungen Frau angetan hast. Du verdienst keine Gnade.«

Es dauerte eine Weile, bis Holsti verstand, worum es ging. Lumi Nevasmaas Brief musste doch an die Öffentlichkeit gekommen sein.

»Das habe ich nicht getan! Die kleine Hure lügt!«

Der Mann machte sich nicht die Mühe zu antworten. Jetzt begutachtete er einen Haltegriff an der Decke, an dem ein Seil befestigt war. Warum? Wo war das andere Ende des Seils? Holsti dachte an das Jucken und Drücken an seinem Hals. Er bewegte den Kopf und fühlte es jetzt deutlicher.

Der Mann testete die Stabilität des Haltegriffs und zog den Knoten fest, mit dem das Seil befestigt war.

Entsetzen erfasste ihn. »Hast du gehört?«, rief er. »Diese Hure ist eine Lügnerin. Ich bin unschuldig!«

Der Mann zeigte keine Reaktion, sprang aus dem Auto und verschwand aus Holstis Blickfeld. Die Tür blieb angelehnt, und durch den Spalt sah Holsti einen strahlend blauen Himmel und ein großes rotes Backsteingebäude. Dann klappte die Fahrertür.

Warum hat er den Gurt der Trage gelöst? Das Auto setzte sich in Bewegung, aber zu Holstis Überraschung rückwärts. Der Motor heulte auf, und der Wagen wurde immer schneller.

Plötzlich blockierten die Bremsen.

Im Bruchteil einer Sekunde schoss Holsti aus der geöffneten Hintertür ins Freie. Ein Gefühl der Schwerelosigkeit überfiel ihn, und mit ihm kam die Panik. Er rechnete mit einem harten Aufschlag auf der Straße und wollte schützend die Hände heben, aber die waren immer noch mit Kabelbinder fixiert. Mit zusammengebissenen Zähnen wartete er auf den Aufprall. Als der ausblieb, riss er die Augen auf. Er flog durch den blauen Himmel, um seinen Hals war ein Seil geschlungen. Neben ihm flog der Gegenstand, den er eben auf seinem Bauch entdeckt hatte. Er war grün und viereckig. Es schien, als fliege er direkt auf das rote Backsteingebäude zu. Der Gegenstand neben ihm wurde langsamer und sackte immer weiter herunter. Das Gebäude verschwand über ihm. Alles um ihn herum war plötzlich verschwunden.

* * *

»Gib Gas!«, schnauzte Vilma Varis den Kameramann an. Sie fuhren bereits schneller als erlaubt, und er wollte widersprechen, schluckte seine Worte aber hinunter. Bei Vilma Varis war man besser auf der Hut. Also tat er, was sie verlangte, und der in den Farben von Yle gespritzte Volkswagen schoss auf der Porkkalankatu durch den Stadtbezirk Ruoholahti.

Im Radio war kurz zuvor eine historische Pressekonferenz zu Ende gegangen. Das Vermögen der Finnen sollte neu verteilt werden. Auf einen Schlag sollten mehr Gesetze reformiert werden als im ganzen letzten Jahrhundert.

Sie war gerade auf dem Weg zur Pressekonferenz, als sie einen Tipp erhielt. Der Tipp war unbestimmt, aber Vilma hatte ihn ernst genommen, weil der Anrufer einen Stimmverzerrer benutzte, der es unmöglich machte, die Stimme zu identifizieren. Diese Mühe machte sich niemand ohne Grund. Offensichtlich ging es um viel.

Außerdem verpasste sie bei der Pressekonferenz nichts. Jobs, bei denen schlechte wie gute Journalisten die gleichen Informationen erhielten, waren nichts für sie. Sie jagte lieber Informationen nach, die andere nicht hatten.

Jetzt näherten sie sich dem Platz, den die Stimme am Telefon ihr genannt hatte. *Fahren Sie zur Lauttasaari-Brücke. Sie werden es nicht bereuen.*

Der Tipp war so seltsam, dass irgendetwas dahinterstecken musste. In der Radiosendung hatten sie jetzt zurück ins Studio geschaltet, und die Redakteure gingen die Neuigkeiten aus der Pressekonferenz noch einmal durch.

»Damit endete also die Pressekonferenz, auf der Ministerpräsident Leo Koski und die Vorsitzende der Linken Bewegung Emma Erola die Menschen aufgefordert haben, alle gewalttätigen Aktionen sofort einzustellen. Koski und Erola informierten weiter über eine historische Einigung auf eine Vermögensreform, mit der die wachsende Ungleichheit in Finnland beendet und korrigiert werden soll.«

»Koski ging vor den versammelten Medienvertretern auch auf einen Skandal ein, der seine Regierungskoalition erschüttert hat und bei dem der obersten Staatsführung vorgeworfen wird, die Ermittlungen im Fall einer schweren Vergewaltigung unterbunden zu haben. Mirja, was denkst du darüber, wenn Koski mit entschiedenen Worten verspricht, der Vergewaltiger Harri Holsti, immerhin ein langjähriger Geldgeber der Konservativen, werde eine ›angemessene Strafe‹ erhalten und das solle bald geschehen?«

»Nun, möglicherweise weiß Koski, wo Holsti sich aufhält, wenn er sich zu einem derartigen Versprechen hinreißen lässt. Er hat sein Versprechen ja praktisch zu einem Teil der historischen Reform gemacht, indem er Holstis Bestrafung zu einem Zeichen dafür erklärt, die Sonderrechte der finnischen Oberschicht wirklich abschaffen zu wollen …«

Mit Vilmas Konzentration in Bezug auf die Sendung war es schlagartig vorbei, als sie das Gerichtsgebäude erreichten. Die Straße machte hier einen Knick nach rechts, und danach sahen sie die Brücke vor sich. Auf der Brücke unmittelbar oberhalb des parallel zum Ufer verlaufenden Fußgängertunnels stand ein Krankenwagen.

»Was ist das denn?«, fragte der Kameramann.

Der Krankenwagen stand mit geöffneten Hintertüren quer zur Fahrbahn auf dem Fußweg direkt am Geländer, als hätte jemand von der Brücke aus Ladung entsorgen wollen. Was sich unterhalb der Brücke befand, konnte Vilma nicht sehen.

Der Fußweg am Ufer führte unter der Brücke hindurch und tauchte auf der anderen Seite wieder auf. Das Heck des Krankenwagens stand genau über dem Anfang der Unterführung.

Vilma sprang aus dem Auto, lief neben der Porkkalankatu die Rampe vor dem Gerichtsgebäude hinunter und drehte sich zur Brücke um. Der Anblick verschlug ihr die Sprache, und sie wich hastig ein paar Schritte zurück.

Am Eingang zur Unterführung hing Harri Holsti an einem Seil, dessen anderes Ende im Inneren des Krankenwagens befestigt war. Seine Füße schwebten nur knapp über dem Boden. In wenigen Metern Entfernung lag die kaputte Krankentrage.

Das Seil hatte so tief in Holstis fleischigen Hals eingeschnitten, es grenzte fast an ein Wunder, dass der feiste Körper nicht vom Kopf getrennt worden war.

Vilma war durch ihre Arbeit einiges gewohnt, aber das hier überstieg selbst ihr Fassungsvermögen. Erst gestern Abend hatte sie Holsti in ihrer Sendung auseinandergenommen. Jetzt hing er hier vor ihren Augen, leblos wie ein Schwein am Schlachterhaken.

Vilma drehte sich der Magen um, und sie übergab sich neben der Mauer. Dann holte sie tief Luft und sammelte Mut, um die Leiche in Augenschein zu nehmen. Um seinen Hals war ein zweites Seil geschlungen, an dem vor Holstis Bauch ein dicker Wälzer mit dunkelgrünem Einband baumelte.

Suomen Laki. Das finnische Gesetzbuch.

Wer auch immer Holsti hier aufgeknüpft hatte, hatte mit Symbolik nicht gespart. Der Kameramann war inzwischen auch nach unten gekommen und hatte die Kamera geschultert.

»Weißt du noch, was sie eben gerade im Radio gesagt haben?«, fragte er. Vilma ging die Worte von Leo Koski auf der PK im Kopf noch einmal durch.

Ich verspreche Ihnen hier und jetzt, dass Holsti eine ›angemessene Strafe‹ erhalten wird, und das wird bald geschehen.

»Glaubst du, Koski hat das hier gemeint?«, fragte Vilma.

»Aber sicher doch«, meinte der Kameramann.

Koski hatte dem Volk versprochen, Holsti aufzuhängen. Unser Ministerpräsident ist ein Psychopath.

Oder vielleicht doch nicht.

Erst jetzt erfasste sie die ganze Tragweite des Tipps, den sie erhalten hatte. Harri Holsti war durch Vilmas Sendung zum meistgehassten Mann Finnlands geworden. Ein Kapitalistenschwein und Vergewaltiger, der in den Augen des finnischen Volkes das Recht verwirkt hatte, ein Mensch zu sein. Holstis Tod wäre Balsam auf die Wunden der Finnen.

Vilma sah sich zu dem roten Backsteingebäude hinter ihr um: Holstis Richtplatz befand sich direkt vor dem Amtsgericht Helsinki. Er hatte eine denkbar harte und gut sichtbare Strafe erhalten. Und Ministerpräsident Leo Koski hatte nur wenige Minuten zuvor versprochen, dass genau das geschehen würde – mit einer beinahe messianischen Selbstsicherheit.

Jemand aus dem Umfeld des Ministerpräsidenten musste ihr dann den Tipp gesteckt haben, weil allgemein bekannt war, dass sie aus jeder Nachricht das Maximum an Dramatik herausholte. Weil sie eine Journalistin war, die weder unter politischem Druck noch aus Vorsicht eine Nachricht unveröffentlicht lassen würde.

Hier baute sich der dramatische Spannungsbogen allerdings von ganz allein auf. Und erhob Leo Koski zum härtesten Gesetzeshüter seit Tex Willer.

Vilma beschlich das Gefühl, dass die wahre Identität des Täters und Krankenwagenfahrers womöglich nie ans Licht käme. Die Hinrichtung würde man Leo Koski zuschreiben. Den Menschen wurde der Eindruck vermittelt, dass Koski die Tötung Holstis angeordnet oder zumindest gebilligt hätte. Beweise würden sich natürlich keine finden lassen, also konnte auch niemand juristisch zur Verantwortung gezogen werden.

Koskis Ruf als Schoßhündchen konservativer Strippenzieher hätte sich mit einem Schlag in Luft aufgelöst. *Und ich bin Teil dieses Planes.*

Vilma Varis war daran gewöhnt, Menschen für ihre Zwecke zu

benutzen, nicht aber selbst benutzt zu werden. Ihre Reaktion brach sich auf ganz eigene Weise Bahn: Vilma hielt sich die Hand vor den Mund und lachte.

Dann zog sie ihr Smartphone aus der Tasche, öffnete ihren Twitter-Account, richtete die Kameralinse auf Holstis Leiche und klickte auf den Auslöser. Dazu schrieb sie einen knappen Begleittext, der sich binnen kurzer Zeit um die ganze Welt verbreiten würde. Gleichzeitig diktierte sie ihrem Kameramann Anweisungen.

Die Zuschauerzahlen würden in den Himmel schießen.

93

Leo sah auf die Leichen, die ordentlich nebeneinander auf dem Kopfsteinpflaster lagen. ... sechs, sieben, acht. Acht. Zu viele. Noch nicht alle konnten mit einem Tuch bedeckt werden. Zumindest waren ihre Augen geschlossen. Leo vermutete, dass jemand sie ihnen zugedrückt hatte. So machte man das zumindest im Film und suggerierte damit ein friedliches Hinübergleiten.

Leo sah sich um. Emma stand wie versteinert in der Mitte des Senatsplatzes.

Nach ihrer Pressekonferenz waren sie gemeinsam auf den Platz gegangen, um sich anzusehen, was der Aufruhr angerichtet hatte. Und zuerst den Sanitätern zu Hilfe geeilt. Doch hier gab es nichts mehr zu tun, und nun stand Emma da und starrte mit glasigem Blick vor sich hin.

Leo ging zu ihr. »Wir sollten gehen.«

Die Blicke der umstehenden Menschen gefielen ihm nicht. Auch die Rettungskräfte waren über ihre Anwesenheit alles andere als begeistert. Die Sanis in seiner Nähe sahen ihn geradezu feindselig an. Und einer hatte ihm sogar Beleidigungen an den Kopf geworfen.

Auf dem Platz schwelt noch immer der Zorn.

Die ersten Reaktionen auf ihre politische Einigung waren vielversprechend gewesen. Vielleicht war er angesichts der gefundenen Lösung zu blind gewesen. In den Augen vieler Finnen war er immer noch der Beschützer eines Vergewaltigers. *Mehr Schurke als Ministerpräsident.*

»Bist du in Ordnung?«, fragte er Emma.

Keine Antwort.

Sekunden verstrichen, in denen Leo nichts tat, als Emmas niedergeschmetterte Erscheinung zu betrachten. Bei der gerade zu

Ende gegangenen Pressekonferenz war sie zu vollem Glanz erblüht, jetzt schien sie kurz vor dem Zusammenbruch zu stehen.

Er berührte sie sanft an der Schulter. »Das hast du nicht gewollt.«

»Woher willst du denn wissen, was ich gewollt habe?«

»Du hast mir das Leben gerettet. Ich weiß, dass du auch die anderen gerettet hättest, wenn du gekonnt hättest. Ich habe gesehen, wie du dich gegen Alén gestellt hast.«

»Exakt«, antwortete sie ohne die Miene zu verziehen. »*Du* hast es gesehen.«

Leo sah ein, dass Emmas Probleme in einer anderen Liga angesiedelt waren als seine. Sie war als die Anführerin der Revolution gescheitert. Sie hatte einer Bewegung vorgestanden, deren Ziel es war, der legal gewählten Regierung die Macht zu entreißen.

Wie sollte man darüber hinwegsehen können? Emma fürchtete sich jetzt um ihrer selbst willen.

»Ich werde den Menschen sagen, dass die Gewalt nicht deine Schuld war«, schlug Leo vor.

Emma schüttelte den Kopf und starrte weiter ins Leere.

Leo sah, wie sich zwei Sanitäter, ein Mann und eine Frau, von der Seite näherten. Instinktiv wich er einen Schritt zurück und wandte sich ihnen zu. Die Frau hielt ein Telefon in der Hand.

»Haben Sie das schon gesehen?«, fragte sie ihn. Leo nahm das Handy entgegen. Es fiel ihm einigermaßen schwer, seinen Blick zu fokussieren. Er hielt das Telefon näher vors Auge und sah einen korpulenten Mann an einem Seil baumeln. Harri Holsti. Um seinen Hals hing das finnische Gesetzbuch.

Der scheußliche Anblick traf Leo wie ein Stromschlag. Er verkleinerte das bildschirmgroße Foto und sah, dass es auf Twitter hochgeladen worden war. In knapp drei Minuten war es über zwölftausendmal geteilt worden.

Schlagartig begriff er den Sinn der Worte, die ihm sein unbekannter Beschützer in den Mund gelegt hatte. *Harri Holsti wird seine Strafe bekommen.*

Regel Nummer eins in politischen Krisen war, dass jemand geopfert werden musste. Jemand musste die Verantwortung übernehmen. Jetzt war dieser Jemand Harri Holsti, nicht Leo Koski.

Leo wollte das Telefon seiner Besitzerin zurückgeben, da fiel ihm die Frau um den Hals. Hinter ihr stand ihr Kollege, der Leo zuvor ziemlich grob beleidigt hatte. Jetzt sah er schuldbewusst drein wie ein kleines Kind, das etwas falsch gemacht hatte, es aber nicht zugeben wollte.

Der Hass auf Harri Holsti war so enorm, dass der brutale Mord an ihm bei den Finnen echte Begeisterung auslöste. In den Augen dieser Sanitäterin war Leo vom Spucknapf zum Helden mutiert. Leo wusste nicht, was er davon halten sollte.

Ein schwarzer Audi fuhr quer über den Senatsplatz auf die Gruppe zu. Das Auto hielt direkt vor ihnen, und Teemu Taivalkoski, Leiter der Sicherheitspolizei, stieg aus. Er war bleich.

Jetzt verhaftet er mich, dachte Leo.

»Ich wusste über die Hinrichtung von Harri Holsti nicht Bescheid«, sagte er.

Überraschend nickte Taivalkoski, als ob er das bereits gewusst hätte.

»Ich habe eine Frage an Sie, falls Sie gestatten«, sagte Taivalkoski. »Wann sind Sie instruiert worden zu sagen, was Sie auf der Pressekonferenz geäußert haben?«

Leo war von der Frage überrascht. Offensichtlich wusste Taivalkoski wesentlich mehr als Leo.

»Ich habe die Anweisung von jenem Mann erhalten, der Joel Alén erschossen hat.«

Taivalkoski schürzte nachdenklich die Lippen. »Und wie hat der Mann Ihnen die Anweisung übermittelt?«

Leo zögerte kurz, nicht sicher, ob er darauf antworten sollte. Allerdings wirkte Taivalkoski eher interessiert als anklagend.

»Er gab mir einen Zettel.«

Wieder nickte Taivalkoski gedankenverloren.

»Ich muss Ihnen etwas zeigen«, sagte er mit Unbehagen.

»Wo?«, fragte Leo.

»Im Ständehaus.«

Leo öffnete die hintere Autotür und winkte Emma zu sich. Taivalkoski zuckte kurz zusammen, als auch Emma einstieg, sagte aber nichts.

»Was ist im Ständehaus?«, fragte Leo, als der Audi über das Kopfsteinpflaster zur nordöstlichen Ecke des Platzes holperte.

»Darauf kann ich antworten«, sagte Emma, bevor Taivalkoski zu einer Antwort ansetzen konnte. »Wir haben das Ständehaus zu unserem Hauptquartier für den Volksaufstand gewählt. Joel Alén hat die ganze Operation von dort aus geleitet. Wir wollten eine repräsentative Kulisse, um die Schlüsselfiguren der Linken auf unsere Revolte einzuschwören. Es war alles großes Theater.«

Taivalkoski schnaubte empört. »Es war ein bisschen mehr als nur Theater.«

Seine Stimme klang vorwurfsvoll.

»Was meinen Sie damit?«, ereiferte sich jetzt auch Emma.

»Es ist das Beste, der Ministerpräsident schaut es sich mit eigenen Augen an.«

Leo hörte an Taivalkoskis Tonfall, dass er das Gespräch nicht fortsetzen wollte. Das Auto fuhr an Regierungspalais und Dom vorbei und bremste kurz darauf vor dem Haus der Stände.

Zwei Polizisten vor dem Gebäude beeilten sich, ihnen die Tür aufzuhalten.

»Frau Erola, Sie warten bitte im Wagen«, sagte Taivalkoski mit Nachdruck.

»Warum?«

»Bitte warten Sie im Wagen. Der Besuch des Ministerpräsidenten Koski an diesem Ort ist eine Privatangelegenheit.«

»Unfug!«, rief Emma. »Das Gebäude hier ist die Kommandozentrale der Revolution. Was immer sich darin befindet, hat garantiert auch mit mir zu tun.«

Leo irritierte der offen ausgetragene Streit zwischen den beiden.

»Bitte, Emma, warte hier«, sagte Leo beschwichtigend. »Ich möchte sehen, was der Leiter der SUPO mir zeigen will.«

Ein Polizist in Zivil half Leo aus dem Auto und die Steinstufen hinauf zum Eingang. Leo drehte sich noch einmal um und sah, dass Emma wütend war.

Taivalkoski öffnete die schwere Eingangstür. Sie liefen durch das Atrium und stiegen die Treppe hinauf.

»Die gute Nachricht lautet, dass Ihre Ex-Frau Amanda wohlauf ist. Aléns Truppe hat sie unverletzt nach Ihrer Pressekonferenz an uns übergeben. Die Unruhen im ganzen Land ebben ab. Die Truppenteile, die an dem Aufruhr beteiligt waren, haben sich zurückgezogen. Der Flughafen Helsinki-Vantaa und die übrigen besetzten Objekte sind wieder unter der Kontrolle der Polizei.«

Leo nickte bei diesen Informationen zufrieden, doch die schlimme Vorahnung ließ ihn nicht los.

»Warum sind wir hier?«, wollte er wissen. Mitten auf dem Treppenabsatz stand ein verlassenes Mikrofon.

»Meine Männer sind in das Ständehaus vorgedrungen, als sie erfahren haben, dass die Linke Bewegung in dem Gebäude heute früh die Revolution ausgerufen hat – das ›Theater‹, von dem Emma Erola gerade gesprochen hat. Aber hier ist noch etwas anderes passiert.«

Taivalkoski stützte Leo beim Gang über den Korridor. Hinter dem kunstvoll verzierten Geländer öffnete sich ein eindrucksvoller offener Raum, der über mehrere Stockwerke reichte: das Herz des Ständehauses. Von oben strömte Tageslicht durch ein großes Oberlicht.

Vor einer hohen Holztür blieb Taivalkoski mit bitterernster Miene stehen.

Der Saal des Bürgertums.

Leo trat als Erster ein.

In der Mitte des weitläufigen Saales lagen zwei Männer erschossen auf dem Boden. Einer von ihnen war Pontus. Die Körperhaltung ließ keinen Zweifel daran, was hier vorgefallen war. Man hatte Pontus am Stuhl gefesselt hingerichtet, und der Stuhl war beim Aufprall der Kugel nach hinten gekippt.

Hinter Pontus lag dessen langjähriger Geschäftspartner Karsten Jorsch. Auch dieser war mit hinter dem Rücken gefesselten Händen erschossen worden.

Vor den Leichen stand ein langer Tisch, dahinter drei leere Stühle.

Leo lief zu Pontus. Taivalkoski folgte ihm und wollte etwas sagen, doch Leo bedeutete ihm zu schweigen.

Neben Pontus ließ er sich auf die Knie fallen. Er legte die gesunde Hand an Pontus' Gesicht und drehte es zu sich. Dann schloss er ihm mit den Fingerspitzen die Augen.

Er fühlte die Wut in sich aufsteigen.

Die Revolution der Linken war viel brutaler, als er es sich vorgestellt hatte. Noch im Nachhinein packte ihn die blanke Angst.

Ich würde auch hier liegen, wenn ich nicht aus dem Krankenhaus entkommen wäre.

Keinerlei Menschlichkeit. Nichts als pure Machtgier.

Leo vernahm ein leises Quietschen hinter sich. Als er sich umdrehte, sah er Emma Erola in der Tür stehen. Vor der massiven Eichenholztür wirkte sie klein und unscheinbar. Ihr Blick war starr auf die beiden Leichen am Boden des Saals gerichtet. Entgeistert strauchelte sie rückwärts und fuhr sich verzweifelt durch die Haare. Die Leere in ihrem Blick wich reiner Panik.

Urplötzlich war Emma aus der Türöffnung verschwunden. Leo hörte Schritte im Treppenhaus, die sich hastig entfernten. Er versuchte aufzustehen, aber seine Kraft reichte nicht aus. Taivalkoski eilte ihm zu Hilfe, doch Leo gebot ihm Einhalt. Stattdessen zeigte er zur Tür, durch die Emmas davoneilende Schritte noch immer zu hören waren.

»Haltet sie auf. Lasst sie nicht entkommen!«

94

Ohne seine Schritte zu verlangsamen, warf Metso die Pistole über die Brüstung. Das Wasser des Kanals zwischen Ruoholahti und Jätkäsaari plätscherte leise. Er ging weiter über die Brücke Crusellinsilta auf die Insel Jätkäsaari. Vor wenigen Minuten hatte er den Krankenwagen stehen lassen. Der Patient benötigte keinen Transport und keine medizinische Behandlung mehr. Die Sanitäterkleidung hatte er im Fahrzeug gelassen, seine lädierte Brille in die Jackentasche gesteckt und die Mütze tief in die Stirn gezogen. Unterwegs gab er sich den Anschein, als studiere er die Prospekte, die er sich zuvor am Kulturzentrum Kaapelitehdas beschafft hatte.

Tourist Metso.

Kalte Schauer liefen ihm über den Rücken. Er war frei. Mit dem versprochenen Lohn war er alle Sorgen für den Rest seines Lebens los. Aber seine Euphorie beruhte nicht nur auf der überstandenen Not. Sein Körper war immer noch voller Adrenalin. Ein viel berauschenderes Gefühl, als er es jemals beim Wetten empfunden hatte, ergriff Besitz von ihm, als ihm bewusst wurde, dass er *zum Wohle des Volkes* gehandelt hatte.

Lumi Nevasmaas Selbstmordbriefe waren noch immer in seinem Besitz und steckten in der Innentasche seiner Jacke. Sie hatten an Brisanz verloren, seit Vilma Varis in ihrer Sendung offengelegt hatte, was Lumi Nevasmaa zu ihrer Tat getrieben hatte. Trotzdem wäre es schade, sie einfach so zu verbrennen. Sie waren ein Teil der finnischen Geschichte.

Auf der Insel Jätkäsaari bog Metso links in die Välimerenkatu ein und ging zügig Richtung Osten. Peregrinos Anruf hatte ihn am frühen Samstagmorgen aus dem Schlaf gerissen, und die Plackerei forderte jetzt ihren Tribut. *Ich brauche Schlaf.*

Da stach ihm ein Schriftzug ins Auge: *Café Alejandra*. Es hatte geöffnet. *Erst Essen. Dann Schlaf.*

Metso überquerte die Straße und trat ein. In dem Café saßen vier Gäste an vier Tischen in der Nähe des Fernsehers. Er ging zur Theke, zeigte auf das größte Brötchen in der Vitrine, neben dem auf einem Schild ein Vegan-Label prangte.

»Dieses hier. Und einen Orangensaft.«

Er bezahlte und trug das Tablett zu einem Tisch, der in Hörweite des Fernsehers stand.

Die Live-Sendung bestätigte ihm, dass sich alles tatsächlich zugetragen hatte: Lumi Nevasmaas Selbstmord, der Putschversuch der Linken, die Tumulte am Senatsplatz, vierzehn bestätigte Todesopfer, die Einigung zwischen Leo Koski und Emma Erola zur Beendigung der Revolution.

Die Sendung konzentrierte sich jetzt auf die von Leo Koski und Emma Erola in Aussicht gestellte Umverteilung der Vermögen in Finnland.

»Was daraus wohl wird?«, fragte einer der Gäste. Die anderen schwiegen. Metso nahm an, dass niemand den Mut fand, bei einer so heiklen Sache Stellung zu beziehen.

»Ist vermutlich besser so«, murmelte ein anderer, wahrscheinlich nur, um die Stille zu durchbrechen.

Plötzlich fiel Metso ein, dass er das Vergewaltigungsvideo immer noch nicht mit eigenen Augen gesehen hatte, obwohl es ein ganzes Volk in Zorn und Aufruhr versetzt hatte. Er nahm sein Telefon und suchte im Internet danach. *Play.* Der grauenhafte Vorfall aus Lumi Nevasmaas Briefen wurde lebendig.

Holstis ekelerregendes Gesicht war verpixelt, aber eindeutig zu erkennen. Gerade eben, kurz vor seinem Tod, hatte er geschworen, unschuldig zu sein, ohne zu ahnen, dass das Beweisvideo gestern Abend den Menschen in ganz Finnland gezeigt worden war.

Holstis Unschuldsbeteuerungen hatten erstaunlich überzeugend geklungen angesichts der Tatsache, dass sie erstunken und erlogen waren. Metso konnte immer noch Holstis Verzweiflungsschreie hören, während er das Video auf seinem Handy anschaute.

Plötzlich überkam ihn ein mulmiges Gefühl. Irgendetwas an der Szenerie wirkte gekünstelt. Er versuchte zu ergründen, was ihn an dem Video störte.

Die Erkenntnis explodierte in seinem Kopf wie eine Granate.

Er hielt das Video an und sah es sich noch einmal von vorn an. Dann saß er zehn Sekunden da, ohne sich zu rühren. Der Gedanke, der ihm eben gekommen war, schien ziemlich weit hergeholt, aber das spielte jetzt keine Rolle. Loslassen würde er Metso auf jeden Fall nicht mehr.

Metso nahm einen großen Bissen vom Brötchen und spülte ihn fast unzerkaut mit Saft hinunter. Der leichte Kaffeehausstuhl fiel scheppernd zu Boden, als er abrupt aufsprang und aus dem Café stürmte.

Die Strecke bis zum Hauptquartier der Sicherheitspolizei in Punavuori legte er in vierzehn Minuten zurück. An seinem Arbeitsplatz fuhr er den Computer hoch, loggte sich ein und startete das Datensystem der SUPO, von dem aus er Zugriff auf die Bänder aller Überwachungskameras in Finnland hatte. Fünf Minuten später hatte er die gesuchten Aufnahmen aufgespürt.

Dann dauerte es noch eine knappe halbe Stunde, bis er die richtige Stelle gefunden hatte. Dank der höheren Bildqualität konnte er nun genau untersuchen, was ihm an dem Video so verkehrt vorgekommen war.

Eine junge Frau bäuchlings auf dem Schreibtisch. Ein fetter Kerl reißt ihr den Slip vom Leib, erst zögernd, dann immer brutaler. Dazu Nevasmaas leidverzerrtes Gesicht, das sich der Kamera zuwendet, als wollte sie um Hilfe flehen.

Etwas an dem stummen Video stimmte nicht. Holstis Bewegungen waren seltsam mechanisch. Metso zoomte auf Holstis Gesicht. Zeichneten sich da Hemmungen ab? Bereute er seine Tat schon während der Ausführung? Das wäre bei einer Vergewaltigung durchaus nichts Ungewöhnliches.

Oder ging es um etwas ganz anderes?

Metso sah sich das Video noch ein weiteres Mal an. Dem Geschehen lag ein Rhythmus zugrunde, den Metso jetzt immer klarer erkannte. Als folgte er einer mathematischen Formel. Und unmittelbar vor jedem Schlag hatte Lumi Nevasmaa das Gesicht abgewendet.

Warum?

Jetzt sah Metso den Widerstreit in Holstis Zügen mit aller Deutlichkeit. Jedem Schlag auf Lumis Hüfte ging ein Zögern voraus, als müsse er neuen Mut sammeln. Als beföhle ihm jemand, was er zu tun hatte.

Was, wenn sie alle falschlagen? Was, wenn sie nur sahen, was ihnen zuvor geschildert worden war?

Metso lehnte sich so ruckartig zurück, dass sein Bürostuhl umzukippen drohte. Die Erschöpfung wirkte sich schon auf seine Koordination aus. Seine Gedanken waren unstet und setzten mitunter ganz aus.

Ihm kam ein neuer Gedanke, und er ging die Videobänder aus Harri Holstis Büro von den Tagen vor dem Vorfall durch. Schnell erkannte er, dass die Zimmermädchen sein Zimmer immer früh am Morgen putzten.

Am Morgen des 15. November erschien auf dem Video ein bekanntes Gesicht. Lumi Nevasmaa hatte den Zimmerservicewagen vor der Tür abgestellt und betrat den Raum mit dem Staubsauger in der Hand. Sie saugte, nahm den Plastikbeutel aus dem Papierkorb und tat einen neuen hinein. Dann richtete sie sich auf, verharrte kurz und lehnte sich gegen den Schreibtisch, auf dem sie nur wenige Tage später vergewaltigt werden sollte.

Lumi fuhr mit den Fingern über die Tischoberfläche, machte sich mit ihr vertraut wie ein Schwimmer, der sich vor dem Wettkampf mit Wasser bespritzt. Jetzt hob sie entschlossen den Kopf und sah in die Kamera. Nicht zufällig in die Richtung der Kamera, sondern direkt in die Linse. Lumi Nevasmaa wusste genau Bescheid, aus welchem Winkel die Ereignisse in Harri Holstis Büro festgehalten wurden.

Metso hielt das Video an und betrachtete Lumi Nevasmaas hübsches Gesicht und ihre langen, lockigen Haare. Sie schaute mit festem Blick direkt in die Überwachungskamera. Entschlossen, ja, beinahe sogar … stolz.

95

Die Dunkelheit hatte sich über das ereignisreiche Wochenende gesenkt. Metso näherte sich seinem Zuhause durch den Uferpark im Stadtgebiet Arabianranta. Seine Füße sanken bei jedem Schritt tief ein. Die stürmischen Winde der letzten Wochen hatten das Wasser aus der Bucht ans Ufer getragen und den Boden in eine Schlammgrube verwandelt.

Im Schatten außerhalb des Lichtkegels der Straßenlaternen blieb er stehen und sah über die Sträucher hinweg zu seiner Wohnung. Er war sich ziemlich sicher, dass ihm keiner auf der Spur war. Allerdings war ihm auch klar, dass er in den nächsten Tagen auf der Hut sein musste.

Über der Schulter trug er eine Umhängetasche, in der sich sein Laptop befand, den er aus dem Büro der SUPO mitgenommen hatte. Am Leibe trug er immer noch die gleiche Alltagskleidung, die er am frühen Samstagmorgen angezogen hatte.

Als er jetzt zu den Fenstern seiner Wohnung schaute, fiel ihm ein, dass das Handy seiner Tochter nach wie vor an dem Subaru klebte. Das würde er später holen. Bis dahin musste er sich für seine Tochter eine Erklärung einfallen lassen.

Alles wirkte normal. Er setzte sich in Bewegung. Unmittelbar vor seiner Haustür wurde er plötzlich geblendet. Er schirmte die Augen mit der Hand ab, gebadet in einen hellen Lichtschein, der seinen Ursprung auf dem benachbarten Parkplatz hatte.

Das war's.

Er breitete die Arme aus. Widerstand wäre zwecklos. Er hatte geglaubt, er hätte die Aufgaben dieses Wochenendes unerkannt überstanden, aber etwas musste schiefgelaufen sein. Sein Leben zerrann in dieser Sekunde auf dem Asphalt. Sein Chef Taivalkoski hatte eines klargemacht: Sollte Metso bei seinen Geheimoperationen wegen begangener Gesetzwidrigkeiten in die Hände der Kriminalpolizei oder einer anderen staatlichen Behörde als der Sicherheitspolizei geraten, wäre er auf sich allein gestellt. Dann könnte selbst der Leiter der Sicherheitspolizei nichts für ihn tun.

In diesem Moment erlosch der Scheinwerfer. Metso war von dem grellen Licht noch immer halb blind. Er ging zwei unsichere Schritte zur Seite und versuchte in die Richtung zu schauen, aus der das Licht gekommen war. Niemand befahl ihm, sich auf den Boden zu legen. Niemand sagte etwas.

Auf dem Parkplatz stand ein Auto, dessen Front direkt in seine Richtung zeigte. Die Scheinwerfer waren nicht zufällig eingeschaltet worden. Doch niemand stieg aus.

Metso näherte sich langsam dem Auto. Das Licht der Straßenlaternen spiegelte sich in der Windschutzscheibe. Nur mit Mühe konnte Metso auf dem Fahrersitz die Umrisse eines Mannes erkennen. Er trug dunkle Kleidung, nur unter dem geöffneten Kragen blitzte ein strahlend weißer Verband hervor.

Metso ging um das Auto herum und öffnete die Beifahrertür. Dann nahm er neben Leo Koski Platz.

»Sie sollten nicht hier sein«, sagte Metso.

»Das hat mein Arzt auch gesagt«, erwiderte Koski.

»Sie hätten auf ihn hören sollen.«

»Ich habe an diesem Wochenende gelernt, meine eigenen Entscheidungen zu treffen.«

Metso hatte so eine Ahnung, warum Koski hier aufgetaucht war.

»Wie haben Sie mich gefunden?«, fragte er trotzdem.

»Ihr Vorgesetzter Taivalkoski hat zu verstehen gegeben, dass er Teil einer Operation war, deren Ziel es war, mich zu beschützen. Mit etwas Mühe konnte ich ihn überzeugen, dass ich ein Recht habe, Ihnen persönlich zu danken.«

»Das ist hiermit erledigt«, erwiderte Metso ruhig. »Aber das ist nicht der einzige Grund, warum Sie mich treffen wollten.«

»Das ist wahr«, antwortete Koski. »Ich werde das Gefühl nicht los, dass es noch jemanden gibt, dem ich danken sollte.«

»Sie möchten wissen, wer mich darüber hinaus zu Ihrem Schutz bezahlt hat.«

»Genau.«

»Es tut mir leid, aber da kann ich Ihnen nicht helfen. Die Person hat mir gegenüber ihre Identität nie offenbart.«

Leo wurde von einer Welle der Enttäuschung erfasst. Mutlos ließ er den Kopf sinken.

Er hatte Taivalkoski gedrängt, ihm zu sagen, wer veranlasst hatte, ihn zu schützen, aber Taivalkoski war unnachgiebig geblieben. Endlich hatte er Leo auf dessen dringende Bitte hin wenigstens die Identität jenes Polizisten verraten, der Joel Alén in letzter Sekunde erschossen hatte.

Dieser Mann war Metso. Und jetzt, da Leo endlich mit ihm sprechen konnte, wollte er nicht wahrhaben, was er zu hören bekam.

»Wie ist das möglich? Haben Sie die Person, die Sie bezahlt hat, nie getroffen?«

Metso schüttelte den Kopf.

»Und die Stimme am Telefon haben Sie auch nicht erkannt?«

»Er hat eine App benutzt, um die Stimme unkenntlich zu machen. Die kann sich jeder aufs Handy laden.«

Leo sah Metso an, dass dieser wirklich nicht wusste, für wen er gearbeitet hatte.

Zunächst hatte Leo angenommen, sein Schutzpatron stünde unter Pontus' Befehl. Doch dann wurde klar, dass Pontus bereits seit Stunden tot im Ständehaus gelegen hatte, als jemand Metso die Tür zum Regierungspalais öffnete.

Dann hatte er vermutet, es müsse eine andere einflussreiche Person aus den Reihen der Konservativen sein. Aber wem von ihnen hätte sein Leben am Herzen gelegen? Und warum?

»Er nannte sich Peregrino«, sagte Metso.

Leo stöhnte. »Peregrino?«

Er verstand genug Spanisch, um zu wissen, was der Name bedeutete: *Pilger*.

Dann konnte es niemand anders sein als der Polizeipräsident

Juhani Piispa höchstpersönlich, dessen Erscheinung und bischöflicher Name perfekt zu diesem frommen Decknamen passten. Außerdem war der Polizeipräsident einer der ganz wenigen Menschen, die die Möglichkeit hatten, eine derart massive verdeckte Operation zu organisieren.

Juhani Piispa musste hinter diesem Peregrino stecken.

Was Leo nicht verstand, war, warum Piispa so einen Aufwand betrieb, um ihn zu schützen. Dabei mochten sie sich nicht einmal. Warum also war Piispa bereit, Gesetze zu brechen und seine Position in Gefahr zu bringen? Das musste Leo noch in Erfahrung bringen. Daher beschloss er, seine Vermutung vorerst für sich zu behalten.

Metso räusperte sich erneut. »Bedauere, aber ich kann Ihnen nicht weiterhelfen. Aber da ist noch eine Sache, die Sie wissen sollten.«

Metso zog den Reißverschluss seiner Laptoptasche auf, entnahm ihr einen Briefumschlag und reichte ihn Leo.

»Diesen Brief hat Lumi Nevasmaa ihrer Mitbewohnerin hinterlassen.«

Auf dem Umschlag stand: *Für Airi.* Leo zog das hellblaue Briefpapier aus dem Umschlag und begann zu lesen. Schon bei den ersten Zeilen war ihm klar, dass er den Abschiedsbrief von Lumi Nevasmaa in den Händen hielt. In den Nachrichten hieß es, sie hätte keinen hinterlassen, aber hier war er.

Liebe Airi,
dieser Brief ist für dich, doch gleichzeitig richte ich ihn an alle Unterprivilegierten in diesem Land. Bitte sorg dafür, dass die Menschen von meiner letzten Botschaft erfahren.
Ich schreibe diesen Brief in dem Wissen, dass ich in einer Stunde tot sein werde. Ich möchte nicht sterben. Es macht mir Angst. Aber ich muss es tun. Nur indem ich gehe, ist es mir möglich, euch den Weg zu weisen.
Mein Leben war belanglos, also ist es schnell erzählt: In meiner Kindheit hatte meine Familie nicht viel, aber ich bekam ausrei-

chend Essen und Liebe. Meinen Platz in der Welt verstand ich, als ich 12 war. Damals ist meine beste Freundin ans andere Ende der Stadt gezogen. Sie hat schon immer andere Marken getragen als ich und mich darauf auch oft hingewiesen, aber wir haben die gleichen YouTuber und Sänger geliebt. Von der Schaukel im Hof aus habe ich verfolgt, wie die Familie den Umzugswagen belud. Ich habe meine Freundin einmal in ihrem neuen Zuhause besucht. Dafür bin ich mit dem Bus quer durch die ganze Stadt gefahren und am Ziel in einer anderen Welt ausgestiegen. In der Glasfront ihres neuen, von einem Architekten entworfenen Hauses spiegelte sich der Designergarten. Auf der Straße lächelten die Menschen einander zu. Das Abendessen, bei dem ich mitessen durfte, war reichlicher als unser Festessen an Weihnachten. Meine Freundin sprach unentwegt von tollen Ferienlagern, von denen ich zu Hause schon längst nichts mehr erwähnte. Ich wollte nicht mehr die Scham in Mutters Augen sehen müssen, wenn sie mir erklären musste, dass eine Teilnahme »dieses Jahr leider nicht möglich« sei. Die Kluft zwischen meiner Freundin und mir war unübersehbar geworden und ließ sich durch nichts mehr füllen. Ich verstand, dass sich unsere Lebenswege nie mehr kreuzen würden.

Später habe ich gelernt, dass es für mein damaliges Gefühl schicke Begriffe gibt: sozioökonomischer Status der Eltern, kulturelles Kapital, der Einfluss von Rollenbildern, kindliche Identität unter ärmlichen Familienverhältnissen, Herrendenken, Rückgang der sozialen Mobilität und Minderwertigkeitserfahrungen verstärkende soziale Rollenmuster.

Ich sah die Dinge einfacher. Ich begann, den jungen Menschen um mich herum ins Gesicht zu schauen, um festzustellen, zu welcher Gruppe sie gehörten: zu meiner oder zu der meiner ehemaligen Freundin.

Die Jugendlichen meiner Gruppe sprachen nur selten über die Zukunft und wenn, dann meist nur in Bezug auf sich oder ihr späteres Arbeitsleben. Die Kinder aus besseren Familien dagegen sprachen über die Welt und ein Studium.

Die Jugendlichen aus meiner Gruppe haben durchaus viel gelacht, aber ihr Umgang miteinander war gnadenlos. Falls jemand abschweifte und großartige Zukunftsszenarien entwarf, wurde er von den anderen sofort auf den Boden der Realität zurückgezerrt.

Die anderen hatten einen Ausdruck im Gesicht, der besagte, sie waren zu allem fähig. Sie waren frei von Sorgen. Das ist leicht, wenn die Eltern ein schuldenfreies Eigenheim im schicken Espoo und auf der Bank ein solides Aktienportfolio besitzen.

Ich bin Zimmermädchen geworden. Ich habe drei Jahre im Marriott-Hotel Kalasatama gearbeitet. Ich habe meine Arbeit gut gemacht, auch wenn wir wie Dreck behandelt wurden.

Am Abend des 21. November zerstob auch der letzte Funken Hoffnung auf eine bessere Zukunft in mir. Der Hotelbesitzer Harri Holsti bat mich in sein Büro. Er presste mich auf seinen Schreibtisch und vergewaltigte mich. Er hob meinen Rock, riss mir den Slip herunter und drang gewaltsam in mich ein. Ich kann noch immer seinen Schweiß und den Alkohol in seinem Atem riechen. Ich habe ihm gesagt, er soll aufhören. Ich habe mich gewehrt, aber es half nichts.

Nach der Vergewaltigung habe ich alles richtig gemacht. Ich habe all meinen Mut zusammengenommen und bin zur Polizei gegangen.

Die Polizistin, die meine Aussage aufnahm und die physischen Spuren sicherte, war verständnisvoll und hat mir geglaubt. Bei meinem zweiten Besuch bei der Polizei saß mir ein anderer Polizist gegenüber, der meine Schilderungen anzweifelte und mir die Schuld gab. Bei meinem dritten Besuch wurde mir mitgeteilt, dass es keine Hinweise gäbe, die eine Anzeige stützen würden. Die Existenz von Beweisen wurde komplett abgestritten. Ich habe auch mit einem Rechtsanwalt gesprochen, aber selbst der hat mir nicht geglaubt.

Im Blick des Rechtsanwalts sah ich, dass ich für ihn nichts wert war. Dass das, was ich sagte, für ihn keinerlei Bedeutung hatte. Weil ich nur ein unbedeutendes Zimmermädchen war und in einer schäbigen Mietwohnung wohnte. Weil er mir nie mehr begegnen würde, nachdem er sich verabschiedet und mir alles Gute gewünscht hatte. Diesen Blick, den er mir zuwarf, kannte ich aus Hunderten Begegnungen zuvor, wenn mein Leben zufällig die Welt der Privilegierten gestreift hatte – diesen Blick, der oberflächlich freundlich, aber gleichzeitig auf Abstand bedacht war, weil eine echte Begegnung zwischen uns für beide Seiten unangenehm geworden wäre.

Wir auf der Verliererseite haben den Blick akzeptiert, uns daran gewöhnt und weiter unser beschwerliches Leben gelebt, weil wir dazu erzogen wurden und uns Bildung und Wissen fehlten, um zu verstehen, was in unserem Land vor sich ging. So wie Mutter es einfach hinnahm, als sie erkrankte, verarmte und leiden musste, habe auch ich gelernt, meinen Teil zu tragen.

Und als der Große Knall zum ersten Mal wirkliche Not nach Finnland brachte und uns den Boden unter den Füßen wegriss, schauten die anderen uns wieder nur freundlich an, als wollten sie tatsächlich behaupten, nur das Beste für uns zu wollen. Immer vorausgesetzt natürlich, unsere Not kostete sie keine Spur ihres Sicherheitsgefühls und keinen Hauch des Wohlstandes, an den sie gewöhnt waren. Dabei konnten sie sich voll auf die Machthaber im Land verlassen, die ihrerseits zu den Bessergestellten gehörten und in Lippenbekenntnissen Verständnis für uns heuchelten, obwohl sie in Wirklichkeit gar nicht verstehen wollten. Sie wussten, wollten sie uns Gerechtigkeit widerfahren lassen und wirtschaftliche Sicherheit gewähren, müssten sie auf einen kleinen Teil ihrer Vorzüge verzichten. Aber sie glaubten ein Anrecht auf all den Luxus zu haben, in dem sie lebten. Dabei war der einzige Unterschied zwischen den beiden Gruppen die Familie, in die man hineingeboren wurde.

Aus diesem Grund müssen wir etwas unternehmen. Aus diesem Grund müssen wir uns nehmen, was uns gehört.

In Kürze werde ich mich vor meinen Vergewaltiger stellen. Ich werde mich mit Benzin übergießen und mich selbst anzünden. Ich werde zu einer Fackel werden. Lasst meine Flammen nicht

einsam in der Dunkelheit verlöschen, sondern nährt sie. Ihr Licht
wird euch aus der Dunkelheit führen.
Denn die Zeit der Worte ist vorüber. Jetzt ist es Zeit für Taten.
Lumi Nevasmaa

Leo Koski fühlte einen sengenden Stich im Herzen. Das Land, das er regierte, hatte Lumi Nevasmaa betrogen.

Wäre der Brief an die Öffentlichkeit gelangt, hätte er den gleichen Effekt auf das finnische Volk gehabt wie Vilma Varis' Sendung. Er hätte eine so gewaltige Wut angefacht, dass sie durch nichts mehr einzudämmen gewesen wäre. Und der Zorn hätte sich vor allem gegen ihn gerichtet.

Mein Schutzpatron hat Metso angeheuert, um sicherzustellen, dass der Brief nie an die Öffentlichkeit gelangt. Er wollte mich um jeden Preis beschützen.

Metso räusperte sich und riss damit Leo aus seinen Gedanken.

»Alles Lüge«, sagte Metso.

Leo verstand nicht. »Was ist alles Lüge?«

»Die ganze Vergewaltigungsgeschichte. Es hat nie eine Vergewaltigung gegeben.«

96

Leo versuchte, seine Gedanken zu ordnen. *Was soll das heißen, die Vergewaltigung hat nie stattgefunden?* Leo hatte das Video doch mit eigenen Augen gesehen.

Metso nahm den Laptop aus der Tasche und stellte ihn zwischen sich und Leo auf die Mittelkonsole. Dann startete er das Video mit den Aufzeichnungen der Überwachungskamera aus Holstis Büro.

Dabei lieferte Metso eine detaillierte Schilderung seiner Beobachtungen. Seine monotone Stimme bildete einen scharfen Kontrast zu dem Gefühlschaos, das Metsos Worte in Leo auslösten.

Die Vergewaltigung, die dem Selbstmord von Lumi Nevasmaa vorausgegangen war, war inszeniert. Dass Harri Holsti der jungen Frau den Slip vom Leib riss und sie schlug, geschah auf ihre eigene Bitte hin. Der Zuschauer hatte nur das leidvolle Gesicht von Lumi gesehen, wenn sie den Kopf in die Kamera drehte. Er hatte nicht wahrgenommen, dass sie vor jedem Hieb den Kopf wegdrehte und Holsti zum nächsten Schlag aufforderte.

Leos Welt stand kopf. Dieser letzte Funke, der endgültig den Zorn des finnischen Volkes entfacht und einen Flächenbrand ausgelöst hatte, war nichts als Scharade. Für Harri Holsti war darin die Rolle des Bösewichts vorgesehen, die er ohne sein Wissen gespielt hatte. Ein schüchtern anmutendes Mädchen hatte den angetrunkenen Holsti zu einem sadomasochistischen Sexspiel verführt, dessen tonlose Videoaufnahmen eine angebliche Vergewaltigung belegen sollten.

»Ist das sicher?«, fragte Leo.

»Die Originalaufnahmen lassen keinen anderen Schluss zu.«

Leo suchte verzweifelt nach einer anderen möglichen Erklärung als der, die er hier mit eigenen Augen vor sich sah. Die Wahrheit war zu niederschmetternd. Ihr Bekanntwerden konnte den brüchigen Frieden, den sie für Finnland erreicht hatten, massiv gefährden. Die Umverteilung des Vermögens war auf breite Zustimmung gestoßen, weil die Menschen letztlich erleichtert waren, einer länger währenden Revolution und ihren blutigen Folgen entgangen zu sein. Aber was würde geschehen, wenn sie erfuhren, dass das Video, das den Volksaufstand ausgelöst hatte, fingiert war?

»Holsti ist zu Unrecht einer Vergewaltigung beschuldigt worden«, murmelte Leo mehr an sich selbst gewandt.

Metso nickte. »Alle haben in ihm den Vergewaltiger gesehen. Nevasmaa ist zur Polizei gegangen und hat die vorgetäuschte Vergewaltigung angezeigt. Wahrscheinlich hat sie sogar damit gerechnet, dass die Ermittlungen ›aus Mangel an Beweisen‹ eingestellt werden. Damit konnte sie nicht nur ihren verhassten Chef, sondern mit ihm auch die Führung der lokalen Polizei samt Regierung in einen Skandal verwickeln.«

Leo schüttelte fassungslos den Kopf. Ein einfaches Zimmermädchen hatte eine subtile Intrige gegen den Staatsapparat eingefädelt. Lumi Nevasmaa war von einem anderen Kaliber als jene verletzliche, junge Frau, die Leo in ihr gesehen hatte. Von einem ganz anderen.

Leo richtete seinen Blick auf Metso, der zu Holstis Henker geworden war. Bevor Leo etwas sagen konnte, räusperte sich Metso:

»Sie haben sicher eins und eins zusammengezählt und festgestellt, dass der Krankenwagen, aus dem Holsti in den Tod geflogen ist, genau der ist, den ich gefahren habe.« Metso hielt den Blick starr nach vorn gerichtet.

Leo erkannte, dass er für Metso zu einer Gefahr geworden war. »Wenn es nach mir geht, müssen Sie nicht ins Gefängnis. Sie haben mir das Leben gerettet, und dafür bin ich Ihnen zu Dank verpflichtet.«

»Gut«, sagte Metso gedehnt. »Sie können mir danken, indem sie mich niemandem gegenüber erwähnen. Wir werden uns nie wieder begegnen.«

»Falsch«, sagte Leo.

Metso erschrak erkennbar.

»Ich will mehr Informationen über Lumi Nevasmaa«, erklärte Leo. »Und Sie besorgen sie mir.«

Metso grinste erleichtert. »Damit habe ich schon begonnen«, sagte er und zog drei Blätter aus der Laptoptasche. »Hier steht alles, was ich innerhalb von ein paar Stunden über Lumi Nevasmaa in Erfahrung bringen konnte.«

Leo betrachtete die Ausdrucke, die alle Informationen enthielten, die sich in behördlichen Registern und sozialen Medien über Lumi hatten finden lassen. Die SUPO-Analyse hatte alle verfügbaren Daten zusammengetragen, verschiedene Konten miteinander kombiniert, Likes, Kommentare und hochgeladene Fotos erfasst und dann mithilfe künstlicher Intelligenz analysiert und einfache Schlüsse gezogen. Um komplexere kausale Zusammenhänge zu erkennen, bedurfte es menschlicher Intelligenz und tagelanger Arbeit.

Auf den ersten Blick wirkte Lumi Nevasmaa gewöhnlich, ja beinahe langweilig. Aus Metsos Papieren ging hervor, dass Nevasmaa links dachte, was nicht weiter überraschend war angesichts der bescheidenen Verhältnisse, aus denen sie stammte, und ihres geringen Einkommens. Sie hatte an Veranstaltungen linksgerichteter Kreise teilgenommen, war sonst aber nicht sonderlich engagiert.

Als junges Mädchen hatte sie mal einen Freund gehabt, aber die Aktivitäten in den sozialen Medien während der letzten Jahre zeigten ebenso wie ihre Bankdaten keinerlei Hinweise auf eine Beziehung oder ein ausgesprochen aktives Single-Leben.

Leo entdeckte in dem Exposé nichts, was erklären würde, warum sich Lumi Nevasmaa zu dem Selbstmordopfer entschlossen hatte. Etwas an ihrer Geschichte fehlte.

»Sie war einsam und arm«, fasste Leo zusammen. »Vielleicht ist in ihrer Einsamkeit der Plan herangereift, es der Gesellschaft heimzuzahlen.«

Metso verzog das Gesicht. »Möglich. Die größte statistische Übereinstimmung mit einer Vergleichstat findet sich unter den Märtyrern im Nahen Osten. Die Zahl der Frauen unter den Selbstmordattentätern ist seit Ende der 1990er-Jahre gestiegen. Allerdings handeln sie selten nach der Art eines vereinsamten, verbitterten Schützen.«

Leo sah wieder auf den Brief in seiner Hand. Er las ihn jetzt mit anderen Augen als noch vor ein paar Minuten. Der Text berührte ihn immer noch, obwohl er gerade die Beweise gesehen hatte, die Lumi Nevasmaas Märtyrertum als Fake entlarvten. Er ließ den Brief sinken und starrte durch die Nacht auf die schicken neuen Wohnhäuser im Stadtteil Arabianranta.

Metso räusperte sich wieder. »Nevasmaa schrieb drei Briefe gleichen Inhalts. Den in Ihrer Hand hinterließ sie auf ihrem Bett für ihre Mitbewohnerin. Den zweiten hat sie auf dem Weg nach Töölö bei ihrer Mutter in den Briefkasten geworfen. Den dritten schickte sie per Post an eine Journalistin.«

»Und wo sind die beiden anderen Briefe?«, fragte Leo überrascht.

Metso öffnete seine Tasche und zog zwei weitere Briefumschläge heraus, die genauso aussahen wie der, den Leo in der Hand hielt. Auf einem klebte die Amazon-Briefmarke.

Leos Augen weiteten sich vor Staunen, aber er unterdrückte seine Neugier. Metso war offensichtlich sehr effektiv in dem, was er tat.

»Die Journalistin, an die der dritte Brief gerichtet ist, heißt Karin Malmberg. Sie ist auf Sicherheitsfragen spezialisiert«, führte Metso aus und zeigte auf den frankierten Umschlag. »Die Inhalte der Briefe sind identisch, mit dem dritten wollte Nevasmaa wohl sichergehen, dass ihre Botschaft öffentlich bekannt wurde.«

»Was offensichtlich nicht geklappt hat«, stellte Leo trocken fest. »Können Sie Ihre Nachforschungen so weiterführen, dass niemand etwas merkt?«

»Ich denke schon«, sagte Metso nachdenklich. »Telefondaten, Überwachungskameras … ich kann die Auskünfte unter irgendeinem Vorwand einholen, falls nötig. Auch die offiziellen Ermittlungen werden sich noch mit dem Selbstmord beschäftigen, aber ich habe Informationen, die sie nicht haben. Trotzdem brauche ich mehr. Irgendetwas, mit dem ich anfangen kann.«

Leo massierte sich mit der gesunden Hand die Stirn. Etwas an Lumi Nevasmaas Selbstmord und den Ereignissen dieses Wochenendes passte nicht zusammen. Sie mussten nur herausfinden, was. Ein Puzzleteil fehlte.

Alles, was Leo über Detektivarbeit wusste, hatte er aus Krimis. Was würden Hercule Poirot oder Harry Hole jetzt tun? Vielleicht dachte Leo falsch. Vielleicht ging es gar nicht darum, nach Hinweisen zu suchen.

In Kriminalromanen und -filmen ging es immer um das Motiv. Es war der Schlüssel zu allem und musste als Erstes gefunden werden: Warum also hatte Lumi Nevasmaa eine derart ehrgeizige Intrige gegen Harri Holsti, die Polizei und die komplette Machtelite gesponnen? Was war in ihrem Leben vorgefallen, was sie noch nicht wussten?

Leo las ein weiteres Mal Lumis Brief. Bei den letzten Worten stockte er. Las den Schluss noch einmal. Etwas in seinem Gehirn klingelte, weckte eine Erinnerung. Er sah ein Gesicht vor sich. Er erkannte eine Verbindung, die es nicht geben sollte. Das konnte nicht wahr sein. Das *durfte* nicht wahr sein.

Leo griff nach den Briefumschlägen in Metsos Hand und las noch einmal den Namen der Adressatin: *Journalistin Karin Malmberg.*

Leo beugte sich zu Metso und flüsterte ihm seine Überlegungen ins Ohr, als fürchte er sich davor, recht zu haben.

EPILOG

Die Nacht war stockfinster und die Straße bekanntermaßen gefährlich.

Leo Koski saß am Steuer eines Mietwagens und fuhr mit äußerster Vorsicht bergauf. Rechts neben ihm ging es steil in die Tiefe. Irgendwo dort unten lag die Costa del Sol, Spaniens Sonnenküste. Links wurde die Straße von einer rötlichen Felswand begrenzt, die äußerst bedrohlich wirkte.

Sandkörner knirschten unter den Rädern, als er wie gewohnt in die Haltebucht neben dem Abhang fuhr. Hier stand ein klappriger Verkaufswagen, an dem er schon oft Obst gekauft hatte. Jetzt wirkte er noch heruntergekommener als sonst.

Er schaltete das Licht aus und stieg langsam aus. Trotz aller Vorsicht fühlte er einen schneidenden Schmerz im Nacken. Es war jetzt über einen Monat her, dass ihn eine Kugel getroffen hatte, und seit einer Woche nahm er keine Schmerzmittel mehr. Doch bei einigen Bewegungen verzog er immer noch unwillkürlich das Gesicht vor Schmerzen.

Unter ihm lag Marbella. Auf das Autodach gelehnt, betrachtete er die Lichter der Stadt. Der gleiche Anblick hatte sich ihm bereits vor wenigen Stunden beim Anflug mit dem Privatjet auf Málaga geboten.

Nach etwa fünf Minuten des Wartens näherten sich von unten die Scheinwerfer eines Autos. Von Zeit zu Zeit verschwanden sie hinter Felsvorsprüngen und kamen dabei immer näher. Kurz darauf rollte das andere Auto neben Leos, und der Fahrer stieg aus. Er griff nach einem Aktenkoffer auf der Rückbank und reichte ihn Leo.

Leo lächelte zur Begrüßung. Metso erwiderte das Lächeln nicht, aber Leo glaubte einen freundlichen Schimmer in seinen Augen zu erkennen.

»Schauen Sie sich die Landschaft an«, sagte Leo. »Ich würde ja sagen, so etwas kann man nicht für Geld kaufen, aber die Bewohner des Luxusresorts hinter uns haben genau das getan.«

Wohl wegen der atemberaubenden Landschaft war La Zagaleta einst an diesem Ort gegründet worden. Jemand, der hier eine Immobilie kaufte, wollte über anderen stehen, in jeglicher Hinsicht.

Metso warf einen höflichen Blick auf die Umgebung und legte den Aktenkoffer aufs Dach.

»Alles ist hier drin. Ich habe es auch auf Papier ausgedruckt, aber die Informationen sind vollständig auf dem Stick gespeichert.«

»Und die Originale?«

»Vernichtet.«

Die Beweise, die sich in diesem Aktenkoffer befanden, konnten den Lauf der Geschichte verändern. Nur sie beide wussten davon.

»Ich bitte um …«

Metso stoppte ihn mit einer Handbewegung. »Das versteht sich von selbst. Sie entscheiden, was mit den Informationen geschieht. Ich nehme sie mit ins Grab.«

Leo streckte den Arm aus, und sie gaben sich zum Abschied die Hand.

Als die Rücklichter von Metsos Wagen zur Küste hin in der Dunkelheit verschwunden waren, setzte Leo sich vorsichtig wieder in sein Auto und fuhr in die entgegengesetzte Richtung, den Berg hinauf. Er folgte der kurvenreichen Carretera de Ronda, bog links ab und verlor für einen Moment den Ausblick auf die Küste. Im Radio wurde eine bekannte spanische Melodie gespielt, deren Name Leo nicht einfiel. *Es más difícil ser rey sin corona que una persona más normal …* Es ist schwieriger, ein König ohne Krone zu sein als ein normaler Mensch …

Leo sann nach, mit welchen Gefühlen er das Amt des Ministerpräsidenten aufgegeben hatte. Mit einer Mischung aus Wehmut und Erleichterung. Etwa vor zehn Stunden hatte der Präsident die neue Regierung ernannt, und Leo war verhalten optimistisch, dass sie Erfolg haben würde. An der Spitze des Kabinetts stand eine mehr als fähige Person.

Vor Leo tauchten die steinernen weißen Säulen auf, die die Zufahrt zu Europas teuerster Urbanisation flankierten: La Zagaleta.

Der Wachposten trat heraus, Leo ließ das Fenster herunter und reichte ihm seinen Pass. Der Mann verschwand mit Leos Pass im Wachhaus, in dem sich ein zweiter Wachmann befand. Die Sicherheitsmaßnahmen waren noch einmal verstärkt worden, obwohl La Zagaleta von jeher bestens abgeschirmt war: Das gesamte Gelände war mit Stacheldraht umzäunt, es gab Hunderte Überwachungskameras, und bewaffnete Sicherheitsleute patrouillierten regelmäßig mit dem Auto über das Gelände.

Aber gewalttätige Angriffe auf Reiche hatten enorm zugenommen. Die Ereignisse in Finnland hatten in der gesamten westlichen Welt, einschließlich Australien, Wellen geschlagen. Das finnische Volk hatte an jenem einen Wochenende eine Flamme hervorgebracht, die auf einen Schlag den schwelenden Zorn in vielen zweigeteilten Gesellschaften entfacht hatte. Lumi Nevasmaa wurde zu einer Art Heiligen der Armen verklärt, zu einer Heldin und Märtyrerin. Genau so, wie sie es beabsichtigt hatte.

Die Last der Verantwortung drückte ihn jedes Mal aufs Neue, wenn er von Gewaltausbrüchen und revolutionären Umstürzen auf der Welt hörte. Doch er hatte auch einen möglichen Lösungsweg aufgezeigt. Die Umverteilung der Vermögen lief in Finnland glatt über die Bühne. Das könnte der Welt als Modell dienen. Es war möglich, das kapitalistische System zu korrigieren, aber das erforderte einschneidende Maßnahmen, und zwar lieber zu früh als zu spät.

»Señor Koski«, sagte der Wärter und reichte Leo den Pass zurück. Falls er ihn erkannt hatte, gab er es mit keiner Miene zu erkennen. Verwunderlich wäre es nicht, denn während der vergangenen Wochen war Leo zu einem der prominentesten Gesichter in den internationalen Medien geworden. Aber das Personal hier war zu extremer Diskretion angehalten und egal ob Wirtschaftsmogul, Waffenhändler, Popstar oder Diktator – allen wurde die gleiche nüchterne Höflichkeit zuteil.

Leo war sich nicht ganz sicher, in welche Gruppe man ihn einordnete. Er fuhr das Autofenster wieder hoch und gab Gas. Er musste noch etwa einen Kilometer fahren. Die nach spanischen Malern benannten Straßen verzweigten sich immer weiter. Die Villen der Multimillionäre standen so weit voneinander entfernt, dass man hier keinen Nachbarschaftsstreit befürchten musste. Das extrem bergige Gelände und die beiden Golfplätze, die sich durch das gesamte Areal zogen, taten ein Übriges, um ungestörte Privatsphäre zu garantieren. Von fast jedem Anwesen hatte man freien Blick auf das schimmernde Mittelmeer. Infinitypools, die scheinbar im Nichts endeten, gehörten zur Standardausrüstung. Großzügige Bauweise und steil abfallende Berghänge verstärkten den Eindruck der Abgeschiedenheit. Den größten Teil des Jahres standen diese geräumigen Luxusvillen allerdings leer.

Leo liebte La Zagaleta. Er hatte sich in das Domizil schon als kleiner Junge verliebt, als Pontus und Karen ihn das erste Mal hierher mitgenommen hatten. Als Erwachsener durfte er ihr Herrenhaus so oft nutzen, wie er wollte. Anfangs war er einmal im Jahr mit Kumpeln, später zweimal jährlich mit Amanda hergekommen. Nach seiner Scheidung, als seine politische Karriere in Schwung kam, war er kaum noch hier gewesen.

In Zagaleta konnte Leo den Alltag hinter sich lassen. Im vergangenen Jahr hätte er mehr denn je einen ruhigen Rückzugsort gebraucht, war aber nicht ein einziges Mal hier gewesen. Schlagzeilen von einem Ministerpräsidenten, der in der teuersten privaten Wohnanlage Europas Urlaub machte, waren in Finnlands angespannter Atmosphäre absolut untragbar gewesen.

Das würde sich nun ändern, beschloss Leo. Er bog in die Einfahrt zu seinem Anwesen ein, betätigte die Fernbedienung, und das Metalltor glitt zur Seite.

Pontus hatte ihm das Herrenhaus vermacht. Sein Testament war detailliert und eindeutig gewesen, eingeschlossen die steuerlichen Regelungen. Leo und Karen waren die beiden Hauptbegünstigten. Untereinander brauchten sie sich auf nichts mehr einigen. Die einzige Überraschung bei der Testamentseröffnung war der kleine Vermögensanteil – immer noch eine stattliche Summe – den er der Staatssekretärin Sarianne Tavas vermacht hatte. Karen hatte die Sache mit keiner Silbe kommentiert.

Bei Pontus' Beerdigung hatte Leo vorn in der ersten Reihe neben Karen gesessen, doch als er sich beim Trauergottesdienst einmal umdrehte, hatte er eine unendlich traurig dreinschauende Sarianne weiter hinten entdeckt. Spätestens da hatte sich seine Vermutung bestätigt, dass Pontus und Sarianne deutlich mehr als nur Dienstliches verbunden hatte.

Vor der Kirche hatte er Sarianne später direkt gefragt, und sie gab zu, dass sie sich nahegestanden hatten. Laut Sarianne hatte Karen davon gewusst, und alle drei hatten sich mit der Situation abgefunden. Karen hatte den Schein und ihren Ruf gewahrt, Sarianne Pontus unter der Woche und an gemeinsamen Wochenenden gesehen. Jetzt konnte sich Leo auch an den seltsamen Hall bei Wochenendtelefonaten mit Sarianne erinnern, als hielte sie sich im Ausland auf. Über weitere Details ihrer Liebesferien wollte er jedoch nicht nachdenken, also brach er die Grübeleien ab.

Hinsichtlich seines Erbteils hatte Leo die von Pontus getroffenen steuerlichen Regelungen aufgehoben und mehrere Millionen Steuern zusätzlich an den Staat gezahlt. Danach hatte er seinen Anteil an der Vermögensumverteilung doppelt abgegolten. So waren Hunderte Millionen von Pontus' mühsam zusammengeklaubtem Vermögen mit einem Schlag an »das Trainingsanzugsvolk«, wie Pontus die ihm selbst vollkommen unbekannte Unterschicht genannt hatte, geflossen.

Doch auch nach diesen Zahlungen war Leo immer noch einer der reichsten Männer Finnlands.

Das Tor gab den Blick auf ein breites, in andalusischer Tradition errichtetes Haus frei. Über dem Eingang erhob sich ein flacher, sechseckiger Turm, in dem sich ein schöner Treppenaufgang befand. Gedeckt war das Haus mit den vorgeschriebenen sandfarbenen arabischen Dachziegeln. Auch die Höhe des Hauses war in den Bauvorschriften definiert: beide Seitenflügel erhoben sich zwei Stockwerke über die Erde – wie auch bei allen anderen Gebäuden dieses Typs. So wurde ein sinnloses Wettbauen unterbunden, das die Gegend verschandelt hätte, wenn die Milliardäre darum konkurriert hätten, wessen Haus prächtiger war.

Der strikte Bebauungsplan von La Zagaleta war Leo nicht neu, aber jetzt sah er zum ersten Mal die Ironie dahinter: La Zagaleta war gerade deshalb so schön, exklusiv und begehrt, weil die Behörden sich nicht scheuten, den Wünschen der Milliardäre enge Grenzen zu setzen. Die Gier der Krösusse dieser Welt kannte keine Grenzen, aber wenn jemand ihnen gegenüber unnachgiebig war, knickten sie ein und passten sich an wie Krähen. Doch Geld fand immer Mittel und Wege. Die Bauvorschriften in La Zagaleta beschränkten sich auf den oberirdischen Teil, nicht auf das, was unter der Erde lag, und so war hier ein dichtes Netz aus Kegelbahnen und Privatkinos entstanden.

Leo dachte an seinen Freund Kinga, der in ihren Jugendjahren einige Male hier zu Gast gewesen war. Gerade der Anblick dieser Prachtvillen hatte den nach einer Richtung für sein Leben Suchenden dazu gebracht, Immobilienmakler zu werden. Sein Freund hatte sich auch diesmal angeboten, Leo zu begleiten, »als Kofferträger und Schuhputzer«, wie er es nannte, aber Leo hatte abgelehnt. Beim nächsten Mal.

Diese Reise musste Leo allein machen.

Durch die Windschutzscheibe betrachtete Leo den Platz vor dem Haus. Nichts regte sich. Die Fenster waren dunkel. Die Haushälterin Marta kam immer am Vormittag und zusätzlich am Abend, wenn jemand im Haus wohnte.

Leo fuhr in den Carport und stieg mit dem Aktenkoffer von Metso in der Hand aus. Er schloss die Haustür auf, betrat die Eingangshalle und schaltete das Licht ein. Marta hatte ihm eine Schüssel Obst hingestellt: Orangen aus Valencia und Äpfel aus Girona, daneben ein Teller samt Obstmesser sowie eine Serviette.

Das Geländer der Treppe in den zweiten Stock sah verändert aus, vielleicht war es gestrichen worden. An der Seite führte eine schmalere Treppe in das Kellergeschoss hinunter.

Von unten war eine Stimme zu hören. Dann eine weitere.

Vorsichtig, fast schleichend, stieg er die Stufen hinunter. Jetzt waren die Stimmen deutlicher. Ein ruhiges Gespräch. Leo ging weiter. Erstaunt stellte er fest, dass er nervös war, als hätte jemand einen Reif um seine Brust gespannt.

Die Stimmen kamen aus einem Raum, dessen Tür dicker und besser isoliert war als die übrigen. Sie stand leicht offen. Jetzt erkannte er die Stimme eines Mannes und einer Frau. Vorsichtig spähte er durch die Tür. Zuerst sah er das Gesicht einer Frau mit dunklen Haaren, die vom Regen nass waren. Die junge Keira Knightley, noch schöner als heute. Dann erschien ein ernst blickender Matthew Macfadyen auf der Leinwand.

Der Film lief vor fast leerem Saal. Von fünfundzwanzig Sesseln war nur der mittlere in der mittleren Reihe besetzt. Lange blonde Haare fielen über die Lehne. Die Frau hatte ihren Kopf zurückgelehnt, die Beine entspannt über die Rückenlehne des Sessels in der Reihe vor ihr gelegt und Leos Ankunft nicht bemerkt.

Leo schlich sich nach hinten zum Pult und hielt den Film an.

Der blonde Kopf zuckte herum. Nach dem ersten Schreck lächelte Emma Erola.

»Du kommst früh«, sagte sie.

»An der Passkontrolle war keine Schlange.«

»Haha.«

Zumindest war sie nicht beleidigt, dass Leo mit dem Privatjet flog und Witze darüber machte.

»Ich dachte, du schläfst schon.«

»Ich habe hier schon mehr als genug geschlafen.«

Der Druck auf Leos Brust ließ nach. Leo und Emma hatten im letzten Monat viel telefoniert und einander Nachrichten geschrieben. Sie jetzt hier real vor sich zu sehen, fühlte sich trotzdem seltsam an. Ihre letzte Begegnung hatte sich im Ständehaus ereignet und lag Wochen zurück.

Als er gerade durch das Tor gefahren war, hatte es sich angefühlt, als lägen die Ereignisse des Revolutionswochenendes ewig zurück. Doch jetzt sah er Emmas entsetzten Blick im Ständehaus wieder so deutlich vor sich, als ob es gestern gewesen wäre.

Als sie in Panik durch den Hintereingang des Ständehauses verschwand, hatte Leo schnell handeln müssen. Die Gewaltausbrüche während der Revolution gingen auf das Konto von Joel Alén, aber in den Augen des Volkes hatte die Revolution nur ein Gesicht: das von Emma Erola. Also trug sie auch die Verantwortung.

Leo hatte Taivalkoski angewiesen, Emma zu schnappen, allerdings ohne die Absicht, sie an ein Gericht auszuliefern. Im Hof des Ständehauses hatte man sie erwischt und in ein Auto gesteckt, das sie ohne Umwege zum Business-Flight-Terminal am Flughafen Helsinki-Vantaa brachte. Eine gute Stunde später war sie bereits auf dem Weg nach Spanien.

Ihr die Flucht zu ermöglichen war der einzige Weg, Emma zu helfen. Wäre sie vor ein Gericht gestellt worden, hätte Leo in keiner Weise eingreifen können. Hatte er doch gerade im Fernsehen geschworen, dass vor Gericht alle Menschen gleichbehandelt würden.

Einen Monat lang hatte Emma sich nicht aus den Mauern von La Zagaleta hinausbewegt und selbst die Villa nur zu vereinzelten Spaziergängen in den frühen Morgenstunden verlassen, getarnt mit Sonnenbrille und Schlapphut. Sie war im Exil und verhielt sich dementsprechend.

»Wie ist es dir ergangen?«, fragte Leo.

»Ich kann mich nicht beklagen. Falls du vorhast, dieses Erbstück zu vermieten, gebe ich ihm bei Airbnb fünf Punkte.«

Leo schnaubte. »Zumindest bist du hier nicht depressiv geworden.«

»Höchstens zum Stubenhocker.«

Leo erwiderte Emmas Lächeln. »Im Ernst, bist du in Ordnung?«

»Wenn ich keine Nachrichten gucke. Marta hat mich gut umsorgt.«

Leo hatte den Aktenkoffer zwischen seinen Füßen abgestellt. Ursprünglich wollte er den Inhalt des USB-Sticks gemeinsam mit Emma anschauen. Doch jetzt zögerte er.

»Ich gehe mir den Reisestaub im Pool abwaschen. Lass uns danach weiterreden«, sagte Leo.

Er schob den Aktenkoffer mit dem Fuß unter einen Tisch im hinteren Teil des Raums und ging wieder. Er stieg die Treppen nach oben in den zweiten Stock, betrat sein Zimmer und holte eine blaue Adidas-Badehose aus dem Schrank. Nachdem er sich umgezogen hatte, ging er direkt von seinem Balkon aus über die Hintertreppe hinunter zum Swimmingpool. Die Luft war recht lau für eine Januarnacht, ein kühler Wind verursachte ihm trotzdem Gänsehaut. Als er den Fuß ins Wasser steckte, war alles bestens. Wenn der Besitzer im Haus war, stellte Marta immer sicher, dass das Wasser im Pool geheizt war.

Im Schrank auf der Terrasse befand sich der Lichtschalter für den Pool. Leo öffnete die Schranktür und sah etwas, was nicht hierhergehörte. *Ein Fernglas.* Das hatte er hier noch nie gesehen, dessen war er sich ganz sicher. Er nahm das Fernglas in die Hand. Es war ein teures Model, von Swarovski. Ein Modell, wie geschaffen für enthusiastische Hobby-Ornithologen.

Pontus hatte Sarianne hierhergebracht.

Sarianne hatte Leo gegenüber zugegeben, dass sie gemeinsame Wochenenden verbracht hatten. Logischerweise waren sie da auch mit dem Privatjet nach La Zagaleta geflogen, fernab neugieriger Blicke. Natürlich hatte Sarianne ihr Fernglas dabei. So richtig konnte er sich seine Staatssekretärin immer noch nicht in Outdoor-Kleidung vorstellen, aber hier auf der Terrasse beim Beobachten der reichen Vogelvorkommen durchaus. Und daneben Pontus, der unter dem Sonnendach etwas über Geschichte las.

Sie waren ein sehr ungleiches Paar gewesen.

Leo legte das Fernglas zurück in den Schrank und schaltete die Poolbeleuchtung ein. Stimmungsvolles blaues Licht erstrahlte im Halbkreis um ihn herum. Die vom Wind bewegten kleinen Wellen ließen die Strahlen tanzen. Der ebenfalls blau schimmernde Pool endete nach fünfzehn Metern und ging scheinbar ohne Übergang in den dunkelblauen Nachthimmel über.

Er stieg die Stufen hinab, bis ihm das Wasser bis zu den Oberschenkeln stand, und sprang dann kopfüber hinein. Mit vorsichtigen Bewegungen, um seine Schulter zu schonen, schwamm er zum gegenüberliegenden Rand, hielt sich dort einen Augenblick fest und schaute in die Ferne. Hinter dem Pool fiel das Grundstück steil ab. Über dem Meer hing ein schwerer Wolkenvorhang. Die Berge hinter ihm zeichneten sich scharf gegen den Nachthimmel ab. Das einzige Licht in der Dunkelheit kam von den Villen am Berghang.

Ein Geräusch hinter ihm schreckte ihn auf.

Emma stand im Badeanzug neben dem Pool. Sie hatte die Füße nach innen verdreht und die Arme unter der Brust verschränkt. Im blauen Schein der Leuchten wirkte ihre Haut schneeweiß. Wie eine finnische Touristin in Spanien.

Langsam stieg sie ins Wasser, und Leo löste sich vom Rand. Sie schwammen in entgegengesetzten Richtungen und begegneten sich in der Poolmitte. Das Wasser reichte Emma bis zur Brust und Leo bis über den Bauchnabel.

Emma starrte auf Leos Schusswunde, berührte sie vorsichtig mit dem Finger.

»Warum tust du das?«, fragte Emma. »Warum hilfst du mir?«

»Weil es vernünftig ist«, antwortete Leo. »Finnland sollte sich jetzt nicht auf dich konzentrieren. Es ist besser, wenn du abgetaucht – und in Sicherheit – bist. Zumindest so lange, bis die Vermögensumverteilung abgeschlossen ist.«

»Und dann?«

»Das hängt von dir ab. Du kannst hierbleiben, wenn du willst. Oder nach Finnland zurückkehren. Oder irgendwo anders hinziehen, wo dich keiner findet. Ich werde dafür sorgen, dass du das kannst.«

»Warum?« Auf Emmas Gesicht zeichnete sich ein gequälter Gesichtsausdruck ab. Leo sah, wie schwer es ihr fiel, all das Geschehene zu akzeptieren. Er spürte aber auch, dass sie ihm vertraute. Es fühlte sich wirklich gut an, ihr nach all den Nachrichten und Telefonaten jetzt wirklich gegenüberzustehen.

Er schaute hinauf zu der schmalen Trennungslinie zwischen Bergen und Nachthimmel. Sie hatten zusammen einen Bürgerkrieg verhindert. Da war es doch nur natürlich, dass zwischen ihnen auch eine Verbindung entstanden war.

»Warum?«, fragte Emma wieder.

»Ich mag dich«, sagte Leo. »Du hast den Mut, der mir gefehlt hat.«

Mit der Antwort schien Emma zufrieden zu sein.

»Du hast den Verstand, der mir gefehlt hat«, erwiderte sie.

Leo suchte unter dem Wasser nach Emmas Hand. Als sich ihre Finger ineinander verschränkten, fühlte er einen wohligen Schauer in der Brust.

»Was denkst du, passiert als Nächstes?«, fragte Leo.

»Die Geschichte der Menschheit verläuft konsistent. Auf die Konzentration der Vermögen folgt immer eine Krise.«

»Aber wir haben doch gezeigt, wie man es anders machen kann.«

Emma antwortete nicht.

»Glaubst du nicht, dass auch andere Länder unserem Beispiel folgen können?«, fragte Leo.

»Nein.«

Einen Moment lang standen sie schweigend im Pool. Leo fühlte den kühlen Januarwind durch seine nassen Haare streifen. Sie nur an der Hand zu halten genügte nicht mehr. Er zog sie an sich und presste seine Lippen auf ihren Mund. Emma schlang ihre Beine um ihn.

Als ihr Kuss endete, breitete sich ein Lächeln über Emmas Gesicht aus. »Wusstest du, dass Beziehungen, die in einer Krisensituation beginnen, Studien zufolge nicht lange halten?«, fragte sie.

»Sind wir ein solcher Fall?«

»Der in einer Krisensituation begonnen hat?«

»Nein, eine Beziehung«, sagte Leo.

Emma lachte. »Na, mal sehen.«

Sie umarmten sich erneut, dieses Mal noch fester.

* * *

Zwei Stunden später schreckte Leo aus dem Halbschlaf auf. Er hatte den Albtraum schon nahen gespürt. So war das, wenn man angeschossen wurde. Die schlechten Träume waren in sein Leben zurückgekehrt. Und mit ihnen auch das Gefühl der Erleichterung, wenn er aus einem Albtraum erwachte: Das Leben war besser als die Träume. So sollte es auch sein.

Er hörte ein ruhiges Atemgeräusch neben sich. Emma war schon in tiefem Schlaf versunken. Es ist besser so, dachte Leo. Er hatte inzwischen eine Entscheidung getroffen und seinen früheren Plan verworfen. *Ich möchte ihr ersparen, was ich mir als Nächstes anschauen werde.*

Vorsichtig stieg er aus dem Bett und verließ den Raum. Er drückte die Tür leise hinter sich zu, schlich sich über den Flur zur Treppe und ging hinunter in den Keller.

Der Beamer sprang aus dem Standby an, als Leo den Laptop berührte. Er nahm einen Briefumschlag aus dem Aktenkoffer und riss ihn auf. Er enthielt einen USB-Stick, so wie Metso gesagt hatte. Leo steckte ihn in den Laptop.

Letzte Woche hatte er von Metso erfahren, dass die offiziellen Ermittlungen immer noch auf der Stelle traten, er aber etwas herausgefunden hatte. Aus Sicherheitsgründen hatten sie verabredet, sich hier in Spanien zu treffen.

Der Stick enthielt nur eine Datei: ein Video. Leo klickte es an, und auf der Leinwand erschien ein Text, den Metso dem Video vorangestellt hatte.

Aufzeichnung der Überwachungskamera
am Gerichts- und Polizeigebäude der Stadt Vantaa
Esikkotie (Straße, in der Lumi Nevasmaa wohnt)
17. Dezember 22.19 Uhr.

Der Freitag vor dem Revolutionswochenende. Etwa eine Stunde vor ihrem Selbstmord.

Durch das Bild verlief eine Straße, dahinter führte ein Fußweg an einem flachen, schmutzig grünen Wohnblock entlang. *Lumi Nevasmaas Zuhause.*

Im Licht der Straßenbeleuchtung tanzten wirbelnde Schneeflocken. Obwohl auf dem Bild nichts weiter zu sehen war, schlug Leos Herz schneller.

Hinter der Hausecke erschien eine junge Frau, die mit einer wattierten Jacke bekleidet war. Ihre langen dunklen Haare quollen unter einer Mütze hervor. Auf dem Rücken trug sie eine schwarze Sporttasche. Sie marschierte zielstrebig voran, aber an ihren Schritten merkte man, dass die Tasche schwer war. Als sie die Straße erreichte, sah sie zur Seite, und die Scheinwerfer eines näher kommenden Autos strahlten sie an. Das schöne, aber ernste Gesicht kannte seit der Fernsehsendung im Dezember jeder Finne: schmale Nase, dünne Lippen, die auf Fotos fest zusammengepresst waren.

Sie lächelte kurz, als das Polizeiauto an ihr vorüberfuhr und in die Tiefgarage unter dem Gerichts- und Polizeigebäude einbog.

Das entschlossene Auftreten von Lumi Nevasmaa bestätigte Leo in seiner Vermutung. Selbst durch die schlechte Bildqualität spürte Leo die Intensität ihres Blickes. Nichts an ihr wies darauf hin, dass sie erwog aufzugeben. Ihr Blick war der eines traurigen, aber beharrlichen Menschen. *Eines Menschen, dessen Handeln von Gott gelenkt wird.*

Oder von einer anderen Person.

Sie setzte ihren Weg fort und verschwand rechts aus dem Bild Richtung Tikkurila, dem Stadtzentrum von Vantaa.

Leo sah die Abfolge der Ereignisse vor seinem inneren Auge. Sie war schaurig und skrupellos.

Das Video brach ab, ein neuer Text erschien:

Aufzeichnung der Überwachungskamera
am Gerichts- und Polizeigebäude der Stadt Vantaa
Esikkotie (Straße, in der Lumi Nevasmaa wohnt)
5. November 6.53 Uhr.

Sechs Wochen vor dem ersten Video. Sechs Wochen vor ihrem Tod.

Das Bild der Überwachungskamera erschien auf der Leinwand.

Der gleiche Ausschnitt. Die gleiche Straße. Ein dunkler Herbstmorgen. Im Licht der Straßenbeleuchtung tanzten welke Birkenblätter.

Hinter der Ecke von Lumi Nevasmaas heruntergekommenem Wohnblock kam ein groß gewachsener Mann hervormarschiert. Leo erkannte seine Statur sofort. Seine Schritte zeugten von Achtung gebietender Selbstsicherheit. Er war stilvoll, aber lässig mit einer engen Hose und einer Daunenjacke bekleidet. Leo wusste, dass der Mann auf dem Video 47 Jahre alt war, obwohl er jünger wirkte. Ein wahrer Blender! Einer, der Männer dazu bringt, ihm zu folgen, und Frauen, ihn anzuhimmeln. Selbst sehr viel jüngere. Für ihn zu schwärmen. Sich für ihn und eine gemeinsame Idee zu opfern.

Ein Tuch bedeckte sein Kinn, aber als er in den Lichtkegel einer Straßenlaterne trat, war sein Gesicht deutlich zu erkennen. Die gleichen Augen hatten Leo einen Monat zuvor auf der Treppe im Regierungspalais über den Lauf einer Pistole kalt angeblitzt.

Kranker Dreckskerl.

Leo hatte richtig vermutet. Blitze schlagen selten zweimal am gleichen Ort ein. Es wäre einfach ein zu großer Zufall gewesen, wenn eine Selbstverbrennung, die ein ganzes Volk aufwiegelt, und ein sorgfältig vorbereiteter Putschversuch zufällig am gleichen Wochenende stattgefunden hätten.

Joel Alén hatte bei Lumi Nevasmaas tragischem Schauspiel das Drehbuch geschrieben: eine vorgetäuschte Vergewaltigung, Polizeiversagen, Selbstmord. Als Meister im Einwickeln hatte er die verzweifelte, schwermütige junge Frau bezirzt, ebenso wie er es auch geschafft hatte, Emma Erola für sich zu gewinnen.

Lumi Nevasmaa hatte er dazu gebracht, das Wertvollste zu geben, was sie besaß. Sie hatte sich zu jenen Tausenden in der Geschichte der Menschheit gesellt, die ihr eigenes Leben zugunsten eines größeren Ziels hingegeben haben. Laut Statistik trieb Männer vorrangig persönlicher Zorn ins Märtyrertum, während Frauen, die sich opferten, dies häufig für einen anderen Menschen, für einen Mann taten. So wie in diesem Fall.

Joel Alén hatte viel Zeit darauf verwendet, Mittel und Wege für eine linke Revolution zu finden. Als Kenner der Geschichte wusste er natürlich, dass die Toleranz der Menschen gegenüber Unrecht ziemlich groß ist, solange sie allmählich daran gewöhnt werden und man es schafft, sie glauben zu lassen, dass die Dinge nun einmal so sind. Eine Revolution aber bedurfte einer Initialzündung, eines Moments, in dem ihnen eine schreiende Ungerechtigkeit kristallklar vor Augen geführt wurde.

Alles, was Alén also brauchte, war ein perfides Exempel für die Ungleichheit der Finnen. Lumi Nevasmaa hatte sich mit Benzin übergossen, aber Alén hatte die Geschichte dazu konzipiert, das Komplott vorbereitet und Nevasmaa angestiftet. Wie genau das abgelaufen war, würden sie wohl nie erfahren. Laut Metsos Analyse hatten Alén und Nevasmaa sich höchstwahrscheinlich im Central kennengelernt, einem gediegenen Restaurant, in dem Alén gern aß und Lumi Nevasmaa hin und wieder abends kellnerte.

Zum ersten Mal hatte Leo eine Verbindung zwischen den beiden vermutet, als er die letzte Zeile in Lumis Brief gelesen hatte: »*Die Zeit der Worte ist vorbei. Jetzt ist es Zeit für Taten.*« Joel Alén hatte beinahe die gleichen Worte auf der Treppe im Regierungspalais auf Latein gesagt, als er versucht hatte, Emma Erola auf seine Seite zu ziehen: *Acta, non verba.*

Dafür, dass Alén seine Finger im Spiel hatte, sprach auch der Umstand, dass einer der Briefe an die Journalistin Karin Malmberg gerichtet war. Eine auf Sicherheits- und Landesverteidigungsfragen spezialisierte Journalistin wäre für eine junge Frau wie Lumi Nevasmaa eine recht unwahrscheinliche Wahl. Für den Oberkommandierenden der Armee dagegen war Malmberg wahrscheinlich eine der am besten bekannten Journalistinnen.

Der Name Karin Malmberg war Leo bereits an anderer Stelle aufgefallen. Malmberg war genau jene MTV-Journalistin, die den Hintergrund von Lumi Nevasmaas Selbstmord als Erste aufgedeckt hatte, sogar noch ein paar Minuten vor Vilma Varis.

Dafür musste Malmberg einen Hinweis bekommen haben. Mit allergrößter Wahrscheinlichkeit hatte ihr Alén den Tipp persönlich gegeben, nachdem er hatte feststellen müssen, dass Lumi Nevasmaas Briefe nicht wie geplant an die Öffentlichkeit gelangt waren.

Alén hat alles bis zum letzten Pinselstrich genauestens geplant.

Kurz vor seinem Tod hatte Joel Alén über die Rolle des richtigen Zeitpunkts gesprochen. Damit hatte er nicht nur die Wirtschaftskrise und das Erstarken linker Ideale gemeint, die einen perfekten Nährboden für eine Revolution bildeten. Er selbst hatte alles haargenau getimt: die Vorbereitungen für den Putsch, die interne Krise der konservativen Koalition und Lumi Nevasmaas Tat als letzten Funken, der die angespannte Stimmung mit einem Knall zur Explosion brachte.

Kalte Wut erfasste Leo, fuhr in Wellen heftiger Muskelkontraktionen durch seinen Körper. Er beugte sich nach vorn, schlang die Arme um seine Beine und presste, so fest er konnte, um den aufsteigenden Schrei zurückzuhalten.

Anschließend richtete er sich wieder auf und sammelte sich. Von der Leinwand schaute immer noch das Gesicht jenes Mannes, dessen Skrupellosigkeit Lumi Nevasmaa und vielen anderen den Tod gebracht hatte. Er schaltete den Beamer aus, zog den Stick aus dem Laptop und steckte ihn tief in die Tasche.

Er brauchte dringend Sauerstoff. Also verließ er den Kinoraum und ging die Treppe nach oben. Leise öffnete er eine Tür, die aus der Eingangshalle nach hinten auf die Terrasse führte. Die kühle Abendluft beruhigte ihn, kaum dass seine Lungen sich damit füllten. Aber den Gedanken, den er seit dem Putschversuch nicht aus seinem Kopf bekam, konnte auch sie nicht vertreiben.

Joel Aléns letzter Redeschwall auf der Treppe im Regierungspalais war fast wahnhaft, doch seine Besessenheit vermischte sich wie bei vielen Despoten der Weltgeschichte mit hoher Intelligenz. An diesem Wochenende hatte sich vor Leo ein Abgrund aufgetan, der auch früher schon existiert hatte, aber von einer Fata Morgana verdeckt worden war. In welch komplett verschiedenen Wirklichkeiten die Menschen doch lebten!

Leo sah zur Küste hinunter. Von La Zagaleta aus betrachtet waren die Wirtschaftsmillionäre und -bosse auf der Goldenen Meile an der Costa del Sol nichts als Wichtigtuer. Diese wiederum hielten die Touristen in den Luxushotels für Fußvolk. Die Gäste der Luxushotels sahen auf die Mittelschicht herab, die zu Schnäppchenpreisen in Touristenhotels unterkam. Und die unterste Schicht konnte sich Urlaub erst gar nicht leisten.

Die Gesellschaft hatte so viele Schichten. Sie alle lebten auf demselben Planeten, aber jede Schicht in ihrer eigenen Welt, unfähig, das Leben der anderen zu verstehen. Sie wurden in ihre Schicht hineingeboren und verbrachten dort ihr Leben, ohne sich die Bandbreite menschlichen Daseins je wirklich anzuschauen.

Vielleicht hatte Alén ja sogar recht. Vielleicht *war* Leos und Emmas »historische Lösung« wie ein mit Kaugummi geflickter Autoreifen.

Leo ging zum Geländer, das neben dem Pool verlief und sich scheinbar in der Dunkelheit verlor. Der Wind wehte vom Meer über das Tal und zerstreute sich zwischen den Bergen.

Plötzlich vernahm er ein kräftiges Rauschen. Ein Wanderfalke im Sturzflug beim Beutefang. Wanderfalken waren in den Bergen über La Zagaleta ein wiederkehrender Anblick. Leo konnte dem erhabenen Kreisen der Wanderfalken manchmal minutenlang zuschauen, obwohl er nicht im Entferntesten so ein begeisterter Vogelbeobachter war wie Sarianne. Ihm fiel das Fernglas im Schränkchen auf der Terrasse ein, das Sarianne hierher mitgebracht hatte, um Wanderfalken und andere Vögel über dem Tal zu beobachten.

Ihm blieb beinahe die Luft weg, als ihm einfiel, wie die Einheimischen den Wanderfalken nannten: El *halcón peregrino*.

Peregrino.

Leo hatte sich geirrt. Sein geheimnisvoller Schutzpatron hatte sich nicht nach einem Pilger benannt, sondern nach dem Wanderfalken, einem hoch spezialisierten Jäger. El *halcón peregrino*. Ein Raubvogel, der in großen Höhen kreiste, um im entscheidenden Augenblick tödlich zuzuschlagen.

Leo hatte geschlussfolgert, dass es Juhani Piispa gewesen sein musste, der ihm Metso als Schutz geschickt hatte. Wieso er das tat, das verstand auch Leo nicht, aber es gab vieles, was auf ihn verwies.

Peregrino musste jemand sein, der Zugang zum Regierungspalais hatte. Jemand, dessen Einfluss sich praktisch über alle gesellschaftlichen Bereiche erstreckte. Jemand, der imstande war, die Fäden einer Operation in der Hand zu halten.

Allerdings gab es noch eine zweite Person, die diese Kriterien erfüllte. Sogar noch besser als Piispa. Jemand, der ein Interesse hatte, Leo zu schützen – und sich selbst. Jemand, der persönlich mehr vom Ausgang dieses dramatischen Wochenendes profitiert hatte als jeder andere.

Leo nahm sein Telefon zur Hand und wählte eine Nummer.

Es wurde schnell abgenommen, aber am anderen Ende blieb es still.

»Das waren Sie«, sagte Leo.

Peregrino schwieg weiter, aber selbst durch die Leitungen über den europäischen Kontinent hinweg war die Enttäuschung zum Greifen spürbar. Leo hörte ein gleichmäßiges Geräusch, ein Fahrgeräusch. Er kannte den Wagen. Er wusste, wie er sich von der Rückbank aus anhörte.

»Sie haben diesen Polizisten beauftragt, mich zu beschützen«, sagte Leo bestimmt.

»Worauf wollen Sie hinaus?«

In der Antwort lag eine Kraft, die Sarianne Tavas bis zum heutigen Tag verborgen gehalten hatte. Doch nun brauchte sie keine treue Dienerin mehr zu sein.

»Sie haben mir das Leben gerettet«, fuhr Leo fort. »Dafür bin ich Ihnen sehr dankbar. Aber Sie haben auch Metso beauftragt, Harri Holsti zu töten. Sie haben ihn einfach geopfert.«

»Extreme Zeiten erfordern extreme Taten.«

»Warum haben Sie das getan?«

Sarianne seufzte hörbar. »Pontus hat Sie geliebt. Brauchen Sie noch mehr Gründe? Er wollte Ihr Leben und Ihren Ruf beschützen – egal um welchen Preis. Er hat mir unbegrenzte Ressourcen zur Verfügung gestellt. Aber wie ich die Dinge erledigt habe – das war allein meine Entscheidung.«

Leo presste das Telefon an sein Ohr.

»Holsti hat es nicht getan. Er hat niemanden vergewaltigt. Joel Alén und Lumi Nevasmaa haben das Ganze inszeniert. Wussten Sie das?«

Stille. Offenbar hatte sie es nicht gewusst.

»Erwarten Sie jetzt, dass mir Holsti leidtut? Er war so oder so ein unberechenbarer grober Klotz und ein Risiko für den Ruf der Koalition.«

Sarianne hatte schon immer leicht unterkühlt gesprochen, aber jetzt klirrte ihre Stimme vor Eiseskälte. Es schien, als wäre das Auto, in dem Sarianne saß, auf die Autobahn gefahren. Dann war es schlagartig still. Nichts mehr war zu hören. Sarianne hatte aufgelegt.

Die Meeresbrise fuhr Leo in die Knochen. Verdutzt starrte er auf sein Telefon. Er dachte daran, wie er die Dinge in Finnland im vergangenen Monat geordnet hatte. Wie er völlig entkräftet rund um die Uhr geschuftet hatte, um sicherzustellen, dass die Umverteilung der Vermögen auf einer dauerhaften Grundlage vonstattenging. Wie er eine Balance herzustellen versucht hatte, mit der es möglich wäre, das Vertrauen in Finnland wieder aufzubauen.

Wie er die Macht weitergegeben hatte.

Hätte diese Information etwas daran geändert?

Leo wandte sich den Bergen zu, deren schwarze Umrisse sich gegen den Himmel abzeichneten. In einigen wenigen Villen am Berg brannte noch Licht.

Aus einem Garten klang helles Gelächter herüber. Das Lachen einer jungen Frau, in dem jene Unbeschwertheit mitschwang, wie sie wirtschaftliche Unabhängigkeit mit sich brachte. Und ebendie jugendliche Unkenntnis, die aus den nach La Zagaleta gelockten jungen Leuten treue Gefolgsleute ihrer Väter machte, gepaart mit dem enthemmten Entzücken, das zweifelsohne echtem Champagner zu verdanken war.

Jene anderen Rufe, die von Schmerz, Bedrücktheit, Angst und Trauer kündeten, waren hier am Hang der Berge an der spanischen Mittelmeerküste nicht zu vernehmen. In Finnland waren sie einen Moment lang auf den Straßen erklungen – für alle hörbar.

Das revolutionäre Szenario war perfekt: eine junge Frau, bereit, sich selbst zu opfern. Ein Mann, der über die Stärke der Armee verfügte. Eine Frau, die direkt zu den Herzen der Menschen sprach. Ein Volk, das der Ungleichheit überdrüssig war.

Die Welt war voller zorniger Völker. Von Zeit zu Zeit wurden charismatische Anführer geboren. Das Militär diente stets jenen, die die Macht über es hatten. Und immer gab es auch Menschen, die bereit waren, sich zu opfern.

Leo Koski sah wieder in die dunkle Tiefe und akzeptierte, dass es nicht vorbei war.

Das war erst der Anfang.

* * *

Der Raum befand sich im Nebengebäude eines stattlichen Herrenhauses, etwa 40 Kilometer außerhalb von Helsinki. Der Besitzer hatte den ehemaligen Rinderstall, ohne Kosten und Mühen zu scheuen, als repräsentativen Tagungsort herrichten lassen. Die ursprünglichen Wandbohlen waren erhalten, aber sorgfältig abgeschliffen und gewachst worden. Den Raum beherrschte ein großer, handgeschnitzter Eichentisch, um den 23 restaurierte antike Stühle standen.

Nur der Stuhl am Kopf des Tisches war leer. Auf den anderen saßen vollkommen still Personen, die zu den reichsten Finnlands zählten. Sie warfen sich Blicke zu, aber vor allem starrten sie auf die geschlossene Tür. Auch die war aus massiver Eiche, deren Dicke den im Raum Versammelten vor allem eins signalisierte: Alles, was hier in diesem Raum heute gesprochen wurde, war vertraulich.

Das Konselji im Regierungspalais diente nicht länger als Sitzungsraum. Niemand benutzte im Zusammenhang mit ihrer Zusammenkunft mehr den Namen Gilde. Die Gilde insgesamt hatte offiziell aufgehört zu existieren, aber die Menschen hier im Raum vertraten immer noch eine gemeinsame Sache. Auf ihren Gesichtern spiegelte sich das empfundene Unrecht, das sie ob der eingebüßten Vermögensanteile erlitten hatten. Ein Teil hatte seinen Besitz von früheren Generationen ererbt, ein anderer Teil mit seinen Unternehmen verdient. Ihnen allen gemeinsam war der Umstand, dass die von Leo Koski und Emma Erola vollzogene Umverteilung des Vermögens sie eines Teils ihres Besitzes beraubt und damit ein Stück ihrer selbst gekostet hatte. Zurückgeblieben war der verbitterte Rest, der erst wieder ganz werden konnte, wenn das begangene Unrecht rückgängig gemacht wurde.

Ein einziger Mensch hatte es in der Hand, die Situation zu korrigieren.

Ein Knarren erklang. Jeder im Raum richtete seinen Blick auf die Tür, die jetzt geöffnet wurde. Ein Sicherheitsbeamter der Staatskanzlei trat zur Seite und machte einer Frau im Jackenkleid Platz. Sie alle kannten sie als Schatten von Pontus Ebeling und Leo Koski – immer zugegen, nie im Mittelpunkt.

Jetzt stand Sarianne Tavas als Finnlands neue Ministerpräsidentin vor ihnen.

Sie trat vor und reichte dem Oberhaupt der Familie Kanervo ihre schmale Hand.

Die im Raum Versammelten verfolgten, wie die junge Ministerpräsidentin ihre linke Hand auf Kanervos Handrücken legte. Dieser wiederum legte seine Linke auf Sariannes Hand. Sie sahen sich über ihre vier aufeinandergelegten Hände einen Moment lang an. Dann nickte die Ministerpräsidentin Kanervo zu, und ihre Hände lösten sich wieder voneinander.

Ein neuer Bund war geschlossen.

Sarianne Tavas ging um den Tisch herum und wiederholte das Ritual ruhig mit jedem im Raum. Dann nahm sie am Kopfende des Tisches Platz und sprach: »Meine Damen und Herren, lassen Sie uns beginnen. Wir haben viel zu tun!«

NACHWORT

Die zentralen Schauplätze der Handlung wie das Haus der Stände, das Regierungspalais, das Führungszentrum unter dem Keskuspuisto im Zentrum der Stadt, der Versorgungstunnel unter der Stadtmitte und der Amtssitz des Ministerpräsidenten Kesäranta sind im Buch wahrheitsgetreu beschrieben. Der frühere Ministerpräsident Juha Sipilä und sein Stab haben mir freundlicherweise die Möglichkeit eingeräumt, Orte kennenlernen zu dürfen, zu denen nur wenigen Zugang gewährt wird. Einige Details habe ich aus Sicherheitsgründen weggelassen oder leicht umgeschrieben.

Auch die im Buch erwähnten Ökonomen und ihre Wirtschaftstheorien sind real. Ebenso die Statistiken, laut denen die wirtschaftliche Ungleichheit in den westlichen Gesellschaften seit Jahrzehnten immer größer wird.

Die Folgen, die eine Konzentration des Kapitals in diesem Buch mit sich bringt, entspringen meiner Phantasie. Auch die Figuren sind frei erfunden und haben keinerlei Vorbilder im realen Leben.

Folgenden Personen möchte ich aus tiefstem Herzen danken: Liisa, Stella und Rasmus, deren Unterstützung und Ansporn die Fertigstellung dieses Buches erst möglich gemacht haben. Meinem Vater Heikki, der mich lesen lehrte. Maija Norvasto, Antti Kasper und den übrigen Mitarbeitern des Otava-Verlags, die mich mit ihrer ehernen Professionalität während des gesamten Entstehungsprozesses des Buches unterstützt haben. Und all jenen Menschen, die ihren Sachverstand mit mir geteilt, meine Texte kommentiert oder mir in irgendeiner anderen Weise beim Schreiben des Buches geholfen haben.

NAMENS- UND SACHREGISTER

erstellt von Anke Michler-Janhunen

-katu, -kuja, -tie (fi.)
Endungen von Straßennamen, katu = Straße, kuja = Gasse und tie = meist breitere, mehrspurige Hauptstraße

Nikolai Bobrikow
(1839–1904), russischer General und ab 1898 Generalgouverneur von Finnland. Setzte sich nach dem Februarmanifest 1899 unter Zar Nikolai II. während der sog. Jahre der Unterdrückung (fi. sortovuodet) für die Beschneidung der finnischen Selbstverwaltungsrechte und eine Russifizierung der finnischen Gesellschaft ein. Fiel 1904 im Senatsgebäude (heute Regierungspalais) einem Attentat des finnischen Aktivisten Eugen Schaumann zum Opfer.

Carl Ludwig Engel
(1778–1840), Baumeister des klassizistischen Helsinki und Generalintendant für das Bauwesen im Großfürstentum Finnland. Ging nach seinem Studium an der Bauakademie Berlin in russische Dienste und gab zahlreichen finnischen Städten ihr charakteristisches Gepräge.

Erottaja
Platz im Zentrum Helsinkis am südlichen Ende der Mannerheimintie. Erhielt seinen Namen »Separator«, weil hier im 19. Jahrhundert die Grenze zwischen der eigentlichen Stadt und den Vorstädten Kamppi und Punavuori verlief. Teuerste Straße in der finnischen Originalausgabe von Monopoly.

Akseli Gallen-Kallela
(1865–1931), finnisierte seinen ursprünglichen Namen Gallén
1907 zu Gallen-Kallela. Finnischer Maler, Architekt und Designer,
gilt als bedeutendster Vertreter der finnischen Nationalromantik
in der Bildenden Kunst. Bekannt v.a. für seine Illustrationen und
Gemälde mit Themen aus dem Nationalepos Kalevala.

Großfürstentum (fi. suurruhtinaskunta)
Nach sechshundertjähriger Zugehörigkeit zu Schweden war Finn-
land in den Jahren 1809–1917 als Großfürstentum dem russischen
Zarenreich unterstellt, genoss aber weitgehende innere Autonomie.

Helsingin Sanomat (fi.)
auflagenstärkste und einflussreichste Tageszeitung Finnlands. Im
Besitz des börsennotierten Medienkonzerns Sanoma Oyj, zu dem
auch Fernsehsender, Lehrbuchverlage und zahlreiche Regionalzei-
tungen gehören.

Hesburger
1966 als Familienunternehmen gegründete finnische Schnellres-
taurantkette mit knapp 500 Fast-Food-Filialen in ganz Finnland
und einzelnen europäischen und außereuropäischen Ländern.

Kalasatama
Name eines Stadtteils von Helsinki am Rande der Altstadt mit geplant acht direkt am Meer gelegenen und zum Teil noch im Bau
befindlichen Luxuswohntürmen (ca. 30 Etagen, 130 m). In dem
ehemaligen Hafen- und Industriegebiet soll bis 2040 neuer Wohnraum für etwa 30000 Menschen entstehen.

Kalevala Koru
finnische Schmuckmarke. Hat sich vor allem mit Nachbildungen
archäologischer Fundstücke aus der Eisen- und Wikingerzeit einen Namen gemacht, die einen hohen Wiedererkennungswert besitzen. Wie z. B. der Anhänger der Mondgöttin Kuutar.

Kesäranta
(fi. Sommerstrand), Amtssitz des finnischen Ministerpräsidenten. Errichtet 1873 als private Sommervilla des finnischen Architekten F. L. Calonius westlich des historischen Stadtkerns im Stadtteil Meilahti. Ab 1904 Sitz des russischen Generalgouverneurs. Später Amtssitz des finnischen Ministerpräsidenten und seit 1952 nach Umbauarbeiten ganzjährig bewohnbar.

Keskuspuisto
(fi. Zentralpark), bewaldeter, langgestreckter Grüngürtel, der sich von der Stadtmitte etwa 20 km in Nord-Süd-Richtung durch ganz Helsinki zieht. Der 700 ha große Naturpark umfasst fünf Naturschutzgebiete, 100 km markierte Wege, davon etliche im Winter gespurt als Loipe, sowie mehrere Sportplätze.

Keskusta
Finnische Zentrumspartei, ehem. Landbund, real existierende Partei

Korkeasaari
1889 gegründeter Zoo in Helsinki auf der gleichnamigen, 22 ha großen felsigen Schäreninsel. Mit dem Festland über zwei Brücken und die Insel Mustikkamaa verbunden. Ganzjährig geöffnet.

Kristillisdemokraatit
Finnische Christdemokraten, real existierende Partei (im Buch »aus der Parteienlandschaft verschwunden«)

Hertta Kuusinen
(1904–1974), finnische Politikerin, Parlamentsabgeordnete (1945–1972) der Kommunistischen Partei Finnlands (fi. Suomen kommunistinen puolue) und zweite weibliche Ministerin in der Geschichte Finnlands. Ihr Rekord von 58440 Wählerstimmen in ihrem Wahlbezirk bestand von 1948 bis 2007.

Suomen Kuvalehti
1893 gegründetes, wöchentlich erscheinendes gedrucktes Nachrichtenmagazin in finnischer Sprache

Mannerheimintie
Hauptstraße im Zentrum Helsinkis, benannt nach Carl Gustav Emil Mannerheim (1867–1951), Oberbefehlshaber der finnischen Armee im Winter- und Fortsetzungskrieg (1939–40, 1941–44), anschließend Präsident Finnlands (1944–46). Führt vom Platz Erottaja u. a. durch die Stadtteile Kamppi, Töölö, Meilahti zur Autobahn. An der Mannerheimintie liegen u. a. das Finnische Parlament, die Nationaloper und die 1935 ursprünglich als Messehalle erbaute Mehrzwecksporthalle Töölö.

MTV
Abkürzung für Mainos-TV (fi. Werbefernsehen) steht für einen privaten, werbefinanzierten TV-Sender, der 1993 ursprünglich als dritter Sender (damals MTV3) neben den beiden öffentlich-rechtlichen Yle 1 und 2 an den Start ging.

Sauli Niinistö
(geb. 1948), Präsident der Republik Finnland seit 2012 (2. Amtszeit seit 2018). Als Abgeordneter der konservativen Nationalen Sammlungspartei Kokoomus schaffte er 2007 in seinem Wahlbezirk Uusimaa mit 60 537 Stimmen einen historischen Stimmenrekord.

Pasila
Moderner Stadtteil in Helsinki, ca. 3,5 km nördlich des Stadtkerns. Überwiegend gewerblich genutzte Gebäude und nur 5 % Wohnungen. Hier befinden sich u. a. das Messezentrum, der Hauptsitz des staatlichen Senders Yle, der Fernsehturm von Pasila (146 m) sowie der zweitgrößte Bahnhof Finnlands.

Perussuomalaiset (fi.)
die Basisfinnen, ehem. die Wahren Finnen, manchmal auch nur Die Finnen, real existierende Partei

piispa
(fi.) der Bischof

Prisma
eine von etwa 70 Hypermarkt-Filialen, die als Vollsortimenter zur regional organisierten finnischen Einzelhandelsgenossenschaft S-Gruppe gehören

Heikki Ritavuori
(ursprünglich Henrik Rydman; 1880–1922), Parlamentsabgeordneter der 1918–1951 existierenden Fortschrittspartei (fi. edistyspuolue) und Innenminister 1919–1922. Wurde am 14. Februar 1922 vor seiner Haustür in der Nervanderinkatu im Stadtbezirk Töölö von bürgerlichen Kreisen wegen seines zu nachsichtigen Umgangs mit der Arbeiterbewegung erschossen. Letzter politischer Mord Finnlands. Ausgeführt wurde der Mord von Ernst Tandefelt, einem adligen Geschäftsmann, der den nationalorientierten sog. Aktivisten (fi. aktivistit) angehörte.

R-kioski
blau-gelber Kiosk, gehört zur Kette ehemaliger Bahnhofskioske (gegr. 1910). Neben Zeitschriften, Tabakwaren und Süßigkeiten gibt es meist auch ein kleines Sortiment an Lebensmitteln, daneben Post- und Paketdienste sowie Fahrkarten.

Ryijy
ursprünglich Decke, heute meist (kunstvoller) Wandteppich, der aus Wolle gewebt und geknüpft wird.

Eugen Schauman
(1875–1904), erschoss als finnischer Aktivist am 16. Juni 1904 den für seine Russifizierungsbestrebungen in der finnischen Bevölkerung verhassten Generalgouverneur Nikolai Bobrikow im Senatsgebäude und anschließend sich selbst. Im Regierungspalais, dem ehemaligen Senatsgebäude, erinnert eine Gedenktafel bis heute an den Attentäter.

Schwedische Volkspartei (SVP)
(fi. Suomen ruotsalainen kansanpuolue – Abk. RKP, schwed. Svenska folkpartiet i Finland – Abk. SFP), liberale, real existierende Partei, vertritt die Interessen der schwedischsprachigen Minderheit in Finnland

SDP
Abkürzung für Suomen Sosialidemokraattinen puolue (fi.), real existierende Sozialdemokratische Partei Finnlands

Smolna
1822 im Empirestil von Carl Ludwig Engel errichtetes Gebäude an der Südesplanade. Erhielt im Volksmund den bis heute gebräuchlichen Namen Smolna nach dem Smolny-Institut in St. Petersburg, weil sich hier 1918 im Bürgerkrieg das Hauptquartier der Roten Garden befand. Heute genutzt u. a. als Festräume der Regierung.

SUPO
Abkürzung für Suojelupoliisi (fi.), Sicherheitspolizei, finnischer Inlandsnachrichtendienst, ist als Teil der finnischen Polizeikräfte zuständig für den Staatsschutz und die Sicherheit im Land.

Regierungspalais
(fi. Valtioneuvoston linna), ehemaliges Senatsgebäude (errichtet 1818–1822), Teil des von Carl Ludwig Engel entworfenen streng klassizistischen Senatsplatzes. Beherbergt heute u. a. die Staatskanzlei.

Ständehaus
s. Vierständereichstag

Vasemmistoliitto
(fi. das Linksbündnis), real existierende Partei

Vasenliike
(fi.) fiktive, aus dem Zusammenschluss von Linksbündnis, Sozialdemokraten und Grünen entstandene »Linke Bewegung«

Vierständereichstag
(fi. säätyvaltiopäivät) – aus den vier Ständen Adel, Klerus, Bürgertum und Bauernschaft bestehende Versammlung im Autonomen Großfürstentum Finnland. Die Ständeversammlung trat zwischen 1809 und 1907 insgesamt fünfzehnmal zusammen, wobei sich der Adelsstand seit 1861 im sog. Ritterhaus (fi. Ritarihuone) und die drei nichtadligen Stände ab 1891 im Ständehaus (fi. Säätytalo) trafen. Der Ständereichstag wurde 1907 durch ein Einkammerparlament mit 200 Abgeordneten (davon 19 Frauen) abgelöst, das in freien, gleichen Wahlen gewählt wurde, zu denen erstmals in Europa auch Frauen das aktive und passive Wahlrecht erhielten.

Vihreät
(fi. die Grünen), real existierende Partei

Yle
Abkürzung für Yleisradio (fi.), öffentlich-rechtliche Rundfunk- und Fernsehanstalt. Hauptsitz im Pressehaus (fi. Mediatalo) in Pasila.

*Der neue Polit-Thriller aus Finnland von
Tuomas Oskari: Hochspannung pur!*

Tuomas Oskari
IM STURM DER MACHT
Thriller
Aus dem Finnischen
von Anke Michler-Janhunen
384 Seiten
ISBN 978-3-7857-0046-4

Helsinki 2028: Der Einfluss extremer Parteien hat erschreckend
zugenommen, und auf Beschluss der finnischen Regierung werden Flüchtlinge in einem »Transit-Zentrum« auf einer stillgelegten
Kreuzfahrtfähre festgesetzt. Zudem will die Regierung einem
internationalen Verbund faschistisch regierter Länder, ange-
führt von Italien, beitreten. Als die finnische Ministerpräsidentin
den italienischen Kollegen in Helsinki empfängt, wird sie von
einem Scharfschützen aus dem Hinterhalt erschossen. In dieser
dramatischen Lage kehrt Leo Koski, der Ex-Ministerpräsident,
nach Helsinki zurück, zunächst nur als Spielball mächtiger
Männer. Doch bald erkennt er, dass ein Staatsstreich geplant
ist. Und den muss er mit allen Mitteln verhindern!

Lübbe